GOLDMANN

*Buch*

Eines Tages begeht im mittelalterlichen England ein Ritter einen folgenschweren Fehler: Irrtümlich erlaubt er gewalttätigen Gefolgsmännern, die beiden Töchter eines entmachteten Lords zu schlagen …
Jahre später begegnet er einer von ihnen wieder – der feurig-schönen Caryn, die von seinen normannischen Verbündeten als Geisel gefangengehalten wird. Da er sich in ihrer Schuld fühlt, bemüht er sich nach Kräften um ihre Freilassung, indem er vorgibt, mit ihr verlobt zu sein. Diese Lüge kommt ihn teuer zu stehen, denn die Umstände zwingen ihn, sein Versprechen tatsächlich einzulösen – gegen seinen und Caryns Willen. Nun entzündet sich ein ganz privater Krieg zwischen der widerspenstigen Caryn und dem attraktiven Ritter, bei dem buchstäblich mit allen Waffen gekämpft wird.

*Autorin*

Kat Martin studierte an der University of California Geschichte und Anthropologie. Sie lebt mit ihrem Mann Larry, ebenfalls Schriftsteller, in Bakersfield, Kalifornien.

*Bereits bei Goldmann erschienen:*

Kreolisches Feuer. Roman (42054)
Der Pirat und die Wildkatze. Roman (42240)
Heißer Atem. Roman (42224)
Hungrige Herzen. Roman (42409)
Duell der Herzen. Roman (42623)
In den Fängen der Leidenschaft. Roman (42699)
Süße Rache. Roman (42826)

# Kat Martin

# Dunkler Engel

Roman

Aus dem Amerikanischen
von Uschi Gnade

GOLDMANN VERLAG

Die Originalausgabe erschien unter dem Titel
»Bold Angel« bei St. Martins Press, New York

Umwelthinweis:
Alle bedruckten Materialien dieses Taschenbuches sind chlorfrei
und umweltschonend.
Das Papier enthält Recyclinganteile.

Der Goldmann Verlag
ist ein Unternehmen der Verlagsgruppe Bertelsmann

Deutsche Erstveröffentlichung August 1995

Umschlaggestaltung: Design Team München
Umschlagillustration: Daeni/Schlück, Garbsen
Satz: deutsch-türkischer fotosatz, Berlin
Druck: Elsnerdruck, Berlin
Verlagsnummer: 42976
Lektorat: Silvia Kuttny
Redaktion: Angela Kupper
Herstellung: Heidrun Nawrot
Made in Germany
ISBN 3-442-42976-5

3 5 7 9 10 8 6 4

# 1. Kapitel

*England 1069*

Sie hätte sich fürchten müssen. Eine beträchtliche Anzahl von sächsischen Kriegern war bei seinem Anblick in voller Schlachtmontur geflohen, und doch sah Ral keine Furcht in den leuchtend blauen Augen, die forschend in sein Gesicht sahen. Er schaute unter seiner kegelförmigen Kopfbedeckung hervor und beobachtete, wie sie auf ihn zukam und ihre Hand ihm einen bunten Blumenstrauß hinhielt. Sie lächelte, ohne das getrocknete Blut zu beachten, das sein Kettenhemd dunkler färbte, und ebensowenig störte sie sich an dem schwarzen Drachen auf seinem Schild.

Sie hätte sich fürchten müssen, doch sie kam einfach nur näher, neugierig, aber doch merkwürdig gelassen, interessiert, nahezu begierig, als hätte sie einen neuen Freund gefunden.

Ral rutschte auf seinem Sattel, da es ihm Unbehagen bereitete, derart von ihr betrachtet zu werden. Das große schwarze Streitroß unter ihm stampfte und schnaubte, dann spitzte es die Ohren und wandte den Kopf zu dem hübschen schwarzhaarigen Mädchen um, das dem Pferd nur bis zu dem kräftigen Widerrist reichte.

Raolfe de Gere hätte schwören können, daß er nie eine schönere Frau oder ein einnehmenderes Lächeln gesehen hatte als das Strahlen, das das Gesicht der jungen Frau erhellte. Sie schien nicht älter als achtzehn zu sein und hatte einen Körper, der reif für einen Mann war. Die zarte Röte in den Wangen besagte, daß sie einen Mann durchaus willkommen geheißen hätte. Und doch waren die Gefühle, die sie in ihm wachrief, von ganz anderer Art. Er dachte an Heim und Herd und an ein Ende der Kämpfe und des Blutvergießens.

Sie sagte kein Wort, sondern hob nur ihren kleinen Strauß hoch. Ral streckte eine behandschuhte Hand aus und nahm die Blumen entgegen. Als seine Finger ihre streiften, wurde ihr Lächeln noch strahlender, und er erwiderte es mit einem matten Lächeln seinerseits. Er wartete darauf, daß sie etwas sagen würde, da er neugierig auf den Klang ihrer Stimme war, doch es widerstrebte ihm, den Bann zu brechen, den sie gewoben hatte. Er fragte sich, woher sie wohl gekommen war und wie sie wohl heißen mochte.

Wohin konnte ihre Schwester bloß gegangen sein? Caryn von Ivesham umrundete den großen Granitblock und suchte sie zwischen den Eichen rechts vom Pfad. Süße Maria, sie war nur einen Moment lang fort gewesen; Gweneth konnte nicht weit gekommen sein.

Caryns Augen suchten die Wiesen und dann den kleinen Hügel am anderen Ende ab. Die hellblaue Tunika, die sachte in der Brise flatterte, konnte nur Gweneth gehören, aber an ihrer Seite – heilige Mutter Gottes! Caryn stockte der Atem in der Kehle. Der Dunkle Ritter! Ein schwarzer Drachen auf einem blutroten Feld. Raolfe der Gnadenlose! Und dort stand Gweneth, erbärmlich unbefangen, und hielt ihm ein Blumensträußchen hin.

Sie lüpfte den Saum ihrer laubgrünen Tunika, und das Herz pochte gegen ihre Rippen, als Caryn über die Wiese rannte.

»Gweneth!« rief sie. *Bei allem, was heilig ist.* »Gweneth!« Aber ihre Schwester drehte sich nicht um, und Caryn hielt nicht im Laufen inne. Sie blieb erst stehen, als sie an der Seite des Mädchens angelangt war und in die harten finsteren Züge des riesigen normannischen Ritters aufschaute, der auf seinem großen schwarzen Pferd saß. Ral der Gnadenlose, der Mann, der durch das Land gefegt war, im Namen König Williams den Norden verwüstet hatte und entschlossen war, die Rebellion zu ersticken.

»Lassen Sie sie los!« rief Caryn aus, und die Worte klangen unlogisch, da der Mann seelenruhig auf seinem Hengst saß. Der riesige Ritter sagte kein Wort, sondern starrte Gweneth nur an, als sei sie ein wunderliches Geschöpf aus einer anderen Welt, was sie in gewisser Weise auch war.

»Ich bitte Sie inständig«, sagte Caryn. »Meine Schwester führt nichts Böses im Schilde. Es liegt nicht in ihrer Art, sich vorzusehen. Sie ist nicht ...« Was hätte sie über Gweneth sagen können? Über die Welt, in der sie lebte, über ihren Liebreiz, ihre sanfte Art? Doch als sie dem Dunklen Ritter ins Gesicht sah, schien keine Notwendigkeit dafür zu bestehen.

»Sie ist sehr hübsch«, sagte er in tiefster Verehrung, als hätte er sich ihr an diesem entlegenen Ort angeschlossen. Dann richtete er sich im Sattel zu voller Größe auf und verstellte den Blick auf die Sonne. Schwarzes Haar schimmerte unter seinem Helm hervor. Er trug es länger als die meisten Normannen, die sie je gesehen hatte, und sein Kinn war kräftig, seine Haut dunkel. Jetzt wandte er erstmals seine Aufmerksamkeit Caryn zu, und jeder Anflug von Zartheit in seiner Haltung schwand schnell.

»Ihr solltet nicht hier draußen rumlaufen. Es sind Männer in diesen Wäldern, Ritter und Krieger, die gerade aus der Schlacht kommen und euch ernsthaft schaden können. Ihr wißt doch bestimmt, daß man sich in solchen Zeiten nicht gefahrlos aus dem Haus wagen kann.« Er sprach Sächsisch mit ihr, zwar nicht fließend, aber doch so gut, daß sie ihn mühelos verstehen konnte.

»Wir waren auf dem Heimweg vom Dorf«, log Caryn, denn in Wahrheit waren sie nur vor einem trübsinnigen Tag im Haus geflohen. »Wir sind vom Weg abgekommen, aber jetzt haben wir den richtigen Weg wiedergefunden. Wir werden augenblicklich nach Hause gehen.«

»Ihr seid keine Bauernmädchen. Nach euren Kleidern zu schließen seid ihr von hoher Geburt, alle beide. Man sollte besser auf euch aufpassen.«

Caryn nahm eine steife Haltung ein. »Das ist nicht Ihre Sache. Ich passe gut genug auf meine Schwester auf – besser als jeder andere. Ich kann auf uns beide aufpassen!« Sie packte Gweneths Arm, doch ihre Schwester riß sich los. Lächelnd hielt Gweneth dem großen Ritter, der über ihnen aufragte, eine Hand hin. Caryns Augen wurden groß, als der riesige Mann die Hand ausstreckte, ihre Hand nahm und sie sanft drückte.

»Geht jetzt«, sagte er und sah noch einmal Caryn an, und wieder wurde seine Stimme grob und rauh. »Kehrt nach Hause zurück, ehe ihr in Schwierigkeiten geratet. Der nächste Mann, dem ihr über den Weg lauft, könnte auf weit mehr als Freundschaft aus sein. Geht!«

Caryn schluckte und wich zurück. Sie ergriff den Arm ihrer Schwester und zog Gweneth zu einem kleinen Wäldchen. Als sie die Bäume erreicht hatten, zitterte sie, doch Gweneth schlenderte unbesorgt neben ihr her, pflückte weitere Frühlingsblumen und hatte den finsteren Hünen auf dem Hügel bereits vergessen.

Als sie daran dachte, daß sie gerade noch entkommen waren und alles gutgegangen war, lehnte sich Caryn an einen Buchsbaum und stieß einen Seufzer der Erleichterung aus. Er war ja so groß! Ein einziger Hieb seiner kräftigen Faust konnte dem Leben eines Mannes ein Ende bereiten. Es hieß, er hätte Dutzende von sächsischen Kriegern erschlagen und von der Küste bis hierher Frauen vergewaltigt und überall geplündert. Das Bild, das sie statt dessen vor sich sah, war das des riesigen finsteren Normannen, der ein kleines Blumensträußchen in der Hand hielt und ihrer Schwester zart die Hand drückte.

Caryn zog die Stirn in Falten, da sie sich darauf wirklich keinen Reim machen konnte. Sie hätten heute nicht aus dem Haus gehen dürfen. Das hatte sie von Anfang an gewußt, doch es wurde gemunkelt, die Normannen seien noch meilenweit entfernt, und sie war viel zu lange im Haus eingesperrt gewesen.

Sie dachte an die Worte des Dunklen Ritters, daß man auf sie und Gweneth besser hätte aufpassen sollen. In Wahrheit wußte ihr Onkel nur selten, wo sie waren, und sie hatte den Verdacht, er war meistens erleichtert, wenn Gweneth und sie ihm nicht im Weg waren. Außerdem bestand für Ivesham keine Gefahr. Die Sympathien ihres Onkels gehörten zwar seinen sächsischen Brüdern, doch er heuchelte eisern Königstreue.

Niemand wußte von seinen Sympathien für die Rebellen. Noch nicht einmal Caryn hatte es gewußt, bis sie ihn eines Abends im Haus belauscht hatte.

Sie ließ die Hand ihrer Schwester los und beugte sich herunter, um eine kecke gelbe Ringelblume zu pflücken. Es war ein herrlicher Tag, sonnig und warm. Sehnsüchtig schaute sie zu dem wolkenlosen blauen Himmel auf. Im Haus konnte man so wenig tun, abgesehen von den üblichen Beschäftigungen der Frauen, die ihr verhaßt waren. Caryn stieß mit der Spitze ihres Stoffschuhs gegen einen Kieselstein und hörte ihn dann in einem nahen Teich landen.

Sie hätte jetzt nach Ivesham zurückgehen sollen – und das würde sie auch tun –, aber was konnte es schon schaden, die Rückkehr noch ein oder zwei Stunden hinauszuzögern? Der Dunkle Ritter war fort, sie würden besser auf sich aufpassen, und sie würden niemandem mehr begegnen. Sie konnten sich am Teich vergnügen, noch eine Zeitlang in der Sonne bleiben, und dann würden sie nach Hause gehen.

Ral starrte die Bäume an, zwischen denen die Mädchen verschwunden waren, und er war hin- und hergerissen zwischen seiner Sorge um das schöne schwarzhaarige Mädchen und der Notwendigkeit, zu seinen Männern zurückzukehren. Vorläufig waren die Rebellen in die Flucht geschlagen worden, aber es bestand trotzdem noch die Gefahr, daß sie zurückkehrten. Falls es dazu kommen sollte, würden seine Männer ihn brauchen.

Unter seinem Helm und dem schweren Kettenhemd spürte er, wie erbarmungslos die Sonne herunterbrannte, und ihm war unangenehm warm. Satan, sein großes schwarzes Streitroß, scharrte zunehmend gereizt mit den Hufen, doch Rals Gedanken verweilten bei dem hübschen jungen Mädchen, das versucht hatte, sich mit ihm anzufreunden. Für ein paar kurze Augenblicke hatte sie das Grauen des Krieges verblassen lassen. Die beiden Mädchen würden seinem Rat doch gewiß folgen und in die Sicherheit ihres Zuhauses zurückkehren. Aber als er sich an das freche Mädchen mit dem kastanienbraunen Haar erinnerte, das ihm mit soviel Trotz gegenübergetreten war, war er sich nicht mehr so sicher.

Er lächelte bei dem Gedanken daran, und dann verfluchte er sie für ihre Dummheit, allein durch die Felder zu schlendern. Sie war bei weitem keine solche Schönheit wie ihre Schwester, doch mit der Zeit würde auch sie zur Schönheit erblühen. Beide Frauen waren zierlich und hellhäutig, das Mädchen mit dem kastanienbraunen Haar jedoch wesentlich dünner und noch in dem linkischen Stadium, das sie durchmachen mußte, ehe sie zur Frau herangereift war. Er fragte sich, wie sie wohl aussehen mochte, wenn sie erst einmal erwachsen war.

Er warf einen letzten Blick in die Richtung, die die beiden eingeschlagen hatten. Es war zwecklos, sich Sorgen zu machen. Er hatte gesehen, wie seine rauhe Stimme das jüngere Mädchen hatte erzittern lassen. Selbst sie würde nicht so dumm sein, sich seinen Anordnungen zu widersetzen. Er schaute auf die Blumen hinunter, die er in der Hand hielt, und ihr Duft weckte eine Erinnerung an klare blaue Augen und einen unglaublichen Liebreiz. Widerstrebend warf er die Blumen fort und ritt zu seinen Männern zurück.

»Ral! Wie gut, daß du zurückgekommen bist. Ich habe mich schon über dein Ausbleiben gewundert.« Das kam von Odo, seinem langjährigen Freund, der mit der Lanze in der Hand neben ihm herritt, der Ritter, dem sein größtes Vertrauen galt.

»Was gibt es Neues?« fragte Ral. »Sind unsere Späher zurückgekehrt?«

Der rothaarige Ritter nickte. »Sie haben über einen Trupp von Rebellen berichtet, die zu de Montreales Männern fliehen. Es wäre ganz in unserem Sinne, sie vorher abzufangen.« Die Rivalität zwischen Ral und Stephen de Montreale, dem Lord von Malvern Castle, war legendär, eine Feindschaft, die auch auf die Männer übergegriffen hatte, die die beiden befehligten.

»In welche Richtung reiten sie?«

Odo wies in die Richtung, aus der Ral gerade gekommen war. Er dachte an die beiden Mädchen, und ein Schauer des Unbehagens lief ihm über den Rücken. »Versammle die Männer. Sag ihnen, sie sollen auf der Hut sein, und laß uns gleich aufbrechen.«

Zwei Stunden später war der kleine Trupp von Rebellen entdeckt, bekämpft und in die Flucht geschlagen worden. Zwanzig Sachsen waren gefangengenommen worden, und weitere zwanzig lagen tot oder im Sterben auf dem Schlachtfeld. Schon bald würde der König sie über den Verrat weiterer sächsischer Gefolgsadliger informieren. Rals Aufgabe sollte darin bestehen, diesem Verrat ein Ende zu bereiten. William wollte, daß wieder Frieden in seinem vom Kriege gespaltenen Land einkehrte.

Und Ral wollte seine eigenen Ländereien.

»Die Männer haben ein gutes Tagewerk geleistet«, sagte er, als er sich die besiegten Feinde und seine von der Schlacht ermatteten Soldaten ansah. »Nicht weit von hier ist eine Wiese. Das ist ein guter Platz, um unser Lager aufzuschlagen.«

Er fühlte die Müdigkeit bis in die Knochen, als er neben Odo durch ein dichtes Erlenwäldchen zu der Stelle ritt, an der er den beiden jungen Mädchen begegnet war. Sie waren nirgendwo zu sehen, und einen Moment lang verspürte er Erleichterung. Dann weckte Lärm seine Aufmerksamkeit, und er hielt an. Zu seiner Rechten hörte er das Plätschern eines fließenden Gewässers, übertönt von ausgelassenen männlichen Stimmen, die normannisches Französisch miteinander redeten.

»Anhalten!« rief er der Kolonne von bewaffneten Soldaten zu, die hinter ihm herritten oder -marschierten. »Odo, du und Geoffrey, Hugh und Lambert, ihr kommt mit mir.« *Stephens Männer – sie mußten es sein.* Das war nicht seine Sorge, doch er würde in Erfahrung bringen, was sie im Schilde führten.

Sie ritten lautlos zwischen den Bäumen hindurch und lauschten dem heiseren Gelächter der Männer, und dann hörte Ral den schrillen Schrei einer Frau. Er gab dem großen Tier die Sporen, und das Pferd galoppierte los. Innerhalb von Minuten erreichte er die Lichtung, von der die Geräusche gekommen waren, und zu seinem Entsetzen sah er das, wovor ihn sein sechster Sinn schon den ganzen Tag über gewarnt hatte. Er sprang von seinem Pferd und zog den Pallasch aus der Scheide an seiner Hüfte.

»Haltet ein, Männer!«

Der schroffe Tonfall seiner Stimme ließ ihr Gelächter verhallen. Einige von Stephens Männern drehten blutbefleckt und ermattet von den Kämpfen die Köpfe zu ihm um.

»Malvern hat zwar nichts gegen das Plündern und das Morden einzuwenden, aber ich werde es nicht dulden. Wenn ihr weiterleben wollt, dann laßt die Frauen frei und macht euch davon.«

Ein untersetzter Ritter trat vor. »Nach dem Kriegsrecht gehören die Dirnen uns! Woher nimmst du das Recht, sie uns zu verweigern?«

»Daher.« Ral zog sein Schwert, und die breite Klinge blinkte in den Strahlen der verblassenden Sonne. Sein rautenförmiger Schild hing über einer Schulter, und der grimmige schwarze Drache funkelte die Männer warnend an.

»Das ist er«, flüsterte einer der fünf Männer. »Sieh dich vor, Bernart, du hast es mit dem Dunklen Ritter zu tun. Du hast doch bestimmt schon von ihm gehört.« Er schluckte so schwer, daß Ral sah, wie sich sein Adamsapfel auf und ab bewegte.

»Sie sind zu fünft, und wir sind fünf – die nehmen wir uns vor.«

»Überlaßt ihm ruhig die Dirnen«, rief ein anderer. »Weshalb sollten wir so gierig sein – wir haben bereits mehr als genug gehabt.«

Darüber lachten die anderen Männer, doch eine Spur von Nervosität schwang in ihrem Gelächter mit. Sie wichen von den Frauen zurück, um die sie herumgestanden hatten, strichen ihre Tuniken glatt und zogen die Schnüre fester zu, die ihre Hosen hochhielten.

Ral sah die beiden Mädchen an, die auf dem Boden lagen. Beide waren nackt. Das schwarzhaarige Mädchen räkelte sich im Gras und schaute geistesabwesend zum Himmel auf. Ihre Schenkel waren blutig, und das Haar fiel wüst zerzaust um ihre bleichen Schultern. Nicht weit von ihr hob das Mädchen mit dem kastanienbraunen Haar den Kopf, rang um Bewußtsein und verlor es doch immer wieder. Sie hatte Prellungen und blaue Flecken, und ein Auge war fast zugeschwollen, die Lippen aufgeplatzt und verquollen. Blut rann aus einem ihrer Mundwinkel.

Seine Finger umspannten den Griff seines Schwerts fester. »Ich warne euch noch einmal, weicht von diesen Frauen zurück!«

Ein untersetzter Ritter mit schmutzigem braunem Haar war der erste, der sich von der Stelle rührte. »Die Magere kannst du als ein Geschenk von Lord Stephen ansehen«, höhnte er. »Ihre Jungfräulichkeit ist noch intakt. Du kannst nach Belieben mit ihr verfahren.«

»Die mit den üppigeren Formen war eine unverhoffte Beute«, sagte ein anderer. »Wir haben sie genommen – einer nach dem anderen. Bei Gott, die Dirne hat es mehr genossen als das lüsternste Küchenmädchen!«

Rals flinke Bewegung kam unerwartet. Mit einer Hand, die in einem Stulpenhandschuh steckte, umfaßte er die Kehle des Mannes, schnitt ihm die Luftzufuhr ab und hob ihn vom Boden. Der Mann trat um sich, wand sich, schlug mit den Fäusten durch die Luft und rang keuchend nach Atem, doch Ral hielt ihn nur noch fester. Als der Ritter ein letztes Mal schnaufte und seine Gliedmaßen sich schließlich nicht mehr rührten, stieß Ral einen leisen Fluch aus und warf ihn hin wie verfaultes Aas.

»Nehmt ihn mit und verschwindet!« befahl Ral.

Die Männer murmelten miteinander, zerrten ihren bewußtlosen Kameraden fort, packten die Zügel ihrer Pferde, ergriffen ihre Waffen und begannen, sich in den Wald zurückzuziehen.

»Hol noch eine Decke«, sagte Ral zu Odo und zog seine eigene Decke hinter dem Sattel hervor, während der letzte von Malverns

Männern verschwand. Er kniete sich neben das schwarzhaarige Mädchen, hüllte es behutsam in die Decke, hob es dann hoch und legte es in Odos ausgestreckte Arme. Als er sich hinkniete, um das Mädchen mit dem kastanienbraunen Haar auch in eine Decke zu hüllen, wehrte es sich und holte mit größerer Wucht, als er erwartet hatte, mit der Faust zu einem Schlag aus.

»Laßt sie in Ruhe!« schrie sie, als ihre geballte Faust auf seinen Kiefer zielte. »Ihr dürft ihr nicht weh tun!«

Er fing ihre Faust mit einer Hand ab und hielt sie fest.

»Du kannst beruhigt sein, *ma petite.* Du und deine Schwester seid jetzt in Sicherheit.« Sie wehrte sich noch einen Moment lang nach Kräften, ehe ihr kleiner Körper in seinen Armen erschlaffte. Ral hob sie hoch und trug sie zu den Pferden.

»Es ist nur gut, daß wir nicht später gekommen sind«, sagte Odo. »Die Mädchen wären beide tot gewesen.«

Ral nickte.

»Es ist eine Schande.« Odo verlagerte seine leichte Last auf den anderen Arm. »Das schwarzhaarige Mädchen ist außergewöhnlich hübsch, und die Jüngere ist der reinste Tiger.«

»Ich glaube, sie hat sich tapfer gewehrt.«

»Was sollen wir mit ihnen anfangen?«

Ral zögerte nur einen Moment lang. »Wir wissen nicht, wo sie wohnen. Sollten ihre Verwandten zu den sächsischen Rebellen gehören, dann wären sie noch nicht einmal innerhalb der eigenen Hausmauern sicher.« Er reichte sein Bündel Geoffrey, dem jüngsten seiner Ritter, einem blonden Knaben von siebzehn Jahren, der als Odos Schildknappe gedient hatte.

»Wir werden sie zum Konvent des Heiligen Kreuzes bringen. Die Schwestern dort können feststellen, woher sie kommen, und dann ihre Familie benachrichtigen, damit sie sie zu sich zurückholt.«

»Ja, das ist ein kluger Entschluß, wenn man bedenkt, was noch bevorstehen könnte.«

Ral nickte lediglich. Er konnte das Bild der schwarzhaarigen

Schönheit nicht abschütteln, die von Stephens skrupellosen Männern geschändet worden war. Und auch nicht das schlimm zugerichtete Gesicht des jüngeren Mädchens, das so tapfer darum gekämpft hatte, seine Schwester zu beschützen.

Ral biß die Zähne zusammen. Er hätte sie persönlich in Sicherheit bringen müssen. Sie waren so jung und so unschuldig. So vertrauensselig. Er kannte die Gefahren, in die sie geraten konnten. Er war das Befehlen einfach zu sehr gewöhnt und hatte daher geglaubt, sie würden ihm gehorchen.

Verflucht noch mal, er fühlte sich schuldig.

Das war eine Bürde, die schwer auf seinem Herzen lastete, als sie zu seinen Männern zurückritten.

## 2. Kapitel

*England 1072*

Glocken läuteten zur Morgenstunde, und in den menschenleeren Hallen des Konvents warf das Geräusch ein gespenstisches Echo. In einer Kapelle ganz hinten im Ostflügel knieten schwarzgekleidete Nonnen reihenweise auf dem harten Steinboden und machten sich zum Gebet bereit.

»Wo steckt das Mädchen diesmal bloß?« fragte die Äbtissin, die auf die Nonnen und eine kleine Gruppe von Novizinnen blickte, die zu ihrer Linken knieten.

Schwester Agnes, die neben ihr stand, war ebenso erbost und verzog selbstgerecht die Lippen: »Ich habe sie nirgends gesehen.« Sie war eine Frau um die Dreißig, so dürr wie eine Bohnenstange und so unbeugsam wie ein Stock. »Sie hat heute morgen nicht mit den anderen von uns das Fasten gebrochen, und sie ist jetzt schon zwei Tage hintereinander während der Gebete am Nachmittag eingeschlafen.«

»Finde sie«, sagte die Äbtissin mit strenger Miene. »Ich will sie augenblicklich sprechen.«

Zwei Stunden später stand Caryn von Ivesham in einer kratzigen braunen Tunika und einem steifen weißen Hemd, das Haar zu einem langen kastanienbraunen Zopf geflochten, vor Mutter Terese, der großen furchteinflößenden Äbtissin des Konvents des Heiligen Kreuzes. Caryn verflocht fest die Finger ineinander und bemühte sich, einen sittsamen Eindruck zu machen.

Die Äbtissin seufzte und brach das Schweigen zwischen ihnen. »Du mußt Gehorsam lernen«, sagte sie und setzte damit die Strafpredigt fort, die sie schon vor einer ganzen Weile begonnen hatte. »Das ist etwas, was dir wahrhaft nicht von allein zufällt. Dennoch mußt du dich bemühen, zu folgen.«

»Ja, Mutter Terese.«

»Du mußt Demut und Frömmigkeit erlernen«, fuhr sie mit monotoner Stimme fort. »Deine Familie ist tot, Caryn. Ivesham Hall liegt in Trümmern. Deine Schwester Gweneth und die Ordensschwestern sind jetzt die einzige Familie, die du noch hast. Gweneth ist glücklich hier. Du mußt dein Leben hier ebenfalls akzeptieren.«

Caryn bekam nur die letzte Bemerkung mit, da ihre Aufmerksamkeit von der Vogelschar abgelenkt worden war, die draußen vor dem Fenster zwitscherte. *Dieses trostlose Leben akzeptieren?* dachte sie. *Niemals!* Doch sie wagte es nicht, die Worte laut zu sagen.

»Du muß dich damit abfinden, eine von uns zu werden«, fuhr die Äbtissin fort. »Falls es strenge Disziplin erfordern sollte, dieses Ziel zu erreichen, dann wirst du sie eben aufbringen müssen.«

Caryn riß den Blick vom Fußboden los, auf dem sie gerade die Bewegungen einer langbeinigen Spinne beobachtet hatte.

»Hast du mich gehört, Caryn?«

»Ja, Mutter.« Gütiger Jesus, was hatte die alte Frau bloß gesagt?

»Gut, dann wirst du jetzt wiederholen, was ich gerade gesagt habe.«

»W-was?«

»Wiederhole, was ich soeben gesagt habe.«

Caryn zappelte nervös herum und grub die Finger in die Falten ihrer häßlichen braunen Tunika. »Demut und Frömmigkeit soll ich erlernen.« Vielleicht lag sie gar nicht so falsch mit dieser Äußerung. Zumindest waren das die Worte, die die Äbtissin gewöhnlich zu ihr sagte.

»Was sonst noch?«

»Was sonst noch?«

»Ich glaube, du hast meine Frage gehört.«

»Disziplin. Sie haben gesagt, daß ich mich in strenger Disziplin üben muß.« Der finstere Ausdruck auf Mutter Tereses Gesicht konnte bedeuten, daß Caryn richtig geraten hatte, aber er hätte ebensogut bedeuten können, daß sie völlig danebenlag.

»Wie nett von dir, mich daran zu erinnern. Dafür, daß du während der Gebete eingeschlafen bist, wirst du sechzig Psalmen aufsagen, während du in kaltem Wasser liegst. Möglicherweise wirst du dich, wenn du das nächste Mal einzuschlafen drohst, an die Lektion in Aufmerksamkeit erinnern, die dir erteilt worden ist.«

Caryn erschauerte schon allein bei dem Gedanken daran. Es war kalt und zugig in dem Konvent. Warme Feuer waren eine Seltenheit, und die Böden waren hart und feucht. Zweifellos würde man sie bis auf das Hemd entkleiden, und da es hinterher naß war, würde sie gezwungen sein, ihre Tunika aus kratziger Wolle ohne Hemd darunter zu tragen.

»Schwester Agnes wird dafür sorgen, daß du Buße tust. Guten Tag.«

Caryn seufzte, als sie zur Tür hinausging. Vielleicht würde es gar nicht so schlimm werden. Bestimmt konnte es nicht schlimmer sein, als den Boden vor dem Altar mit einem Zweig zu fegen oder zwei, drei Nächte hintereinander die karge Kost aus Fett mit Erbsen entzogen zu bekommen.

»Warte in der Halle auf mich«, sagte Schwester Agnes mit einem hämischen Lächeln, in dem sich Zufriedenheit ausdrückte. Caryn schien es, die dünne kleine Frau hätte selbst Buße tun sollen. »Ich werde einen großen Krug Wasser holen und gleich wieder hier sein.«

»Danke, gute Schwester«, sagte Caryn mit einem sarkastischen Lächeln.

Da sie es keineswegs eilig hatte, ihre unangenehme Aufgabe hinter sich zu bringen, ging sie zu Gweneth. Sie fand sie in ihrer Zelle vor, wo sie ruhig dasaß und stickte. Als Caryn sie ansprach, lächelte Gweneth freundlich, fuhr jedoch damit fort, ihre Nadel mit unendlicher Sorgfalt durch die Handarbeit zu stecken, die sie auf dem Schoß hielt.

In ihrer seltsamen Gemütsverfassung war das Leben leicht für Gweneth, friedlich und voller kleiner Freuden. Caryn seufzte. Für sie war das Leben immer eine Art von Streben gewesen, die Suche nach etwas, obwohl sie bisher noch nicht sicher war, wonach. Eines Tages würde sie es finden, soviel stand für sie fest. Dann würde sie denselben Frieden finden, den ihre Schwester bereits gefunden hatte.

Caryn winkte Gweneth zum Abschied zu und fand sich mit der Marter ab, die ihr bevorstand. Als sie in die Halle zurückkehrte, hatte Schwester Agnes bereits Wasser auf den Boden geschüttet. Es stand drei Zentimeter hoch und färbte den Steinboden dunkel. Ungeduldig erwartete sie Caryns Erscheinen.

»Zieh deine Tunika aus«, befahl sie.

Caryn kam dieser Aufforderung unwillig nach und bemühte sich, der Nonne gegenüber keine haßerfüllten Gefühle zu hegen.

»Wenn dir das nächste Mal danach zumute ist, dich vor deinen Pflichten zu drücken, wirst du vielleicht daran denken, welche Folgen ein solches Benehmen hat.«

»Das werde ich ganz gewiß tun, Schwester Agnes.« Zitternd vor Kälte ließ Caryn sich auf dem Bauch auf den rauhen Steinboden sinken. Ihr Hemd sog sich augenblicklich mit dem Wasser voll. Pflichtbewußt begann sie, die Psalmen aufzusagen, die die Äbtissin ihr abverlangt hatte, und sie sagte sie auf, so schnell sie konnte, da sie wußte, daß Schwester Agnes jeden einzelnen zählen würde.

Ehe sie damit fertig war, war ihre Haut blau angelaufen, und sie zitterte von Kopf bis Fuß. Sie erhob sich auf die Füße, zwang sich, Schwester Agnes anzulächeln, wandte sich ab und lief steif in ihre karge Zelle zurück.

»Ist alles in Ordnung mit dir?«

Caryn blickte durch die Zelle zu Schwester Beatrice, die in der Tür stand. Beatrice war ihre beste Freundin, ein schmächtiges Mädchen mit großen grünen Augen, in denen gelegentlich derselbe Schalk aufblitzte, der nur zu oft in ihren eigenen Augen stand.

Caryn, die auf ihrer Matratze aus Maishülsen saß, zog die kratzige Wolldecke enger um sich. »Ich friere nur, das ist alles.«

»Wo bist du heute morgen gewesen?«

Sie zuckte die Achseln. »Es war der erste sonnige Tag seit Wochen, und die Blumen haben angefangen zu blühen.« Sie lächelte. »Ich wollte einen Blumenstrauß für Gweneth pflücken.«

Beatrice lächelte jetzt auch. »Sie liebt Blumen ja so sehr. Sie besitzt die Gabe, sich über jede Kleinigkeit freuen zu können.«

»Ja. Manchmal wünschte ich, ich könnte so zufrieden sein wie sie.«

Beatrice kam auf sie zu. »Du wirst es noch lernen. Eines Tages wirst du in der Lage sein, die Dinge hinzunehmen, wie sie sind.«

»Eines Tages werde ich von hier fortgehen, Beatrice. Du wirst es ja sehen. Eines Tages werde ich meinen eigenen Weg einschlagen.«

»Jetzt allerdings solltest du dich besser auf den Weg zur Kapelle machen. Sie werden dich die nächste Zeit genau im Auge behalten.«

Caryn seufzte. »Ich nehme an, du hast recht.« Sie stand auf. »Schwester Agnes scheint insgeheim Freude an meinem Versagen zu haben.« Sie warf die Decke zurück, zog ihre rauhe Wolltunika an und bemühte sich, den kratzigen Stoff auf ihrer Haut zu ignorieren.

Sie machten sich auf den Weg zur Halle, hielten jedoch in der Bewegung inne, als sie jemand an die schwere Eichentür des Eingangs hämmern hörten. Caryn wandte sich neugierig zum Eingang. »Wer glaubst du wohl, kann das sein?«

»Das geht uns nichts an. Komm. Sonst werden wir uns noch verspäten.«

Aber Caryn lief bereits zur Tür und zwang Beatrice, ihr zu folgen. Ehe die winzige Nonne, die zum Eingang eilte, als angeklopft wurde, die Tür auch nur öffnen konnte, drangen Männer in Rüstungen in die Eingangshalle vor.

»Das ist der Lord von Malvern Castle – Stephen de Montreale«, flüsterte Beatrice und keuchte vor Erstaunen, als sie den großen blonden Mann in scharlachroter Kleidung wiedererkannte, der an der Spitze seiner Männer eintrat. »Mein Vater hat oft über ihn gesprochen, meistens voller Abscheu.«

*Malvern.* Caryn hatte von ihm gehört – welcher Sachse hätte nichts von ihm gehört? Sie wußte, daß er einen blutigen Überfall auf das Dorf verübt hatte, aus dem Beatrice kam, und sie wußte auch, daß die Furcht vor Normannenschweinen wie ihm einer der Gründe dafür war, daß Beatrice sich hier aufhielt. Malvern war den meisten Sachsen verhaßt, das wußte sie, und seine Skrupellosigkeit war berüchtigt.

»Ich bin gekommen, um Ihre Novizinnen zu holen«, sagte er zu der Äbtissin, die zornig vor ihm stand. »Die Frauen, die die Gelübde noch nicht abgelegt haben. Holen Sie sie augenblicklich.«

»Was haben Sie mit ihnen vor?« Die Äbtissin musterte ihn mißtrauisch.

»Auf Malvern gibt es viel zu tun. Ich brauche zusätzliche Arbeitskräfte, und davon haben Sie mehr als genug.« Er war groß und geschmeidig und doch muskulös und kräftig gebaut. Seine Schultern waren breit, seine Hüften schmal, sein Gesicht nahezu vollkommen. Wären nicht seine etwas zu spitze Nase und sein harter männlicher Mund gewesen, hätte man ihn als gutaussehend bezeichnen können. Seine Züge strahlten eine gewisse Grausamkeit aus.

»Diese Mädchen sind dem Schutz der Kirche unterstellt«, entgegnete die Äbtissin.

»Bald werden sie meinem Schutz anbefohlen sein.«

»Aber …«

»Sie werden tun, was ich sage.« Als sie sich nicht von der Stelle rührte, fügte er hinzu: »Und zwar sofort!«

Caryn drehte sich um, als Schwester Agnes mit einigen Nonnen hinzukam.

»Was geht hier vor?« fragte Agnes. »Warum ist Lord Stephen hier?«

»Er ist gekommen, um die Novizinnen zu holen.«

»Die Novizinnen? Was hat er mit ihnen vor? Was gibt ihm das Recht …«

»Er ist Malvern«, sagte Caryn. »Er braucht von niemandem eine Erlaubnis einzuholen, denn er bestimmt selbst darüber, was Recht ist und was nicht.« Sie wandte sich an Schwester Beatrice. »Was auch passiert, du mußt dafür sorgen, daß sie Gweneth nicht mitnehmen. Sie ist noch in ihrer Zelle. Bring sie in ein sicheres Versteck.«

Beatrice warf einen Blick auf die Männer, nickte und wandte sich ab, um zu gehen, doch Caryn hielt sie am Arm zurück. »Falls etwas schiefgeht, dann versprich mir, daß du sie in Sicherheit bringen wirst.«

»Was könnte …«

»Versprich es mir!«

»Du hast mein Wort darauf.« Als die Männer begannen, durch die Gänge zu laufen, eilte Beatrice in den hinteren Teil des Konvents. Die Frauen, die keine Schleier trugen, wurden zusammengetrieben und nach vorn gezerrt, darunter auch Caryn. Sie schaute nervös hinter sich, doch weder Beatrice noch Gweneth tauchten auf.

»Das sind die einzigen, die wir haben«, sagte die Äbtissin zu Malvern. Sie war sichtlich besorgt. »Nur diese sechs Mädchen.« Ihre klare Absicht, Gweneth zu verschonen, ließ Caryn einige der gegen sie gerichteten Gefühle bereuen.

»Diese sechs werden für unsere Zwecke genügen.« Malvern warf einen Blick auf die jungen Frauen, von denen keine älter als achtzehn Jahre war. Ein Ritter, der neben der stabilen Eichentür stand, musterte sie genüßlich und lachte barsch in sich hinein.

»Wie soll ich das erklären?« fragte die Äbtissin. »Was werden die Eltern der Mädchen dazu sagen?«

Malverns Gesicht wurde hart, und seine Nase wirkte plötzlich so spitz und gebogen wie ein Schnabel. »Erklären Sie den Sachsenschweinen, daß wir ganz genau wissen, was sich innerhalb dieser Mauern tut. Diese sogenannten Klöster sind Zufluchtsstätten für die Töchter ebenjener sächsischen Grundbesitzer, deren Verrat uns immer noch zu schaffen macht. An Stätten wie dieser werden Aufruhr und Unzufriedenheit herangezüchtet. Dort werden Aufwiegelungsriten vollzogen, und die Feinde des Königs finden dort Schutz. Sie können von Glück reden, daß William ein Mann Gottes ist, denn andernfalls würde er wahrscheinlich befehlen, dieses Kloster und seinesgleichen niederzubrennen.«

Die Äbtissin hatte zu zittern begonnen.

»Bringt sie raus«, befahl Stephen, und die Männer zerrten die Frauen zur Tür hinaus.

Manche von ihnen weinten und versuchten, sich loszureißen. Wenn sie auch noch so unsicher war, dann konnte Caryn doch an nichts anderes als daran denken, daß sie endlich von hier fortkam. Sogar die Plackerei in Malvern Castle konnte sie nicht als so schlimm ansehen wie die Jahre, die ihr im Konvent bevorgestanden hätten.

Dann hörte sie, wie Malverns Ritter begannen, miteinander zu tuscheln. Sie redeten in dem normannischen Französisch miteinander, das sie jahrelang gelernt hatte. Sie sprachen über die Frauen, redeten in derben Worten darüber, was sich unter den Tuniken der jungen Mädchen verbarg und wie sie den jämmerlichen Fetzen den Garaus machen würden, sowie sie von hier aufgebrochen wären.

Malvern warnte sie, sie müßten warten, bis sie einen Unterschlupf gefunden hätten. In Braxston Keep könnten die Ausschweifungen beginnen.

Caryn fing an zu zittern. Gütiger Gott im Himmel, die Männer planten, die Frauen zu ihren Huren zu machen! Sie kämpfte gegen eine Woge von Furcht an, als sie spürte, wie ein kräftiger männlicher Arm um ihre Taille glitt. Sie wurde vor einem Ritter mit fahlem Gesicht und strähnigem braunen Haar auf den Sattel gehievt.

»Hab keine Angst, *demoiselle*«, sagte er. »Ich lasse dich schon nicht fallen.« Der Arm unter ihrer Brust drückte sie in einer allzu vertraulichen Form, und dann stieß er seinem Pferd die Sporen in die Flanken.

»Vertraut auf Gott«, rief die Äbtissin, als sie mit donnernden

Hufen davongaloppierten. »Wir werden euch alle in unsere Gebete einschließen.«

Zum ersten Mal seit langer Zeit stieß Caryn selbst ein glühendes Gebet aus.

Raolfe de Gere durchquerte auf dem Heimweg an einer Furt den eisigen Strom und wartete dann am anderen Ufer auf seine Gefolgsleute. Es war ein langer Tag gewesen, die letzte Etappe einer Reise von Pontefact, wo er sich mit etlichen anderen Baronen getroffen hatte, die Probleme mit den Gesetzlosen hatten, die in den nahen Hügeln ihr Unwesen trieben.

Odo ritt neben ihm her. Sie waren schon seit ihrer Kindheit Freunde, als beide von Rals Onkel aufgenommen worden waren. Sie hatten sich als Ritter gemeinsam verdingt und Erfahrung in Kämpfen gesammelt, ehe sie in die Normandie zurückgekehrt waren, um Herzog William zu dienen, bevor er König geworden war.

»Was meinst du, Ral – schlagen wir hier unser Lager auf oder reiten wir nach Hause? Das würde einen langen Tag bedeuten, aber der Luxus einer guten warmen Mahlzeit könnte es durchaus wert sein.«

»Ja«, sagte Ral, »auch ich will endlich nach Hause kommen.« Braxton Keep. Er war jetzt Lord von Braxston, ein Zeichen der Hochachtung Williams für seine langen Dienstjahre.

Wie schon vor ihm sein Vater und zuvor sein Großvater war Ral an der Seite seines Lehnsherrn geritten, hatte den Lehnseid abgelegt und war entschlossen, dieses Gelübde selbst dann zu ehren, wenn es ihn das eigene Leben kosten sollte. Seine Familie war schon so lange für ihre Ritterdienste bekannt, daß man sie jetzt de Gere nannte. Krieger. Er betete, sein eigener Sohn würde sein Leben nicht damit zubringen, blutige Schlachten zu schlagen.

»Dann reiten wir also weiter?« drängte ihn Odo.

»Ja.« Ral grinste. »Vielleicht ist Lynette noch auf. Dann würde die Reise mit einem Paar weicher Schenkel und einem Ritt belohnt, der weitaus erfreulicher wäre als dieser hier.«

Odo lächelte. »Bei Gott, Ral, ob das Mädchen schon zu Bett gegangen ist oder nicht, es besteht kaum Zweifel daran, daß sie heute nacht einen gewaltigen Ritt hinter sich bringen wird.«

Ral lachte gutgelaunt in sich hinein. »Laß die Männer ihre Pferde tränken und eine Weile rasten, dann brechen wir auf und reiten zum Schloß.«

Er stellte fest, daß er die Heimkehr kaum erwarten konnte. In den drei Jahren, seit William ihm die Ländereien in der Nähe von Braxston Gap zugesprochen hatte, die früher einmal Harold von Ivesham gehört hatten, hatte Ral den Bergfried und die Mauern aufgebaut, die ihn umgaben, und inzwischen sah er das als sein Zuhause an.

In Wahrheit war es das erste Zuhause, das er seit seiner Kindheit kannte. Die Ländereien, die sein Vater im Lauf der Jahre an sich gebracht hatte, waren an Alain gefallen, seinen älteren Bruder. Er hätte seinen Anteil daran für sich fordern können, doch es war nicht genug für beide da, und er glaubte fest daran, daß er eigene Ländereien an sich bringen konnte. Nach Senlac hatte William ihm den Gefallen getan und ihm den Landsitz vermacht, den er dem ränkeschmiedenden alten sächsischen Gefolgsadligen abgerungen hatte.

»Es könnte gut sein, daß ich heute nacht selbst eine willfährige Dirne finde«, sagte Odo, als sie weiterritten. »Die Küchenmagd Bretta scheint nur allzu bereit zu sein, für ein oder zwei Silbermünzen die Beine zu spreizen.«

»Ich fürchte kaum, daß sich niemand deiner annimmt.«

»Nein, das ist wahr, und doch wäre eine Ehefrau mehr nach meinem Geschmack.« Er lächelte, und sein sommersprossiges Gesicht sah etwas jünger aus als seine dreißig Jahre, nur ein Jahr älter als Ral. »Es wäre schöner, von einem ansehnlichen Mädchen begrüßt zu werden, das mir das Bett wärmt und meine kräftigen Söhne gebiert. Ich gelobe, daß ich mich noch vor Anbruch des Winters auf die Suche danach machen werde. Du solltest dir das auch überlegen.«

In Wahrheit hatte er bereits darüber nachgedacht. Da er jetzt ein

Schloß und Land besaß und uneingeschränkter Herrscher über eine große Zahl von Bauern und Leibeigenen war und noch dazu zu den Baronen zählte, die Williams Vertrauen in besonders hohem Maße besaßen, konnte er durchaus Hilfe gebrauchen. Und starke Söhne, die die Ländereien und das Vermögen erben würden, das er anzuhäufen plante.

Er dachte an seine Mutter, ein sanftes und liebevolles Geschöpf, die allen Aufforderungen seines Vaters nachgekommen war und für einen reibungslosen Ablauf des Haushalts gesorgt hatte. Eine liebende Mutter und Ehefrau ... ein liebendes Weib. Seine Schwestern waren den Männern, die sie geheiratet hatten, im selben Maß ergeben. Sie besaßen Geschick in der Küche, waren begabt im Sticken, versorgten ihre Kinder und die Kranken und kamen den Wünschen ihrer Männer nach.

William würde das gutheißen und ihm Beistand leisten, und mit Hilfe des Königs würde die Frau zweifellos eine großzügige Aussteuer mitbringen. *Eine Heirat ... ja.* Ein mattes Lächeln verzog seine Lippen. Das würde er jetzt in Angriff nehmen, beschloß Ral. Lynette würde zwar wütend werden, aber sie hatte von Anfang an gewußt, daß er eines Tages heiraten würde. Und außerdem, was würde sich durch seine Heirat schon zwischen ihnen ändern? Sie würde weiterhin seine Mätresse bleiben und ihm das Bett wärmen.

Ral lächelte wohlgemut und ritt weiter.

Caryn kannte die Pfade durch den Wald, durch den sie jetzt kamen, nur zu gut. Sie führten sie durch Marschland, das von Farnkraut überwuchert war, und dann höher in die Berge hinauf. Der Pfad führte nach Ivesham Hall – oder zumindest an den Ort, an dem sie einst ihre Kindheit verbracht hatte. Jetzt lag dieses prächtige Holzhaus mit der Holzpalisade in Trümmern, und ihr Onkel war so tot wie ihre Mutter und ihr Vater, seiner eigenen Rebellion gegen die Herrschaft König Williams zum Opfer gefallen.

Nach dem Tag, an dem sie in den Konvent gebracht worden war, hatte Caryn ihn nie wiedergesehen. Während der Zeit ihrer Genesung hatte sie von dem Angriff auf das Haus erfahren, vom Tod ihres Onkels Harold und von der Niederlage seiner kleinen tapferen Gruppe von Beschützern. Jemand hatte den Namen des Dunklen Ritters erwähnt, aber es hieß, das Haus sei von einem anderen mächtigen Ritter verwüstet worden. Kurze Zeit später hatten die Arbeiten an Braxston Keep begonnen, dem Bergfried, der sich jetzt anstelle des Hauses dort erhob, den Caryn jedoch noch nie gesehen hatte.

Sie vermutete, heute nacht würde sie ihn zu sehen bekommen, und eine böse Vorahnung ließ sie sich anspannen.

»Jetzt ist es nicht mehr weit«, sagte der mürrische Ritter, der sie auf dem Pferd festhielt. »Bald brauchst du nicht mehr in der Kälte zu sein.«

Aus der Kälte heraus und in die heißen lüsternen Hände von Malverns Männern. Gütige Mutter Maria, sie wußte, was das zu bedeuten hatte. Sie würde niemals das klägliche Stöhnen ihrer Schwester vergessen, als ein brutaler Normanne sie vergewaltigt hatte. Caryn hatte sich gegen die Männer gewehrt und es geschafft, sie davon abzubringen. Wenn es sein mußte, würde sie sich wieder zur Wehr setzen, aber vorher würde sie versuchen, sie zu überlisten.

Sie stellte sich schlafend, als sie weiterritten, aber unter den halb geschlossenen Lidern blieben ihre Augen wachsam, und, wie der mürrische Ritter bereits gesagt hatte, es war wirklich nicht mehr weit, bis die grauen Steinmauern von Braxton Keep vor ihnen aufragten, eine große karge Festung vor dem Hintergrund eines schimmernden Mondes.

Lord Stephen und zwei seiner Männer ritten voraus und sprachen mit dem Wachposten am Tor, da sie Unterkunft für die Nacht suchten, während die anderen Männer, die jetzt nicht mehr müde waren, sondern begierig auf das, was bevorstand, unruhig darauf warteten, daß die Zugbrücke runtergelassen wurde. Als sie endlich verständigt wurden, donnerten die Pferdehufe gespenstisch auf den schweren Eichenplanken, und die Erschöpfung war den Tieren so deutlich anzumerken wie Caryn.

Was ihr erlaubte, bei Sinnen zu bleiben, war die Teilnahmslosigkeit, ihr Gefühl von Ungläubigkeit in Verbindung mit der eisigen Kälte. Es war jetzt kein Geheimnis mehr, was mit ihnen geschehen würde. Zu viele Hände, die sie betatschten, zu viele anzügliche Bemerkungen, die in jeder Sprache die gräßlichen Absichten der Normannen bekundeten. Während die anderen Mädchen schluchzten und um Gnade flehten und sich damit endlose grobe Warnungen und brutale Schläge einhandelten, blieb Caryn stumm und war entschlossen, auf irgendeine Weise dem Bevorstehenden zu entkommen.

Sie stiegen die hölzernen Treppenstufen zu der Eingangstür im ersten Stock hinauf, die von außen in den hohen Steinturm führten, neun auf neun Meter. Dann betraten sie den großen Saal des Bergfrieds. Er war zwei Stockwerke hoch und hatte eine Gewölbedecke mit einer Öffnung am einen Ende, damit der Rauch des offenen Feuers abziehen konnte. Eine Galerie im zweiten Stock wand sich um den Saal herum, und große Steinstufen einer steilen Wendeltreppe führten nach oben und verschwanden aus der Sicht.

»Was für ein Jammer, daß Lord Raolfe noch nicht zurückgekehrt ist«, sagte jemand auf französisch mit einem ausgeprägten sächsischen Akzent zu Montreale. Caryn wand sich in den Armen des Ritters, der sie festhielt, und dann schnappte sie nach Luft, als sie Richard von Pembroke sah, einen rotblonden Mann Mitte Zwanzig, der früher einmal der Kämmerer ihres Onkels gewesen war.

»Sie müssen ihm unseren Dank für den Gebrauch seines Hauses zukommen lassen.« Lord Stephen lächelte, was ihm ein täuschend gutes Aussehen verlieh. »Meine Männer sind erschöpft. Sie brauchen Nahrung und Getränke. Sowie sie sich ausgeruht haben, werden wir weiterziehen.«

»Vielleicht könnten Sie uns vorwarnen, wie lange Sie sich hier aufhalten werden«, sagte Richard nicht allzu freundlich.

Caryn entging seine unverhohlene Abneigung gegen Stephen de Montreale nicht.

»Und was ist mit den Frauen?« Richard bedachte sie mit einem durchtriebenen Blick.

»Die gehen Sie nichts an. Meine Männer brauchen dringend Zerstreuung. Diesem Zweck werden sie sicherlich zu dienen wissen.«

Richard schaute finster, sagte aber nichts mehr. Er wollte sich gerade zurückziehen, doch dann blieb er stehen und starrte mit großen Augen in Caryns vertrautes Gesicht, das mit Sicherheit blutleer und blaß war. Dann fand er seine teilnahmslose Haltung wieder und ging auf die Küche zu. Es gab kaum etwas, was dieser Mann für sie tun konnte, doch gab es ihr neue Hoffnung und den Mut, nicht zu verzagen.

»Baut die Tische auf«, rief eine Küchenmagd. »Wir haben hungrige Männer zu versorgen.«

Innerhalb von Minuten verwandelte sich der große Saal und war kein Ort voll schläfriger Dienstboten mehr, sondern ein lautstarkes Gelage der Männer von Lord Stephen. Bierhörner wurden bis zum Überfließen gefüllt, und Tranchierbretter mit Fleischstücken wurden hereingetragen. Eine Hammelkeule, Brotlaibe aus Buchweizenmehl, riesige Käsestücke und Platten mit kalten gekochten Pfauhennen wurden serviert.

Der grimmige Ritter zerrte Caryn an einen der Tische und zwang sie, sich auf eine Bank zu setzen.

»Iß, Dirne, du wirst deine Kraft noch brauchen, ehe diese Nacht vorüber ist – das kann ich dir versprechen.« Er lachte derb und quetschte grob ihre Brüste.

Caryn riß sich los, sagte aber nichts, sondern rückte nur so weit von ihm ab, wie es nur irgend ging. Sie tat so, als nähme sie von dem Essen zu sich, das er ihr aufdrängte, und sah sich in dem großen Saal um und hielt nach Fluchtwegen Ausschau. Dabei fiel ihr Blick auf ein weiteres vertrautes Gesicht, das sie innerlich wärmte und ihr einen zweiten Schub von Hoffnung vermittelte. Die Frau war zwar noch ein wenig mehr gebeugt als das letzte Mal, als Caryn sie gesehen hatte, doch es bestand kein Zweifel daran, daß es sich um Marta handelte, die Frau, die sie gestillt hatte und die ihr zeitweise wie eine Mutter gewesen war. Caryn hatte lange Zeit geglaubt, sie sei längst tot.

»Marta«, flüsterte sie tonlos, das Wort nur mit den Lippen bildend, als sie erkannte, daß die Frau sie bereits gesehen hatte. Ein warnender Finger legte sich auf die Lippen der alten Frau. Vielleicht würde sie hier doch noch Hilfe finden, im Schloß ihres Feindes, das genau an der Stelle stand, wo früher einmal ihr Zuhause gewesen war.

Sie wandte sich an den mürrischen dünnen Ritter, der neben ihr saß. »Wenn Sie gestatten ... ich müßte mich dringend frisch machen. Bitte erlauben Sie mir ...«

»Dir wird erlaubt, mir den Strohsack zu wärmen, das ist alles.«

»Es war ein langer Ritt, Sir. Sie konnten Ihre Bedürfnisse auf dem Weg stillen. Darf ich nicht auch die meinen stillen?«

Er murmelte etwas Unfreundliches vor sich hin und zog sie dann mit einem Ruck von der Bank hoch. »Wenn das so ist, dann komme ich mit dir.« Er grinste, und ihr fiel auf, daß ihm ein Zahn fehlte. »Tatsächlich könnte es das Beste sein, wenn wir die anderen jetzt zurücklassen. Da es für dich das erste Mal ist, wäre es vielleicht angebracht, wenn wir versuchen, ungestört zu sein.«

*Gütige Mutter Maria, was habe ich bloß getan?* Ehe sie darüber nachdenken konnte, wie er sich davon abbringen ließ, führte er sie auch schon durch einen schmalen Gang, und Caryn wankte hinter ihm her. Das rauhe Gelächter der Männer und das weinerliche Flehen der Frauen, das sie hinter sich hörte, bewirkte, daß sich ihr Magen zu einem festen Knoten zusammenzog.

*Gütiger Gott im Himmel!* Erst als sie um eine Ecke gebogen waren und sich außerhalb der Sichtweite der anderen befanden, hörte sie ein gedämpftes Geräusch, und der Griff um ihren Arm lockerte sich.

»Komm, mein Kleines«, vernahm sie Martas beschwichtigende Stimme. »Wir müssen ein Versteck für dich finden.« Sie trat aus dem Schatten, und Caryn warf sich aufschluchzend in ihre Arme.

»Ich habe geglaubt, du seist tot«, sagte Caryn zu ihr. »Es ist eine Gnade Gottes, daß ich dich wiedergefunden habe.«

»Es wäre allerdings eine Gnade, wenn du heute nacht deine Unschuld behältst. Beeil dich, wir müssen verschwinden.« Marta führte sie unbeirrt durch die Korridore. Hinter einem Vorhang in der Küche kauerte sie sich auf einen derben Schlafsack, der mit Heidekraut gefüllt war, und Caryn setzte sich zu ihr.

»Du mußt dich versteckt halten. Wage dich hier nicht heraus, ganz gleich, wieviel Aufruhr du vernehmen wirst.«

»Was ist mit den anderen?«

»Du kannst nichts anderes tun, als um Lord Raolfes Rückkehr zu beten.«

»Sprichst du von Braxston? Glaubst du, er würde uns helfen?«

»Er ist nicht so wie die anderen. Er würde nicht zulassen, daß unschuldigen jungen Frauen Leid zugefügt wird.«

»Aber er ist ein Normanne!«

»Ich flehe dich an, tu augenblicklich, was ich dir sage.« Der harte Gesichtsausdruck der alten Frau wurde liebevoller. »Hör diese Nacht auf mich, mein Kleines, wie du es nie zuvor getan hast. Ich bitte dich, sei dieses eine Mal nicht ungehorsam.«

Caryn nickte nur. Allzu oft hatte sie die Wünsche der alten Frau mißachtet. Es reizte sie weit mehr, sich vor den langweiligen Arbeiten der Frauen zu drücken oder etwas anzustellen. So hatte es sich auch an jenem Tag verhalten, an dem sie das Haus verlassen hatte, um über die Wiesen zu laufen, doch wäre sie an jenem Tag daheim geblieben, hätte das nicht viel an ihrem Los geändert.

Caryn erschauerte. Heute nacht würde sie die Warnungen der alten Marta nicht mißachten. Sie würde bleiben, wo sie war, und darum beten, daß niemand den mürrischen Ritter vermißte und daß der Hausherr heimkehrte. Sie biß sich auf die Unterlippe. Wenn es doch nur eine Möglichkeit gegeben hätte, den anderen zu helfen. Sie faltete zwar die Hände und kniete nieder, doch Gebete schienen ihr nicht annähernd genug zu sein.

Rals Blick fiel auf die Signalflagge. Besucher im Haus. Er würde in Erfahrung bringen, wer sie waren, ehe er seine Männer in das Schloß führte.

Er ritt vor den anderen her und näherte sich behutsam, doch nichts schien im argen zu liegen. Die Wachposten am Tor warnten ihn vor, der Baron sei anwesend – Stephen de Montreale –, doch sie sagten, er reiste ohne die übliche Anzahl von Leibeigenen und nur mit ein paar Dutzend Männern in Rüstungen.

Ral atmete unbeschwerter, als er zu Odo und seinen anderen Rittern und Kriegern zurückkehrte.

»Es ist de Montreale. Richard hat ihm Unterkunft gewährt, obgleich er es bestimmt nicht getan hätte, wenn er eine andere Wahl gehabt hätte.«

»Malvern liegt nur drei Tagesritte von hier. Es ist recht unwahrscheinlich, daß er nach unserer Rückkehr noch lange bleiben wird.«

Ral murrte nur vor sich hin. Eine Stunde in Stephens Gesellschaft war mehr als genug.

»Gib den Männern ein Signal. Ich will, daß wir uns möglichst leise annähern.« Er wollte herausfinden, was Malvern plante, ehe die anderen ins Haus kamen.

Odo nickte und ritt durch die Reihen der Männer. Innerhalb von Minuten erreichten sie die Zugbrücke, überquerten sie und gelangten in den Burghof, wo eine ganze Reihe von Ställen, Scheunen, Lagerhäusern und Unterkünften für seine Soldaten errichtet worden war. Etliche verschlafene Edelknaben eilten herbei, um den Kriegern zur Hand zu gehen, und Schildknappen kümmerten sich erst um die Ritter und dann um die Tiere und die Harnische.

Während die Männer beschäftigt waren, machte sich Ral auf den Weg in die Burg und war innerlich froh darüber, daß er noch sein

Kettenhemd trug, dessen fünfzig Pfund in den Stunden vor dem Morgengrauen immer schwerer wurden.

Im Bergfried vernahm er anstelle des Schnarchens von schlafenden Rittern, das er nicht wirklich erwartet hatte, das lautstarke Gelächter und das lüsterne Grunzen Betrunkener. Als Ral stumm im Schatten stehenblieb, konnte er eine Frau weinen hören. Im Schein der Binsenlichter, die an den Wänden flackerten, sah er nackte weiße Schenkel, die weit unter dem behaarten Hintern von einem von Malverns Männern gespreizt waren, der sich auf und ab bewegte. Das Gesicht der Frau war ihm nicht bekannt. Selbst Stephen hätte Rals Zorn nicht riskiert, indem er sich an dem Hausmädchen vergriffen hätte.

Stephen hatte dafür gesorgt, daß seine Männer Unterhaltung hatten. Die Flammen der Hölle sollten diesen verdammten Kerl verzehren!

»Mylord, ich bin es ... Marta.« Die alte Frau glitt aus der Dunkelheit. Es brachte ihn aus der Fassung, daß sie sich so unbemerkt durch die Räume schleichen konnte. »Ich muß Sie sprechen, Mylord.«

»Was ist, alte Frau? Siehst du denn nicht, daß ich mit Malvern im Haus schon genug Probleme habe?«

»Über ihn möchte ich ja gerade sprechen.« Ihre dünnen Lippen verzogen sich mißbilligend. »Der Mann ist ein Schakal.«

»Die Frauen – stammen sie nicht aus dem Dorf?«

»Nein. Malvern hat sie mitgebracht. Die Mädchen sind kaum mehr als Kinder. Novizinnen aus dem Konvent. Malvern hat sie von dort geraubt.«

Ral ballte die Hände zu Fäusten. Das war eine Tat, wie er sie von einem Mann wie Stephen hätte erwarten sollen. »Ich wünschte, ich könnte ihnen helfen, aber es gibt nichts, was ich tun kann. Malvern gehört das Ohr des Königs. Er hat weit größere Macht als ich. Wenigstens sorgt meine Rückkehr dafür, daß er mit Sicherheit bald von hier verschwinden wird.«

»Aber Mylord ...«

Schlurfende Schritte im Saal lenkten die Aufmerksamkeit der beiden auf sich. »Dann hast du sie also endlich gefunden!« Stephens Stimme, die vom Trinken belegt war, hallte laut durch den Saal. »Bring sie her!«

»Sie hat sich im Korridor versteckt. Das Miststück hat sich die Kleider eines Küchenmädchens angezogen, aber diese großen braunen Augen und das schimmernde kastanienbraune Haar sind unverwechselbar. Sie ist die hübscheste von allen, soviel steht fest.«

Als der große Ritter das Mädchen ins Licht zerrte, keuchte Marta. »Das ist Lady Caryn«, flüsterte sie Ral aus dem Schatten an seiner Seite zu.

Malvern lachte, als er das Mädchen am Arm packte. »Du hast wohl geglaubt, du kannst uns entkommen, was?«

»Sie hat den anderen geholfen«, sagte der Ritter und zerrte sie zu sich heran. »Zwei von ihnen werden bereits vermißt, Mylord.«

Stephen lachte in sich hinein. »Das Mädchen hat Mut, aber sie hat sich selbst eine Falle gestellt.« Er zog an dem Band seiner Hose, als er aufstand. »Ich werde sie persönlich einweihen.« Er griff nach dem Halsausschnitt der Tunika des Mädchens, packte den Stoff und riß ihn bis zur Taille auf.

»Lassen Sie mich los!« rief das Mädchen und versuchte, sich von ihm loszureißen. Stephen umfing ihre Taille mit einem Arm und zog sie eng an seinen Körper. Dabei zerriß er ihr Hemd und zog es von ihren Schultern.

Marta, die im Schatten stand, umklammerte Rals Arm. »Ich bitte Euch, Mylord! Lady Caryn ist die Tochter des früheren Schloßherrn.«

»Harold?«

»Nein, Harolds Bruder Edmund. Er war vor ihm der Lord hier.«

Ral hörte die Worte der alten Frau kaum. Sein Blick war auf die junge Frau geheftet. Sie war klein, aber nicht zerbrechlich, eine erwachsene Frau. Er konnte sich nicht genau erinnern, aber irgendwie kam sie ihm bekannt vor.

»Ganz ruhig«, sagte Stephen gerade und bog ihr gewaltsam mit der Hand das Kinn hoch. »Ich bin nicht ungeschickt im Umgang mit unzugerittenen Füllen. Überlaß es nur mir, ich gehe langam vor.« Er lächelte kalt und gehässig. »Wenn du dich dagegen wehrst, werde ich dich entzweireißen.« Er hielt sie so fest, daß sie sich nicht von der Stelle rühren konnte, und dann zog er an dem Band, mit dem sie ihren dicken kastanienbraunen Zopf zusammenhielt, ließ seine Finger durch die schimmernden Locken gleiten und breitete sie um ihre Schultern aus.

In dem Moment, in dem er das tat, fügten sich die verschwommenen Bilder, die vor Rals Augen vorbeigezogen waren, zu einem Ganzen zusammen, und die einzelnen Teile prallten mit einer Wucht aufeinander, die seine Ohren dröhnen ließ.

»Gütiger Himmel«, sagte er, »das ist sie.« Es war ein Gesicht, an das er sich jetzt allzu gut erinnerte, eines von zweien, die ihn in den letzten drei Jahren verfolgt hatten. Er trat aus dem Schatten hervor und begab sich in den Saal. Hinter ihm schwang die schwere Eichentür weit auf, und einige seiner Männer betraten den Bergfried.

Neben einer Bank vor dem Feuer lachte Malvern über die nutzlosen Bemühungen des Mädchens, ihn abzuwehren. Er bog sie über seinen Arm zurück und begrapschte ihre Brüste. Sie waren üppig und wohlgeformt, wie Ral sah, und er spürte, wie sich seine Lenden anspannten. Sie hatten keine Ähnlichkeit mehr mit den winzigen pflaumenförmigen Brüsten, die er an jenem Tag auf der Wiese gesehen hatte. Und ihre Züge waren verändert, ihre Wangen weich und voll, ihr Mund von einem leuchtenden zinnoberroten Glanz. Sie war nicht mehr das linkische Mädchen, das er in Erinnerung hatte, aber nichts konnte das Bild auslöschen, das er von ihrem Gesicht in sich trug, und auch nicht das von ihrer wunderschönen Schwester mit dem rabenschwarzen Haar.

»Halt ein, Stephen!« Ral ging auf ihn zu, und sein Kettenhemd und seine Sporen klirrten bei jeder seiner Bewegungen.

»Nanu ... Braxston! Endlich wieder zu Hause. Ich könnte sagen, es sei schön, dich zu sehen, aber wir wüßten beide, daß diese Worte eine Lüge wären.«

»Dir ist in meiner Burg Unterkunft gewährt worden. Dasselbe würde ich von dir auch erwarten. Du hast genug Frauen, um das Verlangen deiner Männer zu stillen. Ich fordere dich auf, diese eine in Ruhe zu lassen.«

Stephen ließ von Caryn ab, doch seine hellblauen Augen wurden hart. »Diese Frauen leisten dem König Beistand. Ich habe sie im Namen des Königs für mich beansprucht.« Die junge Frau zog sich die braune Tunika aus rauhem Stoff mit zitternder Hand über die Brüste. »Diese Kleine wird mir das Bett wärmen, ehe die Nacht vorüber ist. Sie gehört mir, und wir wissen beide, daß ich nicht hergebe, was mir gehört.«

»Du hast andere, mit denen du dich amüsieren kannst.«

»Die hier hat Feuer.« Er schlang die Finger in ihr Haar, dunkle Schatten aus Karmesinrot und Gold, und bog ihren Kopf zurück. »Ich will sie mit gespreizten Beinen unter mir liegen sehen. Sie gehört mir.«

»Nein«, sagte das Mädchen und riß sich los. »Ich gehöre keinem Mann.«

Rals Kiefer spannte sich an. Sein Blick schweifte von dem verzweifelten Gesicht des Mädchens zu Stephen, dessen Männer begonnen hatten, sich um ihn herum zu versammeln; ihre Hände lagen unruhig auf den Griffen ihrer Schwerter. Hinter ihm fächerten sich Rals Männer im Saal auf.

»Ihr täuscht euch beide«, sagte er. »Das Mädchen gehört mir.«

Malvern stieß sie grob von sich. »Du wagst es, mir etwas zu verweigern?« Er legte die Hand auf sein Schwert.

»Das Mädchen gehört mir. Sie ist die Tochter des alten sächsischen Schloßherrn.« Er warf ihr einen warnenden Blick zu. »Caryn von Ivesham ist meine Verlobte.« Er lächelte sie an, doch das Lächeln reichte nicht bis in seine Augen. »Nicht wahr, meine Liebe? «

# 3. Kapitel

Caryn wankte, als sei sie geohrfeigt worden. Der Dunkle Ritter ihr Verlobter! Niemals! Sie hatte ihn nicht vergessen und würde diese kühlen blaugrauen Augen auch niemals vergessen, diesen unerbittlichen Kiefer und das dichte schwarze Haar. Die dichten Strähnen waren jetzt sogar noch länger, nicht so kurz geschnitten, wie die meisten Normannen das Haar trugen, sondern es wellte sich leicht in seinem Nacken über dem Kettenhemd. Gütige Mutter Maria, er mußte verrückt sein!

Sie betrachtete ihn genauer, bemühte sich, gegen ihre Ängste anzukämpfen, und nahm den grimmigen Blick wahr, mit dem er sie warnte. Er sah gut aus, wie sie jetzt erkannte, damals jedoch nicht wahrgenommen hatte, auf eine harte und bedrohliche Art, die sich sehr von dem Aussehen Lord Stephens unterschied. Seine Nase war gerade, seine Lippen wohlgeformt, doch sein Kinn war etwas zu eckig, seine Backenknochen ein wenig zu streng. Er war ein stämmiger Mann mit breiter Brust, breitem Nacken, starken Muskelsträngen an Armen und Beinen.

»Nicht wahr?« wiederholte er, und die Warnung war noch deutlicher in deinen Augen zu lesen, eine Erinnerung daran, daß Lord Stephen und seine Männer sie vergewaltigen würden, wie sie es bereits mit den anderen Mädchen getan hatten, falls sie ihm widersprechen sollte.

Sie schluckte schwer und starrte den großen finsteren Ritter an, der über ihr aufragte. Sie hatte nicht vergessen, was er und seine Männer ihrer Schwester angetan hatten. Sie konnte sein Gesicht immer noch unter den anderen sehen, obwohl die Erinnerung daran verschwommen und trügerisch war, vermischt mit dem Grauen, der Wut und dem Schmerz. Sie wußte nicht, welche Rolle er dabei gespielt hatte, aber sie wußte mit Sicherheit, daß er dort gewesen war.

Er war genauso schlecht wie Malvern.

Dennoch brauchte sie Zeit. Sie hatte wirklich keine andere Wahl. Sie bemühte sich, unter seinem eindringlichen Blick nicht zu erzittern. »Ja, Mylord, so ist es.«

Malvern zog die schmalen blonden Augenbrauen über Augen zusammen, die vor Wut Funken sprühten. Er wußte, daß der Dunkle Ritter gelogen hatte, doch die Lüge hatte zum gewünschten Ziel geführt. Zorn rötete seine Backenknochen. Dann lächelte er derart gehässig, daß er wie das tödliche Raubtier wirkte, das er war.

Seine Hand fiel von seinem Schwert. »Wenn ich das gewußt hätte, hätte ich sie im Kloster gelassen. So, wie die Dinge stehen, stellt es sich vielleicht im nachhinein als Segen heraus.« Wieder ein boshaftes Lächeln. »Da ich weiß, wie sehr es dir in der Vergangenheit widerstrebt hat, dir eine Frau zu nehmen – wie könnte ich mich nicht darüber freuen, daß du es jetzt doch beabsichtigst? Was sagst du dazu, Ral? Hast du schon Pläne für die Hochzeit geschmiedet?«

»Ich erwarte erst noch eine Nachricht von William. Sowie ich seinen Segen habe und das Aufgebot ausgehängt ist, werde ich sie heiraten.« Er wandte sich zu Caryn. »Was ist mit deiner Schwester?« fragte er mit einer Stimme, die nur sie allein vernehmen konnte. »Hält sie sich ebenfalls im Haus auf?«

»Gweneth ist im Konvent in Sicherheit.« *Deinem Zugriff und dem deiner verderbten Spießgesellen entzogen – Dank der gesegneten Jungfrau.*

Der riesige Ritter wollte noch etwas sagen, doch als er auf der Treppe eine Bewegung wahrnahm, wandte er den Blick dorthin. Von dem oberen Treppenabsatz starrte eine Frau in einer lavendelfarbenen Tunika kühn auf die Männer herab.

»Was sagst du da, Mylord? Haben meine armen Ohren richtig

gehört?« Sie war blond und hellhäutig, gertenschlank und anmutig, und doch waren ihre Lippen hart, und in ihren grünen Augen stand keine Spur von Zärtlichkeit. »Gewiß haben meine Ohren mich getrogen.«

Der Kiefer des Dunklen Ritters war angespannt. »Das geht dich nichts an, Lynette. Geh wieder in dein Gemach.«

»Ah, die schöne Lynette«, sagte Stephen. »Ich hätte nicht erwartet, dich zu sehen.«

»Das lasse ich nicht zu, Ral. Es stimmt zwar, daß du mir nie etwas versprochen hast, aber ich sage dir, daß ich das nicht zulassen werde!«

»Und ich sage dir, daß du verschwinden sollst! Noch ein solcher Ausbruch, und du bekommst meinen Handrücken zu spüren!«

Einen Moment lang schien es, als würde sie auffahren, doch dann wich der Zorn aus ihrem Gesicht, und ein steifes Lächeln umgab ihre Lippen. »Verzeih mir, Mylord. Es kommt nur daher, daß ich dich in diesen langen Tagen vermißt habe. Ich erwarte dich in meinem Gemach.«

Caryn schaute von dem Dunklen Ritter zu der großen blonden Frau. Zweifellos seine Mätresse. Doch wenn es so war, was konnte er dann bloß von ihr wollen?

»Dann nimmt sich der Lord von Braxston also endlich eine Braut.« Malverns Lippen verzogen sich zynisch. »Ich werde persönlich an William schreiben und ihm berichten, wie sehr es dir mit der Hochzeit eilt. Mit der Erlaubnis des Königs könnten die Gelübde vielleicht schon in vierzehn Tagen abgelegt werden. Was sagst du dazu, Ral? Würde dir das nicht große Freude bereiten?«

*Du Hurensohn,* fluchte Ral innerlich und verdammte sich für die Lage, in die er sich gebracht hatte, da er wußte, daß Stephen jede einzelne Sekunde seines Unbehagens auskostete. Sein Motiv war Schuldbewußtsein gewesen. Er hatte das schwarzhaarige Mädchen im Stich gelassen. Ein so süßes und unschuldiges Wesen hatte seinen Schutz verdient, und doch hatte er nicht für ihre Sicherheit gesorgt. Er hatte vorgehabt, das Unrecht, das er an ihr begangen hatte, auf die einzige Art und Weise wiedergutzumachen, die ihm einfiel, nämlich dadurch, daß er die jüngere Schwester des Mädchens beschützte.

»Das bereitet mir allerdings Freude.« Er konnte natürlich gegen Montreale kämpfen. Da er seinem Rivalen mit seinen Männern zahlenmäßig weit überlegen war, würde Ral mit Sicherheit gewinnen. Doch dabei würde das Blut guter Männer vergossen, und der König würde ihn teuer dafür bezahlen lassen. Stephens Vater war Williams bester Freund. Man würde Ral seine Ländereien und seinen Titel nehmen und ihm nichts von alledem lassen, was er durch harte Arbeit errungen hatte.

»William wird diese Heirat zu schätzen wissen«, sagte Ral. »Er will, daß dieses Land im Norden unterworfen wird. Er glaubt, wenn Kinder aus einer Verbindung von Normannen und Sachsen hervorgehen, wird es dazu um so eher kommen.« Ral zwang sich zu einem Lächeln. »Mit einem so schönen Mädchen ins Bett zu gehen, ist eine Pflicht, auf die ich mich schon freue.«

Und der einzige Ausweg aus seinem Dilemma bestand in einer Eheschließung. Das hatte er von dem Augenblick an gewußt, in dem er um ihretwillen eingesprungen war. Sowie Stephen in Erfahrung gebracht hatte, daß Ral sie beschützen wollte, war das Mädchen außerhalb der Schloßmauern nicht mehr sicher.

Malverns Blick glitt über das Mädchen, als gehörte sie ihm. »Das Vergnügen könnte immer noch bei mir liegen«, warnte er ihn, »sollten sich deine Worte als unwahr erweisen.« Er ließ sie stehen und streifte ein letztes Mal ihre Brust mit seiner Hand, ehe er ging. Diese Beleidigung ließ Ral eine steife Haltung einnehmen.

»Verschwinde, Stephen! In dem Punkt wird selbst der König dir keine Rückendeckung geben.« Vorausgesetzt, er billigte diese Heirat tatsächlich.

Malvern lächelte das Mädchen an. »Ich bitte um Verzeihung, Mylady, falls ich Sie versehentlich beleidigt haben sollte. Mit diesen

Lumpen haben Sie mich zum Narren gehalten.« Er sah Ral an. »Ich würde dir raten, sie ihrem Status gemäß einzukleiden. Es gibt noch andere, denen derselbe Irrtum wie mir unterlaufen könnte.«

Ral ignorierte diese Bemerkung. »Meine Männer sind erschöpft. Ich will ihnen Essen vorsetzen und ihnen ihre Ruhe gönnen.« Er griff nach Caryns Arm, hielt ihn fest und zog sie hinter sich her. »Bis morgen früh, Stephen.«

Caryn widerstand dem Drang, sich loszureißen, und ließ sich von dem großen Normannen zur Treppe führen. Sowie sie das helle, freundliche Gartenzimmer erreicht hatten, führte er sie hinein und schloß die Tür hinter sich. Caryn wirbelte augenblicklich zu ihm herum.

»Bist du verrückt geworden?«

Der riesige Mann wandte sich zu ihr um, und sein Gesichtsausdruck war distanziert und unergründlich. Der Schein der Binsenlampen ließ sein schimmerndes pechschwarzes Haar glänzen, und das Grau seiner Augen schien zu funkeln. »In diesem Augenblick scheint es tatsächlich wahr zu sein.«

»Und warum hast du das dann getan? Was hast du dir davon erhofft? Glaubst du wirklich, ich würde dich heiraten?«

Der Dunkle Ritter nahm eine steife Haltung ein. »O ja, ich glaube, du wirst alles tun, was nötig ist, um deine Haut zu retten.«

»Ich werde niemals einen Normannen heiraten. Und schon gar nicht einen so gemeinen Kerl wie dich. Ihr seid Mörder – ihr alle – und ihr raubt und tötet und zündet unsere Häuser und Felder an.«

»Das, was du sagst, entbehrt nicht der Wahrheit. Von beiden Seiten sind schäbige Taten begangen worden. Es ist im Namen des Krieges geschehen. Es ist vieles passiert, was man besser in der Vergangenheit ruhen lassen sollte.«

»Du bist ein Normanne. Die Zeit wird den Haß nicht abschwächen, den ich für dich empfinde. Glaubst du etwa, ich hätte nicht gesehen, was sich heute nacht hier abgespielt hat? Meine Freundinnen sind geschlagen worden, und die Männer sind über sie hergefallen. Gütige Jungfrau Maria, sie sind der heiligen Kirche entrissen worden!«

»Du sprichst von Malverns Vergehen, nicht von meinem. Wenn ich den Mädchen hätte helfen können, dann hätte ich es getan. Ich konnte nichts für sie tun.«

»Und warum? Weil du ihn fürchtest?«

»Ich fürchte den König. Ich habe gelobt, seinen Befehlen Folge zu leisten. Stephen ist der Liebling des Königs.«

»Und du bist es nicht?«

»Malvern verfügt über ein enormes Vermögen. Sein Vater ist einer von Williams engsten Freunden. Es steht nicht in meiner Macht, ihm Vorschriften zu machen.«

»Dann bist du nicht nur ein Schweinehund, sondern auch noch ein Feigling.«

Er machte drohend einen Schritt auf sie zu. »Ich habe dir heute nacht gestattet, dich nach Belieben zu äußern, da die Umstände dich aus der Fassung gebracht haben. Aber ich warne dich, du solltest lieber lernen, wann du dein vorlautes Mundwerk zu zügeln hast. Kein Mann würde es wagen, so mit mir zu reden. Und auch von dir werde ich solche Worte in Zukunft nicht mehr dulden.«

Es war sein Ernst. Seine dichten dunklen Augenbrauen hatten sich zu einem Stirnrunzeln zusammengezogen, und sein Mund wirkte schmal und grimmig.

»Falls du die Absicht hattest, deine Gelübde abzulegen«, sagte er und bezog sich dabei auf ihren Status als Novizin, »dann ist es dafür längst zu spät. Du wirst dich mit mir und nicht mit der Kirche verheiraten. Solltest du dich weigern, wird Stephen dich in dem Moment nehmen, in dem du auch nur einen Fuß aus diesen Mauern gesetzt hast.«

»Ich hatte nie die Absicht, das Leben einer Nonne zu führen. In Wahrheit kann ich mir nichts Abscheulicheres vorstellen, als die Jahre in einer kalten feuchten Zelle vergehen zu lassen.« Sie reckte das Kinn in die Luft. »Außer vielleicht, mit dir verheiratet zu sein.«

»Eine Ehe mit dir ist wohl kaum das, was ich geplant hatte. Du bist nichts weiter als ein kleines Mädchen. Ich wollte eine Frau heiraten – eine erwachsene Frau.« Caryn war entrüstet. »Du bringst keine Aussteuer mit. Du bringst in diese Verbindung nichts weiter ein als die Lumpen, die du auf dem Leib trägst. Dennoch ist es zu spät, um jetzt noch etwas daran zu ändern.«

»Es ist noch nicht zu spät. Du kannst mich nicht zur Ehe zwingen, und ich werde nicht einwilligen.« Sie kehrte ihm den Rücken zu und lief zu der schmalen Schießscharte in der Mauer, die als Ausguck diente.

Ihr hatte es nicht behagt, wie sein Blick auf den Riß in ihrer Tunika gefallen war und wie ihr Magen sich zu einem Knoten zusammengezogen hatte. Ral war hart und grob, und sein Blick war noch grimmiger als der, mit dem Lord Stephen sie angesehen hatte ... und bei weitem intimer. Als schätze er jetzt schon ab, wie sie ihre Pflichten im Ehebett erfüllen würde.

»Solltest du mich ablehnen«, sagte er, »würde Malvern dich zu seiner Geliebten machen. Wenn er deiner müde ist, wird er dich mit seinen Männern teilen. Du hast heute nacht genug gesehen, um zu wissen, was dann passiert.«

Sie würde geschlagen und brutal behandelt werden und vielleicht sogar dabei umkommen. Caryn erzitterte unter diesen bedrohlichen Augen. »Warum? Wenn ich als Ehefrau eine so schlechte Wahl bin, warum willst du mich dann haben?«

Er zog die kräftigen Schultern zu einem Achselzucken hoch, und die Muskeln auf seinen Armen kräuselten sich. »Das bin ich dir schuldig. Was damals auf der Wiese passiert ist ... es hätte niemals dazu kommen dürfen. Ich würde all das rückgängig machen, wenn ich es könnte. Da ich das nicht tun kann, werde ich diesmal dafür sorgen, daß du in Sicherheit bist.«

Der große Rohling hatte also ein Gewissen. Wenn sie auch noch so sehr verabscheute, was er und die anderen getan hatten, dann fand Caryn in dieser Vorstellung seltsamerweise doch Trost. Und ebenso seltsam war ihre Feststellung, daß sie sich nicht mehr vor ihm fürchtete. Zumindest nicht in der Form, in der sie sich vor Malvern fürchtete.

»Weshalb sollte ich glauben, daß ich mit dir besser dran bin?«

»Weil du meine Frau sein wirst.«

Seine Frau. Eine verheiratete Frau. Das war etwas, woran sie in ihren Jahren im Konvent kaum einen Gedanken verschwendet hatte. Jedenfalls konnte man nicht behaupten, daß sie diesem Status freudig entgegensah. Sie wollte ihre Freiheit. Danach lechzte sie jetzt ebensosehr wie täglich in den letzten drei Jahren. Vielleicht sogar schon vorher. Sie wollte auf sich selbst gestellt und keinem Mann verpflichtet sein, und sie wollte sich die Welt und all ihre Wunder ansehen. Das würde nicht einfach werden, doch hatte sie schon immer fest daran geglaubt, daß sie einen Weg finden würde, dies zu bewerkstelligen.

Was sie jetzt brauchte, war Zeit. Genug Zeit, um Fluchtpläne zu schmieden. Sie zwang sich zu einem Lächeln, und in ihrem Hinterkopf begann bereits ein Plan Gestalt anzunehmen.

»Vielleicht hast du recht. Die Vergangenheit hat nichts in der Gegenwart zu suchen. Und außerdem scheint es ganz so, als hätte ich gar keine andere Wahl. Solltest du den Wunsch haben, mich zu heiraten, so werde ich in eine Eheschließung einwilligen.« Mutter Gottes, die Worte blieben ihr fast in der Kehle stecken.

»Ich heiße Ral.«

Ral der Gnadenlose. Der Dunkle Ritter. Sie wäre niemals auf den Gedanken gekommen, er könnte der Lord von Braxston Keep sein. »Mich nennt man Caryn.«

»Das hat mir Marta schon gesagt, deine Amme. Sie hat dir heute nacht beigestanden und wird fortan in deinen Diensten stehen.« Er ging zur Tür, riß sie auf und rief nach Marta, die sogleich erschien.

»Führe deine Herrin in eines der Gemächer.« Er sprach zwar mit Marta, doch dabei sah er Caryn an, und diese kühlen graublauen Augen waren bei weitem nicht kühl genug, als er sie gründlich musterte. »Ein Händler ist gerade im Dorf. Wir sind ihm auf der Straße begegnet. Schick morgen früh einen Boten zu ihm. Fordere ihn auf, seine Waren herzubringen. Mylady soll wie eine Dame eingekleidet werden.«

Caryn wollte schon Einwände erheben und ihm sagen, von einem elenden Normannen würde sie nichts annehmen, doch im letzten Moment hielt sie sich zurück. Sie warf einen Blick auf die Wand, an der neben einem Lederköcher, der mit Pfeilen gefüllt war, ein abgenutzter Schild hing. Ein riesiger schwarzer Drachen auf blutrotem Hintergrund. Caryn erschauerte.

Als sie dem Dunklen Ritter ins Gesicht sah, stellte sie fest, daß er sie beobachtete und daß sein Blick dabei auf ihre Brüste geheftet war, die sich hoben und senkten. Es war fast so, als ob er sie berührte, wenn auch keineswegs so roh und brutal, wie Malverns Hände sie berührt hatten, sondern eine zarte, federleichte Liebkosung.

»Komm nicht mehr nach unten, solange Lord Stephen nicht abgereist ist«, warnte er sie, als sie sich zwang, auf die Tür zuzugehen.

Caryn blieb stehen und drehte sich um, damit sie ihm in das gutgeschnittene Gesicht sehen konnte. »Ich bin doch jetzt gewiß nicht mehr in Gefahr.«

»Widersetze dich mir in diesem Punkt nicht, *ma petite.* Solltest du den Wunsch verspüren, noch jungfräulich zu sein, wenn ich mich zu dir lege, dann wirst du genau das tun, was ich dir sage.«

Caryn lief knallrot an. Sie wollte absolut nicht das Bett mit ihm teilen, doch sie wagte nicht, ihm das zu sagen. »Wie du wünschst, Mylord.« Sie lief hinter Marta her, die eilig das Zimmer verließ.

Ral sah den beiden nach und bemerkte, daß die kleinen Hände des Mädchens ihre Tunika zusammenhielten. Das dichte dunkle kastanienbraune Haar reichte ihr fast bis zur Taille. Sie war nicht die blauäugige Schönheit, die ihre Schwester war, aber es ließ sich nicht bestreiten, daß sie attraktiv war. Sie war aufgeblüht und zu einer lebensprühenden jungen Frau herangewachsen. Mit ihrer schmalen geraden Nase, dem Schwung ihrer zarten Augenbrauen und den prallen rubinroten Lippen hätte sie dafür gesorgt, daß sich die Lenden eines jeden mannhaften Kerls regten. Und in ihren warmen braunen Augen mit den dichten Wimpern sprühte ein Feuer, an dem es dem älteren Mädchen gemangelt hatte.

Er hörte, wie sich am Ende des Ganges eine schwere Eichentür schloß, und er sah, daß sie unbeschadet in ihrem Gemach angelangt war. Sie hatte sich gegen Stephen zur Wehr gesetzt, ohne auch nur eine Träne zu vergießen, und sie hatte sich auch mutig gegen ihn selbst gewehrt und sich dann hocherhobenen Hauptes mit ihrem Schicksal abgefunden. Sie würde ihm gehorchen; das hatte sie bereits unter Beweis gestellt.

Und einen Teil dieses Feuers würde sie in sein Bett mitbringen.

Bei dem Gedanken regten sich Rals Lenden, doch zugleich war er beunruhigt. Er hatte nie mit einer Frau geschlafen, die so klein war, und er hatte alles getan, um das zu vermeiden. Er war auffallend groß, mehr als doppelt so schwer wie sie. Außerdem war seine Lust kaum zu stillen; er hatte vor, große kräftige Söhne zu zeugen. Würde sie ihn überhaupt in ihren kleinen weiblichen Körper aufnehmen können? Würde sie seine Kinder überhaupt gebären können?

Wie dem auch sein mochte, es gab kein Zurück mehr. Bald würden sie miteinander verheiratet sein, und sie würde sich unter ihm wiederfinden. Seine Erregung verstärkte sich, und bei dem Gedanken daran, in sie zu stoßen, während sie die Schenkel spreizte und ihr rötliches Haar wie schwache Glut unter ihr schimmerte, wurde er hart.

Ral schüttelte den Kopf und rang darum, diese Vorstellung abzuschütteln. Verdammt, er war zu lange ohne eine Frau gewesen. Er stieß einen mürrischen Fluch aus. Nach allem, was sie im Saal gehört hatte, würde Lynette miserabel gelaunt sein. Seine Stimmung würde sich auch nicht gerade bessern, wenn er sie heute nacht aufsuchte. Wenn er sich am nächsten Morgen mit ihr auseinandersetzte, dann war das früh genug, um ihr zu sagen, daß sie das Haus verlassen mußte, bis er verheiratet war, und gleichzeitig mußte er sie davon überzeugen, daß sich zwischen ihnen nichts zu ändern brauchte, wenn dieser Schritt erst einmal vollzogen war.

Vielleicht war das die Lösung seiner Probleme mit dem Mädchen mit dem kastanienbraunen Haar. Er würde sorgsam darauf achten, ihr nicht weh zu tun, und er würde mit ihr schlafen, bis er sie mit einem Sohn geschwängert hatte, und dann würde er Abstand von ihr nehmen und seine Aufmerksamkeit wieder seiner Mätresse zuwenden. Er hatte seinen Spaß mit lüsternen Frauen, denn er trieb es gern wild mit ihnen. Dieses Mädchen mochte zwar leidenschaftlich sein, doch er würde sich jedesmal, wenn er sie nahm, um ihr Wohlergehen sorgen.

Ral seufzte und begann, im Gartenzimmer auf und ab zu laufen. Das Mädchen war keineswegs die Ehefrau, die er sich ausgesucht hätte, doch er würde sein Wort nicht zurücknehmen. Er würde Caryn mit seinem Namen schützen und somit indirekt auch ihre Schwester. Außerdem konnte er die Hilfe einer Frau im Haushalt nur zu gut gebrauchen. Dafür eignete sich diese ebensogut wie jede andere, und sie würde schon bald lernen, den Platz einzunehmen, der ihr zustand.

Ral spürte, wie sich ein Lächeln auf seinem Gesicht ausbreitete. Er rief nach seinem Schildknappen, damit er ihm aus dem schweren Kettenhemd half, und dann verließ er das Gartenzimmer und begab sich in sein Gemach.

Stephen de Montreale brach zwei Tage später von Braxston Keep auf und gelobte, zu Lord Raolfes Hochzeit wiederzukommen. Caryn tat, was von ihr verlangt wurde, und hielt sich während dieser Zeit in ihrem Schlafzimmer auf. Sie fürchtete sich vor Malverns Absichten, und außerdem brauchte sie die Zeit, um Fluchtpläne zu schmieden.

Gegen Ende der Woche war sie wieder wie eine Dame gekleidet, was nicht mehr der Fall gewesen war, seit sie Ivesham Hall vor drei Jahren verlassen hatte. Braxston hatte darauf bestanden, daß sie eine kostbare Garderobe erhielt. Wenn sie sich diesem Vorhaben widersetzt hätte, dann hätte sie damit eingestanden, daß sie nicht die Absicht hatte, diese Kleider jemals zu tragen, und das hätte ihre Fluchtgedanken verraten.

Sie wählte eine Tunika aus grünem Samt über einem weißen Unterkleid aus Leinen aus, schnürte sich einen geflochtenen goldenen Gürtel um die Taille, verließ zum ersten Mal seit Tagen ihr Zimmer und machte sich auf den Weg nach unten.

»Lady Caryn«, sagte Ral und erhob sich, als sie auf das Podest am hinteren Ende des Saals zuging. »Es ist höchste Zeit, daß wir uns endlich wiedersehen.« Er trug eine Tunika aus dunkelblauem Samt, die seine breiten Schultern betonte, als er sich jetzt von seinem hochlehnigen Stuhl aus geschnitztem Holz erhob und ihr bedeutete, neben ihm Platz zu nehmen.

»Es ist mir ein Vergnügen, Mylord.« Sie erstickte fast an diesen Worten. Sie hoffte nur, Braxston würde es nicht bemerken. »Ich habe mich schon auf dieses Treffen gefreut.« Als sie ihn wieder ansah, beobachtete er sie mit einem Anflug von Argwohn.

»Als wir uns das letzte Mal gesprochen haben«, sagte er, »hatte ich nicht den Eindruck, es sei dir ein Vergnügen, in meiner Gesellschaft zu sein. Es freut mich, daß deine Einstellung sich gewandelt hat.«

Wohl kaum, dachte sie, doch sie lächelte. »Was bliebe mir, einem einfachen Mädchen, schon anderes übrig? Bald werde ich mit einem hochstehenden normannischen Ritter verheiratet sein. Es war dumm von mir, dein freundliches Angebot auszuschlagen. Ich werde mein Bestes geben, um mich deiner würdig zu erweisen.«

Lord Raolfe sagte nichts darauf. Er starrte sie nur mit seinen scharfsinnigen grauen Augen an. »Jetzt hast du es anscheinend darauf abgesehen, dich bei mir einzuschmeicheln.«

»Selbstverständlich, Mylord.«

»Wie gut, daß ich mir ein so reizendes und gefälliges Mädchen zur Frau ausgewählt habe.« Er lächelte, wirkte dabei jedoch eher wölfisch als freundlich. »Da du mir heute so gern gefällig sein möchtest, bitte ich dich, mir eine Gunst zu erweisen.«

»Eine Gunst? Was für eine Gunst, Mylord?«

»Ich hätte gern einen Kuß.«

»Wie bitte?«

»Einen Kuß von meiner Verlobten. Einen Kuß, um unsere Abmachung damit zu besiegeln. Von einem derart dankbaren Mädchen ist das doch wohl nicht zuviel verlangt.«

»Du darfst ...« *mir den Buckel runterrutschen, du Normannendreckskerl.* »... mir die Hand küssen, Lord Ral. Bis wir verheiratet sind, hat das zu genügen.«

»So, deine Hand soll es also sein?« Er umfaßte ihre kleinen Finger mit seiner großen Hand und führte sie an seine Lippen. Sein Mund fühlte sich fest und erstaunlich warm und gleichzeitig weich und auf eine unerwartete Art reizvoll an. Sie stand vor ihm und versuchte, ihm ihre Finger zu entziehen, doch er zog heftig an ihrer Hand, und sie verlor das Gleichgewicht und sank auf seinen Schoß.

»Ein richtiger Kuß, Mylady, wäre dem Anlaß weit angemessener.« Sie machte den Mund auf, um Einwände zu erheben, doch er nahm ihr Kinn zwischen seine Finger und bedeckte ihren Mund mit seinen Lippen.

Lippen, die weich und hart zugleich waren. Ein warmer männlicher Atem, aus dem Wein herauszuschmecken war. Seltsame Empfindungen überrollten ihre Sinne, und Glut zuckte durch ihren Unterleib. Seine Zunge glitt in ihren Mund und fachte ihre Wut an, doch wurde die Glut immer intensiver, und ein kleiner Laut entrang sich ihrer Kehle.

Caryn riß sich los. Sie zitterte und war seltsam aus dem Gleichgewicht geraten. Sie holte mit der Hand aus, um ihn zu ohrfeigen. Er fing ihre Hand mitten in der Bewegung auf und gebot ihr Einhalt, und sie sah, daß er fast so wütend war wie sie.

»Was für ein Spielchen spielst du mit mir?« Er stieß seinen Stuhl zurück, sprang auf und stellte sie unsanft auf die Füße. »Glaubst du etwa, ich könnte die Gehässigkeit aus deinen honigsüßen Worten nicht hören? Es wäre mir lieb, wenn du dich mit dieser Heirat abfinden würdest, aber deinem Gesicht ist deutlich anzusehen, daß das nicht der Fall ist. Verkauf mich nicht für dumm, *chérie.* Ich bin kein Mann, der Falschheit gut aufnimmt.«

Dieser Teufel mit dem pechschwarzen Herzen hatte also hinter ihre freundliche Fassade geschaut. Sie war nie eine besonders gute Lügnerin gewesen, und er war kein Mann, den man leicht an der Nase herumführen konnte.

»Wenn du die Wahrheit hören willst, dann wisse, daß ich diese Hochzeit tatsächlich nicht wünsche. Da Malvern jetzt abgereist ist, bitte ich dich darum, mich von meinem Wort zu entbinden.«

»Es ist bereits ein Bote zu William unterwegs. Ich rechne fest damit, seine Zustimmung innerhalb der nächsten Tage zu erhalten. Deine Bitte kommt zu spät, und sie käme selbst dann zu spät, wenn ich sie bewilligen würde – was ich ohnehin nicht täte.«

»Du kannst mich nicht zwingen, dich zu heiraten.«

»Ach nein?« Wut blähte seine Nasenflügel und ließ ihn noch grimmiger wirken. »Du glaubst, ein Mädchen, das nicht größer als ein Kind ist, kann sich mir in diesem Punkt widersetzen?«

»Ich glaube fest daran, daß du den Trugschluß in deinen Gedankengängen selbst erkennen wirst. Ich bin doch ganz bestimmt nicht die Frau, die du dir als Gemahlin wünschst. Das hast du selbst gesagt. Heirate die Blondine, die du Lynette nennst. Die ist doch sicher mehr nach deinem Geschmack.«

»Du, mein feuriges kleines Biest, kommst meinem Geschmack genug entgegen.«

»Ich werde dich nicht heiraten.«

Er riß sie an sich. »Du wirst mich heiraten. Solltest du dich weiterhin sträuben, dann werde ich dich in mein Bett tragen und dir die Jungfräulichkeit nehmen. Ich werde meinen Samen so tief in dich pflanzen, daß er zwangsläufig Wurzeln schlagen muß, und dann wird dir nichts anderes mehr übrigbleiben, als deine Rolle als meine Ehefrau zu akzeptieren.«

»Du verfluchter Kerl! Du bist ein Unmensch! Hast du mir nicht schon genug Leid zugefügt? Mußt du mich immer weiter quälen?«

Bei ihren Worten nahm das grimmige Gesicht des Normannen einen freundlicheren Ausdruck an. Er legte einen Finger unter ihr Kinn und hob es an. »Hör mir gut zu, *chérie.* Ich tue nur das, was für dich und für deine Schwester das Beste ist. Ihr könnt nirgendwo hingehen, und es gibt keinen Ort, an dem ihr sicher wäret.«

»Ich bitte dich darum, mir meine Freiheit zu lassen. Das ist alles, was ich mir seit dem Tag gewünscht habe, an dem ich ins Kloster gesteckt worden bin. Alles, was ich je wirklich haben wollte.«

»So etwas wie Freiheit kann eine Frau nicht haben. Du gehörst dem Mann, den du Lord nennst. Als du ein Kind warst, war es dein Vater. Wenn ich es jetzt nicht wäre, dann wäre es William oder ein anderer. Du wirst tun, was ich dir sage. Finde dich damit ab und akzeptiere dein Los.«

»Der Teufel soll dich holen.«

Ral packte ihren Arm. »Ich habe Geduld mit dir gehabt, Caryn. Aber falls du noch einmal so mit mir reden solltest, wirst du meine Hand zu spüren bekommen.« Er stieß sie auf einen Stuhl und schob ihr einen Teller hin. »Iß. Du wirst deine Kraft noch brauchen.«

Caryn starrte stumm auf den Teller, auf das trockene dunkle Brot, das in Brühe eingeweicht war. Daneben lag ein Stück von einer Hammelkeule. Ein Edelknabe füllte einen Kelch mit Wein, und Caryn trank zur Beruhigung einen Schluck davon. Der Dunkle Ritter bedachte sie mit einem warnenden Blick und schenkte ihr dann keine weitere Beachtung mehr. Einen Moment lang brachte es sie merkwürdigerweise auf, daß ihre Anwesenheit ihm so wenig bedeutete, doch dann wandte sie sich wieder der Mahlzeit zu, die ihr vorgesetzt worden war.

Lord Raolfe, der neben ihr saß, war in ein Gespräch mit einigen seiner Männer vertieft, eine hitzige Diskussion über eine Gruppe von Gesetzlosen, die sich im Wald zu verstecken schien.

Plötzlich erwachte Caryns Aufmerksamkeit. Sächsische Rebellen – es konnte niemand anderes sein. Und der Normanne und seine Männer planten einen Angriff gegen sie. Am kommenden Morgen würden sie hinausreiten, sagte er, in Richtung Baylorn, denn man hatte vernommen, daß die Bande dort ihr Lager aufgeschlagen hatte. Diese Männer gehörten zu ihrem Volk. Wenn sie ihnen doch bloß helfen könnte!

Caryn aß noch ein paar Bissen, und ihr schwirrte der Kopf, als sie darüber nachdachte, wie sie die Männer warnen könnte.

Das sollte nicht allzu schwer sein. Im Haus wimmelte es von sächsischen Dienstboten. Wenn eines der Küchenmädchen sich mit einem Vorwand ins Dorf schicken ließ, dann würde dort schon jemand wissen, wie er die Rebellen benachrichtigen konnte. Sie spielte mit dem Gedanken, mit Marta zu reden, doch dann verwarf sie diese Idee. Die alte Frau brachte ihrem normannischen Herrn eine gewisse Loyalität entgegen. Außerdem war es gut möglich, daß sie Caryns Vorhaben nicht guthieß. Caryn würde es ohne sie bewerkstelligen. Sie war eine geborene Sächsin. Sie würde tun, was ihre Pflicht war.

Sie aß noch ein paar Bissen und bat Lord Raolfe dann um Erlaubnis, sich zurückziehen zu dürfen. Für heute genügte ihr diese eine heftige Auseinandersetzung mit ihm. Zudem hatte sie Wichtigeres zu erledigen. Caryn zwang sich, nicht zu hastig aus dem Saal zu eilen.

Ral saß auf seinem großen schwarzen Streitroß, und seine Hände, die in Lederhandschuhen steckten, waren zu Fäusten geballt. Um ihn herum waren noch alle Spuren des Lagers der Gesetzlosen zu sehen. Gegenstände waren achtlos verstreut, und die Glut der Feuer war gerade erst abgekühlt.

»Offensichtlich sind sie überstürzt aufgebrochen«, sagte Odo. »Hätten sie weit früher von unserem Eintreffen erfahren, dann hätten wir hier keine Spur mehr vorgefunden. Es ist ihre Art, keine Anhaltspunkte zu hinterlassen.«

»Schick Geoffrey mit zehn unserer besten Vorreiter los. Ich will wissen, ob die Spur noch frisch genug ist, um sie zu verfolgen.«

»Sie werden keine Spuren hinterlassen, sondern sich in alle Winde verstreuen. Das weißt du genauso gut wie ich. Nach der Methode sind sie von Anfang an vorgegangen.«

»Diese verdammten Straßenräuber! Sie morden und stehlen, und doch gibt es immer wieder einen sächsischen Dummkopf, der es schafft, sie rechtzeitig zu warnen.«

»Die meisten Leibeigenen wünschen ihnen den Tod. Außerdem hat niemand etwas von unserem Plan gewußt. Nur diejenigen, die sich in dem Saal aufgehalten haben, können etwas davon gewußt haben, und außer Richard und deiner Verlobten spricht niemand unsere Sprache.«

Ral hatte sorgsam darauf geachtet, normannisches Französisch zu sprechen, als sie den Angriff geplant hatten. Richard war nicht in der Nähe gewesen, und er haßte diese Straßenräuber ebensosehr wie Ral, aber das Mädchen ... Dazu würden ihre feindseligen Gefühle sie doch gewiß nicht verleiten. Bestimmt hätte sie seinen Zorn gefürchtet, falls er dahinterkommen sollte, daß sie das Entkommen der Verbrecher ermöglicht hatte.

Er versuchte, sich auszumalen, wie das freche Weib vor Furcht zitterte, doch statt dessen sah er sie so trotzig fauchen wie ein Kätzchen, das in die Enge getrieben worden ist, und in dem Moment wußte er, wer der sächsische Verräter gewesen war.

»Es war das Mädchen«, murrte er und riß an Satans Zügeln, so daß das große Pferd sich umwandte. »Brecht die Suche ab. Die Hurensöhne sind inzwischen weit fort von hier. Wir werden sie ein anderes Mal bezwingen.«

Bis dahin würde er sich das Mädchen vornehmen. Dieses Miststück würde schon bald erfahren, welchen Preis sie für ihr törichtes Handeln bezahlte.

# 4. Kapitel

Caryn sah dem riesigen Normannen die Wut schon an, als er durch die Halle lief und auf die steinerne Treppe zuging. Lord Raolfe hatte sein Kettenhemd ausgezogen, trug aber immer noch sein schweres Lederwams. Sein Gesicht war eine Maske der Wut. Er eilte mit großen entschlossenen Schritten voran, und die Muskeln seiner Arme spannten sich an, als er die Hände zu Fäusten ballte.

*Gesegnete Jungfrau!* Wie war er bloß so schnell dahintergekommen, welche Rolle sie beim Entkommen der Sachsen gespielt hatte? Von dem Treppenabsatz aus, auf dem sie stand, sah sie, wie er Richard barsch anwies, er wünsche von niemandem gestört zu werden, und dann seinen Weg zur Treppe fortsetzte. Caryn wandte sich ab und wollte schleunigst in ihrem Gemach verschwinden, doch wenn sie geglaubt hatte, es erreichen zu können, ehe er sie einholte, dann hatte sie ihn gewaltig unterschätzt.

»Laß mich los!« rief sie aus, als sich ein kräftiger Arm um ihre Taille legte und sie vom Boden hob. Statt dessen trat er die Tür auf, trug sie hinein und schmetterte dann die schwere Eichentür hinter sich zu. Er stellte sie grob auf die Füße.

»Du warst es, stimmt's? Du hast die Sachsen gewarnt.«

»I-ich weiß nicht, wovon du sprichst.«

»Ach nein? Was für eine schlechte Lügnerin du doch bist.«

Caryn reckte das Kinn in die Luft. Während sie auf weitere Worte wartete, hämmerte ihr Herz gegen ihre Rippen. Gütige Maria, was würde er tun? Sie bemühte sich, gelassen zu wirken, doch ihre Hände zitterten. Sie verbarg sie in den Falten ihrer Tunika.

»Es tut mir leid, Mylord, wenn ich etwas getan haben sollte, was dein Mißfallen erregt.«

Wut zeigte sich auf seinen Zügen und ließ seine Augen die Farbe der grauen Steinmauern annehmen, von denen sie umgeben waren. Er packte sie an den Schultern und zog sie auf die Zehenspitzen, und seine Zähne waren so fest zusammengebissen, daß er kaum ein Wort herausbringen konnte.

»Du hast mehr als nur mein Mißfallen erregt – und das weißt du nur zu gut! Warum hast du das getan? Warum?«

Caryn schluckte schwer. Es gab keine Ausflüchte, und sie würde nicht verzagen. Sie zwang sich, das Kinn noch ein wenig höher in die Luft zu recken, und dann sah sie ihm in die Augen.

»Weil ich eine Sächsin bin. Weil ich den Sachsen Loyalität schuldig bin. Sie sind mein Volk. Sie wehren sich lediglich.«

»Du kleine Närrin.« Als Ral sie losließ, wankte sie und wäre gestürzt, wenn er sie nicht aufgefangen hätte. »Diese Männer sind keine Rebellen. Sie sind Mörder und Halsabschneider. Straßenräuber, die man weit und breit aus den Städten vertrieben hat. Sie haben ebenso viele Sachsen wie Normannen getötet – wahrscheinlich sogar noch mehr.«

»Nein!«

»Das hast du nicht gewußt? Ich nehme an, du konntest nichts davon wissen, da du in den letzten drei Jahren eingesperrt gewesen bist.«

»Nein, das ist nicht wahr!«

»Ach? Frag doch die Leute im Ort. Sie sind zu mir gekommen und haben mich gebeten, sie zu beschützen. Ebensosehr um ihretwillen wie um meinetwillen mache ich Jagd auf dieses Lumpenpack.«

»Diese Männer sind also keine Rebellen? Sagst du mir auch die Wahrheit?«

Rals Augen sahen forschend in ihr Gesicht. Er mußte die Sorge in ihren Augen gesehen haben, denn sein Ärger schien sich zu legen.

»Ihr Anführer ist ein Mann, den sie das Frettchen nennen. Ein Mörder und Dieb, der skrupelloseste Verbrecher, der mir je begegnet ist. Sein Name versetzt die Normannen und die Sachsen in Angst und Schrecken.«

Caryns Unterlippe zitterte. Gütiger Gott, was hatte sie angerichtet? »I-ich hätte nicht gedacht ... ich würde doch niemals ...« Sie richtete sich auf. »Ich kann gar nicht sagen, wie leid mir das tut. Wenn ich das gewußt hätte, wäre es niemals dazu gekommen.«

»Wenn du das gewußt hättest ..., wiederholte er und fuhr sich mit einer Hand durch das wellige pechschwarze Haar. »Hast du denn keine Angst davor gehabt, ich könnte dich schlagen? Hast du dabei denn gar nicht an dich selbst gedacht?«

Da sein Tonfall sie überraschte, sah Caryn forschend in sein Gesicht. »Die Folgen waren mir egal. Ich habe geglaubt, es seien meine Landsleute. Ich hatte das Gefühl, ich sollte ihnen helfen. Ich habe nicht geglaubt, daß du dahinterkommen wirst.«

»Du und Richard, ihr seid die einzigen, die meine Sprache sprechen.«

Caryn umklammerte seinen Arm. »Du hast doch Richard nichts getan? Er hat sich keines Vergehens schuldig gemacht. Dein Majordomus hatte nichts damit zu tun.«

»Dann machst du dir also Sorgen um Richard und nicht um dich selbst.« Er stieß einen barschen Laut aus. »Richard von Pembroke hat mir seinen Treueid abgelegt. Ich habe ihn nicht für schuldig gehalten. Du bist diejenige, die die Tat vollbracht hat, weswegen du Strafe verdient hast. Wie soll ich dich bestrafen?«

»Das ... das fragst du mich?«

Einer seiner Mundwinkel zog sich hoch. »Sollte die Strafe, die du für dich auswählst, nicht angemessen sein, dann werde ich ein anderes Strafmaß festlegen.«

Caryn biß sich auf die Unterlippe. Sie hatte Schläge erwartet, Brutalität und Grausamkeit – aber mit der Situation, in der sie sich jetzt befand, hatte sie nicht gerechnet. »Im Konvent hat die Äbtissin mich die Böden mit Reisig fegen lassen.« Sie schaute durch gesenkte Wimpern zu ihm auf. »Ich bin nicht zur Messe erschienen, verstehst du. Es war ein so wunderschöner Tag und ...«

»Mir ist klar, was sich abgespielt haben muß. Nach allem, was ich bisher gesehen habe, scheint es nicht deine Gewohnheit zu sein, Befehle zu befolgen.«

»Ich möchte keine Schläge, Mylord.«

»Nein, das kann ich mir gut vorstellen. Es mag zwar sein, daß du mir das nicht glaubst, aber ich hätte auch keine Freude daran, dich zu schlagen.«

»Vielleicht könnte ich eine Zeitlang auf die Mahlzeiten verzichten. Das wäre angemessen, da die Verbrecher anderen das Essen stehlen.«

Er schüttelte den Kopf. »Ich sähe gern etwas mehr Fleisch auf deinen Knochen. Ich mag es, wenn meine Frauen sich weich unter mir anfühlen.«

Caryn errötete. Sie schaute angestrengt auf einen Spalt zwischen den Bodendielen. »Ich könnte in der Küche mitarbeiten.«

»Du wirst schon bald meine Ehefrau sein. Ich will mir nicht nachsagen lassen, ich hätte eine Küchenmagd geheiratet.«

Sie ignorierte diese unerwünschte Erinnerung an das Los, das ihr bevorstand, und sie wollte gerade einen neuen Vorschlag machen, als er die Hand hob, damit sie schwieg.

»Du wirst für den Rest der Woche in deinem Zimmer bleiben und zwei Wochen lang den Bergfried nicht verlassen.« Sie schien betroffen zu sein. »Da ich allmählich beginne, dich kennenzulernen, und da dir die Wahrheit über diese Straßenräuber nicht bekannt war, halte ich diese Strafe für schwer genug, um damit dein Vergehen zu sühnen.«

Sie sah die tristen grauen Mauern an und stellte zum ersten Mal fest, wie ungemütlich das Schlafgemach war. Wenn sie es sich genauer überlegte, war diese ganze Burg unfreundlich und trostlos. »Gütiger Jesus«, murrte sie. »Schläge wären besser gewesen.«

Rals Mundwinkel zuckten. »Vielleicht wirst du beim nächsten Mal erst denken und dann handeln. Diesmal ist deine Strafe mild ausgefallen, aber ich werde deine Untreue fortan nicht dulden. Merk dir das gut, Caryn.« Mit diesen Worten verließ er das Zimmer.

»Hast du sie geschlagen?« Odo kam Ral entgegen, als er sich dem Podest näherte. »Es ist ein Jammer, daß sie so zierlich ist. Ich hoffe nur, du hast keinen bleibenden Schaden angerichtet.«

»Sie hat geglaubt, daß es sich um Rebellen handelt. Sie hat in den letzten drei Jahren von der Welt abgeschieden gelebt. Ich habe ihr befohlen, das Zimmer nicht zu verlassen.«

Odos Mund sprang auf. »Und ich habe mir Sorgen gemacht, du könntest sie umbringen. Statt dessen befiehlst du ihr, ihr Zimmer nicht zu verlassen? Das sieht dir gar nicht ähnlich, Ral.«

»Es sieht mir aber auch nicht ähnlich, einer Frau Verletzungen zuzufügen – schon gar nicht einer, die fast noch ein Kind ist.«

»Ein Kind? Siehst du das etwa in ihr? Ich sehe in ihr eine erwachsene Frau. Ich sehe ein feuriges kleines Biest,das die harte Hand eines Mannes braucht. Was deine Caryn nötig hat, ist, daß sie hart rangenommen wird. Jemanden, der es lange und gründlich mit ihr treibt und ihr ihren Platz zuweist. Wenn sie nicht dir gehören würde, würde ich das mit Freuden selbst übernehmen.«

Ral fühlte einen Stachel des Zorns, den er nicht erwartet hatte. Er und Odo waren seit vielen Jahren Freunde. Der Mann würde keine Übergriffe begehen, und doch brachte schon allein der Gedanke daran Ral auf. »Die Frau gehört mir. Ich werde dafür sorgen, daß sie es lernt zu gehorchen.«

»Und ich werde mich hüten, ihr zu trauen, und dasselbe kann ich dir nur raten.«

Ral nickte. »Du kannst ganz sicher sein, daß ich mich hüten werde.« Er zuckte die Achseln. »Wenn sie erst einmal mit mir verheiratet ist und mit mir geschlafen hat, wird ihre Loyalität mir gehören. Bis dahin ist sie eine Sächsin. Ich kann ihr nicht vorwerfen, daß sie jetzt noch zu den Sachsen hält.«

Odo lachte hämisch. »Ich glaube, das Mädchen hat es dir angetan. Lynette hättest du die Schläge nicht erspart.«

»Lynette hätte aus reiner Gehässigkeit heraus gehandelt. Sie denkt immer nur an sich selbst und daran, was gut für sie sein könnte. Nur im Bett bin ich gerne mit ihr zusammen. Andernfalls wäre sie nicht dort.«

»Räum der Kleinen keinen Platz in deinem Herzen ein, *mon ami.* Es ist gefährlich, wenn eine Frau diese Form von Macht hat.«

Ral brauste auf. »Du sprichst wie ein Dummkopf«, fauchte er. »Es gibt keine Frau auf Erden, die mich in Versuchung führen könnte, ihr einen solchen Platz zu gewähren. Ich habe selbst gesehen, welches Unheil daraus erwachsen kann. Ich habe gesehen, wie Männer sich zu Taten hinreißen lassen, die kein Mann bei gesundem Verstand in Betracht ziehen würde.« Ral dachte an Stephen de Montreale, und eisig fuhr es ihm über den Rücken.

»Bestimmt hast du recht«, seagte Odo, doch seine Augen besagten, daß sein Freund sich hüten sollte, und Ral würde diese Warnung beherzigen.

»Reg dich nicht auf, mein Schätzchen. Morgen steht es dir wieder frei, dich ungehindert im Haus zu bewegen.« Marta kam durch das spärlich eingerichtete Zimmer auf ihre junge Anvertraute zu. Caryn rutschte unruhig auf der Bettkante herum.

Der Raum war nur mit einer schweren Truhe mit Eisenbeschlägen eingerichtet, einem Eichentisch, auf dem neben einer Zinnschüssel mit restlichem Hasengulasch eine zur Hälfte heruntergebrannte Kerze stand, und einer Feuerstelle, in der schwarz die verglühten Kohlen des Feuers lagen, das am frühen Abend angezündet worden war.

»Trotzdem ist diese Burg ein Gefängnis. Ich will die Sonne sehen und den Gesang der Vögel hören.«

»Du kannst von Glück reden, daß er dich nicht geschlagen hat.«

»Das hier ist schlimmer als Schläge.«

Marta lächelte. Es wärmte ihr das Herz, das junge Mädchen wieder im Haus zu haben. »Du könntest an deiner Stickerei weiterarbeiten, damit du mehr Übung darin bekommst.« Mit dem Kind hatte sie schon immer Probleme gehabt. Drei Jahre im Konvent hatten daran nichts ändern können. Das Mädchen war sprunghaft und verantwortungslos und neigte viel zu sehr zum Träumen, doch war sie reizend und immer liebevoll um andere besorgt.

»Du weißt ganz genau, wie sehr mir das Sticken verhaßt ist.«

»Ich weiß nur zu gut, daß du es vorziehst, durch die Felder zu wandern und die Insekten zu beobachten oder die Muster der Baumrinde genau zu betrachten. Ich weiß, daß du gern stundenlang in der Hütte eines Pächters herumtrödeln und von ihm lernen würdest, wie er die Saat anpflanzt oder wie er die Stoppeln abbrennt. Ich kann dir nur sagen, dieses Wissen ist nutzlos für dich. Es wäre weit besser, wenn sich dein Interesse darauf verlagern würde, wie du deinem Mann Freude machst.«

»Ich will keinen Mann.«

Marta gab einen Laut des Mißfallens von sich. »Wärst du lieber im Konvent geblieben?«

»Nein, natürlich nicht, das weißt du doch.«

Marta schüttelte den Kopf. Es war schwer für die arme Lady Anne gewesen, eine Tochter zu beschützen, die ständig das Mißfallen ihres Vaters erregte. Nachdem sie von der Pest dahingerafft worden war, hatte Caryns Vater seiner Tochter, die noch keine sieben Jahre alt, nicht etwa die Prügel gegeben, von denen ihre Mutter gefürchtet hatte, sie würden ihr nicht erspart bleiben, sondern er hatte sie völlig ignoriert. Daraufhin war sie nur noch unruhiger und ungehorsamer geworden – ihre gute Mutter hatte das immer als Unabhängigkeitsstreben bezeichnet –, und doch war das Kind immer liebevoll und zärtlich gewesen und hatte sich ständig bemüht, sich nützlich zu machen, doch mehr als alles andere war es darauf aus gewesen, möglichst viel zu lernen.

»Ich habe es dir schon einmal gesagt – Lord Ral ist anders als die übrigen Männer.« Marta betrachtete das Mädchen jetzt und bewunderte ihre Schönheit. Sie war zwar nicht so hübsch wie Gweneth, die ein feenhaftes Geschöpf mit rabenschwarzem Haar war, das die Herzen aller für sich einnahm, die sie kennenlernten. Aber Caryn mit ihren rotschimmernden kastanienbraunen Locken, den großen braunen Augen mit den Goldsprenkeln und ihrem sinnlichen weiblichen Körper konnte die Gedanken eines jeden Mannes aufs Bett lenken und Verlangen in ihm wachrufen.

»Er ist auch nicht anders als die anderen«, sagte Caryn. »Er ist ein Normanne.«

»Er nimmt dich zur Frau – welcher Normanne täte das schon? Er tut es, um dich zu beschützen.«

»Er tut es nur, um sein Gewissen zu beruhigen.«

»Du hast mir erzählt, was sich auf der Wiese zugetragen hat und wie brutal euch die Soldaten behandelt haben. Ich kann dazu nur sagen, daß es Momente gibt, in denen Männer nicht sie selbst sind. Blutrünstigkeit bemächtigt sich ihrer ... die Kämpfe und das Töten ... die Nähe des Todes, die sie selbst verspüren. Ich habe das unter unseren Landsleuten gesehen. Es hätte nicht passieren sollen, aber es ist nun einmal dazu gekommen. Ihr hättet gar nicht dort sein dürfen, aber ihr seid dort gewesen. Wenn es der Wunsch des Hausherrn ist, den Schaden wiedergutzumachen, dann solltest du ihm diesen Wunsch gewähren.«

Caryns Lippen wurden schmal. »Indem ich ihn in seinem Bett nach Belieben mit mir verfahren lasse?«

»Indem du die Ehre annimmst, seine Braut zu sein. Wenn du schon nicht an dich selbst denkst, dann denk wenigstens daran, wieviel Gutes du deinem Volk damit tun kannst. Als Sächsin, die mit einem normannischen Lord verheiratet ist, kannst du dich für deine Landsleute einsetzen. Mit der Zeit kannst du vielleicht für eine Verbesserung der Verhältnisse im Land sorgen.«

Caryn dachte darüber nach. Sie war noch nicht auf diesen Gedanken gekommen. Es würde eine große Verantwortung mit sich bringen, mit einem der Barone Williams verheiratet zu sein. Da waren die Burg, um die sie sich kümmern mußte, die Ernte, die Lebensmittelvorräte, Kleidung, Medizin und sonstige Waren – ganz zu schweigen von ihrer Verantwortung für die Leute im Dorf. Schon allein der Gedanke daran ließ Caryn zusammenzucken.

»Ich werde ihn nicht heiraten.«

»Siehst du denn nicht, daß das dein Los ist? Von dem Moment an, in dem du ihm das erste Mal begegnet bist, waren eure Pfade miteinander verwoben.«

»Mein Los ist das, was *ich* daraus zu machen gedenke – und nicht irgendein normannischer Kerl.« Caryn glitt von der Bettkante, trat ans Fenster und schob die dünne Hornplatte zur Seite, die das Licht durchließ, aber dazu diente, die Kaltluft nicht eindringen zu lassen. »Laß mich in Ruhe, Marta. Ich möchte eine Zeitlang allein sein.«

Marta schlurfte zur Tür, blieb aber stehen, nachdem sie sie geöffnet hatte. »Hör mir gut zu, mein Schätzchen. Lord Ral ist kein Mann, mit dem man seine Spiele treibt. Er wird sich keinen Strich durch die Rechnung machen lassen. Wage nicht, das auch nur zu versuchen.«

Caryn sagte nichts mehr dazu, sondern wartete, bis die schwere Eichentür sich hinter Marta geschlossen hatte. Morgen konnte sie sich wieder frei im Haus bewegen, doch das reichte nicht. Sie mußte den Burghof erkunden und ein Pferd und Vorräte an sich bringen, dann konnte sie von hier verschwinden.

Sie schaute sehnsüchtig auf die weiten Felder hinaus, die frisch gepflügt waren und bestellt werden konnten. Die strohgedeckten Dächer der Lehmhütten der Pächter waren gerade noch zu erkennen. Unter ihr im Burghof jagten große graue Hunde, die oft im Saal herumliefen, eine gelbe Katze in einen Heuballen.

Oh, neben ihnen herzurennen oder auf dem kleinen weißen Pferd, das sie einst besessen hatte, über die Wiesen und das Moor zu reiten! Bald schon, gelobte sie sich, würde sie wieder frei sein.

Am folgenden Morgen verließ Caryn früh ihr Gemach. Lord Raolfe kam gerade aus der Kapelle, einem kleinen Raum, der neben dem großen Saal lag und ein winziges Buntglasfenster an einem Ende hatte. Ihm folgte ein stämmiger kleiner Geistlicher, den Caryn noch nie gesehen hatte.

»Lady Caryn«, rief Ral, und seine Stimme war tief und heiser. Der unwillkommene Klang versetzte sie in Wut. »Hier ist jemand, den ich dir vorstellen möchte.« Seine Krieger hatten ihr Morgenmahl bereits eingenommen – einen großen Runken Brot und einen Humpen Bier – und begaben sich gerade in den Burghof, um den Morgen damit zu verbringen, sich mit Lanzen und Schwertern zu üben.

»Wie du wünschst, Mylord.« Sie setzte ein Lächeln auf und ging auf ihn zu. So wie er neben dem kleinen Mann stand, wirkte Lord Ral noch größer als vor einigen Tagen, als er in ihr Zimmer gestürzt war und sie ihn das letzte Mal gesehen hatte. Seine Tunika aus besticktem pflaumenblauen Stoff betonte sein schwarzes Haar und ließ ihn noch besser aussehen als gewöhnlich.

Sie ärgerte sich darüber, daß ihr sein Aussehen gefiel. Sie fühlte den Blick seiner stechenden graublauen Augen, als sie in ihrer rostroten Wolltunika über einem hellgelben Unterkleid auf ihn zuging. Seine Augen schienen freundlicher zu werden, als sie näher kam. Sein Blick glitt beifällig über ihre Kleidung, ehe er ihr wieder ins Gesicht sah.

»Du hast guten Geschmack bewiesen, als du dir deine Garderobe zusammengestellt hast. Ich hoffe, du hast deine Freude daran.« Seine Züge waren eindrucksvoll: glatte dunkle Haut, volle Lippen, die gut geschnitten waren, und ausgeprägte schwarze Augenbrauen über seinen ungewöhnlichen Augen. Sie sah ihn lächeln und erinnerte sich gegen ihren Willen wieder daran, wie warm ihr geworden war, als er sie geküßt hatte.

»Ja, die Kleider sind schön. Ich bin sehr dankbar dafür, Mylord.«

»Caryn, das ist Pater Burton. Er ist von der Abtei in St. Marks zurückgekehrt. Pater, das ist Caryn von Ivesham, meine Verlobte.«

*Von wegen*, dachte sie, doch sie zwang sich, weiterhin zu lächeln. »Guten Morgen, Pater.«

»Da Pater Burton jetzt wieder in der Burg ist«, sagte Ral, und aus seinem Tonfall war eine leise Warnung herauszuhören, »wird von nun an täglich am frühen Morgen eine Messe in der Kapelle gehalten.«

Caryn nickte nur. Es war nicht etwa so, daß sie etwas gegen den Gottesdienst einzuwenden gehabt hätte. Die Kirche spielte in ihrem Leben eine bedeutende Rolle, und auf ihre Art war sie fromm. Doch kannte sie die Worte auswendig und richtete sie immer dann an Gott, wenn sie die Notwendigkeit dafür fühlte, und es gab noch soviel mehr, was sie in dieser Zeit hätte lernen können.

»Ich hatte mich schon gefragt, wie das hier geregelt ist«, war alles, was sie sagte.

»Hast du schon gefrühstückt?« fragte Ral. »Es gibt Brot und Bier und auch ein Stück Käse, falls du hungrig bist.«

»Ich werde bis zum Mittagessen warten.« Als sie hörte, daß eine Tür geöffnet wurde, sah sie sich um und sah einen Sonnenstrahl in die Halle fluten, als einer der Küchenjungen eintrat. Sie seufzte, als die schwere Eichentür zufiel und die Sonne wieder aussperrte.

»Bist du heute morgen unruhig?« fragte Ral, als der Geistliche sich verabschiedet hatte und ging.

»Ja.«

»Das geschieht dir auch recht.«

Wenn sie an die Verbrecher dachte, denen sie ungewollt Beihilfe geleistet hatte, konnte sie ihm nicht widersprechen. »Das stimmt wohl.«

Ihre gedämpfte Stimmung ließ ihn die Stirn runzeln. »Vielleicht würde es deine Laune bessern, wenn du ein wenig an die frische Luft gingest.«

Caryn lächelte jetzt aufrichtig, denn die Vorstellung, einen Moment draußen zu verbringen, heiterte sie auf. »Ja, Mylord. Schon eine kleine Weile würde gut sein.«

»Ich werde ein wenig mit dir spazierengehen, und dann wirst du wieder in die Burg zurückkehren.«

Caryns Herz sank. Der herzlose normannische Ritter würde sie begleiten. Sie stöhnte bei dem Gedanken, in seiner Gesellschaft zu sein. Doch dann hellte sich ihre finstere Stimmung auf. Was machte es schon aus, daß er mit ihr kam? Er konnte ihr den Burghof zeigen. Dann konnte sie sich einen Überblick verschaffen und vielleicht sogar schon finden, was sie für ihre Flucht brauchen würde.

Wenn sie die Gegenwart des finsteren Normannen ertragen mußte, dann würde sie ihn eben dulden. Der Preis war wahrhaft nicht hoch.

Ral nahm den Arm der kleinen Frau, spürte, wie sie unter seiner Berührung zusammenzuckte, und führte sie zu der schweren Eingangstür. Das kleine Biest war nur zu leicht zu durchschauen. Sie konnte ihn nicht leiden und gab ihm die Schuld an dem, was ihrer Schwester zugestoßen war. Und dennoch würde er sie heiraten. Mit der Zeit würde er ihr unbändiges Temperament zügeln, sie besänftigen und erreichen, daß sie aus freiem Willen in sein Bett kam.

Er musterte ihre üppigen Rundungen und die vollen Brüste unter ihrer Tunika. Sie war klein, aber gut gebaut und weit hübscher, als er im ersten Moment geglaubt hatte. *Es wird mir ein Vergnügen sein, demoiselle,* dachte er und spürte, wie seine Lenden sich anspannten. *Es wird mir ein wahres Vergnügen sein.*

Sie stiegen die hölzernen Stufen zu dem harten feuchten Boden des Burghofs hinunter und liefen an einem Grüppchen von Männern vorbei. Ritter, Edelknaben und Schildknappen, Krieger, die sich in voller Schlachtmontur versammelt hatten, trainierten für den Krieg, wie es ihr Herr von ihnen erwartete. Ral verlangte von seinen Soldaten, daß sie eine militärische Haltung einnahmen. Er wollte, daß seine Schildknappen gut vorbereitet waren, ehe sie zu Rittern geschlagen wurden, und daß seine Edelknaben gute Schildknappen abgaben.

»Guten Tag, Mylord.« Diese Worte kamen von Odo, dessen Kettenhemd klirrte, als er seinen Helm vom Kopf nahm und auf Ral und Caryn zukam. Seine blauen Augen leuchteten strahlend unter dem feuerroten Haar. Es war so geschnitten, wie es die Normannen trugen, im Nacken kurz und mit einem langen Pony, der in die Stirn fiel, eine Frisur, die nicht nach Rals Geschmack war.

»Mylady.« Odo musterte die Frau an Rals Seite und schalt Ral mit einem Blick für die Schwäche, daß er ihr Urteil abgemildert hatte.

Ral lächelte innerlich. Odo brauchte sich keine Sorgen zu machen – das Mädchen würde schon früh genug wieder in den Bergfried gebracht werden. Und sie würde ihm dankbar dafür sein, daß er Milde walten ließ – ein weiterer Schritt auf dem Weg zu seinem Ziel, sie zu unterwerfen.

»Ein schöner Tag heute, nicht wahr?« sagte Odo zu Caryn.

»Ja. Eine willkommene Abwechslung nach der langen Kälte.« Sie schaute zu dem blauen Himmel mit den Wolkenbändern auf. »Doch es sieht ganz so aus, als würde ein Unwetter nahen.«

Ral mochte ihre Stimme, ihm gefielen ihre unbeschwerten Worte und die Sinnlichkeit ihres Tons wie auch im Schwung ihrer Hüften unter der hübschen rostroten Tunika, deren Farbton mit dem ihres langen geflochtenen Haars harmonierte. Die Sinnlichkeit war auch in ihren vollen Lippen zu sehen, wenn sie lächelte, und darin, wie ihre Wimpern einen Schleier über die samtig braunen Augen warfen, wenn sie bemüht war zu verbergen, was sie dachte.

»Wie klappt das Training?« fragte Ral und schaute finster, als er sah, daß Geoffrey, der jüngste seiner Ritter, von einem Hieb auf die Schulter getroffen wurde, weil er zu lange in Caryns Richtung gestarrt hatte.

»Recht gut. Einige haben zuviel Zuversicht gewonnen. Es täte ihnen gut, wenn du ihnen einen kleinen Dämpfer verpassen würdest.«

»Morgen gehen wir auf die Jagd. Am Tag darauf werde ich am Training der Männer teilnehmen. Ich werde gegen zehn von ihnen antreten, und jeder, der mich schlägt, bekommt einen Beutel Silber.«

»Du solltest lieber denen etwas geben, die es versuchen und daran scheitern«, sagte Odo lachend. »Sie werden das Geld für die Arztkosten brauchen.«

Ral lachte ebenfalls. »Da wir hier keinen ordentlichen Arzt haben, werde ich darauf achten, keinem von ihnen zu schwere Verletzungen zuzufügen.«

»Du willst gegen zehn Männer antreten?« fragte Caryn und starrte Ral voller Erstaunen an. »Du bist gewiß stark, aber zehn …«

»Einen nach dem anderen, *chérie.* Das ist nicht allzu schwer.«

»Nicht allzu …? Ich glaube, Mylord, die Sonne muß in der Normandie wesentlich heißer scheinen, denn fest steht, daß sie deinem Gehirn geschadet hat.«

Ral zog die Augenbrauen vor Entrüstung hoch, und Odo brach in Gelächter aus. »Zehn Männer sind gar nichts für deinen Herrn. Bei diesem köstlichen Schauspiel war ich schon viele Male zugegen, Mylady. Vielleicht wäre es statthaft, daß Sie zusehen. Was hältst du davon, Ral?«

»Ich glaube, die Dame wird den Tag im Bergfried verbringen. Wenn sie das nächste Mal das Haus verläßt, wird sie meine Frau sein.«

»Dann hast du also Nachricht vom König erhalten?« fragte Odo.

»Heute morgen ist ein Bote gekommen. König William sendet seinen Segen und rät, die Hochzeit unter den gegebenen Umständen unverzüglich stattfinden zu lassen. Er hat eine Sondergenehmigung erteilt. Der Termin für die Trauung ist bereits festgelegt, heute in sechs Tagen.« Die Eheschließung war in dem Sendschreiben gebilligt worden, doch seine Bitte, ihm die Ländereien zwischen Braxston und Malvern zuzusprechen, Land, das Ral dringend brauchte, war ihm abgeschlagen worden.

»Er weiß genausogut wie du, wie schwarz Stephens Seele ist, doch es wäre nicht in seinem Sinne, es einzugestehen.«

Ral nickte nur und rang innerlich damit, daß der König seine Bitte unerwartet ausgeschlagen hatte. Warum bloß? fragte er sich und vermutete, der Grund dafür könnte bei Malvern liegen.

Caryn stand steif neben ihm, mühsam ihren Zorn beherrschend. Sie warf sich den dicken rötlichen Zopf über die Schulter.

»Ich will, daß du mir zeigst, wie mein baldiges Zuhause aussieht«, fauchte sie und richtete den Blick dabei starr vor sich hin. »Es wäre angebracht, wenn ich die Außenmauern meines Gefängnisses sähe.«

Ral biß die Zähne zusammen. Das Mädchen hatte sich also immer noch nicht mit seinem Los abgefunden. Nun, das spielte keine Rolle. Der Lauf der Dinge war festgelegt, und ein stures eigenwilliges Mädchen würde daran nichts ändern. Jetzt waren sie an einen Punkt angelangt, an dem selbst er nichts mehr hätte ändern können. Noch nicht einmal Stephen hatte noch Einfluß auf den weiteren Verlauf.

Ral fluchte stumm in sich hinein und war plötzlich verärgert darüber, daß Caryn ihm nicht dankbar war. Mit zusammengebissenen Zähnen nahm er wieder ihren Arm. Das Mädchen würde sich ihm noch früh genug dankbar erweisen – wenn dieser kurvenreiche kleine Körper erst einmal mit gespreizten Beinen unter ihm lag.

»Komm«, sagte er mürrisch und zerrte sie hinter sich her. »Wir verschwenden nur unsere Zeit. Sowie wir unseren Rundgang beendet haben, wirst du wieder in die Burg zurückkehren.«

Während sie neben dem muskulösen Normannen herlief, kostete es Caryn große Mühe, ihre Wut im Zaum zu halten. Sie war wild entschlossen, sich zusammenzureißen, ihren Feind zu beschwichtigen und seine gute Laune wiederherzustellen. Jetzt war nicht der rechte Zeitpunkt für eine Auseinandersetzung mit ihm. Sie wollte seinen Zorn nicht wachrufen, seinen Argwohn nicht wecken – nicht ausgerechnet jetzt, wenn die Zeit plötzlich so knapp war.

Sie unterdrückte gewaltsam ihre eigene Erbitterung und lächelte ihn an, und schließlich war er wieder guter Dinge. Caryn hörte ihm interessiert zu, als er sie durch die Getreidemühle, die Ställe, die Backstube, das Waffenarsenal und die Hufschmiede führte und darüber sprach, welche Arbeiten hier getan wurden und welche Verbesserungen er plante.

»Eines Tages werde ich hier Türme bauen lassen, von denen aus die Zugbrücke bewacht wird, und vielleicht lasse ich draußen auf dem Burghof eine größere Kapelle bauen. Ich sähe es gern, wenn hier eines Tages eine Stadt entstünde. Braxston liegt an einer bedeutenden Wegkreuzung. Es gäbe ein gutes Handelszentrum ab.«

Aus seiner Stimme war Stolz herauszuhören, und das konnte Caryn ihm nicht vorwerfen. Braxston Keep und die Mauer, von der der Bergfried umschlossen war, waren etwas ganz anderes als das schlecht erhaltene Holzhaus mit dem schmalen Graben, dem niedrigen Wall und dem Burghof der einstigen Ivesham Hall.

»Es scheint, als hättest du enormen Ehrgeiz, Mylord. Das hätte ich bei dir nicht vermutet.«

»Ich bin des Kämpfens müde. Ich möchte das Beste aus dem machen, was jetzt mein Zuhause ist.«

Aus dem Mund eines solchen Mannes schien das ein kühnes Eingeständnis zu sein, und dafür bewunderte Caryn ihn widerwillig. Dennoch hatte sie nicht die Absicht, in den großen Plan des Dunklen Ritters einbezogen zu werden.

Statt dessen bemühte sich Caryn, während er sie herumführte und mit seinen Männern und seinen Bediensteten sprach, herauszufinden, woher sie die Dinge bekommen könnte, die sie brauchte, und als sie zum Bergfried zurückkehrten, stand ihr Plan fest.

In der kurzen Zeitspanne, in der sie gemeinsam über den Burghof geschlendert waren, war die Verärgerung von Ral abgefallen und er hatte wieder gelächelt, was auch Caryn zum Lächeln gebracht hatte. Seine schmeichelhaften Bemerkungen hatten sie erröten lassen, und mehr als einmal hatte sie gespürt, wie eine Gänsehaut über ihren Rücken lief, wenn die riesige Hand ihres Begleiters ihren Arm gestreift hatte oder ihr behilflich gewesen war, ein Hindernis zu überwinden.

An der Zugbrücke hatte er einen Arm um ihre Taille gelegt, damit sie das Gleichgewicht nicht verlor, als einer der großen Hunde an ihnen vorbeigerannt war, und Schmetterlinge hatten in ihrem Bauch geflattert.

Gesegnete Maria, diese Gefühle, die er in ihr wachrief, waren gefährlich. Sie wußte, was für ein Mann er war und daß er an dem beteiligt war, was ihrer Schwester zugestoßen war, und doch …

Es war höchste Zeit, daß sie verschwand, und sie wußte jetzt, wie sie das anstellen konnte. Da Braxston und seine Männer jetzt wieder in der Burg weilten, waren die Wachposten weniger auf der Hut. Niemand schien über die Strafe informiert zu sein, die Lord Ral ihr auferlegt hatte, und sie hatte gehört, daß er gesagt hatte, er würde morgen auf die Jagd gehen.

Ihr Plan war einfach: Sie würde ihre Reitkleidung anziehen, sich von einem der Edelknaben das kleine graue Damenreitpferd satteln lassen, das sie im Stall entdeckt hatte, und vorgeben, dringend ins Dorf reiten zu müssen.

Sie würde die beiden silbernen Kerzenhalter mitnehmen, die sie wiedererkannt hatte, weil sie aus Ivesham Hall stammten, und einen der schweren Kelche mit den vielen Edelsteinen, die ebenfalls ihrem Vater gehört hatten, und dann fortreiten. Sie würde den Weg nach Willingham einschlagen, der nächstgelegenen Stadt, dort die Wertgegenstände verkaufen und weiterreiten.

Ein Jahr und ein Tag. Das war die Zeit, die sie brauchen würde. Es dauerte nämlich genau ein Jahr und einen Tag, bis ein Leibeigener frei war, wenn er in der Zwischenzeit nicht aufgegriffen wurde. Für eine Frau, die ebenso wie ein Leibeigener Besitz ihres Herrn war, galt das doch bestimmt ebenfalls.

Was sie mit ihrer Freiheit anfangen würde, war ihr noch nicht klar, doch die Möglichkeiten schienen unbegrenzt zu sein. In den Städten gab es Bierschenken und Gasthäuser, und auf den Straßen gab es Truppen wandernder Schauspieler, Troubadoure und Kaufleute. Gewiß würde jemand ihre Hilfe gebrauchen können.

Caryn lächelte, und ihr Herzschlag beschleunigte sich bei diesem

Gedanken. Sie brauchte sich nur vorzustellen, was sie alles lernen konnte und welche Abenteuer sie erleben würde. Oh, und wie viele Orte sie sehen würde, die Wunder der Welt außerhalb der Burgmauern. Am kommenden Morgen würde sie zum Aufbruch bereit sein.

Und morgen abend, gelobte sich Caryn, würde sie frei sein.

# 5. Kapitel

Ral stieß die Eingangstür auf und trat ein. Cäsar, sein braungesprenkelter Falke, thronte auf seiner Schulter. Eine heftige Böe wehte hinter ihm hinein, und Wolken waren vor die Sonne gezogen, aber er hatte den Tag mit seinen Männern dennoch genossen.

»Eine gute Jagdbeute, Mylord?« Richard kam durch den Saal auf ihn zu. Ral war froh darüber, daß dieser loyale und intelligente Mann in seinen Diensten stand. »Sie sind weit eher zurückgekehrt, als wir Sie erwartet hatten.«

»Wir konnten reichlich Beute machen.« Ral streichelte den großen braunen Vogel, den er für die Jagd abrichtete. »Zum Abendessen gibt es Hasengulasch, und morgen früh können wir uns auf einen Wildschweinbraten freuen.«

»Und der Vogel? Läßt er sich gut abrichten?«

Ral ließ seine Hand, die in einem Lederhandschuh steckte, über den Rücken des Tieres gleiten. Es gehörte zum Abrichten des jungen Vogels, ihn ins Haus mitzunehmen, in dem lautes Stimmengewirr herrschte.

»Cäsar ist der beste Jäger, den ich je besessen habe. Bei dieser Schnelligkeit und dieser Schönheit ist es ein wahres Vergnügen, ihm bei der Arbeit zuzusehen.«

»Das würde ich mir auch gern einmal ansehen, Mylord.«

»Wirklich? Dann verspreche ich es dir hiermit. Wenn wir das nächste Mal auf die Jagd gehen, wirst du uns begleiten.«

Richard strahlte einen Moment lang vor Vorfreude, doch dann schaute er wieder finster. Er war ein großer Mann, schlank, aber doch muskulös und kräftig, und er hatte ein freundliches Lächeln und warme grüne Augen. »Hier gibt es viel zu tun, Mylord. Da bleibt mir wenig Zeit für derlei Betätigungen.«

Ral nickte. »Das ist wahr, aber bald wirst du Hilfe haben. Du hast wohl vergessen, daß ich mir eine Frau nehme.«

»Lady Caryn? Sie haben doch bestimmt nicht vor, ihr die Haushaltsführung zu überlassen?«

»Ich brauche dringend einen Kastellan. Im Moment verrichtest du dessen Arbeiten zusätzlich zu deinen eigenen. Ich würde meinen, du wärst dankbar, wenn dir Arbeit abgenommen wird.«

Richards Züge glätteten sich. »Ja, Mylord. Selbstverständlich. Es tut mir leid, ich hatte nicht vor, Sie zu kränken.«

»Ich bin nicht gekränkt, mein Freund.« Ral sah sich im Saal um. »Wo steckt die Dame des Hauses?«

»Ich glaube, sie hält sich in ihrem Gemach auf. Ich habe über den Büchern gesessen und sie seit dem frühen Morgen nicht mehr gesehen.«

Ral zog die Stirn in Falten. »In ihrem Gemach? Das ist höchst unwahrscheinlich. Das Mädchen ist nicht dafür geschaffen, es länger in einem Käfig auszuhalten.« Ihm ging auf, daß sie in gewisser Weise dem Vogel ähnelte, der auf seiner Schulter thronte. Anfangs hatte das Tier nach seiner Freiheit gelechzt. Ral hatte den Falken langsam gezähmt, und bei dem Mädchen würde er genauso vorgehen.

Ral schenkte dem Lärm im Saal keine weitere Beachtung, den Männern, die einander auf den Rücken schlugen und laut über die Jagdbeute des Tages redeten. Er stieg die Treppe hinauf, suchte Caryn in ihren Räumlichkeiten, fand sie, wie erwartet, leer vor und machte sich auf die Suche nach Marta. Er sah sie in dem Gang vor der Tür zum Gartenzimmer.

»Wo ist deine Herrin? Ich möchte mit ihr reden.«

In Martas Gesicht drückte sich plötzlich Unbehagen aus. »I-ich habe sie nicht gesehen, Mylord. Höchstwahrscheinlich treibt sie sich irgendwo in der Burg herum. Sie wird immer unruhiger, und sie langweilt sich. Schon als Kind hat sie sich herumgetrieben.«

»Ihr ist untersagt worden, die Burg zu verlassen. Sie würde meine Anordnungen doch gewiß kein zweites Mal mißachten.«

Marta feuchtete sich die Lippen an. »Sie ist nie vorsätzlich ungehorsam, Mylord. Es ist nur einfach so, daß etwas sie fortlockt – wie ein Kind, das von Süßigkeiten in Versuchung geführt wird. Wenn Sie sie besser kennen würden, wüßten Sie, daß sie nichts Böses im Schilde führt.«

»Das Mädchen ist nicht dumm. Sie muß es lernen, sich ebenso wie die anderen an die Vorschriften zu halten. Schick die Dienstboten aus, damit sie nach ihr suchen, und bring sie zu mir.«

Marta rang die alten Hände. »Sie haben doch gesagt, sie dürfte sich überall in der Burg herumtreiben. Ich flehe Sie an, Mylord, tun Sie ihr nichts ...«

»Du machst dir viel zu viele Sorgen, Alte. Ich möchte lediglich mit dem Mädchen über die Hochzeit reden.«

Marta nickte, schien jedoch keineswegs erleichtert zu sein. Ral ging wieder nach unten, um einen Kelch Wein zu trinken, da er ganz sicher war, seine Bediensteten würden das Mädchen finden, doch eine Stunde später war sie noch immer nicht aufgetaucht.

»Es scheint, als weilte Mylady nicht unter uns, Mylord.« Bretta, ein dralles blondes Küchenmädchen, das Ral oft für sein Bett ins Auge gefaßt hatte, kam zu ihm. Ihre Stimme, die früher einmal sein Blut in Wallung gebracht hatte, ließ jetzt nur eine Woge von Gereiztheit in ihm aufkommen.

»Durchsucht den Burghof. Es ist unwahrscheinlich, daß sie ihn verlassen hat.« Seine Hand spannte sich um den Weinkelch. Falls man sie im Burghof fand, dann hieß das, daß sie wieder einmal ungehorsam gewesen war. Dieses verfluchte Mädchen, er hatte sie doch genügend gewarnt. Mit ihrer krassen Mißachtung seiner Befehle hatte sie ihn in die Enge getrieben.

Er ertappte sich dabei, daß er wünschte, sie würde erst nach ihrer Rückkehr in ihr Zimmer aufgefunden.

Caryn versuchte, auf dem schlecht sitzenden Sattel eine bequemere Haltung zu finden. Da sie das Reiten nicht mehr gewohnt war wie früher, als sie in Ivesham Hall gelebt hatte, schmerzten nicht nur ihre Beine, sondern auch ihr Gesäß.

Der Sattel, der einzige, der zur Verfügung gestanden hatte und der für ihre zierliche Gestalt viel zu groß war, verschlimmerte alles nur noch. Er gehörte Lynette, doch Etienne, Geoffreys junger Schildknappe, hatte ihr freundlicherweise diesen angeboten.

Sie hatte sorgsam darauf geachtet, einen arglosen Normannen dafür auszuwählen, ihr bei der Flucht zu helfen, da sie den Zorn des mächtigen Herrschers nicht über das Haupt eines ihrer sächsischen Landsleute hereinbrechen lassen wollte. Der junge Schildknappe tat ihr leid, aber ihr war nichts anderes übriggeblieben. Und Etienne hatte es ihr so leichtgemacht.

»Ich muß ins Dorf reiten«, hatte sie zu ihm gesagt, als sie ihn allein im Stall bei der Arbeit angetroffen hatte. »Ein Kind ist krank geworden. Seine Mutter hat mich um Hilfe gebeten.«

»Hilfe, Mylady?«

Sie hielt die Säcke für ihre Vorräte hoch. »Ich muß Medizin und Decken besorgen. Der Junge hat Fieber und braucht dringend ein Mittel dagegen.«

»Aber Lord Ral ist auf die Jagd gegangen. Wer wird Sie begleiten?«

»Richard von Pembroke hat zwei Männer ausgewählt, die das größte Vertrauen ihres Herrn genießen. Sie erwarten mich am Tor. Ich bitte Sie, beeilen Sie sich. Das Kind ist dem Tod nahe.«

»Selbstverständlich, Mylady. Ich werde mich persönlich darum kümmern.« Etienne war mit dem grauen Pferd zurückgekommen. Caryn hatte ihn angelächelt und sich von ihm auf den Sattel helfen lassen.

»Soll ich Sie zu den Männern bringen?« hatte er gefragt.

»Nein! Ich meine ... das wird wohl kaum nötig sein. Während wir hier miteinander reden, erwarten sie mich bereits.« Sie lächelte noch einmal, beugte sich herunter und drückte ihm die Hand. »Vielen Dank, Etienne.«

Er hatte ihr Lächeln erwidert, als sie fortgeritten war. Sie hatte an der Brücke angehalten und dem Wachposten am Tor dieselbe Geschichte erzählt, nur wurde sie diesmal von Rals Männern am Waldrand erwartet. Niemand zweifelte an ihren Worten. Lord Ral hatte seinen Männern keinen Grund gegeben, ihren Worten zu mißtrauen. Er hatte sich geirrt, falls er geglaubt hatte, sie würde demütig dasitzen und es sich gefallen lassen, daß er die Schlinge der Ehe um ihren Hals legte.

Gütige Maria, das hätte sie für ihr Leben nicht getan!

Sowie die Burg hinter ihr lag, war Caryn ruhiger geworden, und der Tag war schnell vorübergangen, da die kleine graue Stute flink auf der Straße vorangekommen war. Als sie ein gutes Stück Weges zurückgelegt hatte, hatte sie ihnen beiden eine Rast gegönnt und ihre Reise dann fortgesetzt. Die Nacht würde anbrechen, ehe der Normanne ihr Verschwinden entdeckte. Vielleicht würde er sie sogar erst am nächsten Morgen vermissen. Bis dahin würde sie viele Meilen zwischen sich und seine Burg gelegt haben.

Diese Überlegung ließ Caryn wieder einmal langsamer reiten, was ihr erlaubte, die Landschaft zu genießen: bewaldete Berge, Hügel, die mit Farnkraut bewachsen waren, Wiesen, auf denen dichtes Bandgras, Knäuelgras, Sumpfgras, Zittergras und Rohrkolben wuchsen. Auf der schlecht erhaltenen Straße kam sie an einem Händler vorbei, dem Anschein nach ein übler Gauner, der seine Waren feilbot. Selbstgenähtes Tischleinen wurde gegen Gänsefedern eingetauscht, Wachs gegen Felle, Bänder gegen Stoffe.

Sie war einem Salzverkäufer begegnet, einem freundlichen Mann aus Northwich, der seinen Filzhut gezogen hatte, als sei er ein Höfling. Sie war an einigen Leibeigenen vorbeigekommen und hatte mit jedem von ihnen geredet, da sie sicher war, sich inzwischen weit genug von der Burg entfernt zu haben. Schließlich war sie bestrebt, während ihres Ritts soviel Wissen wie möglich an sich zu bringen.

So würde sie in den Wald reiten, sowie die Abenddämmerung einsetzte, und sich einen Lagerplatz suchen, ihr Pferd tränken und füttern und dann selbst ein Mahl aus kalter Hammelkeule, Brot und Käse zu sich nehmen, den Dingen, die sie aus der Küche mitgenommen hatte. Sie würde in ihrem pelzgefütterten Umhang schlafen und erstmals dankbar dafür sein, daß der Dunkle Ritter ihn für sie gekauft hatte.

Nur die graue Färbung des Himmels, die sich vertiefte, ließ einen Anflug von Sorge über sie hereinbrechen. Gestern auf dem Burghof waren ihr die weißen Wolkenfetzen aufgefallen. Heute waren sie dunkler und dichter, Vorboten eines Unwetters. Sie hatte gehofft, sie würde Willingham erreichen und dort in einem Gasthaus Zuflucht finden. Doch nun sah es ganz so aus, als würde das Unwetter losbrechen, solange sie ihm schutzlos ausgeliefert war.

Doch Caryn lächelte lediglich. Eine Regennacht im Freien war ein geringer Preis für die Freiheit. Außerdem gehörte auch das zu einem Abenteuer dazu.

Sie trieb die kleine Stute zum Trab an und ritt weiter.

Dieses Weib bereitete ihm doch immer wieder Schwierigkeiten. Sie war leichtsinnig, halsstarrig und eigensinnig. Und grenzenlos dumm. Rals Hand schloß sich enger um die Zügel, und Satan tänzelte nervös. Ral lockerte seinen Griff und nahm die Suche nach den Hufspuren wieder auf, die das Pferd des Mädchens auf der Straße hinterlassen hatte.

Er konnte ihnen mühelos folgen. Das graue Damenreitpferd war kleiner als die meisten anderen Pferde, und über diese Straße kamen nicht viele. Gott sei Dank war die Jagd erfolgreich verlaufen, und sie waren früher als geplant zur Burg zurückgekehrt. Er hatte den Bergfried nach ihr durchsuchen lassen und zu seinem Erstaunen und seiner Wut festgestellt, daß sie verschwunden war. Sowie er entdeckt hatte, daß sie entflohen war, hatte er sich dafür verflucht, daß er so dumm gewesen war zu glauben, sie würde es nicht wagen, und daraufhin war es ein leichtes gewesen, sich ein Bild davon zu machen, wie sie ihre Flucht bewerkstelligt hatte.

»Verzeihen Sie mir, Mylord«, hatte der junge Etienne gesagt, der zerknirscht und den Tränen nahe gewesen war. »Wenn ich doch bloß gewußt hätte, daß das nicht in Ihrem Sinne war …«

»Es ist nicht deine Schuld, mein Junge, sondern meine eigene. Mach dir keine Sorgen, ich werde mich schon darum kümmern, daß die Dame unbeschadet wieder zurückkommt.« Dieses verfluchte Weib. Er hatte sie gewaltig unterschätzt und es nicht für notwendig gehalten, einem Fluchtversuch vorzubeugen. Er war so dumm gewesen, sich einzubilden, seine Befehle würden befolgt.

Ral stieß einen Fluch aus. Der Teufel sollte diese kleine Verräterin holen! Wußte dieses dumme Mädchen denn nicht, daß sie sich in Gefahr brachte? Außer den Verbrechern, die durch diese Hügel zogen, und der Gefahr, die ihr von den Wildschweinen und Wölfen drohte, gab es auch noch Stephen de Montreale und seine Männer. Stephen würde sie nehmen, ohne auch nur einen Augenblick zu zögern. Er würde sie grob mißbrauchen und sich ihrer dann entledigen, sie vielleicht sogar als Tote zurücklassen.

Rals Magen schnürte sich zusammen. Er kannte das Mädchen kaum, und doch hatte sie seine Beschützerinstinkte geweckt. Er wollte nicht, daß ihr etwas zustieß. Das gestand er sich ein. Wenn er sie fand, würde er ihr schon eine Lektion erteilen, doch geschähe das durch seine Hand und nicht durch Montreales Männer.

Als er ihre Fährte fand, die von der Straße ab- und in den Wald führte, trieb Ral Satan zum Galopp an. Die Abenddämmerung war schon hereingebrochen. Mit jedem Moment, der verging, begab sich Caryn in größere Gefahr. Das halsstarrige Mädchen war ungehorsamer als der ungeratenste seiner Soldaten.

Ral biß die Zähne zusammen. Sie würde Gehorsam lernen, gelobte er sich. Sowie er sie in Sicherheit gebracht hatte, würde er dafür sorgen, daß sie reichlich für ihren Ungehorsam büßte.

Caryn schaute sich in alle Richtungen um. Sie hatte nicht damit gerechnet, daß die langen schmalen Schatten der Bäume derart bedrohlich wirken würden. Sie hätte nicht geglaubt, daß sie bei jedem Geräusch zusammenzucken und sich umdrehen würde, woraufhin das kleine Pferd unter ihr nervös wurde und zur Seite auswich. Sie hätte nicht gedacht, daß es ganz so kalt würde.

»Du hast keinen Grund, dich zu fürchten«, sagte sie laut zu sich selbst, als sie irgendwo hinter sich einen Zweig brechen hörte. »Das ist nur der Wind in den Bäumen.«

Der riesige finstere Normanne konnte es nicht sein, denn sie hatte in Erfahrung gebracht, daß er gewöhnlich bis spät in den Abend hinein jagte. Er konnte bisher noch nicht bemerkt haben, daß sie fort war, und den Weg, den sie eingeschlagen hatte, konnte er auch nicht entdeckt haben. Natürlich zogen die Straßenräuber durch die Gegend, doch vor ihnen fürchtete sich Caryn nicht. Wenn es sein mußte, würde sie ihnen erzählen, daß sie diejenige gewesen war, die sie gewarnt hatte. Dann würden sie ihr dankbar sein. Jedenfalls hatten sie bestimmt keinen Grund, ihr etwas anzutun.

Wieder vernahm sie ein Geräusch auf dem staubigen Weg hinter sich. Diesmal schien es näher zu sein. Hufschläge, erkannte sie und wurde plötzlich von Angst gepackt, aber sie war sicher, daß es sich nur um ein einziges Pferd und seinen Reiter handelte.

»Da ist nur ein anderer Reisender«, flüsterte sie dem Pferd zu und lenkte die kleine graue Stute vom Weg ab, um hinter den Ästen eines Baumes zu warten, bis der Reiter vorbeiritt. »Es gibt keinen Grund, sich zu fürchten.«

»Da wäre ich mir an deiner Stelle nicht so sicher«, ertönte eine rauhe männliche Stimme aus dem Laub direkt neben ihr. Caryn schrie auf, als der große schwarze Hengst des Dunklen Ritters durch die Bäume brach. »Vor mir solltest du dich jedenfalls fürchten – und das hättest du schon viel eher begreifen müssen.«

*Mutter Gottes!* Caryn riß die kleine graue Stute mit pochendem Herzen herum und grub dem Pferd die Fersen in die Flanken.

»Bleib stehen!« befahl Lord Raolfe, als das Tier losrannte, doch sie beugte sich nur über den Hals des Pferdes und trieb es zu einem schnelleren Tempo an. Der Wind peitschte in ihr Gesicht, und Äste zerrten an ihrer Kleidung, doch Caryn galoppierte weiter.

»Halt an, verdammt noch mal!«

Doch Caryn ritt weiter, und nicht nur die Angst vor dem riesigen finsteren Normannen trieb sie an, sondern auch die Furcht vor ihrem eigenen Versagen.

Gütiger Gott, wie hatte er sie bloß gefunden? Was würde er tun, wenn er sie einholte? Das Grauen machte sie verwegen. Sie schmiegte sich an den Hals der kleinen grauen Stute, als sie sich einem umgestürzten Baumstamm näherten, mit einem sauberen Sprung darüber hinwegsetzten und dann einen kleinen Bach überquerten. Als sie am anderen Ufer aufkamen, sprühten Tropfen durch die Luft, und Caryns Umhang flatterte wild hinter ihr. Das Donnern von Hufschlägen hallte durch den Wald und schien das laute Pochen ihres rasenden Herzens zu übertönen.

Der Wald wurde zunehmend dichter. Der Weg, auf dem sie jetzt weiterritt, war von Dornensträuchern überwuchert, und doch fürchtete sie das, was hinter ihr war, weit mehr als das, was vor ihr lag. Sie holte tief Atem, um Mut zu schöpfen, und dann galoppierte sie weiter und trieb das kleine graue Pferd zu noch größerem Tempo an. Das Tier stieß ein schrilles Wiehern aus, und Caryn spürte, wie es strauchelte. Sie glaubte, ihr Pferd sei gestürzt, doch dann erkannte sie, daß der Normanne sie vom Sattel gerissen hatte. Mit einem Arm um ihre Taille warf er sie bäuchlings auf seinen Sattel und griff dem großen Hengst energisch in die Zügel.

»Gütiger Jesus! Willst du dich gewaltsam umbringen?«

Caryn wand sich, bis sie sein Gesicht sehen konnte. Gesegnete Maria, sie sah schwarze Gewitterwolken über seine Züge ziehen. Der Hengst tänzelte und riß an seinem Zaumzeug, doch selbst das riesige Tier wußte, daß es besser war, sich seinem Herrn nicht zu widersetzen, wenn er derart wütend war.

»Laß mich los!« kreischte Caryn und versuchte, sich von ihm loszureißen, aber Lord Raolfe stieß sie nur wieder auf den Sattel. Ein Regentropfen fiel auf ihre Wange und dann noch einer. Caryn versuchte noch einmal, sich aufzusetzen, doch die Hand auf ihrer Taille preßte sie auf den Rücken des Pferdes. Der Normanne zog ihr den Umhang über den Kopf, und die Welt versank in Dunkelheit.

Caryn sah nur verschwommen den schlammigen Boden unter ihnen und spürte, wie sich die harten angespannten Muskeln eines Oberschenkels in ihren Bauch gruben, als sie schweigend zurückritten. Ein weiterer Oberschenkel preßte sich an ihre Brüste. Er war steinhart, und jeder einzelne Muskel und jede Sehne drückten Zorn aus.

Mehrfach setzte Caryn dazu an, etwas zu sagen, doch die Anspannung seines Körpers warnte sie, es besser bleiben zu lassen. Als die Stunden langsam vergingen, fing es richtig zu regnen an, und Caryn begann zu zittern. Inzwischen war ihr Umhang vollständig durchnäßt, und ebenso stand es um ihre Tunika, ihr Unterkleid und um ihr Hemd. Ihre Arme und Beine schmerzten, ihr Bauch hatte blaue Flecken, weil sie derart durchgeschüttelt wurde, und die feuchtkalte Luft drang bis in ihre Knochen vor.

Sie ritten unentwegt weiter.

»Könnte ich nicht wenigstens auf meinem Pferd reiten?« fragte sie und wand sich wieder, um ihn anzusehen. Hatte sie seit dem Morgen wirklich einen so weiten Weg zurückgelegt? Tief in ihrem Innern wußte sie, schon während sie sich diese Frage stellte, daß ihr die Hälfte des Rückwegs noch bevorstand.

»Du wirst auf meinem Sattel liegenbleiben wie bisher. Vor uns liegt die Hütte eines Schäfers. Dort können wir über Nacht bleiben. In deinem Zustand würdest du den Heimritt nicht überleben.«

Seine Stimme klang gereizt, und sein Kiefer war verkniffen. Sie betete, die feuchte Nachtluft würde seine Wut ein wenig abkühlen lassen.

»Wie ... woher hast du gewußt, wo du mich finden kannst?«

Ral zog an den Zügeln. Anscheinend hatten sie die Hütte erreicht, denn er drehte sie in seinen Armen um. Er schwang ein langes Bein über den Nacken des Pferdes und ließ sich auf den Boden gleiten.

»Hast du wirklich geglaubt, du könntest mir entkommen?« knurrte er. »Es gibt keinen einzigen Ort, an dem ich dich nicht gefunden hätte.« Er ging auf die Tür zu, trat sie auf, ohne anzuklopfen, und stellte sie in dem kleinen Raum, der nahezu leer war, auf die Füße. »Möge Gott dir beistehen, wenn du dich auch nur einen Zentimeter vom Fleck rührst.«

Caryn schluckte schwer. Der Normanne wandte sich ab und ging wieder zur Tür hinaus. Sein schwarzes Haar war feucht und klebte an seinem breiten Nacken, und seine Augen waren wütender als das Tosen des Sturms. Caryn sah sich in der Hütte um. Es gab nichts weiter als ein leeres Faß, einen dreibeinigen Melkschemel und einen rostigen leeren Eimer. Sie trat dagegen und zuckte dann zusammen, als der Schmerz durch ihren eisigen Fuß schoß.

Wenige Minuten später kam Lord Raolfe zurück, nachdem er die Pferde versorgt hatte. Er trug ihre Reisetasche, hatte seine Satteltaschen über eine breite Schulter geworfen und brachte einen Packen Holz mit, den er vor der Feuerstelle auf den Lehmboden fallen ließ. Er kniete sich hin, breitete Reisig aus und benutzte dann einen Feuerstein und Stahl, um das Holz in Brand zu setzen. Bald hatte er ein Feuer entfacht, und ihr Zittern hörte allmählich auf.

»In meiner Satteltasche ist eine Decke. Zieh diese nassen Sachen aus und hülle dich in die Decke.«

Sie erbleichte ein wenig bei der Vorstellung, doch sie würde nicht aufhören zu frieren, solange sie ihre nassen Kleider nicht ablegte.

»Ich brauche nichts von dir. Ich habe meine eigene Decke mitgebracht.« Sie griff nach ihrer Tasche, doch der riesige Ritter riß sie bereits auf und zog außer ihrer Decke auch den Sack mit kaltem Hammelfleisch und Käse heraus.

»Wie gut, daß du meine Küche geplündert hast. Wenigstens brauchst du nicht zu hungern.«

Die Art, wie er *wenigstens* sagte, ließ sie wachsam werden. Sie wandte sich von ihm ab, schlüpfte aus der Tunika und zog sich mit zitternden Händen das nasse Unterkleid über den Kopf. Ihr Hemd war trockener, als sie erwartet hatte, und der dünne weiße Stoff schmiegte sich eng an ihren Körper, sorgte aber doch für ein Mindestmaß an Sittsamkeit. Sie schlang sich die Decke um die Schultern, und als sie aufblickte, sah sie, wie die kalten grauen Augen des Normannen von ihren Brüsten zu ihrem Gesicht glitten.

»Du hast eine große Dummheit begangen. Ist dir denn nicht klar, daß du dich in Gefahr begeben hast?« Er hatte seine Tunika ausgezogen und stand ihr bis zur Taille entblößt in eng sitzenden Hosen und weichen kniehohen Stiefeln gegenüber.

»Gleichzeitig hätte ich mich aber auch vor dir in Sicherheit bringen können.«

Bei ihren Worten spannte er sich an, und die Muskeln bewegten sich auf seinem flachen Bauch, als er sich die Decke um die Hüften wickelte. Nie hatte sie einen so breitschultrigen Mann mit so schmalen Hüften gesehen. Schwarzes krauses Haar zog sich über den enormen Umfang seiner Brust, lief in einem schmalen Pfeil aus und verschwand unter der Decke. Das war ein Anblick, den sie nie erwartet hätte, und doch war sie derart gebannt, als hätte er einen Zauber um sie gewoben.

»Ich habe dir befohlen, den Bergfried nicht zu verlassen.« Der Klang seiner Stimme ließ sie in sein Gesicht aufblicken. Er hatte die dichten schwarzen Augenbrauen zusammengezogen, und seine Lippen bildeten einen Strich, der so unerbittlich wie sein Kiefer war.

»Es steht dir nicht zu, mir etwas zu befehlen.«

»Ach nein? Ich bin dein Gebieter. Außerdem bin ich dein Verlobter. Allein schon das räumt mir das Recht ein. Bald werde ich dein Mann sein. Wirst du mir dann weiterhin den Gehorsam verweigern?«

»Ich werde dich nicht heiraten. Du kannst mich nicht dazu zwingen.« Sie reckte das Kinn in die Luft, und der Trotz stand deutlich in ihr Gesicht geschrieben. Die Hand des finsteren Normannen ballte sich zur Faust, doch er zwang sich, ruhig zu bleiben.

»Du fürchtest dich wohl nicht vor mir, was?«

»Doch, natürlich fürchte ich mich vor dir. Schließlich bist du ein Normanne. Weshalb sollte ich mich nicht vor dir fürchten?«

»Es wäre nur logisch. Du bist halb so groß wie ich und noch dazu eine Frau ... und doch wissen wir beide, daß es nicht wahr ist. Wenn du Angst vor mir hättest, hättest du das Schloß nicht verlassen. Da du es getan hast, zwingst du mich zu glauben, daß du die Folgen nicht fürchtest.«

Caryn schluckte. Ihre Finger gruben sich in die Decke. »Folgen, Mylord?«

»Hast du etwa geglaubt, dein Handeln zöge keine Konsequenzen nach sich?«

»Die Konsequenz meines Mißerfolgs ist, daß du mich gefunden hast. Das erachte ich als eine ausreichende Strafe.«

Ein Muskel in seiner Wange zuckte. »Die Folgen deines Ungehorsams stehen hier zur Diskussion. Du fürchtest dich nicht vor mir, und daher schenkst du meinen Worten keine Beachtung. Nach dem heutigen Abend wirst du ganz genau wissen, was es bedeutet, meinen Zorn auf sich zu ziehen.«

Er rollte das leere Faß zu sich heran, richtete es auf und stellte es hin, und dann setzte er sich mit seiner großen Gestalt darauf. »Komm her, Caryn.«

Caryns Herz schlug etwas schneller, und das Blut begann, ihn ihren Schläfen zu pochen. Aber sie schüttelte widerspenstig den Kopf.

»Du wirst es lernen, mir zu gehorchen. Damit kannst du jetzt sofort beginnen. Ich fordere dich auf herzukommen.«

Caryn wich zurück. »Ich bin nah genug bei dir, um zu hören, was du zu sagen hast.«

»Es geht nicht darum, was ich zu sagen habe, sondern darum, was ich zu tun beabsichtige.« Caryn schrie auf, als der riesige Ritter sich blitzschnell von seinem Sitzplatz erhob, ihre Decke packte und sie zu sich zog. Sie drehte sich um und machte einen Satz von ihm weg, und er blieb mit wutentstelltem Gesicht und der großen Wolldecke in der Hand zurück.

»Du machst nur alles noch schwerer für dich, wenn du auf deinem Trotz beharrst.«

»Ich werde deinen Befehlen niemals Folge leisten, Normanne.«

»O doch, das wirst du tun, du kleines Biest. Du wirst begreifen, daß ich meine, was ich sage!« Bei diesen Worten machte er wieder eine schnelle Bewegung und streckte einen Arm nach ihr aus, als sie versuchte, an ihm vorbeizulaufen. Er packte ihr Handgelenk und zog sie an sich. Ein kräftiger Arm umfing ihre Taille, und dann zerrte er sie zu dem aufgerichteten Faß. Er mußte sie nahezu tragen. Dort setzte er sich und zog sie auf seinen Schoß.

»Du bist heute schon einmal auf meinen Schenkeln geritten, und das wirst du jetzt noch einmal tun. Ich verlasse mich darauf, daß du es diesmal so schnell nicht vergessen wirst.«

Er riß ihr Hemd hoch und entblößte sie bis zur Taille, und Caryn keuchte vor Entsetzen. Ihre Verlegenheit, weil er sie so sehen konnte, heizte ihr Blut auf, und dann klatschte seine Handfläche fest auf ihr Hinterteil. Caryn schrie auf, als sie seine Hand zu spüren bekam und Feuer ihr Fleisch zu versengen schien. Einmal, zweimal, dreimal – sie konnte schon bald nicht mehr mitzählen.

»Laß mich los!« rief sie aus und versuchte, sich aus seiner Umklammerung zu befreien. Seine Hand war so groß, daß sie ihr Gesäß vollständig bedeckte, und bei jedem seiner gewaltigen Schläge brannte sich Glut in ihre Haut.

»Du wirst mich heiraten«, sagte er und setzte seinen heißen Feuerregen fort. »Du wirst mich als deinen Gebieter akzeptieren, und du wirst es lernen, mir zu gehorchen.«

»Niemals!« Doch als Ral ihr einen Schlag nach dem anderen versetzte und seine flache Hand erbarmungslos blieb, war sich Caryn nicht mehr so sicher.

»Du kleines Miststück«, sagte er, und die nächsten Hiebe ließen Tränen in ihre Augen treten. »Es gibt nur wenige Männer, die sich mir widersetzen würden, wie du es getan hast. Du kannst von Glück reden, daß deine Strafe nicht bei weitem schlimmer ausfällt.« Sie wand sich auf seinen festen muskulösen Schenkeln, doch sein Arm, der sich um ihre Taille geschlungen hatte, hielt sie fest.

Klatsch, klatsch, klatsch. Die Glut seiner Hand brannte lodernder. Er hatte vor, ihr eine Lektion zu erteilen, und Caryn gestand sich schließlich ein, daß ihm das gelungen war. Ein Schluchzen entrang sich ihrer Kehle, dann noch eines. Sie hatte nicht weinen wollen, wirklich nicht. Sie durfte ihm den Sieg nicht überlassen, und doch stand fest, daß er gewonnen hatte. Sie merkte gar nicht, daß er aufgehört hatte, bis sie spürte, wie er ihr das dünne weiße Kleidungsstück über die Hüften herunterzog.

Er drehte sie in seinen Armen um und wiegte sie sachte auf seinem Schoß. »Weine nicht, *chérie.* Das Schlimmste ist vorbei.«

Er strich ihr das Haar von den feuchten Wangen und schmiegte sie eng an sich. Zu ihrem Erstaunen ließ Caryn es zu, spreizte die Hände auf seiner Brust, drehte das Gesicht um und weinte an seiner Schulter.

»Es tut mir leid, *ma petite.* Mir wäre es auch lieber gewesen, wenn ich es nicht hätte tun müssen. Du hast mir keine Wahl gelassen.«

Caryn sagte nichts, als sein Knöchel über ihre Wange glitt und die Nässe wegwischte. Freundlichkeit war das allerletzte, was sie erwartet hatte. Sie gebot ihren Tränen Einhalt und bekam einen leichten Schluckauf. »K-keine andere Wahl, als mich zu schlagen?«

Sie spürte, wie es in seiner Brust hämmerte. »Das war keine Tracht Prügel. Es war nichts weiter als eine Lektion, die ich dir erteilen mußte. Ich will dich in Sicherheit wissen, Caryn. Was ich von dir verlange, fordere ich nur, weil es zu deinem eigenen Besten ist.«

»Du bist ein brutaler Rohling.«

»Und du, *ma chère,* bist ein halsstarriges kleines Mädchen, das weit mehr Mut als Verstand besitzt.«

Caryn schaute durch ihre Tränen zu ihm auf. In seinem Tonfall drückte sich etwas Seltsames aus, ein Anflug von Belustigung und vielleicht sogar eine Spur von Bewunderung.

»Ich will meine Freiheit haben. Das ist alles, was ich je gewollt habe.« Sie wandte sich von ihm ab und stand auf. Ihr Gesäß schmerzte bei jedem Schritt. Sie lief durch die Hütte, bückte sich, hob ihre Decke wieder auf und schlang sie sich dann schützend um die Schultern.

»Deine Freiheit kann ich dir nicht geben. Selbst ich besitze sie nicht. Ich bin dem König und dem Land verpflichtet, ebenso, wie du bald mir verpflichtet sein wirst.«

»Glaubst du etwa, ich hätte vergessen, was meiner Schwester zugestoßen ist? Ich kann es nicht vergessen, und ich kann es auch niemals verzeihen.«

»Das wirfst du uns zu Recht vor. Die Normannen haben dein Volk unterworfen und unterwegs alles mitgenommen, was zu holen war. Deine Schwester war ein unschuldiges Opfer des Krieges. Es ist ein Jammer, daß es so geschehen ist, aber dieser Krieg gehört jetzt der Vergangenheit an.«

»Für mich wird er niemals der Vergangenheit angehören.«

»Ich wüßte gern, wie es ihr geht«, sagte er und ging nicht auf ihre letzten Worte ein.

Caryn bedachte ihn mit einem verächtlichen Blick. Es erstaunte sie, daß er sich überhaupt dafür interessierte ... aber andererseits hätte sie sich vielleicht nicht darüber wundern sollen. Von dem Moment ihrer ersten Begegnung an war er von Gweneths ätherischer Schönheit eingenommen gewesen. Caryn versetzte dies einen unliebsamen Stich.

»Meiner Schwester geht es gut ... in Anbetracht der Umstände. Vielleicht war es ein Glück, daß sie, schon ehe es passiert ist, nicht ganz bei Sinnen war. Sie erinnert sich nicht an diesen Vorfall. Sie ist glücklich im Konvent. Sie liebt die anderen Schwestern, und die Schwestern lieben sie.«

Ral nickte. »Es freut mich, das zu hören. Und aus keinem anderen Grund als dem, daß deine Schwester sich in Sicherheit wiegen kann, will ich dafür sorgen, daß wir beide heiraten.«

»Du glaubst, du kannst dein Gewissen erleichtern, indem du sie jetzt beschützt, obwohl du es damals hättest tun sollen.«

Ral seufzte. »Ich habe einen Fehler gemacht.«

Caryn musterte ihn kurz und wunderte sich über dieses Eingeständnis. Es fiel wohl kaum in seine Verantwortung, zwei sächsische Mädchen sicher nach Hause zu geleiten, doch er hatte sich an dem beteiligt, was hinterher passiert war, und das konnte sie ihm nicht verzeihen. »Ich täte alles für Gweneth, nur eines nicht – nämlich meine Zeit in deinem Bett zu verbringen.«

Einen Moment lang rührte er sich nicht von der Stelle, sondern stand einfach nur da und musterte sie mit einem finsteren, grüblerischen Gesichtsausdruck. Seine dichten dunklen Augenbrauen waren zu einem Stirnrunzeln zusammengezogen. Sie trat unruhig von einem Fuß auf den anderen, als er sie genau betrachtete. Sein forschender Blick bereitete ihr Unbehagen, und sie fragte sich, was ihm wohl durch den Kopf ging. Als er endlich etwas sagte, klang seine Stimme rauh und heiser.

»Wünschst du dir denn keine Kinder?«

Caryns Kopf hob sich mit einem Ruck. Das war ein Thema, das sie nicht erwartet hatte. »Ich liebe Kinder. Sicher hätte ich mir eines Tages Kinder gewünscht – aber nicht von einem Mann wie dir.«

Augen, die kühl und abschätzend gewesen waren, wurden jetzt finster und unergründlich. »Du bist dir also ganz sicher ... daß eine Ehe in Wahrheit nicht das ist, was du dir wünschst?«

Ein seltsamer Schauer lief über Caryns Rücken. Sie hatte das Gefühl, gerade etwas zu verlieren, doch sie wußte nicht, was es war. »Ganz sicher, Mylord.«

Ral wandte sich ab und ging auf die Tür der Hütte zu. Regen prasselte auf das Dach. Sie konnte seinen gleichmäßigen Atem hören. Er wandte sich zu ihr um, blieb aber stehen, wo er war.

»Wenn das dein Wunsch ist, dann gewähre ich ihn dir. Selbst als dein Ehemann werde ich dich nicht zwingen, in mein Bett zu kommen. Aber merk dir meine Worte gut. Solltest du nicht in diese Eheschließung einwilligen, dann wird Malvern dich als seine Mätresse für sich beanspruchen, bis er deiner müde ist – auf Arten, die du dir noch nicht einmal ausmalen kannst. Dann wird er dich mit seinen Männern teilen.«

Caryn erschauerte, und daran war nicht die Kälte schuld. »De Montreale würde mich mißbrauchen, aber du – so willst du mich glauben machen – wirst mich nicht zwingen, deine obszönen Zuwendungen hinnehmen zu müssen.«

»Obszöne Zuwendungen? So siehst du das also?«

»Ja, und weshalb sollte ich es nicht so sehen?«

Die sinnlichen Lippen des Normannen wurden dünn. »An dem, was sich heute abend hier abgespielt hat, war nichts zu ändern. Solltest du dich mir noch einmal widersetzen, dann kannst du mit mehr davon rechnen, aber ich werde dich nicht gegen deinen Willen nehmen. Du hast bereits genug durchgemacht.«

»Weshalb sollte ich dir glauben?«

Sein kühler Blick glitt von Kopf bis Fuß über sie. »Vielleicht, weil dein winziger Frauenkörper auf einen Mann wie mich wenig Reiz ausübt. Vielleicht, weil es mich nicht nach dir verlangt.« Ral rechnete damit, für die Lüge, die gerade über seine Lippen gekommen war, jeden Augenblick vom Blitz getroffen zu werden. Bei Gott, er begehrte sie von einem Moment zum nächsten immer mehr. Er war froh um die Decke gewesen, die seine Lust verbarg, als er ihr wohlgeformtes Hinterteil gesehen und die weichen Rundungen unter seiner Hand gespürt hatte.

»Falls ich einwilligen sollte, dich zu heiraten, würdest du deine Geliebte dann beibehalten?«

»Falls du meinem Bett fernbleiben willst, wird es so sein.«

Das Mädchen biß sich auf die volle Unterlippe und sah ihn durch die dichten dunklen Wimpern an. Ral verspürte den Drang, seine

Zunge über ihren Mund gleiten zu lassen, sie hineinzustoßen und die Süße zu kosten, die er schon einmal dort gefunden hatte.

»In Ordnung«, sagte sie. »Wenn das so ist, dann willige ich ein.«

Ral schlief immer nur für kurze Zeit und wachte zwischendurch häufig auf, da er sich der halbnackten Frau nur allzu deutlich bewußt war, die am anderen Ende des kleinen stickigen Raumes schlief. Mitten in der Nacht träumte er, er streichelte ihren zarten kleinen Busen und hielt ihn in den Händen, während er in sie stieß.

Er war schweißgebadet erwacht, und sein Glied hatte sich steif und erhaben gegen seinen Bauch gepreßt. Heiliger Strohsack, es war eine Dummheit von ihm gewesen, ihr zu versprechen, daß er sie nicht in sein Bett holen würde. Und doch war das vielleicht das Beste. Sie war winzig und zerbrechlich – nein, das wohl kaum, räumte er ein, als er an ihre Aufsässigkeit dachte, an ihre Flucht aus der Burg und daran, wie er sie auf dem kleinen grauen Pferd hatte galoppieren sehen, mit dem sie so geschickt umgegangen war wie der beste seiner Männer. Dennoch konnte er sich nur zu leicht die Schmerzen ausmalen, die er auslösen würde, sollte er seinen schweren Schaft zwischen ihre wohlgeformten zarten Beine stoßen.

Mit einem Stöhnen, das seine Erregung verriet, drehte Ral sich auf die Seite und zwang sich, das Bild zu verdrängen, das ihm vor Augen stand.

Am Morgen kleidete er sich eilig an und verließ dann die Hütte, während Caryn sich anzog. Als er um eine Ecke bog, blieb er stehen. Auf einer Lichtung in der Nähe machten sich Odo und einige Dutzend seiner Krieger, die dort ihr Lager aufgeschlagen hatten, zum Aufbruch bereit. Sie wollten zurückkehren, nachdem sie seiner Spur gefolgt und in der Nacht für seine Sicherheit gesorgt hatten, während sie gleichzeitig diskret Abstand gehalten hatten.

»Wir waren besorgt wegen der Straßenräuber – und de Montreale.« Odo kam auf ihn zu, um ihn zu begrüßen. »Zum Zeitpunkt unseres Eintreffens hattest du die Dinge … gut im Griff.«

Ral zog eine Augenbraue hoch, als er ein Lächeln um die Lippen seines Freundes spielen sah. »Dann hast du also doch kaum Abstand gehalten?«

»Es war eine verdiente Strafe. Sie wird sich dir nicht noch einmal widersetzen.«

Daraufhin grinste Ral nur. Sich ihm nicht widersetzen? Das Mädchen würde eine ewige Plage sein – daran zweifelte er nicht. »Ich werde einen der Männer damit beauftragen, sie im Auge zu behalten. Ich habe schon genug zu tun, ohne auch noch hinter einem ungehorsamen Mädchen herzulaufen.«

»Geoffrey ist der jüngste von ihnen. Diese Aufgabe sollte ihm zufallen.«

Geoffrey de Clare mit seinem blonden Haar, seinem guten Aussehen und seinem unbefangenen Lächeln war der letzte Mann auf Erden, den Ral für diese Aufgabe ausgewählt hätte. Und doch hatte Odo recht damit, daß diese unerfreuliche Aufgabe an ihn fallen sollte.

»Bring ihm diese Neuigkeit bei. Erinnere ihn noch einmal an das Interesse, das de Montreale deutlich gezeigt hat. Wenn er glaubt, es diente ihrem Schutz, könnte es ihm leichter fallen, sich mit dieser Aufgabe abzufinden.«

Odo lachte leise. »Es ist besser, wenn er sich als ihr Erretter und nicht als ihr Gefängniswärter ansieht.«

»Ganz genau«, sagte Ral.

# 6. Kapitel

In den Tagen vor der Hochzeit bekam Caryn wenig von Ral zu sehen. Es hatte ihrem Stolz mehr zugesetzt als ihrem Körper, so brutal von ihm gemaßregelt zu werden, aber sie hatte es gut überstanden. Sie war zu der Überzeugung gelangt, daß gerade die Verletzung ihres Stolzes die eigentliche Absicht des gutaussehenden finsteren Normannen gewesen war.

Er hatte gesagt, seine Anforderungen dienten nur zu ihrem Schutz, und außerhalb der Burgmauern sei sie in Gefahr. Nachdem sie jetzt Zeit gehabt hatte, die Dinge gründlich zu durchdenken, räumte sie widerstrebend ein, daß das wohl der Fall war. Sie wußte, daß de Montreale kurzen Prozeß mit ihr gemacht hätte, wenn sie ihm über den Weg gelaufen wäre, und selbst von der Verbrecherbande, der sie geholfen hatte, hätte ihr Übles widerfahren können.

Der Dunkle Ritter hatte zu Recht gesagt, es sei eine Dummheit gewesen, allein wegzulaufen, doch war in ihren Augen die Chance, entkommen zu können, das Risiko wert gewesen.

Im Nachhinein stellte sie sich allerdings einige Fragen ... Wenn der Normanne nicht gewesen wäre, könnte sie dann jetzt wirklich verletzt oder gar tot sein? Hatte er sie nur grob behandelt, um sich so ihren Gehorsam zu sichern und somit ihre Sicherheit zu gewährleisten? Die Vorstellung, dem könnte so sein, war äußerst ärgerlich.

Sie dachte über ihn nach, als er am späten Abend in dem großen Saal vor dem Feuer saß. In den Tagen seit ihrer Rückkehr hatte sie alles getan, um ihm aus dem Weg zu gehen, und meistens war es ihr geglückt. Wenn sie einander versehentlich doch begegneten, war er höflich, aber reserviert und schenkte ihr wenig Beachtung, obwohl sie manchmal den Eindruck hatte, daß er sie beobachtete, wenn er glaubte, sie würde es nicht bemerken.

Caryn fiel es schwer, den gewaltigen Normannen zu ignorieren. Oftmals rief schon der Augenblick seiner großen Gestalt von hinten das Bild wach, wie er halbnackt in der Hütte des Schäfers gestanden hatte. Sie konnte jetzt noch vor sich sehen, wie der Feuerschein sein feuchtes schwarzes Haar und die Muskeln auf seiner breiten Brust und seinen Schultern hatte schimmern lassen, und sie spürte auch noch, wie seine kräftigen Schenkel sich an sie gepreßt hatten.

Lynette de Rouen, seine Geliebte, war nach Braxston Keep zurückgekehrt, hatte ihre Unterkunft jetzt jedoch draußen auf dem Burghof. Dort verbrachte Ral seine Nächte, und zu ihrem großen Verdruß nagte es an Caryn, daß er das tat.

»Es ist nicht anständig von ihm, sich derart offenkundig mit ihr abzugeben.« Geoffrey, der junge Ritter, der den Auftrag erhalten hatte, sie zu beschützen – sie war ganz sicher, daß er sie in Wirklichkeit bewachen sollte –, beobachtete, wie der finstere Normanne mit der großen anmutigen Blondine sprach. »Ich schwöre Ihnen, das wird ein Ende finden, sowie er Sie erst einmal in seinem Bett hat.«

Caryn spürte, wie sich die Röte in ihre Wangen schlich. »Von mir aus kann er tun, was er will. Mich stört das nicht.« Dennoch beobachtete sie jede Bewegung der beiden und sah, daß Lynette leise über etwas lachte, was Ral ihr ins Ohr flüsterte, während seine Hand dreist an ihrem Bein hinaufglitt.

»Das stört Sie nicht?« Geoffrey zog eine schmale blonde Augenbraue hoch. »Die meisten Frauen würde diese Vorstellung aufbrausen lassen.« Er war zwanzig Jahre alt, zwei Jahre älter als Caryn. Er war ein gutaussehender junger Mann, schlank, aber kräftig, und seine leuchtend grünen Augen lächelten fast immer.

»Nicht, daß es einer Frau etwas nützen würde«, fuhr er fort,

»denn schließlich ist es das Recht eines Mannes, ins Bett zu gehen, mit wem er will. Trotzdem überrascht es mich, daß Sie einem Mann wie ihm gegenüber so empfinden.«

»Einem Mann wie ihm?« wiederholte Caryn und sprang auf. Bei ihrer hastigen Bewegung stieß sie gegen die Tischkante und warf auf dem Schachbrett, mit dem sie sich beschäftigt hatten, ein geschnitztes Walroß um. »Du meinst wohl einen großen, ungeschlachten, brutalen Kerl, der nur an sich denkt.«

»Dem ist nicht so, Mylady.« Geoffrey stand ebenfalls auf und lief neben ihr her, als sie den Raum durchquerte und auf die Treppe zuging. »Lord Rals Sorge gilt seinen Männern und den Dorfbewohnern. Er wird dafür sorgen, daß ihre Lage sich bessert – das ist ein Versprechen, das er ihnen gegeben hat.«

»Ein Versprechen?« Sie blieb stehen. »Wieso hat er das versprochen?«

»Zum Ausgleich für die Steuerlast, die er den Leuten aufgebürdet hat, und als Gegenleistung für die Gelder, die er einkassiert hat, um den Bergfried zu bauen. Er hat gelobt, jede einzelne Familie für die Hilfe, die sie ihm geleistet hat, mit einem größeren Stück Land zu entlohnen.«

»Und hat er sein Wort gehalten?«

»Er hat König William ersucht, ihm die Ländereien zwischen hier und Malvern zuzusprechen. Leider handelt es sich dabei um so erstklassiges Land, daß Lord Stephen auch Ansprüche darauf erhebt.«

Caryn drehte sich um, als sie eine dröhnende tiefe Stimme neben sich hörte. »Du sollst die Dame beschützen«, sagte Ral finster, »und nicht meine Mißgeschicke ausplaudern.«

»J-ja, Mylord. Es tut mir leid. Ich habe nichts Böses damit beabsichtigt.« Geoffrey trat zur Seite. »Falls Mylady sich jetzt zurückziehen möchte, werde ich sie begleiten, damit sie unbeschadet ihr Gemach erreicht.«

»Heute abend werde ich das übernehmen«, sagte Ral und nahm ihren Arm. Sogar durch die weiten Ärmel ihrer Tunika spürte Caryn die Wärme seiner Hand. Geoffrey verbeugte sich und entfernte sich eilig.

»Guten Abend, Mylord.« Ihre Worte klangen nicht besonders herzlich, doch daran schien sich der Normanne nicht zu stören. Während sie nebeneinanderherliefen, erhellten die Binsenlichter seine Züge, ließen seine Augen mehr blau als grau erscheinen und warfen Schatten auf die tieferliegenden Flächen seines markanten Gesichts. Warum fühlte sie sich plötzlich so kurzatmig?

»Es war ein leidlicher Abend, bis ich feststellen mußte, daß der junge Geoffrey nutzlose Geschichten preisgibt.«

»Das war nur müßiges Geplauder, mehr nicht.« Sie blieb auf dem unteren Treppenabsatz stehen. »Warum sind diese Ländereien so wichtig?«

Ral musterte sie skeptisch. Einen Moment lang glaubte sie, er würde ihr nicht antworten, doch dann zuckte er die Achseln und fuhr sich mit einer Hand durch das wellige schwarze Haar.

»Für den Bau der Burg war eine gewaltige Menge Arbeit und Material erforderlich. Das war notwendig, um den Paß zu schützen, doch die Leute von Braxston haben die Belastung zu spüren bekommen. Es wurden hohe Steuern erhoben, Geschäfte leer geräumt und Viehbestände verkauft, und ihnen wurden viele Arbeitstage abverlangt, die sie nicht auf ihrem eigenen Stück Land verbringen konnten.«

»Das heißt, es wird ein harter Winter für sie werden.«

»Ja, und im nächsten Jahr wird es sogar noch schlimmer werden – es sei denn, neue Ländereien werden gerodet und bepflanzt, um den Verlust auszugleichen, den die Leute erlitten haben.«

Gewöhnlich wurde von den Leibeigenen erwartet, daß sie für das Privileg bezahlten, zusätzliches Land roden zu dürfen. Die wenigsten konnten sich das leisten, und daher lebten sie weit verstreut auf kleinen Parzellen.

»Dieses Versprechen habe ich den Leuten gegeben«, sagte er, »und ich habe die Absicht, es zu halten.«

»Ich verstehe.«

»Wirklich?«

»Ja, obgleich es mich wundert, daß du mir soviel anvertraust.«

»Du wirst bald meine Frau sein, *chérie.* Wenn wir erst einmal verheiratet sind, wirst du genauso zu Braxston gehören wie ich. Deine Rechte und Privilegien werden dieselben sein wie die der Ehefrauen aller anderen normannischen Herrscher.«

Gemeinsam stiegen sie die steile Steintreppe hinauf, liefen dann durch den Gang und blieben vor der Tür ihres Zimmers stehen.

»Und was ist mit meinen Pflichten?«

Rals stechende blaue Augen schienen plötzlich noch blauer zu werden. »Es ist noch nicht zu spät, Caryn. Solltest du tatsächlich meine Frau werden, dann kann ich dir versprechen, daß du deine Pflichten im Ehebett nicht annähernd so abscheulich finden wirst, wie du jetzt noch glauben magst.«

Caryn brauste auf. »Heißt das, daß du dein Wort brichst?«

»Ich werde dich nicht gewaltsam in mein Bett holen.« Er ließ einen Finger über ihre Wange gleiten, und sie spürte, wie eine Gänsehaut sie überlief. »Aber ich möchte gern eine echte Ehe führen, und es wäre schön, wenn das auch dein Wunsch wäre.«

Etwas schnürte ihr Herz zusammen. Sie zwang sich, an Gweneth zu denken, an die Vergewaltigung und an die Schläge in jener gräßlichen Nacht vor vielen Jahren. »Wir sind uns bereits darüber einig geworden, wie wir das handhaben wollen.«

Er lächelte, doch sein Lächeln wirkte plötzlich kalt. »Ja, allerdings. Diesen Pakt hat der Teufel ersonnen, und es ist wahrhaft ein bitterer Pakt.« Aus seinen Worten war Zorn, Reue und noch etwas anderes herauszuhören.

In dem dunklen Gang riß der Hüne sie an sich, und sein Mund senkte sich fest auf ihre Lippen. Es war ein harter, erbarmungsloser Kuß, der seine Gefühle preisgab, und doch spürte Caryn, wie die Glut seines Kusses sie bis in die Knochen schmelzen ließ. Seine Lippen bemächtigten sich wüst ihres Mundes, glitten über die geschwungenen Kanten und kosteten sie, und dann stieß er seine Zunge tief in ihren Mund, um einen noch intimeren Teil ihrer selbst für sich zu fordern. Es war ein wilder Kuß, und doch war er bei weitem unwiderstehlicher als alles, was Caryn sich je hätte ausmalen können. Sie ertappte sich dabei, daß ihre Hände sich in seine Tunika gruben und daß sie sich an seine feste, muskulöse Brust lehnte und seinen Kuß erwiderte.

Die Hand auf ihrem Rücken preßte sie von Kopf bis Fuß an ihn. Sie konnte die Sehnen in seinen Oberschenkeln spüren, aber auch seinen Bauch, der so hart und so flach wie ein Waschbrett war. Was sie wieder zu Sinnen kommen ließ, war jedoch sein harter Schaft und Caryn riß sich los.

»H-hast du dein Versprechen jetzt schon vergessen, Mylord?«

Rals Blicke glitten über ihren Körper. In sein Erstaunen über ihre Reaktion auf ihn schien Verdruß einzufließen. »Du kannst von Glück reden, daß wir diese Abmachung bereits getroffen haben, *ma chérie,* denn wenn ich gewußt hätte, wieviel Feuer du besitzt, wäre es dazu gar nicht erst gekommen.«

»Aber du ... du hast doch gesagt, daß du mich nicht begehrst.«

Er knurrte. »Ich mag es, wenn Frauen kräftig genug sind, um den Samen eines Mannes aufzunehmen, aber gleichzeitig auch lüstern genug, um seine Leidenschaft zu stillen. Das heißt nicht, daß ich dich nicht begehren würde. Ich bin ein Mann; du bist eine Frau. Ich würde mich in dir begraben, wenn du mir auch nur die kleinste Chance gibst.« Er zog sie in seine Arme, küßte sie ein letztes Mal, machte dann auf dem Absatz kehrt und ging davon.

Caryn sah ihm nach, bis er durch den Korridor verschwunden war, den seine große Gestalt nahezu ausfüllte. Sie berührte ihre Lippen, die von seinem Kuß geschwollen waren. Ihre Brüste prickelten seltsam, und an der Stelle zwischen ihren Beinen war sie feucht. Gütiger Gott im Himmel, was hatte er bloß mit ihr angestellt? Sie fühlte sich schwach und schwindlig, und ihr Herz pochte immer noch heftig, wenn sie an das dachte, was gerade vorgefallen war. Es war erschreckend, daß der riesige Normanne eine solche Macht über sie hatte.

Auf unsicheren Beinen ging Caryn in ihr Zimmer und war dankbarer denn je für die Abmachung, die sie mit ihm getroffen hatte.

Seit Caryns Begegnung mit dem riesigen finsteren Normannen waren zwei Tage vergangen. Am frühen Morgen des folgenden Tages traf Stephen de Montreale mit seinem großen Gefolge in der Burg ein – ein klares Anzeichen dafür, daß heute der Tag ihrer Hochzeit war.

Bei dem Gedanken an das, was ihr bevorstand, verkrampfte sich ihr Magen, doch mußte sie auch an die Gefahr denken, die de Montreale für sie darstellte, und daran, daß ihre Schwester gefährdet war. Sie fragte sich, wie sie den Tag überstehen sollte, doch diese Sorge hätte sie sich sparen können. Von dem Moment an, in dem sie die Treppe hinunterstieg und die kargen grauen Mauern des Bergfrieds verschwanden, als sie sich bemühte, sich in Gedanken ganz auf die Festlichkeiten zu konzentrieren, auf die Ritter und die Krieger, die sich bereits in dem großen Saal drängten, vergingen die Stunden so verwirrend schnell, daß sie betäubt war und alles verschwamm.

In einer zinnoberroten Tunika über einem Hemd aus weißer Seide, das mit goldenen Fäden bestickt war, erwartete der Burgherr von Braxston Keep sie am unteren Ende der Treppe. Er hatte sich das dichte schwarze Haar zurückgebürstet. Jetzt wellte es sich über seinem Kragen, und mit seinem kräftigen eckigen Kinn und den wunderschönen Augen unter dunklen Wimpern sah er besser aus als je zuvor. Als Caryn zu ihm aufblickte, waren seine Lippen jedoch zusammengekniffen, und keine Spur von Freundlichkeit stand auf seinen Zügen.

»Es ist aber auch höchste Zeit, daß du erscheinst«, sagte er, wobei sein finsterer Blick über sie glitt und ihre Tunika aus königsblauem Samt über einem aus Gold gesponnenen Unterkleid musterte und den wunderschönen Filigrangürtel, der sein Hochzeitsgeschenk an sie war. Ihr dicker Haarzopf, in den goldene Bänder geflochten waren, bildete eine schwere Krone auf ihrem Kopf.

Er streckte einen kräftigen Arm aus. »Mylady.«

Caryn zwang sich zu einem Lächeln und legte ihre Hand auf den Arm, den er ihr reichte, dann führte er sie zu der kleinen privaten Kapelle und blieb davor mit ihr stehen. Unter Pater Burtons Anleitung legten sie die Gelübde ab, wobei beide starr vor sich hin sahen, und wenige Minuten später hatte der korpulente kleine Geistliche sie als Ehepaar erklärt.

»Das hätten wir hinter uns«, sagte Ral, als er sich endlich an sie wandte. »Jetzt kann dir nichts mehr passieren.«

Das war ihr auch ohne seine Worte bereits durch den haßerfüllten Blick klargeworden, den Stephen de Montreale dem Brautpaar zuwarf.

»Mir scheint, man darf euch beglückwünschen«, sagte Stephen, und ein grimmiges Lächeln verzog sein gutgeschnittenes Gesicht. In einer himmelblauen Tunika mit silbernen Besätzen kam er auf die beiden zu. Das Kleidungsstück war nur einen Ton dunkler als seine Augen. Hinter ihm trafen Bedienstete in dem Saal die Vorbereitungen für das große Hochzeitsmahl, und den Leibeigenen, die sich draußen auf dem Burghof versammelt hatten, wurden Speisen und Getränke serviert. »Es scheint, als sei mir die Dame doch noch entkommen.«

»Ja, das sollte man meinen«, sagte Ral.

Lord Stephen lächelte wieder, doch seine Augen verrieten seinen Mißmut. »Dann ist es also dein Bett, das sie wärmen wird … zumindest eine Zeitlang …« Er sah vielsagend zu Lynette hinüber, die soeben den Saal betrat. »Es bleibt noch abzuwarten, ob sie die weisere Wahl getroffen hat.«

Als sie in seine Blickrichtung sah, nahm Caryn eine steife Haltung ein. Lynette trat vor und setzte sich neben Odo. Ihre hübschen grünen Augen waren so kalt, daß sie Steine hätten gefrieren lassen können. Die beiden hatten seit Lynettes Rückkehr in die Burg kaum mehr als ein paar Worte im Vorübergehen miteinander gewechselt, und doch war offenkundig, daß die gertenschlanke Blondine größeren Haß für Caryn verspürte als Ral für de Montreale.

»Wir haben den Wein ausgeschenkt, Mylord.« Richard zwinkerte Caryn zu und beglückwünschte sie mit einem Lächeln. »Das Mahl wird unverzüglich serviert werden.«

Ral nickte nur, doch als er einen Blick auf Stephen warf, schloß sich seine Hand unbewußt fester um Caryns Arm.

Sie zeigten sich den Leibeigenen draußen im Burghof, und dann wurde, wie Richard es versprochen hatte, das Hochzeitsmahl im Saal aufgetragen. Unter schneeweißem Tischleinen bogen sich große Tischplatten auf Böcken unter dem Gewicht der Speisen: ein ganzer wilder Keiler, ein Schwan und ein Pfau mitsamt Gefieder, ein gewaltiger Brotlaib, der in der Form des Bergfrieds gebacken worden war, vollkommen bis in alle Einzelheiten, darunter auch die Außenmauer und die Zugbrücke.

Zahllose Platten mit frischen Frühlingsgemüsen, Käse, Pudding und Süßigkeiten wurden aufgetragen; Kelche und Hörner wurden mit Wein gefüllt, bis sie überflossen.

»Du hast deine Sache gut gemacht, Richard.« Ral klopfte seinem Majordomus auf den Rücken, als er mit Caryn an seiner Seite auf das Podest zuging.

»Danke, Mylord.« Richard strahlte über das ganze Gesicht. Seit Ral seine Hochzeit angekündigt hatte, hatte er jeden wachen Moment damit zugebracht, Vorbereitungen für diesen Tag zu treffen. »Nehmen Sie bitte meine herzlichsten Glückwünsche entgegen.«

Immer mehr Platten mit leckeren Speisen wurden herangebracht, bis kaum noch Platz auf den Tischen war. Bald darauf fanden sich Jongleure in dem Saal ein, Musikanten spielten Lauten, Flöten, Hörner und Zithern, und Tänzer wirbelten vor der erhöhten Tafel auf dem Podest herum.

Während des Festmahls teilte Caryn ein Schneidebrett mit Ral, doch ihre Hand zitterte, als sie einen kleinen Happen Fleisch ergriff.

Jetzt gehörte sie ihm. Würde er sein Wort halten – oder war das nur eine List gewesen, mit der er sie dazu gebracht hatte, seinem Geheiß Folge zu leisten? Sie wurde mit jedem Moment, der verging, nervöser, und dann spürte sie Rals Atem auf ihrer Wange, warm und nach Wein duftend, als er sich zu ihr beugte, um ihr etwas ins Ohr zu flüstern.

»Bald haben wir es hinter uns. Und de Montreale wird morgen früh aufbrechen.«

Sie fürchtete nicht etwa Lord Stephen, sondern das, was kommen würde, sowie die Festlichkeiten endeten. Sie schnitt eine Grimasse bei der Vorstellung, ausgezogen und mit ihrem Mann ins Bett geworfen zu werden, während sämtliche Schloßbewohner und alle Besucher zusahen, und hinterher – sie war nicht bereit, sich auszumalen, was passieren würde, falls er sein Wort nicht halten sollte.

Als der lange Tag in den Abend überging, verließen sie das Podest, um zwischen den Gästen umherzuschlendern und zu lächeln, als sei alles bestens. Caryn hätte weiß Gott gewünscht, es wäre so. Ral ließ sie einen Moment lang allein und kehrte dann an ihre Seite zurück. Mittlerweile erkannte sie seine schweren Schritte.

»Du kannst beruhigt sein, meine Süße, das mit dem Laken deichseln wir schon.«

»Deichseln? Woher hast du gewußt, daß ich … wie hast du die anderen dazu überreden können?« *Wie hatte er ihre Befürchtungen ahnen können – und warum war er nett genug, sie ihr zu nehmen?*

»Das hat keiner großen Überredungskünste bedurft, wenn man bedenkt, was über deine Vergangenheit bekannt ist.«

Viele kannten sowohl die Geschichte des tätlichen Angriffs, der auf der Wiese auf sie und ihrer Schwester verübt worden war, als auch das Drama, zu dem es mit Stephen de Montreale nahezu gekommen war. Caryns Wangen glühten bei dem Gedanken daran, und doch würde sie dankbar sein, wenn dieses Wissen der anderen ihr heute nacht Peinlichkeiten ersparte.

»Danke, Mylord.«

»Es ist das Beste, wenn wir uns von den Festlichkeiten zurückziehen, ehe die Gäste es sich anders überlegen.«

»Ja, natürlich.« Aber wohin sollten sie sich zurückziehen? fragte sie sich und spannte sich plötzlich an. Würde er die Nacht etwa in ihrem Zimmer verbringen – in ihrem Bett? Gütige Maria, sie hoffte, es möge nicht dazu kommen.

»Deine Sachen sind in mein Zimmer gebracht worden. Von der heutigen Nacht an wirst du dort schlafen.«

»Und was ist mit dir, Mylord? Wo wirst du schlafen?«

Die Herausforderung in ihren Worten entging ihm keineswegs, obwohl er sich entschloß, nicht darauf einzugehen. Statt dessen wartete er, bis sie sein Gemach erreicht hatten. Er schickte Marta mit einer abweisenden Handbewegung fort und schloß die Tür hinter ihnen.

»Du bist hier diejenige, Mylady, die diese teuflischen Regeln aufgestellt hat. Falls du glauben solltest, ich hätte vor, mein Versprechen zu brechen, dann täuschst du dich. Lynette wird heute nacht mein Verlangen stillen, wie sie es in jeder anderen Nacht auch getan hat.« Er öffnete die Hand, in der er ein schmales Röhrchen mit einem Stöpsel hielt, das er ihr reichte.

»W-was ist das?«

»Taubenblut. Das wird genügen, um das Bettzeug zu beflecken. Es wäre für keinen von uns beiden gut, wenn die Bediensteten morgen früh erfahren, daß du noch Jungfrau bist.«

Caryn nickte lediglich. Warum fühlte sie sich plötzlich so elend?

»Ich werde ein oder zwei Stunden bei dir bleiben. Das ist genügend Zeit, um alle glauben zu machen, wir hätten miteinander geschlafen. In der Zwischenzeit wirst du mir aus meiner Festtagskleidung helfen, wie auch ich dir beim Auskleiden helfen werde.«

Sie tat, was er von ihr verlangte, zog ihm die zinnoberrote Tunika aus und wandte sich dann ab, als er sein goldenes Hemd ablegte und seine elegante Hose gegen eine ältere und bequemere austauschte, sie zuschnürte und sich die weichen Lederstiefel anzog.

Sein Oberkörper war immer noch entblößt, als er sich zu ihr umwandte und das Feuer in der Feuerstelle das ebenholzschwarze Haar auf seiner Brust schimmern ließ. Seine Haut sah so dunkel wie poliertes Holz aus und ebenso glatt. Muskeln kräuselten sich, als er sich eine schlichte Tunika aus Wolle über den Kopf zog und sie an seinem Oberkörper hinuntergleiten ließ.

»Sollte es dir gefallen, was du siehst«, sagte er, als er bemerkte, wie sie ihn anstarrte, »bleibe ich mit dem größten Vergnügen hier.«

Glut schoß in ihre Wangen. »Es kommt nur daher, daß ich einen solchen Körper noch nie gesehen habe. Du bist eine Seltenheit und sonst nichts.«

Seine grauen Augen glitten über sie und brannten sich voller Hohn in sie hinein. »Wenn du nicht ganz so klein wärst, würde ich mich dir in meiner wahren Größe zeigen. Ich würde heute nacht einen langen, harten Ritt unternehmen, und morgen hätte ich dich für alle Zeiten gezähmt.«

Mit flammenden Wangen wich Caryn zurück, doch Ral folgte ihr, und ein kühles Lächeln verzog seine Lippen. »Du hast nichts zu befürchten, *ma chérie.* Ich habe nur vor, dir beim Auskleiden zu helfen.«

Als sie Einwände erheben wollte, setzte er sich auf die Bettkante und hielt sie zwischen seinen Beinen fest. »Halt still. Es ist ohnehin schon schwierig genug, eine so kleine Person auszuziehen.«

Mit geschickten und schnellen Bewegungen zog er ihr die Tunika und das Unterkleid aus, ließ ihr jedoch das Hemd an. Dann zog er die Nadeln aus der Krone auf ihrem Kopf, ließ ihren dicken kastanienbraunen Zopf herunter, löste das Band, das ihn zusammenhielt, und fuhr ihr mit den Fingern durch das Haar.

»Es ist so seidig und so zart, wie ich es mir vorgestellt habe«, sagte er, und die Worte riefen Wärme und ein Ziehen tief unten in ihrem Bauch wach.

Er stand auf, stellte sich neben das Bett und schlug die Decken zurück. »Einer von uns kann die Zeit ebensogut dafür nutzen, sich auszuruhen. Es war ein langer Tag. Du darfst morgen bis in den späten Vormittag hinein schlafen. Ich werde versuchen zurückzukehren, ehe die anderen aufwachen. Sollte mir das mißlingen, vergiß das Blut nicht.«

»Ich werde es nicht vergessen.«

Er wartete, bis sie sich ins Bett gelegt hatte, und dann deckte er sie mit einer beinah zärtlichen Geste zu. Caryn schloß die Augen beobachtete ihn jedoch verstohlen, als er zu dem Stuhl vor der Feuerstelle ging, sich hinsetzte und seine langen Beine ausstreckte. Nach einer Weile schlief sie tatsächlich ein, und als sie wach wurde, stand Ral in der Tür.

»Ist es für dich schon an der Zeit zu gehen?« fragte sie, und die Worte kamen heraus, ehe sie sie zurückhalten konnte.

»Falls es dein Wunsch sein sollte, daß ich bleibe, brauchst du mich nur darum zu bitten.«

Caryn sagte kein Wort, doch ihr Herz hämmerte in ihrer Brust.

»Denk immer daran, daß du diejenige bist, die heute nacht den Kurs bestimmt hat, den wir beide einschlagen werden. Solltest du jemals einen anderen Kurs einschlagen wollen, liegt es an dir, das zu tun.«

Caryn sagte nichts, doch als Ral das Gemach verließ und die Tür schloß, fragte sie sich plötzlich, warum sie sich solche Mühe gegeben hatte, von ihm allein gelassen zu werden.

Ral sah sich im Gang um, fand etliche Männer vor, die so tief ins Glas geschaut hatten, daß sie mit Sicherheit nicht so bald erwachen würden, bahnte sich den Weg zur Treppe, stieg die Stufen hinunter, machte einen großen Bogen um den Saal und verließ den Bergfried.

Zwei seiner Wachen sahen den verschwommenen Umriß seiner Gestalt, als er sich in Lynettes Unterkunft im Burghof schlich. Er hatte gehofft, niemand würde mitkriegen, daß er seine Braut in dieser Nacht allein gelassen hatte, doch in seiner tiefsten Seele hatte er befürchtet, seine Leute würden dahinterkommen.

Ral seufzte. Nun würde geredet werden. Man würde in Umlauf bringen, das kleine Mädchen sei nicht Frau genug, um ihn in ihrem Bett zu halten. Ral fragte sich, ob das tatsächlich die Wahrheit war, und er mußte feststellen, daß er daran zweifelte. An jenem Abend vor der Tür zu ihrem Zimmer hatte er eine Kostprobe ihrer Leidenschaft bekommen. Sie wäre gewiß eine feurige Liebhaberin gewesen, wenn er sie erst einmal zur Erfüllung brachte.

Ral stieß im Dunkeln einen Fluch aus. Er hätte ihr diese Schande gern erspart, wenn es ihm möglich gewesen wäre, allerdings nicht auf seine eigenen Kosten. Sie hatte die Regeln festgelegt – daran ließ sich jetzt nichts mehr ändern.

Er klopfte an die schwere Holztür, und Lynette öffnete ihm.

»Dann ... dann hast du also die Wahrheit gesagt. Du hast ihr ihre Jungfräulichkeit genommen und bist gleich wieder fortgegangen.«

Das entsprach nicht der Wahrheit, aber das Mädchen war erst sicher, wenn die Ehe nicht nur als geschlossen, sondern auch als vollzogen angesehen wurde.

»Sie hat nicht das Feuer, das du hast, meine Süße. Ich bin zu dir gekommen, weil du mein Verlangen dringend stillen mußt.« Das entsprach sogar der Wahrheit. Sein Blut rauschte immer noch von der Berührung des nahezu nackten Körpers seiner Frau und ihrem Anblick, wie sie sich auf seinem breiten Bett zusammengerollt hatte.

Lynette schlang ihm die Arme um den Nacken. »Keine Sorge. Ich werde dafür sorgen, daß du auch in dieser Nacht befriedigt wirst.« Sie war groß und reichte bis zu seinem Kinn, und ihr blondes Haar fiel gelöst bis auf ihre Taille.

»Ich bin ganz sicher, daß dir das gelingen wird.« Heute nacht würde nicht viel vonnöten sein, nicht in der Verfassung, in der er sich befand. Er zog an dem Band, das ihren Morgenmantel zusammenhielt, ließ das Gewand von ihren Schultern gleiten und betrachtete sie, als sie nackt vor dem Feuer stand.

Lynette beugte sich vor und streifte mit ihren schweren Brüsten lockend seinen Brustkorb.

Ral legte einen Arm um ihre Taille, zog sie an sich, senkte seinen Mund auf ihren, küßte sie und ließ seine Zunge über ihre kühlen Lippen gleiten. Ihre langen schmalen Finger waren ebenfalls kalt, als sie sie unter seine Tunika gleiten ließ und über das Haar auf seiner Brust strich.

»Du hast gesagt, es würde sich durch deine Heirat nichts ändern, und es scheint wahrhaft so, als hättest du recht gehabt.« Sie knabberte an seinem Ohr, und er nahm eine ihrer Brüste in die Hand und wünschte dabei, er sähe nicht zwei üppige, hochangesetzte Brüste mit rosigen Brustwarzen vor sich. Er dachte an kleine warme Hände und feurige Lippen, die so süß wie Beeren waren.

Da es ihn in Wut versetzte, daß der Gedanke an seine zierliche Frau ihn in diesem Augenblick beschlich, trat Ral einen Schritt zurück und begann, seine Kleider abzustreifen. »Leg dich ins Bett«, sagte er mürrisch. »Ich will dich haben – jetzt sofort. Ich will mein Blut von den Berührungen des Mädchens mit dem kastanienbraunen Haar reinigen.«

»Ja, Mylord. Es wird mir ein Vergnügen sein, dafür zu sorgen.« Sie legte sich ins Bett, breitete die Arme aus und spreizte einladend die Schenkel.

Doch selbst als Ral in sie stieß, war das, was er wollte, das kleine Mädchen mit dem feurigen dunklen Haar. Das Mädchen, mit dem er jetzt verheiratet war, war diejenige, die er in den langen bitteren Stunden seiner Hochzeitsnacht wieder und immer wieder nahm.

# 7. Kapitel

Caryn lief teilnahmslos durch die Burg und schaute in das helle, freundliche Gartenzimmer, obwohl sie wußte, daß sich dort niemand aufhalten würde. Dann lief sie weiter durch die schmalen Gänge mit den Binsenlichtern.

Sie hatte sich in Braxston Keep nie einsam gefühlt. Zu viele vertraute Gesichter begegneten ihr. Hausangestellte, die einst ihrem Vater treu gedient hatten, Richard und Marta und andere, mit denen sie sich erst in jüngster Zeit angefreundet hatte. Wie zum Beispiel der junge Schildknappe Etienne, der ihr, nachdem er entdeckt hatte, daß sie die Liebe zu Pferden mit ihm teilte, endlich verziehen hatte, daß sie ihn überlistet hatte, damit er ihr bei ihrem Fluchtversuch half.

Sie sah auf die Menschen in dem großen Saal hinunter. Sie hatte sich bislang nie einsam gefühlt, doch jetzt fühlte sie sich einsam, und so erging es ihr schon seit dem Morgen nach ihrer Hochzeit. Dem Morgen, an dem Marta mit den anderen in ihr Zimmer gekommen war und das blutige Bettzeug vorgefunden hatte, aber auch hatte feststellen müssen, daß ihr Herr verschwunden war.

Man war dahintergekommen, wo er sich über Nacht aufgehalten hatte, und diese Neuigkeit hatte sich schnell herumgesprochen. Jetzt schlug ihr immer ein gewisses Unbehagen entgegen, wenn sie in den Saal kam, und sie fühlte sich verdammt, als hätte sie alle anderen im Stich gelassen, weil sie sich als untauglich für ihren Herrn erwiesen hatte.

So sahen sie es alle: Das Sachsenmädchen, das er zur Frau genommen hatte, konnte ihm nicht genug geben, und daher hatte er sich gezwungen gesehen, sich wieder seiner Mätresse zuzuwenden. Es erboste sie, daß sie sich hinter Ral und nicht hinter sie stellten, da die meisten von ihnen Sachsen waren. Wie konnten sie sich bloß auf die Seite des wilden normannischen Kriegsherrn schlagen?

Und doch lag die Schuld zum Teil bei ihr. Bis auf Marta wußte niemand etwas davon, daß der Dunkle Ritter in jener Nacht vor drei Jahren, in der ihre Schwester geschändet worden war, zugegen gewesen war. Zwar hatten die meisten Geschichten über das brutale Vorgehen der Soldaten vernommen, doch sie wußten kaum etwas Genaueres darüber. In Wahrheit wußte auch Caryn nicht allzuviel.

Sie war in jener Nacht übel zusammengeschlagen worden und nur zeitweilig bei Bewußtsein gewesen. Und sie erinnerte sich auch nicht gern daran; im Konvent hatte man ihr dann verboten, überhaupt darüber zu reden.

Dennoch würde sie niemals das Gesicht des finsteren Normannen vergessen, das sich über ihr geschundenes Gesicht gebeugt hatte, und seine harten grauen Augen waren stechend gewesen, ehe sie wieder in die tiefe Schwärze versunken war. Er war nicht unter den ersten Soldaten gewesen, die sich wie wilde Bestien auf sie gestürzt hatten, aber er war der letzte von ihnen gewesen.

Vielleicht würden die anderen sie besser verstehen, wenn sie ihnen davon erzählte. Vielleicht würden sie sich dann gegen ihren mächtigen Herrscher auflehnen und sie dafür rühmen, daß sie sich ihm im Bett verweigerte.

Das konnte schon sein, aber trotzdem …

Caryn seufzte, denn sie wußte, daß sie diese Geschichte niemals preisgeben würde. Wie Marta schon gesagt hatte, gehörte der Krieg der Vergangenheit an, und ihr Leben war jetzt, wie das aller anderen Menschen von Braxston auch, mit der Burg und dem Burgherrn verknüpft. Wenn sie dem Normannen schadete, dann schadete sie damit nur ihrem Volk und letztendlich auch sich selbst. Mit der Zeit würden die anderen akzeptieren, daß die Dinge zwischen ihr und dem großen finsteren Normannen so stehen mußten, wie sie standen.

Caryn hoffte nur, sie selbst würde es mit der Zeit akzeptieren können.

Sie war immer noch innerlich aufgewühlt, als sie auf die Tür des Bergfrieds zuging, da sie begierig darauf war, frische Luft zu schnappen. Sie hatte die Eingangstür fast erreicht, als ein leises Miauen ihre Aufmerksamkeit auf sich zog. Da sie mit Sicherheit annahm, das Geräusch sei aus einem schmalen Gang gekommen, der zu einem Lagerraum führte, schlug sie diese Richtung ein und betrat die Speisekammer. In der Ecke hinter einem Sack Getreide entdeckte sie einen frischen Wurf gelb gestreifter Kätzchen, entzückende kleine Tiere, die so winzig waren, daß jedes einzelne von ihnen sich auf ihrer Handfläche hätte zusammenrollen können. Als sie sich neben die Kätzchen kauerte, um ihr flauschiges Fell zu streicheln, begann eines von ihnen, an der Spitze ihres Daumens zu nuckeln.

Caryn lachte leise. »Es sieht ganz so aus, als wärt ihr hungrig. Ihr armen kleinen Babys. Wo steckt bloß eure Mutter?« Ein Geräusch im Gang lenkte ihre Aufmerksamkeit von den maunzenden Fellknäulen ab. Als ihr Blick auf den großen Normannen fiel, fühlte sie eine starke Beklemmung in der Brust.

»So, jetzt habe ich dich endlich gefunden. Ich hatte mir schon Sorgen gemacht, du könntest mich wieder verlassen haben.« Aus seiner Stimme waren Kritik und eine kleine Spur von Sorge herauszuhören. Abgesehen von den Mahlzeiten und ein paar wenigen kurzen Gesprächen war es das erste Mal seit der Hochzeit, daß ihr Mann sich an sie wandte.

»Die Gelübde sind abgelegt worden. Die Zeit zum Fortlaufen ist vorüber.« Caryn stand auf und klopfte sich den Staub aus ihrer Tunika.

»Es freut mich, daß du das begriffen hast.« Er streckte eine Hand aus, und sie bemerkte, daß er einen schweren Schlüsselbund hielt.

»Es war mein Versäumnis, sie dir nicht schon eher auszuhändigen.« Er drückte ihr den Schlüsselbund in die Hand.

»Was ist das?« Caryn hielt den schweren Eisenring hoch und sah sich jeden einzelnen der Schlüssel an, die mit Öl eingefettet waren.

»Das ist der Schlüsselbund des Kastellans. Damit lassen sich sämtliche Vorratskammern und alle Räume im Bergfried öffnen. Hat deine Mutter denn keinen solchen Schlüsselbund mit sich herumgetragen?«

»Doch, aber ...« Caryn starrte die Schlüssel an und spürte, wie sich Panik in ihr breitmachte. »I-ich dachte, Richard hätte den Posten des Kastellans.«

»Du bist meine Frau. Diese Aufgabe wird jetzt dir übertragen.« Er sah sie an, als erwarte er, daß sie sich darüber freute. Statt dessen bildete sich ein Knoten in ihrem Magen.

»A-aber Richard machte seine Sache doch ganz ausgezeichnet. Er wäre bestimmt nicht erfreut, wenn ich mich in seine Angelegenheiten einmische. Es wäre nicht nett, seine Gefühle zu verletzen.«

»Richard weiß, wie solche Dinge gehandhabt werden. Der Schlüsselbund geht jetzt in deinen Besitz über.«

Von einer Ehefrau wurde erwartet, daß sie die Haushaltsführung übernahm und sogar den Majordomus spielte – der die Interessen seines Herrn wahrte –, falls es sich jemals als notwendig erweisen sollte. Caryn hatte jedoch nicht die leiseste Ahnung, wie solche Dinge gehandhabt wurden – und sie wollte es auch gar nicht lernen.

Sie zwang sich zu einem Lächeln. »Danke, Mylord.«

Im Gegensatz zu anderen hochwohlgeborenen Kindern war sie nie ins Haus einer Verwandten geschickt worden, um dort in ihre Pflichten als Ehefrau eingewiesen zu werden. Nach dem Tod ihrer Mutter hatte ihr Vater selbst dafür sorgen wollen, doch dann war er gestorben, und diese Aufgabe war an ihren Onkel gefallen. Doch sie hatte immer auf Gweneth aufpassen müssen, und dann waren die Normannen gekommen, und der Krieg hatte begonnen.

Caryn hatte von sich aus nie nachdrücklich darauf bestanden, diese Dinge zu erlernen. Frauenarbeit war ihr verhaßt, und es war ihr verhaßt, im Haus eingesperrt zu sein. Selbst jetzt noch, als sie neben dem Mann stand, mit dem sie verheiratet war, erhoffte sie sich, einen Tag lang mit ihm ausreiten zu dürfen oder vielleicht einen Ausflug ins Dorf zu unternehmen. Die Leute in der Burg mochten zwar glauben, sie hätte sie in gewisser Weise im Stich gelassen, aber es gab noch andere, die es nicht so sehen würden. Leibeigene, die sie bisher noch nicht besucht hatte, Menschen, die sie schon seit ihrer Kindheit kannte.

»Richard wird dir nach Kräften behilflich sein«, sagte Ral abschließend, »aber du hast jetzt das Sagen.«

*Und die Verantwortung,* dachte Caryn und stöhnte innerlich. »Ich werde mich umgehend mit ihm unterhalten.« Sie betete nur, daß Richard, der sie gut genug kannte, ihr half, einen Ausweg zu finden.

»Wie ich sehe, hast du dich zum Ausreiten angekleidet. Wohin gedenkst du zu reiten?«

»Ins Dorf. Ich möchte ein paar Kleinbauern einen Besuch abstatten.«

»Das soll mir recht sein, solange Geoffrey mitkommt.«

Erst jetzt fiel ihr seine pflaumenblaue Samttunika auf, die eleganter war als die Kleidung, die er im allgemeinen trug. Das graue Seidenhemd darunter war mit farblich passenden pflaumenblauen Fäden bestickt, und seine Schuhe waren aus weichem schwarzem Rehleder.

»Und du, Mylord?«

»Ich halte heute hof, um Recht zu sprechen, aber vorher habe ich noch einiges zu erledigen.« Er wollte gehen, doch sie hielt ihn am Arm fest.

»Weißt du zufällig etwas von einer gelb gestreiften Katze, Mylord? Es scheint, als fände sie nicht zu ihrem Wurf zurück, und die kleinen Kätzchen sind schon ganz ausgehungert.«

Ral zog die Stirn in Falten. Er schaute an ihren Röcken vorbei zu der Ecke, aus der Miauen zu hören war. »Die Katze ist tot. Sie ist gestern morgen beim Lanzenstechen verletzt worden. Einer der Männer schien es amüsant zu finden, sich als Ziel die Katze und nicht seinen Schildknappen auszusuchen.« Sein Mund wurde hart. »Ich glaube nicht, daß er sich diesen Spaß ein zweites Mal erlauben wird.« Sein Gesichtsausdruck besagte, daß er sich den Mann persönlich vorgeknöpft hatte und daß dieser den Mißmut seines Herrn so schnell nicht vergessen würde.

»Was ist mit den Kätzchen, Mylord?«

»Sie muß sie aus den Ställen ins Haus getragen haben.« Seine Züge wurden freundlicher. »Sie sind noch viel zu klein, *chérie,* um lange ohne sie zu überleben. Ich werde dafür sorgen, daß sich jemand ihrer annimmt.«

»Ihrer annimmt? Du meinst doch nicht etwa, daß er sie ertränkt?«

»Es bleibt uns kaum etwas anderes übrig, *Cara.*«

Caryn umklammerte seine Hand. »Ich bitte dich, Mylord, erteile nicht den Befehl, sie zu töten. Ich werde mich um die Kätzchen kümmern.«

»Du kannst nichts tun, um sie zu retten. Sie sind zu klein, um Nahrung anders aufzunehmen als über die Zitzen der Mutter.«

Sie errötete bei seinen Worten, ließ seine Hand jedoch nicht los. »Ich werde eine Möglichkeit finden, sie zu füttern.«

Ral schien darüber nachzudenken, und Caryn hielt den Atem an. »Ich gebe dir Zeit bis morgen früh. Sollten sie dann immer noch keine Nahrung aufnehmen können, muß getan werden, was getan werden muß. Ich will die Kleinen nicht leiden sehen.«

Caryn ließ seine Hand los, obwohl sie überraschenderweise feststellen mußte, daß sie sie gar nicht loslassen wollte. »Danke, Mylord.«

Sein Blick glitt über ihr Gesicht und kehrte dann wieder zu ihren Lippen zurück. In dem freundlichen Blick, mit dem er sie bedachte, lag etwas Vertrauliches, vielleicht auch Zustimmung, aber ganz entschieden mehr als nur das. Caryn spürte, daß sie auf diesen Blick reagierte, und sie fühlte, wie die Glut in ihre Wangen stieg und sich von dort nach unten ausbreitete.

Mit einem knappen Nicken wandte Ral sich ab und ging. Nachdem er fortgegangen war, schien der Korridor dunkler und verlassener zu sein.

Caryn starrte auf die Stelle, an der er gestanden hatte, und sie wunderte sich über das Gefühl von Wärme, das sie schon allein bei seinem Anblick verspürt hatte, als schmelze sie innerlich, und sie dachte an sein Mitgefühl. Es fiel ihr schwer, sich vorzustellen, daß dieser Mann, der hier herrschte, derselbe brutale Ritter war, der an jenem furchtbaren Tag in den Wäldern unter den Soldaten gewesen war.

Und doch wußte sie, daß es sich so verhielt. Lord Ral hatte es nie bestritten. In der letzten Zeit fragte sie sich immer öfter, worin seine Rolle damals wohl wirklich bestanden hatte und ob er ihre Schwester genommen hatte oder nicht. Mehr denn je bedrückte sie die Vorstellung, er könnte es getan haben.

In der Tür des Bergfrieds sah sie ihn stehenbleiben und mit jemandem reden, der die Burg gerade betrat. Caryn erkannte Lynettes rauchige Stimme und ihr goldblondes Haar. Sie erstickte die Wut, die ihr nicht zustand, wandte den Blick von dem Paar ab und machte sich auf die Suche nach etwas, womit sie Kätzchen füttern konnte.

Caryn warf ihr Haar zurück. Wenn Lynette die Frau war, die er wollte, dann war das nur gut so. Dennoch konnte sie nicht gänzlich über das Unbehagen hinwegsehen, das ihr Herz dumpf pochen ließ, aber auch nicht über das Gefühl, ausgeschlossen zu sein, das sich soeben verzehnfacht hatte.

»Sie wollen ausreiten?« Diese Worte kamen von der gertenschlanken Blondine. »Dazu haben Sie sich allerdings einen miserablen Tag ausgesucht. Draußen ist es bewölkt, und vom Norden her weht ein kalter Wind.« Lynette schlenderte lässig in den Saal. Ihr goldenes Haar schimmerte, und ihr Teint war seidig und von einer vornehmen Blässe, nicht etwa von der Sonne gebräunt und mit ein paar kleinen Sommersprossen auf der Nase versehen, wie es bei Caryn der Fall war.

»Es ist frisch, aber nicht kalt«, sagte Caryn. »Außerdem macht mir das Wetter nichts aus. Ich reite ins Dorf, aber das geht Sie schließlich nichts an.«

Lynette lachte, doch der Laut wies keinerlei Ähnlichkeit mit dem tiefen kehligen Schnurren auf, das Ral ihr häufig entlockte. »Es scheint, als sei das die Form des Reitens, die Sie am besten beherrschen.« Eine vollendet geschwungene blonde Augenbraue zog sich hoch. »Ich persönlich genieße den Ritt auf einem zweibeinigen Hengst – er bereitet mir bei weitem mehr Lust. Aber in dem Punkt können Sie wohl kaum mitreden. Wenn Sie besser Bescheid wüßten, hätte Ihr Ehemann Ihr Bett nicht verlassen.«

»Das reicht jetzt, Lysette.« Richard trat zwischen die beiden, als Caryn einen Schritt auf die große Frau zu machte. »Wie die Dame bereits gesagt hat, ist das nicht deine Angelegenheit.«

Caryn setzte eine gleichmütige Miene auf. Sie war nie auf den Gedanken gekommen, sie könnte eifersüchtig auf Rals Geliebte sein, aber sie war nicht so dumm, diese Empfindung nicht als das zu erkennen, was es war.

»Die Mahlzeit ist längst beendet«, sagte Richard zu Lynette. »Was willst du noch hier?«

»Mir war langweilig, weil ich nichts zu tun habe und Ral mit seinen Männern beschäftigt ist. Ich bin auf der Suche nach Zerstreuung.« Sie lächelte ihn an, und ihre Augen glitten von seinem rotblonden Haar und seinen grünen Augen zu seinem Brustkorb hinunter, der nicht annähernd so breit war wie Rals Brust, aber dennoch stramm und kräftig wirkte. »Könntest du dir Zeit für ein Spielchen nehmen?«

»Ich habe zu tun. Lord Ral hält heute hier das Gericht ab. Ich rate dir zu verschwinden.«

Lynette seufzte. »Du bist immer so ernst, Richard. Es ist ein Jammer, daß du keine Frau hast, die dich von der Arbeit ablenkt.« Sie fuhr mit einem schmalen Finger über seine Tunika, und Richard packte ihr Handgelenk.

»Ich glaube nicht, daß Lord Ral sich über deine Possen freuen würde. Ich sage dir noch einmal, daß du schleunigst verschwinden solltest.«

»Lord Ral ist äußerst erfreut.« Sie warf Caryn einen vielsagenden Blick zu. »Daran solltest du nicht zweifeln, Richard.« Mit einem selbstzufriedenen Lächeln wandte sie sich ab und ging wieder auf die schwere Holztür zu, die auf den Burghof hinausführte.

Caryn sah ihr nach und war wütend auf sich selbst, weil Lynette einen solchen Zorn in ihr wachrufen konnte. Sie fragte sich, was ihr Mann bloß so reizvoll an dieser Frau fand. Natürlich brauchte man sie nur anzusehen und wußte es schon, und die Tatsache, daß Rals schöne Mätresse ihm soviel Freude bereitete, ließ einen bitteren Geschmack in Caryns Kehle aufsteigen.

»Laß dich von ihr nicht verspotten«, sagte Richard. »Sie ist es nicht wert.«

»Ich glaube nicht, daß Lord Ral deiner Meinung wäre.«

Sein Gesicht lief dunkelrot an, und Richard schlug die Augen nieder. Er war ein so freundlicher Mann, der immer um das Wohlergehen anderer besorgt war und selten an sich selbst dachte.

»Es tut mir leid, Richard. Aber ich wollte nicht über Lynette mit dir reden, sondern über die Pflichten, die mir gerade als Kastellan von Braxston zugewiesen worden sind.« Sie hielt die Schlüssel hoch, die ein leises Klirren von sich gaben.

»Er hat bereits mit mir darüber gesprochen. Ich hatte gehofft, er käme wieder zu Verstand.« Er errötete noch tiefer. »Ich bitte um Verzeihung, Lady Caryn. So habe ich das nicht gemeint.«

»O doch, so hast du es gemeint, und ich stimme dir von ganzem Herzen zu. Ich verstehe nicht das geringste von diesen Dingen. Ich würde ja doch nur alles falsch machen. Was meinst du, Richard? Sollten wir es nicht weiterhin so halten wie bisher?«

Der Haushofmeister schien erleichtert zu sein. »Ich würde sagen, daß wäre in der Tat sehr klug.«

In Wahrheit fehlte es in der Burg an so manchem. Sie brauchten Wandbehänge, um die Mauern zu wärmen. Das Bettzeug hätte häufiger gelüftet werden müssen, und die Binsenlichter hätten mit frischen Kräutern aufgefüllt werden müssen. Aber alles in allem war der Haushalt gut in Schuß. Caryn lächelte und hielt ihm eine Hand hin. »Dann sind wir uns also einig?«

Richard lächelte sie ebenfalls an. »Ich würde sagen, Mylady, wir sind zu einer erfreulichen Einigung gelangt.«

Caryn verspürte große Erleichterung, als sie sich umdrehte und Geoffrey, den jungen blonden Ritter, auf sich zukommen sah. Er nahm seine Pflicht, sie zu beschützen, sehr ernst, obwohl Caryn ganz sicher war, daß das, was der Hausherr in Wirklichkeit wollte, ihre Überwachung war.

»Lord Ral sagt, daß Sie ins Dorf aufbrechen wollen. Ich habe angeordnet, daß Ihr Reitpferd gesattelt und bereitgestellt wird. Wir können jederzeit aufbrechen, wenn Sie es wünschen.«

Caryn beobachtete, wie die Bediensteten um sie herumhuschten und den Saal für den herrschaftlichen Hof herrichteten, der später abgehalten würde. Tische wurden aufgebaut, und Bänke wurden aufgestellt. Mit Richard an seiner Seite würde der Lord von Braxston Keep von seinem erhöhten Podest aus Recht sprechen.

»Bis auf meinen Umhang habe ich alles und bin fertig.« Sie machte sich auf den Weg zur Treppe, um ihr Cape zu holen, doch eines der Hausmädchen vertrat ihr den Weg.

»Ich bitte um Verzeihung, Lady Caryn. Ich bin Sächsin, einst eine getreue Untertanin Ihres Vaters. Ich bitte Sie darum, sich einen Moment Zeit für mich zu nehmen.«

Bei näherem Hinsehen stellte Caryn fest, daß die Frau eine Leibeigene und keine Bedienstete im Bergfried war. Die dürre Frau war mit einer Tunika aus rauher Wolle bekleidet und grub die Hände nervös in die Falten.

»Ja, selbstverständlich. Worum geht es?«

»Ich heiße Nelda, Mylady. Es tut mir leid, daß ich Sie damit belästige …« Sie sah sich in der Halle um, und ihr besorgter Blick fiel erst auf das Podest und dann auf Geoffrey.

»Es wäre vielleicht das beste, wenn wir an einem ruhigeren Ort miteinander reden«, schlug Caryn vor, da sie das Unbehagen der Frau deutlich wahrnahm. Sie wandte sich an Geoffrey. »Ich komme unverzüglich wieder, und dann können wir ins Dorf reiten.«

»Wie Sie wünschen, Mylady. Ich werde dafür sorgen, daß die Pferde vor die Tür gebracht werden.« Geoffrey ging, um ihren Wünschen Folge zu leisten, aber von der Frau mit dem hageren Gesicht, die Caryn durch den schwach beleuchteten Gang folgte, ging etwas aus, was ihr sagte, daß sie heute doch nicht ins Dorf reiten würden.

Ral, der von den endlosen Fällen ermattet war, die ihm vorgetragen wurden, rieb sich die Augen und lehnte sich auf seinem hochlehnigen geschnitzten Stuhl zurück. Pater Burton, der zu seiner Rechten auf dem Podest saß, ließ die Perlen der langen Kette, die um seinen Hals hing, durch seine Finger gleiten, während Richard zu seiner Linken auf einer kleinen Wachstafel Notizen machte, die später von einem Schreiber übertragen werden sollten. Als Seneschall führte Richard das Protokoll über die Verhandlungen und las jedes Gesuch von einer Pergamentrolle ab.

Der Fall, der gerade verhandelt wurde, war der des Schweinehirten, der für seine Tochter die Erlaubnis einholen wollte, den Sohn des Imkers zu heiraten.

»Die Erlaubnis ist gewährt«, sagte Ral und nahm als Abgabe des Hörigen an seinen Lehnsherrn drei kleine Ferkel an, die in die Burg gebracht werden sollten, wenn sie im richtigen Stadium waren. »Übermittle deiner Tochter meine besten Wünsche.«

»Ja, Mylord. Ich bedanke mich untertänigst.« Der Mann zog sich mit einem Lächeln im Gesicht aus dem Saal zurück. Der frühere Herr hätte ihm weit mehr abverlangt.

»Was kommt als nächstes, Richard?«

»Ein Lehnsmann, der sein Erbe zugesprochen haben möchte. Der Zinsbauer Alfred ist gestorben. Osrig ersucht als sein einziger lebender Sohn darum, ihm sein Land zu überschreiben.«

»Das Gesuch ist bewilligt. Aus der Hinterlassenschaft fordere ich eine Heidschnucke. Pater Burton?«

Der stämmige kleine Geistliche nahm auf seinem Stuhl eine aufrechtere Haltung ein. Im Falle einer Erbschaft erhielt auch der Geistliche seinen Anteil. »Ich würde einen Ochsen vorziehen. Besitzt du mehr als einen Ochsen, mein Sohn?«

»Ein Schaf ist das Beste, was ich zu bieten habe, Pater. Der Ochse ist letzte Woche gestorben.«

»Dann eben ein Schaf. Sei gesegnet, mein Sohn, und möge Gott dich großzügig entlohnen.«

Weitere Gesuche wurden verlesen und abgehandelt, und dann wurden die Fälle von Männern verhandelt, die das Gesetz gebrochen hatten.

Richard räusperte sich, als er begann, von dem Pergament abzulesen. »Der Händler Gervais wird bezichtigt, unechte Reliquien verkauft zu haben«, sagte er über einen Mann mittleren Alters mit leicht gebeugten Schultern, der vor dem Podest stand und die Finger in seinen braunen Filzhut grub. Richard verlas die Einzelheiten des Falles und endete mit der Bemerkung: »Der Mann hat sein Verbrechen gestanden und fleht jetzt um Milde.«

Ral wandte sich an den Geistlichen. »Pater Burton, in diesem Fall erbitte ich Ihren Rat.« In gewissen Angelegenheiten war es klug, die Kirche mit einzubeziehen. Sie vertrat eine andere, sogar noch größere Macht, und sie nahm Ral einen Teil seiner Last von den Schultern.

Der kleine Geistliche musterte den Mann ernst und zog dabei die buschigen grauen Augenbrauen zu einem Stirnrunzeln zusammen. »Du hast dich damit gegen Gott versündigt, mein Sohn. Weißt du denn nicht, daß du damit deine Seele aufs Spiel setzt?« Pater Burton beugte sich vor. »Einem armen Wicht eine der Rippen des heiligen Martin zu verkaufen, wenn es sich in Wirklichkeit um nichts anderes als den Knochen eines Ochsen handelt –, das ist Blasphemie im allerhöchsten Maß.«

Der Geistliche sah Ral an. »Wenn dieser Mann sein Verbrechen nicht gestanden hätte, würde ich die Wasserprobe über ihn verhängen.« Eine Hand und ein Unterarm wurden dabei in kochendes Wasser getaucht, verbunden und mit Wachs versiegelt und dann drei Tage später untersucht, um die Schuld oder die Unschuld eines Mannes festzustellen. Nur ein Mann, dessen Arm verheilt war, wurde freigesprochen. Das war natürlich niemals der Fall. Der Angeklagte erbleichte, wie es der Geistliche beabsichtigt hatte.

»Da du deine Sünde eingestanden hast«, sagte er, »liegt es jetzt an dir, Buße zu tun. Dann mußt du Wiedergutmachung leisten, damit dir die Absolution erteilt werden kann.« Wieder sah der Geistliche Ral an. »Mylord, ich würde vorschlagen, daß dieser Mann eine Zeitlang an den Pranger gestellt wird, wo er über sein Verbrechen nachdenken kann. Ende der Woche sollte er diejenigen entschädigen, die er betrogen hat, und dann soll er mir seinen Bericht ablegen. Es gibt Arbeiten zu verrichten, die ich ihn im Namen des Herrn ausführen lassen würde.«

Ral nickte. »Dann soll es so sein.« Er gab Hugh, dem muskulösen Ritter, der den Posten als Wache übernommen hatte, ein Zeichen,und der große Ritter trat vor. Sein Kettenhemd klirrte bei jeder Bewegung. Der Schuldige wurde zwar entehrt aus dem Saal geführt, doch bedenkend, wozu es hätte kommen können, waren die Schritte des kleinen Mannes nahezu beschwingt.

Eine weitere Stunde verging, und einen Moment lang schweifte Rals Aufmerksamkeit ab. Er nahm in dem Schatten zu seiner Linken eine Bewegung wahr und sah dann laubgrüne Wolle aufleuchten. Erst jetzt bemerkte er, daß Caryn im Saal geblieben war, schon seit geraumer Zeit dort stand und die Verhandlungen verfolgte. Diese Feststellung bewirkte, daß sich die Muskeln in seinem Nacken anspannten, und von diesem Augenblick an wanderten seine Augen öfter in diese Richtung. Mehr als einmal fing er einen besorgten Blick von ihr auf und fragte sich, was sie wohl im Sinne haben mochte.

Er fragte sich, ob sie ein Urteil über ihn fällte, während er über jene ein Urteil sprach, die ihm vorgeführt wurden.

»Richard?«

»Ja, Mylord?« Sein Kämmerer schaute auf das Pergament. »Es müssen nur noch drei weitere Fälle verhandelt werden.«

Ral nickte und war froh, daß er diesen Tag bald hinter sich gebracht haben würde. Ein Mann, der gefälschte Münzen in Umlauf brachte, eines der schwersten Verbrechen überhaupt, sollte eine Hand verlieren, ebenso ein alter Dieb, der einem Armen die Ersparnisse eines ganzen Lebens geraubt hatte. Das Gesetz verlangte, daß ein Dieb seine habgierigen Augen oder die stehlenden Hände verlor. Ehebrecher riskierten, einen Hoden einzubüßen, wogegen einem Leibeigenen, der fortgelaufen war, die Zunge oder die Ohren abgeschnitten wurden.

Rals Titel verlangte von ihm, daß er strikt für die Einhaltung der Gesetze sorgte und entsprechende Strafen verhängte: einige Zeit am Pranger, Bußgelder, Peitschenhiebe, Haftstrafen, Brandmale, Amputationen, manchmal sogar eine Hinrichtung, doch meistens wurden die schweren Fälle an die reisenden königlichen Gerichtshöfe übertragen. Als Baron und Herrscher von Braxston Keep war es seine Pflicht, den Gesetzen Geltung zu verschaffen, doch gab es Fälle, die er am liebsten jemand anderem abgegeben hätte.

So auch den, über den er gerade Recht sprach.

»Der junge Leofric, Mylord, ist angeklagt, in König Williams Wäldern gewildert zu haben.«

Im Norden des Landes gab es kein königliches Forstgericht, das für die Einhaltung der Jagdgesetze sorgte, und da William Ral diese Ländereien zur Nutzung zur Verfügung gestellt hatte, fiel ihm die Aufgabe zu, über sie zu wachen.

»Was hast du dazu zu sagen, mein Junge? Hast du des Königs Wild erbeutet?«

Der Junge sah zerlumpt und schmutzig aus, war kaum zehn Jahre alt und hatte windgegerbte Haut und rußgeschwärzte, torfverschmierte Wangen.

»Es war nichts weiter als ein Hase, Mylord. Meine Mutter war krank. Sie konnte kein Essen bei sich behalten. Sie ist immer dünner geworden, und es war keine Nahrung mehr in der Speisekammer.«

»Wo ist dein Vater?«

»Er ist vor zwei Jahren an der Ruhr gestorben, Mylord.«

»Warum bist du nicht zu mir gekommen?«

»Zu Ihnen, Mylord? Wieso denn das? Sie sind doch ein Normanne.«

»Ja, das bin ich, aber ich bin auch dein Gebieter.« Ral beugte sich vor. »Ich hätte dir und deiner Mutter geholfen. Statt dessen hast du dich entschlossen, das Gesetz zu brechen.«

Der Junge sagte nichts, doch seine Hände fingen an zu zittern.

»Wer sich dem König widersetzt, wird schwer bestraft. Einem Wilderer droht der Tod durch Erhängen oder man schneidet ihm die Beine ab. Die Krankheit deiner Mutter entschuldigt dein Handeln nicht.«

Der Junge schien zu wanken. Er griff nach der Tischkante und hielt sich an ihr fest. »Ja, Mylord.«

»Bist du bereit, Leofric, die Folgen für dein Verbrechen zu tragen?«

Muskeln bewegten sich in der Kehle des kleinen Jungen, doch einen Moment lang brachte er keinen Laut heraus. »Ja, Mylord«, sagte er schließlich. »Aber falls Ihr Urteilsspruch mich zum Krüppel machen sollte, wähle ich lieber den Tod. Dann falle ich meiner Mutter nicht länger zur Last.«

Ein leises Keuchen drang aus dem Schatten. Aus dem Augenwinkel sah Ral, wie Caryn vortrat und eine totenblasse Frau mit einem schmalen Gesicht in dem Gang hinter ihr auftauchte. Ral nahm eine steife Haltung ein, als er sah, daß seine Frau auf das Podest zukam. Der Teufel sollte dieses Weibsstück holen! Würde sie denn niemals lernen, welcher Platz ihr zustand?

»Ich bitte um Verzeihung, Mylord.«

Ral sah sie an und spürte, wie er in Wut geriet. »Ich dulde keine Unterbrechung. Geh zu deinem Platz am Rand des Saales zurück.«

Sie blieb einen Moment lang stehen, und ihre Tunika umspielte sanft ihre Füße. Sie warf einen Blick auf die Frau hinter ihr und trat dann vor, bis sie zwischen Ral und dem Jungen stand.

»Ich bitte dich, Mylord. Ich kenne diesen Knaben. Leofric hat hier gelebt, als die Ländereien noch meinem Onkel gehört haben. Er ist ein guter Junge, Mylord, und er arbeitet sehr hart. Sicher, er hat ein Unrecht begangen, aber gewiß sollte man die Umstände und das Alter des Kindes berücksichtigen. Ich verlange ...«

Ral schlug fest mit der Faust auf den schweren Holztisch. »Es steht dir nicht zu, etwas zu verlangen!« Die Farbe wich aus Caryns Wangen, und Ral spürte die Befriedigung, die ihm das bereitete. Ein Mann konnte seine Frau schlagen, wenn sie es wagen sollte, ihm Ratschläge zu erteilen. Wenn sie das während eines so wichtigen Prozesses tat, dann war das die größte aller Beleidigungen. »Es ist erstaunlich, daß du es erneut wagst, mich herauszufordern«, sagte er kalt und drohend. »hast du deine Lektion so schnell vergessen?«

Ihre bleichen Wangen röteten sich jetzt, als sie an den demütigenden Vorfall dachte. »Nein, Mylord.«

»Komm her, Caryn.«

»Ja, Mylord.« Doch statt die hölzernen Stufen hinaufzusteigen und an seine Seite zu treten, ging sie auf das Podest zu, und daher befand sich der breite Tisch immer noch zwischen ihnen. Das entsprach nicht seiner Absicht, und sie wußten es beide. Wenn er nicht so wütend gewesen wäre, hätte er möglicherweise gelächelt.

»Mit welchem Recht wagst du es, mir Ratschläge zu erteilen? Ist es deine enorm überlegene Intelligenz? Die Weisheit, die du dir in deinem langen Leben erworben hast? Der Umstand, daß du eine geborene Sächsin bist? Ich wüßte gern, Caryn, was dich auf den Gedanken bringt, mich unterweisen zu wollen.«

»Diesen Wunsch hege ich nicht, Mylord. Du hast heute in deiner Rechtsprechung deine Klugheit bewiesen. Ich möchte mich nur für den kleinen Jungen einsetzen, weil er so wenig zu seiner eigenen Verteidigung vorgebracht hat.«

»Du setzt viel aufs Spiel, Caryn.«

Sie schluckte nervös. »Das ist mir durchaus klar, Mylord. Daraus, daß ich es trotzdem tue, wirst du hoffentlich ersehen, wieviel mir an dem Jungen liegt.«

Er warf einen Blick auf den Jungen, dem der Atem in der Kehle zu stocken schien. Er hatte keinen Moment lang vorgehabt, das Kind zu verstümmeln, sondern er wollte lediglich den Mut des Knaben auf die Probe stellen. Aber das konnte sie natürlich nicht wissen. Und durch ihre Einmischung hatte sie ihn in eine schwierige Lage gebracht – der Teufel sollte diesen kleinen Dummkopf holen!

»Da der Junge dir soviel bedeutet, wüßte ich gern, ob du bereit bist, einen Teil seiner Strafe auf dich zu nehmen.«

Sie biß sich auf die Unterlippe, die weich und voll wirkte und den rötlichen Schimmer eines abendlichen Sonnenuntergangs hatte. Ral spürte, wie sich sein Schaft regte.

»Ja, Mylord, wenn das dein Wunsch ist.«

»Du wirst mich in meinem Gemach erwarten. Sowohl hier als auch dort wird Recht gesprochen werden.«

»Aber was ist mit dem Jungen, Mylord? Was …«

»Führe meine Frau aus dem Saal«, sagte er mit zusammengebissenen Zähnen zu Hugh. Er bedachte Caryn mit einem finsteren Blick. »Ich werde dir umgehend folgen. Und ich rate dir, dir inzwischen Gedanken über die Folgen deiner Einmischung zu machen.«

Ein Anflug von Furcht ließ ihre sanften braunen Augen dunkler werden und war gleich wieder verflogen. »Wie du wünschst, Mylord.« Sie warf einen unsicheren Blick auf den Jungen, den er erwiderte. Darin drückte sich seine Sorge aus, welche Strafe sie jetzt wohl abzubüßen hatte. Nach einer nervösen Verbeugung verließ Caryn von Hugh begleitet hocherhobenen Hauptes den Saal.

*Verdammt und zugenäht,* fluchte Ral lautlos vor sich hin. Würde die Frau denn niemals aufhören, Ärger zu machen? Er verfluchte sie für ihre Halsstarrigkeit, doch rang sie ihm auch widerwillige Bewunderung ab. Er kannte keine Frau, die den Mut aufgebracht hätte, sich so zu äußern, wie sie es getan hatte. Dennoch stand ihr das nicht zu, und er würde es sich kein zweites Mal bieten lassen.

Als sich die Saaltür hinter ihr schloß, wandte Ral seine Aufmerksamkeit wieder dem Jungen zu.

»Am heutigen Tage, Leofric, hast du dein Verbrechen gestanden und bist diesem Gerichtshof mutig gegenübergetreten«, sagte Ral. »Dennoch muß Gerechtigkeit walten. Leofric von Braston, du wirst die beiden nächsten Monate im Dienst der Frauen in der Burg verbringen. Du wirst in der Küche arbeiten, die Fußböden schrubben, die toten Tiere häuten, bei der Zubereitung der Mahlzeiten helfen und jede andere Aufgabe erledigen, die dir aufgetragen wird. Solltest du deine Pflichten zufriedenstellend erfüllen, wirst du hinterher einer meiner Edelknaben werden.« Ral nahm eine entspanntere Haltung ein, lehnte sich auf seinem Stuhl zurück und gestattete sich ein Lächeln. »In meinen Diensten findet sich für einen jungen Mann mit Mut immer ein Platz.«

Der Junge wirkte derart benommen und erleichtert, daß Ral schon glaubte, er würde zusammensacken. »Marta«, rief er. »Such einen Schlafplatz für den Jungen, schick seiner Mutter etwas zu essen und paß auf, daß er sich nicht vor seinen Arbeiten drückt.«

Ral war sicher, daß der Junge seine Lektion gelernt hatte und weit mehr tun würde, als sich nur seinen Unterhalt zu verdienen, nickte und wartete, bis der Junge hinausgebracht worden war; seine Mutter schluchzte vor Dankbarkeit, als sie hinter ihm her eilte. Dann stieß Ral seinen Stuhl zurück, stand auf und bedeutete den Anwesenden, daß das Gericht anderntags weitergeführt würde.

Endlich waren alle Fälle abgeschlossen.

*Fast alle,* verbesserte er sich mit einem finsteren Blick auf die Treppe. Mit starrem Kiefer machte sich Ral auf den Weg nach oben.

# 8. Kapitel

Als sie die Tür so lautlos wie möglich geschlossen hatte, huschte Caryn zum Fußende des hohen Bettes mit den geschnitzten Verzierungen. Sie hatte ihn wieder verärgert, aber diesmal war es die Sache wert gewesen. Sie hatte den kleinen Leofric retten können!

Im Gang hinter dem großen Saal hatte Caryn die Geschichte seiner Mutter gehört, die sie nur mühsam herausgebracht hatte, unterbrochen von verzweifeltem Flehen und herzerweichendem Schluchzen. Sie hatte Caryn um Hilfe gebeten, doch Caryn hatte ihr diese verwehrt und gesagt, ihre Hilfe sei nutzlos; sie würde ihren Mann damit nur erzürnen und die Lage womöglich noch verschlimmern. Sie hatte sich damit abgefunden gehabt, schweigend dazusitzen und zu hoffen, ihr Mann würde eine gerechte Strafe finden. Dann hatte sie Rals Worte gehört und das Urteil vernommen, mit dem der Junge möglicherweise zu rechnen hatte, und ihre Füße hatten sich aus eigenem Antrieb voranbewegt.

Caryn warf nervöse Blicke zur Tür. Im Saal unten konnte sie das Klirren von Kettenhemden hören, als die Männer durch den großen Raum gingen, und sie hörte auch die Stimme des finsteren Normannen, als er die Steinstufen hochstieg. Er war wütender, als sie ihn je zuvor erlebt hatte. Mutter Gottes, was würde er jetzt tun?

Caryn zuckte zusammen, als er den schweren Eisenriegel hob und das Gemach betrat. Die Muskeln seiner Arme und Schultern waren angespannt, und der leuchtend pflaumenblaue Umhang wehte hinter ihm her. Dicht vor ihr blieb er stehen. Sein gutgeschnittenes Gesicht wurde von einem finsteren Blick entstellt.

»So … gnädige Frau … du erwartest mich also, wie ich es dir vorgeschrieben habe. Ich wette, das ist das erste Mal, daß du einen Befehl befolgst.«

Caryn war so klug, nichts darauf zu antworten.

»Was hast du zu deiner Verteidigung vorzubringen?«

»Sehr wenig, Mylord.«

»Das ist allerdings ungewöhnlich. Mir scheint, du hast dich mir erneut widersetzt.«

»D-das war nicht meine Absicht, Mylord. Ich wollte nur …«

»Es genügt dir anscheinend nicht, dich mir zu widersetzen, wenn wir unter uns sind. Jetzt mußt du es auch noch in der Öffentlichkeit tun.«

»Es tut mir leid, Mylord. Die Mutter des Jungen war nur so besorgt. Sie hat sich geängstigt, du könntest das Kind dazu verurteilen, daß es verstümmelt wird. Sie hat mich gebeten einzuschreiten und …«

»Und daher hast du es getan, obwohl dir das wahrhaftig nicht zusteht.«

»Ja, Mylord.«

»Hast *du* denn auch geglaubt, ich würde ein solches Urteil fällen?«

Caryn schaute auf ihre Füße hinunter. »Ich war nicht ganz sicher.«

»Da feststeht, daß du belauscht hast, was unten vorgegangen ist, bin ich sicher, daß du bereits von dem Los dieses Jungen weißt.«

Caryn blickte lächelnd zu ihm auf; sie konnte nicht anders. »Ja, Mylord. Ich danke dir.«

»Es könnte gut sein, daß du dich zu früh bei mir bedankst.« Er löste die Goldbrosche mit den Granaten auf seiner rechten Schulter, zog seinen Umhang aus und warf ihn auf das Bett.

»W-was tust du da?«

»Ich habe vor, genau das zu tun, was ich dir angekündigt habe – für Gerechtigkeit zu sorgen.«

Caryn erstarrte. Falls er sie schlagen wollte, dann wußte sie nur zu gut, daß er es mühelos tun konnte. Dennoch war sie sich über ihr Risiko bewußt gewesen, ehe sie beschlossen hatte, hilfreich einzuspringen; jetzt würde sie sich nicht furchtsam in eine Ecke kauern.

»Die Meinungen über Gerechtigkeit gehen oft auseinander«, sagte sie leise. »Der Mann, der eine gerechte Strafe zu verhängen glaubt, sieht oft das Gegenteil von dem, was derjenige sieht, über den diese Strafe verhängt wird.«

Einer seiner Mundwinkel zog sich hoch. »Das ist wahr. Aber wenn ich mich recht erinnere, warst du diejenige, die sich bereit erklärt hat, einen Teil der Strafe des Jungen auf sich zu nehmen.«

»Willst du, daß ich gemeinsam mit ihm in der Küche arbeite?«

»Ich habe dir doch schon einmal erklärt, daß ich mir nicht nachsagen lassen will, ich sei mit einer Küchenmagd verheiratet.«

»Und ... und was willst du dann, Mylord?«

»Seit deiner Ankunft hier im Schloß hast du dich allzu oft wie ein Mann benommen – du bist Gefahren entgegengeritten und hast dich freimütig geäußert, wenn du dein Mundwerk im Zaum hättest halten sollen. Da diese Vorstellung einen solchen Reiz auf dich ausübt, werde ich dir Gelegenheit geben, die Rolle im Ernst zu spielen.«

Sie musterte ihn wachsam, konnte seinen Gesichtsausdruck jedoch nicht ergründen.

»Morgen gehen wir auf die Jagd«, sagte er. »Ich will, daß du die Rolle meines Edelknaben übernimmst.«

Caryn starrte ihn einfach nur an, da sie sicher war, daß das ein Scherz sein muße, doch sie fand keine Spur von Belustigung in seinem Gesicht. Dann lächelte sie strahlend. »Dein Edelknabe, Mylord? Ist das dein Ernst? Würdest du mich wirklich mitkommen lassen?«

Ral zog erstaunt die Augenbrauen hoch. »Würde dir das Spaß machen? Würdest du dich darüber freuen?«

»Und wie, Mylord!«

Ral schmetterte eine Faust gegen den Bettpfosten. »Heiliger

Strohsack!« Sein Blick war so finster, daß er dem Teufel persönlich hätte Konkurrenz machen können. »So eine Frau wie du ist mir noch nie begegnet. Das war als schwere Strafe für dich gedacht, aber du siehst mich an, als hätte ich dir den Mond vom Himmel geholt.«

»Es wäre einfach wunderbar, Mylord, auf der Suche nach Wild durch die Wälder zu reiten. Ich kann recht gut mit Pfeil und Bogen umgehen – falls du es mir erlauben solltest, Pfeil und Bogen mit mir zu tragen. Allerdings ist es schon eine ganze Weile her, seit ich mich darin geübt habe. Ein Bogenschütze, der in den Diensten meines Vaters stand, hat es mir beigebracht.«

»Recht gut mit Pfeil ...« Ral stieß tonlos einen Fluch aus. In den langen unbehaglichen Minuten, in denen er kein Wort mehr sagte, wünschte sich Caryn, sie hätte ihre Freude zurückgehalten.

»Es tut mir leid, Mylord. Ich wollte dich nicht erzürnen.« Er sagte immer noch nichts. »Eigentlich bin ich gar kein so guter Schütze. Jedenfalls bestimmt nicht annähernd so geschickt wie deine Bogenschützen. Mir hat es nur großen Spaß gemacht, es zu versuchen.«

»Und jetzt«, murrte er, »würde es dir wohl Spaß machen, wenn du dich an den Pflichten eines Edelknaben versuchen könntest.«

»Wenn das dein Wunsch ist, Mylord.«

Er betrachtete sie noch einen Moment lang, und dann verzog ein hartes Lächeln seine Lippen. »Da du diese Vorstellung so angenehm findest, erscheint es nutzlos, bis morgen zu warten. Am besten nimmst du deine Pflichten gleich jetzt auf.«

»Jetzt, Mylord?«

»Meine Muskeln sind von dem stundenlangen Sitzen im Saal verspannt. Ich habe angeordnet, daß man mir ein Bad nach oben bringt. Als mein Edelknabe wirst du mir auch dabei behilflich sein.«

»Ein Bad, Mylord? Ist das alles?«

Seine Hände ballten sich zu Fäusten. »Wärst du mit einer Tracht Prügel vielleicht besser bedient?«

»N-nein, natürlich nicht. Aber dies hättest du von mir als deiner Frau einfach verlangen können.«

»Du bist nicht meine Frau. Wärst du wirklich meine Frau, dann lägst du jetzt mit gespreizten Schenkeln auf meinem Bett, und die Strafe für deine Frechheit bestünde darin, daß du eine Nacht lang hart von mir geritten wirst.« Caryns Wangen liefen dunkelrot an. »Da du nichts weiter als eine kleine Heuchlerin bist, wirst du auf andere Weise Buße tun.«

Caryn hielt es für das Beste, nichts darauf zu erwidern. Schweigend wartete sie auf das Eintreffen der Bediensteten. Als sie endlich kamen und Ral ihnen Einlaß gewährte, wurde die Tür weit aufgerissen und ein hölzerner Badezuber mit Wasser hereingetragen. Die beiden jungen Edelknaben ließen sie allein miteinander, und Ral setzte sich auf die Bettkante.

»Du kannst mit meinen Stiefeln anfangen.«

Caryn lächelte. »Wie du wünschst, Mylord.« Sie kniete sich hin, um seiner Aufforderung Folge zu leisten, und dabei hatte sie das Gefühl, sich glücklich schätzen zu dürfen, weil sie für ihre Unverschämtheit nur einen so geringen Preis zahlte. Zumindest schien es so, bis er ihr befahl, ihm die Tunika und das Hemd auszuziehen, das er darunter trug. Sie tat es mit einem gewissen Widerstreben und stieg dabei auf das breite Bett, da er so groß war und sie ihre Aufgabe so leichter bewältigen konnte. Als sie damit fertig war, stand er fast nackt vor ihr und schaute auf seine Hose herunter, als wollte er sich auch diese von ihr ausziehen lassen. Sie wußte, daß ihre Wangen flammend rot waren, doch sie konnte den Blick nicht von seinem kräftigen Körper abwenden.

»Du starrst mich an, als hättest du noch nie einen Mann gesehen.«

»N-natürlich habe ich schon einen Mann gesehen. Ich habe meinen Vater und meinen Onkel gebadet.« Aber sie hatte beide nie vollständig entkleidet gesehen. Und selbst wenn es so gewesen wäre, dann stand doch fest, daß die beiden Männer keinerlei Ähnlichkeit mit dem großen, kräftig gebauten Normannen aufgewiesen hätten.

»Und sonst keinen?«

Als Tochter eines sächsischen Herrschers hätte ihr diese Aufgabe oft zufallen können. Doch war sie im allgemeinen nirgends auffindbar gewesen.

»Nein, Mylord.« Ihre Blicke glitten über seinen Körper, der in alle Einzelheiten prachtvoll war und wunderbare Proportionen aufwies, von der erstaunlichen Breite seiner Schultern über die kräftige Brust bis hin zu der ausgeprägten Muskulatur seines flachen Bauches. Als ihr Blick tiefer glitt, sah sie einen weiteren Muskelstrang, doch dieser stand von seinem Körper ab und preßte sich gegen seine Hose. Caryn schnappte hörbar nach Luft, ehe sie es verhindern konnte.

»Hol die Seife«, sagte Ral mürrisch und hatte Erbarmen mit ihr. Um ihr weitere Peinlichkeiten zu ersparren, drehte er sich um, ehe er sich die restlichen Kleidungsstücke auszog.

Als sie zurückkam, fand sie ihn in der Wanne sitzend vor und dankte der Seligen Jungfrau. Er hatte sich mit geschlossenen Augen zurückgelehnt, und sein schwarzes Haar klebte feucht an seinem Nacken. Seine muskulösen Arme lagen auf dem Wannenrand, und sehnige Muskelstränge bewegten sich auf seiner strammen Brust.

»Mein Rücken hat es bitter nötig, gründlich geschrubbt zu werden«, sagte er, ohne die Augen aufzuschlagen. Er nahm eine andere Haltung ein, damit sie leichter an seinen Rücken kommen konnte, und dabei schwappte Wasser über den Wannenrand und bildete Pfützen auf den Eichendielen des Fußbodens.

»Ja, Mylord.« Caryns Hände zitterten, als sie einen Lappen einseifte und ihm die Schultern zu waschen begann. Es war, als schrubbte sie mehrfach gehärteten Stahl.

»Und jetzt die Brust.« Er lehnte sich wieder zurück, und Caryn beugte sich über ihn, und ihre Finger bewegten sich zielstrebig und waren bemüht, die Struktur seiner Haut und die Wärme seines Atems an ihrem Ohr nicht wahrzunehmen.

Er nahm ihr Handgelenk und damit auch ihre Aufmerksamkeit gefangen. »Was du heute getan hast«, sagte er leise, »war unklug von dir, *ma chère.* Ich will von diesen Leuten respektiert werden. Ich lasse nicht zu, daß Dinge vorfallen, die diesen Respekt unterminieren, den ich mir mit harter Arbeit errungen habe.«

Caryns Hand, die auf seiner Brust lag, zitterte. »Das war nie meine Absicht, Mylord.«

»Hätte ich geglaubt, du hättest es absichtlich getan, dann hätte ich dir eine weit schlimmere Strafe auferlegt.«

Ihre Augen sahen forschend in sein Gesicht. In seinem Ausdruck stand etwas, was ihr mehr als seine Worte sagte. »Ich fürchte, ich habe dir Unrecht getan.«

Eine dichte schwarze Augenbraue zog sich hoch. »Wieso?«

»Ich glaube, du hättest dasselbe Urteil gefällt, wenn ich mich im Hintergrund gehalten hätte. Stimmt das etwa nicht, Mylord?«

Ein Teil der Spannung wich aus seinem Körper. Zum ersten Mal lächelte er. »Das stimmt, *Cara.*«

Caryn lächelte jetzt auch. »Das freut mich, Mylord.«

Einen Moment lang verharrten sie in dieser Haltung, Rals blaugraue Augen auf ihr Gesicht gerichtet und Caryns Blick auf seine schönen Lippen geheftet. Es kostete sie Willenskraft, ihre Augen von ihm loszureißen. Sie wollte sich erheben, als sie seine Hand auf ihrem Arm spürte. Er zog kräftig daran, und sie verlor das Gleichgewicht.

Caryn stieß einen schrillen Schrei aus, als er sie in das Wasser zerrte.

»Gütige Maria, was tust du da? Hast du den Verstand verloren?«

Er lachte, leise und tief. »Das kann schon sein.« Ihr unnützes Ringen ließ ihn noch breiter lächeln. »Da du meinen Zorn wieder einmal von deinem Haupt abgelenkt hast, nehme ich an, wenn du wieder einmal an meinem Urteil zweifelst, wirst du mit mir darüber reden, wenn wir allein miteinander sind.«

Caryn hörte auf, sich zu wehren. Ihre Augen wurden groß. »Du würdest dir wirklich anhören, was ich zu sagen habe?«

»Du bist meine Frau, Caryn. Allein schon das sichert dir ein gewisses Maß an Respekt.«

Sie stemmte die Ellbogen auf seine Brust und musterte ihn genau. »Um die Wahrheit zu sagen, Mylord, mit dem heutigen Tag hast auch du mir Respekt abgenötigt.«

Rals Augen nahmen das Blau des Himmels an, der durch den schmalen Fensterschlitz zu sehen war. Sie spürte, wie er ihre Taille fester umfaßte, fühlte, wie die Muskeln in seinen Armen sich anspannten. Er nahm ihr Kinn in eine Hand und senkte den Kopf, und sein Mund legte sich zart auf ihre Lippen.

Caryn stöhnte, als sie die sachte Glut spürte, die ihren Körper schmelzen ließ. Seine Lippen waren heiß und fordernd, doch schwang in seiner Berührung auch Zärtlichkeit mit. Sie öffnete die Lippen, als er sie dazu verlockte, sie ließ zu, daß seine Zunge in ihren Mund glitt, und sie spürte, wie seine Hand eine ihrer Brüste streifte. Ihre Brustwarze wurde hart und preßte sich gegen das nasse warme Gewebe ihrer Tunika. Unter ihren Hüften spürte sie Rals pochenden Schaft. Sie hätte sich davor fürchten sollen, was möglicherweise passieren konnte. Doch ihre Glut steigerte sich, und Caryn schlang ihm die Arme um den Hals.

In dem Moment, in dem sie das tat, brachen Schuldgefühle über sie herein. Gütige Mutter Maria, was tat sie da bloß? Sie wußte, wohin das führen würde. Sie wußte, daß sie es verhindern und ihm sofort Einhalt gebieten mußte. Sie stemmte beide Hände gegen seine Brust und rückte von ihm ab.

»Bitte, Mylord. I-ich flehe dich an, mich loszulassen.«

Er lächelte, doch die Wärme war aus seinen Augen gewichen. »Das scheint eine seltsame Bitte zu sein, wenn man bedenkt ...« Seine nasse Hand strich über eine ihrer Brüste, und sie bebte vor Wonne.

»Bitte, Mylord. Muß ich dich an dein Versprechen erinnern?«

»Ich brauche keine andere Erinnerung daran als den freien Platz in deinem Bett, der mir zustehen sollte.« Er stieg aus der Wanne, und Wasser schwappte auf den Fußboden. Dabei hielt er Caryn in den Armen. »Wenn es dein Wunsch ist, Mylady, daß ich dich loslasse«, sagte er und drehte sich um, nachdem er aus der Wanne gestiegen war, »dann soll er dir erfüllt werden.« Mit diesen Worten warf er sie wieder in das Wasser.

»Du verfluchter Kerl!« Caryn schäumte vor Wut und war gleichzeitig seltsam enttäuscht, als sie den Seifenschaum von ihren Wangen wischte.

»Halte dein Mundwerk im Zaum, Weib.« Ohne sich auch nur im geringsten an seiner Nacktheit zu stören, ging Ral auf das Bett zu, um ein weißes Leinenhandtuch zu holen, das dort lag. Er lächelte wölfisch. »Deine scharfe Zunge ist nicht annähernd so süß wie deine Küsse.«

Ihr Gesicht glühte vor Röte. Caryn stieß lautlos gemeine Verwünschungen aus, kehrte ihm den Rücken zu und stieg aus dem Wasser, und ihre durchweichten Röcke ließen eine Pfütze auf dem Fußboden entstehen.

»Du solltest Lynette küssen und nicht mich«, rief sie ihm gereizt ins Gedächtnis zurück. »Gewiß erwartet sie dich schon, während wir hier miteinander reden.«

Ral richtete seine kühlen grauen Augen fest auf sie. »Ich bin dir für diese Erinnerung sehr verbunden. Besten Dank, liebste Gemahlin.«

Caryn ignorierte ihn, als er sich anzog und das Zimmer verließ, doch ihr Herz pochte dumpf, und sie fürchtete, den Grund dafür zu kennen.

Da sie wild entschlossen war, den Tag auszukosten, den ihr Ral versprochen hatte, erwachte Caryn schon vor dem Morgengrauen und machte sich auf den Weg zu den Ställen. Die Luft war frisch, doch am Himmel standen Sterne; es sollte ein warmer Tag werden.

So lautlos wie möglich stieß sie die Stalltür auf, lief über den Boden aus festgestampftem Lehm und sog den Geruch nach Pferden, Heu und Leder ein. Sie kam an etlichen Grüppchen von schlafenden Männern vorbei und fand endlich denjenigen, den sie suchte.

Um ihn zu wecken, rüttelte sie Etienne, der auf seiner klumpigen Farnmatratze lag, sanft an der Schulter und rief leise seinen Namen.

»Heiliger Strohsack, Frau!« Er griff nach seiner Wolldecke und zog sie über seine knochige Brust, während er in der Dunkelheit die Frau zu erkennen versuchte. »Ich bitte um Verzeihung, Mylady.« Er richtete sich auf und rieb sich den Schlaf aus den Augen. »Stimmt etwas nicht? Es ist mitten in der Nacht.«

»Alles ist in Ordnung. Ich brauche nur deinen Beistand.«

Der junge Edelknabe musterte sie argwöhnisch. »Sie spielen doch nicht etwa mit dem Gedanken, wieder auszureißen?«

»Sei kein Esel.« Sie kniete sich auf einen Ballen Stroh neben ihm und teilte ihm mit, Lord Ral habe befohlen, daß sie ihn heute als sein Edelknabe begleiten solle.

Etienne kratzte sich unter dem vom Schlaf zerzausten Haar die Kopfhaut. »Meine Güte, er muß wirklich sehr wütend gewesen sein, wenn er etwas Derartiges von seiner Ehefrau verlangt hat.«

Caryn lächelte. »Ich finde das gar nicht so schlimm. Ich glaube, es wird ein amüsantes Abenteuer werden. Was hast du zum Anziehen, was ich mir ausborgen könnte?«

»Das ist doch nicht etwa wieder eine List?«

»Es ist der Befehl deines Herrn. Ich schwöre es dir.«

Er nickte. »Ich besitze nichts, was dir passen könnte, aber es gibt einen Edelknaben namens Osbern, der etwa deine Größe hat. Laß mir einen Moment Zeit, damit ich mich anziehen und ihn aufsuchen kann. Ich werde dafür sorgen, daß du alles bekommst, was du brauchst.«

Nicht lange darauf kehrte Etienne zurück und fand sie in der Nähe der Stalltür vor, wo sie die Nüstern einer kleinen Fuchsstute streichelte. Er reichte ihr ein Bündel Kleider.

»Ich danke dir, Etienne. Ich bin sicher, daß dein Herr erfreut sein wird.« Mit einem dankbaren Lächeln ließ sie ihn stehen, da sie es eilig hatte, wieder in ihr Zimmer zu gelangen und sich für den Tag bereitzumachen, der vor ihr lag.

Sie machte einen Bogen um die schlafenden Männer und die Dienstboten in dem Saal, kehrte in ihr Zimmer zurück, zog sich die geborgten Kleidungsstücke an und stand schon bald in einer enganliegenden schwarzen Hose und einer ausgebleichten grauen Tunika, die etliche Zentimeter über ihren Knien endete, vor dem Feuer.

Nicht lange darauf erschien ihr Mann, der wie gewohnt eintrat, ohne vorher anzukopften. Er stürmte in ihr Zimmer, lief wortlos an ihr vorbei, trat ans Bett und riß die samtenen Bettvorhänge zur Seite. Dann beugte er sich über das Bett, um sie wachzurütteln.

»Mylord?«

Beim Klang ihrer Stimme drehte er sich um, sah sie aber immer noch nicht. Erst als sie in den Schein einer flackernden Kerze trat, die sie auf den Tisch neben der Tür gestellt hatte, bemerkte er sie.

Ral sog durch die zusammengebissenen Zähne hörbar Luft ein. »Bei allem, was heilig ist!«

»Ich bin bereit, Mylord.«

Er starrte sie stumm an, und sein Blick glitt von ihrem Kopf bis zu den Spitzen ihrer weichen Lederstiefel.

»Ich habe mich als dein Edelknabe eingekleidet, Mylord.«

»Das sehe ich selbst ...« Er machte einen Schritt auf sie zu und blieb dann stehen. »Ich bin gekommen, um ... um dir zu sagen, daß die Strafe, die du gestern abend abgebüßt hast, ausreicht.« Es war das erste Mal, daß sie ihn je zaudern sah.

»O nein, Mylord! Dein Urteilsspruch war mehr als milde. Es ist nur gerecht, daß ich dir diene, wie du es verlangt hast. Wenn ich sonst noch etwas tun kann, ehe wir aufbrechen, dann tue ich es mit der allergrößten Freude.«

Er stemmte die Hände in die Hüften, während er sie musterte, und sein Gesicht wirkte angespannt und angestrengt. Ral beugte sich vor. »Wenn du auch nur einen Moment lang glaubst, ich würde dir erlauben, diesen Raum in dieser Aufmachung zu verlassen ...«

»Aber du hast doch gesagt ...«

»Ich weiß nur zu gut, was ich gesagt habe.« Wieder musterte er sie und betrachtete die Form ihrer Beine, die sich durch die enganliegende Hose deutlich abzeichneten.

»Bitte, Mylord. Ich habe mich so sehr darauf gefreut, einen Tag im Wald zu verbringen.«

»Nein.«

»Ich verspreche dir auch, daß ich alles tun werde, was du willst.«

Ral dachte über diesen letzten Satz nach. Der Eifer, der auf ihr Gesicht geschrieben stand, sagte ihm nur zu deutlich, wieviel ihr dieser Tag bedeuten mußte. Er überlegte, wie er taktvoll aus dieser Lage herauskommen konnte, in die er sich selbst gebracht hatte, doch seine Augen schweiften immer wieder zu ihren wohlgeformten Beinen ab. Ihre Brüste hoben und senkten sich sachte, und Locken ihres flammenden dunklen Haares schauten unter der Krempe ihres braunen Filzhuts heraus. Als sie sich bückte, um ihr geschnürtes Bündel aufzuheben, durchzuckte Ral eine Woge von Lust, die das Blut heiß durch seine Adern rauschen ließ.

Er wollte ihr die enganliegende knabenhafte Kleidung vom Leib reißen, sie auf den Boden werfen und in sie eindringen. Er wollte sie an Ort und Stelle nehmen und dann immer wieder tief in sie stoßen. Bei Gott, er war ein Narr gewesen, als er ihr versprochen hatte, sie nicht zu bedrängen.

Im Kerzenschein schaute er ihr Gesicht an, dessen lieblichen Zügen die gespannte Erwartung einen zusätzlichen Glanz verlieh. »Es ist nicht … nicht ungewöhnlich, daß eine Dame deines gesellschaftlichen Ranges ihren Herrn auf die Jagd begleitet.« Sie schaute ihn so hoffnungsvoll an, daß er innerlich stöhnte. »Ich werde die Vorkehrungen treffen, die dafür erforderlich sind – während du dich umziehst.«

»Aber …«

»Oder du bleibst hier in deinem Gemach. Die Entscheidung liegt ganz allein bei dir.«

Caryn seufzte. »Ja, Mylord. Wenn das heißt, daß ich mitkommen darf, werde ich tun, was du wünschst.«

»Beeil dich. Wenn du fertig bist, kannst du in den Burghof kommen. Wir treffen uns dort.«

Ral war verärgert darüber, daß seine Pläne durchkreuzt worden waren. Er lief durch den Gang zur Treppe und runter in den großen Saal, wo er feststellte, daß seine finstere Stimmung sich aufgehellt hatte und er sich auf den bevorstehenden Tag freute. Er würde einen Zeltmeister auffordern, sie zu begleiten, aber auch einen Koch, damit sie ein ordentliches Mittagsmahl bekamen. Er würde etwas ganz Besonderes aus diesem Tag machen, etwas, was seine kleine Frau so schnell nicht wieder vergessen würde.

Außerdem hatten sie alle in der letzten Zeit hart gearbeitet; sie hatten sich einen Tag verdient, an dem sie nur ihrem Vergnügen nachgingen.

Etwa eine Stunde später, als die Sonne in einem Fächer aus Orange und Gold über dem Horizont aufging, ritten Odo, Hugh, Lambert, Geoffrey und ein Dutzend von Rals besten Männern neben ihm her aus dem Burghof. In einer schlichten mitternachtsblauen Tunika aus Samt unter ihrem Umhang ritt Caryn die kleine graue Stute, und sogar Richard war überredet worden, mitzukommen.

Ral hatte außerdem Cäsar mitgenommen, seinen Lieblingsfalken. Mit einer Kappe auf dem Kopf thronte er auf dem Ledertuch, das sich ein Edelknabe über die Schulter geworfen hatte. Als sie auf dem Weg in die Berge eine Wiese überquerten, tauschte Ral einen Blick mit Caryn, die jetzt noch strahlender lächelte als beim Aufbruch.

»Danke, Mylord«, sagte sie.

Einer seiner Mundwinkel zog sich hoch. »Es wird ein langer Tag werden. Du könntest dir später durchaus noch wünschen, du wärst daheim geblieben.«

»Niemals, Mylord.«

Als sich ihre Begeisterung am frühen Vormittag immer noch nicht gelegt hatte, glaubte Ral, daß es ihr Ernst war. Sie mochte zwar klein sein, aber ein schneidiges kleines Mädchen mit viel Herz – wie er schon bald herausfinden sollte.

»Ein wunderschöner Tag, nicht wahr?« Da Ral vorausgeritten war, um die Gegend auszukundschaften, ritt Caryn neben Odo her.

»Es ist etwas zu kühl und viel zu feucht«, sagte er verdrossen.

Caryn schaute sich um und sah nichts anderes als die Schönheit des Waldes. Sie dachte wieder an die satte schwarze Erde des fruchtbaren Tals, das sie gerade durchquert hatten, und sie hörte das leise Gluckern des sumpfigen Bodens. Der Wind erzeugte seufzende Laute, als er durch die hohen grünen Gräser wehte, in denen es von Eichhörnchen und Vögeln nur so wimmelte.

»Wenn es nach mir ginge«, sagte sie, »würde ich jeden einzelnen Tag meines Lebens so verbringen. Umgeben von Erlen, Buchen und Eiben, mit dem Himmel als Decke und Farn und Heide zu meinen Füßen.«

Odo stieß einen abfälligen Laut aus.

»Sehen Sie nur«, sagte sie und deutete auf einen seichten plätschernden Bach. »Die Biber haben einen Damm gebaut. Unter dieser Kuppel aus Ästen und kleinen Zweigen haben sie sich ihr Haus gebaut. Sehen Sie nur, einer schwimmt gerade ans Ufer.«

»Sie verhindern, daß Wasser zum Weideland strömt«, murrte Odo. »Ich werde einen Leibeigenen herschicken, damit er den Damm einreißt und das Wasser wieder ungehindert fließen kann.«

»Die Natur hat es so vorgesehen. Gewiß bewirkt das Werk der Biber auch etwas Gutes.«

Als Odo lediglich finster schaute, musterte Caryn ihn nachdenklich. »Sie können mich nicht leiden, stimmt's?«

Der Ritter mit dem roten Haar hielt den Blick starr auf den Pfad vor sich gerichtet. »Sie sind mit meinem Freund und Herrn verheiratet. Das ist alles, was zählt.«

»Was habe ich Ihnen denn getan?«

Odo griff seinem Pferd in die Zügel, ließ es anhalten und drehte sich zu ihr um. »Es steht mir nicht zu, Ihnen das zu sagen, aber wenn Sie schon fragen, dann werde ich es Ihnen sagen.« Er nahm eine andere Haltung auf dem Sattel ein. »Mir haben Sie gar nichts getan, und was mir nicht paßt, hat auch nichts damit zu tun, was Sie getan haben, sondern damit, was Sie nicht getan haben. Glauben sie etwa, ich wüßte nicht, wie es zwischen Ihnen und Lord Ral steht?«

»Er verkehrt mit einer Frau, die ihm zu Willen ist«, sagte sie und fand diese Vorstellung mehr als nur ein wenig ärgerlich. »Wenn er bereit ist, die Situation zu akzeptieren, wie sie ist, warum fällt es Ihnen dann so schwer?«

»Es ist schon Grund genug, daß Sie Sächsin sind und daß man Ihnen nicht trauen kann. Abgesehen davon braucht Lord Ral Söhne und Erben. Und Ihre Pflicht ist es, dafür zu sorgen, daß er sie bekommt. Daß Sie nicht bereit sind, Ihre Gelübde zu erfüllen, reicht mir aus, um etwas gegen Sie zu haben.« Er nahm nicht bewußt wahr, daß seine Hände sich straffer um die Zügel spannten. »Wenn Sie mein Weib wären, würde ich Sie besteigen und meinen Samen in Sie pflanzen, ob Sie es wollen oder nicht. Ral macht einen Fehler, wenn er das nicht endlich tut.«

Caryn spürte, wie die Wut ihre Wangen rötete. »Das ist natürlich etwas, worauf Sie sich nur zu gut verstehen, Normanne, das Vergewaltigen unwilliger Frauen. Darauf versteht ihr euch alle bestens.« Caryn wandte ihr Pferd, trieb es zu einem leichten Galopp an und ritt an Geoffreys Seite, während sie sich anstrengte, sich wieder zu beruhigen.

Vernachlässigte sie tatsächlich ihre Pflichten als Rals Ehefrau? Sie wußte ohne jeden Zweifel, daß es so war, und doch konnte sie nichts daran ändern, weil sie es einfach nicht über sich brachte. Sie war ihrer Schwester Treue schuldig. Den Normannen zu heiraten, war ohnehin schon ein Verrat gewesen, den sie an ihr begangen hatte – aus diesem Grund hatte sie sie bisher noch nicht im Kloster aufgesucht.

Sie wollte Gweneths schönes Gesicht nicht sehen, wollte nicht daran denken, was in jener Nacht vor drei Jahren vorgefallen war. Sie wollte sich das schändliche Verlangen nicht eingestehen, das der Dunkle Ritter in ihrem Körper wachrief.

»Es ist an der Zeit, zum Lager zurückzukehren.« Ral kam an ihre Seite geritten, lenkte ihre Aufmerksamkeit auf sich und ließ ihr Herz heftig pochen. Heute saß er auf einem geschmeidigen Fuchshengst, der leichtfüßig, schnell und wendiger war als sein mächtiges schwarzes Streitroß. »Der Koch hält das Mittagsmahl bestimmt schon für uns bereit. Und die Männer sind gewiß auch dafür zu haben.«

»Bist du auf Spuren gestoßen?«

»Wir haben die Fährte eines wilden Keilers aufgenommen. Die Hunde haben im Moment die Witterung verloren, aber die Chancen stehen gut, daß wir wieder auf die Fährte treffen werden. Wir werden eine Zeitlang Rast machen, um uns zu erfrischen und die Pferde zu tränken und sie ausruhen zu lassen.«

Sie schlossen sich den anderen am Fuß des Berges wieder an. Dort sprudelte ein Bach aus einer Schlucht. Das Wasser war kühl und klar und plätscherte über Steine, die es im Lauf der Zeit glatt geschliffen hatte. Am Ufer hatte der Zeltmeister ihr Lager aufgeschlagen und ein Zelt aufgebaut, das Schutz gegen die Sonne bot und ihnen ermöglichte, sich einen Moment auszuruhen.

Sie aßen gebratene Brotscheiben, kalten Hammel und Fleischpasteten. Ral teilte seinen Weinschlauch mit Caryn und lachte, als ein Tropfen der roten Flüssigkeit über ihr Kinn rann. Zum Nachtisch verspeisten sie heiße gebratene Holzäpfel, und Caryn fand, es sei wirklich eine köstliche Mahlzeit gewesen.

»Bist du zum Aufbruch bereit, Mylord?« Als sie ihren Mann nahen sah, erhob sich Caryn von dem Baumstamm, auf dem sie gesessen hatte.

»Meine Männer und ich werden jetzt die Jagd aufnehmnen. Ich möchte, daß du hierbleibst.«

»Aber ich dachte …«

»Wilde Keiler können gefährlich sein. Wir haben eine Blutspur gefunden – was heißt, daß das Tier unter Umständen verletzt ist. Wir werden nicht lange fort sein. Wenn wir die Witterung nicht wieder aufnehmen können, werden wir einem anderen Keiler nachsetzen. Wenn du möchtest, hole ich dich später.«

Caryn lächelte. »Mir genügt es schon, einfach nur hier zu sein. Dieser Tag hat mir bereits großes Spaß gemacht.«

Ral hob eine Hand und ließ einen Finger über ihre Wange gleiten. »Und mir hat deine Gesellschaft Spaß gemacht.«

Caryn sagte nichts darauf, doch ihre Haut prickelte dort, wo er sie berührt hatte, und Wärme umfing ihr Herz. Die Geräusche der Männer, die es kaum erwarten konnten, sich in Bewegung zu setzen, störten in diesem Augenblick.

»Wir werden das Lager erst nach meiner Rückkehr abbrechen. Außer den Bediensteten und zweien meiner Soldaten wird auch Girart hierbleiben. Solltest du irgend etwas brauchen, dann wende dich an ihn.«

»Mir fehlt es an nichts.«

Er musterte sie einen Moment lang und sah ihr forschend ins Gesicht. Mit einem kurzen Nicken wandte er sich ab und ging. Die Laute von Pferden und Männern, von Harnischen und Rüstungen und das Bellen der Hunde trieben im Wind, als Ral und die anderen höher in die Berge ritten.

Sowie wieder Stille eingetreten war, sprach Caryn kurz mit Girart, einem Mann um die Dreißig mit dunkelbraunem Haar und unbeschwertem Lächeln. Er stand schon seit Jahren in Rals Diensten. Während die Haushaltshilfen die Lebensmittel wieder einpackten und Girart nach Holz für einen Bogen Ausschau hielt und sich auf die Suche nach einer Eibe machte, schlenderte Caryn zu dem nahen Bach.

Da sie sich dringend erleichtern mußte, lief sie tiefer in den Wald hinein und achtete dabei sorgsam darauf, ihren Weg mit Laub und Zweigen zu markieren. Als sie das Notwendige hinter sich gebracht hatte, lief sie ein wenig weiter, da sie von leuchtend gelbem Krokus angelockt wurde, den sie auf einer Lichtung zwischen den Bäumen sehen konnte.

Sowie sie die Lichtung erreicht hatte und zwischen den Blumen kniete, hielt sie still. Unter den dornigen Ästen eines Strauchs neben Büschlein von dichtem Knäuelgras wurde sie durch das sonnengesprenkelte Laub von einem winzigen Reh mit einer schwarzen Nase beobachtet, das durch die kleinen weißen Flecken auf seinem rotbraunen Rücken fast nicht zu sehen war.

»Was tust du denn hier, mein kleines Rehlein?« Caryn redete leise auf das Tier ein, während sie sich ihm behutsam näherte, um es sich genauer anzusehen. Es hob den Kopf, und seine großen braunen Augen blickten sie gebannt an, während der Leib vor Furcht zitterte. Bei seinen Bemühungen, vor ihr zu fliehen, streckte es die spindeldürren Beine von sich und versuchte aufzustehen, fiel jedoch gleich wieder hin.

»Wo steckt deine Mutter, mein kleines Rehlein?« Caryn rückte näher, um das Fell des Tieres zu streicheln, das bei näherem Hinsehen fleckig und stumpf wirkte. Offensichtlich war das Rehkitz vor Hunger geschwächt. Die Mutter mußte es im Stich gelassen haben. War die Mutter dieses kleinen Rehs etwa getötet worden, ebenso wie die der kleinen Kätzchen, die sie in der Burg aufzog?

Sie streichelte den Hals des Tieres, und es schmiegte seine Nüstern an ihre Hand. Die riesigen Ohren legte es unter ihren Fingern an.

»Wie gut, daß ich dich gefunden habe. Da du ganz offensichtlich hungrig bist, kann ich dich nicht hierlassen.« Sie beugte sich vor, da sie das Kitz vom Boden hochheben und zum Lager tragen wollte, doch als ein tiefes Knurren aus dem Wald drang, drehte sie abrupt den Kopf um und verharrte regungslos.

Ein großer grauer Wolf, dessen Pelz sich um seinen Hals herum wie eine Krause aufgestellt hatte und der die Zähne zu einem bösartigen Knurren bleckte, schlich sich auf die Lichtung und kam auf sie zu. Caryns Herz machte einen Satz und schlug dann schnell in ihrer Brust. Sie packte einen Stein, der nicht weit von ihrer Hand auf dem Boden lag, drehte sich um und warf ihn in die Richtung des großen Wolfs. Das Tier wich dem Stein aus und schlich sich weiterhin näher.

»Du wirst mein Rehkitz nicht bekommen«, sagte sie, da sie entschlossen war, das winzige Tier zu beschützen, das sich ihrer Obhut anvertraut hatte. Sie sah sich eilig nach etwas um, was sich als Waffe einsetzen ließ. Ihre Finger schlossen sich gerade um einen dicken Ast einer Eiche, als sich ein zweiter Wolf auf die Lichtung schlich.

»Gütiger Himmel ... es ist nicht nur einer.« Es waren sogar noch mehr als zwei, erkannte sie, als sich ein dritter an sie heranzupirschen begann. Mit zitternden Händen hob sie den schweren Ast hoch und stand auf. Sie stellte sich zwischen die Wölfe und das verängstigte Reh. Schweiß rann zwischen ihren Brüsten herunter und ließ ihre Handflächen feucht werden, und das erschwerte es ihr, den kräftigen Ast zu umklammern.

Ihr Herz pochte rasend, als Caryn einen Blick zurück auf das Lager warf. Ein Hilferuf stieg in ihre Kehle auf, doch ihre Instinkte sagten ihr, daß sie sich zu weit von dem Lager entfernt hatte, als daß man sie dort hätte hören können, außerdem hätte der Lärm die Tiere zu einem schnellen Handeln antreiben können. Daher hob sie einen weiteren Stein auf, packte ihn, zielte sorgsam und warf ihn nach dem Wolf, der ihr am nächsten war. Das große Tier heulte, als es von dem Stein getroffen wurde, machte mit eingezogenem Schwanz einen Satz nach hinten, kam jedoch sogleich wieder näher.

Ein vierter Wolf tauchte unter dem Laub einer Erle auf, das auf den Waldboden hing, und Caryns Magen schnürte sich zusammen. Sie sah sich nach dem Kitz um. Jetzt stand nicht mehr nur sein Leben, sondern auch ihres auf dem Spiel. Selbst wenn sie kehrtgemacht hätte und weggerannt wäre, war es ungewiß, auf welche Beute die Wölfe Jagd machen würden.

Es war besser, sich ihnen zu stellen und zu versuchen, einen von ihnen zu töten, denn dann konnte sie hoffen, daß die anderen sich an ihm laben würden. Von solchen Fällen hatte sie bereits gehört, doch ohne eine bessere Waffe standen ihre Chancen schlecht, diese Aufgabe zu bewältigen.

Caryn hob den Ast und stemmte ihn gegen ihre Schulter. Hinter ihr wimmerte das Reh vor Furcht. Ihre eigene Furcht schnürte ihr die Kehle derart zu, daß sie kaum noch schlucken konnte. Gütiger Gott im Himmel, hätte sie sich doch bloß nicht so weit von dem Lager entfernt.

Ral stand stumm im Schatten des Waldes, und das Grauen schnitt sich in ihn wie eine Axt aus geschliffenem Stahl. Wenige Meter vor ihm stand Caryn auf der Lichtung. Sie schaute dahin, wo er stand, hatte ihn jedoch bisher noch nicht bemerkt. Zwischen ihnen standen vier bösartige graue Wölfe mit tödlichen Fängen.

So leise wie möglich zog Ral das Schwert aus der Scheide. Die scharfe Klinge gab einen zischenden Laut von sich. Seine Finger spannten sich um den mit Leder umwickelten Griff, als er beobachtete, wie Caryn einen schweren Ast hochhob und ihn sich gegen die Schulter stemmte. Als er das winzige Rehkitz hinter ihr entdeckte, konnte er sich augenblicklich zusammenreimen, was passiert war: Seine Frau war auf das Rehkitz gestoßen und die Wölfe auf sie. Er wünschte sie zum Teufel für ihr weiches Herz, das sie und ihn das Leben kosten konnte.

»Entferne dich ganz langsam von dem Reh, *chérie.*« Ral setzte vorsichtig einen Fuß vor den anderen, und als er diese leise Aufforderung aussprach, wandte sie den Kopf ruckartig zu ihm um.

»Ral …« Sein Name kam als ein kaum hörbares Flüstern heraus. Es war das erste Mal, daß er sie seinen Namen aussprechen hörte, und das sagte ihm, wie groß ihre Furcht war.

»Beweg dich langsam nach links zurück, bis du die Bäume erreicht hast.«

»Aber das Reh …«

»Tu, was ich dir sage. Halte den Ast vor dir. Beweg dich langsam, Schritt für Schritt. Tu nichts, was sie erschrecken könnte.«

Sie warf einen Blick auf das Reh hinter ihr, und einen Moment lang fürchtete er, sie könnte ihm nicht gehorchen. Dann schlich sie sich langsam nach links, und der Wolf kroch mit angelegten Ohren, gebleckten Zähnen und heraushängender Zunge auf das Reh zu. Der Wolf zu seiner Rechten, ein geschmeidiges dunkles Weibchen, stieß ein tiefes Knurren aus, kauerte sich dicht über den Boden und sprang dann mit einem Satz vor, um sich auf das Reh zu stürzen. Die Tiere hatten ihre Wahl getroffen, und Caryn hätte entkommen können, wenn sie nicht aufgeschrien und ihre notdürftige Waffe hochgehoben hätte, um das winzige Reh zu beschützen. Ihr Hieb traf den riesigen Wolf auf die kräftigen Schultern und schlug ihn zu Boden.

»Verflucht noch mal!« Schon im nächsten Moment sprang der Wolf wieder auf und rannte, und auch Ral kam angerannt, als die anderen Wölfe losstürmten, um ihre Beute zu töten.

Ral holte mit dem Schwert nach einem großen grauen männlichen Tier mit silbernem Rücken aus und trennte ihm den Kopf vom Leib, dann drehte er sich um und erwischte ein weiteres Tier von hinten. Seine Klinge schnitt sich in das Fleisch, und Blut sprühte auf seine Brust, als der Wolf zu Boden ging. Zwei weitere, die er noch nicht bemerkt hatte, kamen angerannt. Er hörte Caryn schreien und schwang sein Schwert. Stahl senkte sich in Fleisch und Knochen.

Aus dem Augenwinkel sah er, wie Caryn den Ast hob und ausholte, dann hörte er das Winseln und Fauchen eines Männchens mit dichtem Pelz, als es von dem Holz getroffen wurde. Der Hieb richtete wenig Schaden an. Das Tier kam wieder auf die Füße, kauerte sich hin und setzte zum Sprung an. Ral sprang vor und holte aus, schnitt seine Klinge durch Fell und Rippen, doch ehe er das Schwert herausziehen konnte, sprang ein weiterer Wolf auf seinen Rücken.

»Ral!« schrie Caryn, als er zu Boden fiel, sich mit dem Tier herumwälzte und sich umdrehte, um die reißende Bestie an der Kehle zu packen. Er kämpfte darum, die Zähne von sich fernzuhalten, die sich in sein Fleisch graben wollten. Er wich den schnappenden Fängen aus, riß den Kopf des Tieres zurück und bog ihn so fest um, daß er dem Wolf das Genick brach. Ehe er den Kadaver von sich werfen konnte, griff ein zweiter Wolf ihn an. Er spürte, daß etwas an seiner Schulter riß, packte das Maul des Tieres und fühlte, wie sich Zähne, die so scharf wie Rasierklingen waren, in seine Hände senkten.

»Lauf weg!« befahl er Caryn, als er die dunkle Silhouette einer weiteren riesigen Bestie wahrnahm. Übelkeit befiel ihn bei dem Gedanken, was dieses Tier ihr antun würde, und dann erkannte er, daß der Angriff ihm galt.

»Ral! Lieber Gott, Ral!«

»Lauf weg, verdammt noch mal!«

Doch sie kam statt dessen auf ihn zugerannt und holte mit dem kräftigen Ast der Eiche nach dem Wolf aus. Sie traf seinen Kopf in dem Moment, in dem der Wolf in die Luft sprang. Er fauchte erst und winselte dann, als er zu seinen Füßen auf den Boden fiel. Der Ast schlug wieder und immer wieder zu, während Ral gegen den Wolf kämpfte, der auf seiner Brust saß. Endlich konnte er ihm die Luftzufuhr abwürgen, und das Tier brach regungslos zusammen.

Blut strömte aus der offenen Wunde in seiner Schulter, als er das schwere Tier von sich schob, wankend aufstand und nach der Bestie Ausschau hielt, gegen die Caryn gekämpft hatte. Sein Blick fiel auf den Wolf, und er stellte fest, daß sie ihn erschlagen hatte. Ein kleiner Aufschrei entrang sich ihr, als sie sich ihm in die Arme warf.

»Ral!« Tränen rannen über ihre Wangen, als sie seinen Hals umklammerte und er sie eng an sich zog.

»Es ist vorbei, Caryn, es ist alles vorbei. Du hast nichts mehr zu befürchten.«

Sie schluchzte nur um so heftiger und wiederholte seinen Namen. Der letzte Rest an Furcht ließ ihren kleinen Körper beben. Er hielt sie fest und strich ihr mit blutigen Händen über den Rücken, und dabei wankte er beträchtlich.

»Die Zeit für Tränen ist vorüber«, sagte er beschwichtigend zu ihr. »Du bist in Sicherheit, und deinem Reh kann auch nichts mehr passieren.«

Caryn löste sich von ihm, damit sie ihn ansehen konnte, und die Nässe bildete Spuren auf ihren Wangen. Ihr Zopf hatte sich gelöst, und dichtes, dunkles kastanienbraunes Haar züngelte wie Flammen um ihre Schultern. Er strich ihr die losen Strähnen aus dem Gesicht und spürte, wie sie sich seidig um seine Finger wanden. Dann sah sie die schlimme Wunde auf seiner Brust.

»Gütiger Gott, du bist verletzt!«

»Das ist nichts weiter, nur ein Kratzer.«

Sie schaute auf seine zerrissene, schmutzige Tunika und sah das Blut, das von seinen Fingern rann.

»Deine Hände«, flüsterte sie, »deine wunderschönen Hände. Sieh nur, was diese gräßlichen Bestien angerichtet haben.«

Ihre Worte schnürten ihm die Brust zu. »Das ist nichts, was nicht verheilen würde. Laß dieses Getue sein.«

Aber sie wischte behutsam das Blut an seinen beiden Händen mit dem Saum ihrer Tunika ab. Dann wandte sie ihre Aufmerksamkeit der klaffenden Wunde auf seiner Schulter zu. »Ich habe ja solche Angst gehabt«, sagte sie. »Ich dachte, sie würden dich töten. Die Vorstellung war mir unerträglich, Ral, ich ...«

»*Cara ...*« Ihre Augen waren so sanft und so furchtsam wie die des kleinen Rehs. Ral bog mit einer Hand ihr Kinn zurück, senkte den Kopf und küßte sie. Es war ein zarter Kuß, mit dem er ihr für ihre Sorge um ihn danken wollte. Aber in dem Moment, in dem seine Lippen ihre berührten, brach etwas in ihm auf. Seine Arme schlangen sich um sie, er preßte sie an sich, und sein Mund forderte heftig ihre Lippen.

Dieser Kuß war nicht länger zärtlich. In ihm drückten sich ein glühendes Verlangen und die Sehnsucht aus, das Leben beider zurückzufordern, das sie beinah verloren hätten. Caryn mußte es ähnlich ergehen, denn ihm schlug keine Zurückhaltung entgegen, keine Unsicherheit, nur eine wilde Leidenschaft, die sich an seiner eigenen messen konnte, und eine glühende Freude darüber, daß sie beide noch am Leben waren.

Mit einem winzigen Laut der Ergebung schlang Caryn ihm die Arme um den Hals, und ihre weichen Lippen teilten sich, um seiner Zunge Einlaß zu gewähren. Ihre Zunge schlang sich um seine, und ihre Finger strichen über seine Brust. Ral riß ihre Tunika auf und ließ seine Hände hineingleiten, um ihre Brüste zu umfassen und sie zu drücken. Als er spürte, daß sie zitterte, riß er noch einmal an dem Stoff, senkte den Kopf und nahm ihre Brustwarze in den Mund.

Caryn stöhnte. *Gesegnete Jungfrau Maria.* Jedesmal, wenn Ral sie berührte, wurde ihr Körper von Glut durchströmt, und sie verspürte ein Verlangen, das das Blut in ihren Adern rauschen ließ. Sie grub die Finger in sein dichtes schwarzes Haar, bog den Rücken durch, ließ sich wankend gegen ihn sinken und gab sich ganz ihren glühenden Empfindungen hin.

»Ral ...« Sein Mund auf ihrer Brust ließ Hitze durch ihren Körper strömen. Er ließ seine Zunge über ihre Brustwarze gleiten, kostete sie mit seinen Lippen, sog sachte daran und dann heftiger, um sie zu entflammen. Ihre Knie wurden weich und gaben unter ihr nach. Als sie auf den Boden sank, folgte ihr Ral und preßte sie auf die weiche grasbewachsene Erde. Er küßte sie, während seine Hand sich auf eine Brust legte, sie knetete und massierte und dann tiefer glitt, ihre Tunika hochschob und auf ihrem Schenkel nach oben wanderte.

Caryn wölbte sich seinen Fingern entgegen und flehte ihn an, nicht aufzuhören, und dabei war sie sich nur vage bewußt, wo sie waren, doch selbst das interessierte sie nicht im geringsten.

Er hatte sein Gewicht auf einen Ellbogen gestützt, und sein ganzer Körper war angespannt, doch konnte sie sein steifes Glied und die unglaubliche Glut seines Körpers spüren. Er veränderte seine Lage, und sie spürte seinen harten Schaft, ehe er plötzlich stillhielt.

»Es kommt jemand«, sagte er und ließ auf diese Worte einen leise gemurmelten Fluch folgen. Mit unsicheren Händen zog er ihre Tunika wieder hinunter.

»Was ... was ist los?« Sie konnte nicht klar denken. Sie fühlte sich benommen und verwirrt, aber ihr Körper stand in Flammen. Er löste sich von ihr, stand auf und zog sie dann auf die Füße.

»Keine Sorge, *chérie.* Es ist alles in Ordnung.«

Girarts Stimme drang als Echo durch den Dunstschleier ihrer Leidenschaft.

»Entschuldigen Sie, Mylord. Als Ihre Frau nicht zurückgekommen ist, habe ich mir Sorgen gemacht.« Erst jetzt bemerkte Girart das Schlachtfeld auf der Lichtung, die blutigen Kadaver der Wölfe und die zerrissene Kleidung seines Herrn und seiner Herrin. »Himmel, was ist passiert?«

Ral zog den Umhang enger um Caryns Schultern, um die Stelle zu verbergen, an der er ihr Kleid aufgerissen hatte. »Meine Frau hat versucht, ein Rehkitz zu retten. Es hat damit geendet, daß sie mir das Leben gerettet hat.«

Bei seinen Worten blickte sie auf. In seinen Augen stand ein warmer Glanz, ein Ausdruck zärtlicher Bewunderung.

»Das ist nicht ganz wahr. Wie Sie sehen können, besitzt Lord Raolfe großen Mut. Wäre er nicht im rechten Moment hier erschienen, hätten die Wölfe kurzen Prozeß mit mir gemacht.«

Girart sank auf die Knie. »Ich habe versagt, Mylord. Ich hätte Ihrer Frau eher folgen müssen. Sie hat mich darum gebeten, einen Moment lang dafür zu sorgen, daß sie ungestört ist, aber ich hätte nicht so lange warten dürfen.«

»Erhebe dich, Girart. Du trägst wohl kaum Schuld daran. Meine Frau neigt dazu, sich in Schwierigkeiten zu begeben.« Zwar drückte sich Kritik in seinen Worten aus, doch seine Stimme war frei von jedem Zorn.

Giarart erhob sich und blieb vor ihm stehen. »Ich wußte nicht, daß Sie zurückgekehrt sind.« Er trat voller Unbehagen von einem Fuß auf den anderen und hatte die Augen niedergeschlagen. »Ich bin sehr froh, daß Sie zur Stelle waren.«

»Die Hunde haben die Witterung des Keilers wieder aufgenommen und ihn umzingelt. Ich bin vorausgeritten und eher zurückgekommen als die anderen.« Er hatte Caryn die Neuigkeiten überbringen wollen und dabei festgestellt, daß er, sowie sie fort war, ihre gute Laune und ihr Lächeln vermißte, das den Tag wärmer erscheinen ließ.

»Es ist nur gut, daß sie ihren Weg markiert hat.«

Ral nickte. »Als ich gesehen habe, daß sie fort ist, bin ich den Spuren gefolgt. Das war nicht schwer, aber ich habe mir Sorgen gemacht, sie könnte sich zu weit entfernt haben. Dann habe ich die Wölfe gesehen.«

Caryn erschauerte bei der Erinnerung daran, doch dann zwang sie sich zu einem Lächeln. »Ich danke dir dafür, daß du gekommen bist, Mylord.« *Aber nicht für das, was hinterher passiert ist.*

Da sie jetzt wieder bei Sinnen war, verursachte ihr das Wissen darüber, was sie getan hatte, Übelkeit. In einem Moment der Schwäche hatte sie sich von dem finsteren Normannen küssen lassen. Sie hatte diesen Kuß gebraucht, danach gelechzt wie ein Verdurstender nach Wasser. Aus diesem Kuß war weit mehr geworden, und auch danach hatte sie gelechzt.

Wie konnte ihr das bloß passieren – obwohl sie ganz genau wußte, was er getan hatte? Sie berichtigte sich. Sie konnte sich nicht daran erinnern, was sich in jener Nacht vor drei Jahren tatsächlich zugetragen hatte, und seit dem Tag ihrer Hochzeit war sie noch weniger als vorher gewillt, es herauszufinden.

Jetzt wünschte sie, sie wüßte es bis in alle bitteren Einzelheiten, wünschte, ihre Erinnerung sei so lodernd wie ihre Leidenschaft. Ihre Loyalität gehörte ihrer Schwester und nicht irgendeinem normannischen Herrscher, der ihr und ihren Landsleuten rohe Gewalt angetan hatte.

*»Cara?«*

Das Wort, das er leise und zärtlich sagte, riß sie aus ihren Gedanken heraus. Sie zwang sich, ihrem Mann fest in die Augen zu sehen. Er runzelte die Stirn, da er ihren kaum wahrnehmbaren Stimmungswandel bemerkt hatte. Gütige Maria, was konnte sie bloß sagen? »Ich weiß, daß für die Jagd noch lange Stunden bleiben, aber ich ...«

»Wir werden augenblicklich nach Hause zurückkehren.« Seine Knöchel strichen über ihre Wange. »In der Burg kann ich wenigstens sicher sein, daß dir nichts zustößt.«

Caryn wandte den Blick ab. Er glaubte, dort sei sie in Sicherheit? Sie hatte gerade festgestellt, daß sie in Gegenwart ihres Mannes ebenso gefährdet war wie durch die Wölfe.

# 9. Kapitel

Auf dem Heimweg ritt Caryn schweigend neben Ral her. Ihre Lippen fühlten sich von den leidenschaftlichen Küssen ihres Mannes geschwollen an, und seine Berührungen ließen ihren Körper selbst jetzt noch glühen. Der Zeltmeister hatte seine Wunden versorgt, und eine Zeitlang war er an ihrer Seite geritten, doch da sie schweigsam und mißmutig war, hatte er sie schließlich allein gelassen und sich seinen Männern wieder angeschlossen.

Sie hatten gerade die Hauptstraße erreicht, die zur Burg zurückführte, als Ral alle hatte anhalten lassen. Zwischen den Männern und den Pferden vor ihr konnte Caryn das Rad eines umgestürzten Wagens sehen. Sie trieb ihre kleine graue Stute an und sah, daß die Trümmer des Wagens und seine einstige Ladung auf der Straße verstreut waren.

Aus einem umgekippten Faß quollen getrocknete Heringe in den Staub, aus etlichen anderen zerbrochenen Fässern sickerte Wein, und Honig war über Ballen von Segeltuch geflossen, das jetzt unbrauchbar war. Zweifellos hatte der Händler weit mehr transportiert: Butter, Bier, Pech, getrocknete Kräuter und Käse, Schläuche mit Apfelwein und Kerzen, doch diese Gegenstände waren gemeinsam mit dem Ochsen, der den Wagen gezogen hatte, verschwunden.

Am Straßenrand hatte sich der niedergeschlagene Kaufmann an einen Baumstamm gelehnt. Er hatte den Kopf auf die Hände gestützt und neigte ihn von einer Seite auf die andere. Nicht weit von der Schläfe rannen ein paar Tropfen Blut über sein Gesicht.

»Es war das Frettchen, dieser Lump«, sagte Geoffrey, der neben ihr herritt. »Der Kaufmann kann von Glück sagen, daß er lebend davongekommen ist.«

*Das Frettchen.* Der Verbrecher, dem sie damals aus schierer Dummheit geholfen hatte. Caryns Magen schnürte sich zusammen. »Was wird Lord Raolfe jetzt tun?«

»Fest steht, daß er Jagd auf den Verbrecher machen wird, obwohl ich mich dafür verbürge, daß das nichts nutzen wird. Das verdammte Frettchen kennt diese Wälder wie seine Namensvettern, und seine verfluchten Spuren führen immer in die Berge.«

Schuldgefühle bestürmten sie. Wenn sie sich nicht eingemischt hätte, wären diese Verbrecher vielleicht längst gefangengenommen worden, und all das wäre nicht passiert.

»Vielleicht wird Lord Ral sie diesmal einfangen.« Sie betete, es möge dazu kommen, obgleich sich in Geoffreys Gesicht wenig Hoffnung auszudrücken schien.

»Vielleicht. Unser Gebieter sammelt bereits seine Männer um sich.« Sie bildeten einen Kreis um ihn und lauschten seinen Befehlen, und ihre Pferde wirbelten auf der Straße Staub auf. Als Ral seine Anweisungen erteilt hatte, kam er auf Caryn zugeritten.

»Geoffrey, du wirst meine Frau zur Burg zurückbegleiten. Es ist nicht mehr weit von hier, und die Gefahr, der wir begegnen könnten, befindet sich in entgegengesetzter Richtung.«

»Aber ich würde viel lieber mit Ihnen reiten, Mylord. Es gibt doch bestimmt einen anderen, der sie nach Hause bringen kann.«

»Ich vertraue sie dir und keinem anderen an. Richard wird mit euch kommen.« Er drehte sich um, als sein Majordomus angeritten kam. »Ihr könnt mit unserer Rückkehr rechnen, wenn wir die Spur verlieren oder wenn wir diese Verbrecher eingefangen haben.«

»Ja, Mylord«, sagte Richard.

»Du kannst dich mit den beiden sicher fühlen«, sagte er zu Caryn, und dann wurde sein strenges Gesicht freundlicher. »Wir haben nach meiner Rückkehr viel miteinander zu besprechen.« Als er lächelte, wirkte sein markantes Kinn weniger streng, und seine Augen nahmen einen helleren Grauton an als je zuvor. »Versuch dieses eine Mal, dich nicht in Schwierigkeiten zu bringen.«

Er beugte sich vor, als wollte er sie küssen, aber als sie eine steife Haltung einnahm, ließ er seinen großen Fuchs umkehren, grub ihm die Hacken in die Flanken und trieb ihn an.

Mit donnernden Hufschlägen verschwanden sie in einer Staubwolke über dem fernen Hügel und ließen Richard, Geoffrey und die Bediensteten zurück.

»Steig in den Wagen des Zeltmeisters«, wies Geoffrey den Händler an, einen zerbrechlich wirkenden Mann mit wäßrig blauen Augen.

»Ja, Sir. Und vielen Dank für Ihre Güte.«

Nicht lange darauf erreichten sie die Burg. Caryn war ermattet und beunruhigt über alles, was sich zugetragen hatte, doch sie ließ sich davon ablenken, daß sie sich um das Rehkitz kümmern mußte. Ein Bediensteter sorgte dafür, daß das winzige Reh in einer Ecke des Stalles ein Lager zugewiesen bekam, nicht weit von der Stelle, an der sie ihre Kätzchen fütterte.

Sie wollte nach derselben Methode vorgehen, mit der sie die Kätzchen am Leben erhalten hatte, und daher ließ sie sich einen Topf warme Ziegenmilch und einen sauberen Lappen bringen, den sie so knotete, daß er eine Spitze hatte, an der wie an den Zitzen des Muttertiers gesaugt werden konnte. Sie tauchte ihn in die warme Milch und preßte ihn an die Lippen des hungrigen Rehs.

Es hatte einige Stunden gedauert, bis die Kätzchen diese ungewohnte Form der Nahrungszufuhr akzeptiert hatten, doch das Rehkitz stellte sich recht schnell darauf ein, saugte an dem Lappen und sog die lebenserhaltende Flüssigkeit in sich auf. Schon bald war es gesättigt und schlief auf einem frischen Strohhaufen ein, während Caryn behutsam sein Fell streichelte.

Nachdem sie sich vergewissert hatte, daß das Reh überleben würde, begann der Stall in Dunkelheit zu versinken, und sie lief über den Burghof zum Bergfried, um selbst zur Nachtruhe zu finden.

Sie fand nur wenig Schlaf, und der war unruhig und von Träumen von den glühenden Küssen ihres Mannes durchsetzt, die sie aufschrecken ließen. Schmerzliche Erinnerungen an die Nacht vor drei Jahren wurden wach, als die Normannen ihre Schwester brutal vergewaltigt hatten.

Sie erwachte schuldbewußt und verstört, und sie war mindestens so wütend auf sich selbst wie auf den großen finsteren Normannen, weil sie auf seine Berührungen reagiert hatte. Sie war dankbar, als der Tag zu Ende ging und ihr Mann nicht zurückgekehrt war. Das gab ihr Zeit, sich zu wappnen, ihre Feindseligkeit zu schüren und sich mit einem schützenden Panzer zu umgeben. Sogar Lynette ließ sie in Ruhe, da selbst sie ihr in dieser unbeständigen Stimmung, in die sie versunken war, keinen Grund zu einem Ausbruch geben wollte.

Die Stunden vergingen, und Caryns schlechte Laune steigerte sich. Vorsätzlich rief sie sich die bitteren Erinnerungen und jedes barsche Wort, das der Dunkle Ritter je geäußert hatte, ins Gedächtnis zurück. Sie machte sich seine Abstammung deutlich bewußt, aber auch, wie grausam die Normannen das Volk in ihrem Land, ihre Schwester und sie selbst behandelt hatten. Immer wieder ließ sie das Geschehen auf der Wiese vor ihren Augen vorüberziehen und grub schmerzliche Erinnerungen an jene gräßliche Nacht damals aus.

Als Ral etliche Tage später weit nach Einbruch der Dunkelheit zurückkehrte, war Caryns Wut zuerst aufgelodert und dann zu einem berechnenden Brodeln auf kleiner Flamme abgekühlt. Obwohl er schmutzverkrustet und ermattet von den Tagen im Sattel in die Burg kam, begrüßte sie ihn schroff und wahrte nur den nötigsten Anstand. Sie erkundigte sich nach dem Verlauf, und nachdem sie in Erfahrung gebracht hatte, daß sämtliche Männer unbeschadet zurückgekehrt waren und daß die Verbrecher immer noch frei umherliefen, bat sie um die Erlaubnis, sich zurückziehen zu dürfen.

»Es ist ein langer Tag gewesen«, sagte sie, als er sich auf dem Podest neben sie setzte und Essen vor sie hingestellt wurde. »Falls du noch irgend etwas brauchst, wird Marta sich darum kümmern.«

»Ich hatte gehofft, wir würden zusammen essen oder wenigstens einen Kelch Wein miteinander trinken.« Ral nahm ihre Hand. »Ich habe in diesen letzten Tagen oft an dich gedacht.«

»Ich bin erschöpft.« Sie entzog ihm ihre Hand. »Wenn du es gestattest, würde ich mich gern zurückziehen.«

Rals Miene wurde finster. Er wollte etwas sagen, preßte jedoch die Kiefer fest aufeinander und erteilte ihr schließlich mit einem Nicken die Erlaubnis, sich zu entfernen. Caryn wandte sich ab und stieg von dem Podest, und als sie durch den Saal lief und die Treppe hinaufstieg, bohrte sich der mißbilligende Ausdruck seiner kühlen grauen Augen in ihren Rücken.

In jener Nacht schlief sie tiefer, denn sie spürte, wie ihre Willenskraft zunahm. Sie war entschlossener denn je, die Mauer wieder aufzubauen, die früher einmal zwischen ihnen gestanden hatte. Als sie sich ihm am späten Vormittag zu einem zweiten Frühstück in dem großen Saal anschloß, fühlte sie seinen forschenden Blick und seinen ausgeprägten Mißmut. Genau das hatte sie angestrebt.

Sie wusch sich die Hände und wartete, bis der Edelknabe die Wasserschüssel entfernt hatte, ehe sie sie mit einem sauberen Leinentuch abtrocknete. Dann zwang sie sich zu einem Lächeln. »Wirst du zu Hause bleiben, nachdem du jetzt zurückgekehrt bist, Mylord, oder wirst du die Jagd auf das Frettchen wiederaufnehmen?«

Ein Edelknabe stellte eine Schüssel Joghurt und einen Krug Buttermilch auf den Tisch.

»Ich habe überall in den Bergen Männer bereitstehen. Früher oder später werden wir etwas hören. Wenn es soweit ist, werden wir vorbereitet sein.«

»Das glaube ich ganz sicher«, sagte Caryn. »Es ist eine Schande, daß diese Räuber dir immer wieder entkommen können. Mir scheint fast, die Schuld trifft jetzt nicht mehr mich, sondern diejenigen unter deinen Männern, die die Banditen aufzuspüren versuchen.«

Falls er den Spott aus ihren Worten heraushörte, ließ er ihn kommentarlos durchgehen. »Es ist, als folgte man Rauch durch die Wälder. Trotzdem kannst du sicher sein, daß der Tag kommen wird, an dem der Kopf des Frettchens an der Weggabelung aufgespießt auf einem Pfahl zu sehen sein wird. Dann werden Durchreisende wissen, daß sie fortan in Frieden ziehen können.«

»Vielleicht sollten sie darauf hoffen, daß Lord Stephen sie erlöst. Es heißt, er sucht das Frettchen noch eifriger als du.«

Ral warf einen bösen Blick in ihre Richtung. »Willst du mich heute schon wieder provozieren? Ich frage mich, warum.«

»Ich bemühe mich nur, ein Gespräch mit dir zu führen.«

»Und was war gestern abend los? Deine Zunge war so scharf wie ein Kriegsbeil. Kein Mensch auf Erden hätte übersehen können, daß du nichts von mir wissen wolltest. Nach allem, was sich im Wald abgespielt hat, dachte ich ...«

»Ganz gleich, was du dir auch gedacht haben magst, du hast dich geirrt. Wir haben ein Abkommen miteinander getroffen. Ich sähe gern, daß diese Abmachung eingehalten wird.«

Er lächelte kalt und spießte mit der Spitze seines Messers, dessen Griff aus einem Knochen geschnitzt war, einen Bissen Fleisch auf. »Lynette war äußerst entgegenkommend. Sie hat ihr Bestes gegeben, um den Schmerz zu lindern, den du entfacht hast, obwohl ich mir in Wahrheit ausgemalt habe, du seist diejenige, die mit gespreizten Beinen unter mir liegt.«

Caryns Gesicht lief feuerrot an.

»Ich mag zwar ihre Brüste in den Händen gehalten haben, aber was ich mir in meinen Träumen ausgemalt habe, waren zwei andere runde Brüste mit rosigen Brustwarzen.«

Die Wut ließ sie kühn werden. »Vielleicht sollte ich ihr das erzählen. Es wäre interessant zu sehen, wie groß ihr Entgegenkommen dann noch wäre.«

»Ja, vielleicht solltest du das tun«, entgegnete er mit einem höhnischen Lächeln, »falls du meinst, daß sie dir glauben würde.«

Sie würde ihr nicht glauben. Lynette würde lediglich zu der Auffassung gelangen, daß sie eifersüchtig war. Caryn stieß ihren Stuhl zurück und sprang auf. »Ich habe einiges zu erledigen. Marta hat mich gebeten, ihr in der Webstube behilflich zu sein.«

Mit reiner Willenskraft bewirkte er, daß sie neben ihm stehenblieb. Dann nickte er. »Geh. Deine Abwesenheit ist mir weitaus lieber als dein zänkisches Weibergewäsch.«

Caryn war aufgebracht und wünschte, sie würde den Stachel nicht fühlen. Sie riß sich im letzten Moment zusammen, ehe sie zu einem Gegenschlag ausholte. Im Lauf des Tages begegnete sie mehrfach ihrem Mann, und das Ergebnis war immer dasselbe – scharfzüngige Auseinandersetzungen, die sie beim Bau der Mauer unterstützten, die sie als einen Wall um sich errichtete, und doch blieb jedesmal ein seltsames Gefühl von Leere zurück.

Als die Nacht anbrach, waren ihre Nerven zum Zerreißen angespannt, und jeder einzelne von Rals höhnischen Blicken bewirkte, daß sie sich innerlich verknotete. Sie bemühte sich, der Schar von Musikanten gebannt zu lauschen, die sie beim Abendessen unterhielten, und sie versuchte auch, sich auf Richards Bemühungen zu konzentrieren, ein Gespräch mit ihr zu beginnen, da er heute rechts neben ihr an der Tafel saß, doch sie konnte an nichts anderes denken als an den Mann, der zu ihrer Linken saß und mißmutig schwieg.

»Mir fehlt es an Appetit, Mylord«, sagte sie schließlich zu ihm. »Es wäre mir das liebste, wenn ich mich zurückziehen dürfte.«

Er heftete den Blick auf ihr Gesicht. »Das ist heute schon die zweite Mahlzeit, bei der du nichts ißt. Ich wüßte gern, woran das liegt.«

»Vielleicht sagt mir das Essen nicht zu. Vielleicht liegt es aber auch an der Gesellschaft, in der ich mich befinde.«

»Jetzt reicht es aber!« Ral stieß seinen Stuhl zurück, und das scharrende Geräusch wurde von Zither- und Lautenklängen gedämpft. Er packte Caryn am Arm und zwang sie, ebenfalls aufzustehen. Dann zerrte er sie an den Rand des Podestes.

»Ich will wissen, was dich bedrückt, Weib. Ich werde herausfinden, wie es kommt, daß du meine Küsse erst mit einer solchen Glut entgegennimmst und mir dann wieder den leisesten Anstand verweigerst.« Er zerrte sie hinter sich her zur Treppe, und Ritter und Bedienstete machten ihnen den Weg frei, als Caryn hinter ihm hereilte, um mit ihm Schritt zu halten, ohne zu stolpern.

Gütiger Gott, sie war zu weit gegangen. Mutter Maria, was würde er jetzt tun? Caryn bemühte sich, den wilden Rhythmus ihres Herzschlags zu beschwichtigen und klammerte sich an ihn, als er sie durch den Gang zog, die Tür zu ihrem Gemach öffnete und sie in das Zimmer stieß.

Er folgte ihr und knallte die Tür zu. »Du wirst mir jetzt sagen, was das alles zu bedeuten hat.«

Caryn nahm eine aufrechtere Haltung ein und verspürte mehr als nur ein wenig Unbehagen. »Ich weiß nicht, wovon du sprichst.«

»Du bist grob und unwirsch gewesen. Dein Benehmen war miserabel. Seit meiner Rückkehr in den Bergfried hast du mich bei jeder sich bietenden Gelegenheit verhöhnt und beleidigt. Wagst du, das zu leugnen?«

»Es tut mir leid, daß ich dein Mißfallen erregt habe.«

»Du hast es darauf abgesehen, dir Ärger einzuhandeln, Caryn. Ich will wissen, warum.«

*Weil ich mich sicherer fühlen kann, wenn ich deinen Zorn auf mich herabbeschwöre und nicht deine Leidenschaft. Es ist mir lieber, geschlagen zu werden, als mich verführen zu lassen.* »Ich habe dir doch schon gesagt, daß ich nicht weiß, wovon du sprichst.«

»Ach nein? Ich glaube, du weißt es sehr wohl. Ich glaube, wir wissen es beide.«

Ein Schauer lief ihr über den Rücken, aber sie sagte kein Wort.

»Es hat doch damit zu tun, was sich im Wald abgespielt hat, oder nicht?«

»Nein, natürlich nicht.«

»Es kommt daher, daß ich dich geküßt habe und daß es dir gefallen hat. Daher, daß ich dich berührt habe und daß du mich nicht von dir gestoßen hast.«

»Nein, das ist nicht wahr.«

Ral trat näher. »Es ist die Wahrheit, und das weißt du ganz genau. Du hast mich ebensosehr begehrt wie ich dich. Soll ich es dir beweisen, *Cara*? Soll ich dich dazu bringen, mich wieder zu begehren?«

»Nein!« Aber er kam bereits auf sie zu, und sein muskulöser Unterarm schlang sich um ihre Taille, als er sie an sich zog. Er packte mit der Hand ihr Kinn, bog gewaltsam ihren Kopf zurück und senkte seinen Mund fest auf ihre Lippen.

Einen Moment lang wehrte sich Caryn, da sie wild entschlossen war, sich ihm zu widersetzen und die Glut zu ignorieren, die ihren Körper durchzuckte. Dann wurde sein roher Kuß zärtlicher, und mit einem Daumen strich er über ihre Wange und verlockte sie, die Lippen zu öffnen, damit seine Zunge warm in ihren Mund gleiten konnte.

Die Glut, die sie dabei durchströmte, ließ Caryn stöhnen, und sie spürte, wie sich sein kräftiger Körper von Kopf bis Fuß an sie preßte und wie sich die Muskeln seiner Schultern spannten. Sie mußte feststellen, daß sie seinen Kuß erwiderte, die Finger in seine Tunika krallte und sich wankend an ihn schmiegte, während ihr Blut rauschte und ihre Zunge ihn stumm darum anflehte, ihr noch mehr zu geben.

Ral war derjenige, der den Kuß beendete, sie festhielt, bis sie das Gleichgewicht wiedergefunden hatte, und sie auf die Wange küßte, als er sie behutsam von sich schob. »Dein Verlangen nach mir ist keine Sünde, *Cara.* Ich bin dein Mann. Es ist genauso, wie es sein sollte.«

Sie sah ihn an, in all seiner Kraft und Größe, und sie spürte, wie seine Nähe das mächtige Verlangen in ihr wachrief, sich an ihn zu schmiegen. Ihre Unterlippe zitterte, und sie mußte den Blick abwenden.

»Fällt es dir denn so schwer, es einzusehen? Es ist nicht richtig, daß ich dich begehre – nicht nach allem, was du getan hast.« In ihren Augen stand ein schmerzlicher Ausdruck, als sie ihn wieder ansah. »Ich kann diese Nacht vor drei Jahren nicht vergessen.« Tränen quollen unter ihren Wimpern hervor und rannen über ihre Wangen. »Ich kann es nicht vergessen – und ich kann es auch nicht vergeben.« Sie versuchte, sich abzuwenden, doch er hielt ihren Arm fest.

»Das mit deiner Schwester tut mir leid. Diese Nacht hat mich ebenso sehr verfolgt wie dich. Deine Schwester war ein außergewöhnliches und erlesen schönes Geschöpf. Das war mir schon in dem Moment klar, als ich sie zum ersten Mal gesehen habe. Wenn ich noch einmal in derselben Lage wäre, würde ich weit besser auf euch aufpassen.«

»Besser auf uns aufpassen?« wiederholte sie, und das Grauen jener Nacht versetzte ihr innerlich Stiche und rief die Erinnerungen wach, als sei es soeben erst geschehen. »Du drängst dich meiner Schwester gewaltsam auf und schändest sie, und dann sagst du, du würdest besser aufpassen?«

»Schänden?« Seine Hand schloß sich fester um ihren Arm, sein Blick richtete sich auf ihr Gesicht. »Glaubst du etwa, daß ich unter den Männern war, die deine Schwester gewaltsam genommen haben?«

»Aber so war es doch! Ich war dabei – ich habe dich gesehen. Und wenn ich tausend Jahre alt werde, werde ich das niemals vergessen.«

Betroffenheit zeichnete sich auf seinen Zügen ab. Die dichten schwarzen Augenbrauen zogen sich zusammen, und Falten furchten seine Stirn. »Die Frage ist hier nicht, woran du dich erinnern kannst, *chérie,* sondern die, was du vergessen haben könntest.«

»Vergessen? I-ich verstehe dich nicht.«

»Versetze dich in jene Nacht vor drei Jahren zurück. Erinnerst du dich an nichts anderes als an die Vergewaltigung deiner Schwester und an die Schläge, die du bekommen hast? Fehlt dir jede Erinnerung an die Männer, die euch zu Hilfe gekommen sind, an jemanden, der dich in den Armen gehalten und dich in Sicherheit gebracht hat?«

Caryn feuchtete ihre Lippen an. Sie konnte sich tatsächlich daran erinnern. Es war eine vage Erinnerung, die ständig in ihrem Hinterkopf weilte, aber nie wirklich an die Oberfläche gekommen war. Bis zu jenem Augenblick hatte sie geglaubt, sie hätte sich die tröstlichen Worte nur eingebildet, die starken Arme, die ihren geschundenen, schmerzenden Körper umfaßt hatten.

Er legte seine Hand auf ihre Wange. »Hat euch denn niemand etwas von den Soldaten erzählt, die euch in den Konvent gebracht haben?«

»Normannen haben mich im Kloster abgeliefert. Ich habe geglaubt, es seien die Männer gewesen, die sich auf uns gestürzt haben. Aber darüber haben wir nie geredet.« Sie hatte allerdings auch nicht darüber sprechen wollen. In Wahrheit hatte sie alles getan, um es zu vergessen.

»Hat es dich denn nicht verwundert, daß du hinterher noch jungfräulich warst?«

Caryn schüttelte den Kopf. »Gweneth war so schön. Ich dachte, die Soldaten wollen mich nicht.«

»Es liegt nur daran, daß wir auf sie gestoßen sind, ehe sie etwas unternehmen konnten. Meine Männer waren diejenigen, die euch in den Konvent gebracht haben.«

»Aber ... wie kann das sein? Du hast gesagt, daß du dich schuldig bekennst. Das hast du mehr als einmal gesagt.«

»Ich bekenne mich schuldig, nachlässig gehandelt zu haben. Ich bekenne mich schuldig, weil das Pflichtbewußtsein, das ich meinen Männern gegenüber verspürt habe, meinen Wunsch überwogen hat, dich und deine Schwester in Sicherheit zu bringen.«

Caryn schluckte schwer. Sie hatte einen enormen Kloß in der Kehle. Sie wandte den Blick von seiner betroffenen Miene ab und trat an den schmalen Fensterschlitz. Als sie dort angelangt war, drehte sie sich zu ihm um und sah ihn wieder an.

»Sagst du mir auch wirklich die Wahrheit?«

»Ich bin kein Lügner, *Cara.*«

Sie zögerte einen Moment lang, da sie sich unsicher war, doch dann gelangte sie zu der Überzeugung, daß er die Wahrheit gesagt hatte. »Wenn das die einzige Schuld ist, die dich trifft, Mylord, dann solltest du nicht länger darunter leiden müssen.« Sie wandte sich ab und sah zum Fenster hinaus. »Ich bin hier diejenige, die nachlässig war. Ich habe die Verantwortung für die Sicherheit meiner Schwester getragen, und doch habe ich nicht dafür gesorgt, daß ihr nichts passieren kann. Du hast uns gesagt, wir sollten wieder nach Hause gehen, aber ich habe dir nicht gehorcht. Glaubst du, ich litte nicht jeden einzelnen Tag meines Lebens darunter, was ich getan habe?«

Frische Tränen stiegen in ihre Augen auf und liefen über ihre Wangen. Caryn preßte die Hand auf den rauhen kalten Stein und zitterte heftig, während die Tränen weiterhin rannen. Sie spürte Rals Hände auf ihren Schultern. Er knetete sie zart.

»Wir müssen beide die Schuld an dem, was vorgefallen ist, auf uns nehmen. Es ist ein Kreuz, das wir tragen müssen, obgleich es in Wahrheit das Beste wäre, die Vergangenheit ruhen zu lassen.« Seine Hände setzten ihre Bewegungen fort, beruhigten sie und flößten ihr einen Teil von seiner Kraft ein. »Es ist wahr, daß wir deine Schwester beide im Stich gelassen haben, aber ich will nicht, daß diese andere Geschichte zwischen uns steht. Dessen habe ich mich nicht schuldig gemacht.«

Etwas in ihrem Innern öffnete sich ihm, blühte auf und wuchs. Die Schuld, die sie mit sich herumgetragen hatte, hob sich von ihr und begann zu verblassen, und sie blieb unbeschwert zurück.

Ral drehte sie zu sich um. »Glaubst du mir?«

Sie lächelte ihn durch ihre Tränen an. »Ja, ich glaube dir. Das ist das schönste Geschenk, das du mir hättest machen können.« Caryn griff nach seiner Hand, nahm sie und preßte ihre Lippen auf die Wunde, die ihm die Wölfe zugefügt hatten und die immer noch nicht ganz verheilt war. »Ich danke dir, Mylord.«

Ral sagte nichts, doch als er spürte, wie ihre Lippen zart seine Hand berührten, schnürte sich etwas um sein Herz. Wenn er das bloß geahnt hätte, hätte er ihr diese Sorge längst nehmen können. Er hätte die Dinge richtigstellen und die Kluft überbrücken können, die zwischen ihnen bestand. Jetzt schaute er sie an und sah die Nässe, die noch in ihren sanften braunen Augen schimmerte, sah ihre Erleichterung und noch mehr. Ihre Hand nahm sich auf seiner dunklen Haut sehr klein und blaß aus, ihre Brüste hoben und senkten sich sachte, und ihr Hals über ihrer Tunika war anmutig geschwungen.

Sie sah sehr weiblich und liebreizend aus, und in all der Zeit, seit er sie kannte, hatte er sie nie mehr als jetzt begehrt.

Mit den Fingern bog er ihr Kinn zurück und küßte sie zart auf die Lippen. »Jetzt kannst du deinen Frieden finden, *Cara,* und ich bitte dich, wenn du jetzt zur Ruhe kommst, dir ein Bild davon zu machen, was du wirklich willst.« Mit einem letzten Blick auf sie wandte er sich ab und ging zur Tür hinaus.

Ral seufzte, als er die Stufen hinunterstieg und an alles dachte, was vorgefallen war. Er fragte sich, welchen Kurs er jetzt einschlagen sollte. Sowie er den großen Saal erreicht hatte, gab er einem Bediensteten ein Zeichen, ihm einen Kelch Wein zu bringen. Er trug das Gefäß zu seinem Platz vor der Feuerstelle, setzte sich und starrte in die Flammen.

»Hast du Ärger mit deiner Frau, Mylord?« Lynette näherte sich ihm von hinten, und ihre schmale Hand legte sich auf seine Schulter. »Es ist eine Schande, daß ein so kleines Geschöpf dir ein derartiges Mißvergnügen bereiten kann.«

Ral sagte kein Wort.

Lynette ließ die Finger durch sein Haar gleiten. »Vielleicht könnte ich etwas für dich tun, um dich abzulenken.« Sie beugte sich über ihn, streifte dabei mit einer Brust seinen Arm und kitzelte mit ihrem goldblonden Haar seine Wange. »Möchtest du vielleicht eine Partie Schach mit mir spielen? Oder ein Würfelspiel?«

Es war ihm verhaßt, mit Lynette zu spielen. Sie besaß wenig Geschick, und selbst wenn es nicht so gewesen wäre, hätte sie ihn immer gewinnen lassen. »Nein. Es ist schon recht spät, und ich bin ziemlich erschöpft.«

Ihre rosigen Lippen teilten sich zu einem Lächeln. »Ich bin auch müde. Vielleicht wäre es das Beste, wenn wir zu Bett gingen. Was sagst du dazu, Mylord? Verlassen wir gemeinsam den Saal oder soll ich vorgehen und dich erwarten?«

»Geh ruhig ins Bett. Ich habe noch etwas mit Richard zu besprechen. Das könnte eine ganze Weile dauern. Es wäre zwecklos, aufzubleiben und auf mich zu warten.«

»Aber du willst doch bestimmt …«

»Geh jetzt, Lynette.«

»Wie du wünschst, Mylord.« Sie warf ihren hübschen Kopf mit dem blonden Haar zurück und schob die Unterlippe vor, als sie sich widerwillig entfernte.

Früher hatte er diese Geste als sehr weiblich und reizvoll empfunden. Zweimal war er ihr am hellichten Tage in ihre Unterkunft gefolgt, hatte sie nackt ausgezogen und sie genommen, ohne sich selbst auszuziehen. Heute nacht würde es nicht dazu kommen.

»Sie ärgert sich darüber, daß du deiner Frau soviel Aufmerksamkeit widmest.« Odo setzte sich auf die Bank links neben ihm. »Das tut ihr gut. Dann weiß sie wenigstens auch in Zukunft, wo ihre Schranken sind.«

»Was mir Sorgen bereitet, ist nicht Lynette.«

»Ach … dann hat es wohl mit der Geschichte, die Girart erzählt, doch etwas auf sich. Er hat allen berichtet, was sich in dem Wald zugetragen hat.« Jetzt schon war der Bericht über das Wolfsrudel, das er erschlagen hatte, häufig wiederholt worden. Aber Odo sprach nicht von den Wölfen, und das wußten sie beide. »Er hat gesagt, das kleine Mädchen sei vielleicht doch nicht so unterkühlt, wie viele glauben.«

»Ich kann dir versichern, daß das der Fall ist.«

»Dann nimm sie, *mon ami.* Pflanz ihr ein Baby in den Bauch. Ein Mann braucht Erben, mein Freund.«

Ral seufzte und lehnte sich auf seinem Stuhl zurück. »Das könnte durchaus wahr sein. Ich werde mir Gedanken darüber machen.« Gütiger Himmel, er hatte in der letzten Zeit kaum etwas anderes getan. Der Gedanke an das feurige kleine Mädchen brachte ihn nahezu um den Verstand. Nachdem er jetzt wußte, warum sie sich ihm verweigert hatte, hatte sich sein Verlangen nach ihr um ein Zehnfaches verstärkt. Dennoch lag die Entscheidung bei ihr. Er hatte ihr ein Versprechen gegeben – er würde sie nicht nehmen, es sei denn, auf ihren eigenen Wunsch hin.

Er fuhr sich mit einer Hand durch das Haar. Vielleicht wäre es wirklich das Beste, wenn es nicht dazu kam. Sie war kaum halb so groß wie er, und er konnte mit Sicherheit davon ausgehen, daß er ihr weh tun würde. Zwar würde er großen Genuß empfinden, aber sie kannte sich im Umgang mit Männern nicht aus, und er war unsicher, ob er ihr Lust bereiten könnte. Höchstwahrscheinlich würde er ihr nichts anderes als Schmerzen zufügen.

Außerdem spielte das im Moment keine Rolle. Er hatte Lynette, die ihm das Bett wärmte. Sie konnte seinem Körper ebensogut Linderung verschaffen wie jede andere auch, sogar weit besser als die meisten Frauen, die er gekannt hatte. Er warf einen Blick auf die Tür, die zu ihren Gemächern im Burghof führte. Sie würde ihn erwarten, und doch …

Er wandte sich von der Tür ab, stieg die Stufen zum Gartenzimmer hinauf und wies seinen Schildknappen an, ihm dort das Bett zu machen. Sowie der Knabe ihm beim Ausziehen geholfen hatte, legte er sich hin.

Lynette würde wütend auf ihn sein, aber was machte das schon aus? Was er wollte, war nicht Lynette. Ral zog im Dunkeln die Stirn in Falten, dachte an Caryn und fragte sich, wie er auch nur ins Auge fassen konnte, mit einer so zierlichen Frau ins Bett zu gehen.

Caryn lief in dem Schlafzimmer auf und ab, das ihr jetzt, nachdem Ral gegangen war, leer, karg und kalt erschien. Ihr war nie wirklich aufgefallen, wie groß das Zimmer war, wie breit das riesige Bett war und wie männlich die Gegenstände waren – Bögen, Schilde und Schwerter –, die an den Wänden hingen.

Es war das Zimmer des Burgherrn, des riesigen finsteren Normannen, mit dem sie verheiratet war. Und doch war er nicht da.

Caryns Magen zog sich zu einem Knoten zusammen. Auch die heutige Nacht würde er wieder mit seiner Geliebten verbringen, da das Versprechen, das er ihr gegeben hatte und das er anscheinend sogar jetzt noch zu halten gedachte, ihn von seinem rechtmäßigen Platz in ihrem Bett vertrieben hatte.

Oder war es etwa genau das, was er wollte? Die große gertenschlanke Blondine war weitaus schöner als Caryn, fast so hübsch anzusehen wie Gweneth. Welche von ihnen war die Frau, die Ral begehrte? Seine Geliebte? Seine Ehefrau? Oder gar die Schwester seiner Frau, die bei weitem schöner war als sie? Caryn würde niemals den Ausdruck vergessen, der auf dem Gesicht des Dunklen Ritters gestanden hatte, als er an jenem Tag auf der Wiese in Gweneths kristallklare blaue Augen geschaut hatte.

Überhaupt war es nur auf Gweneth zurückzuführen, daß er sie geheiratet hatte. Wegen Gweneth und der Schuld, die er sich an den Dingen gab, die vorgefallen waren. Ral wußte, daß ihre Schwester das Kloster niemals würde verlassen können, aber vielleicht sehnte er sich in seinem Herzen immer noch nach ihr. Mit ihrer Schönheit, ihrer Anmut, ihrem Liebreiz und ihrer heiteren Gelassenheit unterschied sich Gweneth von Caryn wie der Mond von der Sonne.

Und wenn es nicht Gweneth war, was war dann mit Lynette? Von ihren Reizen und ihrer Schönheit fühlte sich jeder Mann angezogen, an dem sie vorüberging. Ral hatte sich vor zwei Jahren mit ihr zusammengetan, hatte sie aus Frankreich hergebracht. Würde er überhaupt bereit sein, sie aufzugeben? Caryn wußte es nicht, und sie fürchtete sich davor, dieser Frage auf den Grund zu gehen.

Dennoch war sie seine Ehefrau, diejenige, die die Nächte mit ihm hätte verbringen, das Ehebett mit ihm hätte teilen sollen.

Jetzt dachte sie an ihn, an seine Küsse, an die Empfindungen, die er in ihr wachgerufen hatte. *Willst du denn niemals Kinder haben?* hatte er sie einmal gefragt. Das war eine Frage, über die sie sich kaum je Gedanken gemacht hatte. Jetzt nagte es an ihr. Kinder brachten große Verantwortung mit sich – und sie stellten ein Ende der Freiheit dar, nach der sie immer gelechzt hatte. Sie konnte sich nicht in einer Mutterrolle sehen, und doch vermittelte ihr die Vorstellung, ein Leben lang keine eigene Familie zu haben, ein Gefühl von Trostlosigkeit und Leere.

Caryn fröstelte plötzlich und trat ans Fenster, um die dünne Hornplatte wieder vorzuschieben. Es mochte zwar sein, daß ihr Mann sie nicht liebte, doch er begehrte sie. Wenn sie ihn darum bat, würde er das Bett mit ihr teilen und sie zu seiner Frau machen.

Ihre Ehe zu einer echten Ehe machen.

Genau das wollte Caryn. Sie erkannte es plötzlich in aller Deutlichkeit. Sie wollte, daß Ral sich ihr gegenüber wie ein Ehemann verhielt, aber sie wußte nicht recht, wie sie ihn dazu auffordern sollte. Wie äußerte sich eine Frau zu solchen Dingen? Was sollte sie tun? Sie war nicht Lynette, die sich lüstern gab und schmollend blickte. Und selbst wenn sie es probiert hätte, hätte sie durchaus daran scheitern können.

Was war, wenn Ral sie zurückwies? Sie rechnete nicht damit, daß er das tun würde, aber sie wollte mehr von ihm als eine einzige leidenschaftliche Liebesnacht. Was war, wenn er auf ihre Annäherungsversuche einging, sie in sein Bett nahm und sie ihm keine Lust bereitete? Was war, wenn er statt dessen wieder zu seiner Mätresse zurückkehrte und genau das tat, wovon die Bediensteten glaubten, es hätte sich in seiner Hochzeitsnacht zugetragen?

Das Vorgehen, das in ihrer Vorstellung Gestalt annahm, war riskant, aber ihr Glück und ihre Zukunft schienen immer mehr davon abzuhängen.

Zum ersten Mal lächelte Caryn. Sie war schon immer eine gelehrige Schülerin gewesen. Sie brachte großen Lerneifer mit, und sie merkte sich die Lektionen, die sie gelernt hatte. Den Anfang würde sie mit ihrer Freundin Bretta machen, einer Küchenmagd. Das dralle Mädchen war frei von jeder Schüchternheit, wenn es um ihr Geschick ging, einem Mann Lust zu bereiten; gewiß würde sie Caryn in dieses Wissen einweihen.

Marta würde ihr helfen, soweit sie ihr nur irgend helfen konnte. Sie hatte Caryn schon seit ihrer Hochzeitsnacht gedrängt, das Zerwürfnis mit ihrem Mann aus der Welt zu schaffen. Und dann war da noch Isolda, die Frau aus dem Dorf, die Kranke heilte. Die Alte brüstete sich mit ihren Liebestränken, ihren Amuletten und ihren Aphrodisiaka. Mit Isoldas Hilfe, Martas Beistand und dem Wissen, das sie Bretta entlocken würde, würde sie Ral wild auf sich machen.

Caryn entfernte sich vom Fenster, stieg ins Bett und lächelte jetzt siegessicher. Wenn Lynette es lernen konnte, ihm Lust zu bereiten, dann konnte sie das auch. Morgen würde sie anfangen, Unterricht zu nehmen. Schon bald würde sie ihre Falle aufstellen, sich tatenlos zurücklehnen und abwarten, bis ihr großer finsterer Normanne den Köder roch und anbiß.

# 10. Kapitel

»Du wolltest mich sprechen?«

»Trinkst du einen Kelch Wein mit mir, Hugh?« Ral wies auf einen Platz vor der Feuerstelle, und der stämmige Ritter ging mit einem Grinsen, das schiefe Zähne zeigte, darauf zu.

»Mit dem größten Vergnügen, Mylord.« Hugh senkte seine massige Gestalt auf die robuste Eichenbank, die dem hochlehnigen Stuhl gegenüberstand, auf dem Ral saß. Dann streckte er die langen Beine aus. »Es ist schon eine ganze Weile her, seit wir so zusammengesessen haben. Es erinnert mich an unsere gemeinsamen Zeiten in der Normandie.« Ein Edelknabe brachte Zinnkrüge, die mit Wein gefüllt waren, und jeder von beiden trank einen herzhaften Schluck.

»Die Normandie ... ja«, sagte Ral. »Wir kennen einander schon seit einigen Jahren.«

»Das ist wahr, Mylord.«

»Und du hast nie etwas preisgegeben, was dir im Vertrauen erzählt worden ist.«

Hugh musterte ihn scharfsinnig. »Man könnte mir das Herz rausschneiden, und deine Geheimnisse wären trotzdem noch sicher bei mir.«

»Deshalb bitte ich dich um Hilfe, alter Freund.« Ral beugte sich vor, und Hugh, auf dessen vernarbtem Gesicht, das vom Wetter gegerbt war, unverhohlene Neugier stand, beugte sich ebenfalls vor.

»Du hast ein Geheimnis, das von großer Wichtigkeit ist, Mylord? Wie ich bereits gesagt habe, du kannst mir ...«

»Es geht um nichts dergleichen, mein Freund. Was ich mit dir besprechen möchte, ist von weitaus privaterer Natur.« Der kräftige Ritter, der ihm gegenübersaß, zog die buschigen grauen Augenbrauen hoch, und seine Neugier war jetzt noch größer. »Ich dachte, du als ein Mann, der etwa meine Maße hat, könntest mir vielleicht helfen. Du bist älter als ich, und es ist kein Geheimnis, daß du viele Frauen in deinem Bett gehabt hast.«

Hugh lachte. »Es wäre keine Übertreibung zu behaupten, daß ich es mit mehr Frauen getrieben habe, als mir zustehen. Es wäre aber auch keine Lüge, dasselbe von dir zu behaupten.«

Ral ächzte. »Das ist wahr, aber in dem Punkt, um den es geht, bin ich völlig unerfahren.«

Hugh verschränkte die Arme über seinem breiten Brustkorb. »Was willst du wissen, mein Freund?«

»Vielleicht sollte ich am besten ganz von vorn anfangen.« Da er sicher war, daß sein Geheimnis bei Hugh gut aufgehoben war, berichtete ihm Ral die Wahrheit über seine Ehe und erklärte ihm, warum er so gehandelt hatte. Er erinnerte Hugh an jene Nacht vor drei Jahren, als sie die beiden Schwestern auf der Wiese vorgefunden hatten. Er erzählte ihm von Stephen de Montreale und erklärte, welche Bedrohung er dargestellt hatte und daß er, Ral, Caryn geheiratet hatte, damit ihr nichts passieren konnte.

»Dann hast du also noch nicht mit ihr geschlafen«, sagte der stämmige Ritter.

»Nein, noch nicht, aber das ist ein Geheimnis, das sorgsam gehütet werden muß.«

Hugh nickte. »Und da es jetzt so scheint, als könnte sich schon bald etwas ändern, machst du dir Sorgen, sie könnte zu klein für dich sein.«

»Der Teil von mir, der sie ausfüllen wird, ist von den Proportionen her gesehen so groß wie der Rest von mir. Ich werde sie bestimmt entzweireißen.«

Hugh lachte, und seine grünen Augen funkelten vor Heiterkeit. »Deine Caryn ist alles andere als zerbrechlich. Sie ist zwar klein, aber robust gebaut. Ist dir denn noch nicht aufgefallen, wie üppig ihre Hüften sind? Die sind doch wirklich breit genug, um jedem Mann schöne starke Söhne zu gebären.«

»Ja, das ist mir schon aufgefallen.« Heiliger Strohsack, er hatte die reizvollen weichen Rundungen ihres Fleischs gesehen und unter den eigenen Fingern gespürt, wie köstlich stramm ihr Hinterteil war.

»Und ihre Brüste«, sagte Hugh, »sind so rund und voll und üppig genug, um selbst die Hände eines großen Mannes auszufüllen. Das hat sich deiner Aufmerksamkeit doch gewiß nicht entzogen.«

»Ich habe doch bereits gesagt, daß es mir aufgefallen ist. Um Gottes willen, Mann, ich bin nicht blind!«

Hugh grinste. »Blind bist du nie gewesen. Was dich zurückhält, ist nur deine Sorge, und ich habe vor, dir diese Ängste zu nehmen.« Hugh beugte sich vor und stützte die langen Unterarme auf die Knie. »Deine Frau ist wirklich winzig, das ist wahr. Aber eine Frau ist so gebaut, daß sie einen Mann in sich aufnehmen kann, ganz gleich, wie groß oder wie klein sie auch sein mag. Der Körper deiner Caryn wird sich deinem anpassen. Sie wird dich ganz und gar in sich aufnehmen – soviel kann ich dir versichern.«

Hugh lächelte, starrte in das Feuer und durchlebte noch einmal eine wollüstige Erinnerung an ein Mädchen in seiner Vergangenheit. »Kannst du dir nicht vorstellen, wie klein und eng sie ist? Wie leicht du sie halten könntest, sie in eine Stellung bringen könntest, in der sie deine Stöße aufnimmt? Kannst du dir nicht ausmalen, was du mit einer Frau von ihrer Gestalt alles tun könntest?«

Rals Bauch schnürte sich zusammen. Er konnte es sich ausmalen, das war nur zu wahr. Selbst jetzt, in diesem Augenblick, zogen erotische Phantasien vor seinen Augen vorüber, und sein Glied fühlte sich dick und schwer an.

»Wenn du nie in eine kleine Frau hineingedrungen bist, mein Freund«, sagte Hugh mit einer Stimme, die jetzt heiser klang, »dann hast du nie gelebt.«

Rals Hand, die den Stiel des Kelchs umfaßt hielt, zitterte, und etliche Tropfen rannen über den Rand. »Du bist sicher, daß ich ihr nicht weh tun werde?«

»Nur beim ersten Mal. Geh am Anfang behutsam mit ihr um, und ihr Körper wird sich schon bald an deinen gewöhnen.«

Ral nickte, kämpfte gegen die Bilder an, die Hugh heraufbeschworen hatte, und betete nur, der Mann möge die Wahrheit sagen. »Ich danke dir, Hugh.«

Hugh verstand diesen Wink, daß das Thema hiermit abgehandelt war. Er stellte seinen Weinkelch hin und stand auf. »Dieses Gerede über Frauen hat mich so geil gemacht wie einen brünstigen Keiler. Ich glaube, jetzt nehme ich mir Bretta vor. Bei der denkt man an eine Stute, die Hafer mampft.«

Ral lachte in sich hinein, als sein Freund fortging, doch dann schnitt er eine Grimasse, als er den pochenden Schmerz tief in seinen Lenden spürte. Jeder einzelne Muskel schien vor Verlangen angespannt , und sein Blut schien schwer und dick zu sein. Er warf einen Blick auf die Eichentür, die auf den Burghof hinausführte. Lynette hatte sich bereits für die Nacht zurückgezogen. Wenn er jetzt zu ihr ging, würde sie ihm alles vergeben und ihn in ihrem Bett willkommen heißen.

Er war versucht, es zu tun, und doch hielt ihn etwas zurück. Daher schlug er den Weg zur Treppe und zu seinem Bett im Gartenzimmer ein. Noch eine einsame Nacht entsprach keineswegs dem, was er im Sinne hatte, doch sagte ihm etwas, daß die Belohnung, auf die er aus war, es durchaus wert sein würde.

Darüber dachte er nach und hatte die Treppe schon fast erreicht, als ein Tumult nicht weit von der Tür ausbrach und etliche Edelknaben in diese Richtung eilen ließ.

»Ein Bote ist eingetroffen, Mylord.« Geoffrey kam auf ihn zu. »Er bringt eine Nachricht vom König.«

Ral nickte und folgte dem jungen blonden Ritter zu dem spärlich bekleideten Läufer. Der große Mann, der beinah hager war, hielt einen langen hölzernen Stab umklammert, den er benutzte, um über

Bäche zu springen, und in der anderen Hand hielt er ein kurzes ausgehöhltes Schilfrohr, das die Nachricht enthielt. Daraus zog der Bote jetzt eine Rolle Pergament, die mit dem Wachssiegel des Königs verschlossen war. Ral nahm sie entgegen, während der Bote ihm Grüße ausrichtete. Dann ging er zu Richard, der nicht weit von ihm stand.

»Kümmere dich darum, daß dieser Mann eine Mahlzeit und einen Schlafplatz bekommt«, befahl Ral einem der Bediensteten und reichte seinem Majordomus die Rolle. Richard brach das Siegel auf, rollte das Pergament auseinander und begann zu lesen.

»William schickt seine Grüße«, sagte er. »Er hofft, daß alles bestens steht, und übermittelt Ihnen und Ihrer Frau Gemahlin seine besten Wünsche für eine fruchtbare Ehe.«

»Komm zur Sache«, sagte Ral.

»Die Ländereien, um die Sie ersucht haben, sind Ihnen einmal mehr ausgeschlagen worden. De Montreale drängt ebenfalls darauf, sie zugesprochen zu bekommen. William sagt, er muß sich unparteiisch verhalten.« Richard blickte von dem Pergament auf und runzelte die Stirn. »Der König verspricht die Ländereien demjenigen von Ihnen als Belohnung, der ihm den Kopf des Frettchens bringt.«

»Verdammt noch mal!« Ral schlug mit der Faust auf den Tisch, der daraufhin wackelte. »William weiß, wie wichtig dieses Land für mich ist. Stephen will es nur haben, weil ich es brauche, um die Bewohner von Braxston zu ernähren. Bei Gott, für diese Menschen könnte es um Leben oder Tod gehen.«

Richard sah ihm in die Augen. »Dann werden Sie das Frettchen eben vor de Montreale schnappen.« Er lächelte. »Ich zweifle nicht daran, daß es so kommen wird.«

Ein Teil der Spannung wich von Ral. »Du bist ein braver Mann, Richard, und in dem Punkt muß sich dein Wort als wahr erweisen. Morgen reiten wir wieder in die Wälder und danach Tag für Tag, bis wir das Frettchen gefangengenommen haben.« Er schlug seinem Majordomus auf den Rücken. »Wir werden nicht versagen – wir können es uns nicht leisten.«

Caryn beugte sich über den Mörser, der auf dem Tisch vor ihr stand. Sie zermalmte mit dem schweren steinernen Stößel die getrocknete Minze und die Senfkörner, die Nelken, die Rosenknospen und den Lauch, bis alles die Konsistenz von einem feinen schwarzen Pulver hatte, und dann füllte sie dieses Gemisch in ein kleines Röhrchen, das sie mit einem Stöpsel verschloß.

Es war eines von Isoldas Zaubermitteln, ein Pulver, das die Lust förderte und als starkes Aphrodisiakum diente. Caryn hatte heimlich Haare von Ral gesammelt, ein kleines Stückchen Stoff, das er direkt auf der Haut trug, an sich gebracht, und getrocknetes Blut von der Schulter seines Wamses gekratzt, und diese Gegenstände hatte die Frau mit den Heilkräften in eine Tonfigur eingearbeitet, die sie bei zunehmendem Mond an der Wegkreuzung vergraben hatte.

In Verbindung miteinander sollten die Zutaten einen mächtigen Liebestrank ergeben, dem Ral nicht widerstehen konnte.

Caryn seufzte. Bisher hatten Isoldas Amulette und ihre Zaubersprüche wenig dazu beigetragen, sie ihrem Ziel näherzubringen. Ebenso unfruchtbar waren Brettas Unterweisungen in der Kunst der Verführung geblieben. Marta hatte die beiden bei jeder sich bietenden Gelegenheit gewaltsam zusammengeführt, doch Ral war die meiste Zeit nicht im Schloß gewesen, da er auf Verbrecherjagd war. Wenn er schließlich zurückkam, war er derart ermattet, daß er vor der Feuerstelle aus blanker Erschöpfung einschlief und oft sogar zu müde war, um auch nur noch etwas zu essen.

Er hatte sogar Abstand davon genommen, mit seiner Geliebten zu schlafen. Statt dessen verbrachte er seine Nächte jetzt im Gartenzimmer. Caryn sagte sich, daß er wirklich mit den Kräften am Ende sein mußte, und sie fragte sich, wie gut die Chancen wohl für ihre unerfahrenen Verführungsversuche standen, wenn selbst Lynettes Erfahrung nichts auszurichten vermochte. Caryn nahm das Röhrchen in die Hand und ging zur Tür. Ral war am Nachmittag übellaunig und niedergeschlagen zurückgekehrt, weil es ihm wieder einmal mißlungen war, den Aufenthaltsort der Verbrecher aufzuspüren. Seine finstere Stimmung war wohl kaum das, was sie sich gewünscht hätte, aber es konnte Monate dauern, bis er das Diebespack gefunden hatte. Rals Gelüste auf eine Frau würden sich jedoch weit eher wieder einstellen. Wenn Caryn diese Frau sein wollte, dann konnte sie es sich nicht leisten zu warten.

Sie lief durch den Gang zur Treppe, wechselte auf dem Weg schnell ein paar Worte mit Marta und wurde von ihr mit einem aufmunternden Lächeln bedacht. Sowie sie das Podest erreicht hatte, würde sie Isoldas Trank heimlich in Rals Wein schütten, sich während der Mahlzeit angeregt mit ihm unterhalten und dann versuchen, ihn nach Brettas Anweisungen zu betören.

Vielleicht würde es ihr diesmal gelingen, sein Interesse zu wecken. Vielleicht würde er sie nach oben tragen und ...

Caryn errötete bei dem Gedanken an die Dinge, von denen das dralle Küchenmädchen ihr berichtet hatte. Das also hatte sie im Ehebett zu erwarten. Sie hatte sich bemüht, ihr Erstaunen zu verbergen, doch Bretta war es nicht entgangen, und sie hatte herzlich gelacht.

»Sie brauchen sich keine Sorgen zu machen, Mylady. Das ist nun mal das Los einer Frau im Leben, und man kann schwerlich von einer Last sprechen. Schönere Stunden werden Sie nicht kennenlernen als die, die Sie unter Ihrem kräftigen Geliebten im Bett verbringen werden.«

Caryn zuckte zusammen. Sie wäre nie auf den Gedanken gekommen, Bretta könnte Ral in dieser Hinsicht kennen. »Soll das heißen ... willst du damit sagen, daß ...«

»Nein, Mylady, ich spreche nicht von Ihrem Mann, sondern nur von dem Vorgang.« Sie zwinkerte ihr zu und zeigte ihre großen Zähne, als sie lüstern grinste. »Wenn nicht die Angst vor einer Schwangerschaft mich davon abhielte, würde ich wesentlich öfter die Röcke heben.«

Caryn spürte, wie sich die Glut in ihre Wangen brannte. Sie ging jetzt zu gezielten Fragen über, wie man einen Mann anlockte, statt sich danach zu erkundigen, was passieren würde, wenn es erst einmal soweit war, und sie lauschte begierig, als Bretta von einem Lächeln und von Berührungen sprach und davon, wie man sich beim Laufen verführerisch bewegte, aber auch vom Einsatz subtiler Anzüglichkeiten und Doppeldeutigkeiten, mit denen sie einem Mann ihr Interesse signalisieren konnte. Da alle glaubten, Ral zöge seine blonde Mätresse seiner eigenen Frau vor, konnte Bretta Caryns Motive verstehen und würdigte sie von ganzem Herzen.

»Ihr Mann gehört in Ihr Bett, Mylady, und nicht in das dieser eiskalten, herzlosen Schlampe.«

Dennoch schienen es zwei Paar Schuhe zu sein, ob er dort hingehörte und wie sie ihn dorthin bekam.

Ral saß neben Caryn auf dem Podest, hörte ihr leises kokettes Lachen und spürte, wie ihre Schulter seine streifte, während sie ihm unbeschwert Dinge zuflüsterte. Sie lächelte reizend, schien sich über das zu amüsieren, was er sagte, und strengte sich mächtig an, auch ihn zu amüsieren.

Ihre Bewegungen waren auffallend weiblich und verführerisch, und was sie damit bewirken wollte, war unverkennbar, so klar ersichtlich wie schon seit dem Bestehen der Menschheit. In den letzten Tagen hatte Ral diese Gesten oft an seiner Frau gesehen, und für seinen Geschmack fielen sie ihr viel zu selbstverständlich zu. Sie meisterte sie mit einer solchen Natürlichkeit, daß sein Körper unwillkürlich reagierte und ein Verlangen in ihm erwachte, das er kaum zügeln konnte.

Caryns Brust streifte seinen Arm, und das Blut, das heiß durch seine Adern rauschte, wurde zähflüssig und träge, sein Herzschlag verlangsamte sich und pochte wie die quälende Lust, die sich in seine Lenden gesenkt hatte. Wäre Caryn die erfahrene Frau gewesen, als die sie sich gab, dann hätte sie seine Maske der Gleichgültigkeit durchschaut und die Gier nach ihr gesehen, die zu verbergen er sich so sehr anstrengte.

»Du trägst heute abend ein neues Kleid«, sagte er liebenswürdig und wünschte, die Mahlzeit würde zu einem Ende gelangen. Er fragte sich, ob er heute nacht seiner Leidenschaft nachgeben und sie nehmen würde. Oder ob er warten würde, wie er es geplant hatte, das Spiel spielen würde, mit dem sie begonnen hatte, und das Begehren, das sie in ihm nährte, auch in ihr zu einer gewaltigen Glut steigern würde.

»Gefällt es dir, Mylord?« Es war eine dunkle rubinrote Tunika über einem Unterkleid aus alabasterfarbener Seide, was den leuchtend roten Schimmer ihres Haars nur noch unterstrich.

»Die Farbe schmeichelt deinem Teint. Du hast eine gute Wahl getroffen.«

Sie lächelte. »Soll ich dir Wein nachschenken, Mylord?« Sie hatte sorgsam darauf geachtet, daß sein Kelch mehrfach nachgefüllt worden war, und er fragte sich, ob es Teil ihres Planes war, ihn betrunken zu machen.

»Heute abend ist der Geschmack ein wenig bitter, aber das macht nichts, denn ich habe schon genug getrunken. Morgen steht mir ein langer Tag bevor.« Er hatte nicht die Absicht, sie zu nehmen, wenn er nicht nüchtern war und sich vollständig unter Kontrolle hatte. Er gelobte sich, ihr nicht weh zu tun, und um dieses Gelübde einzuhalten, würde er langsam vorgehen müssen.

»Da es so scheint, als hättest du dein Mahl beendet«, sagte sie, »könntest du mir vielleicht den Gefallen tun, eine Partie Schach mit mir zu spielen.«

Er zog eine Augenbraue hoch. »Ich wußte gar nicht, daß du das Spiel beherrschst.«

»Es gibt viel mehr, was du noch nicht über mich weißt, Mylord.« Sie lächelte keck und zeigte dabei eine Reihe kleiner weißer Zähne.

Ral dagegen biß die Zähne gegen den krampfartigen Schmerz zusammen, den er in dem hart gewordenen Fleisch unter dem Tisch spürte. Er zwang sich zur Ruhe. »Ein Spiel, ehe wir ins Bett gehen, könnte genau das Richtige sein, was mir beim Einschlafen hilft.« Bei

Gott, das war eine haarsträubende Lüge! Nichts würde ihm eine ungestörte Nachtruhe gewähren, solange er dieser Frau nicht die Röcke hob.

Innerlich lächelte er und kostete trotz der Unannehmlichkeiten, die es ihm bereitete, das Spielchen aus, denn es bestand Hoffnung, daß sie am Ende beide als Sieger daraus hervorgehen würden.

Sie setzten sich einander gegenüber an das Schachbrett. Caryn sah versonnen auf das Brett und zog dann einen Bauern zwei Felder vor. Er war sicher, daß er nicht lange brauchen würde, um sie zu besiegen, da es bei diesem Spiel um Strategien ging, ganz ähnlich wie beim Planen einer großen Schlacht. Bisher war ihm noch keine Frau begegnet, die taktisch geschickt genug war, um eine echte Herausforderung darzustellen. Frauen machten sich keine rechte Vorstellung davon, was Krieg überhaupt hieß.

Der Meinung war er nicht mehr, als das Spielbrett einige Stunden später von einer beträchtlichen Anzahl von Figuren geräumt worden war und seine schwarzen Schachfiguren ihrem Ziel keinen Schritt nähergekommen waren, Weiß zu schlagen, als zu Beginn des Spiels. Natürlich war sie dem Sieg auch nicht näher als er.

»Du bist ein schwieriger Gegner, Mylord.« Sie machte mit ihrem Läufer, der aus einem Walroßzahn geschnitzt worden war, einen Zug, der verhinderte, daß er ihre Königin gefangennahm.

Er lächelte. »Du könnteset mich jederzeit gewinnen lassen.«

Caryn blickte mit einem überraschten Gesichtsausdruck zu ihm auf. »Ich hätte nicht geglaubt, daß du das willst.« Sie erweckte den Eindruck, als hätte sie in irgendeiner Form versagt, und ihm dämmerte, daß die Person, die sie in der Kunst der Verführung unterrichtet hatte, wer auch immer das sein mochte, es unterlassen hatte, diese besondere List zu erwähnen.

»Falls du geglaubt hast, daß es mir nur Spaß macht, einen würdigen Gegner zu besiegen, dann hast du recht gehabt. Es hat mir größeren Spaß gemacht, heute abend mit dir zu spielen, als ich es je geahnt hätte.«

Jetzt strahlte sie, und im Schein der glühenden Kohlen in der Feuerstelle sah ihr Gesicht jung und blühend aus. Sie war unglaublich hübsch und wurde von Tag zu Tag immer hübscher.

»Es freut mich, daß es dir Spaß gemacht hat.«

»Noch mehr Spaß würde es mir machen, dich in diesem Spiel zu schlagen, aber nicht, weil du mich gewinnen läßt.«

Sie schien froh darüber zu sein, daß sie sich nicht in ihm getäuscht hatte, und jetzt wandte sie sich dem Spielbrett mit noch größerem Eifer zu. Schließlich endete das Spiel mit einem Remis. Ral lachte gutgelaunt und sagte ihr, er würde sie bestimmt schlagen, wenn sie das nächste Mal gegeneinander antraten. Caryn gelobte, sie würde als Siegerin aus dem nächsten Spiel hervorgehen.

Ral überlegte sich, daß er in Versuchung geraten könnte, selbst absichtlich eine Schachpartie zu verlieren, wenn ihn seine Niederlage gegen seine hübsche kleine Frau in deren Bett führte.

Er warf einen Blick auf die Treppe. »Jetzt ist es aber wirklich an der Zeit für uns, ins Bett zu gehen.« Er schaute Caryn an und achtete dabei sorgsam darauf, sich nichts anmerken zu lassen. Etwas flackerte in ihren Augen auf und war sogleich wieder verschwunden.

*Sag es,* befahl er ihr stumm. *Sag mir, daß ich dir in deinem Bett willkommen bin.* Er konnte sie nehmen. Ihr war ganz deutlich anzumerken, daß sie es zugelassen hätte. Doch er wollte, daß sie sich ausdrücklich dazu bekannte. Er wollte von ihr, daß sie ihre Bereitschaft eingestand, wirklich eine Ehe mit ihm zu führen. Er wollte, daß sie ihn mit derselben glühenden Leidenschaft begehrte, die er ihr entgegenbrachte.

Und er glaubte, daß seine scheinbare Gleichgültigkeit tatsächlich ihre Wirkung zeigte.

»Bist du müde, Mylord?«

Er zuckte mit den Achseln. »Wir haben keine Nachrichten über dieses Diebespack erhalten. Morgen früh werden wir auf die Jagd gehen, um unsere Vorräte zu ersetzen, und es ist besser, wenn ich ausgeruht bin.« Er nahm ihre Hand, legte sie auf seinen Arm und führte sie dann die steilen Steinstufen hinauf.

»Du hast es dir in der letzten Zeit angewöhnt, im Gartenzimmer zu schlafen«, sagte sie mit sanfter Stimme. »Bist du ganz sicher, daß dir das nicht zu unbequem ist?«

*Wieviel wohler ich mich doch zwischen deinen wohlgeformten Beinen fühlen würde.* »Für den Moment ist mir damit durchaus gedient.« So hatte er sich bislang noch nie gegeben, um sich für eine Frau interessant zu machen, doch wußte er instinktiv, daß seine aufgesetzte Gleichgültigkeit genau das war, was ihm bei Caryn den Erfolg sicherte. Je weniger er auf sie reagierte, desto mehr würde sie sich anstrengen, um ihn dazu zu bringen.

Seine Caryn trug gern den Sieg davon, ganz gleich, welches Spiel sie auch spielte.

Vor ihrer Tür blieb er stehen, drehte sie in seinen Armen zu sich um und küßte sie. Es war ein zarter Kuß, und doch lag eine unterschwellige Glut darin, die sie entflammen ließ. Es kostete ihn eiserne Selbstbeherrschung, sich wieder von ihr zu lösen. Er hoffte, in ein bis zwei Tagen würde für diese Form von Zurückhaltung keine Notwendigkeit mehr bestehen.

»Ich wünsche dir eine angenehme Nacht, Mylady.«

»G-gute Nacht, Mylord.« Ihre Hand zitterte, als sie den Riegel hochhob, die Tür öffnete und ihr Zimmer betrat.

Ral lächelte in sich hinein, wandte sich ab und lief durch den Korridor zum Gartenzimmer. Caryn von Ivesham war nicht die einzige, die gern gewann.

»Mylady? Mylady, wo sind Sie? Ich bringe eilige Nachrichten aus dem Dorf.«

»Hier bin ich. Komm rein, Leofric«, rief sie aus der Ecke des Stalles, in der sie saß und das Reh auf dem Schoß hielt. Das süße kleine Kitz wurde von Tag zu Tag größer und kräftiger. »Was ist passiert?«

Der kleine Junge kam hereingerannt. Sein Gesicht war vom Laufen gerötet, und seine schmale Brust hob und senkte sich, als er vor Anstrengung schnaufte. »Neuigkeiten über die Straßenräuber, Mylady. Meine Mutter hat versucht herauszufinden, wo sie ihr Lager aufgeschlagen haben. Sie möchte Lord Raolfe seine Güte vergelten.«

Caryn hob das Reh behutsam von ihrem Schoß, stand auf, klopfte sich Stroh aus der Tunika und zupfte einen Halm aus ihrem dicken Zopf. »Lord Ral ist heute auf die Jagd gegangen. Er wird nicht vor Einbruch der Nacht zurückkehren.«

»Ich könnte ihm eine Nachricht überbringen.«

»Ich weiß nicht, wo er ist. Du mußt es mir sagen, Leofric. Ich werde dafür sorgen, daß er die Neuigkeiten sofort erfährt.«

»Meine Mutter sagt, sie haben ihr Lager nicht weit vom Paß bei Chevrey aufgeschlagen, an einer Flußbiegung des Eden. Dort lauern sie dem Steuereintreiber des Königs auf. Niemand weiß genau, wann er kommt, aber das Frettchen hat vor, ihn zu überfallen und König Williams Geld zu stehlen.«

»Das Geld wird doch bestimmt gut bewacht.«

»Meine Mutter sagt, die Bande ist auf nahezu fünfzig Mann angewachsen. Sie haben oben im Norden geplündert, aber kürzlich sind sie hierher zurückgekehrt.«

*Fünfzig Männer!* Das genügte gewiß, um eine Gefahr für Williams Männer darzustellen – oder für ihren Mann und seine Krieger. Caryns Magen verkrampfte sich.

»Das sind gemeine Mörder, Mylady. Ein Dutzend gute Ritter und Soldaten sind der Klinge des Frettchens bereits zum Opfer gefallen.«

Sie zitterte, ohne es bewußt wahrzunehmen. »Vielleicht wird Lord Ral ihn diesmal schnappen.«

»Ja, Mylady, er wird die Mörder ganz bestimmt kriegen.«

Gewiß war ein Mann, der so mächtig und geschickt war wie ihr Gatte, nicht gefährdet. Doch hallten Leos warnende Worte noch in ihren Ohren nach. »Ich werde Lord Ral sofort nach seiner Rückkehr ins Schloß die Neuigkeiten ausrichten, die deine Mutter ihm übermitteln läßt.«

»Ich wünschte, ich könnte mitkommen.«

*Ich bin froh, daß du das nicht kannst.* Caryn ertappte sich bei diesem Gedanken, und gleichzeitig mit dieser beunruhigenden Vorstellung nahm die Sorge um ihren Mann zu.

Caryn lief in dem Saal vor der Feuerstelle auf und ab. Ral hätte inzwischen zurückkommen sollen. Richard hatte eigens eine besonders herzhafte Mahlzeit zubereitet, die selbst jetzt noch dampfend in der Küche stand. Sie drehte sich um, als die Tür aufgerissen wurde und Girart eintrat. Ral ließ die Burg nie ohne Wachen zurück. Heute hatte er außerdem die Mehrheit seiner Männer dagelassen. Sie sollten sich einen Tag lang ausruhen und sich am kommenden Morgen wieder auf die Suche nach den Verbrechern machen.

Als sie Lärm vor der Tür hörte, eilte sie dorthin. »Lord Ral?« fragte Caryn Girart.

»Nein, Mylady.«

Richard kam hinter ihm ins Haus, und seine Miene war grimmig. »Es ist Stephen de Montreale.«

*Malvern.* »Gütiger Gott im Himmel!« Lord Stephen war der letzte Mann, den Caryn zu sehen wünschte – und sie wollte ihn schon gar nicht sehen, wenn ihr Mann sich nicht in der Burg aufhielt. »Müssen wir ihm Einlaß gewähren?«

»Das gebietet uns schon der Anstand. Er ist nur mit einer Handvoll Männern unterwegs. Wir können ihm wohl kaum ein Nachtmahl und eine Unterkunft ausschlagen.«

Sie nickte, da sie selbst wußte, daß das unumgänglich war. »Wenigstens haben wir reichlich zu essen.« Und genug Männer, um den Bergfried zu bewachen. »Führ ihn hinein, Richard.« Sie wappnete sich, die Dame des Hauses zu spielen, und plötzlich stellte sie fest, daß sie sich auf diese Aufgabe freute. »Und übermittle ihm meine Grüße.«

Malvern trat mit seiner gewohnten lässigen Anmut ein und näherte sich mit langen, ausholenden Schritten, obwohl er noch sein

Kettenhemd trug. Seine Kleider waren staubig von den langen Stunden, die er unterwegs verbracht hatte, doch sein blondes Haar schimmerte im flackernden Schein der Binsenlichter, die hinter ihm an den Wänden hingen.

»Mylady.« Er beugte sich über ihre Hand und streifte ihre Finger mit seinem Mund. Seine Lippen waren voll, sein Atem warm. Es kostete sie Kraft, ihm ihre Hand nicht augenblicklich zu entziehen.

»Mylord.« Sie verneigte sich leicht und zwang sich zu einem Lächeln, und dabei fiel ihr wie schon bei ihrer ersten Begegnung auf, daß er, wenn man von der Grausamkeit in seinen Augen und von seiner etwas zu spitzen Nase absah, außergewöhnlich gut aussah.

»Es könnte scheinen, als würde ich es mir zur Gewohnheit machen, dann hier einzutreffen, wenn Ihr Mann nicht daheim ist.« Seine blaßblauen Augen glitten über sie und nahmen die saphirfarbene Tunika wahr, den goldenen Gürtel und das bestickte seidene Unterkleid, das sie darunter trug. »Nachdem ich jetzt sehe, welches Juwel sich unter der Klostertracht verborgen hat, könnte ich nicht gerade behaupten, daß es mir leid tut.«

Sie ließ ihm das durchgehen und unterdrückte ihren Widerwillen. »Mein Mann wird bald zurückkommen. Ich habe ein Zimmer bereitmachen lassen, falls Sie es wünschen sollten, vor dem Mahl ein Bad zu nehmen und sich frisch zu machen.«

Er nickte. »Es ist ein langer Tag gewesen. Für ein Bad und einen Kelch Wein wäre ich außerordentlich dankbar, Mylady.«

Sie gab einem der Bediensteten ein Zeichen und wandte sich ab, um zu gehen, doch Lord Stephen hielt sie am Arm fest. »Vielleicht würden Sie mir selbst behilflich sein?«

Sie lächelte matt. »Selbstverständlich.« Natürlich hatte sie nicht die leiseste Absicht, ihm beim Entkleiden behilflich zu sein. In Begleitung seines Schildknappen wurde Lord Stephen nach oben geführt, während seine übrigen Männer ihre Hörner mit Bier füllten oder einen Kelch Wein tranken.

Caryn begab sich in der Hoffnung in die Küche, ein Dienstmädchen zu finden, das gewillt war, diese Aufgabe zu übernehmen, doch falls ihr das mißlingen sollte, stand für sie fest, daß sie auf einen der Edelknaben zurückgreifen würde.

»Ich kümmere mich schon um ihn, Mylady.« Bretta vertrat ihr vor den Öfen den Weg. Frisch gebackenes Gerstenbrot verströmte einen köstlichen Hefeduft in der Küche.

»Du brauchst es nicht zu tun. Ich bin mir über seine Absichten nicht im klaren. Ich würde keine der Frauen dazu zwingen ...«

»Es ist schon in Ordnung, Mylady.« Sie grinste. »Mich reizt die Vorstellung, Lord Stephen den Rücken zu schrubben. Er hat einen wirklich prächtigen, dafür verbürge ich mich.«

Caryn lächelte. »Sieh dich gut vor.«

»Ich werde ihn im Handumdrehen dazu bringen, daß er wie ein kleines Kätzchen schnurrt.«

Ral war immer noch nicht eingetroffen, als Lord Stephen in den Saal zurückkehrte. In einer edlen purpurnen Tunika über einem scharlachroten Hemd sah er von Kopf bis Fuß wie der Baron aus, der er war, und sein Auftreten war erfrischend locker. Er gab sich nicht im entferntesten als der brutale Mann, der er, wie sie nur zu gut wußte, war.

»Guten Abend, Mylord.« Sie lächelte, als er auf das Podest zukam.

»Darf ich mich zu Ihnen setzen?«

»Selbstverständlich.«

Er setzte sich neben sie, und seine Männer, für die vor dem Podest Tische auf Böcken aufgestellt worden waren, erwarteten bereits das Eintreffen ihres Herrn. Sie sprachen über erfreuliche Themen, das Wetter, die Ernte, Geschehnisse, die sich im Dorf ereignet hatten, in Braxston und in Malvern.

»Meine Schwester wird demnächst kommen«, sagte er. »Es ist schon eine ganze Weile her, seit sie mich das letzte Mal besucht hat. Vielleicht werden Sie Gelegenheit haben, sie kennenzulernen.«

»Ja, das mag sein. Es würde mich freuen, eine andere Frau um mich zu haben, mit der ich reden kann.« Vorausgesetzt, sie wies keine Ähnlichkeit mit ihrem grausamen, herzlosen Bruder auf.

»Eliana ist ein Schatz, groß und hellhäutig – eine echte Schönheit. Haben Sie gewußt, daß sie früher einmal mit Ihrem Mann verlobt war?«

Caryn hob mit einem Ruck den Kopf. »Ihre Schwester und Lord Ral?«

»Das war lange vor Ihrer Zeit. Unsere Väter haben es miteinander vereinbart, als beide noch Kinder waren.«

»Nein, davon habe ich nichts gewußt.«

»Das überrascht mich nicht ... schließlich hat er sie mit seiner Weigerung, diese Ehe einzugehen, entehrt.«

War das etwa der Grund für die Feindschaft, die zwischen den beiden Männern bestand? »Er hat doch gewiß einen Grund dafür gehabt.«

Sein Mund zog sich zu einem Strich zusammen. »Möglicherweise. Ich weiß nur, daß er meiner Schwester ein schweres Unrecht angetan hat.« Er lächelte dünn. »Vielleicht wird er Ihnen die Geschichte irgendwann einmal erzählen.«

Vielleicht auch nicht, obwohl sie nur zu gern Genaueres gewußt hätte. »Sie kommen gerade aus dem Süden«, sagte sie, um das Thema zu wechseln.

»Ja. Ich bin auf dem Rückweg von einem Besuch auf meinen Ländereien bei Grennel.«

»Sie reisen mit sehr wenigen Männern als Begleitung. Haben Sie das Frettchen und seine Bande nicht zu Gesicht bekommen?«

»Nein. Es heißt, daß sie irgendwo oben im Norden ihr Unwesen treiben. Außerdem soll Ihr Mann geradezu erbittert Jagd auf dieses Pack machen.« Einer seiner Mundwinkel zog sich hoch. »Falls er herausfinden sollte, wo diese Verbrecher sich aufhalten, ginge ich ihm mit Freuden zur Hand.«

Caryn beugte sich auf ihrem Stuhl vor. Sie war plötzlich hellwach. Wenn sie Lord Stephen auch noch so sehr verabscheute, dann würde die Gefahr, die Ral drohte, doch beträchtlich verringert, wenn er Hilfe von Malvern und dessen Männern bekam.

»Aber andererseits«, sagte Stephen, »glaube ich nicht, daß er meine Hilfe annehmen würde.«

Innerlich stöhnte sie. Nein, das würde er ganz bestimmt nicht tun. Dann ging ihr ein anderer Gedanke durch den Kopf. »Wenn Sie wüßten, wo Sie die Verbrecher finden, würden Sie dann Jagd auf sie machen?« Lord Stephen war skrupellos und im Kampf ebenso furchteinflößend wie Ral. Was machte es schon für einen Unterschied, welcher der Männer die Tat vollbrachte, solange diese Bande bloß gefangengenommen wurde?

Er nahm eine andere Haltung auf seinem Stuhl ein und betrachtete sie mit neu erwachtem Interesse. »Falls sie irgendwo oben im Norden ihr Lager aufgeschlagen haben, wie es mir berichtet worden ist, könnte ich meine Männer auf Malvern benachrichtigen. Ihre Anzahl ist ausreichend, um diesem Lumpenpack ein Ende zu bereiten.«

»Lord Raolfe würde es gewiß nicht gutheißen, wenn ich es Ihnen sage. Ich möchte nicht, daß er davon erfährt.« Aber wenn sie damit seine eigene Sicherheit und die seiner Männer gewährleisten konnte, dann war es das Risiko wert.

»Sie wissen, wo sich die Bande aufhält?«

»Ich habe es erst heute abend herausgefunden. Man hat mich aus dem Dorf benachrichtigt.«

»Weshalb sollten Sie es mir sagen?«

*Ja, allerdings, das war die Frage.* Ihr war nicht wohl dabei zumute; doch die Vorstellung, Ral könnte verletzt oder gar getötet werden, bedrückte sie noch viel mehr. »Ich sähe gern, daß den Überfällen, die diese Verbrecher verüben, ein Ende bereitet wird.« *Ich sähe gern, daß mein Mann zu Hause bleibt und sich nicht in Gefahr begibt.* »Mir scheint, je mehr Männer sich dieser Bande annehmen, desto größer stehen die Chancen, sie zu ergreifen.«

Er lächelte. »Wie ich bereits sagte, es wäre mir ein Vergnügen, Ihren Mann darin zu unterstützen.«

Sie zögerte nur kurz. »Sie haben ihr Lager nicht weit vom Chevrey Paß aufgeschlagen, am Ufer des Eden.«

»Sind Sie ganz sicher?«

»Die Nachricht stammt aus einer zuverlässigen Quelle, obgleich ich nicht sagen kann, wie lange die Bande dort bleiben wird.«

Er musterte sie noch einen Moment lang, ehe er sich auf seinem Stuhl umdrehte und einen seiner Männer zu sich rief. Ein grobknochiger Ritter tauchte aus dem Schatten auf und lauschte, während Stephen ihm ins Ohr flüsterte. Dann nickte er zum Zeichen, daß er verstanden hatte, ehe er sich aus dem Saal entfernte.

»Durand wird in aller Eile nach Malvern aufbrechen. Dort wird er die Männer versammeln und mit ihnen nach Chevrey reiten. Ich werde morgen früh weiterreiten, wie ich es geplant hatte. Mit etwas Glück werden das Frettchen und seine Männer längst gefangengenommen sein, wenn ich den Chevrey Paß erreiche.«

Caryn lächelte. »Ich danke Ihnen, Mylord.«

»Ich danke *Ihnen*, Lady Caryn.« Sein Gesichtsausdruck war so selbstzufrieden, daß Caryn plötzlich wünschte, sie hätte es ihm nicht gesagt. Gütiger Jesus, sie betete, daß sie richtig gehandelt hatte.

# 11. KAPITEL

Ral saß in seinem Kettenhemd und mit dem Schild in greifbarer Nähe auf seinem großen schwarzen Streitroß auf einem Hügel, von dem aus er auf die Stelle herunterschauen konnte, wo das Frettchen noch vor kurzem sein Lager aufgeschlagen hatte.

»Verdammter Mist«, sagte Odo. »Wir kommen schon wieder zu spät.«

Ein Muskel in Rals Wange zuckte. »Es scheint so. Aber es macht auch ganz den Anschein, als sei Malvern nicht zu spät gekommen.« Er stieß einen wüsten Fluch aus, als er sein großes Pferd antrieb und seinen Männern vorausritt, den Hang hinunter ins Lager. Dort lagen Gegenstände verstreut: umgekippte Kochtöpfe, ausgeleerte Weinschläuche, Schlafsäcke, Waffen und Kleidung. Etliche Rauchfahnen stiegen noch von erlöschenden Feuern auf – und die Leichen von mindestens dreißig Männern waren über die Lichtung verteilt.

Ral ritt vor und suchte nach der Leiche des Frettchens. Die bittere Enttäuschung darüber, daß er die Leute in seinem Dorf im Stich gelassen hatte, schnürte ihm die Brust zusammen. Wäre er doch bloß ein paar Stunden früher von der Jagd zurückgekehrt. Wäre doch bloß Lord Stephen nicht auf Braxston gewesen, als er zurückgekommen war. Wäre er doch bloß noch in derselben Nacht losgeritten, statt den Aufbruch seines verhaßten Feindes abzuwarten.

Ral spannte einen Muskel in seinem Kiefer an. Das Frettchen würde ihnen nicht länger zur Last fallen, aber er würde kein neues Land bekommen, das er roden und bebauen konnte, und ohne Land hatte er keine Möglichkeit, die Vorratskammern wieder zu füllen, die er leergeräumt hatte, um den Bergfried zu erbauen. Früher oder später würden die Bewohner von Braxston zu leiden haben. Bei dem Gedanken daran, was ihnen bevorstand, schnitt Ral eine Grimasse.

Er machte einen Bogen um eine Gruppe von Malverns Männern, sah aber immer noch kein Anzeichen des Frettchens – oder von dem, was von ihm noch übrig war. Er bahnte sich einen Weg zwischen den Rittern und den Kriegern hindurch, die das Schlachtfeld nach Beute absuchten, und dabei erkannte er einen kräftigen Ritter, der Durand hieß und anscheinend der Anführer von Stephens Männern war. Er ritt auf ihn zu.

»Es scheint ganz so, als hätten Sie gute Arbeit geleistet, Durand.«

»Danke, Mylord.«

»Hat Lord Stephen vor, sich Ihnen anzuschließen?«

»Er ist gerade auf dem Weg zu uns.«

»Was ist mit dem Frettchen?« fragte Ral. »Ich habe seine Leiche nirgends gesehen.«

Durand zog seinen Helm ab, zögerte und schüttelte dann den Kopf. »Er ist uns entkommen, Mylord, mit etwa zwanzig Männern.«

Ral atmete matt auf. Er hätte es bedauern sollen, daß dieser Hurensohn nach am Leben war, doch er brauchte das Land so dringend, daß er statt dessen große Erleichterung verspürte. Dann spannte sich sein ganzer Körper vor Wut an. Wären er und seine Männer vor den anderen eingetroffen, hätte das Ergebnis anders aussehen können.

»Was ist passiert?« fragte er.

»Der Halunke hat in allen Richtungen Wachen aufgestellt. Wir hatten gehofft, wir könnten ihn überrumpeln, doch er ist gerade noch rechtzeitig gewarnt worden und konnte verschwinden. In den Bäumen und in den Felsen über uns waren Bogenschützen versteckt. Wir haben eine beträchtliche Zahl von Männern niedergestreckt, aber dabei selbst fünf gute Männer verloren.«

»Woher haben Sie gewußt, wo Sie sie finden können?«

»Lord Stephen hat uns benachrichtigt.«

Ral zog die Stirn in Falten. Gestern erst hatte er mit Malvern zu Abend gegessen. Stephen mußte zu diesem Zeitpunkt bereits von dem Verbleib der Verbrecher gewußt haben, hatte sich jedoch gehütet, sie auch nur mit einem Wort zu erwähnen –, aber andererseits hatte er sie ebenfalls mit keinem Wort erwähnt.

»Es ist ein Jammer, daß der Hurensohn davongekommen ist. Er wird jetzt eine Zeitlang untertauchen, doch sowie er mehr Männer angeworben hat, wird er zurückkehren.« *Und diesmal wird mich nichts auf Erden daran hindern, ihn einen Kopf kleiner zu machen.*

»Ja, Mylord. Der Schuft weiß nicht, wann Schluß sein sollte.«

Ral sagte nichts mehr dazu, sondern versammelte seine Männer und kehrte mit ihnen wieder auf die Straße zurück. Sogar Odo gab auf dem Heimweg kaum ein Wort von sich, da er die Enttäuschung seines Freundes nur zu deutlich wahrnahm.

»Du wirst ihn finden, *mon ami.* Das nächste Mal wirst du nicht scheitern.«

Ral sagte nichts darauf. Seine Aufmerksamkeit war auf einen Punkt weit vor ihnen auf der Straße gerichtet, auf eine Schar von Männern in Rüstungen, die auf ihn zugeritten kamen.

»Malvern«, sagte Odo. »Durand ist es mißlungen, das Frettchen gefangenzunehmen. Lord Stephen wird sich gar nicht freuen.«

»Durand hat ihn bestimmt schon darüber benachrichtigt, was vorgefallen ist. Das mag Stephen zwar nicht gefallen, aber für ihn ist es weit weniger folgenschwer als für mich.« Sie ritten auf die Männer zu, und als Ral an Stephens Seite in die Zügel griff, tänzelte sein großes schwarzes Streitroß nervös neben Stephens riesigem Grauschimmel.

»Für Glückwünsche ist es noch zu früh«, sagte Ral, »aber ich bin froh darüber, die Schurken vom Hals zu haben, die deine Männer umgelegt haben.«

»Reisende werden jetzt weniger gefährdet sein, und doch scheint es, als sei unser Kampf um das Frettchen noch nicht abgeschlossen.«

»So scheint es allerdings.«

»Vielleicht wirst du ihn beim nächsten Mal vor mir finden.«

Ral zwang sich zu einem Lächeln. »Darauf kannst du dich verlassen, Stephen.«

»Weißt du, diesmal wärst du mir auch beinah zuvorgekommen, hätte mir deine hübsche kleine Frau nicht das Geschenk gemacht, mir mitzuteilen, wo sich das Frettchen aufhält, ehe sie es für angebracht hielt, es dir zu sagen.«

Als er den Ausdruck betroffener Ungläubigkeit sah, den Ral nicht verbergen konnte, lächelte Stephen selbstgefällig. »Dieses Geschenk hätte ich kaum erwartet, aber ich kann dir versichern, daß es mir äußerst willkommen war.« Er lächelte wieder, während er seinen Männern ein Zeichen gab, sich in Bewegung zu setzen. Dann ritt er an die Spitze der Kolonne und ließ Ral zurück, der ihm wutentbrannt nachstarrte.

»Grüße sie herzlich von mir, ja?« rief er über die Schulter hinweg.

Ral sah die Männer mit klirrenden Rüstungen vorbeireiten und eine Staubwolke aufwirbeln. Er ballte eine Hand, die in einem schützenden Handschuh steckte, zur Faust, während Wut in ihm aufbrauste, toste und wogte.

»Er muß nicht die Wahrheit gesagt haben«, warnte ihn Odo.

»Es ist die Wahrheit. Ich fühle es.«

»Sie ist Sächsin. Ich habe dir gesagt, daß man ihr nicht vertrauen kann.«

»Sie ist meine Frau.« Er biß den Kiefer so fest zusammen, daß er kaum ein Wort herausbrachte. Dann riß er brutal an den Zügeln, und Satan schlug den Weg ein, der zum Bergfried führte. Mit einem letzten Blick auf Malvern trieb Ral den Hengst zum Galopp an.

Stephen de Montreale schloß sich seinen verbleibenden Männern auf der Lichtung an, auf der das Frettchen sein Lager aufgeschlagen hatte. Er ritt direkt auf Durand zu. Der große, kräftige Ritter mit dem festen Kiefer und dem Haar, das dünner wurde, hatte einen

Platz unter den Soldaten errungen, denen sein größtes Vertrauen galt – doch er war nur vertrauenswürdig, solange er gut dafür entlohnt wurde.

»Hast du das Frettchen gefangengenommen?« fragte Stephen.

»Er ist gefesselt und wird bewacht. Wir haben ihn zwischen den Bäumen versteckt, damit ihn niemand sehen kann.«

»Bist du ganz sicher, daß Braxton nichts davon weiß?«

»Ja, Mylord. Ich habe nach Ihren Anweisungen gehandelt.«

»Gut. Du kannst versichert sein, daß ich dir das hoch vergüte.«

Durand lächelte und zeigte dabei leicht gelblich verfärbte Zähne. Stephen ließ ihn stehen und ritt zu der Stelle, an der seine Krieger das Frettchen bewachten. Der Schuft lehnte mit dem Rücken an einem Felsbrocken und hatte den Kopf auf die Brust sinken lassen. Das lange schwarze Haar fiel ihm wirr in die Stirn. Er war dürr, und seine Blicke schossen ständig durch die Gegend, ein Mann, der einen passenden Namen trug, und doch stand fest, daß das Frettchen kein Dummkopf war.

»Laßt uns allein miteinander«, befahl Stephen seinen Männern.

»Ja, Mylord.« Sie wichen zurück, verschwanden im Wald und ließen die beiden zurück.

Jetzt bewegten sich nur die Augen des Frettchens, beobachteten ihn angespannt, machten sich ein Bild von ihm und warteten auf seine Worte.

Stephen lächelte. »Es heißt, du seist der Teufel persönlich.«

Der kleinere Mann knurrte. »Dasselbe habe ich über dich gehört.«

Stephen lachte leise. Er ritt um den Mann herum, schätzte ihn ab und stellte fest, daß er hager, aber kräftig war. Er riß das Ende eines Zweiges ab und bog es zwischen den Fingern. »Fürchtest du dich vor mir?«

»Ich bin dein Gefangener.«

»Danach habe ich dich nicht gefragt.«

»Ein Mann, der sich vor dir nicht fürchtet, wäre ein Narr.«

Stephen lächelte. »Gut so. Angst ist immer ein guter Anfang.«

Das Frettchen hob den Kopf und musterte ihn mißtrauisch. »Ein guter Anfang wovon?«

Stephen lachte leise in sich hinein und warf den Ast weg. »Wie würde es dir gefallen, mir zu entkommen?«

Caryn saß Richard gegenüber vor dem Schachbrett. Es war schon spät am Abend, und doch fühlte sie kaum Müdigkeit.

»Meine Dame erklärt deinem König Schach«, sagte sie und lächelte ihren rotblonden Gegner an.

»Du bist eine bessere Schachspielerin als die meisten Männer. Hat Lord Harold dir das Schachspielen beigebracht?«

Sie schüttelte den Kopf. »Von meinem Onkel habe ich nur wenig zu sehen bekommen.«

»Dein Vater?«

»Nein. Er war nie da. Edwin von Bedford hat es mir beigebracht. Er war ein Freund meines Onkels.«

Richard lächelte. »Ich kann mich noch an ihn erinnern.«

»Ich habe gehört, daß er noch am Leben ist. Ich frage mich, was wohl aus ihm geworden ist.«

Richard wollte ihr gerade eine Antwort darauf geben, doch als er Lärm von der Eingangstür her hörte, riß er den Kopf herum und sprang dann schleunigst auf. »Lord Ral ist zurückgekehrt.«

Caryn stand auch auf. »Das kann nicht sein. Er ist doch nur drei Tage fort gewesen. So bald kann er nicht zurückgekommen sein.«

»Er ist es«, sagte Richard, der Odo, Hugh und etliche der anderen erkennen konnte. »Er wird erschöpft sein. Ich muß mich darum kümmern, daß ihm und seinen Männern Essen vorgesetzt wird.«

Da sie sich Sorgen darüber machte, was möglicherweise passiert sein konnte, drehte Caryn sich um und sah Ral im Eingang stehen. Aubrey, sein junger Schildknappe, zog ihm gerade das staubige Kettenhemd über den Kopf. Er wirkte groß und gebieterisch, und der Anblick seines markanten gutgeschnittenen Gesichts ließ ihr Herz schneller schlagen. Caryn lächelte und stellte fest, wie sehr er ihr in diesen letzten Tagen gefehlt hatte.

Aubrey bückte sich, um Ral die Sporen abzunehmen, doch ehe der Schildknappe dazu kam, setzte sich Ral in Bewegung, und im flackernden Schein der Fackeln zeichnete sich sein Schatten riesig auf den Mauern des Bergfrieds ab. Erst jetzt bemerkte Caryn seinen grimmig zusammengebissenen Kiefer und Schultern, die sich steif bewegten. Seine Wangen waren von den Bartstoppeln mehrerer Tage bedeckt, und bei jedem seiner ausholenden, zielstrebigen Schritte ballten sich seine Hände unbewußt zu Fäusten.

Gütiger Gott im Himmel, er war wütend. Außer sich vor Wut, so schien es. Caryns Magen zog sich zu einem Knoten zusammen. Sie zwang sich, auf ihn zuzugehen und ihn mit einem Lächeln zu begrüßen, dabei betete sie, sein Zorn möge sich nicht gegen sie richten.

»Du bist früher als erwartet nach Hause zurückgekehrt, Mylord. Du bist doch nicht verletzt?«

Ral blieb vor ihr stehen und vertrat ihr den Weg; seine grauen Augen waren stählern, und Wut sickerte ihm aus jeder Pore. »Wie könnte ich verletzt sein? Als wir das Lager erreicht haben, hatte bereits vor uns jemand kurzen Prozeß mit den Männern des Frettchens gemacht.«

Sie dachte an Stephen, begriff, daß ihr Plan zu dem gewünschten Ergebnis geführt hatte, und einen Moment lang verspürte sie Erleichterung. »Dann ist also keinem von euch etwas passiert.«

»Nein, uns ist nichts passiert.« Bleigraue Augen bohrten sich in ihre. »Du fragst ja gar nicht, wie es dazu kommen konnte. Und weshalb Lord Stephens Männer vor uns das Lager des Frettchens erreicht haben.«

»Ich ... im ersten Moment war ich einfach nur froh, daß alles gutgegangen ist. Selbstverständlich wüßte ich gern, wie es dazu gekommen ist.«

Ein kaltes Lächeln verzog seine Lippen und straffte die Muskeln auf seinen Backenknochen. »Es scheint, Lord Stephen hat ebenfalls herausgefunden, wo sich die Banditen aufhalten. Er hat einen Boten vorausgeschickt und seine Ritter auf Malvern benachrichtigt.«

»Das sind doch erfreuliche Neuigkeiten, findest du nicht auch? Jetzt können Reisende sich auf unseren Straßen endlich wieder sicher fühlen.«

»Du fragst mich gar nicht, wie Lord Stephen den Aufenthaltsort der Verbrecher in Erfahrung bringen konnte.«

»I-ich vermute, er hat seine Gewährsleute, genau wie du.«

»Ja, das kann man wohl sagen. Männer, die ihm treu ergeben sind. Und Menschen, die mich gern verraten möchten.«

»Dich verraten?« Ein Gefühl des Unbehagens beschlich sie. »Ich verstehe nicht, wie etwas, was dir dabei geholfen hat, das Frettchen zu ergreifen, auch nur im entferntesten als Verrat angesehen werden kann.«

Um sie herum verstummten seine Männer und die Bediensteten, als die Spannung im Saal zunahm. »Das also hast du getan, Caryn? Mir geholfen?«

»I-ich weiß nicht, wovon du sprichst.«

Er packte ihre Oberarme und riß sie näher an sich. »Ich habe dieses Versteckspielen satt. Wir wissen beide, daß du Malvern gesagt hast, wo das Frettchen sein Lager aufgeschlagen hat. Wir wissen beide, daß du wieder einmal Verrat an mir begangen hast!«

Caryn schnappte nach Luft. »Das ist nicht wahr!«

»Das ist bei Gott wahr, Caryn! Was ich nicht verstehen kann, ist, warum du einem Mann wie Stephen hilfst.«

»Ich habe es nicht getan, um ihm zu helfen!«

Seine Finger gruben sich in ihre Schultern. »Himmel noch mal! Du bist meine Frau! Deine Loyalität sollte mir gehören!«

»Ich bin nicht deine Frau – das hast du selbst gesagt! Lynette ist noch eher deine Frau, als ich es bin.« Sie hatte nicht vorgehabt, diese Worte auszusprechen, doch jetzt mußte sie feststellen, daß sie sie wirklich ernst meinte.

Zum ersten Mal verstummte Ral. Dann verzog ein bitteres Lächeln seine Lippen. »In dem Punkt hast du recht. Das Ablegen der Gelübde macht noch keine Ehe aus. Was zählt, ist die Vereinigung, und die ist bisher noch nicht vollzogen worden. Das wird sich heute nacht noch ändern.«

»Aber ich ...«

Er ließ ihre Arme los. »Geh nach oben in dein Zimmer. Bereite dich darauf vor, mich in deinem Bett zu empfangen.«

»Nein!«

»Du hast mich gehört. Tu, was ich befohlen habe.«

»Aber du hast mir dein Versprechen gegeben.«

»Nur ein Dummkopf unternimmt nichts um seine eigenen Irrtümer zu korrigieren.«

»Aber ...«

»Verschwinde, verdammt noch mal!«

Caryn lüpfte ihre Röcke, rannte zur Treppe und dann durch den Gang zu ihrem Zimmer. Sie schlug die Tür hinter sich zu und lehnte sich an das dicke rauhe Holz, da sie dringend Halt brauchte.

*Gütige Maria, Mutter Gottes.* Sie warf einen Blick auf das Bett. Ihre Gliedmaßen zitterten, als sie lauschte und darauf wartete, Rals Schritte die Treppe heraufkommen zu hören. Ihre Brust hob und senkte sich, und ihr Herz schlug so fest gegen die Rippen, daß sie ihre eigenen Gedanken kaum vernehmen konnte.

*Gesegnete Jungfrau, was soll ich bloß tun?*

Als sie hörte, wie an ihre Tür geklopft wurde, zuckte sie vor Schreck zusammen. Marta trat ein. Die ältere Frau wirkte gebrechlich und doch schicksalsergeben und keineswegs so fassungslos wie Caryn. »Lord Ral hat mich geschickt, damit ich dir helfe.«

»Marta – Gott sei Dank, daß du gekommen bist.« Sie schmiegte sich an die kleine Frau, deren Arme sich kurz um sie legten. »Ich fürchte mich. So wütend habe ich ihn noch nie erlebt.«

Marta schob sie von sich. »Kannst du ihm das etwa vorwerfen? Du hast ihn als den Dummen dastehen lassen.«

»Das war nicht meine Absicht.«

Marta murrte mißbilligend. »Dreh dich um.« Sie ging gewohnheitsmäßig vor, als sie begann, Caryn zu entkleiden, bis sie nur noch in ihrem Leinenhemd dastand.

»Du hast eine große Dummheit begangen«, sagte Marta seufzend. »Aber wenigstens wird das deinem Problem ein Ende bereiten.«

Caryn hob ruckartig den Kopf. »Meinem Problem? Wie meinst du das?«

Die alte Frau lächelte, und die Falten um ihre Mundwinkel herum wurden tiefer. »Ist es denn nicht dein Wunsch, endlich Lord Rals Frau zu werden?«

»Doch, aber …«

»Heute nacht wird dir dieser Wunsch erfüllt.«

Das ließ sie eine Zeitlang auf sich einwirken. Es war tatsächlich genau das, was sie sich gewünscht hatte. »Aber er ist so wütend.«

»Das ist der Preis, den du für deine Dummheit zahlen mußt.«

Es war nicht leicht, dagegen etwas einzuwenden. Sie hatte nicht daran gedacht, wie Ral sich vorkommen würde und wie er vor seinen Männern dastehen würde. Natürlich hatte sie gehofft, er würde nicht herausfinden, daß sie dahintersteckte.

»Es wird dir ganz schön weh tun«, sagte Marta. »Lord Ral ist ein sehr großer Mann.«

Ein Schauer des Unbehagens überlief Caryn. »Bretta hat mir erzählt, wozu es kommen muß.«

»Bemüh dich, ihn zu beschwichtigen. Es geht leichter, wenn er sanft mit dir umgeht.«

Caryn nickte. Es war keine leichte Aufgabe, den finsteren Normannen zu beschwichtigen, wenn er wütend war. »Ich werde es versuchen.«

Marta führte sie zu dem Tisch, der an der Wand stand, nahm die Bürste in die Hand und fuhr damit durch Caryns langes kastanienbraunes Haar. Das beruhigte sie ein wenig, und genau das war Martas Absicht gewesen. Ihre Bewegungen war selbst dann noch ruhig und gleichmäßig, als sie die Bürste durch das dichte Haar um ihre Schultern zog, ehe sie sie wieder auf den Tisch legte.

»Wenn du ihn warten läßt, wird das seinen Zorn nur noch mehr entfachen.«

Caryn nickte und wurde mit jedem Moment, der verging, unsicherer. Sie feuchtete sich nervös die Lippen an und bemühte sich, nicht an das zu denken, was geschehen würde, sowie Marta fortgegangen war.

»Er ist ein guter Mann«, sagte die alte Frau. »Ganz gleich, was auch passieren mag, vergiß das nicht.« Marta verließ das Zimmer. Ihre Schritte verhallten langsam, und Caryns Besorgnis nahm zu.

Sie begann, im Zimmer umherzulaufen, doch schon ehe sie es auch nur einmal durchquert hatte, flog der Türriegel hoch, und ihr großer finsterer Ehemann kam herein. Sie stellte fest, daß er ein Bad genommen hatte; sein dichtes schwarzes Haar wellte sich feucht auf dem Rücken seiner schlichten braunen Tunika. Er sah so gut aus wie immer, so stolz und so entschlossen – und seine Wut hatte kein bißchen nachgelassen.

»Ich habe mich schon gefragt, ob du wohl versuchen würdest, zu entkommen. Wenn du geflohen wärst, hätte ich dich an den Haaren wieder in dein Zimmer gezerrt.«

Caryn schluckte schwer. »Ich habe nicht den Wunsch zu fliehen.«

»Ach?« Eine kühn geschwungene schwarze Augenbraue zog sich nach oben. »Ich habe geglaubt, eine Frau, die ihren Mann verrät, will nicht mit ihm ins Bett gehen.«

Etwas Schweres senkte sich auf ihre Brust. »Ich habe das, was ich getan habe, nicht als Verrat an dir angesehen.«

Ral ignorierte ihre Worte, als hätte sie den Mund überhaupt nicht aufgemacht, doch auf seiner Wange zuckte ein Muskel. »Da, wo ich herkomme, haben wir nichts an, wenn wir schlafen. Zieh dein Hemd aus, damit ich dich sehen kann.«

Ihre Brust wurde noch schwerer, bis aus der Schwere ein stechender Schmerz wurde. Als sie einfach nur stehenblieb und in das gutgeschnittene Gesicht starrte, das jetzt von Bosheit verzerrt war, trat Ral näher. Seine Finger packten den dünnen Leinenstoff und zerrissen ihr Hemd. »Ich habe gesagt, du sollst dich ausziehen!«

Mit zitternden Fingern tat sie, was er sagte, und als das Hemd weich um ihre Füße fiel, stand sie nackt da, hielt den Kopf hoch erhoben und brachte ihre ganze Willenskraft auf, um nicht zu weinen.

»Dreh dich um. Langsam. Ich will sehen, was du so lange vor mir verborgen gehalten hast.«

Sie tat, was er befahl, und dabei achtete sie sorgsam darauf, ihn nicht anzusehen. Sie wünschte, ihr Herz würde nicht schmerzen und diese Nacht könnte anders verlaufen, so liebevoll und leidenschaftlich, wie sie es sich ausgemalt hatte.

»Ich will wissen, warum du mich verraten hast«, sagte er, als sie wieder mit dem Gesicht zu ihm dastand, und seine grauen Augen waren hart und forschend. »Du bist doch nicht etwa Stephens Hure, oder doch?«

Seine Worte hätten sie in Wut versetzen sollen. Statt dessen fühlte sie sich innerlich bleischwer. »Nein.«

»Leg dich ins Bett und spreiz die Beine.«

Etwas in ihrem Innern verkrampfte sich. Sie spürte ein Brennen hinter den Augen, und obwohl sie sich bemühte, mit aller Willenskraft dagegen anzukämpfen, rann eine Träne über ihre Wange. »Ich werde alles tun, was du wünschst, Mylord. Aber du mußt wissen, daß ich nicht die Absicht hatte, dich zu verraten. Leofric hat gesagt, das Frettchen sei ein gemeiner Mörder. Er hat gesagt, tapfere Ritter und Soldaten seien schon von seinem Schwert erschlagen worden. Ich habe mich um deine Sicherheit und um die der Männer gesorgt. Ich habe nicht gewußt, daß es eine Rolle spielt, wer von euch beiden dem Unwesen des Frettchens ein Ende bereitet.«

Ral, der mit wütenden ruckhaften Bewegungen seine Kleider abwarf, hielt plötzlich inne. Er warf seine Tunika hin und drehte sich zu ihr um. »Willst du damit sagen, daß du nichts von der Belohnung weißt?«

»Von welcher Belohnung?«

Ral blickte ihr forschend ins Gesicht, sah ihre großen dunklen Augen und ihre zarten, zitternden Lippen an. Er sah den Schmerz, der in ihre Züge gemeißelt war, das Bedauern und den Kummer. Es war nicht allgemein bekannt, welche Belohnung der König auf das Haupt des Frettchens ausgesetzt hatte, aber andererseits war es auch kein Geheimnis. Dennoch hatte er ihr nie gesagt, wie wichtig es für ihn war, diese Belohnung an sich zu bringen, sich nie die Mühe gemacht, ihr zu erklären, was das für ihn bedeutete. Die Wut in seinem Herzen begann nachzulassen, der Nebelschleier seines Zorns lichtete sich, und er konnte allmählich wieder klar denken.

»Der König hat als Belohnung für den Kopf des Frettchens Ländereien ausgesetzt«, sagte er, »und zwar das Gebiet zwischen hier und Malvern.«

Caryn richtete sich auf. »Das Land, das du den Leuten im Dorf versprochen hast?«

»Ja.«

»Lieber Gott im Himmel!«

»Willst du damit sagen, daß du das nicht gewußt hast?«

»Ich wollte dir nur helfen«, sagte sie leise. »Ich wollte lieber Malverns Männer tot sehen als die von Braxston Keep.«

Ral sah sie lange und fest an. »Weshalb sollte ich dir glauben?« Er wollte ihr glauben, nie hatte er sich etwas mehr gewünscht, als ihr in diesem Augenblick glauben zu können. Ihre Augen, die im Schein der Kerzen samtig braun waren, richteten sich auf sein Gesicht.

»Weil ich Stephen de Montreale noch mehr als du verabscheue. Weil ich die Menschen in meinem Dorf liebe und ihnen niemals etwas Böses zufügen würde. Weil du mein Mann bist und ich wollte, daß du unbeschadet nach Hause zurückkehrst.«

War das ihr Ernst? Konnte er es wagen, ihr sein Vertrauen wieder zu schenken? Der Ausdruck ihrer Augen zeigte ihm nur zu deutlich, daß sie die Wahrheit sagte. Ral holte tief Atem, um ruhiger zu werden, und um sein Herz herum löste sich etwas.

Er streckte die Hand nach ihr aus, ließ die Knöchel über ihre Wange gleiten, nahm ihre Unsicherheit wahr und sah die Hoffnung, die plötzlich in ihrem Gesicht aufleuchtete. »Leg dich ins Bett. Was du gesagt hast, ändert nichts an dem, was heute abend hier geschehen muß.« Er schlug die Decke zurück. »Nur daran, wie es sich abspielen wird.«

Seine Geste und seine Worte nahmen ihr etwas von ihrer Angst, und ihre Schultern wirkten nicht mehr ganz so angespannt. »Ja, Mylord.«

Sie befolgte seine Aufforderung, legte sich unter die Decke und beobachtete dann, wie er zur Tür ging und einen Bediensteten beauftragte, ihnen Wein zu bringen. Wenige Minuten später tauchte ein Edelknabe mit einem Krug Wein und zwei Zinnkelchen auf. Ral wartete, bis der Junge gegangen war, ehe er die Kelche füllte und dann auf das Bett zukam. Er blieb neben ihr stehen.

»Trink das. Es wird dir dabei helfen, dich zu entspannen.«

Sie nahm das Getränk mit unsicheren Händen entgegen und leerte ihr Glas weitgehend, während er nur einen kleinen Schluck trank. Er zog sein Hemd aus, löste den Knoten des Bandes, mit dem er seine Hose zugeschnürt hatte, zog sie aus und legte sich nackt zu ihr ins Bett.

Sie starrte die Bettdecke an, sittsam das Gesicht von ihm abgewandt. Er nahm ihr Kinn in die Hand und zwang sie, ihn anzusehen.

»Zwischen uns ist es wieder einmal zu folgenschweren Mißverständnissen gekommen. Das will ich nicht noch einmal erleben.« Mit einem kaum wahrnehmbaren Nicken gab sie ihre Zustimmung. »Vom heutigen Tage an bist du meine Frau. Deine Loyalität gehört mir.«

»Meine Loyalität gehört schon seit jenem Tag dir, an dem ich die Wahrheit über das erfahren habe, was meiner Schwester angetan worden ist.«

»Stephen de Montreale ist mein Todfeind. Solltest du ihn in irgendeiner Form unterstützen, dann gilt das als Verrat. Ich werde es kein weiteres Mal dulden. Hast du das verstanden?«

»Ja, Mylord.«

Er senkte den Kopf, küßte sie und spürte, wie ihre weichen Lippen unter seinem Mund zitterten. »Ich werde mich bemühen, dir nicht weh zu tun.«

Ein weiterer zärtlicher Kuß ließ sie die Lippen öffnen und seine Zunge eindringen. Sie schmeckte nach dem kräftigen Rotwein, den sie getrunken hatte, und sie roch nach Seife und Kätzchen. Er wollte ihren Duft in sich aufsaugen, seine Zunge über jeden Zentimeter ihres süßen Körpers gleiten lassen. Er wollte ihre Brüste streicheln, bis ihre Brustwarzen steif wurden, und dann wollte er ihre Beine spreizen und sich in sie stoßen.

Doch er rief sich ins Gedächtnis zurück, daß er langsam vorgehen mußte, und selbst dann konnte es noch sein, daß sie bei diesem ersten Mal nicht auf ihn reagierte. An den Schauern, die ihren kleinen Frauenkörper durchzuckten, konnte er ihre Furcht erkennen.

Er zog den Kopf zurück und sah sie an. »Hast du so große Angst davor, daß ich dir weh tun könnte?«

Sie überraschte ihn mit einem Kopfschütteln, und ihr dichtes kastanienbraunes Haar umschmeichelte ihr Gesicht. »Nein, Mylord, ich zittere nicht vor Angst. Es ist nur einfach so, daß mir Schauer über den Rücken laufen, wenn du mich berührst.«

Ral lachte leise und fühlte sich von Erleichterung durchflutet. »Das ist erst der Anfang, *chérie.*«

Und das stimmte. Ral küßte sie wieder, lange und ausdauernd, und seine warmen Lippen waren zärtlich und doch von einer glühenden Gier, sie zu besitzen. Seine Zunge berührte ihre Mundwinkel, glitt über ihre Unterlippe, drängte sie, sich ihm zu öffnen, und sandte Flammen durch ihren Körper. Sie kam seiner Zunge entgegen, anfangs zaghaft, dann mutiger und forschend, und sein Geschmack rief ihre Sinne wach. Schauer überliefen sie, kleine züngelnde Flammen, die an ihrem Fleisch knabberten, bis sie sich an ihn schmiegte und sich wand. Glut verschlang Caryn, als ihre Zungen einander liebkosten, und sie war wild entschlossen zu lernen, wie sie ihm Lust bereiten konnte.

Sie spürte seine Hände auf ihrem Körper, stark und geschmeidig, wie sie eine Brust hoben, bis sie sich schwer anfühlte und zu schmerzen begann. Seine Fingerspitzen drehten ihre Brustwarze, bis sie hart wurde und sich aufstellte und Caryn nach Luft schnappte. Dann bewegten sich seine großen Hände tiefer nach unten, glitten über ihre Haut, hielten an ihrem Nabel inne, und seine Finger neckten sie und sandten lodernde Flammen durch ihren Bauch.

In der Hoffnung, ihm damit Freude zu bereiten, strich sie mit ihren kleinen Händen über seinen Brustkorb, berührte seine flachen kupferfarbenen Brustwarzen, fuhr mit den Fingern durch das krause schwarze Haar auf seiner Brust und tastete die Muskelstränge ab, die sich über seinen Bauch zogen.

Als er stöhnte, hielt Caryn inne, weil sie fürchtete, etwas falsch gemacht zu haben.

»Nein, nein, schon gut, *ma chère.* Du warst schon immer flink und sehr gelehrig.« Seine Stimme klang rauh, als er den Kopf senkte und sie küßte. »Ich hätte wissen müssen, daß du auch dies schnell erfaßt.«

Sie lächelte bei der Vorstellung, daß es ihm gefiel, was sie tat, und dann keuchte sie, als seine Hand sie weiter unten berührte, sich auf die flache Stelle unter ihrem Nabel legte und tiefer in das krause kastanienbraune Haar ihrer Scham glitt.

»Sei ganz ruhig«, sagte er beschwichtigend, als sie zusammenzuckte. Er küßte sie noch einmal, und sie entspannte sich wieder, ließ sich von der Hitze und den Flammen ergreifen. Sie biß sich auf die Unterlippe, als sein Finger in sie glitt, von der Nässe ihres Verlangens geführt, und die Glut seiner Berührung ließ Funken sprühen. Instinktiv wölbte sie sich seiner Hand entgegen und nahm ihn weiter in sich auf, und dann senkte er den Kopf auf ihre Brust.

Caryn zitterte am ganzen Körper. Ihr Rücken hob sich vom Bett, und sie preßte ihm das feste Fleisch gegen den Mund. Warme männliche Lippen bewegten sich über die steife Spitze, und Rals Zunge schnellte hervor, umkreiste ihre Brustwarze, leckte sie und kostete sie. Caryn grub die Finger in sein Haar. Ihr schwirrte der Kopf, und die Lust, die er wachrief, entflammte ihren Körper.

Als er sie wieder küßte, zuckten Blitze durch ihren Körper, und ihr Atem ging schnell und heftig. Eine seiner Hände legte sich auf ihren Hintern, während ein Finger sich in ihr bewegte. Sie wußte, daß sie naß und warm war und daß ihr Körper so reagierte, wie Bretta es vorausgesagt hatte, als Vorbereitung darauf, das erigierte Glied ihres Mannes aufzunehmen.

»*Mon Dieu*«, hörte sie ihn flüstern. Sein Körper war so angespannt wie ihrer, als er leise auf französisch vor sich hin murmelte, was er nur selten tat. »Ich habe noch nie eine Frau erlebt, die einen Mann bereitwilliger willkommen geheißen hätte als du.«

Ihre Empfindungen gaben ihm recht. Sie prickelte von Kopf bis Fuß, ihre Brüste pochten und ihre Klitoris ebenfalls. Ral ließ einen zweiten Finger in sie gleiten, und sie stöhnte so laut, daß er stillhielt.

»Ich wollte dir nicht weh tun.«

»N-nein, was ich empfinde, ist kein Schmerz, sondern etwas ... etwas ... « Sie feuchtete sich die Lippen an und suchte nach dem richtigen Wort.

Ral lachte leise in sich hinein. »Bald wirst du wissen, was es ist.« Dabei beließ er es und entfachte mit seinen Händen und seinen Küssen wieder das Feuer der Lust in ihr.

Als sie derart erregt war, daß sie glaubte, in Flammen aufzugehen, spreizte er mit einem Knie ihre Beine und legte sich über sie. Sie konnte seinen harten Schaft spüren, der sich gegen ihren Oberschenkel preßte, dann Einlaß suchte und in ihre schlüpfrige feuchte Wärme glitt. Als Ran an die dünne Schranke stieß, die ihre Jungfräulichkeit bewies, hielt er inne.

»Das Geschenk, das du mir machst, ist selten und kostbar, und ich nehme es nicht leichtfertig an.« Dann küßte er sie, und Caryn wölbte sich ihm entgegen. Im selben Augenblick stieß er sich tief in sie hinein.

Sein Mund, der auf ihren Lippen lag, fing ihren Schrei auf. Sie hatte gewußt, daß er groß sein würde, gewußt, daß er sie ausfüllen würde, aber sie hatte nicht mit dem reißenden, ziehenden Schmerz gerechnet, der sich durch ihren Körper schnitt. Verkrampft und regungslos lag sie unter ihm und wartete auf den nächsten heftigen Stoß, den nächsten beißenden Schmerz, der sie verschlang. Statt dessen hielt er vollkommen still und stützte sich dann auf seine Ellbogen.

»Es tut mir leid. Ich hatte gehofft ...« Schweißperlen standen auf seiner Stirn, und sein Kiefer wirkte starr und verkrampft. Das war offensichtlich der Preis, den er für seine Sorge um sie zahlte.

»Es ist schon gut, Mylord.«

»Ral«, sagte sie zärtlich. »Ich möchte dich meinen Namen sprechen hören.«

»Der Schmerz läßt jetzt schon nach ... Ral.«

Er biß die Zähne zusammen, und sie fühlte, wie ein Krampf ihn durchzuckte, weil es ihn enorme Anstrengung kostete, sich zurückzuhalten.

»Lange halte ich es nicht mehr aus. Ich begehre dich viel zu sehr.«

Diese Worte bewirkten, daß sich etwas Weibliches und Leidenschaftliches in ihr regte. Sie holte tief Atem und versuchte sich zu entspannen. Ral stöhnte und zog sich langsam aus ihr zurück, stieß sich wieder in sie hinein, zog sich zurück und stieß sich hinein. Wo blieb der Schmerz? fragte sie sich, wenngleich auch nur in einem Winkel ihres Hinterkopfs. Dann vergaß sie den Schmerz, als hätte sie ihn nie gespürt, vergaß alles andere und nahm nur noch seine festen, kräftigen Stöße wahr.

Instinktiv bewegten sich ihre Hüften, wölbten sich ihm entgegen, zogen ihn tiefer hinein, nahmen jeden seiner mächtigen Stöße auf und drängten ihn weiterzumachen.

»Herr im Himmel«, flüsterte er, und sein Körper wurde starr.

Darauf reagierte ihr eigener Körper und ließ sich von der Glut, der Raserei und dem Taumel mitreißen.

Dann setzte sie zu einem Höhenflug an, ließ die Welt unter sich zurück und bewegte sich in einem flammenden Wagen, der einem Ort voller Süße und Licht entgegeneilte, zwischen den Sternen hindurch. Rote Sonnen barsten, und winzige Nadelstiche der Lust durchstießen sie. Sie rief Rals Namen aus, als er sich in sie stieß, spürte, wie sein Samen sich in sie ergoß, und wußte in diesem Augenblick, daß nichts auf dieser Welt je süßer sein konnte als das, was sie gerade erlebte.

# 12. Kapitel

Ral legte sich auf die Seite und umarmte die Frau mit den weichen Rundungen fest, die neben ihm lag. Er sah, daß sie schlief, und für kurze Zeit fiel er auch in einen friedlichen traumlosen Schlaf, der erholsamer war als jeder andere Schlaf in den letzten Wochen. Als er wach wurde, hörte er sie weinen.

»Ich habe dir weh getan«, sagte er und stützte sich auf einen Ellbogen. Die Sorge darüber, was er angerichtet haben könnte, schnitt sich in ihn. »Ich hatte gefürchtet, daß es dazu kommen würde.«

Caryn lächelte ihn durch ihre Tränen an. »Du hast mir nicht weh getan, Ral. Es war wunderschön – als schwebte ich auf einem Stern dem Mond entgegen.«

»Warum weinst du dann?«

»Ich habe an die Leute aus dem Dorf gedacht. Meinetwegen werden sie jetzt ihr Land nicht bekommen.«

Er küßte sie zart auf die Lippen. »Keine Sorge, *Cara.* Dein Plan hat zu keinem vollen Erfolg geführt. Das Frettchen und einige seiner Männer sind entkommen.«

»Du meinst, er konnte fliehen?«

Er nickte.

»Ist das wirklich wahr?«

»Ja. Aber dabei wird es nicht lange bleiben. Wenn ich ihn das nächste Mal finde, kostet ihn das den Kopf.«

»Ich werde dir dabei helfen«, gelobte sie. »Ich werde dahinterkommen, wo er sich versteckt, und dann werde ich ...«

»Du wirst nichts tun – hörst du? Du hast schon genug getan.«

Sie ließ sich mit einem Seufzen wieder auf die Kissen fallen. »Ganz allein meine Schuld ist es nun auch wieder nicht, verstehst du? Wenn du mir anvertraut hättest, worum es geht, wäre das alles nicht passiert.«

Er schaute finster. »Es ist nicht die Pflicht eines Mannes, seiner Frau alles anzuvertrauen.«

»Das mag schon sein, aber trotzdem könnte das Frettchen jetzt dir gehören, wenn du es getan hättest.«

Darüber dachte er schweigend nach, und dann seufzte er. »Ich werde versuchen, dich über entscheidende Dinge zu informieren.« Er schlang einen Arm um ihre Taille, zog sie unter sich und drückte sie auf die Matratze. »Und du wirst ohne meine Zustimmung nichts unternehmen – ist das klar?«

Sie hatte seine Erregung bemerkt und lachte. »Brauche ich für einen Kuß deine Zustimmung?«

Ral spürte, wie ein Lächeln an seinen Lippen zog. »Nein, mein kleines Luder, einen Kuß kannst du dir jederzeit holen, wenn du ihn haben willst.«

Das tat sie auch gleich. Sie schlang ihm die Arme um den Nacken, zog seinen Kopf zu sich herunter, preßte ihre weichen Lippen auf seine und ließ ihre Zunge in seinen Mund gleiten. Sie bestand ganz und gar aus weichen Rundungen und strömte einen süßen weiblichen Duft aus, und er begehrte sie mit einer Leidenschaft, die ihn verwunderte. Seine Hand fand ihre Brust, drehte ihre Brustwarze, glitt dann tiefer, entfaltete die Blütenblätter ihres Geschlechts und fand sie erstaunlich naß und bereit vor.

Gott mochte sie zwar mit einem kleinen, engen Eingang ausgestattet haben, doch zum Ausgleich hatte er ihr dort eine Feuchtigkeit gegeben, die es ihr ermöglichte, ihn in sich aufzunehmen. Dieser Gedanke ließ ihn lächeln, und er spreizte mit einem Knie ihre Beine und glitt mit einem einzigen tiefen Stoß in sie hinein.

»Bist du ganz sicher, daß dir das nicht weh tut?«

»Du füllst mich aus, das ist alles. Es ist ein ungewohntes Gefühl.«

Ral lachte leise. »Das möchte ich doch hoffen.«

Er bewegte sich in ihr und spürte, wie ihr Herzschlag sich unter seiner Hand beschleunigte. Sein eigener Puls raste, und das Blut rauschte schnell durch seine Adern. Er zwang sich, langsam vorzugehen, und er rief sich noch einmal ins Gedächtnis zurück, daß sie trotz ihrer Lerngeschwindigkeit in dieser Hinsicht noch unwissend war. Er küßte sie innig und nahm dabei eine ihrer Brüste in die Hand, ehe er den Kopf senkte und sachte an ihrer Brustwarze zu saugen begann. Die Berührung seiner Zunge ließ ihre Brustwarze knospen, und sie zitterte unter ihm. Ihre Brust preßte sich schwer und voll gegen seine Handfläche, und ihre Haut war köstlich zart. Seine Finger glitten über ihren Körper, der sich zu einer schmalen Taille verengte und dann in weibliche Hüften und ein straffes kleines rundes Hinterteil überging.

Seine Lenden spannten sich, als er sie dort streichelte, und das Feuer in seinem Blut loderte flammend in seinem Körper. Mit einem Stöhnen gestand er seine Kapitulation ein, gab den letzten Rest an Selbstbeherrschung auf und stürzte sich ungestüm in seine leidenschaftliche Wollust. Er stieß schneller, tiefer und fester zu. Caryn stöhnte und umklammerte seine Schultern, und ihre Hüften hoben sich zu seinen, als die Erlösung wie eine Woge über sie hinwegflutete.

Das stachelte ihn noch mehr an, und sein Same ergoß sich glühend in sie, Süße verschlang ihn, und sein loderndes Begehren kühlte sich ab, wenn auch nicht für lange Zeit.

Er lächelte im Dunkeln. Falls er je daran gezweifelt hatte, daß eine Frau von ihren Maßen ihm Lust bereiten konnte, dann würde er nie wieder Zweifel daran hegen.

Caryn stützte sich neben ihrem schlafenden Ehemann im Bett auf die Ellbogen. Heute fühlte sie sich anders als sonst, weltgewandter und weiblicher. Fraulicher. Sie fragte sich, ob ihr das wohl anzusehen war. Ral schlug die Augen auf, und sie stellte fest, daß er nicht geschlafen, sondern sie durch dichte schwarze Wimpern beobachtet hatte.

»Was denkst du?« fragte er. »Was hat bewirkt, daß deine hübschen Augenbrauen sich zusammenziehen?«

Caryn strich sich eine Strähne ihres dichten kastanienbraunen Haars hinter das Ohr. »Ich wüßte gern, Ral, was aus den Leuten wird, falls es dir mißlingen sollte, diese Ländereien an dich zu bringen.«

Ral schnitt eine Grimasse, setzte sich im Bett auf und lehnte seine breiten Schultern an das Kopfteil des Bettes aus geschnitztem Holz. Die ersten Strahlen der Morgensonne fielen schräg durch den schmalen Fensterschlitz ein. Der Raum war kühl, doch unter den Fellen, die auf den Decken lagen, war es warm.

»Ich schulde noch Geld, das ich für den Bau des Bergfrieds bekommen habe. Wenn die Ernte eingebracht ist, muß ich noch einmal erdrückende Steuerlasten erheben. Dann bleibt den Leibeigenen nicht genug für den Winter, und die Vorratskammern der Burg werden nur spärlich gefüllt sein. Ich hatte gehofft, die Männer könnten in diesem Frühjahr neues Land roden und bepflanzen, aber dafür ist es jetzt schon zu spät. Wir können den Winter überstehen – obwohl es zwangsläufig ein magerer Winter werden wird. Im Jahr darauf könnten viele der Leibeigenen verhungern.«

Caryn erschauerte. »Gibt es denn keine anderen Ländereien, die der König dir vielleicht zugestehen würde?«

»In der Umgebung gibt es kein anderes Gebiet, das für den Ackerbau geeignet wäre – die Gegend ist zu felsig und zu steil.«

»Was ist mit einem Gebiet, das weiter von hier entfernt liegt?«

»Das Land mit gutem Boden ist bereits vergeben. Die meisten anderen Ländereien würden für die Nutzbarmachung mehr Geld erfordern, als sich aus ihnen herausholen ließe.«

Caryn verstummte. Als sie spürte, wie Rals Gewicht sich vom Bett hob, blickte sie auf und sah, daß er seine Tunika angezogen hatte und jetzt dastand und aus dem Fenster starrte.

»Wenn du eine Frau mit Grundbesitz geheiratet hättest«, sagte sie leise, »hättest du jetzt alles Land, das du brauchst.«

»Ich habe dich geheiratet. Das ist alles, was zählt.«

»Du hättest Eliana de Montreale heiraten können. Sie besitzt mehr Reichtum als ...«

»Was weißt du über Eliana?« fragte er und drehte sich zu ihr um. Sein Ausdruck war so grimmig, daß sie wünschte, sie hätte die Worte zurücknehmen können.

»Nichts weiter, nur, daß sie früher einmal mit dir verlobt war.«

»Wer hat dir das erzählt?«

Sie feuchtete sich die Lippen an. »Ihr Bruder, Lord Stephen. Er sagt, sie wird bald zu ihm zu Besuch kommen.«

»Was hat er sonst noch gesagt?«

Sie zögerte kurz. »Daß du sie durch deine Weigerung, sie zu heiraten, entehrt hast.«

Er knurrte. »Wie kann er es wagen, von Ehre zu sprechen?«

»Dann hast du dir also nichts aus ihr gemacht?«

»Ich habe mir etwas aus ihr gemacht – früher einmal. Aber selbst wenn es nicht so gewesen wäre, hätte ich sie geheiratet, wenn ... die Dinge anders gestanden hätten.«

»Von welchen Dingen sprichst ...«

»Jetzt reicht es! Ich denke gar nicht daran, über Eliana zu reden. Nicht hier und nicht jetzt – und auch sonst niemals!«

Sie zwang sich, den Blick nicht abzuwenden. »Wie du wünschst, Mylord.«

Rals grimmige Miene wurde freundlicher, und er kam durch das Zimmer auf das Bett zu. »Ich wollte nicht grob werden.« Er beugte sich herunter und küßte sie auf die Lippen. »Wäre die letzte Nacht für dich nicht die erste Liebesnacht gewesen, dann würde ich dich jetzt wieder nehmen und dich deine dummen Fragen vergessen lassen.« Er legte ihre Hand auf die lange, steife Erhebung unter seiner Tunika. »Ich begehre dich jetzt schon wieder.«

Caryn spürte, wie ihre Wangen glühten. »Wie du schon sagtest, ist es wahrscheinlich besser, wenn wir warten.« Sie war tatsächlich ein klein wenig wund, doch während sie die Worte aussprach, beschleunigte sich ihr Pulsschlag.

»Wenn du deine Pflichten als Ehefrau morgen wiederaufnimmst, dann ist das früh genug.«

»Pflichten ...? Das scheint mir ein seltsames Wort zu sein, um die Genüsse zu beschreiben, die ich durch dich kennengelernt habe.«

Er lächelte sie liebevoll an. »Es würde mich nicht überraschen, *Cara,* wenn ich feststellen sollte, daß dein Wert bei weitem größer ist als das, was ich bekommen hätte, wenn ich eine andere Frau geheiratet hätte.«

Als der Morgen voranschritt, badeten sie, kleideten sich an und begaben sich nach unten. In dem großen Saal herrschte Stille, da die Bediensteten und die Ritter gespannt darauf warteten, wie es dem Burgherrn und seiner Frau ergangen war.

Zwar waren ihre Wangen leuchtend rot, doch Caryn lächelte alle freundlich an, und Ral drückte ihre Hand. Er führte sie die Treppe hinunter und durch den großen Raum zu dem Podest, wo sie das Mittagsmahl einnehmen wollten, ein großes Bratenstück und einen Krug Bier. Sie redeten leise miteinander, lächelten sich an und berührten einander mit einer Leichtigkeit, die vorher nicht dagewesen war.

Ral sprach leise mit Odo, und sie vermutete, daß er ihm erklärte, daß sie nichts von der Belohnung gewußt hatte und ihnen nur hatte helfen wollen. Odo runzelte die Stirn und entfernte sich.

»Da wir jetzt richtig miteinander verheiratet sind«, sagte Ral und wandte sich zu ihr, »möchte ich dir gern einen Wunsch erfüllen. Gibt es etwas Bestimmtes, was du gern tätest?«

Caryn strahlte. »Ich möchte meine Schwester sehen, Ral. Ich bin schon viel zu lange von dort fort. Gweneth wird sich zwar nicht daran erinnern, daß ich weggegangen bin, aber ich erinnere mich an sie, und sie fehlt mir von Tag zu Tag mehr. Ich habe in diesen letzten Wochen sehr oft an sie gedacht, und ich wüßte gern, wie es ihr geht.«

»Deine Schwester kann hier leben, falls das dein Wunsch ist.«

Caryn schüttelte den Kopf. »Ich würde es mir wünschen, aber für Gweneth wäre es nicht das Richtige. Sie ist glücklich im Konvent. In den Jahren, die sie dort verbracht hat, hat sie ihren Frieden gefunden. Den möchte ich ihr nicht nehmen.«

»Wenn das so ist, dann werde ich dich zu ihr bringen. Wir brechen am Wochenende auf.«

In der Zwischenzeit liebten sie sich, oft mit zügelloser Leidenschaft, manchmal zärtlich und liebevoll. Ral war ein glühender, doch rücksichtsvoller Liebhaber, dem die Genüsse, die er ihr verschaffte, große Freude bereiteten. Die Stunden, die sie gemeinsam verbrachten, erschlossen Caryn eine wunderschöne neue Welt. Es war eine Zeit des sinnlichen Erwachens, einer bislang ungekannten Nähe.

Als der Tag ihres Aufbruchs zum Kloster kam, ertappte sie sich dabei, daß sie hin- und hergerissen war. Einerseits fand sie die Aussicht aufregend, ihre Schwester wiederzusehen, aber andererseits vermißte sie jetzt schon die Stunden der Leidenschaft, die sie im Bett ihres Mannes genossen hatte. Da sie an diese süßen Momente dachte, lächelte Caryn, als sie sich ankleidete und sich für die Reise fertigmachte, ehe sie die Treppe hinuntereilte.

Die Reise war keineswegs beschwerlich. Rals Männer schlugen vor dem großen Bau aus Stein ihr Lager auf, während er und Caryn in ein Zimmer im oberen Stockwerk geführt wurden. Die Räumlichkeiten waren beengt, und es war stickig, die Pritschen waren viel zu klein für Rals riesige Gestalt, doch hielt er Caryn in den Armen und schmiegte sie an sich, als die Nacht anbrach. Er begehrte sie; jedesmal, wenn er sie ansah, konnte sie es in seinen Augen sehen, doch er nahm sie nicht. Das hier war eine Stätte Gottes, und er schien zu ahnen, daß ihre Erinnerungen an die Zeit, die sie hier verbracht hatte, nichts mit ihm zu tun hatten.

Gweneth hatte sich kein bißchen verändert, seit Caryn sie verlassen hatte; sie war gepflegt und lächelte, und ihr dichtes schwarzes Haar, das gründlich gebürstet war und schimmerte, reichte ihr bis zur Taille. Schwester Beatrice, mit der sich Caryn angefreundet hatte, schien ihren Platz übernommen zu haben und Gweneth zu beschützen, und das machte Caryn in gewisser Weise traurig. Dennoch führte sie jetzt ihr eigenes Leben, und es schien ganz so, als täte Gweneth das auch.

»Ist sie glücklich?« fragte Caryn.

Schwester Beatrice nickte. »Sie ist hier immer glücklich gewesen. Und du weißt ja, wie sehr die Schwestern sie lieben. Ich glaube, wenn sie von hier fortginge, würde über das Leben der Schwestern Finsternis hereinbrechen.« Das ältere Mädchen beobachtete sie und hielt nach einem Zeichen Ausschau, daß es dazu kommen könnte, doch Caryn lächelte nur.

»Sie gehört hierher. Ich werde sie nicht von hier fortholen.«

Ein Teil der Anspannung wich aus dem Gesicht des mageren Mädchens. »Und was ist mit dir, Caryn? Hast du deinen Platz im Leben gefunden?«

Sie warf einen Blick auf die kleine, fast zerbrechliche Nonne, die ihre engste Freundin gewesen war. »Das könnte schon sein. Ich bin noch nicht sicher. Aber es ist wirklich ein schönes Gefühl, wieder zu Hause zu sein.«

»Ich dachte, Ivesham sei völlig zerstört worden.«

»Die Leute im Dorf sind noch da. Jetzt steht Braxston Keep auf dem Hügel. Dort wimmelt es von freundlichen Gesichtern aus der Vergangenheit.« Sie lächelte. »Marta ist dort. Und Richard. Es kommt nicht oft vor, daß ich mich allein fühle.«

»Und was ist mit deinem Mann?« fragte Beatrice leise, und Caryn errötete.

»Ich bin erst seit kurzem wirklich seine Frau, obwohl die Gelübde schon vor einer ganzen Weile abgelegt worden sind.« Ihre Wangen wurden flammend rot. »Aus allem, was vorgefallen ist, läßt sich klar ersehen, daß ich nie für das Leben einer Nonne geschaffen war.«

Schwester Beatrice lachte, und das ließ sie in ihrer schweren schwarzen Tracht weniger streng erscheinen. »Ich glaube nicht, daß das je in Frage gestanden hat.«

Am folgenden Tag sprach Ral mit Gweneth, und obwohl sich das schwarzhaarige Mädchen nicht im entferntesten daran erinnerte, wer er war oder was sich in jener Nacht vor drei Jahren zugetragen hatte, begrüßte sie ihn mit einem freundlichen Lächeln und bot ihm eine Scheibe frisch gebackenes Brot an. Er nahm es mit einem ebenso freundlichen Lächeln, aber ohne jede Spur der wehmütigen Sehnsucht, von der Caryn gefürchtet hatte, sie würde sie in seinen Augen sehen.

Auf dem Weg hierher hatte sie versucht, sich darauf vorzubereiten, daß ihr Mann immer noch zärtliche Gefühle für Gweneth hegen könnte. Von dem Moment ihrer ersten Begegnung an war offensichtlich, daß es nicht so war.

»Sie besitzt die Schönheit und die Anmut eines Schwans«, sagte er. »Es ist ein Jammer, was ihr zugestoßen ist, aber wie du bereits gesagt hast, scheint sie sich hier wohl zu fühlen.«

»Ja, Mylord. Ich glaube, sie ist zufrieden.«

»Wie ist es dazu gekommen?«

»Wir waren unterwegs, um die Familie meiner Mutter zu besuchen. Gweneth war schon immer eine schlechte Reiterin. Das Tier hat gescheut, und sie ist gestürzt. Sie ist mit dem Kopf auf einen Felsen geschlagen, und eine Zeitlang haben wir nicht geglaubt, daß sie es überleben wird. Als sie wieder zu sich kam, war sie so, wie sie noch heute ist.«

»Wie ich schon sagte, es ist ein Jammer. Aber das einzige, was zählt, ist, daß sie glücklich ist.«

»Sie wäre einem Mann eine wunderbare Ehefrau geworden«, sagte Caryn und beobachtete ihn durch gesenkte Wimpern.

»Einem sanfteren Mann als mir«, sagte er. »Ich mag es, wenn Frauen Feuer in den Adern haben.« Er beugte den Kopf zu ihr herunter und küßte sie, ein wollüstiger Kuß, der ihr sagte, woran er gerade dachte. Da sie jetzt wußte, daß Ral sie und nicht ihre weit schönere Schwester begehrte, seufzte Caryn erleichtert auf.

Als sie sich von Gweneth verabschiedete, war ihr wohler ums Herz, und sie hatte neue Hoffnung für die Zukunft geschöpft. Gemeinsam mit ihrem Mann und dessen Männern verließ sie den Konvent, um in die Burg zurückzukehren.

Regen prasselte auf den kalten grauen Stein von Braxston Keep, es zog, eisige Luft schlich sich durch alle Ritzen im Gemäuer, und die Männer liefen unruhig durch den Saal. Richard machte sich Sorgen, es könnten Streitigkeiten ausbrechen, wenn das Wetter nicht bald umschlug, aber bisher war es nur selten zu einem Handgemenge gekommen.

Sie hatten gerade das Mittagsmahl zu sich genommen, einen Eintopf mit Hammel- und Kaninchenfleisch, doch Lord Ral blieb auf dem Podest sitzen und redete mit Odo über eine hervorstehende Reise nach Frankreich, die der rothaarige Ritter demnächst unternehmen würde, über das Frettchen und über Probleme, die auf sie zukommen konnten. Richard ließ die beiden dort sitzen, denn er hatte vor, seine Pflichten wiederaufzunehmen, da es viel für ihn zu tun gab. Als er den Rand des Podests erreicht hatte, wurde er von Geoffrey angehalten. Er wies mit dem Finger auf einen Boten, der in der Tür stand.

Neugierig und nicht ohne ein leises Unbehagen, es könnte etwas Schwerwiegendes vorgefallen sein, folgte Richard Geoffrey zur Tür. Er begrüßte den Boten kurz angebunden, nahm die Nachricht entgegen, kehrte dann in den Saal zurück und begab sich direkt zum Podest.

»Der Bote des Königs, Mylord.« Richard stieg die Stufen hinauf und nahm die Aufmerksamkeit der Männer gefangen, als er das mit Wachs versiegelte Sendschreiben an den Tisch brachte. »Der Mann hat es abgelehnt, hier zu bleiben. Er wartet nur noch, bis er sicher sein kann, daß seine Nachricht überbracht worden ist.«

»Öffne das Schreiben«, sagte Ral.

Richard kam seinem Geheiß nach und überflog den Text, und mit jedem Wort, das er las, zogen sich seine Eingeweide enger zusammen. »Es gibt Schwierigkeiten weiter oben im Norden, Mylord. William bittet Sie, sich ihm mit allen Männern, die Sie erübrigen können, auf dem Feld außerhalb von Canaan anzuschließen. Die Belagerung von Canaan Castle hat bereits begonnen.«

»Lord Arnaut. Es heißt schon seit einer Weile, man könnte ihm nicht trauen.« Der finstere Normanne schlug mit der Faust auf den Tisch. »Verflucht, werden diese Kämpfe denn nie ein Ende finden?«

Lord Ral hatte sich zwar nie vor seiner Pflicht gedrückt oder versucht, den Schildpfennig zu zahlen, um von der Heerfolge freigestellt zu werden, doch Richard wußte, wie sehr er es verabscheute, Männer im Kampf zu erschlagen.

»Anscheinend liegt es in der Natur des Menschen«, sagte Richard. »Solange die Leute nicht lernen, wie bitter der Preis eines Krieges ist, sind sie nur zu gern bereit, für die Chance eines Sieges mit Blut zu bezahlen.«

Lord Ral nickte. »Du sprichst eine traurige Wahrheit aus.« Er seufzte und warf einen Blick auf die Treppe. »Ich verlasse mich darauf, daß du hier für Ordnung sorgst.«

»Selbstverständlich, Mylord.« Seine Augen folgten dem Blick des großen Normannen, und er lächelte. »Ich bin sicher, daß sie Sie vermissen wird.«

Einer von Rals Mundwinkeln zog sich hoch. Offensichtlich gefiel ihm diese Vorstellung. »Dafür werde ich schon sorgen.« Er stieß seinen Stuhl zurück, verließ das Podest und blieb noch mal stehen, um mit Odo zu sprechen, der seine Anweisungen an die Männer weitergeben würde. Dann lief er mit langen Schritten durch den Saal und stieg die Stufen hinauf.

Richard beobachtete ihn mit einer kleinen Spur von Neid, als er die Treppe hochstieg. Lady Caryn hatte ihn ins Herz geschlossen. Richard konnte es jedesmal in ihren Augen sehen, wenn sie zu ihrem

Mann schaute. Es war wirklich eine Überlegung wert, ob er sich nicht eine Braut nehmen sollte. Sogar Odo hatte bereits erwähnt, daß er eine Frau finden wollte, und er hatte von Heirat und von Söhnen gesprochen.

Diese Vorstellung ließ Richard finster blicken. Eine Heirat mit ihm wäre der betreffenden Frau gegenüber unfair gewesen. Er hatte zuviel zu tun, und der Tag war ohnehin schon zu kurz, um alles zu schaffen. Aber was machte das andererseits schon aus? Ihm war noch keine Frau begegnet, die er reizvoll fand – abgesehen von einem gelegentlichen Moment der Lust –, und er hatte auch keine Zeit dafür, sich eine Frau zu suchen.

Richard murrte vor sich hin und schob den Gedanken dann von sich. Er lief durch den Saal und machte sich auf den Weg zu dem Zimmer, in dem er über der Buchführung brütete. Lord Ral brauchte Bargeld, um seine Schulden bei den Geldverleihern zu begleichen. Es war seine Pflicht, darauf zu schauen, woher diese Gelder kommen könnten. Dann kam der Hausputz, der längst überfällig war, die Vorräte mußten überprüft, die Festtage mußten eingehalten werden, die Gartenarbeit war noch nicht getan und – die Liste ließ sich endlos fortsetzen.

Doch er beklagte sich nicht. Hier auf Braxston wurde er gebraucht, und er hatte sich häuslich in der Burg niedergelassen.

Nachdem er an den schweren Holztisch zurückgekehrt war, auf dem die aufgeschlagenen Bücher lagen, setzte Richard sich mit einem matten Seufzen hin und machte sich wieder an die Arbeit.

Ral war seit drei Tagen fort, als die Langeweile und die Sorge und Caryns jüngst veränderter Status als Lord Rals anerkannte Ehefrau sie die Treppe hinunterlaufen ließen.

»Ich möchte Sie sprechen, Richard«, rief sie durch die offene Tür zu seinem Zimmer.

»Selbstverständlich, Lady Caryn.« Er erhob sich von dem Stuhl hinter seinem Schreibtisch, auf dem sich Rechnungsbücher, Dokumente und Bittschriften zu hohen Stapeln türmten. »Worum geht es, Mylady?«

Sie setzte sich ihm gegenüber auf einen hochlehnigen Holzstuhl mit Lederbespannung. »Glaubst du, daß die Kämpfe gut ausgehen werden?«

Richard setzte sich wieder hinter seinen Schreibtisch. »Der König hat starke Truppen hinter sich. Nicht nur Lord Ral schließt sich ihm an, sondern auch Stephen de Montreale.«

Dennoch machte sie sich Sorgen um ihn, und zwar von Tag zu Tag mehr. Sie seufzte. »Ich habe dieses Wetter satt.«

»Ich auch«, sagte Richard. Er musterte sie einen Moment lang und fragte dann behutsam: »Was ist, Mylady? Kann ich etwas für Sie tun?«

Caryn zwang sich zu einem Lächeln. »Es ist ganz einfach, Richard. Da ich jetzt wirklich Lord Rals Frau bin, möchte ich, daß du mich in die Kastellanspflichten einführst.«

Eine rotblonde Augenbraue zog sich hoch. »Aber solche Aufgaben sind Ihnen doch verhaßt. Schon früher, als Sie noch ein Kind waren, haben Sie alles getan, um Hausarbeiten aus dem Weg zu gehen.«

»Das ist wahr, und es ist auch bestimmt keine Aufgabe, die ich mir selbst ausgewählt hätte, aber jetzt ist es meine Angelegenheit, mich darum zu kümmern. Ich habe jede Menge Zeit, und ...« Leichte Röte schlich sich in ihre Wangen.

»Und ...?«

»Und ich möchte meinem Mann eine Freude machen.«

Er schaute immer noch skeptisch, und seine wohlgeformten Lippen zogen sich zu einem Strich zusammen. »Sind Sie sich ganz sicher, daß Sie das wollen?«

»Lerne ich etwa nicht schnell? Du kennst mich schon lange, und du kennst mich gut, Richard. Ich kann lesen und schreiben; ich habe Unterricht in Latein und Französisch gehabt. Ich habe gelernt, wie man Getreide anbaut und wie man jagt. Ich kenne mich gut mit Tieren und mit Pflanzen aus, und ich habe viel Übung im Umgang mit Pferden. Es gibt nichts, was ich nicht lernen kann, falls ich mich entschließen sollte, es zu wollen.«

Zum ersten Mal lächelte Richard. Ihr fiel auf, daß er Grübchen in den Wangen hatte, doch er hatte so viele Sorgen, daß sie diese Grübchen noch nie bemerkt hatte.

»Was Sie sagen, entspricht der Wahrheit«, sagte er. »Sie haben schon immer große Freude am Lernen gehabt und haben jeden Lernstoff mühelos bewältigt. Ich werde Ihnen beibringen, was Sie wissen müssen.« Er beugte sich über seinen Schreibtisch vor. »Es wäre weiß Gott ein Segen, wenn Sie sich entschließen sollten, diese Aufgabe zu übernehmen.«

Schon am selben Tag begannen sie. Caryn hatte sich umgezogen und trug jetzt eine ausgeblichene Tunika aus braunem Leinen. Das Haar hatte sie geflochten und zu einem Knoten aufgesteckt.

»Wenn man es auf den einfachsten Nenner bringt«, begann Richard, »dann ist es die Aufgabe des Kastellans, dafür zu sorgen, daß der Haushalt reibungslos läuft. Hier auf Braxston gibt es viel zu tun. Ein Hausputz ist schon lange überfällig, die Binsenlichter müssen erneuert werden, die Wände müssen getüncht werden, und es müssen Lichter hergestellt werden.«

Sie stellten zwei Arten von Leuchten her, aus Flachs, der in Talg getaucht und in hohles Schilfrohr gesteckt wurde, und aus Stroh, das mit Talg getränkt war. Einmal hatte sie ihrer Mutter dabei geholfen, diese Lichter herzustellen, ein anderes Mal hatte sie sie zusammen mit Marta angefertigt. Sie lächelte. Zumindest in diesem Punkt würde sie seine Hilfe nicht brauchen.

»Es täte der Burg gut, wenn wir einige der Wände täfeln würden«, fügte sie hinzu und sah auf die nüchternen grauen Steinmauern. »Es gibt einen Künstler im Dorf, einen Mann namens Morcai, der ein schönes Bild auf das Holz malen könnte. Und in einem der Lager habe ich Wandteppiche gesehen. Ral muß sie aus Frankreich mitgebracht haben.«

Richard errötete. »Ich hatte vor, sie aufzuhängen, Mylady, aber es schien nie Zeit dafür zu sein.«

»Du brauchst dich nicht zu entschuldigen, Richard. Ich bin hier diejenige, die ihre Pflichten versäumt hat. Aber das wird sich jetzt ändern.«

Er lächelte, was ihn weit jünger wirken ließ. Ihr ging auf, daß er gar nicht viel älter war als sie, und doch war es ihr immer so erschienen. »Es gibt viel zu tun«, sagte er, »aber es gibt fähige Bedienstete, die Ihnen dabei helfen können. Dennoch wird es erforderlich sein, daß Sie die Arbeiten beaufsichtigen, und Sie werden täglich viele Stunden damit zu tun haben. Sollten Sie es sich zu irgendeinem Zeitpunkt anders überlegen, dann zögern Sie nicht ...«

»Ich werde es mir nicht anders überlegen, Richard.«

Und das tat sie auch nicht.

Vom Tagesanbruch bis in die Abenddämmerung hinein arbeitete Caryn Seite an Seite mit den Bediensteten im Bergfried. Anfangs waren die Veränderungen trotz all ihrer Anstrengungen kaum wahrzunehmen. Dennoch lenkte der Hausputz sie von ihrer Sorge um Ral ab, und als die Tage zu Wochen wurden, begann sich die Atmosphäre in der Burg zu verändern.

»Dein Mann kann stolz auf dich sein«, sagte Marta und sah strahlend den Wandteppich an, den sie gerade im Gemach des Burgherrn aufgehängt hatten. »Aber es würde ihn bestimmt nicht freuen, wenn er hören würde, wie hart du gearbeitet hast.«

»Ich will die Burg am Tag seiner Rückkehr fertig haben. Da wir nicht wissen, wann dieser Tag kommt, werde ich weiterhin soviel arbeiten wie bisher.«

Marta murrte. »So sehr, wie du solche Arbeiten immer verabscheut hast, steht fest, daß du mit der Zeit wieder zur Vernunft kommen wirst.«

Eine weitere Woche verging, und dann noch eine. Eßtische wurden repariert, Bettzeug wurde gebleicht und geflickt, und Männer wurden beauftragt, große Platten und Löffel zu schnitzen oder aus

Weidenruten und Schilfrohr Körbe oder Reusen für den Fischfang zu flechten.

Vom frühen Morgen bis in die Nacht hinein herrschte reges Treiben in dem großen Saal, und nahezu jeder war mit der einen oder anderen Aufgabe befaßt, alle außer Lynette, die den Bergfried nur selten betrat. Da jetzt allgemein bekannt war, daß Lord Ral mit seiner Frau schlief, zog sich die gertenschlanke Blondine meistens zurück. Caryn wünschte, die Frau würde die Burg ganz verlassen, doch sie hatte keinen Ort, an den sie gehen konnte, und außerdem hatte sie die Hoffnung noch nicht aufgegeben, Rals Aufmerksamkeit wieder für sich zu gewinnen, worüber Caryn nicht bereit war zu grübeln, es sei denn mitten in der Nacht in ihrem Zimmer.

Obwohl sie durch die harte Arbeit ein wenig abgenommen und dunkle Ringe unter den Augen hatte, setzte sie ihr langes Tagwerk weiterhin fort, bis die Aufgaben, die sie sich vorgenommen hatte, endlich erledigt waren. Das sollte sich als ein Glücksfall erweisen, denn am darauffolgenden Tag traf ein Bote ein und kündigte die Rückkehr des Burgherrn an.

»Der Wachposten hat sein Banner gesehen!« Caryn rannte die Treppe hinunter, um sich Marta in dem großen Saal anzuschließen. »Sehe ich denn auch gut aus? Vielleicht sollte ich die bernsteinfarbene Tunika gegen eine laubgrüne austauschen.«

Marta lachte in sich hinein, ihre schmalen Schultern bebten, und um ihre Augenwinkel bildeten sich Krähenfüße. »Die bernsteinfarbene steht dir gut, mein Liebes, und deine Frisur ist auch äußerst vorteilhaft.« Sie hatte ihr Haar nicht zu einem Zopf geflochten, sondern trug es unter einem Haarnetz aus gewebter bernsteinfarbener Seide, die mit goldenen Fäden durchwirkt war. »Lord Ral wird sich freuen.«

Gütiger Gott, wie sehr sie das hoffte! Sie hatte sich wochenlang auf diesen Tag vorbereitet und konnte es kaum erwarten, den erfreuten Ausdruck auf seinem Gesicht zu sehen, wenn er erst einmal feststellte, was sie aus der Burg gemacht hatte.

Braxston funkelte von oben bis unten wie ein Edelstein und zeigte sich als das Juwel, das es war. Der Ruß war jetzt von den frisch getünchten Wänden verschwunden, die Wandteppiche waren aufgehängt worden, und die Binsen auf dem Boden waren mit süßem Fenchel und Salbei bestreut worden.

Sie erwartete ihn draußen auf dem Burghof, gemeinsam mit den Rittern, die dageblieben waren, um den Bergfried zu bewachen, und den Bediensteten, die voller Vorfreude das Eintreffen ihres Herrn erwarteten. Schweigend beobachteten sie, wie der Dunkle Ritter seinen Männern über die Zugbrücke vorausritt. Er reiste nur mit einem kleinen Gefolge, denn die anderen waren mit dem König in Canaan geblieben.

Ral trug sein Kettenhemd, das in der Sonne funkelte, aber keinen Helm, und er trug seinen roten Schild mit dem schwarzen Drachen bei sich. Er mußte sich im Fluß gewaschen haben, denn sein Gesicht war glatt rasiert, und sein Haar schien noch feucht zu sein. Die Sonne ließ seine dichte wellige Mähne blauschwarz schimmern.

Er suchte sie mit seinen Blicken, als er näher ritt, fand sie, richtete die Augen auf sie und sah nicht wieder weg. Er ließ sein riesiges schwarzes Streitroß mitten auf dem Burghof anhalten, schwang ein langes muskulöses Bein auf den Boden und reichte seine Zügel einem Edelknaben. Sein Schildknappe trat vor, und Ral kniete sich hin, damit er ihm das schwere Kettenhemd ausziehen und ihm die staubigen Sporen abnehmen konnte, doch sein Blick blieb auf Caryn gerichtet.

Wenige Minuten später war diese Aufgabe erledigt, und er kam auf sie zu. Sie rechnete damit, daß er auf dem Weg stehenbleiben würde, um mit Richard zu sprechen oder vielleicht ein paar Worte mit dem Geistlichen zu wechseln. Statt dessen ging er mit langen Schritten zu ihr. Als er vor ihr stand, grinste er verschmitzt, schlang eine Hand um ihre Taille, hob sie hoch und zog sie an sich.

»Selige Jungfrau, Ral! Was tust du da?« Er lachte nur leise, senkte seinen dunklen Schopf und küßte sie mit glühender Leidenschaft.

Als er den Kuß beendete, zitterte sie und nahm kaum wahr, daß er durch die frisch geölten Türen schritt, die in den Bergfried führten, den großen Saal durchquerte, ohne die tadellose Tischwäsche wahrzunehmen, und die geschrubbte fleckenlose Steintreppe hochstieg.

»Was ist mit deinen Männern?« fragte sie, als er sie durch den weiß getünchten Korridor trug. »Sie sind doch gewiß hungrig und müde. Was du brauchst, ist eine ordentliche Stärkung.«

»Ja, *ma chère,* ganz genau.« Aber es schien nicht, als spräche er vom Essen. Mit dem in einem Stiefel steckenden Fuß trat er die Tür auf und hinterließ eine Schramme auf der frisch polierten Oberfläche, dann schlug er sie mit einem Ellbogen zu.

»In diesen langen letzten Wochen habe ich an nichts anderes gedacht als daran, deinen süßen Körper zu nehmen.«

Er ließ ihre Beine los, und sie glitt an ihm herunter, bis sie schließlich auf den Füßen stand.

»Ich habe mir große Sorgen um dich gemacht«, sagte sie.

»Die Schlacht ist geschlagen. Das Schloß ist eingenommen worden.«

»Gott sei Dank.« Sie konnte seinen harten Schaft unter seiner Tunika spüren, und die Macht seines Verlangens ließ ihren Körper feucht und begierig werden. Sein Mund senkte sich fest auf ihren, und die Welt begann zu kreisen und davonzuschwimmen, und sie blieb zitternd und geschwächt zurück. Sie ertappte sich dabei, daß sie seine Schultern umklammerte, der Beharrlichkeit seiner Zunge nachgab, die Lippen öffnete und sich seine Hände auf ihren Brüsten wünschte.

Es war fast so, als ob er sie gehört hätte, denn schon Sekunden später zog er ihr die Tunika und das Unterkleid aus, das sie anhatte, und trug sie nackt zum Bett. Mit ihr auf dem Schoß setzte er sich auf die Bettkante, küßte sie unablässig, nestelte an den Schnüren seiner Hose herum und befreite sich schließlich davon.

»Nach diesem Augenblick habe ich mich verzehrt. Ich habe an nichts anderes gedacht als daran, in dir zu sein.« Er zog ihr das gesponnene goldene Netz vom Kopf, fuhr mit den Händen durch ihre üppige Mähne, breitete ihr Haar um sie herum aus und hob sie dann hoch, spreizte ihre Beine und setzte sie auf seine festen muskulösen Oberschenkel.

Caryn umklammerte seinen Nacken und spürte seine Hände auf ihrem Hinterteil, die es kneteten und sie entflammen ließen. Schauer durchzuckten ihren Körper, und Fieber rauschte in ihrem Blut. Als er einen Finger in sie gleiten ließ, keuchte Caryn und fühlte, wie sich ihr Körper anspannte und sich dann wieder lockerte, um ihm Einlaß zu gewähren.

»Du bist wie immer bereit«, sagte er mit einer Stimme, die jetzt heiser war. »Das ist ein Wunder, für das ich Gott danke.« Er küßte sie lange und tief. »Schling deine Beine um mich.«

»Aber wir können doch nicht ...«

»Vertrau mir, *chérie*, und ich werde uns beiden großen Genuß bereiten.«

Sie zitterte so sehr, daß sie sich nur mit Mühe bewegen konnte, aber seine Taille war so schmal wie seine Hüften, und da seine Hände sie zudem führten, gelang es ihr schnell.

Sein Mund bemächtigte sich ihrer Lippen zu einem ausgedehnten Kuß, eine Hand massierte ihre Brüste, und ihre Brustwarzen versteiften sich, schmerzten und preßten sich fieberhaft an seine Handfläche. Dann hob er sie hoch, glitt in sie hinein und pfählte sie mit einem einzigen tiefen Stoß.

Wogen von Glut spülten über sie hinweg und ließen Strudel entstehen, die ihrer Kehle ein Wimmern des Verlangens entrissen. Ihr Körper bebte, und Flammen versengten die Stelle zwischen ihren Beinen. Er stieß sich in sie, packte sie und hielt sie unbeweglich fest, hob sie hoch, füllte sie aus und verlangte eine Reaktion von ihr.

»Ral ... gütiger Gott ... Ral!« Caryns Kopf fiel zurück, und ihr Haar breitete sich auf seinen kräftigen Oberschenkeln aus. Er küßte sie heftig und packte ihren Hintern, als er weiterhin tief in sie eintauchte. Die Welt verschwamm in der Ferne, ehe sie vollständig verblaßte. Feuer umschlang sie und Wogen zunehmenden Verlangens, bis sie der betäubenden Lust endlich nachgab. Sie war in Süße getaucht, die sie auf leuchtend roten Sand spülte. Sie rief Rals Namen aus, als er seinen Samen in sie ergoß und ihr an dieses ferne lodernde Ufer folgte. Endlich verlangsamten sich seine Bewegungen.

Er war von einer dünnen Schweißschicht überzogen, sein Kopf lag auf ihren Schultern, und sein dichtes schwarzes Haar wellte sich feucht auf ihrer Kehle. Caryn strich es ihm mit zitternden Fingern aus dem Gesicht und fuhr seine markanten Züge nach, den sinnlichen Schwung seiner Lippen.

Als sie wieder auf die Erde hinabschwebte, ging ihr auf, daß sich Ral in seiner Hast gar nicht erst die Mühe gemacht hatte, sich auszuziehen. Sie stellte fest, daß sie das wollte. Sie wollte seine breite Brust mit dem krausen Haar spüren, seinen strammen muskulösen Hintern, die Waschbrettstruktur seines flachen Bauchs. Sie wollte ihn wieder in sich haben und dabei nichts zwischen sich und ihm spüren.

Sie glitt von seinen Schenkeln herunter und kniete sich hin, um ihm die weichen Lederstiefel auszuziehen, und eine seiner Augenbrauen zog sich hoch. Dann lächelte er beifällig, packte seine Tunika, riß sie sich über den Kopf und bückte sich, um seine restlichen Kleidungsstücke abzulegen, stellte jedoch fest, daß Caryn bereits damit begonnen hatte.

»Es scheint, als hättest du mich auch vermißt«, sagte er barsch, und ihre Wangen röteten sich noch kräftiger als zuvor.

»Ja, Mylord, das ist wohl wahr.«

»Das freut mich – mehr, als du ahnst.«

Sie wollte ihm erzählen, daß sie und die anderen noch viel mehr getan hatten, um ihm Freude zu bereiten, doch er nahm ihren Mund, hob sie hoch und legte sie auf das Bett. Wieder spürte sie ihn steif und pochend auf ihrem Oberschenkel, und sie war feucht und bereit, ihn zu empfangen. Sie konnte nicht mitzählen, wie viele Male sie sich liebten. Sie wußte nur, daß die Sonne längst untergegangen und die Nacht hereingebrochen war, daß sie eine Weile schliefen, wach wurden und begannen, sich erneut zu lieben.

Irgendwann spät in der Nacht machte sich ihre Ermattung bemerkbar und zog sie in einen tiefen und erholsamen Schlummer. Der Morgen war gekommen, als sie erwachte, sich umdrehte – und feststellen mußte, daß Ral nicht mehr neben ihr lag.

## 13. Kapitel

Caryn zog sich eilig an und begab sich auf die Suche nach Ral in den Saal. Ihr Körper war von der wilden Liebesnacht mitgenommen, doch lächelte sie, weil sie sich glücklich und zufrieden fühlte.

Im Gang blieb sie stehen. »Wo ist Ral?« fragte sie Marta. »Ich habe so tief geschlafen, daß ich gar nicht gehört habe, daß er aufgestanden ist.«

»Er ist fort, mein Liebes.«

»Fort? Wohin ist er gegangen?«

»Er und die Männer sind nach einer herzhaften Mahlzeit nach Canaan geritten. Lord Ral muß sich seinen Männern wieder anschließen.«

»Aber die Schlacht ist geschlagen – König William ist als Sieger daraus hervorgegangen!«

»Er hat gesagt, du hättest so tief geschlafen, daß er dich nicht wecken wollte. Er will zurückkommen, sobald es geht.«

»Aber er kann nicht einfach wieder fortgegangen sein – nicht nach all der Mühe, die wir uns gemacht haben! Er hat doch bestimmt etwas über den Zustand der Burg gesagt.«

Aus Martas Kehle drang ein derber Laut.

»Was soll das heißen? Warum siehst du mich so an?« Ehe die alte Frau etwas darauf antworten konnte, wirbelte Caryn herum, rannte auf den oberen Treppenabsatz und starrte in den großen Saal hinunter. In dem Raum unter ihr waren Bänke umgeworfen worden, und etliche von ihnen waren zersplittert und zerbrochen, und die wenigen Decken, die noch auf den Tischen lagen, waren voller Weinflecken, Fettflecken und mit getrocknetem Blut und Brotkrümeln übersät. Ebenso sah der Fußboden aus, obwohl die Hunde das meiste bereits aufgeleckt hatten. Gerade knurrten sie einander an, weil sie sich um einen Knochen zankten.

»Ich kann es einfach nicht glauben!«

»Die Männer waren bester Dinge«, erklärte Marta. »Sie haben ihren Triumph gefeiert und es gründlich ausgekostet, eine Nacht lang wieder zu Hause zu sein.«

»Bester Dinge!« wiederholte Caryn. »Haben sie denn die Veränderungen nicht bemerkt, die wir vorgenommen haben, und wie sauber der Saal war, wie fleckenlos die Tischdecken? Haben sie nicht wenigstens erwähnt, wie gut das Essen war?«

Marta zuckte die Achseln. »Sie haben viel Aufhebens darum gemacht, wie schmackhaft die Lampreten in Gelee waren.«

»Und das ist alles? Sonst haben sie nichts gesagt? Was ist mit Lord Ral? Braxston Keep gehört ihm. Ihm ist doch bestimmt die Holztäfelung an den Wänden aufgefallen, die dazu beigetragen hat, daß es jetzt im Haus weniger zieht, die Wandteppiche, die aufgehängt worden sind, um dem Haus mehr Wärme zu geben. Er hat doch gewiß bemerkt, daß es nicht mehr so muffig riecht.«

»Er hat nichts dazu gesagt.«

»Hat er auch kein Wort zu Morcais wunderschönen Gemälden gesagt?«

»Nein, mein Kleines.«

Caryn dachte an die endlosen aufreibenden Stunden harter körperlicher Arbeit, die sie darauf verwandt hatte, den Saal vorzubereiten. Sie dachte an Leofric und Bretta, an Marta und ein Dutzend anderer, die in gebeugter Haltung gearbeitet hatten, bis ihnen der Rücken geschmerzt hatte und ihre Knie wundgerieben waren. Sie war vor Erschöpfung ins Bett gefallen, um im Morgengrauen aufzustehen und wieder von vorn anzufangen.

»Dann hat Lord Ral also nichts bemerkt.« Sie stemmte die Arme in die Hüften und sah sich das Trümmerfeld an. »Bei seiner Rückkehr wird ihm auffallen, was sich hier getan hat, das gelobe ich.« Sie wandte sich zu Marta um. »Er wird einen Anblick vorfinden, den er in seinem ganzen Leben nicht mehr vergessen wird!«

»Ich flehe Sie an, Lady Caryn. Sie müssen diesem Wahnsinn ein Ende bereiten, ehe Lord Ral zurückkehrt.« Richards rotblonde Augenbrauen trafen mitten auf seiner Stirn beinah zusammen.

»Ich habe es dir schon mindestens ein dutzendmal gesagt, Richard – es wird nur das getan, was für unsere eigene Bequemlichkeit notwendig ist, und sonst gar nichts.«

»Richard hat recht, Mylady.« Geoffrey hatte ebenfalls schon Stunden mit dem Versuch zugebracht, ihr dieses Vorhaben auszureden. »Damit handeln Sie sich doch nur Schläge ein.«

»Das mag schon sein. Aber zumindest wird Ral den Zustand der Burg nicht übersehen.«

Wochenlang hatten sie in dem großen Saal nur die allernotwendigsten Arbeiten verrichtet und draußen auf dem Burghof noch weniger getan. Richard und Geofffrey hatten Einwände gegen den Kurs erhoben, den sie eingeschlagen hatte, da sie sicher waren, daß der Zorn ihres Gebieters sie alle schwer treffen würde. Marta hatte ihre alten Hände gerungen und darum gebetet, sie möge wieder zur Vernunft kommen. Sogar die Bediensteten waren inzwischen ängstlich und besorgt, obwohl Caryn glaubte, daß sie ihr nach ihren knochenbrecherischen Anstrengungen insgeheim zustimmten.

»Lassen Sie uns wenigstens die Feuerstelle ausräumen und die Binsenlichter ersetzen«, sagte Richard. »Die Fußböden sind mit Knochen und mit dem Dreck bedeckt, den die Falken fallen gelassen haben, wenn sie hereingebracht worden sind. Und es riecht nach den Hunden, denen Sie erlaubt haben, in der Burg zu schlafen.«

»Wir müssen dafür sorgen, daß die Vorratskammern aufgefüllt werden«, flehte Marta. »Lord Ral und seine Männer werden bei ihrem Eintreffen eine herzhafte Mahlzeit erwarten.« Und damit war in weniger als einer Woche zu rechnen.

»Sie haben eine herzhafte Mahlzeit vorgesetzt bekommen, als sie das letzte Mal hier waren. Sie haben uns unsere Anstrengungen nicht im mindesten gedankt.«

»Die Tischdecken sind schrecklich schmutzig«, sagte Richard. »Alle bis auf die auf den Tischen, die wir selbst benutzt haben. Wir sollten sie bleichen, damit sie wenigstens halbwegs vorzeigbar sind.«

»Das kommt gar nicht in Frage, Richard. Am Tag von Lord Rals Rückkehr wirst du dafür sorgen, daß die schmutzigsten Decken, die du finden kannst, auf den Tischen liegen. Es wird keine Mahlzeit vorbereitet sein, und die Speisekammer wird leer sein. Die Hunde werden im Saal herumlaufen, und in der Feuerstelle wird kein Feuer brennen. Vielleicht wird Lord Ral beim nächsten Mal nicht mehr ganz so sehr darauf versessen sein, diejenigen mit Füßen zu treten, die so hart arbeiten, um ihm eine Freude zu machen.«

»Mylady, bitte …«, setzte Geoffrey an, doch Caryn schnitt ihm mit einem entschlossenen Blick das Wort ab.

»Und laßt mir bloß das Unkrautjäten im Garten bleiben. Der Dung wird nicht aus den Ställen geschaufelt, und der Schweinestall wird nicht gesäubert.« Sie lächelte. »Ihr könnt den Bediensteten sogar sagen, daß sie sich bis zum Ende der Woche ausruhen und erholen sollen.« Caryn lächelte selbstgefällig und zufrieden. Dann reckte sie trotzig das Kinn in die Luft, wandte sich ab und ging.

Ihre drei Freunde starrten ihr schweigend nach und wußten nur zu gut, daß sie entschlossen war, ihre Warnungen zu mißachten, obwohl viele ihrer grausigen Prophezeiungen sich gewiß erfüllen würden. Außerdem schien sie reichlich sicher zu sein, daß den anderen keine Gefahr drohte. Bis zu Rals Rückkehr war die Burgherrin für alles verantwortlich. Ihr Wort war Gesetz, und das würde ihr Mann wissen.

Den Preis dieses Irrtums würde nur sie allein zu zahlen haben.

Caryn erschauerte bei dem Gedanken an den mächtigen finsteren Normannen, wenn er einen seiner gewaltigen Wutanfälle hatte. Dann drückte sie die Wirbelsäule durch. Der Kampf, den sie miteinander führen würden, mochte zwar furchteinflößend sein, doch sie war wild entschlossen zu gewinnen.

Da er darauf versessen war, nach Braxston Keep – und, wenn er ehrlich war, in die Arme seiner hübschen Frau, die ihn willkommen hießen – zurückzukehren, trieb Ral seine Männer auf dem Rückweg zu größerer Hast an, als er es hätte tun sollen. Der Marsch von Canaan erforderte weniger als vier Tage, und wenn sie auch ermattet waren, klagten sie doch nicht. Die Männer freuten sich fast so sehr wie er auf Heim und Herd.

»Was treibt dich zur Eile an«, fragte Odo, der neben Ral herritt, »deine Ländereien oder der Gedanke an dein Sachsenmädchen?«

»Geh mir nicht auf die Nerven, Odo. Daß ich danach lechze, es mit dem lüsternen kleinen Weibsstück zu treiben, sollte dich nicht weiter verwundern. Ich habe wochenlang die Wohltat entbehrt, eine Frau um mich zu haben.«

»Es hat Frauen im Dorf gegeben. Du hättest jedes Mädchen haben können, das du wolltest.«

»Noch habe ich nicht genug von der einen, die mich daheim erwartet.«

»Vielleicht wirst du nie genug von ihr kriegen.«

Ral murrte. »Sei kein Narr.«

»Willst du damit sagen, es wird ein Zeitpunkt kommen, zu dem du Lynette oder eine andere wieder aufsuchen wirst?«

»Ich werde nie dem Einfluß einer Frau zum Opfer fallen. Du solltest das nur zu gut wissen, denn schließlich kennst du mich besser als jeder andere.« Er dachte an Eliana und daran, wie sie ihn verraten hatte, und er wußte, daß Odo auch daran dachte.

Der rothaarige Ritter lächelte ein wenig verbittert. »Es freut mich, das zu hören. Es kann nichts Gutes dabei herauskommen, wenn man sein Herz vollständig öffnet.«

»Und erst recht nicht, wenn es sich um eine Sächsin handelt. Genau das hast du doch gerade gedacht, oder nicht?«

Odo antwortete nicht auf seine Frage. Aber das war auch nicht nötig.

»Du kannst sie nicht leiden, stimmt's?«

»Sie ist Sächsin. Ich habe meinen Vater und einen Bruder an einen schmutzigen sächsischen Verräter verloren. Das ist eine Lektion, die einen Mann zwangsläufig argwöhnisch werden läßt. Aber wie du selbst sagst, sie ist ein süßes kleines Ding. Ich kann dir nicht vorwerfen, daß du sie gern in deinem Bett hast.«

Ral biß die Zähne fest zusammen. Er und Odo waren Jugendfreunde, doch wenn Odo so über Caryn sprach, mußte Ral sich zusammenreißen, um ihn nicht von seinem Pferd zu zerren und ihn niederzuschlagen.

Es war ein seltsames Gefühl, das er nicht ganz verstehen konnte. Dennoch machte er sich keine Sorgen. Es stimmte, daß er sie begehrte und daß ihre Gesellschaft ihm große Freude bereitete. Aber sie war nur eine Frau, und er hatte schon viele Frauen gekannt. Es war damit zu rechnen, daß er noch viele weitere kennenlernen würde.

»Können Sie es schon sehen, Mylord?« Das kam von Aubrey, Rals Schildknappen.

»Braxston liegt gleich hinter der nächsten Biegung«, sagte er. »Wenn Sie dahin schauen, wo die Sonne durch die Bäume lugt, können Sie eine Ecke des äußeren Walls sehen.«

Aubrey verrenkte sich den Hals, bis er den fernen grauen Stein sah, und dann machte er es sich wieder auf seinem Sattel bequem und lächelte. »Ich freue mich schon darauf, wieder zu Hause zu sein, Mylord.«

Einer von Rals Mundwinkeln zog sich hoch. »Ja.« Er konnte sich mühelos ausmalen, wie man ihn willkommen heißen würde: Seine Ritter und Edelknaben würden ihre feinsten Kleider anziehen und ihn im Burghof erwarten, um ihn zu begrüßen, eifrige Bedienstete würden das üppige Festmahl auftragen und zahllose Weinkelche nachfüllen, und es würde viel geredet und gelacht werden.

Besser als alles andere konnte er sich die kleinen Arme seiner Frau vorstellen, die sich um seinen Hals schlangen, ihre zarten, süßen Küsse, ihre aufkeimende Leidenschaft und dann die Enge ihres Körpers, wenn sie seine Härte umgab und sein langes, dickes Glied in sich aufnahm.

Rals Lenden schmerzten bei diesem Gedanken, und es kostete ihn Mühe, ein Stöhnen zu unterdrücken.

»Warum ist die Zugbrücke nicht heruntergelassen worden?« fragte Aubrey, als sie sich der Burg näherten.

»Ich weiß es nicht. Fest steht, daß sie meine Nachricht erhalten haben.« Ral ritt vor, rief dem Wachposten oben auf dem Wall etwas zu, und die Zugbrücke wurde heruntergelassen. Er ritt seinen Männern voraus über den Burggraben und in den Burghof, doch der Anblick ließ ihn abrupt verharren.

Was einst der saubere und ordentliche Hof vor den Ställen gewesen war, war jetzt mit Stroh verschmutzt und stank nach Mist. Umgestürzte Fässer und Körbe lagen herum, und Schweine wühlten in Abfall. Vor der Getreidemühle hatten Hunde große Löcher gegraben und kämpften gerade um einen Knochen.

Rals erstaunter Blick fiel auf den Platz vor der Treppe, die in den Bergfried führte. Dort würden seine Vasallen ihn erwarten. Falls er von seiner Frau, seinen Kriegern und seinen Bediensteten eine prunkvolle Begrüßung erwartet hatte, dann überraschte ihn das Gegenteil.

Seine Männer waren da, liefen nervös umher und warfen dämliche besorgte Blicke auf ihn. Seine Bediensteten erschienen in ungepflegten, ungewaschenen Kleidern und mit bleichen und angespannten Gesichtern. Und seine Frau stand neben Richard an der Treppe. Zumindest glaubte er, daß es seine Frau war – in Wahrheit war er nicht ganz sicher.

Er griff seinem Pferd in die Zügel, schwang sich von seinem Rücken und ging auf sie zu. Die Frau vor ihm – klein und ungepflegt mit schmutzigem kastanienbraunem Haar und einem rußverschmierten Gesicht – sah ihn und begann zu lächeln. Sie trug eine zerrissene braune Tunika mit Fettflecken und etlichen Löchern und hatte keine Schuhe an.

»Was geht hier vor?« brüllte Ral, der vor ihr stehenblieb und die Hände zu Fäusten ballte.

Caryn lächelte lediglich. »Willkommen zu Hause, Mylord. Es ist schön, dich wieder bei uns zu haben.«

Ral schaute sich im Burghof um, sah die grunzenden Schweine und die faulenden Abfälle und glaubte, er würde jeden Moment aus einem entsetzlichen Alptraum erwachen.

»Du wirst mir jetzt sagen, was hier passiert ist«, befahl er und bemühte sich, mit möglichst ruhiger Stimme zu sprechen.

»Nichts ist passiert, Mylord. Das siehst du doch sicher selbst.«

Ein Muskel in seinem Kiefer zuckte, und dann lief er an ihr vorbei, nahm jeweils zwei Stufen auf einmal und machte sich nicht die Mühe, das schwere Eichentor des Bergfrieds hinter sich zu schließen.

Caryn folgte ihm hinein und nahm voller Genugtuung den bestürzten Ausdruck auf seinem Gesicht wahr, als er den furchtbaren Zustand des Saals sah. Sein Nacken war rot, und sein Mund hatte sich zu einem wütenden Strich zusammengekniffen. Richard und Geoffrey und eine Reihe von anderen Männern betraten gerade hinter ihr den Saal, als Ral sich zu ihr umdrehte.

»Warum?« fragte er leise und drohend. »Warum hast du das getan?«

Sie stellte sich verblüfft. »Aber ich habe doch gar nichts getan, Mylord. Ich dachte, das sieht man deutlich.«

Er kam wütend auf sie zu, packte ihre Oberarme und zog sie auf die Zehenspitzen. »Du wirst mir jetzt sagen, was das alles zu bedeuten hat. Du wirst mir erklären, warum du das getan hast.«

Er sah sich noch einmal in dem Saal um, bemerkte die Abfälle und die Hundehaufen auf dem Boden und den unangenehmen Gestank, der von den Binsenlichtern aufstieg. »Und dann werde ich dich demütigen, wie du mich gedemütigt hast. Ich werde dich vor den Augen der Bediensteten und der Männer auf das Podest zerren, dir die Röcke hochheben und dich prügeln, bis du um dein Leben bangst.«

Er ließ sie los, trat zurück und sah sie mit einem wütenden Blick an, der besagte, daß er jedes Wort ernst meinte.

Caryn feuchtete sich die Lippen an. Sie war sich über dieses Risiko im klaren gewesen, ehe sie begonnen hatte; sie dachte gar nicht daran, jetzt einen Rückzieher zu machen.

»Es überrascht mich, daß das dein Mißfallen erregt, Mylord. Tatsächlich wundert es mich sogar, daß es dir überhaupt auffällt. Fest steht, daß du unsere Anstrengungen nicht im entferntesten bemerkt hast, als du das letzte Mal nach Hause gekommen bist, obwohl alle im ganzen Schloß vom Morgengrauen bis in die Abenddämmerung hinein hart gearbeitet hatten, weil wir dir eine Freude bereiten wollten. Da dich nicht im mindesten interessiert hat, was wir getan haben, hätte ich nicht gedacht, daß es dir überhaupt auffällt, wenn wir nichts mehr tun.«

Ral zog die dichten schwarzen Augenbrauen finster zusammen. »Als ich das letzte Mal zu Hause war, hat Braxston Keep gefunkelt und geblinkt wie nie zuvor.«

Jetzt zog Caryn die Augenbrauen hoch. »Willst du damit etwa sagen, du hättest gesehen, wieviel Arbeit wir in die Burg gesteckt haben?«

»Natürlich habe ich das gesehen. Eine solche Glanzleistung zu vollbringen, muß wochenlange Arbeit erfordert haben. Es war eine Burg, auf die ein Mann stolz sein konnte.«

»Warum hast du dann nichts dazu gesagt? Warum hast du es zugelassen, daß deine Männer unsere Bemühungen zunichte machen? Warum bist du hereinstolziert, hast deine Lust gestillt und bist dann wieder fortgeritten, ohne dich auch nur zu verabschieden?«

Zum ersten Mal wirkte Ral bedrückt. »Ich habe mir nicht viel dabei gedacht. Ich nehme an, das war selbstsüchtig von mir ... und rücksichtslos. Ich habe an vieles andere gedacht ... die Männer, die ich in Canaan zurückgelassen habe, Lord Arnaut und den König.«

»Machst du dir auch nur die geringste Vorstellung davon, wie sehr ich Hausarbeit verabscheue? Und wieviel lieber ich einfach ausgeritten wäre oder die Leute im Dorf besucht hätte?« Das entsprach der Wahrheit, obwohl sie festgestellt hatte, daß ihre Errungenschaften sie in erstaunlichem Maß für ihren Verzicht entlohnt hatten. Es war sogar ein derart befriedigendes Gefühl gewesen, daß es sie eisernen Willen gekostet hatte, ihren Racheschwur nicht zurückzuziehen und die Burg wieder in Ordnung zu bringen.

Er sah sie ganz seltsam an. »Wenn du diese Arbeiten so sehr verabscheust, warum hast du sie dann verrichtet?«

Caryn spürte, wie Röte in ihre Wangen aufstieg. Sie fragte sich, ob Ral ihr Erröten unter den Schmutzspuren auf ihrem Gesicht bemerken konnte. »Weil ich dir damit Freude bereiten wollte.«

Er musterte sie argwöhnisch. »Und was ist heute?«

Caryn bog die Schultern zurück und reckte das Kinn in die Luft. »Ich wollte sichergehen, daß dir klar ist, wie hart deine Leute arbeiten, um ihren Herrn zufriedenzustellen. Wie ließe sich das leichter erreichen als durch einen Vergleich?«

Ral sah sich noch einmal in dem Saal um, und Caryn hielt den Atem an. Er schaute in jeden Winkel, sah die wunderschönen Gemälde und die Wandteppiche, die sorgsam liebevoll aufgehängt worden waren, und dann sah er die kalte Feuerstelle und die schmutzigen Tischtücher. Der widerliche Geruch der Binsenlichter, die nicht mehr den süßen Duft von getrockneten Blumen und Kräutern ausströmten, stieg ihm in die Nase.

Einer seiner Mundwinkel zog sich hoch. Um seine Augenwinkel bildeten sich kleine Fältchen, und dann konnte Caryn seine kräftigen weißen Zähne aufblitzen sehen. Aus dem Lächeln wurde ein Grinsen, aus dem Grinsen ein leises Lachen und schließlich brüllendes Gelächter. Er schlug mit der Hand auf den Tisch und lachte noch lauter. Hinter ihm begann erst Richard zu kichern, dann Odo und dann Geoffrey. Hugh und Lambert fingen an, schallend zu lachen. Aubrey lachte glockenhell und versuchte gar nicht erst, sein Kichern zu unterdrücken.

Chaos brach im Saal aus. Jetzt lachte auch Bretta und versetzte Odo einen Rippenstoß. Sogar Marta kicherte, wenn Caryn auch vermutete, daß es mehr ihrer Erleichterung und nicht der Situationskomik entsprang.

»Du kannst dich glücklich schätzen, *ma petite*«, flüsterte Ral und wischte sich die Tränen aus den Augen, »daß ich dir nicht den hübschen kleinen Hals umgedreht habe.«

Caryn lächelte. »Ich habe nicht um meinen Hals gefürchtet.«

Seine Mundwinkel zogen sich hoch. »Ich nehme an, nachdem du deinen Standpunkt klargemacht hast, wirst du die Burg jetzt wieder in Ordnung bringen.«

»Die Bediensteten arbeiten jetzt schon daran.« Sie hatten ihre Anweisungen bereits im voraus erhalten und waren damit beschäftigt, die schmutzigen Tischtücher von den Tischen zu entfernen und die Binsenlichter aus dem Haus zu karren. Der Geruch nach brutzelndem Fleisch begann aus der Küche hereinzuströmen. »Am kommenden Wochenende wird es dir alles nur noch wie ein böser Traum erscheinen.«

Er hob mit einer Hand ihr Kinn. »Und was ist mit unserem Zimmer? Sieht es ebenfalls so heruntergekommen aus?«

Die Röte ihrer Wangen vertiefte sich. »Nein, Mylord. Der Rest der Burg hat weniger gelitten. Und ich habe all meine Hoffnungen darauf gesetzt, daß unsere Probleme gelöst sein würden, ehe wir uns ins Bett zurückziehen.«

Ral lachte leise. »Wie kommt es, daß ich nicht etwa wütend, sondern belustigt bin? Du versetzt mich immer wieder in Erstaunen.«

»Und ich muß sagen, daß es mich übermäßig freut, dich wiederzusehen, Mylord. Wenn du es mir erlauben würdest, ein Bad zu nehmen und mich umzuziehen, dann werde ich dich gebührend willkommen heißen.«

»Vielleicht bade ich dich persönlich. Dann kann ich wenigstens sicher sein, daß du gründlich gesäubert wirst.«

»Ja, vielleicht solltest du das tun«, neckte sie ihn. »Aber nur, wenn du es mir erlaubst, mich deiner ebenso sorgfältig anzunehmen.«

Rals Blicke glitten über ihren Körper, und in seinen Augen standen Intimität und Begierde. Caryn nahm seine Hand, und er verschlang seine Finger mit ihren. Während die Bediensteten sich fieberhaft ans Werk machten, um den Saal wieder herzurichten, führte sie ihn die Treppe hinauf.

Ral erwachte weit vor dem Morgengrauen verwirrt und voller Unbehagen, obwohl seine körperlichen Gelüste gründlich gestillt worden waren. Er rückte behutsam von der Seite seiner schlafenden Frau ab, zog sich an und ging nach unten. Im Saal herrschte wieder eine gewisse Ordnung. Aber heute entlockte ihm der Anblick kein Lächeln, sondern ein finsteres Stirnrunzeln.

Was ihn heute morgen nicht hatte ruhen lassen, sondern ihn dazu getrieben hatte, die Behaglichkeit seines Bettes zu verlassen, waren Bilder von dem chaotischen Zustand des Saals gewesen, aber auch die Erinnerung daran, was sich dort zwischen ihm und Caryn zugetragen hatte. Immer wieder dachte er daran, wie sie seinem Zorn entgangen war und ihn zu mühelos hatte bezaubern und ihrem Willen beugen können.

Rals Kiefer spannte sich an, als er die steilen Steinstufen hinunterging. Keine Frau, die er je gekannt hatte, hatte es gewagt, sich ihm zu widersetzen, wie es seine Frau tat – und wie sie es bereits mehrfach getan hatte. Für die Szene, die sie ihm gemacht hatte, hätte er sie bestrafen müssen, ganz gleich, ob eine Strafe gerechtfertigt war oder nicht, und doch hatte ihn ihre Großspurigkeit nur amüsiert. Und auch die Leidenschaft, mit der sie ihn letzte Nacht geliebt hatte, hatte ihm Vergnügen bereitet.

Ral durchquerte den großen Saal, in dem schlafende Männer schnarchten, und begab sich auf den Burghof hinaus. Im Stall rüttelte er einen Schildknappen wach und befahl ihm, seinen Fuchs zu satteln und ihm das Zaumzeug anzulegen. Dann holte er Cäsar, den großen Falken, mit einer Hand, die in einem Lederhandschuh steckte, aus seinem Käfig.

»Wir gehen heute auf die Jagd, mein Freund«, sagte er liebevoll. »Das wird mir Gelegenheit dazu geben, in Ruhe nachzudenken, und das habe ich dringend nötig.« Er ritt nur selten ganz allein aus. In den Wäldern drohte Gefahr, vor allem dem Burgherrn. Und ohne ihn waren seine Untertanen gefährdet. Dennoch würde er dieses Risiko heute eingehen. Er brauchte Zeit für sich allein, fern von Caryn, Zeit, um diese Gefühle zu verstehen, die sie in ihm wachrief, damit er beginnen konnte, dagegen anzugehen.

Diesen Entschluß hatte er irgendwann im Lauf der Nacht gefaßt, nachdem sie sich geliebt hatten und er sie glühend umarmt hatte. Seine heftige Leidenschaft hätte ihm keine Sorge bereitet, wenn sie zu seinen Vasallen gezählt hätte, nichts weiter gewesen wäre als jemand, der ihm ohnehin gehörte.

Was ihn bedrückte, war dieses Gefühl, daß er in demselben Maß ihr gehörte.

Ral überquerte die Zugbrücke, ritt in den Wald hinein und genoß die Kühle des Schattens und das Zwitschern der Singvögel. Als er die Wiese erreichte, griff er seinem Hengst in die Zügel und sah sich um. Er hob die kleine Lederhaube hoch, die die scharfen Augen des Falken bedeckte, ehe er den großen Vogel freiließ.

Mit gewaltigen Flügelschlägen schwang er sich hoch zum Himmel auf, und doch wußte er, daß der Vogel zurückkehren würde, von einer unsichtbaren Kraft angelockt, die ihn mit ihm verband. Er hatte den Falken gezähmt, und jetzt war er sein Gefangener. Wenn er nicht lernte, seine Gefühle im Zaum zu halten, würde er feststellen, daß er Caryns Gefangener war.

Ral beobachtete, wie der Falke seine Beute ins Auge faßte und auf die Wiese herabstieß, um sein Opfer zu töten. Für diesen kurzen Zeitraum bestimmte der Vogel selbst über sein Los, doch würde er schon in wenigen Minuten wieder auf sein Handgelenk zurückkehren und sich wieder einmal in sein Schicksal fügen, daß er ein Leben lang seinem Herrn dienen würde.

Ral gelobte sich wie nie zuvor, dieses Schicksal würde ihn mit Caryn nicht ereilen.

»Es scheint alles bereit zu sein. Das wird ein edles Festmahl werden, mit dem wir unseren Gebieter gebührend daheim empfangen.« Caryn lächelte Richard an. Schon seit Rals Rückkehr hatten sie diesen Abend geplant. Ihrem Gemahl und seinen Männern war am Tag ihres Eintreffens kaum etwas von dem zuteil geworden, was ihnen zustand; heute abend würden sie die Heimkehr der Männer endlich richtig feiern.

»Ich glaube wirklich, daß Ihr Mann sich freuen wird«, sagte Richard.

Sie und Richard hatten die Festlichkeiten geplant und hart gearbeitet, um die Burg wieder in Ordnung zu bringen. Am Abend von Rals Rückkehr hatten sie über die Pflichten seiner Frau als *châtelaine* gesprochen und sich auf einen Kompromiß geeinigt. Sie würde dafür sorgen, daß der Haushalt reibungslos ablief, doch ihre Arbeit sollte sich in einem Rahmen halten, der ihr Zeit für sich selbst ließ. Es bestand absolut keine Notwendigkeit, sagte er, daß sie vom Morgengrauen bis in die Abenddämmerung hinein arbeitete.

Das war ein Kompromiß, der Caryn zusagte, da diese Lösung ihr die Gelegenheit gab, ihre Freunde im Dorf zu besuchen oder einen Ritt durch die Wälder zu unternehmen. Dennoch stellte sie fest, daß es ihr auf eine ganz seltsame Weise Freude bereitete, die Frauenarbeiten abgeschlossen und die Burg wieder gut in Schuß gebracht zu haben.

»Ja, das wird ein gebührender Empfang«, sagte Caryn. »Aber es wäre noch viel angenehmer, wenn wir de Montreale und seine Männer nicht für dieses Fest zu Gast hätten.« Lord Stephen hatte sein Eintreffen angekündigt. Er und sein Gefolge, seine persönlichen

Gefolgsmänner, Ritter zu Pferde und Krieger würden vor Sonnenuntergang die Burg erreichen.

»Er ist mit dem Steuereintreiber des Königs unterwegs. Es bleibt uns kaum etwas anderes übrig, als die gesamte Gesellschaft mit offenen Armen zu empfangen.«

»Und mit offenen Schatztruhen. Das wird den Leuten aus dem Dorf eine noch erdrückendere Last aufbürden. Lord Ral macht sich jetzt schon Sorgen, was ihnen im nächsten Winter zustoßen könnte.«

»Die Einnahmen stehen König William rechtmäßig zu. Es sind keine überhöhten Forderungen, nur lasten auf Braxston noch die Kosten für den Bau des Bergfrieds. Für Lord Stephen stellen diese Summen keinerlei Belastung dar.«

»Für Lord Ral würden sie auch keine Belastung darstellen, wenn er Malverns Schwester geheiratet hätte.« Caryn warf Richard einen besorgten Blick zu. »Du weißt, daß sie die Männer begleitet?«

»Ja.«

»Wie wird Ral sie hier empfangen?«

Richard schüttelte den Kopf. »Ich weiß nur, daß die beiden früher einmal miteinander verlobt waren. Ich bin sicher, daß das der Vergangenheit angehört, Lady Caryn. Sie sind heute Lord Rals Frau, nicht Lady Eliana.«

Caryn mochte zwar seine Frau sein, doch sie wußte kaum etwas über seine Gefühle. Und von Liebe war nie auch nur die Rede gewesen. Ein Schauer lief ihr über den Rücken. Richard wußte nichts über diese Frau aus Rals Vergangenheit. Caryn wünschte weiß Gott, er hätte Näheres gewußt. In den letzten Tagen war Ral grüblerisch und reserviert gewesen. Seit seiner Rückkehr aus Canaan schien er sie, abgesehen von den leidenschaftlichen Stunden, die sie miteinander im Bett verbrachten, zu meiden.

Caryn war sich nicht sicher, was seinem Verhalten zugrunde lag, doch sie fürchtete, es könnte etwas mit dem Eintreffen von Lord Stephens Schwester zu tun haben.

»Die Troubadoure werden schon bald hier sein«, sagte sie zu Richard, da sie fest entschlossen war, sich keine Gedanken über Ral zu machen, sondern sich ganz auf das bevorstehende Festmahl zu konzentrieren. »Es heißt, sie sollen äußerst unterhaltsam sein.«

»Und wir haben Musikanten und Akrobaten bestellt – es wird ein besonderer Abend werden.«

Das bezweifelte sie nicht. Sie hatte nur Zweifel daran, wie Ral mit der Frau umgehen würde, mit der er einst verlobt gewesen war. Er hatte gesagt, er hätte früher einmal etwas für sie empfunden. Wenn das so war, warum hatte er sich dann geweigert, sie zu heiraten?

Und welche Gefühle hegte er heute noch für sie?

Das Fest hatte schon vor Stunden begonnen, als Caryn es immer noch nicht wußte. Seit sie den großen Saal betreten hatten, war Ral zurückhaltend und versonnen gewesen, stumm und in sich gekehrt. Lord Stephen und seine Schwester waren gemeinsam mit François de Balmain eingetroffen, dem königlichen Steuereintreiber, der jetzt neben ihnen auf dem Podest saß. Caryn hatte sich mit größter Sorgfalt gekleidet und eine Tunika in einem tiefen Rubinrot über einem Unterkleid aus weißer Seide gewählt, während Ral eine saphirblaue Tunika trug, die mit Goldfäden bestickt war.

Er verhielt sich Caryn gegenüber höflich, ebenso wie auch seinen Gästen gegenüber, doch in seinen Blicken lag kaum eine Spur von Wärme. Er lächelte, doch irgendwie war sein Benehmen merkwürdig, und es ging etwas von ihm aus, was die Freude dämpfte, die sie an diesem Abend, den sie so gründlich geplant hatte, hätte verspüren sollen.

Unter anderen Umständen hätte sie das verschwenderische Mahl genossen – den Pfauen, der mit seinem schillernden Gefieder serviert wurde, das Wildschwein mit Pilzfüllung, das Rebhuhn, den Regenpfeifer und den Hering, die frischen Gartengemüse, das Trockenobst, die Nüsse und die Feigen. Sie hätte sich von der Musik mitreißen lassen und gebannt der Laute und der Zither, Blechbläsern und Holzbläsern gelauscht.

Die Troubadoure waren so begabt, wie man es ihr berichtet hatte. Sie unterhielten die Männer mit *chansons de geste*, Geschichten über Heldenmut und Ritterlichkeit. Sie sangen vorwiegend Lieder über Karl den Großen und seine Kämpfe mit den Basken, über Roland und Oliver, zwei seiner Freunde, denen er größtes Vertrauen entgegenbrachte. In dem Bericht hieß es, Roland sei grimmig gewesen, Oliver dagegen weise im Krieg mit den Sarazenen.

Dann war da die Geschichte, die sie über den Dunklen Ritter persönlich zu berichten wußten. Über Raolfe de Gere, einen Krieger, der im Kampf so gnadenlos war, daß man ihm schließlich diesen Namen gab. Sie besangen seinen Mut, seine Stärke gegenüber den Sachsen auf dem Schlachtfeld von Senlac und wie Ral einen Säbelhieb abgefangen hatte, um dem König das Leben zu retten.

Obgleich diese Schlacht Caryns Volk eine Niederlage zugefügt hatte, erfüllte die Geschichte über die Tapferkeit ihres Mannes sie mit Stolz und Liebe. *Liebe.* Ja, das war es. Sie war dumm gewesen, das nicht eher zu erkennen. Und nachdem es ihr jetzt klar war, verzehrte sie sich danach, daß Ral dasselbe für sie empfand.

Statt dessen blieb er in sich gekehrt, warf allzu oft Blicke auf Eliana und schaute so finster, als quälte ihn ihre Anwesenheit gewissermaßen, während sie doch gegen seinen Willen seine Blicke anlockte. Sie war eine wunderschöne Frau, stellte Caryn mit mehr als nur einer Spur von Beklommenheit fest. Sie war schwarzhaarig und blauäugig und hatte ebenso helle Haut wie Lord Stephen.

Und ihre Gesichtszüge waren seinen sehr ähnlich, zart geschnitten und doch markant und klar, mit einer geraden Nase, die nicht so spitz wie die ihres Bruders war. Sie war groß und wohlgeformt, mit hochangesetzten Brüsten und üppigen rubinroten Lippen. Wenn sie lachte, schwebte der Klang wohltönend und melodisch durch den Saal und nahm die Aufmerksamkeit fast aller anwesenden Männer gefangen.

»Sie ist sehr hübsch«, sagte Caryn zu Ral, als sie sich ein Stück Fleisch miteinander teilten.

»Ich kann dir versichern, daß ihre Schönheit nicht einmal bis unter ihre Haut reicht.«

»Lord Stephen scheint sie amüsant zu finden.«

Rals Blick richtete sich auf das Paar, das am anderen Ende des Tisches saß. »Stephen ist ihrem Zauber schon erlegen, seit er ein kleiner Junge war.«

»Wer von beiden ist älter?«

»Eliana, aber nur um ein Jahr. Was ihr Macht über Malvern verleiht, ist nicht ihr Alter, sondern ihre weibliche List. Möglicherweise ist sie der einzige Mensch auf Erden, der die Begabung besitzt, diese Macht für sich zu nutzen.«

Caryn hörte, wie Lord Stephen über etwas lachte, was seine Schwester gerade gesagt hatte. Sein Gesicht wirkte leicht gerötet, seine Augen glänzten. Als Caryn einen Blick auf Ral warf, sah sie, daß er finster schaute.

»Bei Gott, diese Frau besitzt Zauberkräfte. Einen Ehemann hat sie bereits überlebt. Ich bemitleide den armen Tropf, der sie als nächster heiraten wird.« Er stieß seinen Stuhl vom Tisch zurück und wandte seine Aufmerksamkeit François de Balmain zu, dem Steuereintreiber des Königs.

Der Mann mit dem ergrauenden Haar redete flüsternd und verstohlen auf ihn ein und wies auf eine Frau, die Tayte hieß und als seine Geliebte mit ihm reiste. Er lachte derb, und Ral stimmte in sein Lachen ein. Dann verließen die beiden das Podest und liefen zwischen den Männern hindurch, die in dem Saal tranken und spielten.

Caryn blickte den beiden nach und spürte, wie sich in ihrer Magengrube ein Kloß bildete. Ral äußerte sich zwar grob über Lady Eliana, doch benahm er sich seit ihrem Eintreffen noch zurückhaltender. Er schien ihr heute abend anders als sonst zu sein, so reserviert und ihr so fern, wie er es nie zuvor gewesen war. Sie sah, wie seine Blicke über de Balmains Geliebte glitten, eine einnehmende Frau mit langem nußbraunem Haar. Er bewunderte unverhohlen ihre Rundungen, lächelte und lachte dann über etwas, was sie sagte.

Wenige Momente später stand er neben Odo, den die Mätresse des Steuereintreibers ebenfalls zu amüsieren schien. Sie lachten miteinander, füllten ihre Kelche nach und gingen auf die Feuerstelle zu. Als Tayte sich an François' Arm entfernte, stieß Caryn einen Seufzer der Erleichterung aus.

Dann tauchte Lynette neben Rall auf. Die beiden begannen, miteinander zu flüstern, und Caryns Magen verkrampfte sich wieder.

*Gütiger Gott, was geht hier bloß vor?* So hatte sie ihn nie erlebt, noch nicht einmal vor ihrer Hochzeit. Es war, als sei sie gar nicht da, als ignorierte er sie vorsätzlich. Diese Feststellung bewirkte, daß ihre Hände zitterten und ihre Kehle sich zuschnürte. Als er Lynette stehenließ und durch den Saal auf Richard zuging, spülte eine Woge von Erleichterung über sie hinweg.

*Sei kein Dummkopf,* schalt sie sich aus und kämpfte gegen ihre Ängste an. *Ral ist jetzt dein Mann.* Sie dachte an die Momente, die sie in seinen Armen zugebracht hatte, daran, wie liebevoll er sie an sich geschmiegt hatte, an die Leidenschaft, die sie miteinander erlebt hatten. *Es kommt alles nur daher, daß Malverns Anwesenheit und die seiner Schwester ihn aufregt. In dem Moment, in dem die beiden fort sind, wird alles wieder so werden, wie es vorher war.*

Mit neuerlicher Zuversicht spielte Caryn ihre Rolle als Gastgeberin und hatte für jeden ein Lächeln übrig. Dennoch bekam sie im Lauf des Abends kaum etwas von ihrem Mann zu sehen, und schließlich wurde sie müde. Eliana hatte sich zurückgezogen, Lord Stephen desgleichen. Sie machte sich auf die Suche nach Ral und fand ihn nicht weit von der Treppe.

»Ich würde mich gern zurückziehen, Mylord. Die meisten unserer Gäste haben sich bereits schlafen gelegt. Die wenigen, die noch auf sind, werden mich sicher nicht vermissen.«

Ral nickte lediglich.

»Bleibst du noch lange auf, Mylord?«

»Ich bin nicht sicher. Es ist das Beste, wenn du nicht auf mich wartest.«

Einen Moment lang war ihr unbehaglich zumute, doch dann lächelte er sie an. Sie flatterte innerlich, und die Sorge fiel von ihr ab.

»Gute Nacht, Myord.« Er war jedoch schon wieder in ein Gespräch vertieft. Als sie auf die Treppe zuging, hielt Caryn nach Lynette Ausschau, stellte fest, daß auch sie den Saal verlassen hatte, und gab sich einem Gefühl von Erleichterung hin.

# 14. KAPITEL

»Marta, hast du Lord Ral gesehen?« Caryn zog sich eilig an, obwohl die Sonne gerade erst aufgegangen war. Sie wählte sorgsam eine hübsche apfelgrüne Tunika mit einem zarten gelben Unterkleid aus.

Die alte Frau wandte sich zu ihr um. Fleckige alte Hände hoben sich auf Caryns Haar und strichen es ihr aus dem Gesicht. »Er wird bald wiederkommen. Du brauchst dir keine Sorgen zu machen, mein Liebes.«

Der bekümmerte Ausdruck auf Martas Gesicht bewirkte, daß Caryns Unbehagen sich schlagartig steigerte. »Er hat letzte Nacht nicht hier geschlafen. Er muß im Gartenzimmer eingeschlafen sein.«

»Ja, ganz bestimmt«, sagte Marta, doch ihre sorgenvollen Augen wandten sich schleunigst von ihrem Gesicht ab, und Caryns Magen drehte sich um.

»Sag es mir, Marta. Du weißt über alles Bescheid, was sich in der Burg abspielt. Wenn du etwas über meinen Mann weißt, dann mußt du es mir sagen.«

»Es steht mir nicht zu, Geschichten weiterzutragen.«

»Bitte«, flüsterte Caryn und umklammerte die Hand der alten Frau.

Martas Schultern sackten so tief herunter, als trüge sie eine schwere Last. Sie rang die Hände und stieß einen verzweifelten Seufzer aus.

»Marta?«

»Ich hatte geglaubt, er sei anders, er würde dir nicht weh tun. Ich habe zu Unrecht geglaubt ...«

»Sag mir, was los ist!«

»Dein Mann hat sich wieder seiner Geliebten zugewandt.«

»Nein! Das kann ich nicht glauben! So etwas täte Ral nicht.«

»So sind die Männer nun einmal. Ich hatte gehofft, Lord Ral sei anders.«

»Er ist anders«, sagte Caryn. »Er ist stark und mutig ... und er ist zärtlich.« Schon während sie die Worte sagte, entrang sich ihrer Kehle ein Schluchzen. Sie wankte auf Marta zu, dann lief sie tränenblind zur Tür. Ihr Haar war noch gelöst, doch Caryn lüpfte die leuchtend grünen Röcke und rannte aus dem Zimmer. Marta rief ihr mit dünner Stimme nach.

Ihr Herz pochte rasend, und ihre Brust war vor Furcht zusammengeschnürt, als sie die Treppe hinunter- und an einem Dutzend schlafender Männer vorbeilief. Sie riß die schwere Eichentür auf, die auf den Burghof hinausführte, und rannte barfuß durch den Schlamm.

»Komm zurück!« rief Marta durch die Tür. »Das darfst du nicht tun!« Aber Caryn rannte nur noch schneller.

Schwer atmend und ohne die betäubende Kälte zu beachten, die sich in ihre Füße schnitt, lief sie über den Burghof zu dem Gebäude neben dem Stall. Mit zitternden Beinen stieg sie die Stufen hinauf zu dem Raum, der als Lynettes Schlafquartier diente. Sie packte den Vorhang, riß ihn zur Seite und blieb erstarrt in der Türöffnung stehen.

Ihr Mann lag auf dem Rücken in Lynettes Bett. Seine schmalen Hüften waren bedeckt, seine breite Brust entblößt, und sein Kinn und seine Wangen waren dunkel und rauh von den Bartstoppeln. Lynette lag neben ihm, hatte den Kopf auf seinen Arm gelegt und ihr langes blondes Haar um seinen Hals geschlungen.

Ein Wimmern entrang sich Caryns Kehle. Einen Moment lang stand sie versteinert da; ihr Herz pochte rasend, vor ihren Augen verschwamm alles, und heiße Tränen strömten über ihre Wangen. Sie versuchte zu schlucken, doch ihre Kehle war zugeschnürt, und der Schmerz in ihrer Brust war schlimmer als jeder andere Schmerz, den sie je gekannt hatte. Dennoch rührte sie sich nicht vom Fleck. Nicht, ehe ihr Mann sich rührte und mit der Hand unbewußt über Lynettes schwere Brüste strich. Er schlug die Augen auf.

»Caryn …« Er stieß ihren Namen ächzend aus.

Ein Schluchzen entrang sich ihr, als sie ihm in die Augen sah, und ihre Finger hoben sich an ihre zitternden Lippen. Sie wollte ihr Leid herausschreien. Sie wollte zusammenbrechen, mit den Fäusten auf den Boden schlagen und weinen, bis sie keine Tränen mehr zu vergießen hatte. Statt dessen machte sie kehrt, um diesem Anblick, der ihre Seele marterte, zu entfliehen. Sie rannte die Stufen hinunter, und ihr langes Haar peitschte hinter ihr im Wind.

»Verdammt«, fluchte Ral und befreite sich aus der Falle, in der Lynette ihn mit ihrem langen blonden Haar gefangenhielt. Er schwang die Beine auf den Fußboden und griff nach seiner Tunika. Dann zog er sich die Hose an, schnürte sie zu und stellte fest, daß dies ihm wesentlich schwerer fiel, als es hätte sein dürfen, denn seine Hände zitterten zu sehr.

So war es nicht gedacht gewesen, und er hätte im Traum nicht geglaubt, daß sie ihn hier aufsuchen würde.

Er hätte auch nie gedacht, daß der Ausdruck auf ihrem Gesicht ihn regelrecht zerreißen würde.

Er warf einen Blick auf die Frau, die noch schlafend im Bett lag. Er hatte sie schnell und lieblos genommen und nur einen Moment lang Lust dabei verspürt. Er hatte es vorsätzlich und mit Bedacht getan, da er sich sicher gewesen war, daß er irgendwie von Caryn loskommen würde, wenn er das tat.

Aber er fühlte sich keineswegs frei von ihr, sondern hundeelend.

Und so allein, wie er sich in seinem ganzen Leben noch nicht gefühlt hatte.

Mit langen Schritten verließ er das Zimmer und legte den Weg über den Burghof zurück, da er entschlossen war, seine Frau aufzusuchen und ihr zu erklären …

Ihr was zu erklären? fragte er sich und blieb vor den Ställen abrupt stehen. Daß er getan hatte, was jeder geile Mann getan hätte, der sich zu Recht als Mann bezeichnete? Daß er getan hatte, was sein Recht als Herrscher war?

Um Himmels willen, er war ihr keine Erklärung schuldig. Er hatte nichts anderes getan als genau das, was er sich bewußt vorgenommen hatte.

Ral biß die Zähne zusammen und riß seinen Blick gewaltsam von der Tür los, die in den Bergfried führte. Das war doch genau das, was er gewollt hatte, oder etwa nicht? Er hatte die Macht, die seine kleine Frau über ihn hatte, geschwächt. Er hatte sich seine Männlichkeit bestätigt.

Er ballte eine Hand zur Faust und spürte das dumpfe Pochen seines Herzens. Seine Brust schien bleischwer zu sein, seine Kehle war zugeschnürt, und in seinem Bauch glimmte ein schwelendes Feuer. Er konnte immer noch den bestürzten Gesichtsausdruck seiner Frau vor sich sehen, die Tränen in ihren großen braunen Augen und die feuchten Spuren auf ihren Wangen. Nur allzu deutlich hatte er den Schmerz gesehen, den sie gefühlt hatte, als sie ihn im Bett einer anderen Frau gefunden hatte.

Wäre sie doch bloß nicht auf den Burghof gekommen. Hätte sie ihn doch bloß nicht mit Lynette gesehen. Wäre sie doch bloß nicht so naiv gewesen zu glauben, er würde nie mehr eine andere Frau wollen.

Es war der reinste Hohn. Er hatte Lynette nicht begehrt, und auch nicht Tayte, noch nicht einmal Eliana. Er hatte Caryn begehrt. Selbst als er seine Hure genommen hatte, hatte er sich vorgestellt, Caryn läge unter ihm.

Verflucht, er hatte es einfach tun müssen. Er hatte es zu seinem eigenen Schutz gebraucht. Er wußte nur zu gut, was passieren konnte, wenn ein Mann sein Herz an eine Frau verlor. Er brauchte sich nur daran zu erinnern, wie ihm zumute gewesen war, als er Eliana mit ihrem Bruder ertappt hatte. Als ihm klargeworden war, wie leicht sie ihn an der Nase hatten herumführen können. Als er ihre Absicht durchschaut hatte, ihn zu heiraten, damit er den Dummen spielte.

Was unerwartet für ihn kam, das war das Schuldbewußtsein. Und der Schmerz, der an seinen Eingeweiden fraß. Wer hätte geglaubt, daß das Leid, das er Caryn bereitete, ihm selbst noch viel mehr zusetzte als ihr?

Caryn weinte, bis sie keine Tränen mehr zu vergießen hatte, und sie verweigerte sogar Marta den Zutritt zu ihrem Zimmer. Ihre Kehle schmerzte, und ihre Augen brannten. Sie fühlte sich innerlich taub, und ihr Herz war geschunden und gebrochen.

Sie hatte ihn so sehr geliebt.

Und sie war so dumm gewesen zu glauben, er würde sie mit der Zeit auch lieben.

*Gütiger Gott,* dachte sie, *was für ein naiver Dummkopf bin ich doch gewesen.* Sie hätte es besser wissen müssen. Er war ein Mann wie jeder andere auch. Wie Odo oder François de Balmain. Und gar nicht so verschieden von Stephen de Montreale. Sogar ihr Vater hatte sich mit anderen Frauen eingelassen. Sie hätte darauf vorbereitet sein müssen.

Am späten Nachmittag fühlte sie sich ausgelaugt und erschöpft; ihr Herz war schwer, ihr Verstand betäubt. Sie hatte das Mittagessen ausfallen lassen, obwohl sie wußte, daß ihre Gäste ihre Abwesenheit bemerken würden und daß Lynette sich brüsten und dafür sorgen würde, daß jeder den Grund ihres Fernbleibens erfuhr. Der Nachmittag ging vorüber, doch blieb sie weiterhin in ihrem Zimmer und gab vor, krank zu sein, da sie sich nicht in der Lage sah, den anderen gegenüberzutreten.

Erst lange nach Einbruch der Abenddämmerung gewann ihr sächsischer Stolz wieder die Oberhand.

Der große finstere Normanne mochte zwar weiterhin ihr Ehemann sein, doch nach dem, was er getan hatte, gehörte ihm ihr Herz nicht mehr. Sie mochte zwar naiv gewesen sein, und vielleicht war sie dumm genug gewesen, um ihn zu lieben, doch diese Liebe würde sie ihm nicht mehr zugestehen. Sie würde es ihm zeigen, es ihnen allen zeigen, daß ihr das alles nichts ausmachte – wenn seine Wahl auf seine Geliebte fiel, dann sollte er sie ruhig haben. Sie würde hocherhobenen Hauptes damit fertig werden und ihren sächsischen Landsleuten zum Stolz gereichen.

Caryn zog sich für das Abendessen mit größter Sorgfalt an, legte kühle, feuchte Tücher auf ihre verweinten Augen und brachte es schließlich fertig, sich vorzeigbar herzurichten. Da noch Gäste im Haus weilten, waren die Troubadoure und die Musikanten, die Gaukler und die Jongleure geblieben. Heute abend würde sie ihnen mit dem größten Interesse zusehen und darum beten, daß sie sie zum Lachen brachten und ihr des öfteren ein Lächeln entlockten. Sie würde ihrem Mann zeigen, daß er ihr nicht mehr weh tun konnte.

Daß sie sich nichts mehr aus ihm machte.

Als Marta anklopfte, stand sie fertig angekleidet da, öffnete die Tür mit einem aufgesetzten Lächeln und hatte sich das kastanienbraune Haar gebürstet, bis es unter dem seidenen Haarnetz schimmerte.

Marta nickte beifällig. »Ich hatte gehofft, daß du dich nicht so leicht geschlagen gibst.«

»Er hat sich damit nur selbst etwas angetan.«

Marta lächelte. »Du hast noch Zeit vor dem Essen. Lord Ral ist erst spät von der Jagd heimgekehrt.«

»Wo ist er jetzt?« fragte Caryn mit mühsam beherrschter Stimme.

»Im Gartenzimmer. Er nimmt ein Bad, ebenso wie Lord Stephen und François de Balmain. Wenn sie damit fertig sind, werden sie zum Abendessen nach unten kommen.«

Caryn nickte. »Ich werde einen kleinen Spaziergang machen.« Das würde ihr dabei helfen, ihre Anspannung abzuschütteln, und außerdem hielt sie es kaum noch in ihrem Zimmer aus. Marta hob eine Hand und legte sie auf ihre Wange, doch sie sagte kein weiteres

Wort. Caryn ging an ihr vorbei durch den Gang zum großen Saal. Als sie den oberen Treppenabsatz erreicht hatte, blieb sie stehen und sah, daß Lynette vor der Feuerstelle saß.

Sie versuchte zwar, mit aller Willenskraft dagegen anzugehen, doch ihre Unterlippe zitterte, und Tränen brannten in ihren Augen. Sie wandte sich ab und machte kehrt, lief durch den Gang, durch den sie gekommen war, an ihrer Zimmertür vorbei, bis sie die Treppe am anderen Ende des Ganges erreichte. Diese führte nach oben, auf die Brustwehr, einen schmalen Wall, von dem aus Bogenschützen die Burg während eines Belagerungszustands verteidigten.

Sie trat aus dem Turm heraus und lehnte sich an den kalten grauen Stein. Eine steife Brise wehte über die Mauern und erzeugte seltsame wehklagende Laute in den Scharten, durch die der Boden unten mit einem Pfeilregen beschossen werden konnte. Es war kühl, doch Caryn nahm es kaum wahr. Ihr war die Brise willkommen, weil sie ihr dabei half, ihr Herz und ihre Seele durchzuwehen.

Sie war gerade dort angelangt, als sie hörte, wie der Türriegel hochgehoben wurde. Als sie sich umdrehte, sah sie einen jungen Mann, der das schwarzweiße Kostüm eines Gauklers trug und das Gesicht in den passenden Farben bemalt hatte. Er zuckte erschrocken zusammen, als er sah, daß er nicht allein war.

»Es tut mir leid, Mylady. Ich wußte nicht, daß Sie hier oben sind.« Seine spitze schwarze Kappe neigte sich nach vorn, und das Glöckchen, das an ihrem Zipfel angenäht war, klingelte. Etliche weitere kleine Glöckchen, die er um den Hals trug, klingelten bei jeder seiner Bewegungen.

»Woher hast du von dieser Brustwehr gewußt?«

»Ich habe sie gestern abend nach dem Fest entdeckt. Die meisten Bergfriede haben einen solchen Ort. Ich mag die Stille hier oben«.

»Ich auch«, sagte Caryn. Von dem Knaben ging etwas aus, eine Art Weisheit, die in seinen glänzenden grünen Augen zu sehen war und auch in seiner rauhen und doch lieblichen Stimme mitschwang. Das ließ ihn älter als seine Jahre wirken.

»Sie sehen heute abend wunderschön aus«, sagte er, »und doch spüre ich deutlich, daß Sie traurig sind.« Er lächelte sie an, und dann machte er schnell ein paar Tanzschritte, die seine Glöckchen klingeln ließen. »Es ist meine Aufgabe, dafür zu sorgen, daß Sie fröhlich sind.«

Caryn lächelte matt. »Bist du denn nie traurig?«

»O doch, Mylady. Es gibt Momente, in denen ich Heimweh habe und mich nach meinen Freunden und meiner Familie sehne, die ich vielleicht nie mehr sehen werde. Aber ich kann meine Traurigkeit hinter der Farbe verbergen, mit der ich mein Gesicht anmale.«

»Und ich habe nichts weiter als meine Willenskraft.«

Der Gaukler streckte eine Hand aus und drückte sanft ihre Finger. Caryn fiel auf, wie zart und weich seine Haut war.

»Aber Kraft ist etwas, wovon Sie eine ganze Menge besitzen, das neide ich Ihnen.« Er hatte zart geschnittene Züge, und sein Gesicht wäre fast hübsch gewesen, hätte er nicht diese kleinen abstehenden Ohren gehabt. »Und es gibt immer noch ein Morgen. Wer weiß, was die Zukunft für uns bereithält?«

»Ja, allerdings, wer weiß das schon?« sagte Caryn und zwang sich zu einem Lächeln. Die Zukunft, die sie voraussah, war jedoch trostlos. Möglicherweise hätte sie das dem Gaukler gegenüber ausgesprochen, da er ein Fremder war und bereitwillig zuzuhören schien, doch als sie sich umdrehte, war er verschwunden.

Caryn verweilte in Gedanken noch eine Weile bei dem Gaukler, bei den zarten Händen und dem strahlenden Lächeln des Knaben, doch sie durfte darüber nicht ihren Mann vergessen, dem sie unten in dem Saal gegenübertreten mußte. Inzwischen saß er bestimmt schon auf dem Podest. Bisher hatte er niemanden nach oben geschickt, um sie holen zu lassen, und sie rechnete auch nicht damit, daß er das tun würde. Er ließ ihr Zeit, das hinzunehmen, wovon jede andere Frau von Anfang an gewußt hätte, daß es dazu kommen würde – sie mußte akzeptieren, daß eine Ehe zu nichts anderem als dem Zweck diente, Erben hervorzubringen. Daß ein Ehemann nur auf sein eigenes Vergnügen aus war und einem nichts von sich selbst dafür gab.

Sie brauchte nicht noch mehr Zeit, um das zu akzeptieren. Diese Lektion war ihr in der bittersten Form erteilt worden.

Als sie oben auf der Treppe stand, zwang sie sich zu einem Lächeln. Sie war gekleidet wie eine Dame, und wenn sie auch nicht die Schönheit von Lynette oder Eliana besaß, dann war sie doch so hübsch, daß die Männer die Köpfe nach ihr umdrehten, als sie zwischen den schwerbeladenen Tischen hindurchging. Auch der Blick ihres Mannes fiel auf sie, wie sie zu ihrem Erstaunen feststellte. Der Ausdruck, der in seinen blaugrauen Augen stand, traf sie mit der Wucht eines Schlages, und es kostete sie zusätzliche Anstrengung, einen Fuß vor den anderen zu setzen.

Caryn lief mit hocherhobenem Haupt und zurückgezogenen Schultern durch den Saal und lächelte jeden an, an dem sie vorüberkam, und ab und zu blieb sie auf dem Weg stehen, um mit jemandem ein paar Worte zu wechseln. Als sie das Podest erreichte, stand Ral auf und wartete, bis sie sich auf ihren Stuhl gesetzt hatte.

»Ich hatte mich schon gefragt, ob du zum Essen wohl nach unten kommen wirst.« Seine Stimme hatte einen seltsamen Klang. »Deine Dienerin hat uns berichtet, du seist krank.« Der Blick, den sie miteinander wechselten, besagte deutlich, daß er wußte, was ihr fehlte und erstaunt über ihr Erscheinen und keineswegs froh darüber war.

Vielleicht hatte er ihr ebensowenig gegenübertreten wollen wie sie ihm.

»Ich hoffe, es geht Ihnen wieder besser«, sagte Lord Stephen. »Meine Schwester hat Ihre Gesellschaft vermißt.«

»Mir geht es wieder gut. Es war nur eine vorübergehende Schwäche.« Sie bedachte ihren Mann mit einem durchdringenden Blick. »Ich bezweifle, daß ich noch einmal darunter leiden werde.«

Neben ihr verfinsterte sich Rals Miene.

»Hat Ihnen die Jagd Freude gemacht?« fragte sie François de Balmain. Sie lächelte ihn herzlicher an, als sie es hätte tun sollen, und ihr fiel auf, daß ein Muskel auf Rals Wange zuckte.

»Es war ein besonderer Tag, Mylady. Ihr Mann war nicht zu halten. Er hat einen Hirsch mit seinem Schwert erlegt.«

Sie wandte sich in seine Richtung. »Ist das wahr, Mylord? Nach dem gestrigen ... Schwelgen ... hatte ich ein wenig Sorge um deine Kraft.« Sie ignorierte den finsteren Blick, den er ihr zuwarf, und wandte sich wieder an de Balmain und dann an Lady Eliana.

»Ich hoffe, Ihr Besuch bei uns macht Ihnen Freude.«

Die schwarzhaarige Schönheit lächelte. »Ich habe vor, den Sommer auf Malvern zu verbringen. Vielleicht möchten Sie mir eine Zeitlang dort Gesellschaft leisten.«

»Meine Frau hat zu tun ...«, mischte sich Ral ein.

»Es würde mir große Freude bereiten, die Gegend hier besser kennenzulernen«, entgegnete Caryn. »Ich bin sicher, daß mein Mann es ein paar Tage ohne mich aushalten kann.«

»Darüber reden wir, wenn es soweit ist«, sagte Ral mit einem finsteren Blick, der sie warnen sollte. Dann wechselte er das Thema. »Da ist jemand, den ich dir vorstellen möchte.«

Erst jetzt bemerkte Caryn den dunkelhäutigen Mann, der am anderen Ende des Tisches saß. Als Ral ihn ansah, stand er auf und neigte den Kopf, um Caryn zu begrüßen. Sein Kopf war mit einem Tuch bedeckt, das ihm bis auf die Schultern reichte und von einem schmalen Band um seine Stirn festgehalten wurde.

»Hassan ist Arzt«, sagte Ral. »Er hat früher einmal in König Williams Diensten gestanden. Bei der Schlacht von Senlac war er der Mann, der mir das Leben gerettet hat.«

Caryn war die Narbe zwischen Rals Rippen schon aufgefallen, die von einem Schwerthieb stammte. Sie war lang, aber ziemlich gerade und nicht allzu auffällig. Sie sah den hageren dunkelhäutigen Mann mit einem dünnen Lächeln an.

»Wenn das so ist, bin ich Ihnen große Dankbarkeit schuldig, Hassan. Denn er würde uns allen sehr fehlen.« Sie warf einen Blick zu dem Tisch, der vor dem Podest stand, und sah dort Lynettes blonden Schopf. »Einigen von uns sogar noch mehr als anderen«, fügte sie hinzu.

»Hassan wird in ein paar Wochen wieder nach Braxston kommen«, sagte Ral und ignorierte ihre beißenden Worte. »Vielleicht kann er dich mit dem Gebrauch einiger seiner Kräuter vertraut machen.«

»Ich werde ihn bestechen, mir alles beizubringen.« Sie lächelte trocken. »Wer weiß, was man mit Kräutern alles anfangen kann. Vielleicht werde ich lernen, das eine oder andere Mittelchen zu brauen.«

Ral sah ihr in die Augen und las den bitteren Hohn in ihnen. Er murmelte zwar einen tonlosen Fluch vor sich hin, doch sie glaubte, ihm auch eine gewisse Bewunderung entlockt zu haben.

Der Abend nahm seinen Lauf, und sie genossen es, sich von den Schaustellern unterhalten zu lassen. Zumindest betete Caryn, sie möge diesen Eindruck erwecken. Sie lachte, sie lächelte, und sie unterhielt sich angeregt mit Lady Eliana. Dabei mußte sie feststellen, daß das nicht gerade einfach war.

Stephens Schwester war ungewöhnlich, anders als andere Menschen, in gewisser Weise beunruhigend, und sie strahlte eine Finsternis aus, die sie wie ein dichter nächtlicher Nebel einhüllte und Caryns Unbehagen noch mehr steigerte, wenngleich sie auch ihr Bestes tat, um dieses Unbehagen zu verbergen.

Ebenso, wie sie verbarg, was sie Ral gegenüber empfand. Doch jedesmal, wenn er sie ansah, schnürte sich etwas in ihrem Innern zusammen. Es kostete sie große Mühe, neben ihm zu sitzen, und noch mehr Mühe kostete es sie, zu lächeln und ihn mit seinem Namen anzusprechen.

Sie wollte nicht sein, wo sie war, wollte sein gutgeschnittenes Gesicht nicht sehen, wollte das Lächeln seiner Hure nicht sehen. Sie wollte von ihrem Stuhl aufspringen und weglaufen, wieder in ihr Zimmer gehen und nie mehr herauskommen. Sie wollte ihm jedes gemeine Schimpfwort an den Kopf werfen, das ihr einfiel, und sie wollte weinen und jammern und mit den Fäusten gegen die Wand schlagen, um ihrer Wut Luft zu machen.

Statt dessen lächelte sie reizend und lachte über die Darbietungen des Gauklers. Sie dachte wieder an ihre kurze Begegnung mit ihm auf der Brustwehr, und noch einmal dachte sie über den blonden Jungen mit dieser seltsamen Eindringlichkeit nach. Auf dem Boden unter dem Podest vollführte der Knabe einen kleinen Tanz und ließ dabei die Glöckchen auf seiner Mütze und um seinen Hals herum klingeln.

Der Gaukler war amüsant und konnte mit seinen Späßen alle fesseln, während er scherzte und plapperte und seinem Publikum Beifall entlockte. Zum ersten Mal seit Wochen zeigten sich die Grübchen in Richards Wangen, und am späteren Abend sah Caryn ihn vor dem Feuer mit dem Gaukler reden.

Sie beobachtete die beiden einen Moment lang und war neidisch darauf, daß sie miteinander lachten, denn innerlich fühlte sie sich traurig und trostlos, doch nach außen hin lächelte sie strahlend. Das kostete sie dermaßen viel Konzentration, daß ihr die schweren Schritte entgingen, mit denen ihr Mann sich ihr von hinten näherte.

»Du scheinst heute abend außergewöhnlich heiter zu sein«, sagte er. »Mit dieser Stimmung hätte ich schwerlich gerechnet.«

»Aufgrund dessen, was heute morgen vorgefallen ist?«

»Ja. Als ich dich das letzte Mal gesehen habe, sind dir Tränen über die Wangen gelaufen.«

»Die letzten dieser Art, dafür verbürge ich mich. Es waren die Tränen eines dummen jungen Mädchens. Heute abend bin ich eine Frau. Eine Frau, der endlich die Augen geöffnet worden sind.«

»Ich wollte dir nicht weh tun.«

»Es ist wohl kaum deine Schuld, daß ich ein solcher Dummkopf war.«

Einen Moment lang sagte Ral nichts. Dann nahm er ihren Arm und wollte sie zur Treppe führen.

»Was tust du da?« Caryn entriß ihm ihren Arm.

»Es ist schon spät. Es ist an der Zeit, daß wir uns für die Nacht zurückziehen.«

Caryn kniff die Augen zusammen, als sie in sein gutgeschnittenes Gesicht sah. »Da wir heute abend Gäste im Haus haben, darfst du mich nach oben begleiten. Falls du jedoch vorhast, dich mir in unserem gemeinsamen Zimmer anzuschließen, dann wirst du sehr schnell feststellen, daß du dort nicht mehr willkommen bist.«

Ral biß die Zähne zusammen. »Du bist meine Frau. Es ist deine Pflicht, mich jederzeit in deinem Bett zu dulden, wenn ich es so wünsche.«

Caryn lachte, und ihr Lachen hatte einen unnatürlich rauhen Klang. »Falls du auch nur einen Moment lang glauben solltest, Mylord, daß das, was bisher zwischen uns bestanden hat, auch nur die geringste Ähnlichkeit mit dem haben wird, was du von jetzt an von mir bekommen wirst, dann hast du dich gründlich geirrt. Du hast dich selbst dafür entschieden, mit deiner Hure zu schlafen. Nur dort kannst du dir jetzt noch holen, was du willst.«

Sie ging auf die Treppe zu und spürte, daß ihr Mann an ihrer Seite blieb. Als sie ihr gemeinsames Zimmer erreicht hatte, schlug Caryns Herz heftig. Er konnte sie dazu zwingen. Stark genug war er. Aber es war ihr ernst mit dem, was sie gesagt hatte. Was er in ihr wachrufen würde, wäre Bitterkeit, keine Leidenschaft. Er konnte seine Lust daraus schöpfen, doch sie würde nichts anderes als eisige Ablehnung empfinden.

»Ich werde dir ein Weilchen Zeit lassen. Du wirst schon bald lernen, daß es in der Natur der Männer liegt, sich mit mehreren Frauen zu vergnügen.«

Einen Moment lang geriet Caryn ins Wanken, und ihre kühle Maske fiel herunter. Schmerz zeigte sich in ihren Augen und mit ihm ein schimmernder Tränenschleier. »Ich war schon immer schnell, wenn es darum ging, etwas dazuzulernen, Mylord. Du kannst ganz sicher sein, daß diese Lektion so bald nicht in Vergessenheit gerät.«

Etwas blitzte in Rals Augen auf und war gleich wieder verflogen. Caryn wandte sich von ihm ab, betrat ihr Zimmer und verschloß ihrem Mann und ihren einstigen Träumen die Tür.

Ral war unruhig und bedrückt und verbrachte eine schlaflose Nacht im Gartenzimmer. Und ebenso die nächste und die danach. Der Steuereintreiber und sein Freund Hassan, der Arzt, waren gemeinsam mit Stephen nach Grennel aufgebrochen, Malverns Burg im Süden, wo er und seine Männer sich von den beiden trennen würden. In dem großen Saal war wieder Ruhe eingekehrt.

Es herrschte eine bedrückende Stille, eine unnatürliche Stille. Es schien, als seien selbst die Wände von Trostlosigkeit erfüllt.

Oder war all das lediglich ein Spiegelbild der Trostlosigkeit, von der sein Herz erfüllt war?

Ral wälzte sich auf seinen dicken Fellen herum und versuchte, eine bequeme Lage zu finden. *Es wird sich legen,* sagte er sich. *Mit der Zeit wird dieser Schmerz sich legen.* Doch er fragte sich, wie lange es dauern würde, und es erstaunte ihn, daß er derart darunter leiden konnte, die Zuneigung seiner kleinen Frau verloren zu haben.

Ral stieß einen wüsten Fluch aus und warf die Decken zurück. Es war besser, jetzt gleich die Herrschaft über seine Gefühle zu gewinnen, als ihr die Herrschaft zu überlassen. Dieser Besuch von Eliana und Stephen hatte ihm das erbittert und nachdrücklich klargemacht.

Dennoch mußte er sich eingestehen, daß er ihr Lachen und ihre Gesellschaft vermißte, ihre Zärtlichkeit und ihren Humor, die Wärme ihres Körpers neben seinem. Er vermißte die Leidenschaft, die sie miteinander erlebt hatten, und den sanften Ausdruck in ihren Augen, wenn er sie zur Erfüllung gebracht hatte.

»Schluß jetzt!« sagte er laut vor sich hin. »Ein Mann ist ein Dummkopf, wenn er derart in eine einzige Frau vernarrt ist.« Er war sicher, daß er Caryn sein Herz, das sie jetzt so fest in ihren Händen hielt, mit der Zeit würde entreißen können, und dann würde sie ihn wieder als ihren Gebieter akzeptieren und ihm Zulaß zu ihrem Bett gewähren.

Selbst jetzt konnte er einfach durch den Gang laufen, falls das sein Wunsch sein sollte, ihre Tür aufreißen und von ihr verlangen, daß sie sich seinem Willen beugte. Das konnte er tun – schließlich gehörte das wahrhaft zu seinen Rechten als ihr Ehemann und Gebieter. Aber er wußte, daß sie sich zur Wehr setzen würde, und er hatte nie eine Frau mit Gewalt genommen.

Sie war so zierlich, und er hätte ihr weh tun können.

Und wenn er auch bemüht war, es zu leugnen, dann wollte er sie doch unter gar keinen Umständen noch mehr verlieren, als er sie ohnehin schon verloren hatte.

Ral fuhr sich mit einer Hand durch das Haar, das vom Schlaf zerzaust war. Der Gedanke an Caryn hatte ihn steif und pochend zurückgelassen. Er begehrte sie jetzt mehr als je zuvor, aber Caryn wollte ihn nicht mehr.

Ral ignorierte den Faden der Furcht, der begonnen hatte, ein Netz um sein Herz zu weben.

»Was bedrückt dich, Richard? Kommt es nie vor, daß du lächelst?« Der Gaukler tauchte neben ihm auf. Sein Gesicht war jetzt nicht mehr schwarz und weiß bemalt, doch eine Filzmütze bedeckte den größten Teil seines schimmernden blonden Haars. Abgesehen von seinen kleinen abstehenden Ohren war er ein attraktiver Knabe, und er hatte eine freundliche Art.

»In der letzten Zeit nicht, Ancil. Ich mache mir Sorgen um Lady Caryn.« Richard hätte nicht sagen können, warum er seine Überlegungen dem Gaukler gegenüber so offen aussprach, und doch wußte er ohne jeden Zweifel, daß keines seiner Worte weitergegeben würde.

»Sie lacht fröhlich, aber innerlich weint sie. Sie beklagt den Verlust ihres Mannes und trauert um ihn, als sei er tot und begraben.«

»Es wundert mich, daß du das weißt«, sagte Richard. »Es ist ein Geheimnis, das sie mit jedem einzelnen Herzschlag hütet.«

»Ein Gaukler kennt die Geheimnisse aller. Gelächter ist die beste Medizin, um Sorgen zu vertreiben.«

»Und das beste Mittel, um die Zungen der Menschen zu lösen?« fragte Richard.

»Ja, aber deine Geheimnisse sind sicher bei mir.«

»Meine Geheimnisse?« Der Gaukler nickte lediglich. Eine Brise wehte ihm Haarsträhnen ins Gesicht, und Richard fiel auf, wie zart seine Haut war. »Deine Verse haben deinen Verstand benebelt. Ich habe keine Geheimnisse.«

»Glaubst du das wirklich? Ich weiß, daß du viel zu hart arbeitest und dir viel zu oft Sorgen machst.«

»Das ist kein Geheimnis. Und mein Arbeitsaufwand hat sich verringert, seit Lady Caryn die Kastellanspflichten auf sich genommen hat.«

»Ich weiß, daß du dir wünschst, Kinder zu haben.«

Richad riß abrupt den Kopf hoch. »Wie … woher weißt du das?« Ancil lachte, und Richard stellte fest, daß er den Klang seines Lachens mochte.

»Ich weiß, daß du gern heiraten würdest, wenn du die Zeit hättest, dir die richtige Frau zu suchen.«

»Ich glaube, du bist ein Hellseher, der sich als Gaukler verkleidet. Ich habe diese Worte keinem Menschen gegenüber je geäußert.« Oder doch? Am Abend des Festes hatte er getrunken. Er hatte mit dem Gaukler geredet und war stolz darauf gewesen, was er und Lady Caryn geleistet hatten, um einen erfolgreichen Abend zu gewährleisten. Er hatte sich ausnahmsweise einmal entspannt und den Abend genossen.

»Dann ist es also wahr, daß du dich gern verheiraten würdest?«

Richard zuckte die Achseln. »Ja.«

»Worauf käme es dir bei einem Mädchen an?«

Richard lächelte. »Das ist einfach zu beantworten. Sie soll lieb und nett sein, freundlich und süß … und sie soll hart arbeiten können.«

Der Gaukler gab einen Laut von sich, der nach einem Murren

klang. »Was ist mit Glut, Richard? Was ist mit Leidenschaft und Liebe? Diese Dinge erwähnst du noch nicht einmal, und doch würde ich meinen, daß sie wichtiger als alles andere sind.«

*Leidenschaft und Glut?* Richard ertappte sich dabei, daß er die wohlgeformten Beine des Gauklers anstarrte. Sie steckten in einer engen Strumpfhose und schauten größtenteils unter seiner kurzen Tunika heraus. Richard riß sich zusammen und wandte abrupt den Blick ab.

»Ich nehme an, es wäre günstig, wenn auch noch Leidenschaft daraus erwüchse. Aber in erster Linie wünsche ich mir, daß sie bescheiden, demütig und gehorsam ist und möglichst schnell meinen Sohn im Leib trägt.«

Die grünen Augen des Gauklers kniffen sich zusammen. Es war das erste Mal überhaupt, daß Richard Ancil zornig erlebte.

»Männer!« fauchte der Knabe, und seine blonden Augenbrauen zogen sich zusammen, »ihr seid alle nur Narren!«

Richard war betroffen, weil seine Worte den jungen Knaben derart aufgebracht hatte, daß er losstürmte und ihn stehenließ. Er sah ihm länger hinterher, als er es hätte tun dürfen, und dabei bewunderte er die leichtfüßige Anmut seiner Bewegungen. Als er merkte, was er tat, schnappte er hörbar nach Luft und wandte eilig den Blick ab.

Er war wohl kaum der Typ Mann, der eine Schwäche für hübsche junge Knaben hatte. Er hatte schlichtweg zu lange keine Frau mehr gehabt. Richard machte sich in Gedanken eine Notiz, dafür zu sorgen, daß seine Gelüste noch vor Ablauf der Woche gestillt würden.

# 15. Kapitel

Ral gestattete es seiner Frau noch zwei weitere Wochen lang, ihn kühl und abweisend zu behandeln. Sie verhielt sich höflich und verbindlich, aber doch reserviert, und sie kam niemals auf ihn zu, wenn es nicht unumgänglich war.

Da er das Bett seiner Geliebten nicht wieder aufgesucht hatte, sprach auch Lynette nicht mehr mit ihm, doch er mußte feststellen, daß er froh darüber war.

Ral fluchte leise vor sich hin, als er in dem großen Saal vor der Feuerstelle saß. Der tiefrote Schein der Flammen erinnerte ihn an die Farbe von Caryns Haar. Sie saß jetzt auf der anderen Seite der Feuerstelle Geoffrey gegenüber und war in eine Schachpartie mit dem jungen Ritter vertieft. Ihr Gewand spannte sich über ihren Brüsten, als sie sich über das Brett beugte und eine Hand auf seinen Arm legte, und dann hörte Ral ein männliches Lachen. Als Caryns liebliches Lachen ebenfalls ertönte, zog sich in seinem Magen etwas zusammen.

Gütiger Jesus, was geht zwischen den beiden vor? Seine Frau hatte in der letzten Zeit kaum Interesse an ihm gezeigt, kam jedoch anscheinend blendend mit dem jungen Ritter aus, den er schon vor einer ganzen Weile dazu abkommandiert hatte, über sie zu wachen. Wenn sie auch nur einen einzigen Moment lang glaubte ... wenn er auch nur den geringsten Verdacht schöpfte, Geoffrey könnte seine Grenzen überschritten haben ... Seine Finger umklammerten die Armlehne seines Stuhls, als er die beiden beobachtete. Er konnte nichts Verstohlenes in dem Benehmen des jungen Ritters erkennen, doch wogte rasende Eifersucht in ihm auf, als er die beiden miteinander sah.

Himmel, welche Macht mußte sie über ihn haben, wenn sie solche Gefühle in ihm wecken konnte? Er verspürte den Wunsch, über sie herzufallen und die Hand gegen Geoffrey zu erheben. Er war jetzt sicherer denn je, daß er das Richtige getan hatte, und alles, was er je zuvor getan hatte, war ihm so unklar wie noch nie.

Er wußte nur, daß sie ihm gehörte und nicht Geoffrey. Und daß sie wieder in sein Bett gehörte. Verflucht, dieses Recht stand ihm als ihrem Gebieter und Ehemann zu! Es war sein volles Recht, daß sie ihm gehorchte, sich ihm fügte und ihm Söhne gebar.

Ral sprang so abrupt von seinem Stuhl auf, daß er hinter ihm zu Boden fiel und mit einem lauten Schlag inmitten der Binsenlichter landete, die nach frischen Kräutern dufteten. Er lief um die Feuerstelle herum, steuerte aufgebracht auf die beiden zu und faßte aus seiner Wut heraus plötzlich einen Entschluß. Er streckte einen Arm aus und schlang ihn um Caryns Taille.

»Mylord?« Sie war in ihren nächsten Zug vertieft gewesen, bei dem sie mit ihrer Königin hatte vorrücken wollen, doch jetzt hob sie abrupt den Kopf.

»Das Spiel ist aus. Wir gehen jetzt ins Bett.«

Sie zuckte in seinem Arm zusammen und warf einen Blick auf Geoffrey. Seine Stimmung wurde noch finsterer.

»Sie hätten ganz bestimmt gewonnen«, sagte der blonde Ritter mit einem unbeschwerten Lächeln.

Caryn sah Ral wieder an, erhob aber entgegen seiner Erwartung keinerlei Einwände. Statt dessen reckte sie das Kinn in die Luft. »Wie du wünschst, Mylord.«

Schweigend stiegen sie die Treppe hinauf. Rals Blicke ruhten auf dem Schimmer, den die Binsenlichter ihrem dichten kastanienbraunen Haar verliehen, und auf dem verführerischen Schwung ihrer Hüften. Er war jetzt schon steif und pochte und konnte es kaum erwarten, sie um sich zu fühlen.

Als sie die Tür ihres Zimmers erreicht hatten, blieb sie stehen. »Ich habe deinem Wunsch Folge geleistet und bin mit dir nach oben gekommen. Aber ich möchte dich nicht in meinem Bett haben.«

Ein Muskel in seinem Kiefer spannte sich an. »Was du willst, spielt keine Rolle mehr. Du bist meine Frau – das ist alles, was zählt.« Er hob den Riegel, öffnete die Tür und zog sie mit sich ins Zimmer.

Als er sie in seinen Armen umdrehte, wehrte sie sich nicht dagegen, aber sie war auch nicht anschmiegsam oder entgegenkommend.

»Du hast mit gefehlt, Caryn.« Er nahm ihr Kinn zwischen die Finger und bog ihren Kopf zurück, und dann verschloß er ihre Lippen mit einem Kuß. Diese Lippen waren kühler, als er sie in Erinnerung hatte, steif und unnachgiebig. Er teilte sie mit seiner Zunge, die er in ihren Mund gleiten ließ, doch er fand immer noch keine Spur der Glut vor, die ihren kleinen Körper gewöhnlich durchdrang. Er beendete den Kuß, ließ sie jedoch nicht los.

»Du hast die Absicht, dich mir zu verweigern?«

»Es ist dein Recht als mein Mann, mich zu nehmen. Dem werde ich mich beugen.«

Seine Augenbrauen zogen sich hoch, und Wut stieg in ihm auf, während ein kaltes Grauen sich schwer auf seine Brust legte. »Du willst dich fügen, ohne auf mich einzugehen?«

»Wenn du willst, daß ich dir etwas vormache ...«

»Verhöhne mich nicht, Caryn.«

»Das ist nicht meine Absicht. Es ist nur einfach so, daß meine Gefühle dir gegenüber sich verändert haben.«

Seine Augen bildeten wortlos eine Frage.

»Früher habe ich dich begehrt. Jetzt begehre ich dich nicht mehr.«

Ral spürte, wie glühender Zorn in ihm aufwogte. »Du bist eine leidenschaftliche Frau. Ich glaube nicht, daß deine Glut so leicht abkühlt.« Er zerrte sie an sich und küßte sie noch einmal, und dabei setzte er seine Zunge ein, legte die Hände auf ihre Brüste und streichelte ihre Brustwarzen. Er ließ seine Hände an ihrem Körper hinabgleiten, konnte aber keine leidenschaftliche Reaktion wecken.

»Früher hast du mich begehrt«, sagte er und zwang sich, sie loszulassen. Er war zwischen Wut und Frustration und einer Furcht zerrissen, die sich langsam vertiefte. »Jetzt behauptest du, du würdest nichts mehr empfinden?« Caryn antwortete nicht darauf. »Falls du glaubst, du könntest Geoffrey in dein Bett holen, dann irrst du dich.«

»Geoffrey? Der ist doch noch ein Junge und kein Mann.«

»Er ist ein Mann, und er ist ehrgeizig. Nichts wäre ihm lieber als die Macht, die er erringen könnte, wenn er den Schlüssel zu deinem Herzen an sich brächte.«

»Ich habe kein Verlangen nach Geoffrey. Ich will weder ihn noch irgendeinen anderen Mann in meinem Bett haben.«

Erleichterung durchflutete ihn, obwohl er sich alle Mühe gab, es zu verleugnen. »Und was willst du dann?«

Caryn sah ihn an und wandte den Blick nicht von ihm ab. »Meine Freiheit. Das ist alles, was ich mir von dem Tag unserer ersten Begegnung an gewünscht habe.«

Ral biß die Zähne zusammen. »Du bist meine Frau. Du hast nur die Freiheiten, die ich dir zugestehe. Es ist mein Recht, über dich zu bestimmen, ebenso, wie es mein Recht ist, dich in mein Bett zu holen.« Er zwang sich ihr jedoch nicht auf, wie er es ursprünglich vorgehabt hatte, sondern verließ statt dessen das Zimmer, ohne sich auch nur noch einmal umzusehen, und die schwere Eichentür schlug hinter ihm zu.

Caryn starrte die Tür an, nachdem er gegangen war, und ihre Knie wurden plötzlich weich. Er hatte sich ihr nicht gewaltsam aufgedrängt, doch möglicherweise hätte er es getan – wenn er gewußt hätte, welche Anstrengung es sie kostete, die Leidenschaft vor ihm zu verbergen, die er in ihr wachrief. Es hatte sie den letzten Funken Willenskraft und all ihre Entschlossenheit gekostet, die Glut zu ignorieren, die durch ihren Körper rauschte. Es überraschte sie, daß es ihr gelungen war. Daran ließ sich der sächsische Stolz ermessen, der ebenfalls in ihren Adern floß.

Sie warf noch einen letzten Blick auf die Tür. Jetzt war er fortgegangen, und sie verspürte Hochstimmung über den Sieg, den sie errungen hatte.

Andererseits wünschte sie insgeheim, er hätte ihr die Kleider vom Leib gerissen und sie zu seinem breiten Bett getragen, sie geküßt, bis ihre Beine ihr keinen Halt mehr gaben, ihre Brüste mit seinen Händen geknetet und sich in sie hineingestoßen. Sie wünschte, er hätte ihr Liebkosungen auf französisch zugeflüstert, sie in seinen Armen gehalten, sie gestreichelt und sie mit den Berührungen seines muskulösen Körpers in die Raserei getrieben.

Aber mehr als alles andere wünschte sie sich, daß er sie liebte.

So, wie sie ihn immer noch liebte.

Ral schlief in jener Nacht wieder unruhig. Er stellte sich Caryn in den Armen des gutaussehenden blonden Ritters Geoffrey vor und sah vor seinen Augen ihr tief betroffenes Gesicht an jenem Morgen, an dem sie ihn nackt im Bett seiner Geliebten vorgefunden hatte. Als er erwachte, war er in Schweiß gebadet, und fühlte, wie sich eine kalte harte Faust auf sein Herz legte.

Er fluchte leise, und die Frustration stieg wie Galle in seine Kehle auf. Er schnitt eine Grimasse, als er merkte, wie steif seine Muskeln waren, und als er sein pochendes Glied wahrnahm, schlug er die Decken zurück und stieg aus dem Bett. *Caryn. Immerzu nur Caryn.* Er begehrte sie mit einer Leidenschaft, die ihn in Erstaunen versetzte, und gerade deshalb weigerte er sich, seinem Verlangen nachzugeben und sie gewaltsam zu nehmen.

Statt dessen schüttelte er seine Gefühle von Unsicherheit energisch ab und zwang sich, an seine Pflichten und an den Tag zu denken, der ihm bevorstand. Er kleidete sich an, wie er es für eine Schlacht getan hätte, eine kurze braune Tunika, eine Hose und seine hohen weichen Lederstiefel. Dann nahm er sein Schwert und seinen Schild und begab sich nach unten. Draußen auf dem Burghof half ihm sein Knappe in seine Rüstung und legte ihm den Schwertgürtel an. Jetzt war er bereit, mit seinen Männern den ganzen Vormittag zu trainieren und sie auszubilden.

Sie waren bereits zugange, trugen ihre Kettenhemden und waren mit Schwert und Schild bewaffnet. Er entdeckte Odo, der gerade mit Lambert und Hugh sprach, und dann fiel ihm der blonde Ritter Geoffrey ins Auge, hellhäugig, viril und von der Arroganz der Jugend erfüllt.

Ral warf einen Blick auf die hohen Steinmauern des Bergfrieds hinter sich und schaute zu dem schmalen Fensterschlitz des Zimmers auf, das sein Gemach hätte sein sollen. Sah seine Frau etwa in ebendiesem Moment auf die Ritter und die Krieger im Burghof hinunter? Suchten ihre Blicke den gutaussehenden jungen Ritter und nicht ihn? Geoffrey stand in seinem gepolsterten Lederwams und dem staubigen Kettenhemd neben Lambert und trainierte für sich allein. Er hob das Schwert und ließ es dann in einem kühnen Bogen niedersausen, als stünde er einem echten Gegner und nicht nur seinem eigenen Schatten gegenüber.

Ral lächelte voller Gehässigkeit und zog sein eigenes Schwert aus der Scheide. Mit einem Daumen testete er die Klinge und stellte fest, daß sein Schildknappe gute Arbeit geleistet hatte, als er die Klinge geschärft hatte. Dann stolzierte er über den Hof, bis er vor Odo und Geoffrey stand.

»Du scheinst heute morgen blendend in Form zu sein, Geoffrey.«

»Genauso fühle ich mich auch, Mylord.«

»Dein Schwertarm scheint kräftig zu sein. Sehen wir uns doch mal an, ob die Übung dir geholfen hat, deine Fertigkeiten zu vervollkommnen.« Ral setzte sich den Helm auf und rückte ihn zurecht, bis das Visier herunterfiel.

Geoffrey lächelte. »Wie Sie wünschen, Mylord.«

Sie traten gegeneinenader an und hoben erst den Schild und dann das Schwert. Um sie herum verstummten die Männer. Sie nutzten die Gelegenheit, sich auszuruhen, während sie gebannt den Kampf beobachteten, obgleich keiner von ihnen an dem Ausgang zweifelte.

Ral trat vor, stachelte den jüngeren Mann mit ein oder zwei Worten an und wartete darauf, daß Geoffrey zum ersten Hieb ausholte. Als er es tat, parierte er ihn, und das schwere Metall traf klirrend auf seine Klinge und sandte einen Schauer durch Geoffreys Arm.

Ral spürte den Hieb kaum. Erinnerungen an den Traum rauschten durch seine Adern ... Bilder von Geoffrey und Caryn.

Er parierte drei weitere Hiebe, und sein Schwert hallte laut. Etlichen anderen wich er aus, und dann konterte er und ging zur Offensive über. Geoffrey täuschte eine Rechte vor und holte nach links aus, fing einen schweren Hieb ab, parierte dann und konnte anfangs die Wucht von Rals brutalem Angriff abwehren. Aber schon bald begann er zu ermatten.

Es dauerte nicht lange, bis er die Schwäche des jüngeren Mannes erkannt hatte. Ral hieb mit seiner Klinge hart auf Geoffreys Linke, einmal, zweimal, blockte die lahmen Versuche des jungen Ritters ab, die Dinge in die Hand zu nehmen, und setzte seinen heimtückischen Angriff fort, bis der Knabe in die Knie ging. Selbst dann hörte Ral noch nicht auf, sondern hieb mit der stumpfen Seite der Schwertklinge gegen Geoffreys Helm und seine Rippen unter dem Kettenhemd.

»Ich ergebe mich, Mylord!« rief Geoffrey aus, doch es dauerte einen Moment, bis diese Worte den Schleier der Wut durchdrangen, in den Ral gehüllt war. Seine Hände zitterten, als es ihm schließlich gelang, sein Schwert wieder zu beherrschen, und sein Blut toste grimmig. Als der junge Ritter aufstand, fiel ihm auf, wie stark Geoffreys Helm verbogen war. Hammer und Amboß würden erforderlich sein, um ihn soweit wieder geradezubiegen, daß er ihn absetzen konnte.

Ral verspürte Gewissensbisse.

Nie hatte er erlebt, daß Geoffrey Caryn nicht gebührend respektvoll behandelt hätte. Er konnte schwerlich dem jungen Ritter die Schuld daran geben, daß seine Frau den blonden Mann so attraktiv fand.

Das konnte er Geoffrey wohl kaum vorwerfen, und doch brodelte die Wut, die dieses Wissen in ihm auslöste, in seinem Innern, versengte ihn und weigerte sich, ihn in Frieden zu lassen.

»Richard! Komm her! Schnell!«

Der Kämmerer sah, wie der Gaukler ihm entgegeneilte. Seit dem Abend des Festmahls war die Atmosphäre in der Burg so angespannt, daß Lord Ral den Troubadour gebeten hatte, länger zu bleiben.

»Was ist, Ancil?« Richard warf einen besorgten Blick in die Richtung des jüngeren Mannes.

»Kleinbauern aus dem Dorf sind gekommen. Sie sind hier, weil sie Lord Ral sprechen wollen. Sie sagen, mindestens die Hälfte ihrer Rinder ist an der Rinderpest erkrankt.«

*Rinderpest.* Eine Seuche, die ganze Herden von Rindern ausrottete und Menschen verhungern ließ.

»Wo sind sie?« Richard legte die Liste hin, die er gerade geschrieben hatte, und eilte dem Jungen entgegen.

»Auf der anderen Seite der Zugbrücke. Die Männer, deren Rinder noch nicht verseucht sind, verlangen, daß Lord Ral diejenigen, die erkrankt sind, töten läßt.«

»Falls es tatsächlich die Rinderpest sein sollte, bleibt Lord Ral gar nichts anderes übrig.« Zielstrebige Schritte trugen Richard über den Burghof. Ancil eilte mit kleineren, aber ebenso entschlossenen Schritten neben ihm her. Seltsamerweise mußte Richard feststellen, daß er froh war, den Jungen dabei zu haben.

»Dort drüben.« Ancil wies auf die Bäume.

Richard nickte. Er hatte die Leibeigenen fast erreicht, als er eine tiefe Stimme und schwere Schritte hinter sich hörte.

»Was geht hier vor, Richard?« Mit wenigen langen Schritten holte Ral die beiden ein.

»Rinderpest, Mylord. Die Bauern sagen, es könnte eine Seuche ausbrechen.«

*Rinderpest.* Diese Nachricht traf Ral wie ein Schlag in die Magengrube. Ohne den Viehbestand würden sie keine Butter haben, keinen Käse, kein Fleisch für den Winter. Die Rinder zu verlieren, war das letzte, was er gebrauchen konnte.

Er redete mit den Männern, die auf der anderen Seite der Zugbrücke warteten, und dann ging er zu den Ställen, um sein Pferd zu holen. Er entschied sich für den hageren Fuchs und nicht für seinen kräftigen schwarzen Hengst. Gemeinsam mit Richard folgte er den Bauern zum Dorf zurück, und auf dem Weg hielten sie vor jeder der kleinen Lehmhütten an. Der Anblick so vieler kranker Tiere löste zunehmende Niedergeschlagenheit bei Ral aus. Die Anzeichen, die auf Rinderpest hinwiesen, waren unverkennbar. Noch schlimmer war, daß nicht nur die Hälfte der Rinder im Dorf verseucht war, sondern nahezu das gesamte Vieh.

»Verdammt«, murmelte er, »was für ein Fluch ist bloß über uns verhängt worden?«

»Das ist nun einmal der Lauf der Dinge«, sagte Richard. »Pech scheint nur immer mehr Pech nach sich zu ziehen.«

»Das ist nur allzu wahr, mein Freund, und es gibt kaum eine unangenehmere Wahrheit als diese.«

»Fest steht, daß dieser Winter hiermit noch viel härter wird.«

»Ja, das kann man wohl sagen.«

Ral fühlte sich matt und niedergeschlagen, als sie ihre Inspektion beendet und sich die Herden im Dorf und in der Umgebung angesehen hatten. Er wünschte, er hätte jemanden gehabt, mit dem er hätte reden können, jemanden, der seine Stimmung vielleicht ein wenig hätte heben können.

Er dachte an Caryn und daran, was für ein Gefühl es wäre, ihre zarten Arme um sich zu fühlen, sich in ihr zu verlieren und seine Sorgen eine Zeitlang zu vergessen. Er erinnerte sich daran, wie sie ihm in der Vergangenheit einen Teil der Last von den Schultern genommen hatte.

»Sie müssen getötet werden«, sagte er zu Richard.

»Ja, Mylord. Es wird in aller Eile geschehen.«

»Schlag einen Aushang mit einem abgetrennten Schädel an der Weggabelung an.« Das war das Zeichen, das alle kannten. Es diente dazu, Reisende mit Rindern abzuschrecken. Im Umkreis von Meilen würde kein Handel mehr zugelassen sein.

Richard nickte. »Ja, Mylord.«

Ral, dessen Stimmung von Minute zu Minute finsterer wurde, ließ seinen Hengst umkehren. Als er den Burghof erreichte, sah er den kleinen Gaukler neben dem Wachposten an der Zugbrücke stehen.

»Was hast du hier draußen zu suchen, Kleiner?«

»Nichts«, sagte der Gaukler. »Ich vertrödele nur meine Zeit.« Er war ganz sicher, daß der Knabe nach Richard Ausschau hielt.

Ral zog die Stirn in Falten. Das Interesse seines Majordomus schien ihm nie eine Neigung in diese Richtung eingeschlagen zu haben. Dennoch konnte er es nicht mit Sicherheit wissen, und er hatte die beiden oft miteinander reden sehen.

Ral zuckte die Achseln. Was sein Kämmerer tat, war seine eigene Angelegenheit. Dennoch hätte es ihm Freude bereitet, ihn mit einer Frau und kräftigen Söhnen glücklich zu wissen.

Caryn verbrachte den Tag im Dorf und bemühte sich, den Leuten Hoffnung zu geben, die von bitterer Verzweiflung befallen waren.

»Lord Ral wird euch nicht verhungern lassen«, versprach sie Nelda, Leofrics Mutter. »Er hat für solche Notfälle Getreide eingelagert. Ihr müßt darauf vertrauen, daß er für euch sorgen wird.«

»Der Herr ist alles andere als reich. Selbst wenn wir diesen Winter überleben sollten, was wird dann als nächstes auf uns zukommen?«

»Mein Mann wird sich etwas einfallen lassen. Daran müßt ihr ganz fest glauben, Nelda.«

Doch auch Caryn hegte ihre Zweifel, die zunahmen, als sie am späteren Abend ihren Mann grübelnd im Gartenzimmer vorfand.

Er saß an einem schweren Eichentisch, hatte die Ellbogen aufgestützt und den Kopf matt in seine Hände sinken lassen. Dichtes schwarzes Haar schaute zwischen seinen Fingern hindurch und spiegelte den Lichtschein einer Kerze wider, an der schmelzendes Wachs herunterlief. Die Muskeln auf seinen breiten Schultern waren verkrampft, und Caryn verspürte bei seinem Anblick Gewissensbisse.

»Guten Abend, Mylord«, sagte sie leise, und Mitgefühl keimte in ihr auf, obwohl sie sich bemühte, es gewaltsam zu unterdrücken. »Man hat dich beim Abendessen vermißt.«

»Ach ja?« sagte er und hob den Kopf. »Wer hat mich vermißt? Etwa du, Caryn?«

*Ja,* dachte sie. *Ich vermisse dich von Tag zu Tag mehr.* »Odo hat nach dir gefragt. Und Richard und die anderen auch.«

»Ich habe keinen Appetit, wenn die Tiere von Braxston geschlachtet werden, während ich Nahrung zu mir nehme.«

Auch sie hatte keinen. »Ich bin im Dorf gewesen. Ich habe mit den Leuten geredet. Ich habe ihnen gesagt, du wirst nicht zulassen, daß sie verhungern.«

Ral seufzte matt. »Einen schlimmeren Zeitpunkt hätte es für eine solche Seuche kaum geben können.«

»Wirst du es schaffen, die Leute zu ernähren?«

»Vielleicht kann ich es mit Mühe und Not schaffen. Der Aufbau des Bergfrieds war kostspielig, und ich bin zwar nicht arm, aber ich bin auch bei weitem kein wohlhabender Mann.«

»Es ist dir immer noch gestattet, auf die Jagd zu gehen, und noch ist Getreide in unseren Vorratslagern. Vielleicht wird es genügen.«

»Es wird genügen müssen.« Seine Stirn war von Sorgenfalten gezeichnet. »Ich wünschte, die Dinge stünden anders und die Bauern bräuchten keine so schwere Last zu tragen. Aber der Bau des Bergfrieds war von enormer Wichtigkeit. Nur so kann der Paß bewacht und gegen Angreifer geschützt werden. Die Burg ist von großer Bedeutung für Williams Verteidigung.«

»Es heißt, König William hätte dir dieses Land zugesprochen, weil du ihm das Leben gerettet hast.«

»Das ist richtig.«

»Du hältst dich im Kampf tapfer. Es ist nur diesmal ein anderer Kampf.«

Ral beugte sich auf seinem Stuhl vor. »Und was ist mit dir, Caryn? Nimmst du diesen Kampf gemeinsam mit mir auf?« Seine finstere Miene hatte einen anderen Ausdruck angenommen und wirkte jetzt nicht mehr grüblerisch, sondern unsicher. Dann sah sie die flammende Begierde in seinen Augen.

»Ja, Mylord. Ich tue alles, was erforderlich ist, um meinem Volk zu helfen.« Das war nicht das, was er gemeint hatte, und sie wußte es selbst. Er wollte, daß sie wieder in sein Bett zurückkehrte. In gewisser Weise wollte sie es auch, doch sie wußte, welche Gefahr ihr von daher drohte, und sie wagte es nicht, ihm noch einmal ihr Herz zu schenken.

Lange Zeit sagte Ral kein Wort, sondern beobachtete sie nur auf die ihm eigene Art, die Unbehagen bei ihr auslöste und die Erinnerungen daran wieder wachrief, wie es gewesen war, in seinen Armen zu liegen. Dann stieß er seinen Stuhl zurück und stand auf, und seine riesige Gestalt füllte das Zimmer aus. Als er um den Tisch herumlief und auf sie zukam, wich Caryn einen Schritt zurück.

»Ich will dich, Caryn.« Er streckte die Hände nach ihr aus und riß sie in eine leidenschaftliche Umarmung. »Ich brauche dich.«

Sie konnte seine Stärke fühlen, die Kraft in seinen Muskeln, die sich an ihre Brust und an ihre Oberschenkel preßten. Sein Mund forderte ihre Lippen, und Caryn spürte die Glut, die so unglaublich sinnlich war. In seinen Berührungen lag so viel Leidenschaft, ein solches Verlangen und so viel Sehnsucht, daß sie einen Moment lang nachgab, seinen Kuß erwiderte und sich an seine kräftige Gestalt schmiegte.

Dann begriff sie, was sie tat, und sie nahm eine steife Haltung ein und löste sich von ihm. »I-ich möchte mich jetzt zurückziehen,

Mylord.« Ihre Hände zitterten, und daher verbarg sie sie in ihrer rostroten Tunika.

»Du bist meine Frau«, sagte er. »Ich habe dir genügend Zeit gelassen.« Er ging auf sie zu, hob sie auf seine Arme und preßte sie an seine breite Brust. Caryn wollte Einwände erheben, doch die Kraft, mit der seine Hände sie festhielten, und die Länge seiner Schritte sagten ihr, daß ihr das nichts nutzen würde.

Ral küßte sie, als er mit ihr durch den Gang zu ihrem Zimmer lief, ein fordernder Kuß voller Glut, und dann trat er mit dem Stiefel die Tür auf und trug Caryn zu seinem Bett. Jetzt schon war sie lodernd entbrannt, und die Flammen der Leidenschaft züngelten sengend in ihren Adern, doch sie wußte, wohin das führen würde, und sie hatte genug Zeit gehabt, um sich zu wappnen.

Als er sie zu entkleiden begann, rührte sie keinen Finger, um ihn daran zu hindern, doch sie half ihm auch nicht. Sie stand nur einfach steif und unbeugsam da, ließ ihn allein mit den Schnüren zurechtkommen und ihr das Kleidungsstück über den Kopf ziehen. Ral schien es nicht wahrzunehmen, oder falls er es doch merkte, störte er sich nicht daran. Innerhalb kürzester Zeit hatte er sie vollständig entkleidet, sich ebenfalls ausgezogen und sie auf sein breites Bett gelegt.

»Du entfachst Feuer in meinem Blut«, sagte er, als er ihr ins Bett folgte und sein kräftiger Körper sie auf die Matratze preßte. »Nie habe ich eine andere so begehrt, wie ich dich begehre.«

Er begehrte sie – wie er sie auch schon früher begehrt hatte. Und doch war er zu seiner Geliebten gegangen.

*Damals hast du Lynette begehrt. Und wen wirst du morgen begehren?* Dieser Gedanke reichte aus, um ihre Leidenschaft abzukühlen, obwohl die Glut seiner Berührungen ihre Haut versengte.

»Ich bitte dich, Ral«, flüsterte sie zwischen glühenden Küssen. »Verlang das nicht von mir.«

Seine Hand hielt still und legte sich dann auf ihr Herz. »Dein Blut wallt selbst jetzt. Leugnest du immer noch, daß du mich begehrst?«

Ein leiser gequälter Laut entrang sich ihr. »Mein Körper mag dich zwar begehren, aber mein Herz will dich nicht.«

Er stieß einen grimmigen Fluch aus. »Dann werde ich mich eben damit begnügen müssen, dir deinen Körper zu rauben.« Mit diesen groben Worten ergriff er Besitz von ihr.

Sein Mund bestürmte ihre Lippen mit einem Kuß, der schwindelerregend war. Seine Hände umfaßten ihre Brüste und kneteten sie, bis sich die beiden rosigen Spitzen steif gegen seine Handflächen preßten. Sie konnte die Bartstoppeln auf seinem Kinn fühlen, das rauhe Haar auf seiner Brust und die Härte seiner Männlichkeit.

Obwohl sie mit all ihrer Willenskraft dagegen ankämpfte, entspannte sich ihr Körper unter seinen geschickten Berührungen, wurde nachgiebig und reagierte auf ihn; ihr Herz schlug rasend, und das Blut strömte zähflüssig und dick durch ihre Adern. Dennoch wahrte ein Teil von ihr die Distanz, als beobachtete sie das Geschehen wie eine Außenstehende. Solange sie diesen Abstand wahrte, fühlte sie sich sicher, und sie war in der Lage, seine glühenden Liebkosungen hinzunehmen, ohne dabei ihre Seele an ihn zu verlieren, wie sie es früher getan hatte.

Ral spreizte mit einem Knie ihre Beine, und sein Finger glitt in sie. Er streichelte sie dort, bis sie naß vor Verlangen nach ihm war, in Flammen stand und vor Begierde loderte. Dann preßte er sein stiefes Glied an sie, glitt in sie hinein und begrub sich tief in ihr.

»Diese Süße«, flüsterte er. »Wie sehr ich sie vermißt habe.«

Caryn wölbte sich ihm entgegen, nahm ihn in seiner vollen Länge in sich auf und spürte das sinnliche Gleiten, die prickelnden Empfindungen und sein starkes männliches Verlangen. Sie drückte ihren Rücken durch, kam jedem seiner kräftigen Stöße entgegen, und doch …

Es schien, als fehlte etwas, etwas ganz Entscheidendes, was sie früher mitgerissen hatte, sich ihr diesmal jedoch entzog.

»Ich kann nicht mehr viel länger warten«, sagte er und drang tief und fest in sie ein, um sie anzutreiben. »Es ist viel zu lange her.«

Dennoch war er entschlossen, es hinauszuzögern und sie mit seinen heftigen Stößen mitzureißen. Ein anderes Mal hätte sie darauf reagiert und sich von der tosenden Flut der Lust davontragen lassen. Zu einem anderen Zeitpunkt, einem süßeren Zeitpunkt, der der Vergangenheit angehörte ...

Wenn ihr Körper auch noch so heiß und naß war und wenn sie auch noch so sehr unter leidenschaftlichen Empfindungen erschauerte, Caryn erreichte noch nicht die Höhe der Lust. Statt dessen spürte sie, wie Ral erschauerte, still hielt und seinen Samen in sie ergoß. Verausgabt und regungslos sank er auf sie, in Schweiß gebadet, und sein Herzschlag begann sich zu verlangsamen. Als er sich von ihr herunterrollte, stand ein grimmiger Ausdruck auf seinem Gesicht.

Caryn sagte kein Wort. Erst jetzt erkannte sie, daß auch Ral wahrgenommen hatte, daß in ihren Augen die Leidenschaft gefehlt hatte.

Sie spürte, wie er sich zurückzog, und sie hätte ihn gern berührt, ihm in irgendeiner Form gut zugeredet. Sie tat es jedoch nicht. »Es tut mir leid, wenn ich dir kein Vergnügen bereitet habe.«

Ral sagte nichts. Statt dessen stand er auf und zog sich mit steifen, unsicheren Bewegungen an. Als er damit fertig war, ging er zur Tür, ohne sich noch einmal umzusehen, riß sie auf und trat in den Gang hinaus. Sie hörte ihn im Gartenzimmer nebenan, hörte, wie er den Weinkorken aus der Flasche zog und sich ein Glas einschenkte, und sie wußte, daß sie eine weitere Nacht allein verbringen würde.

Caryn kam sich in dem Bett ihres Mannes, das noch seine Körperwärme barg, klein, hilflos und verloren vor. Sie spreizte die Finger auf der Bettseite, auf der er gelegen hatte und die jetzt so leer war und schon bald auskühlen würde. Und dann fing sie an zu weinen.

»Was willst du, Alte?«

Marta betrat das Gartenzimmer. »Ich möchte gern einen Moment mit Ihnen reden, Lord Ral.«

»Siehst du denn nicht, daß ich zu tun habe? Sag, was du vorzubringen hast, und dann laß mich in Frieden.«

Sie wußte, daß er nichts zu tun hatte. Er saß im Gartenzimmer, brütete dumpf vor sich hin, fauchte die Bediensteten an und ließ sich nur selten im Saal blicken.

»Diese Übellaunigkeit sieht Ihnen gar nicht ähnlich. Die Entfremdung von Ihrer Frau scheint Ihnen nicht zu bekommen.«

Der Normanne riß abrupt den Kopf hoch. »Woher willst du wissen, was mir bekommt?«

»Ich weiß, daß Sie schon seit der Nacht, als das Fest stattgefunden hat, unglücklich sind, und sie ist es auch. Ich weiß, daß Sie bei Ihrer Geliebten waren und daß Ihre Caryn Ihnen nicht verzeihen kann. Ich weiß auch, warum Sie es getan haben.«

»Du weißt überhaupt nichts.« Aber er schickte sie nicht fort.

Marta trat näher, bis sie vor dem Tisch stand. »Ich weiß über die wahren Umstände Ihrer Verlobung Bescheid.«

Auf der anderen Seite der schweren Eichenplatte nahm Lord Ral eine aufrechtere Haltung auf seinem Stuhl ein. »Welche wahren Umstände?«

»Wenn man alt und gebrechlich wird, dann bringt das einem nur eines ein, und das ist die Weisheit, die man erlangt.«

»Du spricht in Rätseln wie dieser Gaukler, Alte.«

»Niemand schenkt meinesgleichen Beachtung. Unsere Knochen sind alt und spröde. Es liegt in unserer Natur, uns langsam zu bewegen, uns unauffällig im Hintergrund zu halten und unbemerkt durch das Dunkel zu schleichen.«

»Komm endlich zur Sache«, fauchte er sie an.

»Ich weiß von der unnatürlichen Verbindung zwischen Lord Stephen und seiner Schwester. Ich habe ihn in ihr Zimmer gehen sehen.«

Lord Ral musterte sie kühl. Oberflächlich betrachtet, schien er ruhig zu sein, doch ein Muskel auf seiner Wange zuckte. »Was Stephen tut, ist für mich nicht von Bedeutung.«

»Vielleicht heute nicht mehr. Aber es hat Zeiten gegeben, als es von größter Bedeutung für Sie war.«

Der Dunkle Ritter sagte nichts.

»Das war der Grund dafür, daß Sie die Verlobung gelöst haben.« Sie trat vorsichtig noch einen Schritt weiter vor. »Sie sind hinter das Geheimnis der beiden gekommen, genauso wie ich. Es hat Sie angewidert … und Ihnen Angst eingejagt. Sie konnten sich nicht vorstellen, daß ein Mann, der so stark wie Stephen ist, ein Mann, der soviel Macht besitzt, von einer Frau auf die Knie gezwungen wird.«

»Er hat seine Seele verloren.«

»Mindestens dutzendfach.« Marta musterte ihn scharfsinnig und nahm die Falten der Ermattung auf seinen markanten Gesichtszügen wahr. »Das kann passieren, wie Sie selbst gesehen haben, aber Ihre Caryn ist nicht Eliana. Sie ist nicht böse oder gar verrucht, und sie hat es auch nicht darauf abgesehen, Sie Ihres eigenen Willens zu berauben. Sie möchte Ihnen nur einen Teil ihrer eigenen Kraft verleihen, wie jede gute Ehefrau es täte.«

Der Normanne stieß seinen Stuhl zurück, und in dem leeren Raum war das Scharren ohrenbetäubend zu vernehmen. Er trat an den schmalen Fensterschlitz. »Es ist mein Recht, zu meiner Geliebten zu gehen. Ich habe nichts getan, was nicht jeder andere Mann auch täte.«

»Sie sind aber nicht irgendein anderer Mann. Und sie ist nicht irgendeine beliebige Frau.«

Lord Ral trat voller Unbehagen von einem Fuß auf den anderen, fuhr sich mit der Hand durch das dichte schwarze Haar und strich es sich aus der Stirn zurück. »Davon verstehst du nichts.«

»Ich weiß, daß Sie etwas ganz Besonderes für sie empfinden. Und daß diese Gefühle Ihnen Angst einjagen. Außerdem weiß ich, daß Sie keinen Grund haben, sich zu fürchten.«

»Ich fürchte mich vor kaum etwas.«

»Das ist wahr, Mylord. Sie sind stark und mutig. Und gerade deshalb müssen Sie Ihre Bestimmung selbst herausfinden, und wenn

Sie erst einmal wissen, was Sie wollen, sollten Sie sich nicht mehr davor fürchten, es für sich zu fordern.«

Der große finstere Normanne starrte einen Moment lang auf den Burghof hinunter. Von dem Übungsgelände stieg das Klirren und Rasseln von Schwertern und Schilden auf. Er wandte sich von dem Fensterschlitz ab, lief durch das Zimmer und blieb vor der alten Frau stehen.

»Ich werde über das nachdenken, was du gesagt hast. Das ist alles, was ich dir versprechen kann. Dennoch bin ich nicht sicher, ob sich dadurch etwas ändern wird.«

Marta gab einen schnarrenden Laut von sich. »Es steht fest, Lord Ral, daß sich dadurch etwas ändern wird.« Sie wandte sich ab und ging.

## 16. Kapitel

Caryn verließ den Stall und lief über den Burghof zum Bergfried. Gemeinsam mit Leo hatte sie das Rehkitz und die kleinen Kätzchen aufgezogen, doch die Kätzchen waren inzwischen groß genug, um selbst Mäuse zu fangen, und das Reh hatte Leo adoptiert, und es folgte dem kleinen Jungen immer dann, wenn er in den Stall kam, auf Schritt und Tritt.

Caryn verbrachte viel Zeit mit ihnen. In Verbindung mit ihren Pflichten als Burgherrin lenkte es sie von den Schwierigkeiten ab, die dem Dorf drohten – und dem Schmerz in ihrem Herzen, der sie immer dann ereilte, wenn sie an Ral dachte.

Das gab ihr eine Chance, ihre albernen Träume zu vergessen.

Genau darauf war sie jetzt aus, als sie auf einen Vorratsraum nicht weit von dem Tor des Bergfrieds zusteuerte, um sich einen Überblick über die Vorräte zu verschaffen. Sie öffnete die Tür zu einem der Lagerräume und blieb dann abrupt stehen.

»Ancil – was hast du denn hier zu suchen?«

Der Gaukler drehte sich zu ihr um. »Lady Caryn!« Er hatte die Mütze abgelegt, und das Haar fiel ihm über die Schultern, lang und golden. Ein kleines Ohr stand seitlich von seinem Gesicht ab – doch das andere lag dicht an seinem Kopf an. Es war so zart geformt wie eine Muschelschale und paßte sich seinem ovalen Gesicht vollkommen an.

»Gütige Mutter Maria! Ancil – du bist eine Frau!« Bestürzte grüne Augen schauten sie an. Der Kehle des Mädchens entrang sich ein Laut, und es sank unterwürfig nieder.

»Ich flehe Sie an, Lady Caryn, Sie müssen mein Geheimnis hüten.« Die Stimme des Gauklers klang nicht mehr männlich, sondern ganz entschieden weiblich und lieblich. »Es geht um Leben und Tod.«

»Was hast du mit deinen Ohren angestellt?« fragte Caryn und starrte immer noch gebannt den ungewöhnlichen Anblick an – ein Ohr stand ab, das andere dagegen nicht.

»Was? Ach, da ist nur ein Klümpchen Ton.« Sie nahm den Tonklumpen hinter dem Ohr weg und ließ das Ohr in seine natürliche Lage zurückfallen. »Ich bitte Sie, Mylady, verraten Sie mich nicht.«

Sie war sehr hübsch, zart und erfreulich anzusehen. Älter als Caryn, vielleicht zweiundzwanzig Jahre alt.

»Die anderen, mit denen du durch die Gegend reist, kennen doch gewiß dein Geheimnis.«

»Meine Freunde, ja, aber sonst niemand. Ich flehe Sie an, Lord Ral nichts zu sagen.«

Ein Dutzend Gedanken schwirrte gleichzeitig durch Caryns Kopf. »Weiß Richard etwas davon?«

Sie schüttelte den Kopf, und ihr langes Haar schimmerte. Ihre Lippen zogen sich nach unten und verrieten einen Moment lang ihre Traurigkeit. »Manchmal sieht er mich ganz merkwürdig an, und ich glaube, er hat Verdacht geschöpft. Ich würde es ihm sagen, wenn ich könnte.«

»Warum tust du es dann nicht?«

Sie biß sich auf die Unterlippe und wirkte unentschlossen und zerrissen, und dann seufzte sie und stand vom Fußboden auf. »Ich heiße nicht Ancil. In Wirklichkeit bin ich Lady Ambra, die Tochter von Edward von York.«

»Ich habe schon von ihm gehört. Ich dachte, Ihr Vater sei tot.«

»Das ist wahr, Mylady. Ehe ich fortgelaufen bin, habe ich auf Morlon gelebt, bei Charles, dem Bruder meiner Mutter.«

»Warum sind Sie fortgelaufen?«

»Ich war mit Lord Beltar dem Grimmigen verlobt. Er ist reich und mächtig. Der Bruder meiner Mutter dagegen ist arm. Beltar war gewillt, mich zu heiraten, obwohl ich nur eine sehr unbedeutende Aussteuer mitgebracht hätte, und meinem Onkel hat die Vorstellung gefallen, einen wohlhabenden Verwandten zu haben.«

Caryn dachte einen Moment lang nach. Tief in ihrem Hinterkopf war eine Erinnerung an Beltar begraben ... etwas, was sie über ihn vernommen hatte.

»Ah ja, jetzt erinnere ich mich wieder. Lord Beltar hat behauptet, Sie wären gegen Ihren Willen von zu Hause entführt worden. Er hat eine Belohnung darauf ausgesetzt, daß Sie zurückgebracht werden.« *Gütige Mutter Maria, Ral würde noch mehr Ärger bekommen, falls Beltar sie hier finden sollte.*

»Er ist häßlich und gemein. Einmal hat er versucht, sich mir gewaltsam aufzudrängen. Mir ist richtig übel geworden.« Sie drückte die Wirbelsäule durch. »Ich werde ihn nicht heiraten. Ich schwöre, daß ich nicht heiraten werde, solange es nicht aus Liebe geschieht.«

Caryn zuckte innerlich zusammen. »Das ist in solchen Zeiten schwierig zu bewerkstelligen, aber dennoch rühmenswert.«

»Dann werden Sie mein Geheimnis also für sich behalten?«

Caryn überlegte sich, was Ral wohl tun würde, wenn er es herausfand. »Ja, aber sehnen Sie sich denn nicht nach Ihrem Zuhause zurück? Macht es Sie glücklich, als Mann durch die Gegend zu reisen?«

»Eine Zeitlang hat es mich glücklich gemacht.«

»Und was ist jetzt?«

»Jetzt ist mir jemand begegnet ...«

*Richard.* »Ich werde Ihnen helfen, Lady Ambra. Vielleicht werden sie eine der wenigen Frauen sein, die das große Glück haben, die wahre Liebe zu finden.«

Caryn rutschte auf ihrem Stuhl vor der Feuerstelle herum, auf dem sie mit einer Handarbeit in der Hand dasaß. Die zarte Stickerei säumte den Ärmel eines weißen Seidenhemds. Sie zog den langen Faden durch den Stoff und fragte sich, ob Ral ihre aufwendige Arbeit wohl bemerkten würde, und gleichzeitig stellte sie fest, wie sehr diese unbedeutende Aufgabe ihr doch dabei half, sie von ihren Sorgen zu befreien. Früher hatte sie solche Arbeiten verabscheut, aber nun fand sie, daß Beschäftigungen dieser Art doch seltsam beruhigend wirkten.

»Warum sind Sie nicht zu ihm gegangen? Genau das wollen Sie doch offensichtlich.«

Als sie aufblickte, sah sie Odo neben sich stehen. Seine blauen Augen waren forschend auf sie gerichtet, und seine Frage ließ unerwünschte Überlegungen in ihr aufkommen.

»Die Frage ist hier nicht, was ich will, sondern was er will.« Caryn beobachtete den hageren normannischen Ritter, als er sich auf eine roh gezimmerte Holzbank setzte. Der Feuerschein fiel auf sein leuchtend rotes Haar. »Im Moment will er mich. Wen wird er morgen oder nächste Woche begehren?«

»Was morgen geschieht, ist vollkommen bedeutungslos. Er begehrt Sie, und Sie begehren ihn ebensosehr. Das ist alles, was zählt.«

»Wenn Sie das glauben, dann haben Sie keine Ahnung, was wirklich wichtig ist.«

Odo lachte höhnisch. »Man könnte fast meinen, Sie trauern um ihn.«

Caryns Augen schauten forschend in sein Gesicht. Seine orangeroten Augenbrauen zogen sich zusammen, als er sie zu verstehen versuchte. »haben Sie nie einen anderen Menschen geliebt, Odo?«

»Nein. Liebe ist Torheit.«

»Sie haben früher einmal eine Familie gehabt. Haben Sie Ihren Vater und Ihre Mutter, Ihre Brüder und Schwestern denn nicht geliebt?«

Seine Stimme wurde rauh. »Doch, ich habe sie geliebt.«

»Und haben Sie keinen Schmerz und keinen Kummer empfunden, als sie gestorben sind?«

»Doch, sogar weit mehr als jeder andere, den ich gekannt habe.«

»Wenn man denjenigen verliert, dem man sein Herz geschenkt hat, dann ist der Schmerz derselbe.«

Seine Augenbrauen zogen sich zusammen. »Aber Sie haben ihn nicht verloren. Sie brauchen nur den Saal zu durchqueren und ...«

»Sie werden das nie verstehen.« Sie erhob sich von dem Stuhl und legte ihre Stickerei zur Seite. Sie sah, daß Odo sie immer noch anstarrte und versuchte, sich auf das, was sie sagte, einen Reim zu machen. »Es ist ganz einfach, Odo«, sagte sie betrübt. »Die Voraussetzung für Liebe ohne Leid ist, daß diese Liebe erwidert wird.«

Odo sah ihr nach, als sie ging, mit langsamen Bewegungen und ohne den Schwung, der sie früher so lebhaft hatte wirken lassen. Sie hielt den Kopf zwar hoch erhoben, doch eine unsichtbare Last der Verzweiflung schien sie niederzudrücken. Er warf einen Blick auf Ral und sah, daß seine grauen Augen sich auf ihre kleine Gestalt geheftet hatten, die entschwand. Auch in seinem Blick standen Finsternis und Unsicherheit und noch etwas, was er nicht hätte benennen können. Dieser Ausdruck herrschte unablässig vor, seit er damals in der Nacht seine Geliebte aufgesucht hatte.

Odo wußte nicht, was sein Freund empfand, aber er wußte, daß auch Ral litt.

Mühsam erhob sich Odo. Ihn interessierte nicht länger, was mit Caryn los war, denn sie war nichts weiter als eine Frau und noch dazu eine Sächsin, aber er machte sich Sorgen um seinen Freund.

»Du siehst sie an, wie ich dich nie eine Frau habe anblicken sehen.« Er ging auf Ral zu, der auf dem Podest saß. »Es ist ganz offensichtlich, daß du sie begehrst. Warum nimmst du sie dir nicht einfach?«

Ral riß seinen Blick von der Stelle der Treppe los, an der Caryn aus seiner Sicht entschwunden war. Seine Brust schmerzte schon allein bei dem Gedanken an sie, doch mußte er ständig an sie denken. »Die Vereinigung riefe ja doch nur bittere Erinnerungen wach. Sie würde mir nicht viel Lust bereiten.«

»Weil sie noch nicht gelernt hat, daß sie dich mit anderen teilen muß? Mit der Zeit wird sie hinnehmen, daß du, wie jeder andere Mann auch, nach anderen Frauen verlangst.«

Ral sah ihn finster an. »Woher kommt es dann, daß mir keine andere Frau mehr gefällt? Wie kommt es, daß ich sie begehre und doch keine Erfüllung darin finde, sie zu nehmen, solange diese Mauer zwischen uns steht?« Ein Laut entrang sich ihm. »Wie kommt es, daß ich das Leid meiner Frau wie mein eigenes empfinde?«

»Das kann ich nicht beantworten. Ich kann dir nur sagen, daß ...«

»Kannst du mir sagen, warum ich meine Gefühle weiterhin leugnen sollte, wenn es in dem ganzen Bergfried nicht einen einzigen Mann gibt, der sie nicht sieht?«

»Sei kein Dummkopf. Wenn du dein Herz an sie verlierst ...«

»Was wird dann passieren? Welches schreckliche Unglück wird mich dann ereilen? Ich frage mich, ob es wirklich schlimmer sein könnte als das, was ich erleide.« Ral umklammerte die Armlehnen seines Stuhls und sprang auf die Füße. »Ich weiß, daß du selbst an das glaubst, was du sagst, aber nur die Zeit wird zeigen, wer von uns beiden in Wahrheit der Narr ist.« Ohne einen Blick zurückzuwerfen, ließ er Odo stehen, und sein Freund blieb nachdenklich zurück.

»Verdammt noch mal«, murmelte Ral finster, denn er hatte es satt, sich von jedem Mann in der ganzen Burg Ratschläge erteilen zu lassen, die er nicht gebrauchen konnte.

Er nahm mit jedem Schritt zwei Stufen und lief dann zielstrebig durch den Gang. Alle Vorhaltungen, die ihm gemacht worden waren, hatte nur eines kristallklar hervorgebracht: Er wollte Caryn, und inzwischen glaubte er, daß sie ihn auch noch begehrte.

Er hatte heute abend gesehen, daß sie ihn beobachtete, wie sie es schon unzählige Male zuvor getan hatte. Er hatte ihre Blicke auf seinem Körper gefühlt, die Glut gesehen, die in ihre Wangen aufstieg, und wie sie sich unbewußt die Lippen angefeuchtet hatte. Diesen Ausdruck hatte er nicht zum ersten Mal auf dem Gesicht einer Frau gesehen – verdammt noch mal, er war schließlich kein Dummkopf.

Caryn war eine leidenschaftliche Frau. Es mochte zwar sein, daß sie ihr Verlangen nach ihm nicht zugab, doch er glaubte fest daran, daß es immer noch tief in ihrem Innern schlummerte. Wenn ihr Verlangen nach ihm stark genug war, würde sie ihm vielleicht mit der Zeit doch noch verzeihen. Vielleicht würde sich die Zuneigung dann wieder einstellen, die sie ihm gegenüber einst empfunden hatte. Vielleicht konnte sie lernen, sogar noch mehr zu empfinden.

Ral lief durch den Gang, an dem Gartenzimmer vorbei. Als er die Tür zu seinem Zimmer erreicht hatte, klopfte er an und hob dann den Riegel hoch, ohne ihre Aufforderung zum Eintreten abzuwarten.

»Mylord?« Caryn stand vor einer flackernden Kerze. Sie trug nur ihr dünnes Hemd, und ihr Haar war gelöst und schimmerte wie kastanienbraune Flammen auf ihren Schultern. Schatten tanzten auf den unebenen grauen Mauern hinter ihr und erinnerten ihn an die Schatten aus der Vergangenheit, die er zu besiegen gedachte.

»Es ist an der Zeit, daß wir wieder zusammenfinden und du mein Bett wärmst.«

Sie zuckte zusammen, und er verfluchte sich für seine Worte, doch stand sein Entschluß fest, und sein Ziel war klar. Er würde nicht zaudern, bis er es erreicht hatte.

»Ändert es für dich etwas, daß ich dich nicht begehre?«

»Das glaube ich dir nicht. Andernfalls wäre ich nicht hier.«

»Ich habe schon einmal nachgegeben. Diesmal werde ich mich gegen dich zur Wehr setzen.«

Er bedachte sie mit einem langen entschlossenen Blick. »Du bist meine Frau. Solltest du versuchen, dich mir zu widersetzen, dann werde ich dich nackt ans Bett binden.«

In den Tiefen ihrer dunkelbraunen Augen blitzte einen Moment lang Feuer auf und erlosch dann sogleich wieder. »Wie du wünschst, Mylord. Schließlich bin ich, wie du bereits sagtest, deine Frau, dir rechtmäßig und von Gesetzes wegen anvertraut.«

»Das stimmt allerdings, und ich bin nicht nur dein Ehemann, sondern auch dein Gebieter.« Er ging auf sie zu und schaute auf ihre weichen Rundungen und ihre keck nach oben gewölbten Brüste. Am Fußende des Bettes blieb er stehen. »Komm her, *Cara.*«

Sie zögerte für einen langen Augenblick, der ihm die Fassung raubte, dann kam sie auf ihn zu. Ihre Haltung war starr, als sie durch das Zimmer ging, und ihre kleine Gestalt bebte vor mühsamer Selbstbeherrschung und bitterer Resignation.

Ral fluchte innerlich. All das würde er ihr nehmen, gelobte er sich, und er würde auch die Schwachstelle in ihrer Rüstung finden, einen Weg, ihre Abwehr zu durchbrechen. Er würde sie lieben, bis sie ihre kühle Maske fallen ließ und alles vergaß und nur noch ihn spürte, wie sein harter Schaft in sie stieß.

Sie blieb mit stolz zurückgezogenen Schultern vor ihm stehen, ebenso entschlossen wie er und absolut gewillt, sich nicht an ihre Leidenschaft zu verlieren.

Als Ral sich vorbeugte und sie küßte, spürte er, wie ihre weichen Lippen einen Moment lang zitterten, fühlte ihre Wärme, und dann wurden sie von kühler Zurückhaltung durchströmt. Er küßte sie wieder und verlockte sie dazu, ihre Lippen zu öffnen, knabberte an ihren Mundwinkeln und drängte sie, weicher zu werden. Schließlich glitt seine Zunge in ihren Mund, und er kostete die Süße ihres Atems, den Beerengeschmack des Weins und die verführerische Essenz einer Frau.

Seine Hände fanden ihre Brüste, und er umfaßte sie durch das dünne Leinengewebe. Er erinnerte sich an jede einzelne ihrer süßen Rundungen und an die rosigen Spitzen. Er erinnerte sich daran, was für ein Gefühl es war, sie in seinen Mund zu nehmen und daran zu saugen, bis er spürte, wie ihre Hände sich in seine Schultern gruben. Er hob ihr Hemd, drehte sie ein wenig um und begann, eine Spur warmer Küsse auf ihrem Rücken zu beschreiben. Ihre Haut fühlte sich unter seinen Lippen weich und zart an und so warm, daß ein neuerlicher Blutstrom in seine Lenden schoß. Sein Glied war steif und pochte, erhob sich und wurde noch härter.

Trotzdem konnte er immer noch ihren Widerstand spüren, und er hatte vor, ihn zu bezwingen.

»Setz dich auf die Bettkante.«

Caryns Kiefer spannte sich an. »Wie du wünschst, Mylord.« Sie brachte die Worte grimmig heraus, doch ihre Stimme bebte ein wenig, und er glaubte nicht, daß sie so immun gegen seine Berührungen war, wie sie sich gab. Sie setzte sich auf das Fußende des Bettes und warf ihr Haar zurück, dabei wirkte sie kühl und gefaßt, doch eine leichte Röte stieg in ihre Wangen auf, weil sie nackt war und er ihren Körper beifällig musterte.

»Ich habe tausendmal gedacht, wie hübsch du bist.«

Caryn sagte kein Wort, doch ihr Atem ging etwas flacher. Sie richtete den Blick auf die Wand links neben ihm.

»Spreize deine Beine für mich. Ich will das sehen, was du mir unter solchen Mühen versagst.« Ihre Wangen röteten sich zwar noch mehr, doch ihre Schenkel blieben zusammengepreßt. »Du bist meine Frau«, rief er ihr ins Gedächtnis zurück und beugte sich vor, um ihren schmalen Hals zu küssen. »Es ist deine Pflicht, mir zu gehorchen.«

Langsam lösten sich ihre Beine voneinander, und Ral kniete sich zwischen sie und stieß sie auf das Bett zurück. Er beugte sich vor und küßte ihre Stirn, dann ihre Augen, ihre Nase, ihren Mund. Sein Kuß war sengend, und seine Zunge tauchte in sie ein, kostete sie, schmeichelte ihr, verlockte sie, verstand sich mit ihrer und zog sich dann blitzschnell zurück. Währenddessen streichelten seine Hände ihre Brüste und reizten ihre kleinen Brustwarzen, bis sie sich aufstellten und sich versteiften und sich dunkler färbten, dann nahm er eine in seinen Mund.

Caryns Kehle entrang sich ein seltsames kleines Wimmern, das ebensogut der Wut wie der Lust hätte entspringen können. Er neckte mit seiner Zunge die steife Spitze, umkreiste sie und begann, sachte daran zu ziehen. Seine Liebkosungen riefen ein erneutes Stöhnen hervor.

Er ließ seine Hände tiefer gleiten, durch das seidige kastanienbraune krause Haar ihrer Scham. Ein Finger spreizte die Blütenblätter auseinander, umkreiste sie und glitt dann behutsam in sie hinein.

»So zart«, flüsterte er, als seine Zunge dem Pfad seiner Hände folgte und seine Lippen eine Spur von feuchten warmen Küssen über ihren flachen Bauch zogen, während sein Finger sich immer noch in sie preßte. »So naß.« Er steckte seine Zunge in ihren Nabel, beschrieb einen Kreis um ihn und ließ sie dann tiefer gleiten.

»Du bist dafür bestimmt, Caryn. Merkst du das denn nicht?« Aber natürlich antwortete sie nichts darauf, und er spürte, daß sie ein wenig vor ihm zurückwich.

Er spreizte ihre Beine weit auseinander, kniete sich auf den Boden, küßte die Innenseiten ihrer Oberschenkel und streichelte sie lockend mit seinen Händen.

»Bitte ...«, hörte er sie wimmern, und sie preßte die Handflächen auf seine Schultern, als wollte sie ihn von sich stoßen.

»Bitte was, Caryn? Bitte, Ral, ruf diese Empfindungen nicht in mir wach? Es ist mein Recht als dein Gebieter, mir alles zu nehmen, was du zu geben hast.« Nach ein paar weiteren zarten Küssen auf ihr lockendes Fleisch fand er die winzige rosa Perle ihres Verlangens und preßte seinen Mund auf die kleine Falte ihrer empfindsamen Haut.

Seine Zunge berührte sie dort, und ihr Moschusduft ließ ihn entflammen, sandte Feuer in ihre Lenden und ließ ihn vor unausgelebter Leidenschaft pochen. Er loderte vor Begierde und pulsierte bei jedem einzelnen Herzschlag. Er spürte, wie ihr kleiner Körper bebte und sich ihm entgegenwölbte, sah, wie sie sich auf dem Bett herumwarf, und ließ seine Zunge tief in sie gleiten.

Caryn rief seinen Namen aus, und dieser Klang stachelte ihn an. Selbst jetzt noch, als er sie mit seiner Zunge kostete, rang sie darum, sich ihm zu verwehren und damit auch sich selbst alle Lust zu versagen. Dann spürte er ihre Hände in seinem Haar, und ihr Körper hob sich ihm entgegen. Sie stöhnte in ihrer Leidenschaft leise, spreizte die Beine noch weiter und atmete schnell und abgehackt.

Dennoch fiel er weiterhin über ihre Süße her, und seine Hände glitten unter ihr Hinterteil, packten es und zwangen sie, das Eindringen seiner Zunge in jedem einzelnen Augenblick hinzunehmen. Er spürte, wie ihr Körper steif wurde, hörte das leise Schluchzen, mit dem sie ihre Niederlage eingestand, fühlte, wie die Schauer ihrer Lust sie umfingen, und wußte, daß er sein Ziel erreicht hatte.

Ehe sie die Zeit gefunden hatte, im Sturzflug auf den Boden hinabzugleiten, hatte Ral seine Kleidung abgeworfen und war zu ihr zurückgekehrt. Sein steifes Glied tastete sich vor, fand Einlaß und stieß sich tief in sie hinein.

Caryn schrie auf, als sie ihn spürte, seine Muskeln, die sich bewegten, als er auf ihr lag, die felsenfeste Härte seines Schafts.

*Lieber Gott, ich darf ihn nicht gewinnen lassen.* Aber selbst während ihr Verstand sich auflehnte, spülten neuerliche Wogen süßer Lust über sie hinweg. Mit jedem festen Stoß seines Körpers brachte er sie wieder dorthin, hob sie auf diese lodernde Hochebene zwischen den Sternen hinauf.

Sie wollte sich ihm versagen, wollte sich gegen den Schmerz schützen, von dem sie wußte, daß er folgen würde, doch diesmal ließ Ral es nicht zu. Es gab keinen Ort, an den sie sich zurückziehen konnte, keinen Ausweg, keine Flucht vor seiner erbarmungslosen Hetzjagd, keine Möglichkeit, sich vor ihrer eigenen Leidenschaft zu schützen.

Sie war von Lust und Begehren entflammt. Sie schlang die Beine um ihn, ließ die Arme um seinen Hals gleiten und klammerte sich mit aller Kraft an ihn. Sie bemühte sich, an die Zukunft zu denken, an Lynette und die Frauen, die er begehren würde, aber sie konnte nur den Augenblick wahrnehmen. Rals mächtigen, festen Körper, seine Muskeln unter glatter dunkler Haut und seine Stöße.

»Ral …«, flüsterte sie, »lieber Gott, Ral …« Sie erreichte noch einmal den Höhepunkt und spürte, wie er erstarrte und sich dann tief in sie stieß, um seinen Samen in sie zu ergießen.

Schon ehe es vorbei war, bildeten sich Tränen in ihren Augenwinkeln und rannen salzig über ihre Wangen. Sie versuchte, sich aufzusetzen, doch das ließ er nicht zu. Er schlang einen Arm um ihre Taille und zog sie eng an sich. Sie drehte sich auf die Seite und unterdrückte ihr Schluchzen, und ihr Körper zitterte vor Anstrengung, als sie um Selbstbeherrschung rang und unter der Last ihres Versagens litt.

Eine von Rals großen dunklen Händen strich ihr das Haar aus den Wangen. »Du weinst, weil du glaubst, du hättest eine Niederlage erlitten«, sagte er zärtlich. »Kannst du denn nicht erkennen, daß du diejenige bist, die gewonnen hat?«

Ein halb ersticktes Schluchzen war der einzige Laut, den sie von sich gab.

Ral drehte sie behutsam zu sich um. Im flackernden Schein der Kerze wirkten seine Augen mehr blau als grau, und eine dichte schwarze Haarlocke fiel ihm in die Stirn.

»Hör mir gut zu, *Cara.* Du hast keinen Grund mehr für Tränen. Wenn jemand diesen Kampf gewonnen hat, dann du, nicht ich.« Er lächelte, doch auf seinen Zügen zeigte sich Ermattung. »Ich habe mit dem Lord von Pontefact ein Abkommen getroffen. Morgen früh, wenn wir dieses Zimmer verlassen, wird Lynette die Burg verlassen haben.«

»Wie bitte?«

»Ich schicke sie fort.«

»Aber warum?« Caryn schaute forschend in sein Gesicht. »Weshalb solltest du das tun?«

»Liegt das nicht auf der Hand, *chérie*?« Ein harter männlicher Knöchel wischte die Nässe von ihren Wangen. »Ich begehre Lynette nicht mehr. Du bist es, die ich will, und keine andere.«

Caryn sah, wie Licht und Schatten auf seinen finsteren Zügen spielten, den stolzen Kiefer mit den Bartstoppeln, den festen Blick in seinen Augen. War es sein Ernst? Wagte sie es, ihm noch einmal Vertrauen zu schenken? »Ich möchte dir gern glauben, Ral, aber ...«

»Es ist bei Gott die Wahrheit, *Cara.* Ich habe seit der Nacht, in der ich dein Bett verlassen habe, an keine andere Frau mehr gedacht.«

Frische Tränen brannten in ihren Augen, und sie mußte den Blick abwenden. »Warum hast du es dann getan?«

Einen Moment lang sagte Ral kein Wort, dann seufzte er. »Es fällt mir schwer, dir das zu sagen. Es hat etwas mit Stephen und Eliana zu tun. Mit der Macht, die sie über ihn hat. Ich habe selbst gesehen, was eine Frau wie sie einem Mann antun kann.«

»Aber ich bin nicht so wie sie.«

Er lächelte sie liebevoll an. »Nein, das bist du nicht.«

»Hast du sie geliebt?« fragte sie. *Liebst du sie immer noch?*

»Möglicherweise ... früher einmal. Jetzt sehe ich in ihr die besitzgierige und machthungrige Frau, die sie ist.«

»Und was ist mit Stephen?«

Einen Moment lang schien er unsicher zu sein. »Er liebt sie, wie ein Mann eine Frau liebt.«

»Du meinst doch nicht etwa ...«

»Doch.«

Caryn atmete hörbar ein. »Das ist die schwerwiegendste aller Sünden.«

»Ja. Sie wird mit Sicherheit den Zorn Gottes nach sich ziehen.«

»Ich verstehe immer noch nicht, was das mit mir zu tun hat.«

»Wirklich nicht, *Cara*?«

»Nein, ich ...«

»Vielleicht ist es besser so.« Daraufhin küßte er sie lange und ausgiebig, und sie konnte seinen gleichmäßigen Herzschlag spüren.

»Du hast mir so sehr gefehlt«, sagte sie zärtlich.

»Nein, mein Liebes, nicht so sehr, wie du mir gefehlt hast.«

Caryn schloß die Augen und ließ sich von seiner Wärme umspülen. Er hatte nicht gesagt, daß er sie liebte, sondern nur, daß er sie mehr als alles andere begehrte. Dennoch war das ein Anfang und ein größeres Eingeständnis, als sie sich je erträumt hätte, von ihm zu hören.

Er hielt sie fester, fuhr mit den Fingern durch ihr dichtes kastanienbraunes Haar und zog ihren Kopf dann zurück, um ihren Mund mit einem glühenden, fordernden Kuß zu nehmen. Sie bebte, als er sie endlich losließ.

»Wir passen gut zusammen, *Cara.* Siehst du das nicht selbst?«

Ein gutes Gespann für die Lust, für das Stillen eines körperlichen Verlangens, aber was ist mit der Liebe? Das hätte sie gern gefragt. Früher einmal hatte er Eliana geliebt, und er war gewaltig verletzt worden. Konnte er es lernen, noch einmal zu lieben? Sie hatte ihm nichts von der Liebe gesagt, die sie für ihn fühlte. Er war ihr schon einmal fortgelaufen. Er konnte es jederzeit wieder tun.

Das nächste Mal würde sie ihm nicht mehr verzeihen können.

# 17. Kapitel

In seiner Sorge um die Kleinbauern, die ihre Rinder an die Rinderpest verloren hatten, lief Richard über den Burghof und auf die Pferche hinter dem Stall zu. Die Tiere von Braxston Keep hatten sich bisher nicht mit der Krankheit infiziert, aber Richard schaute täglich nach ihnen. Ihr Fleisch würde in diesem Winter von größter Bedeutung sein.

Erst wollte er um den Stall herumlaufen, doch dann entschloß er sich, einen Blick hineinzuwerfen, da die Möglichkeit bestand, daß Lady Caryn gerade nach ihrem Rehkitz sah. In dem schattigen Innern war es still und dunkel bis auf die Sonnenstrahlen, die schräg durch die Fenster und Türen einfielen. Es roch nach Heu und nach Pferden, und bei jedem seiner Schritte auf dem harten Lehmboden gerieten Sonnenstäubchen in Bewegung.

Als er eine Stimme hörte und glaubte, Lady Caryn gefunden zu haben, wandte sich Richard in die Richtung, aus der die Worte kamen. In einer Ecke des Stalls sah er Ancil, der etwas sagte, was Richard nicht deutlich hören konnte; dann beugte er sich über den Rand eines Fasses.

»Was tust du denn hier, Kleines?« sagte der Gaukler, diesmal verständlicher, und ein liebliches Lachen trieb nach oben und hallte aus dem Faß. Richard nahm die Worte kaum zur Kenntnis, da seine gesamte Aufmerksamkeit den anmutigen Beinen des Knaben galt. Seine kurze braune Tunika fiel kaum über die enge Hose und ließ allzu klar ein rundes Hinterteil erkennen.

Die Kurven dieser strammen Partie waren so ausladend wie die einer jeden Frau. Zu ausladend für einen so schlaksigen jungen Knaben. Richard zog die Augenbrauen zu einem Stirnrunzeln zusammen. Er musterte die Hüften, die in Bewegung waren, und seine Lenden strafften sich. Diesmal war es ihm nicht peinlich, daß seine Männlichkeit sich regte. Statt dessen verstärkte sich nur sein Verdacht. Tagelang hatte er sich Gedanken über den Gaukler und die seltsamen Reaktionen seines Körpers auf den schlanken jungen Knaben gemacht, der als letzter der Troubadoure noch im Schloß weilte.

Die übrigen hatten ihre Wanderschaft wiederaufgenommen, doch Lady Caryn hatte darauf bestanden, daß Ancil blieb. Als Richard jetzt die geschwungenen Hüften des Knaben anschaute, dachte er an seine zart geschnittenen Gesichtszüge und an seine manchmal allzu rauhe Stimme. Hier stimmte etwas nicht, und es war höchste Zeit, daß er herausfand, was das war.

Seine Zweifel nahmen mit jeder Sekunde zu, als Richard kühn auf Ancil zuging und ihm einen festen Klaps auf den verführerischen Hintern gab. Der Junge schlug sich den Kopf an der Seitenwand des Fasses an und hob ihn dann so schnell, daß ihm die Mütze vom Kopf fiel.

Seidiges blondes Haar fiel um die schmalen Schultern des Jugendlichen. »Richard!«

Das Wort kam mit einer höheren und melodischeren Stimme heraus, als er sie vorher von dem Knaben vernommen hatte. Bis auf seine Ohren war Ancil fraglos hübsch, nicht weniger hübsch als andere Frauen, denn daß sie eine Frau war, stand jetzt fest.

»Genauso heiße ich, du betrügerisches kleines Weibsstück. Und jetzt will ich wissen, wie du in Wirklichkeit heißt.«

Das Mädchen sah sich hektisch im Stall um und hoffte nur, niemand hätte sie gesehen. Sie streckte den Arm noch einmal in das Faß und holte nicht nur ihren braunen Filzhut, sondern auch eines von Lady Caryns heranwachsenden Kätzchen heraus. Sie drückte sich den Hut auf den Kopf und stopfte ihr schulterlanges blondes Haar darunter. Dabei passierte ihr ein Mißgeschick, und etwas löste sich hinter ihrem Ohr. Die Ohrmuschel schmiegte sich sogleich eng an ihren Kopf und ließ ihre Weiblichkeit nur noch deutlicher zutage treten.

Richard bückte sich und hob einen kleinen Klumpen Ton auf. Er drehte ihn zwischen den Fingern. »Ich glaube, das kannst du noch gebrauchen – dein Gesicht wirkt so asymmetrisch.«

Sie riß ihm den Ton aus der Hand, klemmte ihn wieder hinter das Ohr und spreizte damit die Ohrmuschel gewaltsam von ihrem Kopf ab. »Danke.«

»Du hast uns belogen, uns reingelegt und uns alle zum Narren gehalten.« *Vor allem mich,* dachte er nicht ohne eine gewisse Erbitterung. »Ich will wissen, wer du wirklich bist.«

Sie fuhr sich nervös mit der Zunge über die Lippen und warf einen Blick auf die Tür, als hätte sie vor, jeden Moment mit einem Satz zu entkommen.

Richard trat drohend einen Schritt näher. »Entweder du sagst es mir, oder du wirst es Lord Ral sagen. Mir ist egal, wofür du dich entscheidest.«

»Ich flehe dich an, Richard, sag es ihm bitte nicht.«

»Warum hast du uns hinters Licht geführt?« Ihre schmale Hand legte sich auf seinen Unterarm und fühlte sich warm und zart auf seiner Haut an. Richard spürte, wie ihm plötzlich heiß wurde.

»Ich habe nicht damit gerechnet, übermäßig lange hierzubleiben. Die Wahrheit wäre bedeutungslos gewesen, wenn wir uns nicht miteinander angefreundet hätten. Seit dem Beginn unserer Freundschaft habe ich mein Täuschungsmanöver Tag für Tag bereut.«

»Warum gibst du dich als einen Knaben aus?«

Ancil faßte sich so kurz wie möglich und erklärte ihm, daß sie in Wirklichkeit Lady Ambra war und mit Beltar dem Grimmigen verlobt war und daß sie gezwungen gewesen war, aus dem Haus ihres Onkels fortzulaufen, um einer Heirat zu entgehen.

»Eine solche Verlobung kann nicht gelöst werden«, sagte er und spürte unerwartet, wie sich etwas Schweres auf seine Brust senkte. »Du wirst zu deinem Onkel zurückkehren müssen.«

Ambra reckte das Kinn in die Luft. Wenn er sie bisher für einen anmutigen und attraktiven Knaben gehalten hatte, dann fand er den zarten Schnitt ihres Gesichts jetzt, nachdem er wußte, daß sie eine Frau war, unvergleichlich schön.

»Nein«, sagte sie. »Ich denke gar nicht daran, wieder zurückzugehen. Ich werde keinen Mann wie Beltar heiraten.«

»Eine Frau hat in solchen Angelegenheiten nichts mitzureden«, sagte Richard streng. »Wenn es dir als dein Los bestimmt ist, Beltars Frau zu werden, dann kannst du nichts dagegen tun.« Er griff nach ihrem Arm, doch sie riß ihn zurück.

»O doch, das kann ich, Richard. Niemand kann mich dazu zwingen, du nicht und auch nicht Braxston. Ich habe vor, aus Liebe zu heiraten.«

Richard verspottete sie. »Du redest wie ein dummes junges Mädchen. Dein Onkel weiß, was das Beste für dich ist, und du wirst seinen Wünschen nachkommen. Wärst du mein Mündel, dann würde ich dich dafür verprügeln, daß du weggelaufen bist.«

»Ich bin aber nicht dein Mündel. Und ich habe nie erlebt, daß du einem anderen Menschen gegenüber auch nur die Stimme erhebst, von deiner Hand ganz zu schweigen.«

Richard errötete. Er hätte sie ebensowenig schlagen können, wie er fliegen konnte. In Wahrheit kostete es ihn große Mühe, nicht die Hand nach ihr auszustrecken und sie liebevoll zu berühren. Jetzt wurde ihm klar, daß er sich das schon lange wünschte.

»Lord Ral muß darüber unterrichtet werden.«

»Dir kann ich nur wünschen, daß dir jemand die Syphilis anhängt, Richard. Ich dachte, wir seien Freunde.«

*Freunde.* Ihm ging auf, daß das, was er von Ambra wollte, weit mehr war als Freundschaft. Er wußte aber auch, daß sie eine Dame war, wenn sie auch noch so wild und unbezähmbar wirken mochte. Und sie war mit einem anderen Mann verlobt.

»Ja, ich schätze, wir sind Freunde.«

»Lady Caryn hat sich bereit erklärt, mir zu helfen. Sag mir, daß ich auch auf deine Hilfe zählen kann.«

Das konnte sie, erkannte er und kämpfte gegen einen neuerlichen Ansturm des Verlangens an. »Du bist halsstarrig und eigensinnig. Fest steht, daß du dem Mann, den du einmal heiraten wirst, das Leben reichlich schwer machen wirst. Aber trotzdem kannst du auf mich zählen.«

Sie schlang ihm die Arme um den Hals und preßte ihm einen dicken Kuß auf die Wange. »Ich danke dir, Richard.«

Er mußte sich ernstlich zusammenreißen, um sie nicht an sich zu ziehen und sie so zu küssen, wie man eine Frau hätte küssen sollen. Statt dessen räusperte er sich und wich einen Schritt zurück.

»Meine Loyalität gehört weiterhin in allererster Linie dem Herrn von Braxston Keep. Du hast Zeit, in Ruhe zu entscheiden, was du tun willst, aber ich kann dir nicht versprechen, daß du hier bis in alle Ewigkeit sicher bist.«

Ambra lächelte daraufhin nur. Sie machte ein paar kleine Tanzschritte und war wieder Ancil der Gaukler. »Ich bin froh, daß du die Wahrheit kennst, Richard.«

Er war es auch. Sogar ganz eindeutig. Wenigstens konnte er jetzt absolut sicher sein, daß das Verlangen, daß sich glühend durch seinen ganzen Körper schnitt, einer Frau und nicht einem Knaben galt.

Caryn stieg die steinernen Stufen in den großen Saal hinab. Seit seiner Rückkehr in ihr Bett hatte Ral sie zuvorkommend und rücksichtsvoll behandelt, liebevoll und zärtlich, und er war ihr ein leidenschaftlicher Liebhaber.

Und doch schien er auf der Hut zu sein und sich ständig vor ihr in acht zu nehmen.

Und sie sah sich noch mehr vor als er.

Lynette war, wie Ral es ihr versprochen hatte, aus dem Schloß fortgeschickt worden, doch traute Caryn ihm immer noch nicht in dem Maß, in dem sie ihm früher einmal getraut hatte, und obgleich ihr Körper allnächtlich nach seinen Berührungen lechzte, war sie nicht sicher, ob sie ihm jemals wieder volles Vertrauen entgegenbringen könnte. Sie mied ihn so oft wie möglich, da sie die Macht fürchtete, die er über sie hatte. Sie war entschlossen, ihm ihr Herz zu ihrem eigenen Schutz soweit wie möglich zu verschließen.

Er lächelte, als sie den Saal betrat, und in seinen unergründlichen grauen Augen offenbarte sich einen Moment lang das Verlangen, ehe er diesen Ausdruck gewaltsam aus seinen Augen verbannte. Er stand in der Eingangstür und winkte sie zu sich, während er Hassan, den arabischen Arzt, wieder in der Burg willkommen hieß.

Ral sprach zwar weiterhin mit dem Araber, doch sein Arm legte sich besitzergreifend um ihre Taille, zog sie eng an seine Seite und ließ ihr Herz schneller schlagen.

»Es ist schön, dich zu sehen, mein Freund«, sagte er zu dem großen dunkelhäutigen Mann. »Wir hatten wenig Gelegenheit, miteinander zu reden, als du das letzte Mal hier warst.«

»Ich freue mich, wieder hier zu sein.« Er war ein stiller Mann, so hager, daß er nur aus Haut und Knochen zu bestehen schien, dunkelhäutig und exotisch. Seine Nase war spitz und leicht gekrümmt, und seine Augen waren schwarz wie die Nacht und schienen doch ein inneres Licht widerzuspiegeln.

»Hassan hat sich einverstanden erklärt, mindestens vierzehn Tage zu bleiben«, sagte Ral und schaute lächelnd auf sie herunter. »Das läßt uns Zeit, unsere Bekanntschaft wieder aufzufrischen.«

Caryn lächelte ebenfalls, obwohl sie wünschte, Ral würde sie loslassen, damit sie ein wenig von ihm abrücken konnte. »Es heißt, daß arabische Heiler die besten im ganzen Land sind. Hat dein Freund Hassan sich denn auch bereit erklärt, mir ein wenig Zeit zu opfern und mir etwas beizubringen?«

Die weißen Zähne des Arabers blitzten auf. »Selbstverständlich, Mylady, falls das Ihr Wunsch sein sollte.« Er beugte sich über ihre Hand. »Es wird mir ein Vergnügen sein.«

Eine weitere Aufgabe, mit der sie sich beschäftigen und davon ablenken konnte, ständig nur an Ral zu denken und sich Sorgen um die Zukunft zu machen.

»Ral sagte, Sie waren früher einmal Leibarzt des Königs«, sagte Caryn zu Hassan, als sie sich in den Bergfried begaben und durch den Saal gingen. Sie setzten sich an einen Tisch auf dem Podest.

»Das ist richtig. Ich stehe selbst jetzt noch in seinen Diensten. William war derjenige, der mich darum gebeten hat, nach Grennel zu reisen. Der König wird sich freuen, wenn er hört, daß sein Freund dort am Leben bleiben wird.«

»Sie waren mit William in Hastings?« fragte Caryn.

»Ganz richtig, Mylady. Ich hatte das Glück, die Verwundeten auf dem Feld von Senlac verarzten zu dürfen. Als das todesmutige Vorgehen Ihres Mannes dem König das Leben gerettet hat, war ich da, um das Leben Ihres Mannes zu retten.«

Als sie sich Ral verwundet und blutüberströmt vorstellte, schnürte sich etwas in Caryns Brust zusammen.

»Sie haben Interesse an der Kunst des Heilens?« fragte er.

»Meine Frau ist wißbegierig«, warf Ral ein. »Sie lernt gern dazu, ganz gleich, auf welchem Gebiet.«

»Meine Mutter hat sich mit Kräutern und Heilmitteln befaßt«, sagte Caryn. »Ich hatte damit nichts im Sinn, bis Sie das letzte Mal bei uns zu Besuch waren. Seitdem freue ich mich auf die Gelegenheit, ein wenig Wissen auf diesem Gebiet zu erlangen.«

Sie hatte den Geistlichen aufgesucht, nachdem Ral wieder in ihr Bett zurückgekehrt war, da sie hoffte, ihre medizinischen Unterweisungen würden sie von ihren Ängsten ablenken. »Ich habe bereits mit dem Geistlichen gesprochen. Pater Burton behandelt die Kranken von Braxston. Er hat mir einige Texte in Lateinisch und Französisch zu lesen gegeben.«

Eine schmale dunkle Augenbraue zog sich hoch. »Eine gebildete Frau. Das ist in Ihrem Land fast so ungewöhnlich wie in meinem.«

Caryn errötete. »Ich hoffe, Sie nehmen keinen Anstoß daran.«

»Ganz im Gegenteil. Das sollte meine Aufgabe noch viel interessanter gestalten.« Er preßte die Kuppen seiner langen dunklen Finger aneinander. »Was den Text angeht, den Sie gelesen haben ... die besten Ihrer Ärzte kommen aus dem Süden Frankreichs. Dennoch können sie sich nicht an unseren arabischen Heilern messen.«

»Das sind keine leeren Worte, *Cara.*« Ral drehte die Hand um, verschlang seine Finger mit ihren und ließ eine unerwünschte Woge von Glut in ihr aufsteigen. »Ich weiß von mindestens einem Dutzend tapferer Ritter, die tot wären, wenn Hassan nicht zur Stelle gewesen wäre.«

»Dann werde ich mich um so mehr anstrengen, möglichst viel von ihm zu lernen«, sagte sie, »denn es würde mir große Freude bereiten, den Menschen in meinem Dorf helfen zu können.«

Und das tat sie dann auch gemeinsam mit Hassan. Sowie sich im Dorf von Braxston herumgesprochen hatte, daß ein großartiger Arzt in der Gegend weilt, trafen die ersten Dorfbewohner im Bergfried ein, alte Frauen, kranke Männer, die Gebrechlichen, die Blinden, die Krüppel.

Ral ließ eines der Vorratslager räumen und richtete es als Krankenstation ein. Er stattete es mit Tischen und Bänken aus, und dort kümmerten sich Hassan und Caryn um ihre Patienten, obgleich sich der Alltagsablauf gewaltig von dem unterschied, was sie sich davon erwartet hatte.

Es gab Fälle, in denen der Geistliche die stärksten Abführmittel verabreichte und Aderlässe und Amputationen vornahm, da er häufig der Überzeugung war, es handelte sich bei der Krankheit gewissermaßen um eine Strafe Gottes. Hassans Behandlungsmethoden dagegen waren weniger kraß und meistens wirksamer. Eine Breipackung gegen einen Abszeß am Bein, eine Salbe aus Ampfer, mit Lanolin vermischt, gegen Hautkrankheiten, Huflattich mit Honig gegen Husten, Pfeffer und Schwefel gegen Juckreiz, Meerettich mit Talg gegen Muskelzerrungen und Prellungen.

Hassans seltsame Arzneien fanden keinen Anklang bei dem Geistlichen, der der festen Überzeugung war, die Heilmittel des Heiden seien Teufelswerk. Als Hassan einer Frau mit einem Lungenleiden eine Umstellung in ihren Ernährungsgewohnheiten verordnete, bekam Pater Burton einen Tobsuchtsanfall.

»Das ist doch einfach nicht zu glauben«, sagte er. »Also, in Frankreich, da würde man ihr den Kopf kahl scheren, den Schädel aufsägen und das Gehirn herausnehmen. Es ist hochgradig unwahrscheinlich, daß sich dieses Problem durch eine Veränderung der Eßgewohnheiten beheben läßt.«

Hassan grinste. »Es ist aber auch hochgradig unwahrscheinlich, daß der Patient einen solchen Eingriff überleben würde.«

Caryn grinste ebenfalls. Sie stellte fest, daß sie den exotischen dunkelhäutigen Mann gut leiden konnte, und mit der Zeit begann sie, ihn zu bewundern. An jedem einzelnen Tag, an dem sie miteinander arbeiteten, lernte sie etwas dazu, und es faszinierte sie, welche Heilkräfte Hassan in den gewöhnlichsten Kräutern finden konnte.

Wermut regte den Appetit an – und das war vor allem für die Alten und Gebrechlichen gut. Die Alraunwurzel half gegen Hautentzündungen oder förderte den Schlaf des Patienten. Während der Geistliche gegen eine Entzündung der Milz ein Gebräu verschrieb, für dessen Herstellung die Köpfe von sieben fetten Fledermäusen verwandt wurden, und gegen Gallensteine eine Tinktur aus Grillen und Mistkäfern, sammelte Hassan seine Kräuter und verarbeitete sie zu Medizin. Oftmals trocknete er sie in einem Backofen oder zerdrückte sie in einem Mörser.

Er zeigte Caryn seine Techniken und erklärte ihr jede einzelne ausführlich, und wie immer lernte sie schnell. Sie akzeptierte seine Fachkenntnis, doch die Rivalität zwischen Hassan und Pater Burton verschärfte sich von Tag zu Tag. Sie wußte, daß dieser Machtkampf nicht enden würde, solange der Araber sich bei ihnen aufhielt, und vor seiner Abreise hatte sie noch viel zu lernen.

Sie blickte auf, als sie ihren Namen hörte.

»Lady Caryn!« rief Nelda. »Sie müssen den Heiler mitbringen und ganz schnell kommen!« Die große dürre Frau stand mit zitternden Händen und bleichem Gesicht in der Tür der Krankenstation.

»Worum geht es, Nelda? Was ist passiert?«

»Es geht um die junge Edmee. Ihre Zeit ist gekommen, und das Baby will nicht rauskommen. Isolda sagt, es ist eine Steißgeburt. Es ist ihr nicht gelungen, das Baby umzudrehen, und die arme Edmee wird immer schwächer. Bitte, Mylady, ich flehe Sie an, kommen Sie mit mir.«

»Ich muß Hassan suchen.«

Er saß neben Ral in dem großen Saal und hatte sich mit lässiger Anmut an die Steinwand zurückgelehnt. Als sie Caryns besorgten Gesichtsausdruck sahen, sprangen beide Männer gleichzeitig auf.

»Was ist los?« fragte Ral, und seine Augen waren wie Stahl und drückten plötzlich große Sorge aus.

»Es geht um eine Frau aus dem Dorf. Es ist zu Schwierigkeiten bei der Geburt gekommen. Die Dorfbewohner bitten Hassan, ihnen zu helfen.«

Der Araber stieß sich von der Wand ab und kam mit seinen anmutigen Bewegungen auf sie zu. »Selbstverständlich. Ich hole nur schnell meine Sachen.«

»Ich komme mit euch.« Rals Hand legte sich schützend um ihre Taille, und wenn ihr Herz nicht vor Verlangen einen solchen Satz gemacht hätte, wäre sie vielleicht sogar dankbar dafür gewesen, ihn an ihrer Seite zu haben.

Sie packten alles zusammen, was sie brauchten, und ordneten an, daß ihre Pferde bereitgemacht wurden. Es regnete, als sie aus dem Bergfried aufbrachen, und der Wind peitschte Äste und Baumkronen, wirbelte Laub auf und preßte Gräser flach auf den Boden. Die Temperatur war gesunken, und Caryn zitterte in ihrem weiten Umhang. Als sich ein Windstoß in ihrem Umhang verfing und ihn in das Geäst wehte, wo er hängenblieb, kam Ral zu ihr geritten und befreite sie.

»Ich hätte dir verbieten sollen mitzukommen. Es ist ein naßkalter Abend, an dem du dich nicht draußen aufhalten solltest.«

»Ich weiß deine Sorge um mich zu schätzen, Mylord, aber das Wetter macht mir nichts aus. Hassan wird uns bald verlassen. Es ist mir wichtig, in der verbleibenden Zeit soviel wie möglich von ihm zu lernen.«

Ral murrte vor sich hin, sagte aber nichts mehr.

Eine Weile später erreichten sie die Hütte des Kleinbauern, die sich als kleiner schwarzer Umriß gegen die bestellten Felder des Leibeigenen absetzte. Caryn war ausgekühlt bis in die Knochen, und ihre Kleidungsstücke waren feucht und klebten ihr am Leib, doch ihre Sorge galt in erster Linie der Frau und dem ungeborenen Kind, die in der kleinen Lehmhütte um ihr Leben kämpften.

Hassan hielt sie zurück, als sie zur Tür eilte. »Es herrscht die verbreitete Auffassung, daß Reinlichkeit den Heilprozeß nicht fördert, doch habe ich bei meiner Arbeit festgestellt, daß es seltener zu Wundfäule, zu Entzündungen und zu Todesfällen kommt, wenn frische Bettwäsche und Seife verwendet werden.«

»Ich habe alles, was Sie brauchen, mitgebracht«, sagte Caryn.

Der Araber wusch sich die Hände, und Caryn folgte seinem Beispiel, dann betraten sie den stickigen kleinen Raum.

»Es ist zu warm hier drinnen«, sagte der Araber. »Die Frau verliert zuviel Flüssigkeit. Binden Sie die Plane vor der Tür hoch.«

»Aber dann wird sie sich unweigerlich erkälten.« Isolda, die Hebamme, erhob sich vom Fußende von Edmees Strohsack. »Wenn die Geburt sie nicht das Leben kostet, dann wird sie ganz bestimmt am Fieber sterben.«

»Ich habe gelernt, daß es das Beste ist, ein Problem nach dem anderen in Angriff zu nehmen.«

»Tu, was er sagt«, ordnete Ral leise an. Er warf Caryn einen ermutigenden Blick zu, dann stellte er sich neben die Tür, um den beiden nicht im Weg zu sein. Er würde Tosig, Edmees Mann, beim Warten Gesellschaft leisten, eine Flasche Wein gegen die Kälte mit ihm trinken und dem armen Mann einen Teil seiner Sorgenlast abnehmen.

»Was verabreichen Sie ihr?« fragte Caryn Hassan, sowie Ral gegangen war. Es war erstaunlich, wieviel größer der Raum ohne ihn wirkte, und doch erschien er ihr auch irgendwie trostloser.

»Einen Trank aus Gartenraute, Wacholder, Stabwurz und Iris.« Er hielt ihn der Frau an die zitternden Lippen. Sie war von Schweiß bedeckt, und das Haar klebte feucht an ihren Schultern. »Das wird dazu beitragen, daß sie sich entspannt.«

»Es ist alles in Ordnung, Edmee«, sagte Caryn leise zu der Frau und preßte ihr einen feuchten Lappen auf die Stirn. »Hassan weiß, was gut für dich ist.«

»I-ich möchte, daß das Kind gerettet wird, falls einer von uns beiden sterben muß. Mein Mann wünscht sich so sehr einen Sohn.«

Caryns Herz schnürte sich zusammen. Das Mädchen hätte sich für den Mann geopfert, den sie liebte. Caryn fragte sich, wie weit sie für Ral gehen würde, und in dem Moment wußte sie, daß sie fast alles für ihn getan hätte.

»Deine Sorge ist das, was der Geburt im Weg steht«, sagte Hassan zu Edmee. »Ich bitte dich zu versuchen, dich zu entspannen.« Er wartete, bis die Medizin, die sie getrunken hatte, zu wirken begann, dann spreizte er ihre Beine und griff in sie hinein. »Es verhält sich so, wie die Hebamme gesagt hat. Das Kind liegt mit dem Steiß nach unten und hat sich irgendwie eingekeilt.«

»Können sie es umdrehen?«

»Ich bin nicht sicher.« Seine langen Arme übten jedoch behutsam Druck aus, bewegten den Fötus, drehten ihn, versuchten ihn in die richtige Lage zu bringen. Jede einzelne Minute zog sich in die Länge, und die Schmerzensschreie der Frau hallten durch den kleinen Raum.

Dennoch blieb Hassan weiterhin über die Frau gebeugt, widmete sich seiner Aufgabe und ließ nicht locker, bis sein eigener Körper unter einer Schweißschicht glänzte. Edmee wirkte so blaß, daß Caryn fürchtete, sie könnte jeden Moment sterben. Schließlich blickte Hassan auf.

»Machen Sie den Geburtsschemel bereit. Der Kopf ist jetzt in der richtigen Lage.«

»Gott sei Dank«, flüsterte Caryn und ließ ein stummes Stoßgebet folgen, das Kind und seine Mutter würden die Geburt lebend überstehen. Tosig würde außer sich vor Freude sein. Gegen ihren Willen drängte sich ihr die Überlegung auf, was Ral empfinden würde, wenn sie diese Frau wäre und das Baby sein Sohn.

Hassan verrührte je zwei Drachmen des Saftes von Ysop und Diptamdost mit zwei Skrupeln Quecksilber. Edmee trank es, als sie sie auf den Geburtsschemel setzten. Innerhalb von wenigen Minuten rutschte der Kopf des Babys heraus. Während Hassan behutsam nachhalf, tauchten die Schultern auf, und dann folgte der winzige Körper des Babys, der feucht schimmerte.

Isolda nahm das Kind entgegen, als es aus dem Mutterleib herausgekommen war, und ein strahlendes Lächeln stand auf ihrem Gesicht. »Sie haben es geschafft, Fremder. Sie hatten Erfolg, wo ich versagt hätte.«

»Ich werde Lady Caryn zeigen, wie man die Medizin zubereitet. Sie kann es Ihnen zeigen, und das nächste Mal werden Sie nicht mehr scheitern.«

»Ihr ist doch nichts passiert?« fragte Tosig, der hinter Ral den Raum betrat und fragend die geschlossenen Augen und das bleiche Gesicht seiner Frau ansah, als er näher kam.

»Deine Frau und dein Sohn sind wohlauf.« Isolda legte das schlafende Baby in die Armbeuge seiner Mutter. Edmee schlief so tief und fest wie das Neugeborene.

»Worte genügen nicht, um Ihnen zu danken«, sagte Tosig zu Hassan, und in seinen Augen glänzten unvergossene Tränen. »Möge Gott Sie für den Rest Ihres Lebens für Ihre Güte entlohnen.« Er setzte sich neben dem Strohsack auf den Boden und nahm die Hand seiner jungen Frau.

Kurz vor dem Morgengrauen verließen sie Edmees Hütte, doch Caryn fühlte sich so frisch und munter wie noch nie. Die Luft draußen erschien ihr weniger kühl, der Himmel weiter, die Dunkelheit weniger beängstigend.

»Was wir getan haben, war einfach wunderbar«, sagte sie. »Eine größere Freude kann ich mir nicht vorstellen.« Ral, der dicht neben ihr stand, nahm ihr Gesicht in seine Hände. Sie waren groß und kräftig, und doch konnten sie unendlich zart sein.

»Nur die, daß es unser eigenes Kind gewesen wäre«, sagte er und küßte sie zart auf die Lippen.

Was für ein Gefühl würde es sein, Rals Sohn auszutragen? fragte sie sich. Es würde schmerzhaft sein – das wußte sie schon seit langem –, aber es würde auch Glück damit verbunden sein. Die Freude darüber, ihr Baby auf dem Arm zu halten, das Vergnügen, das es ihnen bereiten würde, im Lauf der Jahre zu sehen, wie der Junge heranwuchs. Sie freute sich darüber, daß Ral sich das auch wünschte.

Sie schaute noch einmal in die Hütte zurück, und ihr Lächeln begann zu verblassen. Im Innern der Hütte saugte das winzige Baby an der prallen Brust seiner Mutter. Caryn dachte wieder daran, wie klobig und schwerfällig die junge Frau in den Monaten vor der Niederkunft gewesen war, wie fett und wie plump. Sie dachte an Edmees watschelnden Gang, mit dem sie sich durch die Gegend bewegt hatte, und daran, wie dieses Gewicht häßliche Streifen auf ihrer Haut zurückgelassen hatte.

Caryn schaute ihrem Mann nach, als er zu den Pferden ging. Er war groß und sah gut aus, und er war viril und kräftig gebaut. Er war das, was sich jede Frau erträumte, und sie bezweifelte nicht, daß selbst ohne seinen Rang und Besitz die Wahl bei ihm gelegen hätte. Sie schaute auf ihren Bauch herunter. Ihre Taille war zwar noch schmal, doch selbst jetzt konnte schon sein Samen in ihr heranwachsen.

Wie würde er es finden, wenn sie so dick und schwerfällig wurde, wie Edmee es gewesen war? Würde ihr Anblick ihn dann abstoßen? Und was war mit seiner Leidenschaft? Würde er warten, bis ihrer beider Kind geboren wurde? Würde Ral ihr treu bleiben?

Es war eher damit zu rechnen, daß er sich wieder eine Geliebte suchen würde.

Caryn war innerlich aufgewühlt. Er hatte Lynette aufgegeben, aber er hatte nicht gesagt, es würde nie mehr eine andere Frau in seinem Leben geben. Und er hatte nie von Liebe gesprochen.

Caryn erschauerte und fröstelte plötzlich.

»Du frierst«, sagte Ral, der an ihre Seite zurückkehrte. »Du wirst jetzt mit mir nach Hause reiten.«

Caryn erhob keine Einwände. Sie brauchte die Wärme seiner kräftigen Arme um sich. Sie hatte es bitter nötig, sich begehrt und geborgen zu fühlen.

Sie fragte sich, wie lange er ihr dieses Gefühl wohl vermitteln würde.

Richard beendete geistesabwesend seine Mahlzeit und war in Gedanken bei dem Fest, das am Abend stattfinden sollte.

»Wo steckt der Gaukler?« fragte Lord Ral, der neben ihm auf dem Podest saß. »Wir haben viel zu feiern. Ich möchte gern einen Vers auf das Kind von Braxston hören, das Hassan entbunden hat und das jetzt zu unserer Gemeinde zählt.«

Richard rutschte voller Unbehagen auf dem Stuhl herum und dachte an das Mädchen, das bald auftauchen würde, um die Gesellschaft zu unterhalten. Da er jetzt wußte, daß Ancil eine Frau war, zog jede ihrer Bewegungen seinen Blick auf sich und ließ sein Blut rauschen. Was würden die anderen Männer denken, wenn sie die Wahrheit über sie herausfanden? Für eine Dame geziemte es sich nicht, in dieser Kleidung herumzulaufen und unter der kurzen Tunika ihre wohlgeformten Gliedmaßen zu zeigen. Er fragte sich tatsächlich, wie groß ihre Brüste wohl sein mochten. Waren sie so klein, daß sie nicht auffielen, oder hatte sie etwas mit ihnen angestellt, ebenso wie mit ihren Ohren?

Richard, der den ganzen Abend über unruhig war, wartete das Ende der Mahlzeit ab und trat dann im Gang am Ende des großen Saals dem Mädchen gegenüber.

»Ich möchte mit dir reden.«

»Gern, Richard. Warum gehen wir nicht in mein Zimmer, wo uns niemand sehen kann?« Sie hob den Vorhang, der vor ihrem kleinen Schlafgemach hing.

»Das können wir nicht tun. Es gehört sich nicht.«

»Niemand weiß, daß ich eine Frau bin.«

»*Ich* weiß es«, sagte er. Er riß ihr den Vorhang unwillig aus der Hand und ließ ihn wieder vor die Öffnung fallen. »Und genau deshalb wollte ich dich sprechen.«

Sie sah ihm jetzt mitten ins Gesicht, doch die schwarze und die weiße Gesichtshälfte verbargen ihren Ausdruck unter der Farbe. »Sprich weiter.«

»Es gehört sich nicht für eine Dame, so herumzulaufen, wie du es tust. Du mußt Lord Ral die Wahrheit sagen.«

»Nein. Du weißt sehr gut, daß ich das nicht tun kann.«

»Dann finde wenigstens einen Weg, um deiner anstößigen Maskerade ein Ende zu bereiten. Du bist eine Dame. Du kannst dich unmöglich weiterhin so benehmen, wie du es tust.«

Ambra stemmte die Arme in die Hüften, und ihre Tunika rutschte so hoch hinauf, daß ihre Wespentaille zu sehen war. »Ich spiele die Rolle des Gauklers. Daran ist nichts Anstößiges, und selbst wenn es so wäre, dann ginge es dich nichts an.«

»O doch, es geht mich etwas an, da du jetzt meinem Schutz unterstellt bist.«

»Ich brauche deinen Schutz nicht. Und mein Verhalten ist niemals ungebührlich für eine Dame gewesen. Daß ich jetzt tanze und singe, ändert nichts daran.« Sie zog den Kopf ein und schlüpfte unter dem Vorhang durch, und Richard folgte ihr.

»Verflucht noch mal, du bist wirklich unmöglich.« Und schöner, als es sich mit Worten sagen läßt. Da er ihre Verkleidung jetzt durchschaut hatte, schnürte sich ihm schon allein bei ihrem Anblick die Kehle zu.

»Und du, Richard, du bist kleinlich und prüde. Wenn ich dir so sehr mißfalle, warum gehst du dann nicht einfach wieder?«

Er schnaubte vor Wut und war zwischen Zorn und einer Lust zerrissen, die mit jedem Herzschlag zuzunehmen schien. Er machte eine spöttische Verbeugung vor ihr. »Wie Sie wünschen, *Mylady.*«

»Und noch etwas – nenn mich nicht so. Das ist viel zu gefährlich. Was ist, wenn dich jemand hört?«

Darauf reagierte er hämisch. »Seit wann bereitet dir Gefahr auch nur die geringsten Sorgen?« Er wandte sich ab und stolzierte aus ihrem Zimmer.

# 18. Kapitel

Ral ritt auf seinem großen schwarzen Streitroß vor seinem kleinen Trupp von Männern her, deren Pferde auf dem Weg den Staub aufwirbeln ließen. Sie hatten sich in ihre komplette Schlachtmontur geworfen, mit Kettenhemden, Schwertern und Schilden, und suchten die Gegend nördlich des Bergfrieds systematisch nach dem Frettchen ab, ritten über Berge und durch Täler.

Seit seiner verhängnisvollen Begegnung mit Malvern hatte man nichts mehr von dem Verbrecher vernommen – keine Angriffe, keine Überfälle auf Reisende, keine vermißten Karawanen, und doch hatte Ral ein ungutes Gefühl, als er jetzt im Sattel saß. Sein Instinkt und die Kämpfe langer Jahre sagten ihm, daß das Frettchen früher oder später zurückkehren würde und daß er jetzt schon weitere Männer anwarb und es nicht mehr lange dauern würde, ehe seine Schurkenstreiche wieder diejenigen treffen würden, die sich nicht vorsahen.

Ral hatte nicht die Absicht, es dazu kommen zu lassen.

»Spuren überqueren den Weg dicht an dem Flußlauf vor uns.« Odo kam an seine Seite geritten. »Ein Wagen und Reisende, die zu Fuß unterwegs sind. Es ist unwahrscheinlich, daß es sich um das Frettchen handelt.«

Ral nickte. »Er und seine Männer müssen zwangsläufig beritten durch die Gegend ziehen. Sonst nichts Ungewöhnliches?«

»Nein, Mylord.«

In dem Moment kam Geoffrey von hinten auf sie zu. Er ritt einen großen weißen Hengst, den er Baron nannte. »Haben Sie ihn gefunden, Mylord? Hat Odo das Frettchen entdeckt?«

»Nein, keine Spur weist auf ihn hin. Es sieht ganz so aus, als seien wir zumindest noch ein Weilchen vor seiner Niedertracht sicher.«

Geoffrey schien beruhigt zu sein. Er nahm eine entspanntere Haltung auf seinem Sattel ein. »Ich wünsche mir nichts anderes mehr, als daß dieser Schurke sich nie mehr blicken läßt.«

Ral äußerte sich nicht dazu. Im Grunde genommen wünschte er sich das gleiche, und doch war das Land, das er für die Gefangennahme des Schurken bekommen würde, weiterhin von allergrößter Wichtigkeit für ihn. Jetzt sogar noch mehr, nachdem sie so viele Rinder an die Seuche verloren hatten. Wenn das Frettchen zurückkehrte, würde der Verbrecher rauben und plündern, aber ohne ihn würden Ral die Ländereien nicht zugesprochen werden.

Ral warf einen Blick auf Geoffrey und sah, daß er unbefangen lächelte und über etwas lachte, was Odo gerade gesagt hatte. Seit seiner Rückkehr in Caryns Bett hatte er kaum noch an Geoffrey gedacht. Doch schlich sich der gutaussehende junge Ritter gelegentlich in seine Gedanken ein.

Caryn unterhielt sich immer noch angetan mit Geoffrey, spielte immer noch in dem großen Saal mit ihm Schach und lachte unbeschwerter und häufiger mit Geoffrey als mit ihrem eigenen Mann. Was empfand sie für ihn? Konnte er ganz sicher sein, daß aus diesen Gefühlen nicht mehr werden würde?

Ral hatte viele Frauen gekannt. Aber geliebt hatte er nur ein einziges Mal. *Eliana.* Sie war eine Natter, die die Haut einer Frau übergezogen hatte. Sie war die Versuchung und die Verderbtheit in Person und tarnte sich als eine Frau, ein mieses Weibsstück, das andere an der Nase herumführen und reinlegen konnte, ohne auch nur die leisesten Gewissensbisse zu verspüren.

Andere Frauen, die er gekannt hatte, waren auch nicht viel besser. Sie strengten sich mächtig an, um ihm zu gefallen, solange er sie haben wollte, doch sowie er ihrer überdrüssig wurde, zogen sie zum nächsten Mann weiter und wiederholten ihre Liebes- und Treueschwüre, und dann gingen sie zum nächsten.

Dennoch war seine Mutter eine brave Frau gewesen, und sie war seinem Vater selbst dann treu geblieben, wenn er Fehltritte begangen hatte. Sie war gütig und liebevoll gewesen und hatte die zahlreichen Geliebten ihres Mannes geduldet und ihn jederzeit wieder in ihrem Bett willkommen geheißen. Und seine Schwestern waren ihren Männern, soweit er wußte, immer treu geblieben, und das sogar gern.

Aber was war mit Caryn? Er wußte jetzt, daß sie ihm seine Treulosigkeit nicht vergeben würde, und in Wahrheit verspürte er kaum ein Verlangen nach anderen Frauen. Aber was war mit ihren Gelüsten? Was empfand sie, abgesehen von ihren körperlichen Bedürfnissen, für ihn? Wieviel machte sie sich überhaupt aus ihm?

Seine eigenen Gefühle vertieften sich von Tag zu Tag. Und das in einem beängstigenden Maß. Und doch hatte er sich gezwungen, sich diesen Gefühlen zu stellen. Seine Ängste zu besiegen und sich zu ihr zu bekennen, ihr treu zu bleiben – und ihr sein Vertrauen zu schenken. Mit jedem Tag nahm dieses Vertrauen zu, faßte tiefere Wurzeln in ihm und schlich sich immer mehr in sein Herz ein.

Ihm grauste bei der Vorstellung, welches Risiko er damit einging.

Auf dem Rückweg zur Burg betete er, diesmal würde er es nicht bereuen.

»Das Spiel ist aus – Beltar kommt!«

Ambras Herz hämmerte heftig gegen ihre Rippen. Sie stand dicht bei der Zugbrücke, hatte vor dem Mittagsmahl genüßlich einen Spaziergang gemacht und kostete die wärmenden Strahlen der Sonne aus. Als sie Richards Stimme hörte, wirbelte sie zu ihm herum.

»Lieber Gott, Richard, sag, daß das nicht dein Ernst ist.« Aber er kam mit langen grimmigen Schritten näher, und sein Gesichtsausdruck zeigte ihr deutlich, daß er jedes Wort ernst meinte.

»Heute morgen ist ein Bote gekommen. Beltar wird morgen früh hier eintreffen.«

»Er weiß doch bestimmt nicht, daß ich hier bin.«

»Das ist der Grund seiner Reise.«

»Aber wie könnte er herausgefunden haben, wo ich bin?«

»Lady Caryn weiß es, und ich weiß es auch. Die Mitglieder deiner Truppe wissen es. Und gewiß auch noch andere.«

Es kostete sie große Anstrengung, gegen das Zittern ihrer Hände anzugehen. »Was hat sonst noch in der Nachricht gestanden?«

»Beltar beschuldigt Lord Ral, dich entführt zu haben.« Ambra schnappte hörbar nach Luft. »Er verlangt von Braxston, daß er dich wieder hergibt. Es wird angedeutet, der Dunkle Ritter hätte dich gewaltsam in sein Bett geholt und du seist Lord Rals Geliebte.«

»Gütiger Gott im Himmel! Was sagt Lord Ral dazu?«

Eine Spur von Röte schlich sich in Richards Wangen. »Er weiß es noch nicht. Bisher habe ich die Nachricht nur an Lady Caryn weitergegeben.« Er warf einen Blick auf die grauen Steinmauern des Bergfrieds, der hinter ihm aufragte. »Sie ist gerade auf dem Weg zu ihm. Vielleicht kann sie ihn zu deinen Gunsten beeinflussen.«

»Er wird nicht gerade erfreut darüber sein, daß du nicht gleich zu ihm gekommen bist.«

»Wie du damals sagtest – wir sind Freunde.«

»Ja.« Aber das, was Ambra von ihm wollte, war nicht seine Freundschaft. Nachdem sie jetzt wußte, daß sie fortgehen mußte, bestätigte sich der Verdacht, den sie schon lange hegte. Sie wollte Richards Liebe für sich gewinnen.

»Lady Caryn wird gute Worte für dich einlegen. Vielleicht kann Lord Ral Lord Beltar überreden …«

»Nein, das kann ich nicht riskieren.« Sie wollte gehen, doch Richard hielt ihren Arm fest.

»Wohin willst du jetzt gehen?«

»Weit weg von hier.« Sie machte einen Schritt, doch Richards Hand schloß sich fester um ihren Arm.

»Das kann ich nicht zulassen.« Seine Augen hefteten sich auf ihr Gesicht. Er streckte die andere Hand aus, zog ihr die Mütze vom Kopf, ließ das schimmernde blonde Haar gelöst über ihre Schultern fallen und zog dann die Tonklümpchen hinter ihren Ohren hervor. »Du bist eine Frau«, sagte er leise, »und noch dazu eine junge und schöne Frau. Du bist nicht sicher, wenn du allein durch die Gegend ziehst. Wenn Lord Ral dir nicht helfen kann, dann wirst du den Weg akzeptieren müssen, der dir bestimmt ist.«

Ambra sah ihn einen Moment lang an, und ihr Herz hämmerte wild. Dann wappnete sie sich und schüttelte den Kopf. »Ich mag zwar eine Frau sein, aber bisher ist es mir gelungen, mich allein durchzuschlagen. Und das werde ich auch weiterhin tun.« Sie riß sich von ihm los und setzte sich in Bewegung, doch Richard holte sie mit ein paar schnellen Schritten ein.

Er packte ihren Arm und drehte sie zu sich um. »Du wirst tun, was ich sage, hast du gehört?«

»Ich werde tun, was ich will.« Sie versuchte, sich loszureißen, doch er ließ sie nicht los.

»Du bist halsstarrig und eigensinnig. Du bist leichtsinnig und unbesonnen und völlig unbezähmbar. Ich bedaure Lord Beltar, falls er dich zur Frau nehmen sollte.«

Ehe sie auch nur einen Gedanken fassen konnte, hatte sie bereits ausgeholt und ihm eine schallende Ohrfeige verpaßt. Ambra schnappte erschrocken nach Luft, und auch Richard schnaufte entgeistert. »Ich ... e-es tut mir leid.« Sie biß sich auf die Unterlippe, als sich ein kräftiger roter Handabdruck auf seiner Wange abzuzeichnen begann. »Das wollte ich nicht.«

Richard sagte kein Wort, doch ein Muskel in seinem Kiefer spannte sich an. Er packte ihren Arm und zog sie an sich, und dann senkte sich sein Mund auf ihre Lippen. Sie konnte seinem angespannten Körper die Wut anmerken, doch sie fühlte auch seine Leidenschaft. Er stieß seine Zunge gewaltsam in ihren Mund, und sie glaubte, ihre Knie würden unter ihr weich werden. Dann wurde sein grimmiger Kuß zärtlicher. Seine Hände hielten sie nicht mehr brutal umklammert, waren aber immer noch besitzergreifend, und jetzt lockerte sich sein Griff allmählich. Seine Lippen glitten über ihre

Mundwinkel, neckten sie, kosteten sie und ließen eine sanfte Glut durch ihren Körper strömen. Er zitterte, als er sie von sich stieß.

»Es tut mir leid. Das hätte ich nicht tun dürfen.«

Ambra ließ einen Finger über ihre Lippen gleiten, die von seinem Kuß geschwollen waren. Sie konnte ihn noch schmecken. »Ich wollte von dir geküßt werden. Das habe ich mir schon lange gewünscht.«

Richard wandte den Blick ab. »Wir haben nichts miteinander gemeinsam, du und ich.«

»Ich weiß. Ich bin halsstarrig und eigenwillig, wogegen du … manchmal zimperlich und viel zu festgefahren in deinen Vorstellungen bist.«

Ein mattes Lächeln zog an seinen Mundwinkeln, und dann nahm er eine steife Haltung ein. »Und du bist mit einem anderen Mann verlobt.« Er packte ihren Arm und zog sie noch einmal zum Bergfried zurück. »Was ich gesagt habe, war mein Ernst. Ich lasse dich nicht einfach laufen.«

*Aber du läßt zu, daß er mich bekommt.* Wie schon seit langer Zeit nicht mehr bildeten sich jetzt Tränen in ihren Augen und begannen, über ihre Wangen zu rinnen.

»Ich kann einfach nicht glauben, daß du mich wieder einmal hinters Licht geführt hast«, sagte Ral zu Caryn und starrte sie an, als hätte sie ihn sehr enttäuscht. Dieser Gedanke ließ ein Gefühl des Unbehagens in ihr aufkommen, und ihr wurde flau in der Magengrube.

»Das hat nichts mit List und Täuschung zu tun, sondern nur mit dem Versuch, jemandem zu helfen.«

»Warst du dir denn so sicher, daß ich ihr nicht geholfen hätte?«

»Nun, ich …«

»Warst du dir sicher?« Sie standen in ihrem Zimmer, und Ral lief vor dem Fußende des Bettes auf und ab, und bei jedem seiner ausholenden Schritte bewegte sich seine Tunika ruckartig.

Caryn reckte das Kinn in die Luft. »Als es dein Wunsch war, mich zu heiraten, hast du es getan, ob ich es wollte oder nicht. Nun ist es Beltars Wunsch, Lady Ambra zu heiraten. Ich kann nicht glauben, daß du dich in diesem Punkt gegen ihn stellen würdest.«

Er musterte sie lange und kühl. »Warum bist du jetzt zu mir gekommen, aber nicht schon eher?«

Caryn schaute auf ihre Füße und auf die weichen Lederschuhe, die von ihrem morgendlichen Besuch im Stall noch schlammig waren. »Lord Beltar wird morgen früh hier eintreffen.«

Ral schlug mit der Hand gegen den Bettpfosten. »Gütiger Himmel, ich kann es einfach nicht glauben! Beltar in Braxston. Das hat uns gerade noch gefehlt.« Er fuhr sich mit einer Hand durch das wellige schwarze Haar, und Frustration und Zorn schnitten tiefe Falten in sein Gesicht. »Woher weißt du das?«

»Richard hat es mir gesagt. Heute morgen ist ein Bote eingetroffen.«

»Richard? Du hast Richard in dieses Täuschungsmanöver hineingezogen?«

»Richard war derjenige, der die Nachricht in Empfang genommen hat. Er ist zu mir gekommen, weil Lady Ambra ihm am Herzen liegt. Hast du denn nicht bemerkt, wie er sie ansieht?«

»O doch, das habe ich bemerkt. Willst du mir damit etwa sagen, daß Richard die List des Gauklers ebenfalls durchschaut hat?«

»Er ist erst kürzlich dahintergekommen, obwohl ich glaube, daß sein Körper von Anfang an die Gewißheit hatte.«

Ral knurrte unwillig. »Das wird keinem von beiden etwas nutzen. Das Mädchen wird morgen früh zu Beltar zurückgehen.«

Caryn umklammerte den Arm ihres Mannes und spürte seine starken Muskeln. »Bitte, Mylord, das darf nicht dein Ernst sein. Der Mann ist ein Ungeheuer. Schon vor der Heirat hat er versucht, sie gewaltsam zu nehmen. Du kannst sie ihm nicht überlassen, wirklich nicht.«

»Beltar ist ihr Verlobter. Es gibt nichts, was ich tun könnte.«

»Beltar glaubt, daß dich die Schuld trifft. Er glaubt, das Mädchen sei deine Geliebte. Vielleicht könntest du ihm einfach sagen, daß das die Wahrheit ist ...«

»Um Gottes willen, Frau! Beltar ist einer der mächtigsten Männer in ganz England. Er kann ein tausendköpfiges Heer aufstellen, wenn er will. Willst du im Ernst, daß ich einen gewaltigen Krieg führe, und das nur, um eine einzige kleine Frau davor zu bewahren, die ehelichen Gelübde abzulegen?«

Caryn holte tief Atem, um wieder ruhiger zu werden. Wenn man es so sah, hatte Ral recht. Er konnte wohl kaum seine Leute in Gefahr bringen und vielleicht sogar den Tod von vielen von ihnen verschulden.

»Gibt es denn nichts, was wir tun können? Sie ist ein ganz reizendes Mädchen.« Aber schon während sie die Worte aussprach, begann ein Gedanke in ihrem Kopf Gestalt anzunehmen.

»Nein. Ich muß sie Beltar übergeben. Ich hoffe nur, ich kann ihn davon überzeugen, daß ich nichts mit ihrer Entführung zu tun hatte.«

Caryn wandte sich ab, da die Idee sich weiterentwickelte und in ihrer Vorstellung klare Gestalt annahm. »Wie du wünschst, Mylord.« Sie wollte zur Tür gehen, doch Ral vertrat ihr den Weg.

»Du gibst zu bereitwillig nach, mein Liebling.« Er musterte sie abschätzend und durchtrieben. »Was geht in deinem verschlagenen Köpfchen vor?«

»Leider nur sehr wenig, Mylord.«

»Gut. Aus Sicherheitsgründen wird das Mädchen bis dahin im Bergfried in einem Zimmer eingeschlossen. Ich will, daß sie hier ist, wenn ihr Bräutigam morgen früh eintrifft.«

Caryn sagte kein weiteres Wort dazu. Was sie vorhatte, verlangte nicht, daß Ambra fortlief. Sie lächelte in sich hinein, als sie zur Tür hinausging.

»Ich möchte dich sprechen, Richard.« Caryn streckte den Kopf durch die Tür des Zimmers, in dem er seine Arbeit tat. Sie fand ihn jedoch nicht über seinen Schreibtisch gebeugt vor, wie sie es erwartet hatte, sondern er lief in dem Raum auf und ab, ganz ähnlich, wie Ral es im oberen Stockwerk getan hatte.

»Selbstverständlich, Mylady.« Er kam mit bedrückter Miene auf sie zu und suchte ihr Gesicht nach einem Zeichen dafür ab, daß sich der Entschluß ihres Mannes gewandelt haben könnte. »Sie haben sie nach oben gebracht und in ein Zimmer gesperrt. Lord Ral hat Soldaten hingeschickt, die dafür sorgen sollen, daß sie nicht fortläuft.«

»Ich weiß.«

»Sie weint, Mylady. Ich habe nur selten erlebt, daß sie nicht gelächelt hat. Ich muß gestehen, daß ihr Weinen mich bekümmert.«

Caryns Miene hellte sich auf. »Dann mußt du etwas für sie empfinden. Das stimmt doch, oder nicht?«

»Ja, das stimmt.« Er wandte den Blick ab. »Wir haben uns gewissermaßen miteinander angefreundet.«

»Das ist alles, was du empfindest, Richard? Freundschaftliche Gefühle?«

Ihm schien eindeutig unwohl zumute zu sein. »Ich begehre sie, falls Sie das meinen. Das ist nur natürlich. Ambra ist eine sehr schöne Frau.«

»Es freut mich, daß du das bemerkt hast.«

Er seufzte. »Was ändert das schon? Lord Ral wird dafür sorgen, daß sie Beltar heiratet.«

»Ja, das ist wahr. Aber es ist auch wahr, daß Ambra ihn nicht heiraten könnte, wenn sie bereits mit dir verheiratet wäre.«

»Wie bitte?«

»Auf den Gedanken bist du doch bestimmt auch schon gekommen. Du hast doch selbst gesagt, daß du sie begehrst.«

Richards Hand zitterte, als er sie auf den Schreibtisch stützte. »Ja, das ist mir auch durch den Kopf gegangen. Aber mir ist auch klargeworden, wie dumm es ist, sich solche Gedanken zu machen.«

»Wieso? Wie du schon sagtest, Ambra ist eine reizende, junge Frau. Sie würde einem Mann eine gute Ehefrau sein.«

»Jedem anderen, aber nicht mir«, murrte er.

»Das verstehe ich nicht.«

»Sehen Sie es denn nicht selbst? Zwei andere Menschen, die so wenig zueinander passen, werden Sie so schnell nicht finden. Ich hätte gern ein stilles und gefügiges Mädchen zur Frau. Jemanden, der mir nicht an allen Ecken und Enden Widerworte gibt. Ambra ist alles andere als fügsam.«

»Nein, das ist sie nicht. Sie ist übersprudelnd, temperamentvoll und voller Leben. Eine Frau, die neben dir durchs Leben herlaufen könnte, statt sich in deinem Sog mitziehen zu lassen. Mit einer Frau, wie du sie beschreibst, würdest du dich doch bestimmt innerhalb von zwei Wochen langweilen.«

»Es ist keine Frage der Langeweile«, sagte Richard. »Es geht nur darum, daß sie sich benimmt, wie eine Frau sich benehmen sollte.«

»Ich habe mich selten so benommen, wie eine Frau sich deiner Meinung nach benehmen sollte«, rief ihm Caryn ins Gedächtnis zurück und fragte sich plötzlich, ob Ral sich vielleicht auch so eine Frau gewünscht hatte, wie Richard sie wollte.

Richard musterte sie seltsam. »Das ist wahr. Ich habe es nicht ganz so gemeint, wie es geklungen hat.«

Einen Moment lang sagte Caryn nichts. Dann seufzte sie. »Es tut mir leid, Richard. Ich hätte mich damit nicht an dich wenden sollten. Es war falsch von mir, dich um etwas zu bitten, was du nicht tun möchtest. Ich habe mir nur gedacht, du würdest vielleicht ... ich hatte gehofft ...« Sie trat zurück und ging zur Tür.

»Warten Sie.«

Caryn drehte sich zu ihm um und sah die Unsicherheit, die sich deutlich auf seinem gutgeschnittenen Gesicht zeigte.

»Vielleicht ist an dem, was Sie sagen, etwas dran.« Er richtete sich auf und wirkte viel zu ernst für ein Thema, das ihm Freude hätte bereiten sollen. »Vielleicht würde sie sich mit der Zeit etwas besser anpassen. Und außerdem ist es meine Christenpflicht, sie vor einem Mann wie Beltar zu bewahren.«

*Christenpflicht,* dachte Caryn und lächelte verstohlen. Richard würde es wohl kaum als seine Pflicht ansehen, wenn er die süße Ambra in sein Bett trug. »Vielleicht wirst auch du mit der Zeit lernen, dich ein wenig mehr auf sie einzustellen.«

Diese Vorstellung ließ ihn die Stirn in Falten ziehen, doch er wandte nichts dagegen ein. »Haben Sie mit Ambra darüber geredet? Sind Sie sicher, daß sie mich zum Mann nehmen wird?«

»Ich fürchte, diese Auseinandersetzung wirst du selbst führen müssen.«

Er stieß einen murrenden Laut aus. »Es besteht ohne weiteres die Möglichkeit, daß sie mich ablehnen wird. Und dann bräuchten wir auch noch einen Geistlichen. Das Aufgebot ist nicht ausgehängt worden. Vielleicht wird er sich weigern, die Trauung zu vollziehen.«

»Pater Burton wird hier gut behandelt, weit besser als anderswo, wo er hingehen könnte. Er wird alles tun, was erforderlich ist, um Lord Rals Wohlwollen nicht aufs Spiel zu setzen.«

»Und was ist mit Lord Ral?«

»Ja, meine eigensinnige kleine Frau, was ist mit Lord Ral?«

Caryn zuckte zusammen, als sie die tiefe Stimme ihres Mannes aus der offenen Tür kommen hörte.

»I-ich ... ich bin froh, daß du hier bist, mein Gemahl.« Eine schwarze Augenbraue zog sich hoch. »Verstehst du, es ist Richards sehnlichster Wunsch, Lady Ambra zu heiraten. Ich habe ihm gerade gesagt, du würdest ihm dabei behilflich sein, das zu bewerkstelligen.«

»Seit wann sprichst du in meinem Namen?«

Caryn feuchtete sich nervös die Lippen an. »Ich hatte gehofft, es würde dich freuen und du würdest Richard nur zu gern verheiratet sehen. Wirst du den beiden helfen?«

Er überraschte sie mit einem schwachen Lächeln. »Nur deshalb bin ich hergekommen. Ich wollte mich davon überzeugen, daß Richards Absichten auch wirklich ehrenwert sind.«

»Ist das wahr, Mylord?«

»Ja.« Er wandte sich an seinen Kämmerer, und seine Tunika wogte bei der Bewegung heftig. »Was sagst du dazu, Richard? Ist die Dame nach deinem Geschmack?«

Richards Unbehagen trat immer deutlicher zutage. Dann zog er die Schultern zurück. »Ja, Mylord.«

Ral sah ihn lange an, ehe er sich abwandte und etwas zu einem Mann sagte, der hinter ihm stand. Der Mann nickte kurz und verschwand eilig.

»Ich habe angeordnet, daß sie hergebracht wird. Dann werden wir sehen, was die Dame dazu zu sagen hat.«

Ambra stand vor Richards breitem Schreibtisch. »Ich glaube, ihr seid alle vollständig verrückt geworden!«

Richards Hand schnellte vor und packte ihren Arm. Er preßte ihn zur Warnung fest zusammen. »Du scheinst dich zu vergessen, junge Frau. Diese Menschen sind deine Freunde. Sie wollen dir lediglich helfen und deine Sicherheit gewährleisten.«

»Es tut mir leid, Lord Ral. Ich wollte Sie nicht beleidigen. Es ist nur so, daß …«

»Daß was?« stachelte Ral sie an. »Daß Sie lieber Beltar heiraten möchten? Wenn das der Fall ist, dann machen Sie damit uns allen das Leben leichter.«

»Ich will keinen Mann heiraten! Ich will allein bleiben und meine Ruhe haben wie bisher.«

Caryn ging auf Ambra zu, die zitternd und mit einem Tränenschleier in den hübschen grünen Augen dastand. »Ich dachte, du machst dir etwas aus Richard«, sagte sie. »Jedesmal, wenn du ihn angesehen hast, hat etwas Liebevolles und Warmes in deinem Blick gelegen.«

Ambra nahm eine steife Haltung ein. »Das war, ehe ich gewußt habe, was er empfindet. Nachdem ich es jetzt weiß, würde ich noch eher Beltar heiraten.«

Richard trat näher; sein Gesicht war sichtlich angespannt. »Du bist hier diejenige, die verrückt geworden ist. Hast du mir nicht erzählt, daß dieser Mann Frauen schlecht behandelt und mißbraucht? Kannst du dir denn nicht ausmalen, was er mit der Frau anstellen würde, die ihn öffentlich zum Narren gehalten hat?«

Ihre Unterlippe zitterte. »Ich werde keinen Mann heiraten, der mich nicht haben will.«

Richard fluchte leise. »Wie kommst du auf den Gedanken, daß ich dich nicht haben will? Sogar jetzt habe ich große Mühe damit, die Finger von dir zu lassen.« Als wollte er den Beweis dafür erbringen, packte er ihre Schultern. »Wenn du meine Frau wärst, würde ich dich jetzt in mein Zimmer tragen und dich endlose Stunden hintereinander lieben.«

»Richard!«

Röte schlich sich über seinen Teint, vom Hals bis zu dem Ansatz seines rotblonden Haars über der Stirn. »Es tut mir leid. Es kommt nur daher, daß du mich so wütend machst. Einen Moment lang habe ich vergessen, wo wir sind.«

Ral lachte leise. »Vielleicht ist das nur gut so. Was sagen Sie jetzt dazu, Lady Ambra? Offensichtlich würde mein Majordomus Sie mit der allergrößten Freude heiraten.«

*Er liebt mich nicht,* dachte Ambra, *aber ich liebe ihn.* Und ich begehre ihn ebensosehr, wie er mich begehrt. Für den Moment würde das genügen müssen. Sie sah Richard fest in die Augen.

»Ich bin nicht das, was du willst. Wahrscheinlich werde ich es auch niemals sein. Kannst du mich so akzeptieren, wie ich bin?«

Er musterte ihre weiblichen Rundungen, die selbst unter der lose sitzenden rosafarbenen Tunika zu erkennen waren, die sie jetzt trug. »Ja, das kann ich.«

»Wenn das so ist, dann werde ich dich heiraten.«

Ral lächelte. »So sei es denn. Ich werde mit Pater Burton sprechen. Macht euch bereit. Je eher die Tat vollbracht ist, desto sicherer könnt ihr euch fühlen.«

Er erwähnte mit keinem Wort den Zorn, der zwangsläufig über

sie alle hereinbrechen würde, wenn Beltar feststellte, daß er hintergangen worden war. Dennoch glaubte er nicht, daß Beltar mit Gewalt gegen sie vorgehen würde, wenn das Mädchen erst einmal verheiratet war.

Zumindest betete er, der Mann würde keine derartigen Schritte unternehmen. Auf Braxston Keep lasteten jetzt schon mehr Probleme, als er verkraften konnte.

Der Geistliche erwartete sie vor dem kleinen Raum, der als Kapelle diente. Die letzten gelben Strahlen der späten Nachmittagssonne ließen die Buntglasfenster leuchten, die die Geschichte der jungen Jahre im Leben Christi darstellten und eine erbauliche Botschaft vermittelten.

Ambra verfolgte seinen Lebensweg auf diesen Bildern mit kühler Resignation. Hätte sich doch ihr Geist bloß derart aufschwingen können. Statt dessen zeichneten sich Sorgenfalten auf der Stirn des Mannes ab, mit dem sie bald verheiratet sein würde. Sein Gesicht hatte sich zu einem unergründlichen und angespannten Ausdruck verdüstert.

Es kostete sie jeden Funken ihres Muts, die Worte des Geistlichen zu wiederholen, und nur Beltars drohend bevorstehendes Eintreffen konnte sie dazu bewegen, die Gelübde abzulegen. Innerhalb von Minuten war die Trauung vollzogen, eine Flut von verschwommenen Bildern, an die Ambra sich am kommenden Tag bei Morgengrauen kaum noch erinnern würde. Ein festliches Mahl wurde zubereitet, Trinksprüche hallten durch den großen Saal, und Ritter und Bedienstete beglückwünschten das frisch vermählte Paar.

Bei einem anderen Anlaß hätte Ambra ihren Spaß daran haben können. Statt dessen sah sie jedesmal, wenn sie einen Seitenblick auf ihren Ehemann warf, seine bedrückte Miene, und das Herz schnürte sich in ihrer Brust zusammen.

»Es ist schon spät«, sagte Richard schließlich und bewahrte weiterhin seine vorgetäuschte Ruhe. »Lord Ral hat uns ein Zimmer im oberen Stockwerk herrichten lassen.«

Ambra feuchtete sich die Lippen an, die plötzlich trocken waren. »Ja, du hast recht. Es ist schon spät.« Das Wissen um Beltars bevorstehende Ankunft hatte für eine gedämpfte Stimmung während des Festes gesorgt und ihnen das übliche Ritual erspart, mit dem man sie sonst zu Bett gebracht hätte. Dennoch waren Ambras Nerven angespannt wie die Saiten einer Laute, als sie gemeinsam mit Richard den Saal verließ.

Sie stiegen wortlos die Stufen hinauf, und selbst als sie schon in ihrem Zimmer angelangt waren, unternahm keiner von beiden etwas, um die Stille zu durchbrechen. Ambra konnte die Anspannung in den breiten Schultern ihres Mannes sehen. Er hatte behauptet, sie zu begehren, und doch zeigte sich keine Spur von Gefühl in seinem Gesicht. Er hatte gesagt, er wollte sie, aber jetzt, in diesem letzten Augenblick, erkannte sie, daß es nicht genügte, wenn er ihren Körper nahm und ihn für seine Lust gebrauchte, selbst dann, wenn sie diese Lust ebenfalls erfahren sollte.

»Ich kann das nicht tun«, sagte sie in die Stille hinein und preßte eine Hand gegen den Bettpfosten, um sich zu stützen. »Und ich werde es nicht tun.«

»Wovon sprichst du?« Richards breite Schultern wurden noch starrer. »Du bist meine Frau. Für Reue ist es jetzt zu spät.«

»Wir werden die Ehe von dem Geistlichen annullieren lassen. Sie ist noch nicht vollzogen worden. Es ist ganz ausgeschlossen, daß wir beide ...«

»Die Ehe wird vollzogen werden – und zwar jetzt gleich. Darauf kannst du dich verlassen.«

»Nein!«

»Um Gottes willen, Ambra, wir müssen es tun. Nur das wird dich retten.«

Tränen stiegen in ihre Augen auf, doch sie blinzelte dagegen an. »Ich kann es nicht tun. Wenn ich mir weniger aus dir machen würde, als es nun einmal der Fall ist, könnte ich es vielleicht über mich bringen. Aber jedesmal, wenn ich das Bedauern in deinen Augen sehe, bricht es mir das Herz. Nein, Richard, ich werde es nicht dazu kommen lassen.«

Richard sah sie mit ungläubigem Staunen an. »Du bist bereit, Beltar zu heiraten, weil du glaubst, ich bereue es, dich geheiratet zu haben?«

»Das einzige, was mir auf Erden noch geblieben ist, ist der Mensch, der ich bin. Wenn der Mann, den ich liebe, diese Person nicht zu schätzen weiß ...«

Richard packte ihren Arm. »Was hast du gerade gesagt?«

»Bitte, Richard. Lord Ral wird deinem Wunsch nachkommen, das weiß ich. Sag ihm, daß du es dir anders überlegt hast und daß es dein Wunsch ist, eine andere zu heiraten.«

Er bog ihr Kinn mit den Fingern zurück. Die Falten wichen von seiner Stirn. »Weshalb sollte ich so etwas tun – es wäre gelogen.«

Ihre Augen forschten in seinem geliebten schönen Gesicht, und sie bemühte sich, seine Worte zu begreifen.

»Es ist wohl wahr, daß wir sehr unterschiedlich sind«, sagte er. »Und das bereitet mir durchaus Sorgen. Aber schon vom Moment unserer ersten Begegnung an haben sich in mir Empfindungen für dich geregt. Seit dem Tag, an dem ich herausgefunden habe, daß du eine Frau bist, fiebert mein Blut schon nach dir.« Er zog sie zärtlich in die Arme. »Wenn es die Wahrheit ist, daß du mich liebst und nicht nur freundschaftliche Gefühle für mich hegst, dann nimmt mir das die letzte Unsicherheit.« Er strich ihr eine Träne von der Wange. »Wir werden eine gute Ehe miteinander führen – du wirst es ja sehen. Wir werden es schaffen, glücklich miteinander zu werden.«

Sein Kuß raubte ihr den Atem und nahm ihr die Angst. »Ist das dein Ernst, Richard?«

»Ja, das gelobe ich dir, und ich habe vor, mein Versprechen zu halten.« Seine Lippen legten sich noch einmal auf ihre und küßten sie erst leidenschaftlich und dann zärtlich.

»Fürchtest du dich vor dem, wozu es heute nacht zwischen uns kommen wird?« fragte er liebevoll.

»Ich habe nie Angst vor dir gehabt.«

»Ich verspreche dir, daß ich dich sanft behandeln werde.«

Ambra schüttelte den Kopf. »Ich will nicht sanft von dir behandelt werden. Wenn du mich küßt, dann tobt ein Feuer in mir. Was ich von dir will, ist Leidenschaft, Richard. Laß mich vor Glut von Sinnen sein und küß mich ohne Ende.«

Richard grinste so breit, daß sich tiefe Grübchen auf seinen Wangen bildeten. Er nahm ihr Gesicht in die Hände. »Du bist mehr Frau, als es ein Mann je erhoffen könnte. Du hast geglaubt, ich würde diese Heirat bereuen? Wenn ich dich nicht geheiratet hätte, dann hätte ich es für den Rest meines Lebens täglich bereut.«

Nach einem letzten ausgiebigen Kuß trug Richard sie zum Bett und begann, sie zu entkleiden. Wieder brannten Tränen in ihren Augen, doch es waren keine Tränen des Kummers. Jetzt schon war sie glücklich, und dabei hatte die Nacht gerade erst begonnen. So Gott wollte, würde es für den Rest ihres Lebens so bleiben.

Caryn wälzte sich unruhig im Bett herum und hatte einen verschwommenen Traum. Ral lag neben einer stattlichen Frau mit dunklem Haar – sie sah, daß es Eliana war. Er war nackt und von Schweiß bedeckt. Sie hatten einander gerade erst geliebt, doch glitt Rals Hand über ihre Brust, streichelte eine Brustwarze und wollte ihr erneut eine Reaktion entlocken.

In ihrem Bemühen, das Bild zu vertreiben, schlug sie die Augen auf. Die ersten Sonnenstrahlen fielen gerade ins Zimmer, während sie darum kämpfte, zu klarem Bewußtsein zu gelangen. Ral lag dicht neben ihr. Seine große Gestalt war an ihren Rücken geschmiegt und umschlang sie, und die Finger einer Hand lagen auf ihrer Brust. Er spielte mit ihrer Brustwarze und löste Gefühle von Behagen in ihr aus. Seine Berührungen hatten den Traum hervorgerufen, erkannte sie jetzt, als sie spürte, wie seine Härte sich an sie preßte. Sein Glied fühlte sich hart an, und sie wußte, welche Lust es ihr verschaffen würde.

Dennoch ließen sich die bedrohlichen Bilder nicht gänzlich verscheuchen; sie wetteiferten mit dem erhöhten Tempo ihres Herzschlags.

*Es ist nur ein Traum, und Träume sind nicht wahr,* sagte sie sich nachdrücklich. Sie war diejenige, die Ral wollte, nicht die schöne Eliana. Sie war diejenige, die ihn in sich aufnehmen würde, diejenige, die seine Leidenschaft stillen würde, und doch ...

Seine Lippen glitten über ihren Nacken. Er schob ihre dichte Mähne zur Seite, knabberte zart an ihrer Haut und fuhr mit der Zunge über ihren Hals.

»Spreiz die Beine, *chérie*«, flüsterte er, und der heisere Klang seiner Stimme bewirkte, daß glühende Schauer ihren Körper durchzuckten. Sie kam seiner Aufforderung nach, und der Traum war jetzt verblaßt, von den Flammen verzehrt, die sie verschlangen. Seine Finger berührten sie zart, erkundeten sie, neckten sie, entfachten Feuer und ließen sie vor brennendem Verlangen feucht werden. Sie gab sich ganz der Leidenschaft hin, die er wachrief, dem Gefühl, das seine Lippen auf ihrem Hals auslösten, dem Spiel seiner Muskeln, als seine breite Brust sich an ihrem Rücken rieb.

Nachdem er sie genügend vorbereitet hatte, versenkte er sich in ihr, riesig und steif, und Caryn bog ihm ihre Hüften entgegen, um ihn tief in sich aufzunehmen. Sie spürte ihn, starr und pulsierend, heiß und dick und fordernd. Er zog sich heraus und drang wieder in sie, und Feuer brauste durch ihren Körper. Die Glut, die in ihr rauschte, entlockte Caryn ein Stöhnen, und sie verspürte ein Gefühl von übermäßiger Wonne.

Er hielt ihre Hüften mit den Händen fest, stieß sich tiefer und fester in sie hinein und berührte sie tief in ihrem Leib. Jeder seiner Stöße trieb sie höher, hob sie in die Lüfte und zwang sie an ihre Grenzen. Raus und dann wieder rein, raus und dann wieder rein, in einem gleichmäßigen Rhythmus, der hypnotisch auf sie wirkte, und sein steinhartes Fleisch, das sich an ihrer Nässe rieb, ließ weißglühende Funken durch ihre Adern sprühen.

Innerhalb von Minuten hatte sie den Höhepunkt erreicht und zersplitterte in Fragmente der Lust, und dann schwebte und trieb sie in ein warmes, honigsüßes Meer hinab. Sie spürte, wie Ral sich anspannte, als auch er die Erlösung fand und dann gemächlich wieder auf den Boden zu schweben begann. Eine Zeitlang lagen sie still da, ihre Arme und Beine miteinander verschlungen, zufrieden und gelöst.

Sie fühlte, wie ein männlicher Finger Muster auf ihre Schulter malte. Ral hauchte leise Worte in ihr Haar. »Ich frage mich, ob diese Nacht für Richard auch nur halb so schön war wie für mich.«

»Ich hoffe, die beiden sind glücklich miteinander.« Caryn schmiegte sich an ihn und strengte sich an, nicht an den Traum und an ihre ungewisse Zukunft zu denken. Eine Zeitlang waren diese Sorgen von ihr abgefallen. Jetzt neigten sie dazu, sich öfter wieder einzustellen. »Mir würde die Vorstellung nicht gefallen, daß unser Einschreiten den beiden Kummer bereitet.«

»Ich glaube fest daran, daß diese Eheschließung wirklich Richards tiefster Wunsch war«, sagte Ral. »Es wäre nur einfach zu spät gewesen, wenn er endlich begriffen hätte, was er will.«

Caryn lächelte und kostete es aus, ihm so nah zu sein, ganz gleich, was eines Tages vielleicht auf sie zukommen würde. »Deine Klugheit überrascht mich immer wieder, Mylord.«

Ral lachte spöttisch. »Wie klug diese Entscheidung war, werden wir erst sehen, wenn Beltar hier eintrifft.«

Sie hob den Kopf von einem seiner muskulösen Arme, setzte sich auf und drehte sich zu ihm um. »Wie sollen wir vorgehen, Ral? Was hältst du für am klügsten?«

Ral setzte sich jetzt auch auf und strich sich das dichte schwarze Haar aus der Stirn. »Darüber habe ich mir lange Gedanken gemacht. Ich habe beschlossen, daß wir den Mann als Gast bei uns willkommen heißen werden. Wir werden ein Festmahl zubereiten, wenn auch nur in einem kleinen Rahmen, und falls alles reibungslos ablaufen sollte, werden wir Pläne für die Jagd schmieden. Es heißt, der

Mann hätte eine Schwäche für Wildschweine. Vielleicht wird das blutige Erlegen eines Tieres ihn darüber hinwegtrösten, daß er um das Blut seiner kleinen Jungfrau gebracht worden ist.«

»Ich kann nur hoffen, daß du recht hast«, sagte Caryn.

Ral nickte. »Meine Späher werden weit vor Beltar hier eintreffen. Wir werden ganz genau wissen, gegen wie viele Männer wir kämpfen müssen, falls meine Klugheit sich als ein Trugschluß erweisen sollte.«

# 19. Kapitel

Wie Ral es vorhergesagt hatte, erhielten sie innerhalb der kommenden drei Stunden Nachricht über das Eintreffen von Beltar dem Grimmigen. Eine beträchtliche Armee von Rittern und Soldaten war auf dem Weg nach Braxston Keep. Ral schickte einen Boten, der die Männer willkommen heißen und Beltar das Festmahl ankündigen sollte, das ihm zu Ehren geplant war.

In der Zwischenzeit arbeitete Ral seine Pläne aus. Wenn der größte Teil von Beltars Truppen außerhalb der Schloßmauern blieb, konnten Ral und seine Ritter den Bergfried verteidigen. Leider würden sie dringend mehr Männer benötigen, falls es zu einer Belagerung kommen sollte.

Da er diese Möglichkeit nicht außer acht ließ, schickte Ral Boten an Burgherren aus, auf deren Beistand er zählen konnte, und an Ritter, die ihm einen Dienst schuldeten. Er bat sie alle, sich bereitzuhalten. Dennoch legte sich sein Unbehagen nicht.

Beltar traf kurz vor der Abenddämmerung ein, ein untersetzter Mann mit dicken Gliedmaßen, zottigen Augenbrauen, fettigem schwarzem Haar und den Bartstoppeln etlicher Tage. Ihm folgten seine Berater, Ritter und Soldaten und kamen auf dem Feld vor der Zugbrücke zum Stehen.

Seine eigenen Ritter waren bewaffnet und in Bereitschaft, als Ral Beltar und seinen engsten Kreis von Beratern in die Burgmauern einlud, die den Bergfried umgaben, und ihn draußen auf dem Burghof begrüßte. In dem Turm standen Bogenschützen an den hohen schmalen Fensterschlitzen und auf der Brustwehr, damit sie von dort oben einen Hagel von Pfeilen auf den Burghof regnen lassen konnten.

»Seien Sie gegrüßt, Lord Beltar«, rief Ral ihm zu und zwang sich zu einem Lächeln, obwohl er eine wachsame Haltung eingenommen hatte. »Ich heiße Sie auf Braxston Keep willkommen.«

»Es überrascht mich, hier so freundlich empfangen zu werden.« Beltar machte keine Anstalten, von seinem Pferd zu steigen. Sein braunes Streitroß war ein riesiges Vollblut, dessen Nüstern sich blähten, als es mißtrauisch schnupperte. »Sie wissen, warum ich hergekommen bin?«

»Wir haben Ihre Nachricht erhalten. Hier liegt ganz eindeutig ein Mißverständnis vor.«

»Wie das?« fragte Beltar. »Ist das Mädchen nicht hier?«

»Ich würde Sie gern hineinbitten, damit wir das in Ruhe besprechen können. Es stehen Wein und Bier bereit, und im Moment bereiten meine Bediensteten gerade ein Festmahl zu Ihren Ehren zu.«

»Ich habe gefragt, ob das Mädchen hier ist.«

»Lady Ambra hat hier ihren Wohnsitz, aber ich war nicht derjenige, der sie hierhergebracht hat. Die Wahrheit ist, daß sie von sich aus zu uns gekommen ist. Bis zu dem Eintreffen Ihres Boten war uns nicht bekannt, wer sie in Wirklichkeit ist. Als wir es schließlich erfahren haben, war es bereits zu spät.«

Beltar nahm eine steife Haltung auf seinem Sattel ein. Der Wind ließ den Saum seiner kurzen schwarzen Tunika heftig flattern, wogegen die Sonne grell auf seine Rüstung fiel. »Zu spät? Dann ist das Mädchen also nicht mehr hier?«

»Sie ist bereits mit einem anderen verheiratet. Der Geistliche hier im Schloß hat sie getraut. Die Tat ist vollbracht, mein Freund. Das Mädchen ist mit Richard von Pembroke verheiratet, meinem Majordomus.«

»Ich kann es einfach nicht glauben.« Er ritt auf seinem großen Streitroß so dicht an Ral heran, daß sich sein Bein, das in der Rüstung steckte, an Rals Brust preßte. »Sie haben sich das Mädchen in

Ihr Bett geholt, und jetzt wollen Sie dafür sorgen, daß sie weiterhin dort bleibt.«

Ral rührte sich nicht von der Stelle, sondern lehnte lediglich sein beträchtliches Körpergewicht an das Pferd und zwang es damit, einen Schritt zurückzuweichen. Er wollte gerade etwas auf Beltars Worte erwidern, als sich hinter ihm ein Murmeln erhob und Richard zur Tür herauskam und oben auf der Treppe stehenblieb, die in den Burghof hinunterführte.

»Was Lord Ral sagt, ist die Wahrheit, Lord Beltar. Das Mädchen ist mir, Richard von Pembroke, angetraut worden. Es ist ferner eine Tatsache, daß sie nie Lord Rals Geliebte war. Sie war noch jungfräulich, als ich sie genommen habe. Und das habe ich ausgiebig und oft getan. Sie könnte bereits jetzt mein Kind in ihrem Leib tragen.«

Beltar hob eine Faust, die in einem Lederhandschuh steckte, und schwang sie durch die Luft. »Es war allgemein bekannt, daß ich auf der Suche nach ihr bin«, sagte er zu Ral. »Warum haben Sie die Hochzeit genehmigt?«

»Zu dem Zeitpunkt war noch nicht bekannt, wer das Mädchen wirklich ist, da sie mit einer Truppe von Troubadouren unterwegs war. Sie war reif, heiratsfähig und heiratswillig, und mein Kämmerer wollte sie haben. Zu dem Zeitpunkt schien mir diese Eheschließung harmlos zu sein.«

»Reif war sie allerdings«, murrte er und beugte sich vor, um auf den Boden zu spucken. »Eine seltene Frucht, die ich persönlich zu pflücken gedachte.« Er sah zum Burgtor, und Ral erhaschte einen Blick auf schimmerndes kastanienbraunes Haar.

Caryn stand neben Ambra in der Tür. Herr im Himmel, er hatte ihr gesagt, sie sollte unter allen Umständen drinnen bleiben und sich nicht in Gefahr bringen. Sie machte eine Bewegung, und ihr voller, hochangesetzter Busen kam in Sicht. Gott, wie köstlich sie doch anzusehen war. Es war kein Wunder, daß er nie genug von ihr bekommen konnte.

Er warf einen Blick auf Beltar, der mit einem derart lasziven

Lächeln in Caryns Richtung starrte, daß er dem Mann am liebsten eine Faust in das schroffe Gesicht geschmettert hätte.

»Wer ist das Weib mit dem Feuerschein im Haar?«

»Das ist meine Frau«, sagte Ral ungezwungen, doch was er innerlich verspürte, war allergrößtes Unbehagen. Ihm gefiel Beltars lüsterne Miene nicht, als er ihre weiblichen Rundungen musterte, und ihm gefiel ebensowenig, wie die harten Augen des Mannes sich von Caryns Anblick lösten und auf die Bogenschützen oben auf der Brustwehr fielen, als schätzte er die Truppenstärke ab, mit der Braxston sich verteidigen konnte.

»Ich will das Mädchen und den Priester sehen. Ich will mir Gewißheit darüber verschaffen, daß Sie die Wahrheit sagen.«

Ambra kam auf Richard zu, der oben auf der hölzernen Treppe stand. Er spannte sich an, als sie sich näherte, doch schließlich ließ er sie an sich vorbeigehen. Der Geistliche löste sich aus dem Schatten der Mauer.

»Die beiden sind wahrhaft ordnungsgemäß miteinander verheiratet«, sagte Pater Burton. »Wenn man bedenkt, wie falsch und hinterlistig das Mädchen ist, dann sollten Sie sich glücklich schätzen.«

Ein Teil von Beltars Wut richtete sich auf die Frau mit dem hellblonden Haar, die über den Burghof auf ihn zukam. »Es scheint, als hättest du uns alle hinters Licht geführt. Vielleicht habe ich, wie der Geistliche sagt, wirklich Glück gehabt, daß du einen anderen geheiratet hast.« Er sah Richard unfreundlich an. »Ich rate Ihnen, sie oft und fest zu verprügeln. Das wird das einzige sein, was ein Mädchen wie sie versteht.«

Ein Teil der Spannung wich aus Richards Schultern. »Ich werde mir Ihre Worte gut merken, Mylord. Ich bitte darum, mich demütigst für jeglichen Ärger entschuldigen zu dürfen, den sie verursacht haben mag. Ich gebe Ihnen mein Wort darauf, daß das Mädchen sich in den Stunden Ihres Besuchs nicht mehr blicken lassen wird.« Die Andeutung eines Lächelns spielte um seine Lippen. »Ambra, du wirst oben auf mich warten.«

Als Ambra eilig dem Geheiß ihres Mannes folgte, verspürte Ral eine gewisse Belustigung. Richard hatte es unterlassen zu erwähnen, daß er ebenfalls in seinem Zimmer bleiben würde. Es schien, als fiele es ihm nicht so schwer, seine Rolle als Ehemann zu akzeptieren, wie er geglaubt hatte.

Ral beobachtete, wie sein Kämmerer durch die Tür wieder im Haus verschwand. Richard hatte seine Rolle gut gespielt, und wenngleich Beltar auch immer noch verstimmt zu sein schien, dann konnte er doch die Schuld an dem Verlust, den er erlitten hatte, nicht länger dem Herrn von Braxston Keep zuschieben.

»Ich hoffe, ihr habt ein bereitwilliges Mädchen, das anstelle dieses Weibes einspringen wird«, sagte Beltar, als er abstieg. »Beinah sechs Monate lang habe ich mir ausgemalt, mich zwischen die süßen Schenkel dieses Mädchens zu stoßen. Schon allein der Gedanke daran, daß sie die Beine für Ihren Kämmerer spreizt, läßt mich steinhart werden.«

»Wir haben ein oder zwei hübsche Mädchen im Haus«, sagte Ral. »Sie haben schon von Ihren Heldentaten vernommen und können es kaum erwarten, Ihnen Vergnügen zu bereiten.« Dieses Problem hatten sie vorausgesehen, und Ral hatte für eine Lösung gesorgt. »Ich werde eine der beiden zu Ihnen raufschicken, damit sie Ihnen beim Baden behilflich ist. Sie können sich bei einem Kelch Wein mit dem Mädchen vergnügen, und dann können wir zum Festmahl schreiten.«

Beltar murrte lediglich.

Zumindest für den Moment drohte keine Gefahr. Ral warf einen Blick zurück auf Caryn, die in der offenen Tür stand. Er hatte ihr gesagt, sie sollte drinnen auf ihn warten, und sie hatte ihm insofern gehorcht, als sie keinen Fuß über die Schwelle gesetzt hatte. Gütiger Jesus, dieses Mädchen machte ihm wirklich zu schaffen.

Ihr halsstarriges Unabhängigkeitsstreben machte sie nur um so reizvoller.

Er sah, wie sie forthuschte und sich eilig vom Eingang entfernte, als er in ihre Richtung starrte, und er nahm sich vor, dafür zu sorgen, daß sie ihm teuer für diese Überschreitung ihrer Grenzen zahlte – in der kommenden Nacht, in seinem Bett. Ihm fielen mindestens ein Dutzend Möglichkeiten zu diesem Vorgehen ein.

Ral lächelte und schaute dann finster. Er würde sorgsam darauf achten müssen, daß sein mächtiger Gast unablässig beschäftigt war und gleichzeitig unter ständiger Beobachtung stand.

Nachdem seine frühere Verlobte aus seinem Blickfeld entschwunden war, schien Beltar sich zu beruhigen, und die Spannung, die im Bergfried geherrscht hatte, begann nachzulassen. Er trank Mengen, die ganzen Weinfässern zu entsprechen schienen, und er ließ sich unersättlich ein Mädchen nach dem anderen in sein Bett schicken. Zum Glück schien die Zahl der Mädchen, die ihm zu Gefallen sein wollten, unbegrenzt zu sein, da die großzügige Entlohnung für ihre Dienste sie für die grobe Behandlung entschädigte und die brutalen Stöße zwischen ihren Beinen weniger schmerzhaft erscheinen ließ.

Dennoch glitten seine Blicke oft zu Caryn. Er wollte sie ganz eindeutig in seinem Bett haben, und das schürte Rals Wut. Es kostete ihn eiserne Willenskraft, sich zurückzuhalten und dem Mann nicht an die Kehle zu gehen und zuzudrücken, bis seine lüsternen Augen sich für immer schlossen. Nachdem er eine Nacht lang ausgiebig gehurt hatte, schlugen Beltars Gedanken schließlich eine andere Richtung ein.

»Jetzt habe ich genug von den Frauen«, sagte er am Nachmittag des folgenden Tages. »Was mich jetzt lockt, ist die Jagd auf Wildschweine, die Sie mir zugesagt haben.« Selbst glatt rasiert und mit frisch gewaschenen Haar, hatte sein Lächeln noch etwas Tückisches an sich. »Ich werde meine Lanze auf Braxston in Blut tauchen, auf die eine oder andere Weise.«

Ral strengte sich an, seine Wut zu verbergen. *Sieh dich vor, Beltar, oder das Blut, das in deinen eigenen Adern fließt, wird die Erde von Braxston Keep dunkler färben.*

Am folgenden Morgen brachen sie bei Tagesanbruch auf, Ral mit zehn Männern und Beltar mit ebenfalls zehn. Die übrigen blieben im Schloß und bewahrten einen spannungsgeladenen Waffenstillstand.

Die Hunde stürmten voraus, und nachdem sie etliche Stunden weit in die Hügel geritten waren, entdeckten sie die Fährte eines wilden Ebers. Die Hunde nahmen die Witterung auf und führten die Jäger tiefer in den Wald hinein.

»Das scheint ein prächtiges Exemplar zu sein«, sagte Beltar, als er die Spuren des Tieres im Schlamm betrachtete.

»Ja, allerdings«, stimmte Ral ihm zu.

»Das wird eine Jagd werden, die eines Königs würdig wäre.«

Ral gab keine Antwort darauf. Er schaute vor sich hin und ließ seinen Blick den Hunden folgen, die in der Ferne verschwanden. Am Rand eines kleinen Eichenwäldchens machten sie halt, und ihr rasendes Bellen nahm an Lautstärke zu und hallte gespenstisch durch die Gegend.

»Sie haben den Keiler endlich in die Enge getrieben!« ertönte Beltars Stimme. »Das gewaltige Tier hat sich endlich dem Kampf gestellt!«

»Ja ... es scheint ganz so.«

Sie ritten wieder los, und die Männer hinter ihnen bewaffneten sich und machten sich für den Fall bereit, daß die Pfeile ihrer Herren das wilde Tier nicht erlegen sollten.

»Das Tier ist sogar noch größer, als ich es mir vorgestellt habe.« Als Beltar die Hügelkuppe erreichte, sah er, wie sich das Tier als Silhouette gegen einen dicken Baumstamm absetzte.

»Ja, das ist wohl wahr, und es sieht ganz so aus, als sei es auch weitaus zäher. Es hat jetzt schon drei der besten Jagdhunde von Braxston getötet.«

»Ja«, sagte Beltar, »aber sie haben ihm Wunden zugefügt. Das wird den Keiler erst richtig dazu anstacheln, uns einen guten Kampf zu liefern.« Mit diesen Worten zog er einen Pfeil aus seinem Köcher, spannte den Bogen, peilte sein Ziel sorgsam an und schoß den Pfeil ab. Er traf das Wildschwein in die Hüfte, blieb dort stecken, und Blut sprudelte. Ein gräßliches Quieken war zu vernehmen. Das Tier blieb ihnen zwar weiterhin zugewandt, suchte aber Schutz zwischen einem umgestürzten Baumstamm und Gesteinsbrocken, die aus dem Boden ragten.

»Wir werden absteigen müssen, um ihn uns zu holen«, sagte Ral, doch Beltar sprang bereits von seinem Pferd. Ral folgte seinem Beispiel und bedeutete Lambert und Geoffrey, sich ihnen anzuschließen.

Sie ließen die Pferde zurück und schlichen sich näher an den verwundeten Keiler heran. Er war riesig, bedrohlich und war außer sich vor Wut. Er stampfte mit den Hufen, und seine heimtückischen Hauer bogen sich nach oben und schimmerten in der Sonne, als er sich auf einen Kampf auf Leben und Tod vorbereitete.

Der Gestank, den das Tier ausströmte, ließ Ral eine Grimasse schneiden; es war der Geruch von Furcht, Blut und Tod. Denselben Gestank hatte er in Schlachten an Männern wahrgenommen.

»Das Tier gehört mir bereits«, gelobte Beltar und spannte einen zweiten Pfeil in seinen Bogen. Der kräftige Mann rückte näher und pirschte sich an seine Beute heran, während das riesige Wildschwein auf ihn zukam. Ral spannte jetzt ebenfalls seinen Bogen, und dasselbe taten Geoffrey und Hugh und zwei von Beltars Männern, und sie umzingelten den Keiler auf der Lichtung.

Beltars Pfeil sang sein Totenlied, als er schnurgerade und schnell auf die Seite des riesigen Keilers zuflog, doch statt ihn genau zwischen die Rippen zu treffen und sich in sein Herz zu bohren, wie Beltar es beabsichtigt hatte, traf der Pfeil auf einen Knochen und prallte ab. Das Tier schrie erzürnt, und dann ging es zum Angriff über.

Beltar spannte einen weiteren Pfeil in seinen Bogen, schoß ihn ab und traf das Tier mitten in die Brust. Es taumelte und wankte, ging jedoch nicht zu Boden. Statt dessen wandte es sich etwas weiter nach links und setzte seinen wilden Angriff fort. Während Rals Pfeil sich in seinen Nacken grub, stürzte es sich auf Geoffrey und warf ihn zu Boden.

»Gütiger Jesus!« fluchte Ral, warf den Bogen fort und griff nach seinem Schwert. Er rannte zu Geoffrey, holte kräftig aus, ließ die Klinge auf den Keiler hinuntersausen und trennte dem Tier fast den Kopf von den Schultern.

Schon ehe der zuckende Körper des Keilers stillhielt, kamen zwei von Beltars Rittern angerannt, um den Kadaver von dem Mann zu zerren, der bewußtlos auf dem Boden lag. Sein Kopf wies eine klaffende Wunde auf, und aus seiner Schulter strömte Blut.

»Bindet ein Tuch um die Wunde und eines um seinen Kopf, um die Blutung zu stillen«, ordnete Ral an. »Wir müssen ihn in die Burg zurückbringen.«

»Was für ein Prachtexemplar.« Beltar stieß mit dem Stiefel gegen den Keiler. »Es ist ein Jammer um Ihren Mann, aber gerade die Gefahr ist der größte Reiz an der Jagd.«

Ral sagte kein Wort. Statt dessen half er Lambert und Hugh, Geoffrey auf sein Pferd zu heben. Sie banden ihn auf dem Sattel fest, und Hugh packte die Zügel. Sie wandten ihre Pferde um und machten sich auf den Rückweg nach Braxston Keep.

*Verflucht,* dachte Ral. *Wäre Hassan doch bloß noch länger geblieben.* Aber der arabische Arzt war ein paar Tage nach der Geburt des Kindes im Dorf abgereist, um sich dem König wieder anzuschließen. Sie hatten zwar immer noch den Geistlichen, aber Pater Burtons Heilkünste konnte man bestenfalls als primitiv bezeichnen.

Aber da war doch Caryn.

Seine Frau hatte viel von dem arabischen Heiler gelernt und erinnerte sich bestimmt an alles, was er ihr beigebracht hatte. Caryn stellte, wie Ral nur zu gut wußte, die einzige Überlebenschance für den jungen Ritter dar. Es konnte gut sein, daß der Geistliche es ihm übelnahm, doch Ral hatte vor, Caryn den Ritter anzuvertrauen.

Caryn sollte diejenige sein, die sich um Geoffrey kümmern

würde, Caryn diejenige, an der es liegen würde, ob er überlebte oder starb. Caryns Hände würden den strammen schlanken Körper des gutaussehenden Ritters verarzten.

Bei dieser Vorstellung schnürte sich Rals Magen zusammen.

»Gott im Himmel – Geoffrey!« Caryn kam auf die Männer zugelaufen, die den jungen Mann in die Burg trugen. »Was ist passiert? Er ist doch nicht ... er ist doch nicht etwa tot?«

»Nein«, sagte Ral, »der Junge ist noch am Leben, aber seine Verletzungen sind schwer.«

Sie schluckte die Galle, die bei dem Anblick von Geoffreys Blut in ihre Kehle aufgestiegen war, und dann versuchte sie, ihr hämmerndes Herz wieder zu beruhigen.

»Bringt ihn hier rein.« Ihre Hände zitterten, als sie sein bleiches Gesicht und seinen anscheinend leblosen Körper betrachtete. Die Männer trugen ihre schwere Last in den Raum, der als Krankenstation diente. Nachdem Hassan jetzt fort war, wurde der Raum von Pater Burton genutzt. Wenn sie gebraucht wurde, nutzte auch Caryn den Raum.

»Geht vorsichtig mit seiner Schulter um.« Nach ihren Anweisungen wurde für Reinlichkeit und Ordnung in diesem Raum gesorgt, und die Flaschen und Töpfe mit den Heilmitteln, die sie und der Araber hergestellt hatten, standen noch auf einem Holztisch an einer der Wände. »Und bringt mir einen Krug Wasser.«

Sie legten ihn auf einen frisch geschrubbten Holztisch und befolgten eilig ihre Anordnungen, während sie die blutigen Tücher von seinen Wunden entfernte.

»Mutter Gottes ...«

»Ja, wahrhaftig, Mylady«, sagte Lambert, »um ihn zu retten, werden wir Gottes Gnade brauchen.«

Hugh, der neben ihnen stand, drehte nervös seinen Hut zwischen den Händen. »Ein so bösartiges Tier habe ich bislang noch nie zu sehen bekommen, Mylady.«

»Ja, das kann ich Geoffrey deutlich ansehen.« Caryn feuchtete ein Tuch an und begann, mit unsicheren Händen die Wunde zu reinigen. »Bei einer solchen Verletzung kommt es bestimmt zu einer Infektion.« Sie schüttelte den Kopf. »Er ist totenblaß. Er hat zuviel Blut verloren.«

»Es ist ein Wunder, daß er nicht schon tot ist«, sagte Ral, der an ihre Seite trat. »Der Heimweg war mühselig.«

»Und der Weg zur Genesung wird ebenfalls mühselig sein. Ich kann nur beten, daß er es überleben wird.«

Ral äußerte sich nicht dazu, doch seine Augen forschten besorgt in ihrem Gesicht, und sie fragte sich, was er sich wohl denken mochte.

»Du kannst nicht mehr tun als das, was du gelernt hast«, sagte er schließlich. »Mehr kann niemand von dir verlangen.« Dann wandte er sich ab und ging.

Sieben lange Tage blieb Caryn an Geoffreys Bett sitzen. Sie behandelte seine Kopfverletzung mit Braunwurz, um die Blutung zu stoppen, verband die Wunde dann und wechselte häufig die Verbände. Im Lauf der Zeit stellte sich bei ihr die Sicherheit ein, daß diese Wunde heilen würde. Die Wunde in seiner Schulter war jedoch etwas ganz anderes.

Die Hauer des Keilers hatten Geoffreys Haut aufgeschlitzt. Die Wundränder waren ausgezackt und eingerissen, und sein Fleisch wies violette und glühendrote Schattierungen auf. Sie ließ die Wunde eine Zeitlang bluten, weil sie hoffte, so könnte sie verhindern, daß die Wunde eiterte, doch er hatte schon viel Blut verloren.

Caryn reinigte die Wunde oft mit einer Lösung aus Alraunwurzel und Liebstöckel, konnte aber keine Anzeichen einer Besserung erkennen. Selbst die Breipackungen, die sie aus den Pilzen zubereitete, die Hassan dafür empfohlen hatte, konnten nicht das gesamte Gift aus der Wunde ziehen.

Wie Caryn von Anfang an gefürchtet hatte, ereilte ihn ein Fieber.

Er zitterte vor Kälte, obwohl seine Haut glühend heiß war, und dann wieder warf er die Decken von sich, wenn sein Körper vor Fieber glühte. Caryn widersetzte sich dem Verbot des Priesters und ordnete an, daß Geoffrey vollständig entkleidet wurde, und dann wusch sie selbst seine fiebrige Haut, da sie entschlossen war, ihm soviel Kühlung wie möglich zu verschaffen. Sie machte sich Sorgen, Ral könnte sie daran hindern, doch er stand nur stumm da, mit steifem Rücken und Gesichtszügen, die sich hinter einer undurchschaubaren Maske verbargen, während sie sich dieser intimen Aufgabe annahm.

Obwohl Beltar Braxston Keep am Tag nach der Jagd verlassen hatte und zu seiner Burg im Norden zurückgekehrt war, schien Ral jedesmal, wenn er das Krankenzimmer betrat, von größerem Unbehagen beschlichen zu sein. Die Erschöpfung zeichnete neue Falten in sein Gesicht, und ihm war deutlich anzusehen, daß er nichts aß. Seine Sorge schien sich von Tag zu Tag zu steigern, sowohl um Geoffrey als auch um sie.

»Es ist höchste Zeit, daß du dich schlafen legst«, sagte er eines Abends, als er auf sie zukam. »Ich werde Bretta zu ihm schicken, damit sie sich um ihn kümmert.«

Caryn schüttelte den Kopf. »Er wird stündlich schwächer. Ich kann ihn nicht allein lassen. Es ist absolut notwendig, daß ich bei ihm bleibe.«

Ral rieb sich die müden Augen, und sein schönes Gesicht wurde von denselben dunklen Ringen unter den Augen verunstaltet, von denen sie wußte, daß sie auch ihr Gesicht zeichneten. »Was ist mit dem Geistlichen? Er kennt sich doch bestimmt genug aus, um den Jungen pflegen zu können.«

»Geoffrey ist mein Freund. Ich werde sein Leben nicht für ein paar Stunden Schlaf aufs Spiel setzen.«

Ral schaute auf den jungen blonden Ritter hinunter, dessen Gesicht so bleich wie Alabaster war. Geoffrey atmete flach, ungleichmäßig und nur unter größten Anstrengungen. Als er ihn betrachtete, seufzte Ral matt und resigniert. »Ich werde dafür sorgen, daß hier noch eine Pritsche aufgestellt wird.« Dann ließ er sie wieder allein mit Geoffrey.

Im Lauf der Nacht wurde Caryn von Geoffrey geweckt. Anfangs redete er im Fieber wirr vor sich hin, und dann tobte und wütete er in einem Wutanfall, der immer schlimmer wurde. Er redete mit seinem Vater, stellte sie fest, und zwar darüber, daß er im Gegensatz zu dem älteren Mann im Leben nicht versagen und nicht scheitern würde.

»Ich werde eines Tages reich sein«, flüsterte er und warf sich von einer Seite auf die andere. »Dann werde ich für Mutter sorgen, wie du es nie getan hast.«

»Es ist schon gut, Geoffrey.« Caryn legte ihm einen feuchten Lappen auf die Stirn. »All das gehört der Vergangenheit an. Du bist krank. Du mußt versuchen zu schlafen.«

»Mutter? Bist du zu mir gekommen, Mutter?«

Caryn zögerte nur im ersten Moment. »Ja, Geoffrey, deine Mutter ist hier.«

»Ich ... ich wußte, daß du kommen würdest. Du bist ... immer ... gekommen, wenn ich dich gebraucht habe.«

Caryn wischte ihm Schweißperlen von der Stirn. »Bald wird es dir wieder bessergehen.«

»Es ist ... schön ... dich zu sehen ... Mutter. Du hast mir ... gefehlt.«

»Du hast mir auch gefehlt.« Aber er war bereits wieder in Bewußtlosigkeit versunken, und im Lauf der Nacht verschlechterte sich sein Zustand.

»Er glüht immer noch vor Fieber«, sagte Caryn zu Ral und beugte sich über Geoffreys Körper, um ihm den Schweiß aus dem Gesicht zu wischen. »Ich fürchte, das kommt von der Vereiterung der Wunde. Sie raubt ihm die letzte Kraft.«

»Du hast dein Bestes gegeben. Mehr kannst du nicht für ihn tun.«

Caryn schaute in Geoffreys gequältes junges Gesicht. Sie fürchtete sich vor der Entscheidung, die sie jetzt treffen würde, aber sie wußte, daß sie das Risiko eingehen mußte.

»Es besteht noch eine allerletzte Chance ... das einzige, ewas wir noch für ihn tun können.« Sie drehte sich zu Ral um, und in dem Moment wünschte sie sich nichts mehr, als seine Arme tröstlich um sich zu spüren. Dennoch fürchtete sie, vielleicht nicht durchzuhalten, falls es dazu kommen sollte. »Hol Lambert und Hugh. Ihr werdet ihn zu dritt festhalten müssen.«

Sein Gesichtsausdruck besagt, daß er wußte, was sie vorhatte. Er ging und kehrte kurz darauf mit den Männern zurück, die voller Unbehagen das Zimmer betraten. Sie stellten fest, daß in der Feuerstelle ein Feuer angezündet worden war und daß ein kleines scharfes Messer zwischen den Kohlen steckte.

Caryn stellte sich neben Ral; ihr Herz pochte dumpf, und ihre Brust kam ihr bleischwer vor. »Vielleicht sollte ich das Schneiden Pater Burton überlassen. Er hat schon oft mit einem Messer gearbeitet. Ich dagegen habe es nur ein paarmal getan und dem Araber bei der Arbeit zugesehen.«

Ral bog ihr Kinn zurück. »Die Entscheidung liegt ganz allein bei dir, *Cara.* Du mußt das tun, wovon du glaubst, daß es die größte Überlebenschance für Geoffrey darstellt.«

Sie sah ihrem Mann in das ermattete Gesicht. »Dann werde ich es selbst tun. Ich werde sanfter mit ihm umgehen als der Priester, und mein Wille, ihn am Leben zu erhalten, ist bei weitem stärker.«

Während Ral und die anderen ihn festhielten, durchtrennte Caryn Muskeln und Fleisch, um die vereiterten Bereiche der Wunde herauszuschneiden. Dann brannte sie die Wunde zu Geoffreys lauten Schreien aus. Als sie es hinter sich gebracht hatte, zitterte sie.

»Das wäre geschafft«, sagte sie mit einer Stimme, die kaum mehr als ein Flüstern war, und sie war so müde, daß sie unsicher auf den Füßen wankte. »Über den Ausgang wird nur Gott allein entscheiden.« Sie wappnete sich noch ein letztes Mal, verband die Wunde und setzte sich neben Geoffrey, um abzuwarten.

Drei Tage später kehrte Geoffrey de Clare, Ritter in den Diensten des Burgherrn von Braxston Keep, in die Welt der Lebenden zurück.

»Wie fühlst du dich?« fragte ihn Caryn, die neben ihm stand. Er war blaß und um einiges dünner, sah aber immer noch unbestreitbar gut aus.

»Nur um Haaresbreite besser als der wilde Keiler.«

Caryn lächelte über seine Worte und war froh zu sehen, daß seine Augen wieder einen matten Glanz angenommen hatten.

»Ich bin Ihnen dankbar für alles, was Sie für mich getan haben«, sagte Geoffrey und nahm ihre Hand. Wenn er auch noch so matt war, dann war er doch bester Dinge, dann unterstützten ihn doch seine Jugend und seine Vitalität, und Caryn glaubte fest daran, daß er vollends genesen würde. »Ich habe Ihnen mein Leben zu verdanken, Lady Caryn.«

»Gott und dem Araber hast du es zu verdanken, wenn du mich fragst«, entgegnete sie. »Schön, daß du wieder unter uns weilst, Geoffrey.«

»Es ist schön, wieder hier zu sein, Mylady.«

Dennoch brauchte er weiterhin ständige Pflege. Caryn war über sein Bett gebeugt und kühlte seine Stirn, als Ral lautlos das Zimmer betrat. Er stellte fest, daß die Decke ungebührlich an dem schlanken Körper des jungen Ritters heruntergerutscht war und gerade noch seine Hüften bedeckte.

Ral spannte sich an, als seine Frau Geoffrey behutsam das Gesicht wusch und dann den Lappen über seine Brust und seine Schultern gleiten ließ. Der jüngere Mann schlief, oder zumindest erweckte es den Anschein, bis er die Augen aufschlug und lächelte.

»Sie sind mein guter Engel, der sich meiner erbarmt, Lady Caryn.« Sie wich einen Schritt zurück, und Röte stieg in ihre Wangen auf. Sie streckte die Hand nach der Decke aus, hielt dann in der Bewegung inne und errötete noch tiefer, als sie erkannte, daß er diese intime Zuwendung nicht mehr brauchte.

»Dir geht es offensichtlich wieder besser«, sagte sie bissig, und doch schwang in ihrer Stimme Wärme mit.

Ral stieß sich von der Wand ab, an der er gelehnt hatte, und beide zuckten zusammen. »Ja, das kann man wohl sagen.« Er nahm den rosigen Teint seiner Frau und das laszive Lächeln auf Geoffreys Gesicht wahr. »Von jetzt an wird sich Bretta um ihn kümmern. Du hast im Haus noch mehr zu tun, als dich um diesen jungen Schwerenöter zu kümmern.«

Caryn erhob keine Einwände. »Ja, Mylord.« Sie warf noch einen letzten Blick auf Geoffrey, als sie das Zimmer verließ. »Der Heilprozeß wird jetzt täglich Fortschritte machen«, sagte sie zu ihm. »Es wird nicht lange dauern, bis du wieder auf den Füßen bist.«

*Und was dann?* fragte sich Ral finster. *Was planst du dann mit meiner Frau?* Er dachte an den Ausdruck, der auf Geoffreys Gesicht gestanden hatte, als er Caryn seinen rettenden Engel genannt hatte. Welche Gedanken mochte er sonst noch hegen? Und worin bestanden seine Absichten? Rals Blicke folgten Caryns Gestalt, als sie sich entfernte.

*Und was ist mit dir, meine süße Frau? Hat sich durch diese langen Stunden mit Geoffrey etwas an deinen Gefühlen für mich geändert?* In Wahrheit war er sich keineswegs sicher, welche Gefühle sie wirklich für ihn hegte.

Ral ballte eine Hand zur Faust, und er war innerlich immer noch aufgewühlt, als er das Krankenzimmer verließ. Er hatte vor, in den Burghof zurückzukehren, um noch ein paar Stunden mit seinen Männern zu trainieren. Statt dessen begab er sich mit langen Schritten in den großen Saal, denn sein Entschluß stand plötzlich fest. Er fand Caryn zusammen mit Richard vor; sie erörterten gerade, was an Vorräten gebraucht wurde, und sie sprachen über die Vorbereitungen für das Festmahl an einem Feiertag, der demnächst bevorstand.

»Ich brauche dich dringend, Caryn«, sagte er zu ihr. »Du wirst jetzt mit mir nach oben kommen.«

Sie eilte an seine Seite, und in ihrem Gesicht lag Sorge. »Was ist, Mylord? Was ist passiert?«

»Nichts ist passiert«, sagte er auf dem oberen Treppenabsatz zu ihr und zog sie in seine Arme. »Ich habe nur gerade festgestellt, wie sehr mir meine Frau in diesen langen letzten Tagen gefehlt hat. Ich brauche dich, und ich habe vor, dich zu nehmen.«

Caryn holte hörbar Luft, als er die Tür zu ihrem Zimmer auftrat und sie dann lautstark hinter ihnen zuschlug.

»Aber es ist hellichter Tag, Mylord. Es gibt viel zu tun. Ich muß ...«

»Ist es nicht wichtiger, was dein Mann braucht?«

»Doch, aber ...« Sein harter Kuß brachte sie zum Schweigen. Sie konnte die Anspannung in seinem Körper fühlen, die Muskeln, die sich auf seiner Brust strafften. Sie hatten einander letzte Nacht geliebt, und doch schien sein Verlangen nach ihr unvermindert stark zu sein. Was in Gottes Namen ...?

Aber die Frage schien hinfällig zu sein, als er sie zum Bett trug, sie hinlegte und ihr auf die Matratze folgte. Er küßte sie glühend, zog die Kämme aus ihrem Haar, fuhr mit den Fingern durch ihre gelöste Mähne und ließ ihren Puls eindringlich schlagen. Er fand die Schnüre ihrer Tunika, riß daran, zog den Stoff von ihren Schultern und entblößte ihre Brüste.

»Wie schön deine Brüste sind«, flüsterte er mit einer heiseren Stimme, deren Klang Schauer durch ihren Körper sandte. »So hochangesetzt, so fest und so voll ... und sie gehören mir ganz allein.« Er nahm eine Brust in seinen Mund und begann, zart daran zu saugen; seine Zunge war feucht und warm, als sie ihre Brustwarze umkreiste. Dann biß er mit seinen Zähnen gerade fest genug zu, um eine heiße Woge von Schmerz und Lust in ihr aufbrausen zu lassen.

Dieses Gefühl ließ Caryn aufschreien; sie wölbte sich ihm entgegen, und Hitze strudelte tief unten in ihrem Bauch. Unter seinem Mund schwollen ihre Brüste an, prickelten und schmerzten bei jedem Herzschlag vor Lust.

»Ich brauche dich, *Cara.*« Sein Mund bemächtigte sich ihrer Lippen, während seine Hand ihre Tunika an ihren Beinen höherschob und seine Zunge sie neckte, ehe sie tief in ihren Mund eintauchte. Seine Berührung war wie Feuer, sein Atem männlich und erotisch, und sein muskulöser Körper legte Zeugnis von der Erhabenheit der Schöpfung Gottes ab.

*Gütige Mutter Maria,* dachte sie und fragte sich, was ihn zu einer derartigen Raserei antrieb, und als seine Finger die Stelle zwischen ihren Beinen erkundeten, reagierte sie mit derselben Zügellosigkeit. Sie war feucht und bereit, pochend vor Nässe und Glut. Er streichelte sie dort, während sein Mund sie weiterhin verheerte und seine Härte sich dick und pulsierend an sie preßte und ihr bevorstehende Genüsse versprach.

Ein Finger glitt in sie hinein, bewegte sich tief in ihr und zog sich dann wieder zurück. Dann schnürte er seine Hose auf, spreizte ihre Beine weiter auseinander, bezog seine Stellung und stieß sich in sie hinein.

Lust durchzuckte sie, süß und rasend sinnlich, und sein dicker Schaft füllte sie aus, riesig, heiß und hart. Schon wenige Minuten später wand sie sich unter ihm und bog den Rücken durch, um jedem seiner kräftigen Stöße entgegenzukommen. Dicke Muskelstränge bündelten sich in seinen Schultern, und Sehnen spannten sich auf seiner breiten Brust an. Wieder und immer wieder stieß er sich in sie hinein, von einem rasenden Taumel mitgerissen. So hatte sie ihn nie erlebt, und er ritt sie hart und tief und erhob in einer Form Besitzansprüche auf sie, die sie vor glühendem Verlangen entflammen ließ.

»Komm mit mir, *ma chérie*«, flüsterte er, doch es hatte mehr von einem Befehl als von einer Bitte an sich. Caryns Körper reagierte darauf, als bliebe ihm gar nichts anderes übrig, und mit zuckenden Krämpfen der Lust gehorchte sie seinem Befehl. Ihr Körper zog sich zusammen, zitterte und verkrampfte sich, als eine köstliche Glutwoge nach der anderen durch sie hindurchströmte.

Er zog sie auf die Bettkante, zog ihre Beine auf seine Schultern, grub sich tiefer in sie und löste einen zweiten heißen Funkenregen der Lust aus. Das genügte ihm immer noch nicht.

Innerhalb von Sekunden setzte sie wieder zu einem Höhenflug an, getragen von dem Wellenkamm ihrer Leidenschaft. Ihre Finger gruben sich in angespannte Muskeln, und dann krallten ihre Hände sich in das Bettzeug und ballten sich zu Fäusten, während sie den Kopf von einer Seite auf die andere warf und seinen Namen ausrief.

»Ja, genau das hatte ich mir erhofft«, sagte er, obwohl er die Zähne zusammenbeißen mußte, um sich zu beherrschen. »Denk an die Lust, *ma chère.* Und merk dir gut, welcher Mann sie dir geschenkt hat.«

Vier weitere heftige Stöße, und er fand selbst die Erlösung; sein Kopf fiel zurück, die Muskeln in seinem Nacken und in seinen Schultern strafften sich, und sein enormer Bizeps wölbte sich, als er seinen Samen in sie ergoß.

Die Zeit schien stillzustehen. Es wurde düster im Zimmer, und dann schwand das letzte Tageslicht. Caryn nahm kaum wahr, daß er sich aus ihr zurückzog. Sie war rundum zufrieden, ausgelastet und ermattet vor Lust.

Ral beugte sich über sie und küßte sie auf die Wange. »Was du brauchst, ist Ruhe und nicht eine derartige Strapaze. Du bist noch nicht wieder vollständig bei Kräften. Ich hätte nicht derart fordernd sein dürfen.« Als er den matten Glanz auf ihrem Gesicht sah, lächelte er schelmisch. »Trotzdem kann ich nicht behaupten, es täte mir leid.«

Ral fühlte sich so zufrieden wie schon seit Tagen nicht mehr, als er seine kleine Frau zusammengerollt zwischen dem zerwühlten Bettzeug zurückließ. Ihr Gesichtsausdruck war schläfrig, ihre Lider halb geschlossen, ihr wunderschönes kastanienbraunes Haar eine zerzauste Mähne, die um ihre Schultern fiel.

Als er sich wieder in den Saal begab, war seine Zuversicht weitaus größer als in dem Moment, in dem er Geoffreys Krankenzimmer verlassen hatte. Beim Abendessen war er wieder fast der alte, und als der Tag zu Ende ging, hatte er das Gefühl des Unbehagens gänzlich abgeschüttelt.

Was Caryn für Geoffrey empfand, war nichts anderes als Freundschaft. Ihr Mann war derjenige, der über ihren kleinen Frauenkörper herrschte. Ihr Mann und kein anderer.

Ral hatte die Absicht, dafür zu sorgen, daß es dabei blieb.

Auf Malvern Castle wehten sanfte Winde. Die Sonne schien auf die Felder, und die Saat wuchs kräftig heran. Stephen de Montreale überblickte durch ein geöffnetes Buntglasfenster seine Ländereien und war stolz auf seinen gewaltigen Besitz.

Seine Leibeigenen arbeiteten hart lange Stunden am Tag, und die Erträge, die er erzielte, zählten zu den höchsten im ganzen Land. Die Burg war aus dem besten Yorkshire-Stein erbaut, und seine Wälle und Türme wurden als nahezu uneinnehmbar angesehen. Sie war mit den prächtigsten Wandteppichen und den kostbarsten importierten Möbelstücken eingerichtet. Sein Tisch war mit Silber gedeckt, nicht etwa mit Geschirr aus Zinn oder Holz. Alle seine Kleidungsstücke waren so prächtig wie die Tunika aus königsblauer Seide, die er jetzt trug, und er besaß sie in allen Schnitten und Farben. Sie waren mit Garn aus gesponnenem Silber und Gold eingefaßt, und seine Umhänge waren mit Hermelin gefüttert.

Aber Stephen genügte das nicht.

Er lief durch den Raum und setzte sich seiner Schwester gegenüber an den mit Schnitzereien verzierten Mahagonitisch. In einer magentaroten Tunika, die mit Gold durchwebt war, beugte sich Eliana vor und drückte seine Hand. Ihr Haar war eine schimmernde dunkle Masse, die sie sich aus dem Gesicht zurückgebürstet hatte.

»Dann hast du also die erwartete Nachricht erhalten?« fragte sie. »Du weißt, wann der Mann des Königs vorbeikommt?«

Stephen lächelte selbstgefällig und zufrieden. »Ja, ich weiß, wann de Balmain kommen und wo er vorbeikommen wird.«

»Und was ist mit dem Frettchen?«

»Er hat seine Männer versammelt und erwartet meine Befehle.«

»Bist du ganz sicher, daß du dich auf ihn verlassen kannst?«

»Ich traue niemandem – und diesem Mann schon gar nicht. Es ist nur so, daß ich ihm die Informationen liefern kann, die er braucht, wogegen er«, sagte Stephen, und seine Lippen verzogen sich selbstzufrieden, »mir die Hälfte seiner Beute überläßt. Dieser Handel hat sich bisher für uns beide als ein gutes Geschäft erwiesen.«

»Er hat seine Überfälle hoch oben im Norden verübt. In dem Moment, in dem er die Männer des Königs angreift, wird Braxston von seiner Rückkehr erfahren und wieder einmal losziehen, um ihn in eine Falle zu locken.«

Stephens Gesicht wurde hart. »Genau das wünsche ich mir. Erst bringe ich das Geld des Königs an mich, und kurz darauf darf ich Braxstons Tod erleben. Selbst jetzt gibt es noch jene, denen er vertraut und die ihn doch verraten würden. Die Schuld an dem Überfall auf den Steuereinnehmer wird ihn treffen, und ihn wird der König bezichtigen, sein Silber gestohlen zu haben. Dann werde ich ihn mir vom Hals schaffen und alles für mich fordern, was ihm lieb und teuer ist.«

Eliana zog eine schmale dunkle Augenbraue hoch. »Zählt dazu auch das Mädchen, das er zur Frau genommen hat?«

»Sie steht ganz oben auf meiner Liste.« Er führte die langen Finger seiner Schwester an seine Lippen. »Wir werden die Beute miteinander teilen, du und ich. Was Lady Caryn angeht … du bist schon immer eine phantasievolle Frau gewesen. Dir wird doch sicher etwas einfallen, wie sie uns beiden Vergnügen bereiten kann.«

Eliana ließ die Zunge über ihre weichen rubinroten Lippen gleiten. »Sie ist hübsch und wohlproportioniert, eine lebensprühende kleine Blume, die dem Willen eines Mannes bisher noch nicht gebeugt worden ist – noch nicht einmal durch ihren Ehemann. Es wird interessant sein, ihren Nektar zu kosten, ehe du ihre Blütenblätter mit dem Absatz deines Stiefels zermalmst.«

Ein niederträchtiges Lächeln trat auf Stephens Gesicht. »Es ist schön, daß du hier bist, Eliana. Das wird dazu beitragen, mir die Lust an Braxstons Untergang noch mehr zu versüßen.«

»Es ist schön, hier zu sein, mein Geliebter. Ich habe immer gewußt, daß der Tag kommen wird, an dem du Lord Raolfe für die Schmach büßen lassen wirst, die er mir zugefügt hat.«

»Die Schmach, die er uns beiden zugefügt hat«, verbesserte Stephen sie. In seinem Hinterkopf regte sich eine Erinnerung daran, wie seine Schwester mit dem riesigen dunklen Normannen im Bett gelegen hatte, und jetzt drang dieses Bild an die Oberfläche.

Sie hätte ihn vorsätzlich verführt, sagte sie, es nur getan, um ganz sicherzugehen, daß es zu einer Eheschließung kommen würde. Der junge Ritter sei leicht zu beeinflussen, und dann könnte alles so weitergehen wie bisher, und sie müßten keine Bloßstellung fürchten. Sie sei entschlossen, ihren Bruder zu schützen, ganz gleich, um welchen Preis.

Das hatte sie an jenem Tag im Kloster schon getan, als er neun Jahre alt gewesen war. Er war dort hingeschickt worden, um etwas zu lernen, doch diese Zeit war mit einer bitteren Erfahrung verknüpft gewesen und hatte ihre Schattenseiten gehabt. Als Eliana mit ihrer beider Stiefmutter zu Besuch gekommen war, hatte er ihr berichtet, was passiert war, in einer Form, in der er es keinem anderen Menschen auf Erden gebeichtet hätte. Mit Tränen in den Augen hatte er ihr erzählt, was der Klosterbruder von ihm verlangt hatte, häßliche und schmutzige Dinge, und Eliana hatte ihn fest an sich gedrückt, während er sich ausgeweint hatte.

Sie war nicht bereit, ihn dort zu lassen, obgleich die neue Frau ihres Vaters darauf bestanden hatte. Daher half sie ihm dabei, aus dem Fenster zu klettern, und gemeinsam konnten sie entfliehen. Sie brauchten vier lange Tage für den Heimweg, und als sie zu Hause ankamen, waren sie ausgehungert, schmutzig, zerlumpt und so müde, daß sie sich kaum noch auf den Beinen halten konnten.

Eliana war diejenige gewesen, die mit ihrem Vater gestritten hatte,

Eliana diejenige, die Stephen vor einem Los bewahrt hatte, das schlimmer als der Tod war, vor einem Leben, in das zurückzukehren sein Vater ihn hatte zwingen wollen. In all den Jahren hatte sie ihn beschützt und ihm Zuwendung in einer Form zukommen lassen, wie keine andere Frau es je getan hatte.

Seit er zum Mann herangereift war, hatte sich die Lage verändert, und jetzt war er derjenige, der sie beschützte, derjenige, der das Geheimnis bewahrte, das sie miteinander verband.

Jetzt war er derjenige, der sie liebte. Und Ral de Gere hatte ihren Namen besudelt und sie zum Narren gehalten.

Der Dunkle Ritter hatte sich geweigert, sein Eheversprechen zu halten, und mit der Auflösung der Verlobung hatte er sie vor ihrem Vater gedemütigt und sie entehrt, obwohl er ihre Reize mehr als einmal gekostet hatte. Stephen war derjenige gewesen, der ihr dabei geholfen hatte, ihr unerwünschtes Kind loszuwerden, Stephen derjenige, der auf ihrer Bettkante gesessen hatte, dem ihr Blutverlust Angst eingejagt hatte, dem davor gegraut hatte, sie könnte sterben, und der sicher gewesen war, es sei Ral de Geres Schuld und nicht etwa seine eigene. Stephen war derjenige gewesen, der Rache geschworen hatte.

»Hab keine Angst, meine Süße.« Er drehte ihre Hand um und küßte zärtlich die Handfläche. »Braxston wird für das, was er getan hat, zahlen, und er wird teuer dafür bezahlen.«

## 20. KAPITEL

»Es gibt Ärger, Ral.« Caryn eilte auf ihn zu. »Männer kommen aus dem Dorf. Sie überqueren gerade die Zugbrücke.«

Caryn führte ihn zu dem riesigen Eichentor, und gemeinsam stiegen sie die Treppe zum Burghof hinunter. Eine Schar von Dorfbewohnern, einige von ihnen mit hölzernen Schaufeln bewaffnet, andere mit Hacken mit Spitzen aus Eisen, führten einen riesigen bärtigen blonden Mann, der an Händen und Füßen in Ketten gelegt war, über die Brücke auf den Burghof.

Die Kleider hingen zerfetzt an ihm herunter. Getrockneter Lehm verkrustete seine kurze braune Tunika, die einen Riß hatte und von einer braungebrannten Schulter mit kräftigen Muskeln herunterhing. Seine Handgelenke und seine Knöchel waren blutig, weil sich die Ketten in sein Fleisch schnitten, und sein Gesicht wies unzählige Prellungen und Platzwunden auf. Die Kopfhaut war aufgeplatzt, und sein Haar war mit getrocknetem Blut verklebt.

»Was geht hier vor?« fragte Ral, als er die Männer erreicht hatte. »Womit hat sich dieser Mann eine solche Behandlung verdient?«

»Mit einem Mord, Mylord«, sagte Tosig, der Ehemann des Mädchens aus dem Dorf, das gerade einen Sohn geboren hatte. »Er hat einen Reisenden auf der Straße getötet.«

Der Gefangene hob den Kopf, und die Kette um seinen Hals, die ihm die Handgelenke zusammenband, klirrte. »Ich habe niemanden getötet.«

»Wer bist du?« Ral trat näher, bis er dicht vor einem der Männer stand, die ebenso groß und kräftig gebaut waren wie er.

»Ich bin Gareth, Sohn von Wulfstan, dem Than von Valcore.«

»Ich kenne diesen Mann.« Caryn kam von der Treppe her näher und eilte an Rals Seite. »Sein Vater war ein mächtiger sächsischer Herrscher. Es hieß immer, sein Sohn sei ein tapferer Krieger.«

»Gareth von Valcore. Ich habe schon von dir gehört«, sagte Ral, als die Erinnerung, die er mit diesem Namen verband, endlich Gestalt annahm. »Du hast in Senlac gekämpft. Du bist verwundet worden, ebenso wie ich. Es hieß damals, du hättest tapfer gekämpft.«

Hugh löste sich aus der Schar von Rittern und Soldaten, die sich inzwischen versammelt hatte. »Ich habe auch von ihm gehört, Lord Ral. Es hieß, er hätte neunundsechzig mit den Rebellen gekämpft. Es waren sogar Gerüchte im Umlauf, er sei der Anführer der Rebellen, aber dafür hat es keine Beweise gegeben. Ich habe gehört, der Mann sei in der Nähe von York verwundet worden – ihm sei eine Lanze zwischen die Rippen gestoßen worden.« Hugh musterte den Mann mit dem goldblonden Haar, der ihn an Körpergröße überragte. »Ich hätte nicht geglaubt, daß Sie noch am Leben sind.«

Der bärtige blonde Ritter lächelte hämisch, und an einem seiner Mundwinkel riß die Schorfschicht auf. »Ich bin dem Tod schon so oft von der Schippe gesprungen, daß ich die Male nicht mehr zählen kann. Ich habe gekämpft, und ich bin verwundet worden. Im Namen des Krieges habe ich zahllose Feinde getötet, aber ich habe niemals einen Mord begangen.«

Ral musterte ihn kühl. Der Mann wirkte unerschrocken, zuckte mit keiner Wimper, hielt den Kopf hoch erhoben und hatte die Schultern zu einer stolzen, aufrechten Haltung zurückgezogen. Dann wandte sich Ral an die Leibeigenen, die den Mann in Ketten zum Schloß gebracht hatten. »Mir scheint, der Mann war nicht gerade leicht zu bezwingen.«

»Nein, Mylord«, sagte ein Kleinbauer, der Algar hieß. »Er hat sich gewehrt wie ein Irrer. Mehr als ein Dutzend starker Männer war vonnöten, um ihn in die Knie zu zwingen.«

»Was könnt ihr als Beweis für seine Schuld vorbringen?«

»Er ist dabei gesehen worden, Mylord, wie er dem Toten die Schuhe von den Füßen gezogen hat. Er hat ihm auch das Geld aus der Tasche genommen.«

»Ich bestreitete nicht, daß ich tief genug gesunken bin, um die Toten auszurauben«, sagte der große Mann. »Aber ich habe den Reisenden nicht getötet. Als ich ihn gefunden habe, war er bereits erschlagen worden.«

»Er ist vor uns davongelaufen, Herr«, sagte Tosig. »Als wir auf ihn zugekommen sind, ist er weggerannt.«

»Und er hat gegen uns gekämpft wie ein Dämon«, sagte einer der anderen Männer. »Kein Unschuldiger hätte soviel darangesetzt zu entkommen.«

»Ich bin nicht etwa vor den Dorfbewohnern fortgelaufen, sondern nur deshalb, weil ich wußte, daß man mich einem Normannenherrscher vorführen wird, falls man mich gefangennehmen sollte.« Der finstere Blick, mit dem er Ral bedachte, triefte vor Geringschätzung. »Ich habe die Grausamkeit der Normannen zu oft am eigenen Leib erlebt, als daß ich nicht wüßte, wie der Urteilsspruch lauten wird, der über mich gefällt wird. Gerechtigkeit ist nicht gerade ein Wort, das einem Normannen auf der Zunge zergeht.«

»Deine Anmaßung wird dir hier nichts nutzen«, sagte Ral und wandte sich an Lambert und Hugh. »Bringt ihn in einen Lagerraum unter der Treppe.« Der Getreidespeicher und ein weiterer Vorratsraum waren unter dem großen Saal untergebracht. »Nehmt ihm die Ketten ab, nehmt euch seiner Verletzungen an und sorgt dann dafür, daß er eingesperrt wird und nicht entkommen kann.«

»Ja, Mylord«, sagte Hugh.

»Und kümmert euch darum, daß er etwas zu essen bekommt. Mit vollem Bauch wird er vielleicht weniger Fluchtgedanken hegen.«

Als Hugh, Lambert und ein weiteres halbes Dutzend Männer den Gefangenen abführten, blickte Caryn besorgt zu Ral auf. Da er sie inzwischen schon recht gut kannte, legte er einen Arm um ihre Taille und drängte sie, mit ihm in die Burg zurückzukehren. Sowie sie in dem großen Saal standen, nahm er sie zur Seite, damit sie nicht von den anderen belauscht werden konnten.

»Ich möchte mit dir reden, Mylord.«

»Das habe ich nicht einen Moment lang bezweifelt«, sagte er mit einem Anflug von Belustigung.

»Ich glaube nicht, daß Gareth von Valcore dieses Mordes schuldig ist. Ich erinnere mich noch daran, während des Krieges Geschichten über ihn gehört zu haben. Die Heldentaten, die er im Kampf vollbracht hat, waren geradezu legendär. Man hat ihn den Greif genannt. Es hieß, er besäße die Gerissenheit eines Adlers und den Mut eines Löwen. Er war ein ehrenwerter und tapferer Ritter. Man hat ihn regelrecht verehrt.«

»Menschen verändern sich, *Cara.*«

»Auf einen Mann wie ihn trifft das nicht zu.«

Ral stimmte ihr insgeheim zu. In der Haltung des riesigen Sachsen drückte sich Stolz aus, und darüber konnten sogar der Schmutz und die Lumpen nicht hinwegtäuschen. Und doch konnte der Krieg selbst die standhaftesten Männer verwandeln. Das hatte Ral immer wieder auf dem Schlachtfeld erlebt.

»Wird hier in Braxston über ihn verhandelt werden?« fragte Caryn.

»Nein. Er wird von dem königlichen Gerichtshof verurteilt werden. Vielleicht wird William persönlich dem Prozeß vorsitzen.«

Caryn legte behutsam eine Hand auf seinen Arm. »Gibt es denn gar nichts, was du für ihn tun kannst?«

Es dauerte eine Weile, bis Ral ihr eine Antwort gab, denn er hatte sich schon dieselbe Frage selbst gestellt. »Warum ist dir das so wichtig?«

Caryn sah ihm ins Gesicht. »Wenn die Normannen den Krieg verloren hätten und du in dieselbe Lage geraten wärst, in der sich Gareth jetzt befindet, dann würde ich mir wünschen, daß der Sachsenherrscher dir deine ruhmreichen Taten zugute halten würde. Ich würde mir erhoffen, daß er dir helfen würde, weil er eingesehen hätte, daß du ein tapferer Mann bist.«

Einer seiner Mundwinkel zog sich nach oben. »Ich werde sehen, was ich in Erfahrung bringen kann. Vielleicht können wir die Wahrheit aufdecken.«

Mit weiten, ausholenden Schritten stieg Odo die Stufen zum Bergfried hinauf, und sein grauer Umhang wehte hinter ihm her, als er den großen Saal betrat. Er hatte in den letzten Wochen eine Reise in die Normandie unternommen, um seinen Cousin zu besuchen. Oliver hatte geschrieben, er wüßte vielleicht eine Braut für ihn.

Odo war ohne eine Braut zurückgekehrt.

»Wo ist Lord Ral?« fragte er Richard, der nicht weit von dem Podest mit Ambra in eine hitzige Diskussion über die Pflichten vertieft war, die sie zu übernehmen wünschte, nachdem sie jetzt seine Frau war.

»Das werden wir unter vier Augen in unserem Zimmer klären«, schloß Richard, und seine hübsche Frau schaute finster. Odo bekam große Augen, als Richard sich herunterbeugte und sie auf die Nasenspitze küßte. Als er sich abwandte, lächelte er. »Willkommen zu Hause«, sagte er zu Odo. »Schön, daß du wieder da bist.« Richard lächelte immer noch und wirkte entspannter, als Odo ihn je erlebt hatte.

»Es ist schön, wieder hier zu sein«, sagte er. »Wo ist Ral?«

»Ich habe ihn seit dem frühen Morgen nicht mehr gesehen. Während du fort warst, ist auf der Straße, die ins Dorf führt, ein Mord passiert. Ein Mann ist gefaßt und hierher gebracht worden. Er ist des Mordes beschuldigt worden, aber Lord Ral ist nicht überzeugt von seiner Schuld. Er sucht nach weiteren Beweisen, ehe er den Mann dem königlichen Gericht übergibt.«

»Wann wird er zurückerwartet?«

»Das läßt sich schwer sagen.« Ein gespannter Ausdruck trat auf sein Gesicht. »Was ist los? Was ist passiert?«

»Das Frettchen ist zurückgekehrt. Er hat François de Balmain überfallen, den Steuereintreiber des Königs.«

»Balmain ist tot?«

»Schwer verwundet. Es steht noch nicht fest, ob er überleben wird oder nicht. Die meisten seiner Männer sind tot oder verletzt, und die Einnahmen des Königs sind fort. Das ist ganz bestimmt das Werk des Frettchens.«

»Verflucht, der Mann ist ein Ungeheuer.«

»Ja, aber diesmal wird Lord Ral ihn fangen. Bald wird dem Frettchen der Garaus gemacht.«

Tumult im Eingang lenkte die Aufmerksamkeit der beiden Männer auf sich. Odo drehte sich um, als Ral gerade in den Raum schritt und seine dunkelblaue Tunika sich bei jedem seiner zielstrebigen Schritte heftig bewegte.

»Schön, dich zu sehen, Mylord.«

»Odo!« Einen Moment lang vergaß Ral seine Sorgen, lächelte Odo an und schlug ihm kräftig auf den Rücken. »Gut, daß du wieder da bist.« Er sah sich in dem Saal um. »Wo ist deine Braut? Ich kann es kaum erwarten, sie kennenzulernen. Ich werde Caryn von deiner Rückkehr berichten, und heute abend werden wir ...«

»Ich habe keine Braut mitgebracht, *mon ami.* Ich bin noch so ungebunden wie am Tage meiner Abreise.«

»War das Mädchen nicht hübsch genug für deinen Geschmack?«

»O doch, hübsch war sie. Und unterwürfig und bestens über ihre Pflichten als Ehefrau unterrichtet.«

»Was dann? Ist ihre Aussteuer zu mickrig gewesen?«

»Nein, sie hätte mehr als genug in die Ehe mitgebracht.«

»Aber du hältst doch schon seit vielen Monaten nach einer Frau Ausschau.«

Odos Hals über seiner Tunika lief knallrot an und leuchtete fast so sehr wie sein rotes Haar. »Es ist nur so, daß ... sich nichts in mir für sie geregt hat.«

»Sich geregt? Ich verstehe nicht, wovon du redest.«

Er schluckte und wirkte mehr als nur ein wenig verlegen. »Ich habe sie angesehen, und ich habe nicht das Geringste empfunden.«

»Du hast kein Verlangen nach ihr verspürt?«

»Nein, das war es nicht direkt. Ich hätte mit ihr ins Bett gehen können, das hätte mir nichts ausgemacht. Aber hinterher ...« Er seufzte und wandte den Blick ab. »Es ist schwer zu erklären, aber ... in den Wochen seit deiner Heirat ... ich habe dich und deine Frau beobachtet. Ich habe deine Augen gesehen, wenn du sie anschaust. Ich habe gesehen, wie sie dich anschaut. Genauso möchte ich eine Frau auch ansehen.«

Rals Augenbrauen zogen sich finster zusammen. Odos Erinnerung an seine Gefühle für Caryn bewirkten, daß seine Brust sich zuschnürte. »Diesmal bist du derjenige, der sich dämlich anstellt.«

»Dann haben sich deine Gefühle ihr gegenüber also verändert, seit ich abgereist bin?«

»Nein, aber es ist noch viel zu früh, um sich ein Urteil darüber zu bilden, wie das alles ausgehen wird.« Ral konnte einen Blick auf den kastanienbraunen Schopf seiner kleinen Frau erhaschen, die am anderen Ende des Saals im Gang stand. Sie unterhielt sich mit Ambra und lachte über etwas, was das schlanke Mädchen gerade gesagt hatte. Schon allein der Klang ihrer Stimme überflutete ihn mit Verlangen, und tief in seinem Unterleib spürte er Schwere und ein Ziehen.

Er trat voller Unbehagen von einem Fuß auf den anderen, und winzige Fältchen durchzogen seine glatte Stirn. Ihm paßten diese Gefühle nicht, die Caryn in ihm wachrief. Ihm gefiel nicht, welche Besitzgier sie in ihm auslöste, und ebensowenig gefiel ihm die rasende, fast krankhafte Eifersucht, mit der er über sie wachte. Es behagte ihm nicht, daß er immer wieder reichlich verwirrt war und sich nicht in der Hand hatte.

Er schaute Odo fest an. »Es ist das Beste, an die praktischen Seiten zu denken, wie du es selbst einmal zu mir gesagt hast. Man heiratet um der Erben willen und bewahrt gefühlsmäßig Distanz.« Es gab Momente, in denen er wünschte, er hätte genau das getan. Jetzt war es zu spät.

Odo musterte ihn seltsam. Er zog an den Schnüren des Umhangs, den er noch trug, und dann legte er ihn ab. »Ich werde weiter Ausschau halten«, sagte er schließlich. »Ich habe keine Eile. Aber wir haben etwas anderes miteinander zu besprechen, was nicht aufgeschoben werden kann.«

Ral wandte sich an ein Dienstmädchen, das gerade durch den Saal lief. »Bring Wein, Brot und Käse ins Gartenzimmer.« Er wandte sich an Odo. »Komm. Dort können wir uns unterhalten.«

Als sie auf die Treppe zugingen, tauchte Caryn in der Tür auf und eilte ihnen entgegen. Strähnen ihres flammenden Haars hatten sich aus ihrem Zopf gelöst, ihr Gesicht war gerötet von den Arbeiten, die sie verrichtet hatte, und unter ihrer schlichten braunen Tunika hoben sich verlockend ihre Brüste. Rals Lenden begannen, schwer zu werden.

»Odo …«, sagte sie. »Ich wußte gar nicht, daß Sie zurückgekommen sind.«

»Ich bin wieder da, Mylady.«

»Wo ist Ihre Braut?« Caryn drehte sich um und schaute durch den Saal. »Ich kann es kaum erwarten, sie kennenzulernen.«

»Odo bleibt vorläufig ledig«, sagte Ral. »Das ist eine lange Geschichte, *Cara*. Er kann sie dir später selbst erzählen.«

Caryn nickte. »Wie war deine Suche im Dorf?« fragte sie Ral. »Konntest du die Wahrheit über den Mord ans Licht bringen?«

Ral seufzte. »Nein, es scheint ganz so, als stimme Tosigs Bericht. Gareth hat den Toten ausgeraubt, und er hat versucht zu fliehen.«

»Das macht ihn noch nicht zum Mörder.«

»Nein, und nachdem die Dorfbewohner jetzt wissen, daß er der Mann ist, den sie den Greif nennen, scheinen sie von seiner Schuld weitaus weniger überzeugt zu sein. Viele sind dankbar dafür, daß ich die Suche fortführe. Manche haben sich sogar bereit erklärt, mir dabei zu helfen.«

Caryn lächelte. »Ich weiß, daß du die Wahrheit herausfinden wirst. Mehr kann niemand von dir verlangen.«

Odos Miene verfinsterte sich. »Dieser Mord, von dem ihr sprecht ... möglicherweise ist der Schuldige einer der Männer, die mit dem Frettchen reiten. Genau darüber wollte ich mit dir reden, Ral. Dieser Hurensohn ist zurückgekehrt.«

Ral stieß einen tonlosen Fluch aus. »Das überrascht mich nicht. Es war nur eine Frage der Zeit, bis er seine Bande wieder vervollständigt hat. Ja, wenn er zurückgekommen ist, dann ist es allzu gut möglich, daß der Reisende von einem dieser gemeinen Mörder getötet worden ist.« Er drängte Odo zur Treppe. »Komm, mein Freund. Du kannst mir Genaueres über deine Reise erzählen und mir berichten, was du sonst noch über das Frettchen weißt.«

Sie stiegen die Stufen zum Gartenzimmer hoch und machten es sich auf den hohen Stühlen mit den Holzschnitzereien bequem. Ein Dienstmädchen brachte ihnen Wein und Käse, während Odo von dem Überfall auf den Steuereinnehmer des Königs berichtete, von den schweren Verletzungen François de Balmains und von Abgaben, die König William eingebüßt hatte.

»De Balmain hat wochenlang Abgaben einkassiert«, sagte Ral. »Er muß ein kleines Vermögen in Silber und Gold bei sich getragen haben.«

»Was glaubst du, wie sie hinter seine Route und seinen Zeitplan gekommen sind? Das war doch sicher ein sorgsam gehütetes Geheimnis.«

Ral ballte auf der Stuhllehne eine Hand zur Faust. »Für eine gute Belohnung läßt sich fast alles herausfinden.«

»Das ist wohl wahr.«

»Ja, und du kannst sicher sein, daß sich dieses Mittel für uns ebenso gut bewährt wie für das Frettchen.«

Odo zog die Stirn in Falten. »Ich weiß nicht, wovon du sprichst.«

»Ich spreche davon, daß uns für einen angemessenen Betrag jemand verraten wird, was wir wissen müssen. Wir werden schon bald herausfinden, wo dieser Hurensohn sein Lager aufgeschlagen hat, und sowie wir das wissen, ist er ein toter Mann.«

Odo lächelte mit grimmiger Zufriedenheit. »Ich bin froh, daß ich wieder da bin. Ich hätte nicht verpassen wollen, wie dieser Räuber seine wohlverdiente Strafe bekommt.«

»Dazu wird es kommen, mein Freund, und zwar schon bald.«

Caryn arbeitete gemeinsam mit Ambra in dem großen Saal. Die schlanke junge Frau hatte ihren ersten Kampf gegen Richard gewonnen und war jetzt für die Vorräte draußen auf dem Burghof zuständig. Ambra sah nach der Kornkammer, dem Fischteich und dem Taubenstall. Sie beaufsichtigte die Gärten und überwachte das Trocknen von Obst und Fleisch. Richard diente Ral und wachte über den Viehbestand, die Ställe und die Lagerbestände und nahm sich aller Probleme an, die unter den Dorfbewohnern aufkamen.

Sie hatten ständig viel zu tun, doch da Caryn viele Aufgaben übernommen hatte, sich um die Küche und die Vorräte für den großen Saal kümmerte, den Haushalt beaufsichtigte, sich der Gäste annahm und die Bediensteten überwachte, blieb Richard und Ambra Zeit füreinander.

Caryn lächelte darüber, welchen Lauf die Dinge genommen hatten. Seit dem Tag, an dem die Männer von dem Keiler angegriffen worden waren, aber erst recht seit Geoffreys vollständiger Genesung, war sie damit betraut worden, die Kranken zu heilen. Ob es sich um Unfälle oder um Krankheiten handelte – wenn Isolda nicht helfen konnte, kamen sie zu Caryn.

Zum ersten Mal in ihrem Leben hatte sie das Gefühl, sich wirklich nützlich machen zu können und von anderen gebraucht zu werden. Zum ersten mal seit ihrer Kindheit, seit der Zeit vor dem Tod ihrer Mutter, hatte sie das Gefühl zu wissen, wohin sie gehörte.

Caryn glättete einen kleinen leuchtend bunten Teppich, der an einem Ende des Saals verrutscht war und jetzt schief an der Wand hing. Sie war stolz auf Braxton Keep, stolz auf das, was sie und Richard,

Marta, Bretta und die anderen erreicht hatten. Sie hatte festgestellt, daß Pflichten und Verantwortung keineswegs so lästig waren, wie sie gedacht hatte. In den meisten Fällen zogen sie ein Gefühl von Befriedigung nach sich. Und schon allein erreicht zu haben, was sie sich vorgenommen hatte, war ihr die Mühe wert und in sich selbst Lohn genug.

»Lady Caryn!« Als sie sich umdrehte, sah sie, wie der dürre kleine Leofric auf sie zugerannt kam. »Es gibt Neuigkeiten, Mylady! Wichtige Nachrichten!«

Erst jetzt bemerkte Caryn einen zweiten Jungen, ein dunkelhaariges Kind, das Byrhtnoth hieß und aus dem Dorf kam. Der Junge war kleiner als Leo und etliche Jahre jünger. Er wurde von allen Briny genannt.

»Was ist los, Leo?« fragte sie. »Hallo, Briny.« Sie nahm die schmutzige kleine Hand des Jungen und drückte sie sanft.

»Briny hat den Mord mitangesehen, Mylady. Der Reisende auf der Straße – Briny hat die Männer gesehen, die es getan haben.«

»Was?« Sie starrte den Jungen mit der olivfarbenen Haut an. Er war der uneheliche Sohn eines normannischen Ritters, von dem seine Mutter vergewaltigt worden war. Die Frau hatte schließlich geheiratet, doch der Mann konnte wenig mit seinem Stiefsohn anfangen, und der kleine Junge war von den anderen Kindern nie wirklich akzeptiert worden. »Du hast ihn gesehen, Briny? Du hast den Mann gesehen, der den Reisenden auf der Straße getötet hat?«

»Er hat sie gesehen, Mylady«, antwortete Leo an seiner Stelle. »Briny sagt, es waren drei.«

»Hat Briny den großen blonden Ritter gesehen, den die Dorfbewohner ins Schloß gebracht haben?«

»Ja, Mylady. Alle haben ihn gesehen.«

Sie beugte sich zu dem kleinen Jungen herunter und kauerte sich vor ihn hin, damit sie ihm direkt in das schmutzverschmierte Gesicht sehen konnte. »War der blonde Mann einer der Männer, die den Reisenden getötet haben, Briny?«

Er schüttelte den Kopf.

»Bist du ganz sicher?«

»Er ist erst später dazugekommen«, sagte der Junge schließlich. Er hatte die Augen niedergeschlagen und betrachtete den Schlamm auf seinen nackten Füßen. »Er hat sie vertrieben, und dabei ist er einfach nur die Straße entlanggekommen. Die Männer haben sich das Pferd des Toten genommen und sind fortgeritten.«

»Warum hast du das niemandem erzählt?« fragte Caryn behutsam.

»Er hat sich gefürchtet, Mylady«, mischte sich Leo ein. »Briny mag andere Menschen nicht besonders gern.«

Caryn beugte sich vor und umarmte den kleinen Jungen. »Es ist alles in Ordnung, Briny. Du brauchst dich nicht zu fürchten.« Sie warf einen Blick auf die Tür und fragte sich, wann Ral wohl zurückkommen würde. Er war nach Oldham aufgebrochen, ein kleines Dorf in der Nähe, um dort Informationen über den Mord oder Neuigkeiten über das Frettchen und seine Männer an sich zu bringen. Bestimmt würde er bald wieder da sein.

Caryn schaute lächelnd auf die Jungen herunter. »Warum kommt ihr beide nicht mit mir?« Sie nahm den kleineren Jungen an der Hand und führte die beiden zur Küche. »Der Koch hat gerade heute morgen frische Apfeltörtchen gebacken.«

Der kleine Junge bekam große Augen, und ein schiefes Grinsen breitete sich auf seinem Gesicht aus.

»Es ist gut, daß du den Mund aufgemacht hast«, sagte Caryn zu ihm. »Lord Ral wird mit euch beiden sehr zufrieden sein.«

Und so war es auch. Sowie Caryn ihm die Geschichte erzählt hatte, ging Ral zu den Kindern, hörte sich interessiert ihren Bericht an, stellte ihnen Fragen und lächelte dann vor Erleichterung darüber, daß dem Ritter Gerechtigkeit widerfahren würde.

»Es ist sehr gut, daß du zu mir gekommen bist, Briny. Vielleicht könnten wir ebenso wie für Leofric auch für dich einen Platz hier in der Burg finden.«

Briny blickte aus großen dunklen Augen zu ihm auf, und in seinem Gesicht drückte sich größte Ehrfurcht aus. Als er nickte, zerzauste Ral ihm liebevoll das Haar. Wenige Minuten später verabschiedete er sich von den Kindern, und Caryn lief neben ihm her in den großen Saal.

»Sorg dafür, daß der Sachse von seinen Fesseln befreit wird«, rief er Lambert zu, dessen schlaksige Gestalt an der Wand neben der Treppe lehnte. »Der Mann ist unschuldig. Er hat den Mord nicht begangen.«

»Ja, Mylord.«

»Sprich vorher mit Bretta. Sag ihr, sie soll ein Bad vorbereiten lassen und etwas Anständiges zum Anziehen für den Mann auftreiben. Ein Ritter von seinem Format sollte nicht gezwungen sein, Braxston Keep in Lumpen zu verlassen.« Als Lambert sich auf den Weg machte, um Rals Anweisungen zu befolgen, betrat Odo den Saal.

»Du hast die Wahrheit über den Mord in Erfahrung gebracht?«

»Ja. Er ist nicht von einem einzelnen begangen worden, sondern von drei Männern. Ein Junge aus dem Dorf ist mit der Sprache rausgerückt. Nach allem, was er gesagt hat, kann kein Irrtum vorliegen. Der Reisende war beritten und nicht etwa zu Fuß unterwegs, wie die Dorfbewohner geglaubt haben. Die Räuber hatten es auf sein Pferd abgesehen. Als Gareth unerwartet aufgetaucht ist, sind sie schleunigst verschwunden, ehe sie ihn ausrauben konnten.«

»Trotzdem hat er dem Toten das Geld weggenommen«, rief Odo ihm ins Gedächtnis zurück.

»Das habe ich nicht außer acht gelassen. Als Gareth ergriffen worden ist, ist ihm das Geld abgenommen worden. Es ist an die Familie des Ermordeten geschickt worden.«

»Das mindert seine Schuld nicht.«

»Wir leben in schwierigen Zeiten, mein Freund. Und besonders schwierig ist es für jene, die besiegt worden sind. Für mein Empfinden hat ein Mann, der soviel Mut besitzt, eine zweite Chance verdient.«

Caryn, die an der Seite ihres Mannes stand, lächelte. Ral war ein wunderbarer Mann. Er besaß Stärke, Mut und Mitgefühl. Der Dunkle Ritter mochte zwar im Kampf furchteinflößend sein, doch er hatte eine liebevolle Art, Gerechtigkeitssinn und ein ausgeprägtes Ehrgefühl. Schon allein sein Anblick, als er so groß und stolz neben ihr aufragte, ließ ihr Herz flattern und nahm es für ihn ein.

Caryns strahlendes Lächeln schwächte sich ein wenig ab. Ganz gleich, was sie auch für ihn empfinden mochte, sie machte sich keine rechte Vorstellung von seinen Gefühlen. Er hatte ihr nie gesagt, daß er sie liebte, nie hatte er ihr Treue versprochen, und nie hatte er die Worte gesagt, die eine glückliche Zukunft sicherstellen würden. Wenn er ihr diese Dinge gelobt hätte, dann hätte sie ihm fraglos geglaubt.

Aber er hatte nie ein solches Gelübde abgelegt, und es sah ganz danach aus, als würde er das auch niemals tun.

Caryn blickte zu ihm auf, und ein trauriges Lächeln zog an ihren Lippen. Daß er sie begehrte, bezweifelte sie nicht; das Verlangen wich selten aus seinen Augen. Aber würde es jemals dahin kommen, daß er sie liebte? Daran zweifelte sie. Ral war der Auffassung, ein Mann, der liebte, sei nichts weiter als ein Narr. Früher einmal hatte er Eliana geliebt, und sie hatte ihn mit ihrem Bruder betrogen. Ral hatte gesehen, was aus Malvern geworden war, die Macht gesehen, die eine Frau über einen Mann haben konnte. Er war wild entschlossen, alles zu unternehmen, damit ihm das nicht passieren konnte.

Dennoch konnte sie ihre Gefühle für ihn nicht länger leugnen. Statt dessen betete sie, sie möge ihn dazu bringen können, dasselbe für sie zu empfinden. An diese Hoffnung klammerte sie sich und betete, sie möge eines Tages wahr werden.

Sie blickte auf, als Ral sie stehen ließ und mit langen Schritten durch den großen Saal lief. Plötzlich drückte sich Entschlossenheit in seinen Zügen aus. Sie sah, wie sich am anderen Ende des Saals ein kräftig gebauter Riese mit goldblondem Haar erhob und ihrem

Mann entgegenkam. Es dauerte einen Moment, bis sie begriff, daß es sich bei dem Riesen um den Sachsen handelte. Als es ihr klarwurde, wurden ihre Augen vor Erstaunen groß.

*Gesegnete Jungfrau Maria.* Niemals in ihrem ganzen Leben wäre sie auf den Gedanken gekommen, der Mann mit den vollkommen geschnittenen Zügen, den fein geschwungenen Augenbrauen und den schön geformten Lippen, der auf sie zukam, könnte der zerlumpte bärtige Mann sein, der im Lagerraum eingesperrt gewesen war.

Er blieb vor Ral stehen, mit aufrechter Haltung, die breiten Schultern zurückgezogen, der Gesichtsausdruck gespannt.

»Du bist ein freier Mann, Sachse«, sagte Ral mit einem Lächeln. »Wie denkst du jetzt über normannische Gerechtigkeit?«

Der riesige Ritter trat voller Unbehagen von einem Fuß auf den anderen. Ihm war deutlich anzusehen, daß Dankbarkeit ihm nicht leichtfiel – und schon gar nicht gegenüber einem Normannen. Dennoch hob er den Kopf und sah Ral fest in die Augen.

»Sie haben mir das Leben gerettet. Was Sie getan haben, ist mehr als nur Gerechtigkeit. Sie haben die Wahrheit erkundet. Es gibt nur wenige Sachsenherrscher, die sich für einen Mann, der ihr Feind ist, soviel Mühe gemacht hätten.«

»Bist du das, Gareth? Mein Feind? Wird der Tag kommen, an dem ich meine Ländereien gegen deine Rebellen verteidigen muß?«

»Nein, Mylord. Diese Zeiten sind vorüber. William hat den Sieg davongetragen. Nur ein Dummkopf würde sich jetzt noch gegen den Eroberer erheben, und ich bin kein Dummkopf.«

Ral nickte und schien über die Antwort des Sachsen erfreut zu sein.

»Was werden Sie jetzt tun?« fragte ihn Caryn, die an die Seite ihres Mannes trat.

»Ich bin mir noch nicht sicher.«

»Du bist hier auf Braxston willkommen«, sagte Ral, »falls du es wünschen solltest, deine Lehnstreue zu schwören und dich den Rängen meiner Männer einzureihen. Ein Ritter, der deine Tapferkeit besitzt, ist uns immer willkommen.«

»Ich danke Ihnen, Lord Ral, aber ich kann nicht bleiben. Ich bin auf der Suche nach meinem Bruder ... und dann ist da auch noch eine Frau. Was auch geschehen mag, ich muß meinen eigenen Weg finden. Ich bin mehr als entschlossen, den richtigen Weg für mich zu finden.«

»Dann wünsche ich dir viel Glück«, sagte Ral.

»Ich Ihnen ebenfalls«, fügte Caryn hinzu.

»Ich werde nicht vergessen, was Sie für mich getan haben.« Gareth lächelte, und tiefe Grübchen zeigten sich in seinen Wangen und ließen ihn noch besser aussehen als ohnehin schon. »Vielleicht werden wir uns eines Tages wiedersehen.«

»Ja, das mag sein«, stimmte Ral ihm zu.

Der große Ritter verabschiedete sich mit einem Nicken von Caryn und ging.

»Ich frage mich, was wohl aus ihm werden wird?« Sie sah ihm nach, bis er durch die Tür gegangen und verschwunden war.

»Das ist schwer zu sagen. Früher einmal wäre er wohlhabend gewesen. Aber jetzt ...« Ral hob die breiten Schultern zu einem Achselzucken. »Wer weiß? Vielleicht wendet sich eines Tages das Blatt für ihn.«

Caryn dachte an den zerlumpten Mann, der nach Braxston Keep gebracht worden war, und sie dachte an die harten Zeiten, die er durchgemacht haben mußte. Das erinnerte sie wieder an die schwierigen Zeiten, die bevorstanden, an das Frettchen und an das Land, das sie so dringend brauchten, an die Rinder, die gestorben waren, und an den Winter, der bald hereinbrechen würde.

Sie dachte an Ral und an ihre ungewisse Zukunft. An ihre Liebe zu ihm, die hartnäckig weiterhin zunahm, und an die Liebe, die sie sich so sehnsüchtig von ihm wünschte. Sie hoffte, daß sich das Blatt nicht nur für Gareth wenden würde.

# 21. Kapitel

Ral ritt über die Zugbrücke. Die Hufe des Fuchses klapperten auf den schweren, unbearbeiteten Holzbohlen, und der Wachposten machte ihm den Weg frei, als er herankam. Irgendwo in der Ferne grollte Donner, und Wolken warfen ein finsteres Tuch über den Horizont, der sich ohnehin schon verdunkelte.

Ral nahm kaum Notiz von der trüben Stimmung, da seine Gedanken mit den Informationen beschäftigt waren, die er soeben erhalten hatte. Er kehrte gerade aus dem Dorf zurück, von einem Treffen mit einem Mann aus einer benachbarten kleinen Ortschaft weiter oben im Norden, einem Mann, der gut dafür bezahlt wurde, daß er den Standort des Frettchens ausfindig machte. Tosig hatte dieses Treffen arrangiert.

Ral lächelte grimig, fast ein wenig zynisch. *Solange bloß genug dabei heraussprang, hätte eine Mutter wahrhaftig ihren eigenen Sohn verraten.* So schien es zumindest. Im vorliegenden Fall handelte es sich um das Mädchen des Frettchens aus einer Bierschenke in Camden, ein hübsches Ding, das einem Mann um seiner Barschaft willen die Kehle aufgeschlitzt hätte.

Das Frettchen hatte sie in sein Lager mitgenommen und ihr das Geheimnis seines Aufenthaltsortes anvertraut, und dafür würde der Schurke jetzt teuer bezahlen. Der Verrat dieser Frau würde überraschend für ihn kommen, doch Ral wunderte sich keineswegs darüber. Er hatte das schon zu oft erlebt.

Er ritt direkt auf den Stall zu und rief nach Aubrey, seinem Schildknappen, damit er sich um sein Pferd kümmerte, das leise wieherte und seine rötliche Mähne schüttelte. Der Junge tauchte aus dem Stall auf, und Caryn kam leise hinter einem Strohhaufen hervor. Das gescheckte kleine Reh folgte ihr lautlos auf den Fersen.

»Ich bin froh, daß du wieder da bist, Mylord. Ich hatte mir schon Sorgen gemacht.« Sie wirkte ein wenig zerzaust, da etliche Halme aus ihrem dicken Zopf ragten und Strähnen ihres dunklen kastanienbraunen Haares gelockt in ihr Gesicht fielen.

Trotz der Überlegungen, die er gerade zur wahren Natur der Frauen angestellt hatte, ertappte er sich dabei, daß er lächelte, als er sich vom Sattel schwang und auf sie zuging. Das hier war nicht die Dirne aus der Schenke. Dieses Mädchen war seine Frau, und bei ihrem Anblick flog ihr sein Herz entgegen.

»Es freut mich zwar, daß du dir Sorgen um mich machst«, sagte er, »aber es besteht kein Anlaß dafür.«

»Und dein Treffen ... war es erfolgreich?«

»Ja, und es ist sogar mehr dabei herausgekommen, als ich mir erhofft hatte.«

Schritte waren durch die offene Stalltür zu vernehmen, als Odo eintrat. Sein Gesichtsausdruck war besorgt und hoffnungsvoll zugleich. »Ich habe gerade gehört, daß du zurückgekommen bist. Hast du etwas Neues über das Frettchen in Erfahrung bringen können?«

Ral warf einen Blick auf Caryn und zögerte einen Moment lang, gegen seine eigene Unentschlossenheit ankämpfend. Herr im Himmel, sie hatte ihm die Treue geschworen, ebenso wie Odo. Sie machte sich etwas aus ihm, und vielleicht liebte sie ihn sogar. Er hatte sich gelobt, ihr zu vertrauen, obwohl es seinen Instinkten zuwiderlief und bittere Erfahrungen ihn davor warnten. Jetzt gedachte er, an seinem Entschluß festzuhalten.

»Ja. Er hat sein Lager in den Hügeln nicht weit von der Weggabelung am Tevonshire Paß aufgeschlagen. Es sind rund vierzig Männer, wenn nicht gar noch mehr. Wir werden uns heute abend zum Aufbruch bereitmachen. Im Morgengrauen reiten wir los.«

Odos sommersprossiges Gesicht verzog sich zu einem breiten

Grinsen. »Diesmal werden wir uns diesen verschlagenen Schurken endlich schnappen. Dann bekommst du deine Ländereien, und das Frettchen verliert für seine Sünden seinen Kopf.«

»Ja, es ist wirklich allerhöchste Zeit.« Ral legte einen Arm um Caryns Taille und spürte, daß sie zitterte.

»Dir ist kalt. Du solltest nicht ohne deinen Umhang aus der Burg gehen.«

»Mir ist nicht kalt. Ich fürchte mich. Das Frettchen ist ein blutrünstiger Mörder. Ich sorge mich um deine Sicherheit, mein lieber Gemahl.«

Ral lächelte und spürte, wie ihre Worte ihn von innen heraus wärmten. »Setzt du denn so wenig Vertrauen in meine Geschicklichkeit als Krieger?«

»Du weißt genau, daß das nicht der Fall ist. In ganz England gibt es keinen edleren und kühneren Ritter.«

Ral zog eine Augenbraue hoch und stellte fest, daß ihre Anerkennung ihm mehr Freude bereitete, als es der Fall hätte sein sollen. »Dann mußt du darauf vertrauen, daß ich dem Frettchen das Handwerk lege und unbeschadet nach Hause zurückkehre.«

Sie schien immer noch unsicher zu sein, und ihre zarten dunkelbraunen Augenbrauen zogen sich finster zusammen. »Ich werde mich bemühen, Mylord.«

Ral legte einen Finger unter ihr Kinn, bog es hoch, beugte sich zu ihr herunter und preßte seinen Mund auf ihre Lippen. Sie fühlten sich unglaublich weich an, und ihr Atem schmeckte süß und weiblich. Der bodenständige Geruch nach Stroh vermischte sich mit ihrem Seifenduft. Als Ral hörte, daß Odos Schritte sich entfernten, vertiefte er den Kuß und stöhnte dann, als das Blut heiß in seine Lenden strömte. Ihm war danach zumute, sie auf den weichen Heuhaufen zu ziehen, ihr den Rock hochzuheben und sich in sie hineinzustoßen.

Statt dessen löste er sich von ihr. »Es freut mich, daß du dir Sorgen um mich machst, mein Liebes.« Er lächelte, und seine Stimme klang ein wenig heiser. »In den nächsten Stunden werde ich viel zu tun haben, aber vielleicht könntest du mir hinterher zeigen, wieviel du dir wirklich aus mir machst.«

Die rosigen Wangen seiner hübschen Frau röteten sich noch mehr. »Ja, Mylord. Ich wüßte nicht, was ich lieber täte.« Mit einem letzten liebevollen Kuß verließ sie ihn und machte sich wieder auf den Weg in die Burg.

Gemeinsam mit Lambert, Hugh und Odo machte sich Ral an die Arbeit, seine Männer mit allem auszustatten, was sie brauchten. Er hatte sich wochenlang auf diesen Augenblick vorbereitet, die notwendigen Vorräte beschafft und die Männer immer wieder ihre Waffen überprüfen lassen, und doch erforderte die Aufgabe jetzt viele Stunden und beanspruchte ihn bis zum späten Abend.

Er wollte sich das Frettchen schnappen, und er hatte vor, dieses Ziel zu erreichen.

Er war wild entschlossen, dafür zu sorgen, daß diesmal nichts schiefgehen konnte.

Caryn saß auf einem Stuhl vor der Feuerstelle und zog einen langen scharlachroten Faden durch den Leinenstoff, der auf ihrem Schoß lag. Sie hatte den Abend mit Richard verbracht und ihm dabei geholfen, Lebensmittel für das Unterfangen ihres Mannes zusammenzutragen. Sie waren schon lange damit fertig, und bis auf ein paar schläfrige Bedienstete war Stille in dem Saal eingekehrt, doch Caryn war zu angespannt und zu besorgt, um sich schlafen zu legen.

Ihre Hand zitterte ein wenig, die Nadel entglitt ihr, und sie stach sich in den Finger. Herr im Himmel, sie wünschte, Ral hätte es nicht tun müssen.

»Hier, nehmen Sie das.« Geoffrey reichte ihr ein kleines Tuch. »Sonst bekommt Ihre Stickerei noch Flecken.« Sie war derart in Gedanken verloren gewesen, daß sie ihn gar nicht hatte kommen sehen.

»Danke.« Sie preßte das Tuch auf den kleinen Blutstropfen. »Ich mache mir ganz einfach Sorgen.«

Er hob die andere Hand, und sie sah, daß er einen Weinkelch in den Fingern hielt. »Das ist mir schon aufgefallen. Vielleicht hilft ein Schluck Wein.«

Sie nahm den Weinkelch entgegen, obwohl sie ihn eigentlich gar nicht haben wollte. »Danke, Geoffrey.«

Er setzte sich auf die Bank ihr gegenüber und wartete schweigend darauf, daß sie von der gehaltvollen dunklen Flüssigkeit trank. Vielleicht hatte er recht. Es war niemandem damit gedient, wenn sie die ganze Nacht nur dasaß und sich Sorgen machte. Sie trank einen großen Schluck, sah in Geoffreys besorgtes Gesicht auf, trank noch einen Schluck und dann einen weiteren.

»Besser?« fragte er.

Sie fühlte sich jetzt tatsächlich schon besser, von innen heraus wärmer und nicht mehr ganz so kalt und leer. Die Wärme breitete sich aus, floß durch ihre Gliedmaßen und spornte sie dazu an, sich zu entspannen und auf die Geschicklichkeit ihres Mannes im Kampf zu vertrauen, wie er es von ihr gefordert hatte.

»Sie dürfen sich nicht fürchten, Mylady. Ganz gleich, was Lord Ral auch vorhaben mag, er wird gewiß als Sieger daraus hervorgehen.«

Sie stieß einen Seufzer aus, denn danach war ihr schon seit langer Zeit zumute gewesen. Ihr Herzschlag verlangsamte sich, und während die Sorgen allmählich von ihr abfielen, verlor sie auch ihre Umgebung aus dem Auge und fand Ruhe und Frieden. »Als Sieger?« wiederholte sie, da sie sich beim besten Willen nicht auf Geoffreys Worte konzentrieren konnte.

»Ihr Mann sucht doch das Frettchen und hat bestimmt ausfindig gemacht, wo diese Verbrecher ihr Lager aufgeschlagen haben, wenn er wie ein Besessener zum Aufbruch drängt.«

Warum wußte Geoffrey nicht mit Sicherheit Bescheid? Hatte Ral seinen Männern etwa nichts gesagt? Ja, das konnte gut sein. Er wollte kein Risiko eingehen, daß das Frettchen ihm noch einmal entkommen konnte. Sie bemühte sich, Geoffrey ins Gesicht zu sehen, doch seine Züge verschwammen im Feuerschein. Seine Haut wirkte allzu orangerot, und in seinen Augen spiegelte sich derselbe rote Farbton wider wie in den letzten Flammen des erlöschenden Feuers.

»Trinken Sie noch einen Schluck Wein«, drängte er sie und drückte ihr den Kelch in die Hände. Er hob ihn an ihren Mund und neigte ihn, bis sie gezwungen war zu schlucken. »Also ... was wollten Sie gerade über das Frettchen sagen?«

»Ich ... ich habe über das Frettchen gesprochen?«

»Ja, Sie wollten mir gerade von Lord Rals Vorhaben berichten.« Geoffreys Worte klangen abgehackt. Seine Stimme schien zu schwanken und aus weiter Ferne zu ihr zu dringen.

»Ach, wirklich?«

»Ja. Er hat Ihnen doch bestimmt alle Einzelheiten berichtet?«

»Sie ... müssen den Verbrecher fangen.«

»Das werden wir auch tun, Mylady. Sowie wir ihn gefunden haben.«

Sie versuchte zu nicken, aber sie konnte den Kopf kaum noch hochhalten. Etwas warnte sie davor, noch mehr zu sagen, denn das würde Ral gewiß nicht gutheißen, doch dann verblaßte auch diese Warnung.

»Wo ist er?« fragte Geoffrey so leise, daß sie ihn kaum hören konnte, weil sie ein seltsames dumpfes Dröhnen in den Ohren hatte.

»Er ... er hat sein Lager an der ... Weggabelung aufgeschlagen.«

»An welcher Weggabelung?«

»B-beim Trevonshire Paß.«

Seine Lippen verzogen sich zu einem Lächeln, seine Zähne blitzten auf, und seine Augen waren von allen Regenbogenfarben umgeben. Dann löste sich sein Gesicht zu einem verschwommenen Umriß auf, und sie konnte ihn kaum noch hören.

»Warum trinken Sie den Wein nicht aus?« drängte er sie. »Vielleicht hilft er Ihnen beim Einschlafen.«

Sie nickte, führte mit unsicherer Hand den Kelch an die Lippen und trank einen letzten Schluck. Als sie den Kelch neben ihren Stuhl stellte, sich wieder zurücklehnte und die Augen schloß, nahm sie nur vage wahr, daß Geoffrey bereits fortgegangen war.

Als Ral den großen Saal betrat, gingen seine schweren Schritte in einem Chor von schnarchenden Bediensteten unter. Er wollte gerade die Treppe hinaufsteigen, als er bemerkte, daß Caryn auf einem Stuhl vor dem längst ausgekühlten Feuer schlief. Er lächelte über den reizenden Anblick, den sie bot, ging auf sie zu und fragte sich, ob sie vorgehabt hatte, auf ihn zu warten.

Er hob sie mühelos hoch, und ein Teil seines Innern hoffte, sie möge erwachen, doch gleichzeitig hoffte ein anderer Teil von ihm, daß es nicht dazu kommen würde. Er legte ihren Kopf an seine Schulter, und ihr langer Zopf kitzelte seine Wange und bewirkte, daß sich weitaus tiefer etwas regte, doch sie erwachte nicht.

Als er den oberen Treppenabsatz erreicht hatte, löste Marta sich aus dem Schatten.

»Sie ist vor dem Feuer eingeschlafen«, sagte Marta. »Sie war besorgt und unruhig. Ich wollte sie nicht wecken. Ich wußte ja, daß Sie sie holen werden.«

»Geh ins Bett. Ich kümmere mich schon um sie.«

Marta nickte. Sie ging an ihm vorbei, warf einen Blick auf Caryns Gesicht, das ein wenig blaß wirkte, und runzelte die Stirn. Sie legte eine geäderte alte Hand auf Caryns Stirn. Einen Moment lang blieb Marta stehen, doch dann lief sie wortlos weiter und stieg langsam die Treppe hinunter.

Ral öffnete die Tür zu seinem Zimmer und trug seine kleine Frau hinein. Selbst als er sie auf die Matratze legte und anfing, ihr die Kleider auszuziehen, rührte sie sich nicht. Er seufzte und dachte an das leidenschaftliche Stöhnen, das er ihr hatte entlocken wollen, und dabei kämpfte er gegen den Schmerz an, der tief in seinem Unterleib pochte.

Er strich ihr über die Wange, als er die Decken zurückschlug. Wenn alles gutging, würde er noch vor Beginn der kommenden Woche zurückkehren. Dann war sein Kampf mit dem Frettchen beendet, und das Land, das er so dringend brauchte, würde ihm endlich zugesprochen werden. Dann gab es neue Felder zu bestellen, und die drohende Hungersnot würde endlich abgewendet sein.

Ral lächelte. Wenn die Leute von Braxston erst einmal außer Gefahr waren, konnte er seine beträchtliche Willenskraft ausschließlich auf die Frau konzentrieren, die das Bett mit ihm teilte. In den letzten Tagen hatte er sich endlich die Tiefe seiner Gefühle für sie eingestanden und begonnen, sie zu akzeptieren. Jetzt gedachte er, Caryn ganz und gar zur Seinen zu machen und sie wie nie zuvor an sich zu binden. Er würde alles tun, um zu erreichen, daß sie dieselben glühenden und aufwühlenden Gefühle für ihn hegte, die er ihr entgegenbrachte.

Ral warf die Kleidungsstücke seiner schlafenden Frau zur Seite, zog sich selbst aus und legte sich nackt zu ihr ins Bett. Es verursachte ihm Qualen, ihren kleinen Körper mit den reizvollen Formen anzusehen, und doch rührte er sie nicht an. So steif, wie er war, brauchte er eine ganze Weile, um einzuschlafen, und die Zeit, bis die Sonne den Horizont aufhellte, reichte nicht annähernd aus.

Am Morgen schwang er die Beine matt über die Bettkante und stand auf. Dabei erhoffte er sich, sie würde von dieser Bewegung der Matratze erwachen, denn es war sein sehnlichster Wunsch, sich noch ein letztes Mal in ihr zu versenken, ehe er aufbrach. Als sie sich immer noch nicht rührte, murrte er einen Fluch vor sich hin und sagte sich nachdrücklich, wenn seine Frau derart erschöpft war, sei es das Beste, sie schlafen zu lassen.

Folglich zog er sich an, schlüpfte in seine Stiefel und griff nach seinem Schwert. Selbst seine schweren Schritte ließen sie nicht erwachen. Er lief durch das Zimmer, blieb neben dem Bett stehen, drückte ihr einen festen Kuß auf die Lippen, wandte sich ab und ging, um sich seinen Männern anzuschließen.

»Ich kann es einfach nicht glauben, Marta. Ral ist fort?«

»Die Sonne steht schon hoch am Himmel, mein Kleines. Dein Mann ist im frühen Morgengrauen aufgebrochen.«

»Warum hat er mich nicht geweckt? Ich kann einfach nicht glauben, daß ich ihn nicht gehört habe, als er fortgegangen ist. Ich habe vor dem Feuer auf ihn gewartet, und dann ...«

»Und dann?«

Caryn schaute verlegen auf den Fußboden. »I-ich weiß es nicht. Ich nehme an, ich bin eingeschlafen. I-ich kann mich anscheinend nicht daran erinnern.«

»Wie fühlst du dich jetzt?« Marta legte ihr eine Hand auf die Stirn.

»Das klingt sicher seltsam, aber ich fühle mich immer noch müde. Und mein Schädel brummt unerträglich. Glaubst du, daß ich krank bin?«

»Das kann schon sein, mein Kleines. Wir werden abwarten müssen.«

Am Nachmittag ging es ihr jedoch schon wieder besser. Ihre Kopfschmerzen waren vergangen und mit ihnen das Gefühl von Ermattung. Dennoch erinnerte sie sich nur bruchstückhaft an den Abend: Geoffrey, der ihr ein Tuch geholt hatte, nachdem sie sich mit der Nadel in den Finger gestochen hatte, und sie dann gedrängt hatte, einen Kelch Wein zu trinken, weil er sich davon versprach, es würde ihr das Einschlafen erleichtern.

Den ganzen Tag über kehrten ihre Gedanken immer wieder zu den verschwommenen Geschehnissen des Vorabends zurück, und als die Nacht anbrach, waren andere seltsame Erinnerungen zu den bisherigen hinzugekommen: das Gefühl, daß ihr Körper schwer und träge geworden war, Geoffreys Gesicht, das im orangeroten Feuerschein merkwürdig geglüht hatte.

Und Geoffrey hatte ihr Fragen gestellt.

Als sie in ihrem Zimmer an dem schmalen Fensterschlitz stand und nach den Sternen Ausschau hielt, aber nur Wolken und Dunkelheit vorfand, zitterte Caryns Hand, die auf dem kalten grauen Stein lag. Warum hatte Geoffrey sie nach dem Frettchen gefragt? Wenn er Genaueres wissen wollte, warum war er dann nicht zu Ral gegangen?

Und wie hatten seine Fragen gelautet?

Und das Furchtbarste von allem – was in Gottes Namen hatte sie ihm erzählt?

Ral saß auf seinem großen schwarzen Streitroß, und sein Kettenhemd klirrte leise bei jeder seiner Bewegungen, als er auf das Laubwerk unten im Tal schaute. Der Geruch von brennendem Torf hing in der Luft, und etliche kleine weiße Rauchfahnen stiegen von fernen Lagern auf und schlängelten sich durch die dichten grünen Baumwipfel.

»Diesmal gehört der Hurensohn uns«, sagte Ral zu Odo, der sichtlich zufrieden lächelte.

»Diesmal haben unsere Bemühungen Früchte getragen.«

»Ja, aber trotzdem wird mir erst wohler zumute sein, nachdem unsere Späher zurückgekehrt sind.«

Sie ließen nicht lange auf sich warten, sondern ritten schon kurz darauf lautlos auf die Lichtung. Die Männer hatten ihre Rüstungen abgelegt, um weniger Gewicht mit sich zu tragen, schneller zu sein und sich nahezu geräuschlos bewegen zu können. Sie waren in das kleine herzförmige Tal hinuntergeritten und kehrten mit der Nachricht zurück, daß sich das Lager der Verbrecher genau dort befand, wo es sein sollte.

»Wie viele Männer?« fragte Ral Girart, der den kleinen Spähtrupp angeführt hatte.

»Weniger als erwartet. Nicht mehr als zwanzig oder dreißig.«

»Was ist mit dem Frettchen? Ist der Schurke bei ihnen?«

»Wir haben einen kleinen, drahtigen schwarzhaarigen Mann gesehen. Er ist ganz offensichtlich der Anführer der Bande. Es ist so gut wie sicher, daß es sich um das Frettchen handelt.«

»Konntet ihr die Wachposten ausfindig machen?«

»Ja, Mylord. Wir haben sie bereits aus dem Weg geräumt.«

Ein schwaches Lächeln verzog Rals Lippen, doch in diesem Lächeln drückte sich grimmige Entschlossenheit aus. »Du hast deine Sache gut gemacht, Girart.« Der große Ritter nickte und kehrte zu seinen Männern zurück, während Ral sich mit Odo besprach.

»Wir werden das Lager umstellen, genauso, wie wir es geplant haben, und sowie jeder von uns seinen Posten bezogen hat, werde ich die Bande zur Kapitulation auffordern. Ich will kein unnützes Blutvergießen – aber ebensowenig will ich das Risiko eingehen, unsere eigenen Männer zu gefährden.«

»Und was ist mit dem Frettchen?« fragte Odo.

»Ich will ihn lebend haben, wenn sich das irgend machen läßt. Wenn nicht ... dann werde ich mich eben mit seinem Kopf begnügen müssen.« Seine Hände schlossen sich fester um Satans Zügel, und das Pferd tänzelte nervös unter ihm. »Du wirst die rechte Flanke übernehmen, ich die linke. Sowie wir Stellung bezogen haben, sind wir angriffsbereit.«

Odo nickte und ließ sein Pferd umkehren. Ral trieb Satan an und ritt seinen Männern voraus. Sie bewegten sich zielstrebig, aber ohne Hast voran, fächerten sich gleichmäßig auf, ritten mit großem Abstand voneinander, machten einen weiten Bogen um das Tal und näherten sich ihm dann aus allen Richtungen. Innerhalb von Minuten hatten sie das Lager der Verbrecher vollständig umstellt.

Ral wollte seinen Männern schon zurufen, daß sie vorrücken sollten, doch etwas hielt ihn zurück. Er befehligte achtzig Männer, die gegen weniger als dreißig Banditen antraten, doch seine Instinkte, die von den Kämpfen allzu vieler Jahre geschärft waren, begannen, ihm eine lautlose Warnung zukommen zu lassen. Er wartete zwischen den Bäumen und beobachtete, wie sich die Gesetzlosen zwischen ihren Lagerfeuern bewegten. Ihm fiel auf, wie gut sie bewaffnet waren ... und wie verstohlen sie den Wald im Auge behielten.

Es hatte schon immer in der Natur des Frettchens gelegen, auf der Hut zu sein, und doch …

Dennoch blieb ihnen keine andere Wahl als die, wie geplant vorzugehen. Er hatte die Absicht, den Verbrecher gefangenzunehmen. Auf die eine oder andere Weise mußte den Überfällen des Frettchens ein Ende bereitet werden.

»Verständige die Männer«, sagte Ral zu Lambert. »Sag ihnen, sie sollen sich vor einer Falle vorsehen.« Während der schlaksige Ritter lautlos an den Männern vorbeiritt, die in einer Linie Stellung bezogen hatten, nickte Ral. Damit gab er Hugh das Startsignal.

»Ihr Männer dort unten auf der Lichtung!« rief Hugh mit seiner scharfkantigen Stimme. »Der Dunkle Ritter ist gekommen! Ihr seid uns zahlenmäßig bei weitem unterlegen, und ihr seid umstellt. Es wird euch nichts nutzen, wenn ihr gegen uns kämpft oder zu fliehen versucht. Werft eure Waffen hin und ergebt euch!«

Die Verbrecher wappneten sich jedoch bereits für den Kampf, spannten Bögen, zogen Schwerter und suchten Deckung hinter Fässern und Kisten, die plötzlich den Eindruck erweckten, als seien sie allzu strategisch aufgestellt worden. Schon während sie das taten, stießen Rals Männer wilde Schlachtrufe aus und eilten auf die Lichtung zu, manche mit gesenkter Lanze, andere mit einem Schild in der einen Hand und in der anderen ein Schwert.

Ral ritt mit ihnen und hielt seinen Pallasch fest in der Hand; sein Hengst befolgte die Befehle, die er ihm mit den Knien gab, und somit hatte er die Hand frei für den Kampf. Sie hatten die Lichtung fast erreicht, als hinter ihnen wilde Schreie ertönten. Von dort kamen Männer und Pferde, das Donnern von Hufen und das unverkennbare Klirren von Rüstungen.

Eine Falle! erkannte Ral und war dankbar dafür, daß seine warnende Stimme ihn vorbereitet hatte. Er konnte nur beten, daß sie zahlenmäßig nicht allzu sehr unterlegen waren.

»Gütiger Himmel!« rief Hugh und ritt an seine Seite. »Ritter und Krieger – nicht etwa eine zerlumpte Verbrecherbande.«

Ein Muskel in Rals Wange zuckte. »Nein – Malverns Männer. Wir sind erneut an Stephen de Montreale verraten worden.«

Ral erhob sein Schwert gegen den ersten Ritter, der zwischen den Bäumen herauskam. Ihre Schwerter trafen klirrend aufeinander, kreuzten sich, verharrten kurz und holten dann wieder aus. Er neigte seine Klinge nach unten, trennte den Arm des Mannes an der Schulter ab und schlug ihn von seinem Pferd. Er stürzte zu Boden, und das leuchtende Grün von Malvern überzog sich mit einer Schicht aus Lehm und Blut. Zwei weitere Männer ritten vor. Einer von ihnen schwang eine tödliche Keule, der andere eine rasiermesserscharfe Hellebarde.

In seiner rasenden Wut entwickelte Ral derartige Kräfte, daß die beiden kaum ein Problem für ihn darstellten, obwohl sie gut bewaffnet und offensichtlich im Kampf geübt waren. Er wurde mühelos mit ihnen fertig, ritt über den einen hinweg und köpfte den anderen. Blutspritzer schillerten rot auf seinem Kettenhemd, doch seine Wut war so groß, daß der Schleier vor seinen Augen einen noch grelleren Rotton hatte.

Wer konnte es gewesen sein? Nur Odo und Caryn waren über den Bestimmungsort und die Tageszeit ihres Ausrückens informiert. Konnte das Mädchen aus Camden zurückgekehrt sein, um ihren Geliebten zu warnen? Aber selbst wenn es so gewesen wäre, wie hatte Malvern dann davon erfahren?

Er schwang seinen Pallasch in einem weiten Bogen und fing damit einen Hieb von einem der Verbrecher ab. Die fehlenden Bandenmitglieder waren beritten wieder aufgetaucht und stürmten mit Malvern gemeinsam ins Tal, der offensichtlich mit dem Teufel im Bund war, der ihm schon so lange zu schaffen machte.

Wo mochte Stephen bloß stecken? fragte er sich und begann, zwischen den Bäumen Ausschau nach ihm zu halten, da er wild entschlossen war, ihn zu finden und dafür zu sorgen, daß er für seinen Verrat bezahlte. Dabei ging er in Gedanken immer wieder die Personen durch, die ihn verraten haben könnten.

Durch eine Lücke zwischen den Bäumen sah er Odo, der tapfer gegen zwei von Malverns Männern kämpfte. Hier hatte er es ganz gewiß nicht mit einem Verräter zu tun, doch das hatte er von Anfang an gewußt.

Als er gerade der Lanze von einem von Malverns Männern auswich, trat Caryns liebliches Bild vor seine Augen. Caryn und Stephen? Bei dem Gedanken schnürte sich etwas in seinem Bauch zusammen. Nein, sie verabscheute den Mann fast so sehr wie er. Warum hätte sie das tun sollen? Was konnte für sie dabei herausspringen?

Ral kämpfte sich seinen Weg durch eine kleine Gruppe von Verbrechern, die sich hartnäckig zur Wehr setzten. Seine Männer hielten sich gut, wie er sah, obwohl entschieden alles zu Malverns Gunsten hätte ausfallen müssen. Er wußte, daß es ihre Treue war, die sie so tapfer kämpfen ließ, wogegen Malverns Männer ihrem Anführer nur eine geringe Zuneigung entgegenbrachten, wenn überhaupt. Sie wurden lediglich von der Belohnung angetrieben, die ihnen versprochen worden war.

Hinzu kam noch, daß seine Männer eine weitaus bessere Ausbildung erhalten hatten. Die endlosen Stunden erbarmungslosen Trainings hatten alles aus ihnen herausgeholt und Braxstons Ritter zu Kämpfern gemacht, die sich zu den besten im ganzen Land zählen konnten.

»Malvern!« Hugh deutete wie ein Besessener nach Norden, da er wußte, daß Ral nach ihm suchte und entschlossen war, den Halunken die scharfe Klinge seines Schwerts fühlen zu lassen.

Ral galoppierte eilig in die Richtung, in die Hugh gewiesen hatte. Der Hengst raste zwischen den Bäumen hindurch, wich Männern aus, die miteinander kämpften, und war bei weitem wendiger, als man es von einem so großen Pferd erwartet hätte. Ral sah, wie Stephen einen Bogen nach rechts schlug. Er ließ Satan ebenfalls einen Haken schlagen und war dem Mann dicht auf den Fersen, als zwei berittene Männer in Kettenhemden und mit blutigen Schwertern hinter Bäumen herauskamen, die dicht nebeneinanderstanden.

Ral stieß einen heftigen Fluch aus, als Malvern sich ungeschoren in Sicherheit brachte, und eine neue Woge von Wut spülte über ihn hinweg. Dem ersten Mann hieb er sein Schwert in die Schulter, doch der Mann kämpfte weiter und lenkte ihn lange genug ab, um dem anderen die Gelegenheit zu geben, sein Schwert in Rals Schenkel zu stoßen. Er ächzte vor Schmerz, während Satan sich aufbäumte, mit den Hufen um sich schlug und mit voller Wucht auf einem Ritter landete, der zu Fuß über die schlammige Erde auf ihn zugerannt kam. Zwei weitere klirrende Schwerthiebe bereiteten dem Leben des ersten Mannes ein Ende. Ral ließ den großen Rappen eilig kehrtmachen, wich der Klinge des zweiten Mannes aus und spürte, wie das Tier stolperte. Er beugte sich zur Seite und sprang in dem Moment aus dem Sattel, ehe das riesige Pferd stürzte.

Satan rollte sich herum, kam wieder auf die Beine, schüttelte sich und schien keinen Schaden davongetragen zu haben. Gleichzeitig sprang Ral auf, schwang seine Klinge und stieß sie dem größeren der Männer in den Leib. Er hörte seinen wüsten Schmerzensschrei, drehte sich um und sah, wie sich zwei weitere Männer auf ihn stürzten. Schritte hinter ihm signalisierten das Nahen eines dritten Mannes. Ral versuchte, sich umzudrehen und eine Stellung einzunehmen, in der er sich gegen alle drei zugleich verteidigen konnte, doch seine Kraft begann jetzt nachzulassen, und ein breiter Blutstrom sickerte aus seiner Wunde.

Fast konnte er spüren, wie die Spitze der scharfen Klinge sich in seinen Rücken senkte, als er aus dem Augenwinkel das Rot und Schwarz von Braxston aufleuchten sah. Er sah Geoffreys große schlaksige Gestalt, sah, wie der blonde Ritter sein Schwert gegen den Mann erhob, der sich Ral von hinten näherte, und hörte, wie Metall auf Metall traf und der Mann vor Schmerz ächzte. Ral konnte etliche klirrende Schwerthiebe gegen seine beiden Angreifer ausführen, ehe er die Klinge in einen von ihnen hineinstieß, den anderen aufschlitzte und dann, als er sich umdrehte, gerade noch sah, wie Geoffrey eine Klinge zwischen die Rippen gestoßen wurde.

Ein tödlicher Stoß, so schien es Ral, den der sinnlose Tod eines seiner eigenen Männer zusammenzucken ließ, vor allem, da er noch so jung war.

Um ihn herum tobte die Schlacht unvermindert weiter. Er machte dem Ritter den Garaus, der Geoffrey verwundet hatte, und dann blickte er sich nach weiteren Angreifern um, sah aber keine mehr. Als er sich in dem Lager und dem Wald umsah, von dem sie umgeben waren, stellte er fest, daß Malverns Männer den Rückzug angetreten hatten, daß einige seiner eigenen Männer ihnen nachjagten und daß die anderen sich mit dem Rest der Verbrecherbande befaßten.

Da Ral wußte, daß Malvern längst in weiter Ferne war, wandte er seine Aufmerksamkeit Geoffrey zu und sah, daß Odo ebenfalls auf ihn zukam. Gleichzeitig erreichten die beiden den Mann, der in einer Blutlache, die ständig größer wurde, auf dem Boden lag.

Ral kniete sich neben ihn. »Nur keine Sorge, mein Junge. Die Schlacht ist schon so gut wie gewonnen.«

»Malvern ... ist er ... tot?«

Ral biß die Zähne zusammen. »Ich fürchte, er ist geflohen. Dieser Mann hat keinen Spaß an einer Niederlage.«

»W-was ist mit dem Frettchen?«

Ral warf einen Blick auf Odo, da er ganz sicher war, er hätte seine Männer nicht allein zurückgelassen, solange sie den Verbrecher nicht gefaßt hatten.

»Wir haben diesen Schurken gefangengenommen«, bestätigte sein rothaariger Freund. »Er kann dem König persönlich von seinem Pakt mit dem Teufel berichten.«

»Wie viele Männer ... haben wir verloren?«

Wieder übernahm Odo die Beantwortung seiner Frage. »Bisher haben wir zwanzig Tote.« Er schaute auf das Blut herunter, das aus Rals Oberschenkel sickerte und seine Tunika dunkel färbte. »Und weitere zwanzig Verwundete. Wir können von Glück sagen, daß unsere Verluste nicht noch größer sind.«

Ein gepreßtes Schluchzen entrang sich Geoffreys Kehle, und kurz darauf folgte ein heftiger Hustenanfall. Tränen traten in seine Augen und begannen, über seine Wangen zu rinnen. »Es ist alles meine Schuld«, sagte er keuchend, während er darum rang, mit kurzen, flachen Atemzügen Luft zu holen. »Ich habe geglaubt ... Lord Stephen hätte nur vor, das Frettchen gefangenzunehmen. Er wollte ... die Gunst des Königs erringen, hat er gesagt.«

Rals Brust schnürte sich zusammen. Jetzt schon schwirrte ihm der Kopf. Seine Gedanken steuerten auf die logische Schlußfolgerung zu, wehrten sich gegen diese schmerzliche Erkenntnis und wollten sie mit jedem einzelnen Herzschlag leugnen.

»Er ... er hat mir versprochen, mir das Land zu geben«, sagte Geoffrey. »Er brauchte es doch gar nicht ... aber ich hätte es gebraucht.«

»Wie ist es dazu gekommen?« fragte Ral, obwohl ihn jede Faser seines Körpers anflehte, es nicht zu tun. »Woher hast du gewußt, wohin wir reiten?«

Geoffrey hustete heftiger, und sein ganzer Körper bebte, als er keuchend atmete und Blut aus der Lunge spuckte. »Sie ... Sie dürfen es ihr nicht vorwerfen. Meine ... Schuld, nicht ihre.« Das Husten weitete sich zu Krämpfen aus, die ihn schüttelten. »Meine ... Schuld ...«, und dann war es um ihn geschehen.

Ral starrte auf den Jungen herunter, und kalte, harte Wut rauschte rasend durch seine Adern, während sich rauhes Leder in seine Handfläche schnitt, als er die Hand, die in einem Kampfhandschuh steckte, zur Faust ballte.

*Nicht ihre Schuld – deine, Geoffrey.*

*Weil du so jung bist und so gut aussiehst und weil du um sie geworben hast, wie ich es versucht habe, aber ich bin daran gescheitert. Weil du sie dazu überredet hast, ihre Leidenschaft für das einzusetzen, was sie haben wollte, sie dazu überredet hast, daß sie mir Gefühle vorheuchelt ...*

*Weil du sie dazu überredet hast, mich zu verraten.*

Eine neuerliche Woge von Wut schwappte über ihn hinweg. Verdammt noch mal, was für ein Dummkopf er doch gewesen war! Die Wut wogte in ihm auf und wuchs, ließ seine Umgebung verschwimmen und machte ihn blind für alles andere als das Wissen, daß alles, woran er mit der Zeit zu glauben begonnen hatte, einfach verkümmert war und vom Wind davongetragen wurde.

Er biß die Zähne gegen den irrsinnigen Drang zusammen, seine Wut herauszuschreien wie ein Hund, der den Mond anheult. Seine Stimme bebte vor Wut, und er rang um Selbstbeherrschung, bis er feststellte, daß ihm selbst das vollkommen gleichgültig war.

»Mach dich auf die Suche nach Lambert«, sagte er zu Hugh. »Nehmt zwanzig Männer mit und sorgt dafür, daß das Frettchen und der Rest seiner Bande König William übergeben werden. Die Entscheidung, was mit Malvern zu geschehen hat, liegt bei ihm.«

»Ja, Mylord. Wir werden sofort aufbrechen.«

»Und haltet die Augen nach Stephen offen, obwohl es so gut wie sicher ist, daß er seinen Rückzug fortsetzen wird. Er hat eine schwere Niederlage erlitten. Ich glaube nicht, daß er noch einmal angreifen wird.«

Hugh nickte lediglich.

»Die übrigen von uns sollen nach Braxston zurückkehren?« fragte Odo.

»Ja. Wir müssen uns um die Verwundeten kümmern.« Er biß die Zähne so fest zusammen, daß er kaum ein Wort herausbringen konnte. »Und dann ist da noch die Angelegenheit mit dem Verräter zu regeln.«

»Du meinst doch nicht etwa Lady Caryn?«

»Geoffrey hat doch sie gemeint, oder etwa nicht?«

»Du kannst nicht sicher sein. Er hat ihren Namen nicht genannt.«

»Außer uns beiden ist sie die einzige, die Genaueres über unser Vorhaben gewußt hat. Du mußt doch am besten wissen, daß es niemand anderes gewesen sein kann.«

Dennoch hatten Odos Worte einen Hoffnungsschimmer in ihm

aufkommen lassen. An diese geringe Hoffnung würde er sich in den Stunden bis zu seiner Rückkehr klammern und beten, daß es eine andere Erklärung gab.

Tief in seinem Innersten wußte er, daß es keine andere Erklärung geben konnte.

# 22. Kapitel

Bretta rannte die Stufen zum Bergfried hinauf und kam durch die schwere Eichentür in den großen Saal gestürmt. »Lady Caryn! Der Wachposten hat gerade Bescheid gegeben. Ral ist auf dem Weg, Mylady. Ihr Herr Gemahl und seine Männer kommen nach Hause!«

Eine Woge der Erleichterung spülte über sie hinweg. »Kann er sie schon sehen? Ist er ganz sicher, daß Lord Ral unter ihnen ist?«

»Er hat die Flagge gesehen, sagt er – den schwarzen Drachen des Herrn auf blutrotem Grund. Sonst konnte er nichts erkennen.«

Caryn warf einen Blick auf die Tür, und ihr wurde plötzlich flau in der Magengrube. Was war, wenn etwas passiert war? Was war, wenn Ral verwundet worden war? Was war, wenn er verstümmelt war oder vielleicht sogar ...? Nein! Sie würde sich nicht das Unvorstellbare ausmalen. Ihm war nichts zugestoßen, und er war in blendender Verfassung. Geoffrey war lediglich neugierig gewesen, und die Fragen, die sie beantwortet hatte ... lieber Gott, das Vertrauen, das sie mißbraucht hatte ... es lief auf nichts anderes hinaus als darauf, daß ein junger Ritter der Schlacht entgegengefiebert hatte.

Die Männer waren auf dem Rückweg, und ihnen war nichts zugestoßen. Sie würde mit Geoffrey reden und von ihm die Wahrheit darüber erfahren, was sich an jenem letzten Abend abgespielt hatte.

Sie nahm Brettas heftiges Drängen nur mit einem Ohr wahr. »Sie sollten sich jetzt wirklich beeilen, Mylady. Er wird bald hier sein, ganz bestimmt. Sie wollen sich doch sicher besonders schön für ihn zurechtmachen.« Sie hatten den ganzen Vormittag über gemeinsam im Lagerraum gearbeitet, denn ihr war alles willkommen gewesen, was sie von Ral und den Gefahren ablenkte, die ihn in seinem Kampf gegen das Frettchen und dessen Männer erwarteten.

»Beeeilen Sie sich, Mylady!«

Caryn schaute auf ihre Tunika herunter. Sie war alt und ausgeblichen, und ihr Haar – gütige Mutter Maria, sie wirkte absolut verwahrlost! Sie hob den Saum ihres Gewandes, machte eilig kehrt und rannte auf die Treppe zu. Wenige Minuten später kam sie in ihrer laubgrünen Tunika mit einem butterblumengelben Unterkleid zurück und hatte sich das Haar gründlich gebürstet und mit Schildpattkämmen zurückgesteckt, wie Ral es am liebsten an ihr mochte.

In der Tür, die auf den Burghof führte, holte sie tief Atem, um ruhiger zu werden, ehe sie die Stufen hinunterlief. Sie blieb stehen, ehe sie das untere Ende erreicht hatte, denn ihr fiel auf, daß die Bediensteten nicht mehr freudig und gespannt die Rückkehr ihres Herrn erwarteten. Ihre Gesichter waren jetzt ernst und feierlich, und einige der Frauen standen dicht vor den Tränen.

»Lieber Gott, was ist passiert?«

»Ein Mann aus dem Dorf ist den anderen vorausgelaufen«, sagte jemand. »Nur die Hälfte der Männer kehrt zurück. Sie haben viele Verwundete unter sich. Es steht zu befürchten, daß alle anderen tot sind.«

Caryn taumelte, als hätte sie einen Fausthieb erhalten. »Was ... was ist mit Lord Ral?«

»Ich habe nichts weiter als Gesprächsbrocken aufgeschnappt. Der Mann hat mit Ihrem Kämmerer gesprochen.«

Mit Augen, die plötzlich nicht mehr klar zu sehen schienen, hielt Caryn nach Richard Ausschau. Er stand mit Ambra an seiner Seite in einer Gruppe von Bauern und hatte den Blick auf die Zugbrücke gerichtet. Mit eckigen Bewegungen ging sie auf die kleine Gruppe zu.

»Richard, was ... was für Neuigkeiten hat der Dorfbewohner gebracht?«

Er wandte sich zu ihr um. »Lady Caryn. Ich wollte mich gerade auf die Suche nach Ihnen machen.« Er wappnete sich und berichtete ihr dann, was sie bereits gehört hatte, ehe er hinzufügte: »Das Frettchen ist gefangengenommen worden. Es heißt, daß etliche von Braxstons Rittern gemeinsam mit Lambert und Hugh auf dem Weg zu König William sind. Sie haben vor, die Belohnung zu kassieren, die der König auf die Ergreifung ausgesetzt hat.«

»Und was ist mit Lord Ral?«

»Ich glaube, er ist verletzt, doch es heißt, es sei keine allzu schwere Verwundung.«

Caryn wankte, und Richard streckte eilig den Arm aus, um sie auf den Füßen zu halten. »Sie brauchen sich nicht zu fürchten, Mylady.«

»Es tut mir leid, Richard.« Sie zwang sich, auf den Füßen zu bleiben und eine aufrechte Haltung zu bewahren, und dabei betete sie mit jedem Funken ihrer Willenskraft darum, daß Ral wirklich nichts fehlte und daß alles, was sich an dem späten Abend zugetragen hatte, an dem sie mit Geoffrey geredet hatte, nichts mit dem Tod seiner Männer zu tun haben möge.

Richard sagte kein weiteres Wort, und auch sie schwieg. Sie standen einfach nur da, schauten auf die Zugbrücke und beobachteten die Flagge mit dem schwarzen Drachen, die gelegentlich für einen Moment über den Burgmauern zu sehen war und die Rückkehr des Dunklen Ritters und der Männer ankündigte, die ihm noch geblieben waren.

Inzwischen hatte sich der Burghof mit Bediensteten gefüllt, und sie alle schauten erwartungsvoll auf die Brücke und beteten für Freunde und geliebte Ehemänner.

Caryns Atem stockte, als Satan die Ziehbrücke überquerte. Ral saß aufrecht im Sattel und hatte die Schultern zurückgezogen, doch sein schwarzes Haar war vom Wind zerzaust, und sein Gesicht wirkte unglaublich müde. Der Schild hing von seinem Sattel, und den Helm hatte er sich unter einen seiner kräftigen Arme geklemmt.

Ral griff Satan in die Zügel, und Caryn lief eilig auf ihn zu. Auf seinem Kettenhemd klebte Blut, und unter seiner Tunika, die auf einem Bein weit nach oben gerutscht war, konnte sie ein Stück Stoff sehen, das um seinen Oberschenkel gebunden war. Auch dieser Verband wies dunkle Blutspuren auf.

Caryns Kehle entrang sich ein kleiner Schrei, und sie trat vor, als ihr Mann abstieg. Ihr Blick fiel auf sein Gesicht, und sie hielt in der Bewegung inne. Mutter Gottes, es schien aus Stein gemeißelt zu sein. Seine Zähne waren zusammengebissen, die Muskeln auf seinen Wangen spannten sich, und seine Augen waren so bleich und eisig grau, wie sie sie noch nie zuvor gesehen hatte. Die Bartstoppeln mehrerer Tage machten dem Namen alle Ehre, den er einst getragen hatte – der Dunkle Ritter, Ral der Gnadenlose.

Ihr wurde flau in der Magengrube, als er mit einem unversöhnlichen Gesichtsausdruck und ohne eine Spur von Wärme in seinen Zügen auf sie zukam. In ihrer Sorge hielt sie hinter ihm nach Geoffrey Ausschau und betete, die Wahrheit, die durch ihren Kopf dröhnte, möge sich als unrichtig erweisen.

»Falls du nach deinem Geliebten Ausschau hältst, er ist tot.« Die Worte hallten schroff durch den Burghof. »Und außer ihm noch zwanzig andere brave Männer.«

*Ihr Geliebter?* Geoffrey war nicht ihr Geliebter. »I-ich weiß nicht, wovon du sprichst.«

»Ach nein? Ich glaube, du weißt es ganz genau.« Er warf seinem Schildknappen den Helm zu, trat vor sie hin, durchbohrte sie mit seinen Augen, wie sie es nie zuvor erlebt hatte. »Ich glaube, daß du dich mit Geoffrey verbündet hast und daß deine Worte meinen Männern schwere Verwundungen zugefügt und für viele den Tod nach sich gezogen haben.«

»Nein!« Aber schon während sie das Wort ausstieß, wußte Caryn, daß es wahr war. Tränen brannten, stiegen in ihre Augen auf und ließen alles verschwimmen.

»Du leugnest, mein Vertrauen mißbraucht zu haben? Du leugnest, Geoffrey von dem Frettchen erzählt zu haben?«

Wie konnte sie das leugnen? Ral hatte ihr vertraut, und sie hatte sein Vertrauen mißbraucht. Es war nicht ihre Absicht gewesen – lieber Gott, sie hätte niemals etwas getan, was ihm hätte schaden können. Und doch waren zwanzig tapfere Männer tot, und vor ihren Augen tropfte das Blut ihres Mannes auf die Erde.

»Ich will es aus deinem eigenen Mund hören.« Ein Stoß seines Schwertes hätte sich nicht tiefer in sie schneiden können als die Bitterkeit in seiner Stimme. »Hast du mit Geoffrey gesprochen? Hast du ihm meine Pläne mit dem Frettchen verraten?«

»I-ich wollte es nicht, ich ...«

»Hast du es ihm gesagt!«

Sie blinzelte, und die Tränen begannen, über ihre Wangen zu rinnen. »Ja, ich habe es ihm gesagt.«

Er verpaßte ihr eine so heftige Ohrfeige, daß sie taumelte und zu Boden fiel. Sie schmeckte ihr eigenes salziges Blut, doch Caryn war froh darüber. Genau das wünschte sie sich und sogar noch viel mehr, denn sie wußte, daß sie es verdient hatte.

Sie erhob sich mühsam und zwang sich dazu, ihm gegenüberzutreten und ihm ins Gesicht zu sehen, da sie sicher war, daß er sie wieder schlagen würde, und in gewisser Weise hoffte sie, er würde es tun. Statt dessen sah sie ein Gesicht, das von demselben Leid verzerrt war, das auch sie durchflutete, einen Mann, der von derart widersprüchlichen Gefühlen heimgesucht wurde, daß es ihn entzweiriß. Sie hätte ihn gern getröstet und seine Qualen gelindert. Sie wäre gern auf die Knie gefallen und hätte ihn um Vergebung angefleht.

Doch sie unternahm nichts.

Ein einziger Blick in diese kalten, gefühllosen Augen sagte ihr, daß sie von ihm keine Vergebung zu erwarten hatte.

Ral hatte sich gegen sie gewappnet. Der Ausdruck, der jetzt auf seinem Gesicht stand, war derselbe, mit dem er auf den Burghof geritten war: Wut, herbe Ernüchterung und bittere Verzweiflung. Selbst diese Gefühle schwanden schnell von seinen Zügen, und zurück blieben nur Leere und kalte Entschlossenheit.

»Hast du noch was dazu zu sagen?« fragte er.

Soviel und doch so wenig. Ihr blieb nichts anderes übrig, als den Kopf zu schütteln.

»Seit dem Tag unserer Verlobung hast du mich um deine Freiheit angefleht. Du hast sie dir mehr als alles andere gewünscht. Vom heutigen Tag an, Caryn von Ivesham, sollst du sie haben.«

Caryn sagte kein Wort. Ihre Kehle hatte sich zugeschnürt, und heiße Tränen strömten über ihre Wangen. Ihre Brust schmerzte so sehr, daß sie kaum noch Luft bekam, und ihr Herz tat so weh, als sei es in zwei Hälften gerissen worden.

Ral ragte über ihr auf, und seine Lippen verzogen sich zu einem harten erbarmungslosen Strich, der ihn noch bedrohlicher wirken ließ als ohnehin schon. »Vor ein paar Monaten hat Lynette in Pontefact ihr neues Zuhause gefunden. Meine Freunde dort werden dich ebenfalls aufnehmen. Du kannst dich in die Ränge meiner Geliebten einreihen ... aber du kannst auch ins Kloster zurückgehen. Die Entscheidung liegt ganz bei dir. Worauf fällt deine Wahl?«

Es fiel ihr nicht schwer, diese Entscheidung zu treffen. Die Freiheit, das Geschenk, nach dem sie früher einmal mehr als nach allem anderen gelechzt hatte, bedeutete ihr jetzt nichts mehr. Nicht ohne Ral und ihr Zuhause, das sie mit der Zeit so liebengelernt hatte.

»Ich werde zu den Schwestern zurückkehren.« Vielleicht würde sie dort Frieden finden, der es ihr irgendwann einmal ermöglichte, sich selbst den Tod von Rals Männern zu verzeihen.

Er zog die Stirn in Falten und wunderte sich ein wenig über ihre Wahl. »Bist du ganz sicher, daß das dein Wunsch ist?«

»Ja, Mylord.«

Er nahm eine steife Haltung ein. »Dann soll es so sein. Pack deine Sachen und mach dich zum Aufbruch bereit. Girart wird dich ins Kloster bringen.« Daraufhin wandte er sich von ihr ab und ignorierte seine blutende Schwertwunde, als er mit geradem Rücken auf seine Männer zuging.

Sie sah ihm nach, als seine große Gestalt sich von ihr entfernte.

Seine breiten Schultern waren zurückgezogen, obwohl er offenkundig vollständig ermattet war, und in diesem Augenblick verspürte sie mehr Liebe zu ihm als je zuvor.

»Ral …« Er blieb stehen, und sein Rücken wurde noch steifer, doch er drehte sich nicht zu ihr um. »Dein Bein … ich … bitte … du mußt es von jemandem verarzten lassen. Isolda kann …« Aber er setzte sich nur wieder in Bewegung, und seine langen müden Schritte trugen ihn weiter von ihr fort.

Sie war sich nicht sicher, wie lange sie dort stehen blieb. Sekunden, die ihr wie Stunden erschienen, Minuten, die ihr wie eine Ewigkeit vorkamen.

»Komm, mein Liebes. Wir müssen deine Sachen packen.« Martas knochige Hände gruben sich in ihre Schultern und zwangen sie, sich von der Stelle zu rühren und einen Fuß vor den anderen zu setzen. Caryn sagte kein Wort, sondern ließ sich einfach nur von der alten Frau nach oben führen, und dann stand sie am Fenster, während Marta einige ihrer Sachen einpackte. Den größten Teil ihrer Habe würde sie im Kloster nicht gebrauchen können.

Das, was sie mehr als alles andere auf Erden brauchte, hatte sie bereits verloren.

Mit Girart und zwei von Rals Männern, die vorausritten, legte Caryn auf ihrer kleinen grauen Stute den Weg zum Konvent zurück. Sie erinnerte sich kaum an die Reise, denn sie sah ihre Umgebung nur durch einen Tränenschleier, weinte stumm und spürte, wie ihr Herz in kleinere und immer kleinere Stücke zersprang.

Marta hatte versucht, sie zu trösten und sie davon zu überzeugen, daß alles wieder gut werden würde. Caryn hatte sie lediglich angeschaut und gesagt, für sie würde nie mehr im Leben etwas gut werden.

Männer waren durch ihr Verschulden ums Leben gekommen. Ihr Mann war verwundet worden. Er hatte ihr sein Leben und das seiner Männer anvertraut, und sie hatte ihn verraten.

»Werden Sie hier zurechtkommen, Mylady?« Girart stand im Klostertor, und die beiden anderen Männer standen hinter ihm. Er war immer freundlich zu ihr gewesen, und sie hatte ihn von Anfang an gemocht. Jetzt überraschte er sie mit seiner Freundlichkeit.

»Es wird ihr hier gutgehen«, sagte Mutter Terese, die strenge Äbtissin des Konvents zum Heiligen Kreuz. »Ihre Schwester Gweneth ist hier, und es gibt noch andere Schwestern hier, mit denen sie befreundet ist. Dieser Ort ist früher einmal ihr Zuhause gewesen.«

*Mein Zuhause?* dachte Caryn versonnen. Der einzige Ort, an dem sie sich nach langen Jahren erstmals wieder zu Hause gefühlt hatte, war Braxston Keep gewesen. Der einzige Ort, an dem sie das Gefühl gehabt hatte, sich nützlich machen zu können und gebraucht zu werden ... der einzige Ort, an dem sie sich je wirklich zugehörig gefühlt hatte.

»Komm, Caryn. Wir müssen dir etwas zum Anziehen besorgen.«

Sie sagte immer noch nichts. Sie hatte keinen Anspruch auf die wunderschöne laubgrüne Tunika, die sie trug. Was sie verdient hatte, das waren Sack und Asche und lange Stunden, die sie auf den Knien im Gebet verbrachte. Selbst das war noch keine ausreichende Strafe.

»Wenn du dich hier erst wieder eingelebt hast, wirst du dich wohler fühlen«, sagte die Äbtissin gerade. »Gott wird dir deine Sünden vergeben, selbst dann, wenn dein Mann es nicht tut.« Sie schritten durch die trostlosen Korridore, die noch abscheulicher anzusehen waren, als sie sie in Erinnerung gehabt hatte. Vielleicht rührte dieser Eindruck von ihrem Wissen her, daß es diesmal kein Entrinnen mehr aus dem Kloster gab.

»In gewisser Weise ist deine Rückkehr ein Segen. Dafür, daß wir dich wieder bei uns aufnehmen, hat sich Lord Ral als sehr großzügig erwiesen. Man sollte meinen, daß er ein braver und rechtschaffener Mann ist. Es ist eine Schande, daß du ihn derart enttäuscht hast.«

Es verstand sich von selbst und ohne Worte, daß die Äbtissin ebendas von Anfang an erwartet hatte. Caryn hatte sich nie in das

Klosterleben eingefügt und war ihnen allen mit ihren Mißgeschicken zur Last gefallen. Sie war eine Ungläubige und ein Störenfried. Sie verdiente wahrhaft, was sie bekommen hatte.

Sie folgte der großen dürren Äbtissin in eine längliche kleine Zelle mit einer Matratze aus Maishülsen an einem Ende. Das würde von jetzt an bis an ihr Lebensende ihr Zuhause sein.

Caryn spürte rauhe Hände auf ihrer laubgrünen Tunika, spürte, wie ihr die Kämme aus dem Haar gezogen wurden. Einige Schwestern, unter denen sie die hassenswerte Schwester Agnes wiedererkannte, halfen dabei, ihr einen Kittel aus rauhem Leinen anzuziehen. Darüber zogen sie ihr eine Tunika aus brauner Wolle, und dann wurde sie wieder allein gelassen.

Caryn ließ sich auf die Matratze mit den harten Klumpen sinken. Sie berührte die feuchte Steinmauer und lehnte die Wange daran. Der Stein fühlte sich feucht und kalt an, genauso wie ihr Herz. Tränen sickerten zwischen ihren Wimpern hervor, als sie sich zusammenrollte und die Augen schloß.

*Ral, ich liebe dich so sehr. Es tut mir so leid, daß ich dich enttäuscht habe.* Sie lehnte schluchzend an dem rauhen Stein des Gemäuers und fragte sich, wie bloß alles so hatte schiefgehen können.

Ral hob den Kopf vom Tisch. Um ihn herum schnarchten etliche Ritter, während das derbe Gelächter anderer Männer von den Burgmauern zurückgeworfen wurde.

»Es ist schon spät, Mylord.« Richard legte ihm eine Hand auf die Schulter. »Vielleicht ist es an der Zeit, daß Sie sich schlafen legen.«

Rals Arm schoß vor und ließ Teller mit Essensresten, leere Weinkelche und Trinkhörner, die ungefüllt dastanden, in alle Richtungen vom Tisch fliegen. Er griff nach einem Trinkhorn, drehte es um und hielt es Richard hin. »Sorg dafür, daß es für mich gefüllt wird.«

Richard zögerte einen Moment lang, ehe er dem Edelknaben, der in einer Ecke saß und döste, ein Zeichen gab. »Bring den Weinschlauch. Lord Ral möchte noch etwas zu trinken haben.«

Leo kam eilig näher, füllte dann das Horn und zog sich gleich wieder zurück. Ral trank das Horn auf einen Zug leer und hielt es wieder hin, um es sich nachfüllen zu lassen, was Leo widerstrebend tat.

»So ist er jetzt schon, seit Lady Caryn fort ist«, flüsterte Leo Richard zu.

»Ja«, pflichtete ihm dieser mit einer Grimasse bei. »Bald wird er genauso tief schlafen wie die anderen, und ich werde ein paar Männer holen müssen, die ihn ins Bett bringen.«

»Ich glaube einfach nicht, was man sich über Lady Caryn erzählt. Sie hat ihren Mann bestimmt nie verraten.«

Richard glaubte es ebensowenig, und genauso erging es Ambra und mindestens einem halben Dutzend anderer, und doch hatte Caryn selbst gesagt, daß es die Wahrheit war. Richard wandte sich von dem erbärmlichen Anblick ab, den Lord Ral bot, als sein dunkler Schopf wieder zwischen die Essensreste und die leeren Krüge auf dem Tisch gesunken war. Wenige Meter von ihm entfernt stand Marta im Schatten, beobachtete ihn und schüttelte besorgt den Kopf.

Er trank jetzt schon seit vollen sechs Tagen; seine Bewegungen waren ruckhaft und unkoordiniert, seine Stimme verschliff die Worte, und seine Anordnungen waren kaum verständlich.

Der Schmerz war zu groß, das wußte Richard nur zu gut, und das Leid war zu tief und zu qualvoll, so daß er es nicht ertragen konnte. Richard konnte dieses Leid besser als jeder andere in der ganzen Burg verstehen. Wenn diese Frau Ambra gewesen wäre, wenn sie sich einem anderen Mann zugewandt hätte, wenn sie ihn verraten hätte – er war nicht sicher, ob er es überlebt hätte.

»Ich werde dafür sorgen, daß er nach oben gebracht wird.« Diese Worte kamen von Odo, dessen Miene denselben Grimm und dieselbe Sorge ausdrückte wie Richards Gesicht und die Züge der anderen. Gemeinsam mit Girart und ein paar anderen Männern hob er den riesigen Mann hoch, der ihrer aller Gebieter war, und dann trugen sie ihn die steilen Steinstufen hinauf.

Diese Aufgabe, der sie mittlerweile allabendlich nachzukommen hatten, war nicht gerade einfach zu bewältigen.

Richard sah den Männern nach, bis die in dem Korridor verschwunden waren, und dann machte er sich ermattet auf den Weg zu seinem Zimmer. Er würde in den Armen seiner jungen Ehefrau, die ihn willkommen hieß, Trost finden. Lord Ral dagegen erwartete nur ein leeres Bett und eine höllische Nacht voller bitterer Erinnerungen.

Richard fragte sich, ob die Nächte für Caryn ähnlich waren.

In den ersten Tagen wurde sie in Ruhe gelassen, damit sie ungestört in sich gehen konnte, und man sagte ihr, sie solle zu Gott beten, er möge ihr vergeben. Sie hatte die Zeit in bitterer Abgeschiedenheit verbracht, war nicht bereit gewesen, ihre Zelle zu verlassen, und ihre Seele war krank. Caryn hatte nichts von der gräßlichen Klosterkost zu sich nehmen können.

Dann wurde sie eines frühen Morgens von Schritten aus ihrem qualvollen Schlaf gerissen, und jemand betrat ihre Zelle. Caryn war von der unruhigen Nacht erschöpft und öffnete nur langsam die Augen, während ihr Herz dumpf schlug.

Am Fußende ihrer Matratze erkannte sie den Umriß eines Mädchens in einer Tunika, die aus derselben braunen Wolle gefertigt war wie ihre eigene, und im nächsten Moment begriff sie, daß das Mädchen ihre Schwester war. Caryn setzte sich auf und rieb sich den Schlaf aus den Augen.

»Hallo, Gweneth«, sagte sie zärtlich. Sogar in der Dunkelheit konnte sie ihre Schwester lächeln sehen. Das schwarzhaarige Mädchen kniete sich neben sie, und Caryn nahm ihre Hand. »Du solltest so früh noch nicht auf sein.« Ihre Stimme klang jedoch nicht vorwurfsvoll.

Sie hatte ihre Schwester vorsätzlich gemieden, da sie aus Furcht davor, was ihre Schwester in ihren Augen sehen würde, nicht in der Lage gewesen war, in diese arglosen blauen Augen zu schauen.

Gweneth begriff nicht, daß Caryn ihre Schwester war, und doch flackerte ein Erkennen in ihren Augen auf, die einen warmen Glanz annahmen, weil sie in ihr eine alte Freundin erkannte. Sie hatte zwar seit dem Tag ihres Unfalls kein Wort mehr gesagt, doch sie brachte den Menschen in ihrer Umgebung großes Mitgefühl entgegen und teilte ihre Freuden, ihr Leid, ihr Glück und ihre Sorgen mit ihnen. Gweneth schien so viel Güte in ihrem Herzen zu haben, daß für nichts anderes Raum blieb.

In den Schatten über ihnen fielen Sonnenstrahlen in einem schrägen Winkel durch das hohe vergitterte Fenster in die enge kleine Zelle ein und wärmten die klumpige Matratze, auf der Caryn saß.

»Die Sonne geht auf«, sagte sie unnötigerweise, denn Gweneth zog bereits an ihrer Hand und drängte sie, vom Boden aufzustehen. Caryn zog ihre wollene Tunika über und folgte ihrer Schwester, ließ sich von Gweneth durch den Gang und zur Tür hinaus ziehen. Das hübsche Mädchen führte sie in den Garten, in dem es Ringelblumen gepflanzt hatte. Gweneth deutete auf die Sonne und dann auf die schönen gelben Blüten.

»Ja, sie sind wie winzige Sonnen«, sagte Caryn. Sie pflückte eine Blume und ließ den Stengel hinter Gweneths Ohr gleiten. Hinter ihnen rief eine vertraute Stimme ihren Namen, und als Caryn sich umdrehte, sah sie Schwester Beatrice, ihre Freundin, die lächelte und ihnen zuwinkte. Caryn und Gweneth winkten zurück. Ihre Schwester lüpfte den Saum ihres Gewandes und rannte auf die Freundin zu, die in der Tür des Klosters stand, doch Caryn folgte ihr nicht.

Statt dessen schaute sie auf das Beet mit den leuchtend gelben Blumen hinunter. Sie war froh, daß die Ringelblumen Sonne und Freude in das Leben ihrer Schwester brachten. Für sie selbst war die Sonne in dem Moment aus ihrem Leben verschwunden, in dem sie Ral verloren hatte. Von dem Augenblick an war ihr innerlich kalt, obwohl die warmen gelben Sonnenstrahlen weiterhin auf die Erde herabfielen, und sie schien im Dunkeln zu existieren.

Sie fragte sich, ob die Sonne sie je wieder wärmen würde.

»Ich sage dir, da stimmt etwas nicht!« Odo lief im Gartenzimmer auf und ab, während Ral über den Büchern gebeugt saß.

»Und was? Was sollte da nicht stimmen? Es ist ja schließlich nicht so, als ob sie es bestritten hätte.«

»Es geht hier nicht darum, was sie gesagt hat und was nicht. Der Schein trügt.«

»Laß mich damit in Ruhe, Odo. Ich habe diesen Unsinn satt. Wenn ich mir von dir so etwas anhören muß, könnte ich vergessen, daß wir Freunde sind.« Ral hatte sich nach Wochen endlich aufgerafft und war nicht mehr ständig betrunken. Sein Dämmerzustand hatte ihm eine Zeitlang dabei geholfen, sich dem Schmerz zu entziehen, aber er konnte nicht ewig so weitermachen.

»Gerade weil wir Freunde sind, rede ich so mit dir. Ich bitte dich inständig, der Wahrheit auf den Grund zu gehen.«

Ral hieb mit der flachen Hand auf den Tisch. »Du willst die Wahrheit hören? Die bittere Wahrheit ist die, daß meine Frau einen anderen Mann geliebt hat. Er war habgierig und ehrgeizig. Er hat sie für seine Zwecke benutzt, doch hat er sich verrechnet und ist ums Leben gekommen. Das, mein Freund, ist die Wahrheit!«

»Deine Frau hat dich geliebt, nicht Geoffrey. Wenn sie ihn in deine Pläne mit dem Frettchen eingeweiht hat, dann muß sie dafür einen Grund gehabt haben.«

»Ich kann einfach nicht glauben, daß du dich jetzt für sie einsetzt, da du sie doch nicht leiden konntest.«

»Das stimmt ... aber nur am Anfang. Dann habe ich gesehen, wieviel sie sich aus dir macht und wie glücklich sie dich gemacht hat. Ich habe gesehen, wie sie dich angeschaut hat, wenn du den Raum betreten hast. Und ich habe gesehen, wie du sie angeschaut hast.«

»Du redest Unsinn. Sie war in Geoffrey verliebt.«

»Sie war in dich verliebt.«

Ral seufzte matt. Er glaubte es mit keiner Faser seines Herzens. »Selbst wenn das wahr wäre, dann hat sie mich doch verraten. Ich kann mit keiner Frau zusammenleben, der ich nicht trauen kann.«

»Ich glaube einfach nicht, daß sie dich absichtlich verraten hätte. Dazu hast du ihr zuviel bedeutet.«

»Jetzt reicht es mir! Weshalb beharrst du darauf, daß sie sich etwas aus mir gemacht hat? Nein, mich sogar geliebt hat? Nicht ein einziges Mal hat sie diese Worte zu mir gesagt.«

»Hast du sie zu ihr gesagt?«

»Nein, aber ...«

»Sie hat einmal über die Liebe gesprochen, die sie für dich empfindet«, sagte Odo leise. »Nie zuvor in meinem Leben habe ich einen solchen Ausdruck auf dem Gesicht einer Frau gesehen. Ein Mann würde ein Königreich für eine Frau geben, die ihn so ansieht.«

Ral war innerlich aufgewühlt. Jeder einzelne Moment seines Wachzustands war von Schmerz und Leid erfüllt. Er beklagte seinen Verlust, und wenn er sich auch noch so sehr bemühte, den Schmerz zu ignorieren, dann war er doch immer da und quälte ihn in jeder Sekunde. Jetzt war Odo zu ihm gekommen und hatte seine Last nur noch erschwert, indem er Erinnerungen und den Zweifel hatte aufkommen lassen, von dem er sich nie vollständig hatte frei machen können und der Wünsche in ihm wachrief, die niemals wahr werden konnten.

»Verschwinde«, sagte er mit drohender Stimme. »Verschwinde und laß dich bloß nicht wieder blicken.«

Odo zuckte zusammen. »Entschuldige bitte. Ich wollte dir nicht weh tun.« Als er die Tür erreicht hatte, blieb er noch einmal stehen. »Aber selbst dann, wenn dir meine Worte Kummer bereitet haben, bereue ich sie nicht.«

Ral schlug das Rechnungsbuch zu, als Odo die Tür hinter sich schloß.

»Er ist verrückt geworden«, murmelte Odo Marta zu, die vor der Tür stand. Die alte Frau sagte kein Wort, doch ihre Schultern schienen unter der Last seiner Worte noch tiefer herunterzusacken, als sie sich abwandte und durch den Gang davonging.

Caryn saß auf dem weichen Gras zwischen Blumen auf dem Hügel. Dorthin begab sie sich immer dann, wenn sie ihre endlosen Stunden der Plackerei im Konvent hinter sich gebracht hatte. Sie saß einfach nur da und hing ihren Erinnerungen nach.

Anfangs hatte sie versucht, die Vergangenheit zu vergessen und alles zu verdrängen, als hätte es sich nie ereignet. Dann hatte sie entdeckt, daß das, was ihr Trost spendete und ihre einzige Zuflucht war, um dem Schmerz zu entrinnen, die Vergangenheit war.

Ihre Tage waren zwar mit harter Arbeit ausgefüllt, mit kärglichen Mahlzeiten und erdrückender Enge, während sie tagein, tagaus von ihrem Schuldbewußtsein gequält wurde, doch die Momente, die sie in der Vergangenheit verbrachte, die Stunden, in denen sie ihre Zeit mit Ral noch einmal durchlebte, brachten ihr Frieden.

Es fiel ihr nur zu leicht, sich zu erinnern. Vor ihrem geistigen Auge sah sie sein Gesicht in aller Deutlichkeit vor sich, die finstere Schönheit seiner Züge an dem Tag, an dem sie ihn auf seinem großen schwarzen Streitroß auf der Wiese zum ersten Mal gesehen hatte. Seine Gesichtszüge standen ihr klar vor Augen, bis in alle Einzelheiten, und sie konnte den sinnlichen Schwung seiner Lippen vor sich sehen. Ebenso deutlich sah sie den spöttischen Glanz, der in seine grauen Augen trat und sie mehr blau als grau wirken ließ oder ihnen gar den verlockenden tieferen Blauton verlieh, der sein Verlangen nach ihr bekundete.

Sie konnte sich an seine kräftigen Hände erinnern und wie sie sich angefühlt hatten, wenn er sie berührt hatte, mit dieser Zartheit und mit dieser Kraft. Sie erinnerte sich an die sinnliche Art, auf die er sie erregt hatte, daran, wie er sie in den Armen gehalten hatte, wenn sie geweint hatte, und daran, wie er sie beschwichtigt und ihr gut zugeredet hatte, um ihren Schmerz zu lindern.

Sie dachte an die Wölfe und daran, wie er sein Leben riskiert hatte, um sie zu retten. Sie dachte daran, wie er Leo geholfen hatte und wie er sich darum bemüht hatte, um der Gerechtigkeit willen die Wahrheit für den riesigen blonden sächsischen Krieger ans Licht zu bringen. Sie dachte an Ral, und wenn sich ihr Herz auch noch so sehr nach ihm verzehrte, dann kostete sie diese Zeiten, in denen sie ihren Erinnerungen nachhing, doch mehr aus als je zuvor, da sie wußte, daß sie sie nie mehr erleben würde.

Meistens dachte sie ganz einfach nur daran, mit ihm zusammenzusein, an den Klang seiner tiefen, gebieterischen Stimme, daran, wie seine Lippen sich verzogen, wenn er lächelte, und daran, wie sie miteinander gelacht hatten ... und an die Sorgen, die sie miteinander geteilt hatten. Wer teilte jetzt die Last mit ihm, die auf seinen Schultern ruhte? fragte sie sich. Wen hatte er, an den er sich wenden konnte? Er hatte sie gebraucht, und sie hatte versagt, ihn im Stich gelassen und ihn enttäuscht.

Caryn blickte auf und stellte zu ihrem Erstaunen fest, daß ihre Schwester neben ihr stand und daß der Schatten ihres vollendet schönen Profils auf ihr Gesicht fiel. Gweneth schaute schweigend auf Caryn herunter, und dann kniete sie sich neben sie. Sie hielt ein kleines Sträußchen Blumen in der Hand, das sie ihr jetzt entgegenhielt. Caryns Hände zitterten, als sie das Sträußchen entgegennahm. Der Schmerz in ihrem Innern schwoll an, und ihr Leid verstärkte sich so sehr, daß es sie zu zerreißen drohte.

Sie streckte die Arme nach Gweneth aus und nahm jetzt erst wahr, daß in den blauen Augen ihrer Schwester Tränen standen, ein Quell des Kummers, der übersprudelte und über ihre Wangen rann. Es stand Schmerz auf ihrem Gesicht, eine Traurigkeit, die so tief und grundlegend wie ihre eigene war. Ihre Kehle schnürte sich zu, als sie ihre Schwester so sah, denn sie hatte sie kaum jemals weinen sehen und sie nur selten so unglücklich erlebt.

In dem Moment ging ihr auf, daß Gweneths Tränen ein Spiegelbild ihrer eigenen waren, daß sie den Schmerz fühlte, den Caryn fühlte, das Leid und den Verlust, die Dinge, die ihr ins Gesicht geschrieben waren. Als sie Caryn auf dem Hügel hatte sitzen sehen, während sie ihren Gefühlen freien Lauf ließ, hatte Gweneth ihren Kummer und ihre entsetzliche Trauer bemerkt.

Caryn hob die Blumen mit bebenden Händen an die Nase und atmete den zarten süßen Duft tief ein. Sie warf noch einen Blick auf Gweneth und zwang sich zu einem Lächeln. Dann beugte sie sich vor, um ihrer Schwester die Tränen von den schönen Wangen zu wischen, und rieb sich dann selbst die Tränen aus dem Gesicht.

»Du darfst nicht weinen«, sagte sie mit vorgetäuschter Heiterkeit. »Es ist doch wunderschön hier, oder etwa nicht?« Sie lächelte weiterhin, obwohl es ihr das Herz brach, und dabei zwang sie sich, jeden Gedanken an ihr Zuhause zu vertreiben, jeden Gedanken an Ral und die Liebe und an ihre Einsamkeit, bis sich Gweneths weiche rote Lippen endlich an den Mundwinkeln anzuheben begannen.

Caryn streckte die Hand nach den Glockenblumen aus, die dicht neben ihr wuchsen, pflückte eine und reichte sie Gweneth. »Siehst du, wie schön diese Blume ist? Sie hat denselben Farbton wie deine Augen.« Ihre Schwester lächelte jetzt wieder, nickte eifrig und sah sich nach mehr von den schönen blauen Blumen um. Sie entdeckte etliche von ihnen, die ein Stück weit entfernt wuchsen, und sogleich ging sie zu ihnen hin. Caryn sah ihr nach und wußte, daß Gweneth ihre Traurigkeit vergessen hatte. Ihr Leid war so wenig zu fassen wie der Schmetterling, dem sie gerade nachzujagen begonnen hatte.

Caryns eigener Schmerz dagegen blieb unvermindert, glühte vor Intensität und brannte ein Loch in ihr Herz. Zum ersten Mal in ihrem Leben hatte sie keinerlei Freude an ihrer Umgebung, keine Freude am Sonnenschein oder an dem blauen Himmel. Zum ersten Mal überhaupt beneidete sie ihre ältere Schwester um die Selbstvergessenheit jener fernen Welt, in der sie lebte.

## 23. Kapitel

Ral warf einen Blick auf das breite leere Bett, und der Schmerz in seinem Herzen stach heftig. Er fiel jetzt nicht mehr von ihm ab, nicht einen Moment lang seit dem Abend, an dem er sich mit Odo gestritten hatte. In Wahrheit war es von Tag zu Tag schlimmer geworden, seit sich der Zweifel eingeschlichen hatte.

Er verzehrte sich nach Caryn und dachte ständig an sie, wie schon von Anfang an, nur wurde der Schmerz jetzt weder dadurch gelindert, daß er sich mit Alkohol betäubte, noch durch den lodernden Schleier seiner rasenden Wut.

Manchmal haßte er Odo für das, was er ihm angetan hatte, als er seine Seelenqualen verschärft und gleichzeitig Unsicherheit in ihm geweckt hatte. Von der Abenddämmerung bis zum Morgengrauen des darauffolgenden Tages verließen diese Zweifel ihn keinen Moment lang und flammten in den merkwürdigsten Situationen auf, wenn ihm Kleinigkeiten wieder einfielen, die seine Frau getan oder gesagt hatte, Dinge, die zeigten,wieviel sie sich aus ihm machte ... Dinge, von denen Odo behauptet hätte, daß sie klare Beweise ihrer Liebe waren.

Er erinnerte sich bis in alle Einzelheiten an die Zeit, die sie gemeinsam verbracht hatten, daran, wie sie am Anfang fortgelaufen war, um einer Eheschließung mit ihm zu entgehen, und wie sie seinem Zorn dann mit solcher Tapferkeit getrotzt hatte; daran, wie er sie hinterher in seinen Armen gehalten hatte und wie sie sich an seiner Brust ausgeweint hatte. Er erinnerte sich daran, wie sie neben ihm gestanden und ihr Leben riskiert hatte, als sie in ihrer Entschlossenheit, ihn nicht im Stich zu lassen, den Wölfen gegenübergetreten war. Sie hatte sich um Leos willen seinen Zorn zugezogen und war zur Verteidigung des Jungen eingesprungen, obwohl sie damit selbst viel riskierte. Damit hatte sie seine Bewunderung errungen, aber auch seinen Respekt.

Seine Mundwinkel zogen sich nach oben, wenn er sich daran erinnerte, wie sie das Haus in Ordnung gebracht hatte – und es dann vorsätzlich wieder schändlich hatte herunterkommen lassen. Es mußte sie viel Mut gekostet haben, sich ihm zu widersetzen, doch sie hatte sich damit die Loyalität und den Respekt der Bediensteten errungen und nicht zuletzt auch seine Achtung. Er dachte an Lynette und daran, wie weh es Caryn getan hatte, als er sich wieder mit seiner Geliebten eingelassen hatte. Warum hätte sie so sehr darunter leiden sollen, wenn sie sich nichts aus ihm machte?

Aber vielleicht war es auch das Leid, das er ihr zugefügt hatte, das sie in die Arme eines anderen getrieben hatte.

Ral setzte sich auf seinen Stuhl, stützte die Ellbogen auf den Tisch, beugte den Kopf vor und fuhr sich mit den Fingern durch das Haar. Wie oft würde er noch an sie denken und sich daran erinnern, wie sich ihr zarter Frauenkörper angefühlt hatte? Wie oft würde er noch von ihrem Lächeln träumen, sich an ihr Lachen erinnern oder ganz einfach nur den Klang ihrer Stimme heraufbeschwören?

Wie konnte der Verlust einer Frau, die ihn verraten hatte, ihn bloß mit einer solchen Verzweiflung erfüllen?

Er seufzte in der Dunkelheit des Zimmers, in dem nur eine einzige tropfende Kerze brannte. Er dachte an Eliana und versuchte, sich an den Schmerz zu erinnern, den er empfunden hatte,als er hinter ihre ruchlose Affäre mit ihrem Bruder gekommen war. Auch damals hatte er gelitten. Darunter gelitten, hinters Licht geführt worden zu sein, sich ausgenutzt zu fühlen und etwas zu verlieren, was ihm bestimmt gewesen war.

Aber er hatte keinen Moment lang die Qualen durchlitten, die er seit dem Verlust Caryns ertragen mußte.

Und gerade deshalb, weil seine Gefühle diesmal so andersartig waren, plagte ihn der Zweifel weiterhin. Er fragte sich, ob ihm eine Frau, die zu derartiger Heuchelei fähig war, so viel Kummer bereiten konnte, eine Frau, deren Moral so verwerflich war, daß sie sich hinter seinem Rücken einen Liebhaber genommen, ihn hinters Licht geführt, ihn getäuscht und ihn dafür mißbraucht hätte, ihr eigenes Ziel zu erreichen?

Würde er wegen einer solchen Frau tatsächlich derart leiden? Waren seine Instinkte von seiner Leidenschaft derart abgestumpft worden, daß sie ihn so weit in die Irre hatte führen können?

Er hörte leise schlurfende Schritte, und als er den Kopf hob, sah er, daß Marta vor dem massiven Holztisch stand.

»Sie haben viel gelitten, Mylord, aber auch sie hat viel gelitten. Sind Sie schon reif für die Wahrheit?«

Sein Herz setzte bei ihren Worten aus und begann dann leise zu pochen, doch war er auch auf der Hut. »Welche Wahrheit?«

»Die Wahrheit darüber, was sich in der Nacht zugetragen hat, in der Ihre Caryn Sie verraten hat.«

»Sie ist nicht mehr meine ...«

»Ist sie das wirklich nicht? Warum sind Sie dann so betrübt?«

»Sag, was du mir zu sagen hast, Alte, oder laß mich in Frieden.«

Marta zog einen leeren Weinkelch aus den Falten ihrer Tunika aus grauem Leinen und stellte ihn auf den Tisch. »Das ist der Krug, aus dem Ihre Frau an dem Abend vor der Suche nach dem Frettchen getrunken hat.«

»Falls du damit sagen willst, daß sie betrunken war, dann ändert das überhaupt nichts. Wenn man sich nicht auf sie verlassen kann ...«

»Sie war nicht betrunken. Sie hat nur diesen einen Kelch geleert, aber dem Wein wurde ein Betäubungsmittel beigemischt.«

»Ein Betäubungsmittel?« Er bemühte sich, den winzigen Hoffnungsschimmer zu verdrängen, den er zum ersten Mal seit langer Zeit sah, doch er wollte sich einfach nicht vertreiben lassen. »Willst du damit sagen, daß Geoffrey ihr etwas in den Wein geschüttet hat?«

»Keineswegs nur irgend etwas. Das Mittel wird Verosa genannt. Der Saft der Pflanze wird getrocknet, zu kleinen braunen Kügelchen geformt und gegen starke Schmerzen eingenommen. Eine zu starke Dosierung kann dazu führen, daß ein Mensch Dinge sieht ... und Dinge tut, die er ansonsten nicht täte.«

»Und das soll ich glauben? Welchen Beweis hast du dafür – und warum hast du nicht schon eher den Mund aufgemacht?«

»Hat es einen Zeitpunkt gegeben, zu dem Sie mir zugehört hätten?«

Nein, er wußte, daß er nicht auf sie gehört hätte. Seine Wut war zu groß gewesen und der Schmerz zu heftig. »Erzähl mir die Geschichte ganz, und dann will ich dein Beweisstück sehen.« Er bebte innerlich vor Hoffnung, die die alte Frau in ihm entfacht hatte, und wollte nicht, daß sie ging.

Sie enttäuschte ihn nicht und begann, ihm ihre Geschichte zu erzählen, die damit anfing, daß ihr an jenem Abend auf der Treppe Caryns seltsame Blässe aufgefallen war. Da ihr das Sorgen bereitet hatte, war sie noch einmal in den Saal zurückgekehrt und hatte dort den Kelch mit Resten des Betäubungsmittels gefunden. Daraufhin hatte sie sich in die Krankenstation begeben und dort festgestellt, daß Hassans Glas mit dem getrockneten Betäubungsmittel geöffnet worden war, und im Mörser hatte sie noch Reste des Pulvers gefunden. Sie hatte zwar gehofft, daß all das nichts zu bedeuten hatte, doch sie hatte die Bediensteten ausgehorcht.

Als Ral immer noch nicht überzeugt war, brach Marta ihren Bericht ab und schlurfte zur Tür. Sie öffnete sie, und eines der Dienstmädchen trat ein und warf nervöse Blicke auf ihn.

»Keine Angst«, sagte Marta. »Du mußt Lord Ral erzählen, was du an jenem Abend gesehen hast, als du an der Krankenstation vorbeigekommen bist.«

Er konnte sich erinnern, daß sie Elda hieß, ein junges Mädchen, nicht viel älter als Caryn.

»Es war Geoffrey, Mylord. Ich habe mich gefragt, was er wohl so spät noch dort zu suchen hat, aber schließlich war das nicht meine Angelegenheit, und deshalb habe ich keine Fragen gestellt.«

»Was hat er dort getan?« fragte Marta.

»Er hat im Mörser etwas zerstoßen. Er hatte es eilig, das war ihm deutlich anzumerken, und schon wenige Momente später hat er die Krankenstation verlassen.«

»Woher hätte Geoffrey etwas von einem solchen Gift wissen sollen?« fragte Ral, doch sein Herzschlag war kräftig geworden, und seine Hoffnung nahm zu und wuchs zu etwas heran, das die Schwere von seiner Brust verdrängte.

»Sie haben anscheinend vergessen, daß er lange Zeit dort zugebracht hat. Lady Caryn hat das Schmerzmittel in geringen Mengen bei ihm eingesetzt. Ich bin sicher, Mylord – Geoffrey de Clare hat genau gewußt, was er getan hat.«

»Es ist trotzdem nicht ausgeschlossen, daß du dich irrst. Ich weiß, wie sehr du an deiner Herrin hängst, aber vielleicht hättest du es nur lieber so, aber in Wirklichkeit …«

»Denken Sie doch an diese Nacht zurück, Mylord. Erinnern Sie sich nicht daran, wie Ihre Frau geschlafen hat? Sie ist noch nicht einmal wach geworden, um Ihnen Glück zu wünschen. Sie war vollkommen außer sich, als sie aufgewacht ist und feststellen mußte, daß Sie bereits aufgebrochen sind.«

Er erinnerte sich daran, wie er sie nach oben in ihr Zimmer getragen hatte. Sogar seine schweren Schritte hatten sie am nächsten Morgen nicht wecken können. Sie hatte geschlafen, als sei sie … betäubt worden.

Seine Hände ballten sich auf dem Tisch zu Fäusten. »Wenn alles so gewesen ist, wie du es sagst, warum hat sie dann nicht versucht, es zu erklären? Warum hat sie sich nicht verteidigt?«

»Caryn ist von ihrer eigenen Schuld überzeugt. Ihre Männer sind tot, und schuld daran ist sie. Sie haben Vertrauen in sie gesetzt, und sie hat Sie bitter enttäuscht. Sie wird sich bis ans Ende ihrer Tage selbst dafür bestrafen.«

»Gütiger Himmel, ich kann es einfach nicht glauben.« Aber plötzlich glaubte er es doch. Jedes einzelne süße Wort, das ihm Leben einflößte. Er hätte es am liebsten von den Dächern geschrien, und er wollte mit den Fäusten um sich schlagen und die Zähne fletschen, weil er nicht in der Lage gewesen war, von selbst darauf zu kommen.

*Hier stimmt etwas nicht,* hatte Odo gesagt, doch in seinem Schmerz und in seinem übermächtigen Leid hatte er es nicht erkennen können.

»Ich muß zu ihr gehen.«

»Es ist zu spät, um eine solche Reise anzutreten. Draußen ist es dunkel, und am Himmel steht nur eine Mondsichel, die kaum Licht spendet.«

Er lächelte, von Freude durchflutet, sein Blut rauschte, und er fühlte sich so lebendig wie schon lange nicht mehr. »Das ist mehr Licht, als mir seit Wochen geschienen hat.« Mit weit ausholenden Schritten ging er zur Tür. Er rief nach Odo, weckte die Hälfte der Bediensteten und begann, Anweisungen zu erteilen.

Hinter ihm lächelte Marta erleichtert und strich sich eine Träne von der Wange.

Ral nahm zehn Männer mit und machte sich auf den Weg zum Konvent des Heiligen Kreuzes. In jener Nacht ritten sie zügig voran, schliefen nur wenige Stunden und brachen vor dem Morgengrauen wieder auf. Wenn er auch noch so müde war, dann ritt er doch so beschwingt weiter, als sei er zu neuem Leben erweckt worden.

Seine Absichten standen fest, aber sein Unbehagen steigerte sich, als er dem Kloster näher kam. Was sollte er zu ihr sagen? Was würde sie sagen? In einer gänzlich anderen Form hatte er sich des Verrats ebenso schuldig gemacht, wie Caryn sich schuldig glaubte. Wenn er mehr Vertrauen in sie gesetzt hätte, wenn er auf seine Instinkte und nicht auf seine Wut gehört hätte, dann hätte er die Wahrheit eher herausgefunden.

Sogar Odo hatte es erkennen können. Nicht so der Mann, mit dem sie verheiratet und dessen Obhut sie anvertraut war.

Ihm wurde flau in der Magengrube, als er daran dachte, wie brutal er sie geohrfeigt hatte. In seiner Seelenqual hatte er die Hand gegen sie erhoben, obwohl der Schmerz, den er ihr zugefügt hatte, ihn ebenso heftig getroffen hatte wie sie. Er fragte sich, ob sie ihm wohl vergeben würde. In erster Linie fragte er sich jedoch, ob sie im Kloster glücklich war. Sie hatte von ihm loskommen wollen, ein Leben führen wollen, das keine Einschränkungen durch Pflichten und Verantwortung erfuhr. Er fragte sich angstvoll, ob seine Caryn nach allem, was passiert war, überhaupt noch mit ihm kommen würde.

»Lord Raolfe!« Die Äbtissin trat einen Schritt zurück und ließ ihn eintreten. »Es tut mir leid ... wir sind nicht über Ihr Kommen benachrichtigt worden.«

Er ließ sich kaum die Zeit, sie zu begrüßen. »Ich bin wegen meiner Frau gekommen. Wo ist sie?«

Die Äbtissin lächelte steif. »Draußen. Sie hält sich vorzugsweise im Freien auf, und dabei wäre es weit besser für sie, wenn sie ihre Zeit auf den Knien verbrächte und um ihre Seele beten würde.« Die große dünne Frau ging auf eine Tür zu und zog sie auf. »Wenn Sie mir ans Ende des Ganges folgen würden, wird Schwester Beatrice Ihnen den Weg zeigen.«

Während seine Soldaten draußen vor der Tür warteten, folgte Ral der Frau durch den öden, schwach erleuchteten Korridor. Hier war es finster, naßkalt und trostlos. Sein Kiefer spannte sich an, als er sich ausmalte, daß Caryn an einem solchen Ort lebte, und Schuldgefühle wogten über ihn hinweg. Am Ende des tristen Ganges übergab die Äbtissin ihn einer schlanken jungen Nonne, die er als Caryns Freundin in Erinnerung hatte.

»Falls Sie irgend etwas brauchen«, sagte die Äbtissin, »wird Schwester Beatrice Ihnen behilflich sein.« Dann wandte sie sich ab und ging.

»Sie sind gekommen, um Ihre Frau zu besuchen, Mylord?« fragte die zierliche Nonne.

»Ja. Wie geht es ihr?«

»Ich fürchte, nicht besonders gut, Mylord. Sie hat sich tagelang zurückgezogen. Es ist, als sähe man zu, wie eine wunderschöne Blüte ihren Glanz verliert und verwelkt. Sie gehört nicht hierher, Mylord.«

Ral räusperte sich, aber seine Stimme war trotzdem belegt. »Das kann ich selbst deutlich erkennen. Ich hoffe nur, sie sieht es auch so.«

Beatrice zog eine schwere Holztür auf, die in rostigen Angeln hing. Sie quietschte gespenstisch, als Beatrice vorausging und ihn durch die Tür ins Freie führte.

»Da ist sie, Mylord.« Sie wies auf einen Hügel, der hinter einer Wiese sanft anstieg. »Sie sitzt in jeder einzelnen Minute, in der die Schwestern es dulden, in der Sonne, doch deren Strahlen scheinen sie nie zu wärmen.«

»Ja. Das Gefühl kenne ich nur zu gut.«

Beatrice ließ ihn stehen, und einen Moment lang rührte er sich nicht von der Stelle, sammelte seinen Mut und betete, die richtigen Worte würden ihm zufallen. Dann lief er über die Wiese auf die kleine Gestalt zu, die in der Ferne saß.

Caryn saß auf der kleinen Anhöhe und schaute zum Horizont. Innerhalb der Mauern des Konvents gab es soviel zu tun; die Arbeit schien kein Ende zu nehmen. Und doch hatte man ihr in den letzten Tagen gestattet, sich zwischendurch zurückzuziehen. Sie fragte sich, ob es an dem Geld lag, das Ral für ihre Aufnahme im Kloster bezahlt hatte ... oder an der Traurigkeit, die man in ihren Augen sehen konnte, an dem Kummer, der bis in die tiefsten Tiefen ihrer Seele reichte.

Sie schaute über die Wiese hinaus, ohne wirklich Notiz von deren Schönheit zu nehmen, und sie spürte die wärmenden Strahlen der Sonne kaum. Sie war nicht sicher, wie lange sie schon dort saß, aber der gelbe Glutball war dem Horizont näher gerückt. Was sie aus ihrer Versonnenheit herausriß und sie aufblicken ließ, das war der Schatten, der über sie fiel, die kniehohen weichen Lederstiefel an den langen Beinen eines Mannes. Sie hielt sich schützend eine Hand über die Augen und erkannte den großen Mann, der sich gegen den strahlenden Sonnenschein als Silhouette absetzte.

»Ral ...« Es war nicht mehr als ein Flüstern, und doch lächelte er, als er es hörte. Sie hätte nie geglaubt, daß sie dieses Lächeln jemals wiedersehen würde.

»Es ist schön, dich zu sehen, *Cara.*«

Sie verdrängte den Schmerz, den sein Wort hervorrief, das einst einmal eine Liebkosung gewesen war, und ebenso verdrängte sie das sehnsüchtige Verlangen, das sie beim Klang seiner Stimme durchzuckte. Sie sprang auf und strich sich Grashalme von der derben braunen Tunika. Währenddessen sogen ihre Augen unablässig seinen Anblick auf und nahmen seine prächtige große Gestalt wahr, die dunkle männliche Schönheit seines Gesichts. Er war dünner, wirkte aber noch kräftiger, falls das überhaupt möglich war.

»G-geht es dir gut, Mylord? Heilt die Wunde in deinem Oberschenkel?« Warum war er gekommen? Ihr fiel kein denkbarer Grund dafür ein.

»Die Verletzung war unbedeutend. Mir geht es gut.« Er stand vor ihr und schien sich seltsam unbehaglich zu fühlen. »Und was ist mir dir, *Cara?* Geht es dir auch gut?«

Warum bestand er darauf, sie so zu nennen? Und das Wort so liebevoll, nahezu zärtlich auszusprechen? Es ließ Tränen hinter ihren Augen brennen und einen Kloß in ihre Kehle aufsteigen. Sie zwang sich zu einem Lächeln und betete, es möge nicht unglaubwürdig strahlend ausfallen.

»Ja, Mylord, die Schwestern behandeln mich gut. Und Gweneth ist hier. Es macht mir Freude zu sehen, wie glücklich sie ist.«

Ral schaute zum Horizont, und sein Blick richtete sich auf einen Punkt in weiter Ferne, ähnlich wie ihr Blick, wenn sie dort saß und hinausschaute. Sie prägte sich den Schnitt seines markanten Kinns ein, den sinnlichen Schwung seiner Lippen. Seine Schultern waren so breit, daß sie die Sonne verstellten, bis er sich umdrehte und ihr wieder ins Gesicht sah.

»Es ist schön hier draußen. Machst du einen Spaziergang mit mir?«

»Wie du wünschst, Mylord.« In Wirklichkeit war es das letzte, was sie wollte. Der Schmerz, den er hervorrief, war zu groß, das Leid, ihn verloren zu haben, nahezu unerträglich. Doch hätte sie sich nicht über sein Auftauchen wundern dürfen. Es sah ihm ähnlich, nach ihrem Wohlergehen zu sehen. Schließlich war sie immer noch seine Frau. Aber vielleicht war das der eigentliche Grund für seinen Besuch.

Caryn fühlte, wie sie sich innerlich anspannte. Sie hätte selbst darauf kommen müssen, daß er die Ehe auflösen wollte. Er mußte sich Gedanken über die Zukunft machen; er brauchte Kinder, Erben für Braxston Keep und seine Ländereien. Sie biß sich fest in die Innenseite der Backen, um zu verhindern, daß die Tränen in ihre Augen aufstiegen.

»Wie geht es Marta?« fragte sie, als sie sich weiter vom Konvent entfernten und das weiche Gras sich unter ihren Füßen bog.

»Es geht ihr gut. Sie macht sich große Sorgen um dich. Dasselbe gilt für Ambra.«

»Du mußt ihnen sagen, daß es mir gutgeht. Daß ... daß ich froh darüber bin, wieder in mein früheres Zuhause zurückgekehrt zu sein.« Sie hätte schwören können, daß er zusammenzuckte. Am Fuß des Hügels blieb er stehen, und eine Brise wehte sachte durch sein welliges schwarzes Haar.

»Ich bin nicht grundlos zu dir gekommen«, sagte er. »Es gibt Fragen, die ich dir stellen muß, Dinge, die ich wissen muß.«

»Fragen, Mylord?«

»Über den Abend, an dem du mit Geoffrey gesprochen hast.«

Der Schmerz war so groß, daß ihre Knie weich wurden und sie

wankte. Ral streckte eine Hand aus, um sie festzuhalten. Schon allein diese Berührung sandte einen Schauer des Verlangens durch ihren Körper.

»Ist alles in Ordnung mit dir?«

»Es ist nur so, daß ... daß ich lieber nicht mehr daran denken möchte. Die Erinnerung ist qualvoll für mich. Ich ...«

»Ich würde auch lieber nicht mehr daran denken, aber ich muß wissen, wie es dazu gekommen ist, daß du Geoffrey von dem Frettchen erzählt hast.«

Ein heftiger Schmerz machte sich in ihr breit. Er zwang sie, sich zu erinnern, während sie alles daransetzte zu vergessen. »Es war nicht meine Absicht.« Sie schluckte und wünschte, das Reden wäre ihr nicht ganz so schwergefallen. »Ich nehme an, der Wein war schuld. Er hat mich Dinge sehen lassen, Dinge sagen lassen ... Ich habe mich schon oft gefragt, warum er das getan hat ... was für ihn dabei hätte herausspringen können.«

»Er wollte das Land haben. Malvern hat ihm im Austausch gegen Informationen die Belohnung des Königs versprochen.«

Caryn nickte geistesabwesend. Der Grund schien jetzt nicht mehr wichtig zu sein. »Während seiner schweren Krankheit hat er von seiner Mutter gesprochen und darüber, eines Tages für sie zu sorgen, wie es sein Vater nie getan hat. Du hast mir vor langer Zeit einmal gesagt, er sei ehrgeizig. Ich habe zu spät entdeckt, daß das der Wahrheit entsprochen hat.«

»Dann war er also nicht dein Geliebter?«

Sie schüttelte den Kopf und lächelte hilflos. »Nein, Mylord. Ich bin dir immer treu gewesen.«

Rals Kiefer spannte sich an. »Soll das heißen, daß du ihn nicht geliebt hast?«

»Geoffrey? Er war ein großer Junge und kein Mann. Ich habe Geoffrey nie etwas anderes als freundschaftliche Gefühle entgegengebracht.«

Ral sagte lange Zeit kein Wort. Als er schließlich wieder sprach, klang seine Stimme seltsam gepreßt. »Ich hätte Erklärungen von dir verlangen sollen. Ich bereue bitterlich, daß ich es nicht getan habe.«

»Erklärungen, Mylord? Da gibt es nichts zu erklären. Deine Männer sind tot, und ich habe ihren Tod verschuldet. Du hast mir dein Geheimnis anvertraut, und ich habe es nicht für mich behalten, sondern dich erneut verraten. Wenn hier jemand etwas zu bereuen hat, dann bin ich das, Mylord.«

Ral drehte sich um und packte ihre Schultern. Seine Finger gruben sich in ihr Fleisch und zwangen sie, ihm ins Gesicht zu sehen. »Du hast mich nicht verraten! Glaubst du etwa, wenn Geoffrey dieses Wissen in derselben Form von Odo erlangt hätte, dann hätte ich ihn aus der Burg verbannt?« *Ihn aus meinem Leben verbannt? Aus meinem Herzen?* »Glaubst du etwa, ich hätte nicht gesehen, daß die gesamte Schuld Geoffrey trifft?«

»I-ich verstehe nicht, was du meinst.«

»Wir machen alle Fehler, *Cara.* Dein Fehler war der, Geoffrey zu vertrauen. Es liegt in deiner Natur, anderen Vertrauen entgegenzubringen, und ich möchte nicht, daß sich daran etwas ändert. Es ist nie meine Absicht gewesen, dich dafür zu bestrafen, daß du jemanden falsch einschätzt. Schließlich habe ich selbst auch viel falsch gemacht.«

»Du, Mylord?«

»Ja. In der Nacht, in der ich Lynette aufgesucht habe, habe ich einen entsetzlichen Fehler begangen, den ich sehr bereue.«

»Deine Männer sind durch mein Verschulden ums Leben gekommen, Mylord. Daran läßt sich nichts ändern.«

»Die Schuld am Tod meiner Männer trifft ganz allein Geoffrey!«

Caryn schwieg und starrte ihn an, als versuche sie, seine Worte zu begreifen. Er fuhr sich mit einer Hand durch das Haar, schaute auf sie herunter, war unsicher, was er sonst noch sagen sollte, und kämpfte gegen den Drang an, sie zu berühren, da er wußte, daß er sie ungestüm an sich reißen würde.

»Ich möchte dich um einen Gefallen bitten, *Cara.*«

»Ja, Mylord. Aber vorher möchte ich dich bitten, mir einen Gefallen zu tun.«

Er zog eine Augenbraue hoch. »Und das wäre?«

»Ich möchte dich bitten, vom heutigen Tage an nicht mehr an diesen Ort zu kommen. Du hast dich vergewissert, daß es mir hier gutgeht. Falls du unsere Ehe beenden willst, bitte ich dich, mir die Nachricht durch einen deiner Männer übermitteln zu lassen.«

Ral kämpfte gegen die Beklemmung an, die seine Brust zuschnürte. »Warum?«

Sie schenkte ihm ein trauriges kleines Lächeln, und er bemerkte, daß Tränen in ihren Augen standen. »Ich möchte dich nicht sehen ... weil es mir zu große ... Qualen bereitet.« Unbewußt legte sich ihre Hand auf ihr Herz, und Ral hatte das Gefühl, als schnitte sich eine Klinge in sein eigenes Herz.

»Ich bitte dich, *chérie,* jedes einzelne deiner Worte versetzt mir den Todesstoß. Sag nichts mehr, ehe du gehört hast, um welchen Gefallen ich dich bitten möchte.«

Sie nickte nur und rieb sich die Nässe von den Wangen.

Ral holte tief Atem, um ruhiger zu werden. »Während der Zeit, die wir miteinander verbracht haben, ist mir klargeworden, wieviel Wert du auf deine Freiheit legst. Ich weiß jetzt, wie sehr du Pflichten und Verantwortung verabscheust, aber ich möchte dich bitten ... wieder nach Hause zu kommen.«

Falten zerfurchten ihre Stirn. »Nach Hause, Mylord? Du meinst doch nicht etwa, daß ich in die Burg zurückkehren soll?«

»Du wirst dort dringend gebraucht. Marta ist alt und gebrechlich, und wir müssen auch an Leo denken. Ambra und Richard brauchen Hilfe im Haushalt und ... mehr als alle anderen ... brauche ich dich, *Cara.*«

Sie starrte ihn lange Zeit unsicher an, und dann begannen Tränen über ihre Wangen zu rinnen. »Du willst mir verzeihen?«

»Ich habe es dir doch schon gesagt, *ma chère,* du hast lediglich einen Fehler gemacht, wie es jedem passieren kann. Ich bin hier derjenige, der um Vergebung bitten sollte. Ich hätte an dich glauben sollen, dir vertrauen sollen.« Jetzt streckte er die Arme nach ihr aus, schlang sie um sie, zog sie mit unendlicher Behutsamkeit an sich und schmiegte sie so eng an sich, daß sie seinen Herzschlag spüren konnte. Er senkte den Kopf und küßte sie, erst zärtlich, sehnsüchtig, doch dann floß lodernde Glut hinein.

»Ich liebe dich«, flüsterte sie, als er den leidenschaftlichen Kuß beendete. »Vielleicht habe ich dich schon von dem Augenblick an geliebt, in dem ich dich das erste Mal gesehen habe.«

Ral riß sie an sich. Sein Lächeln war so strahlend, daß es schien, als sei die Welt plötzlich in einen neuen Glanz getaucht. »Wenn das so ist, dann sag, daß du mit mir nach Hause kommst.«

Das Lächeln, mit dem sie ihm antwortete, kam aus ihrem tiefsten Innern, das Aufgehen der Sonne nach schweren Stürmen und endloser Dunkelheit. »Nichts anderes auf Erden würde mir größere Freude bereiten.«

Er küßte sie wieder, schmiegte sie an sich, beanspruchte sie auf eine Weise für sich wie nie zuvor und sagte ihr ohne Worte, wie sehr sein Herz sie begehrte. Mit Händen, die ein wenig zitterten, strich er ihr das Haar aus dem Gesicht.

»Wir werden aufbrechen, sowie du fertig bist. Ich will dich endlich wieder nackt in unserem Bett sehen. Ich will dich in meinen Armen halten, dich küssen und dich endlose Stunden lang lieben. Wenn wir nicht ausgerechnet auf dem geweihten Boden des Konvents zum heiligen Kreuz stünden, würde ich dich an Ort und Stelle nehmen.«

Ral küßte sie noch ein letztes Mal so ausgiebig, daß ihre Beine fast unter ihr nachgaben. Dann hob er sie auf seine Arme und lief durch das Gras auf die Klostertore zu. In den trostlosen steinernen Hallen blieb er gerade lange genug stehen, um der Äbtissin zu sagen, sie solle die Habe seiner Frau zusammenpacken lassen und sie einem seiner Männer übergeben.

Am Haupttor stellte er sie auf die Füße. »Du willst dich sicher noch von deiner Schwester verabschieden?«

»Ja, Mylord.«

»Dann tu das, denn ich verzehre mich danach, dich von hier fortzubringen.« Als er diese Worte sagte, kam Schwester Beatrice auf die beiden zugelaufen und zog Gweneth an der Hand hinter sich her.

»Du bist mir immer eine gute Freundin gewesen, Beatrice.« Caryn beugte sich vor und umarmte sie, und dann drehte sie sich zu ihrer Schwester um, um sie in ihre Arme zu ziehen. Caryns Lächeln mußte strahlend sein, denn Gweneth schien mit ihrem Lächeln die hintersten Winkel des Raumes zu erleuchten.

»Ich werde bald wieder zu Besuch kommen«, versprach Caryn. Sie hielt Gweneths Hand mit beiden Händen fest, und ihre Schwester beugte sich vor und küßte sie auf die Wange. Caryn umarmte sie noch ein letztes Mal, dann wandte sie sich ab und verließ das Gebäude, um sich Ral und seinen Männern anzuschließen.

»Ich wünsche dir, daß du glücklich wirst«, rief Schwester Beatrice ihr nach. Aber diesen Wunsch hätte sie sich sparen können, denn Caryn war jetzt schon glücklich.

Sie fand Ral vor dem schweren Eichentor vor. Dort erwartete er sie mit leuchtend blauen Augen und einem derart liebevollen Lächeln, daß ihr warm ums Herz wurde.

»Machen wir uns gleich auf den Heimweg?« fragte sie.

»Ja, mein Liebling. Wir brechen sofort nach Hause auf.«

*Nach Hause.* Kaum ein anderes Wort hätte wohltönender in ihren Ohren klingen können. Sie lächelte, als Ral sie auf seinen Sattel hob und sich dann hinter ihr auf das Pferd schwang. Er legte die Arme um ihre Taille, und sie lehnte sich an die feste Stütze seiner Brust.

Sie kamen zügig voran, da Ral ebensosehr wie sie darauf versessen war, Braxston Keep schnell zu erreichen. In der Nacht schlief Caryn dicht neben ihm und spürte deutlich sein Verlangen nach ihr. Der steinharte Beweis ließ ihn gequält stöhnen. Und doch nahm er sie nicht. Sie wußte, daß das seine Art war, ihr zu zeigen, wieviel ihm an ihr lag und wie sehr er alles bedauerte, was vorgefallen war.

Am folgenden Tag ritt sie auf der kleinen grauen Stute, die Ral für den Heimweg für sie mitgebracht hatte, doch er blieb weiterhin dicht an ihrer Seite und lächelte sie liebevoll an. Sie waren bester Dinge, als sie sich der Burg näherten, und ihre Stimmung war so heiter, daß Ral weniger als sonst auf der Hut war.

Als sie die donnernden Hufe hörten, hatten sich ihre Angreifer bereits auf sie gestürzt, und Pallasche blinkten, als sie gegen Rals kleines Gefolge erhoben wurden, eine Handvoll Männer von Braxston.

»Es ist Malvern!« rief Ral und bemühte sich, Caryns kleiner Stute mit seinem Fuchs Deckung zu geben, während seine Männer tapfer gegen die Männer kämpften, die sie von hinten angriffen. Doch die Angreifer waren ihnen zahlenmäßig weit überlegen. Braxstons Reihen waren schnell durchbrochen, und Lord Stephens Ritter kamen auf sie zu und schnitten Caryn von ihrem Mann ab, der heldenmütig kämpfte.

»Ral!« schrie sie, als einer von Malverns Männern sich von links auf ihn stürzte und seine Klinge nach unten sausen ließ, um seinen Kopf zu treffen. Ral riß seinen Schild hoch und lenkte den Hieb ab, doch zwei weitere Männer kamen von hinten auf ihn zu.

»Reite zum Bergfried!« rief er ihr zu, und erst jetzt wurde Caryn klar, daß die Männer es auf sie abgesehen hatten.

Sie ließ ihre Stute umkehren und grub ihr die Hacken in die Flanken, doch es war bereits zu spät. Während sie ihr kleines Pferd hektisch erst in die eine Richtung und dann in die andere lenken wollte, beugte sich ein großer Ritter vor und riß sie vom Sattel. Sie versuchte zwar, sich zu wehren, doch er preßte sie gewaltsam auf den Widerrist seines Pferdes, ließ das Pferd umkehren und ritt mit ihr fort. Die übrigen Männer setzten ihren Angriff gegen Ral und seine Männer fort, verwundeten mehrere und hinderten sie daran, die Verfolgung aufzunehmen, bis Caryn schon weit in den Wald hinein getragen worden war.

Als Ral sah, wie seine Frau gewaltsam auf ein Pferd seines Feindes geworfen wurde, stachelte seine Wut ihn noch mehr an, und er schwang seinen Pallasch. Er kämpfte, bis eine Lanze seinen Fuchs traf und er unter ihm zusammenbrach. Er kämpfte, bis er und vier seiner Männer die einzigen waren, die ihr Schwert noch führen konnten. Als ein hoher, schriller Pfiff ertönte, stellten Malverns verbleibende Männer den Kampf ein und begannen, sich zu Rals Erstaunen zurückzuziehen. Sie ließen ihre Pferde umkehren, steckten ihre Schwerter in die Scheiden, ritten in den Wald hinein und folgten den Männern, die Caryn ergriffen hatten.

»Warum haben sie uns das Leben gelassen?« Girart schaute Malverns Männern verständnislos nach. »Das verstehe ich nicht.«

Rals Finger schlossen sich fester um den Griff seines blutigen Schwerts. »Wir sind noch am Leben, weil Stephen es so wollte. Genau das hat er geplant.«

»Aber warum, Mylord?«

»Er hat vor, Lösegeld zu verlangen.« Ral stieß einen grimmigen Fluch aus. »Er hat die Absicht, mich auf die eine oder andere Weise zu vernichten.« Ral sah sich um und ging dann auf ein Pferd ohne Reiter zu, das zwischen den Bäumen graste. Der langbeinige Braune hatte einem von Malverns Männern gehört, die gefallen waren.

»Was ist mit den anderen?« erkundigte sich Ral und führte den Braunen an den Zügeln.

»Zwei Tote. Vier Verwundete.«

»Sind die Verwundeten in der Lage, zurückzureiten?«

»Ja. Sie holen gerade ihre Pferde.«

»Gut, dann laßt uns von hier verschwinden.« Je eher sie den Bergfried erreichten, desto eher konnte er die Männer zusammentrommeln, die ihm noch geblieben waren, und seine Anhänger benachrichtigen und ihnen mitteilen, daß er mehr Männer brauchte. Er gestattete es sich nicht, an Caryn zu denken, an die Rache, die Malvern ausschließlich deshalb an ihr üben könnte, weil sie seine Frau war.

Er wußte nur eines mit Sicherheit – diesmal würde er sie nicht im Stich lassen.

## 24. Kapitel

Caryn zuckte zusammen, als das Pferd in eine Furche trat und ihren Bauch auf den harten Grat des Widerrists prallen ließ. Der Ritt durch den Wald und die brutale Behandlung des großen Ritters hatten ihr Quetschungen, Prellungen und Schrammen zugefügt. Sie hatte Durst, sie war müde, und sie fürchtete sich.

Was war Ral zugestoßen? War er verwundet oder gar getötet worden? Sie war außer sich vor Sorge, und doch glaubte sie von ganzem Herzen fest daran, daß er noch am Leben war. Sie hätte es gewußt, sagte ihr eine innere Stimme, wenn ihm etwas Schlimmes zugestoßen wäre.

Doch jetzt kam eine andere Sorge auf sie zu, denn als sie den Kopf umdrehte, sah sie das Grün und das Weiß, die Farben Malverns, und dann tauchte ein riesiges Zelt aus grüner Seide vor ihr auf. Der große Ritter griff seinem Pferd in die Zügel, und sie spürte, wie rauhe Hände sie vom Pferd hoben. Als ihre Füße den Boden berührten, stieß eine Hand sie zum Zelt. Sowie sie es erreicht hatte, wurde die Zeltklappe hochgehoben, und sie wurde hineingestoßen.

Als sie ein rauhes Lachen hörte, wandte Caryn sich um, sah sich jedoch nicht Lord Stephen gegenüber. Statt dessen war es Beltar der Grimmige, dessen Gesicht mit den zottigen Augenbrauen unter dem fettigen schwarzen Haar genauso grob war, wie sie es in Erinnerung hatte.

Malvern saß neben ihm. »Willkommen, Mylady«, sagte er, als stattete sie ihm gerade einen freundschaftlichen Besuch ab. »Es ist freundlich von Ihnen, daß Sie sich bei uns blicken lassen.«

»So sehen Sie also Ihre niederträchtige Entführung?« Sie wandte sich zwar an Malvern, doch sie sah sich genau im Innern des Zelts um und nahm die Reichtümer wahr, die glänzenden Seidenstoffe, die schweren Wandteppiche und die exotischen Pelze. Ihre Augen wurden groß, als ihr Blick wieder auf Beltar fiel, denn plötzlich bemerkte sie die schlanke blonde Frau, die geknebelt und an Händen und Füßen gefesselt auf dem dicken Perserteppich vor seinen Füßen lag. »Ambra!«

Beltar stieß ein barsches Lachen aus, und Caryn spannte sich an. »Was hat sie hier zu suchen? Und warum mißhandeln Sie sie?«

»Ihre Freundin war nicht annähernd so vernünftig wie Sie, Mylady. Vielleicht können Sie sie davon überzeugen, daß es in ihrem eigenen Interesse ist, uns nicht noch mehr Schwierigkeiten zu machen. Wenn nicht, dann wird sich nichts an ihrer Lage ändern.«

Caryn eilte an die Seite ihrer Freundin. Sie hatte blaue Flecken auf den Wangen und getrocknetes Blut auf den Lippen. »W-wie ist sie hierhergekommen?«

Beltar lachte wieder. »Auf dem einfachsten Weg. Ihr ist eine Nachricht überbracht worden, daß sie im Dorf gebraucht wird. Mein einziger Fehler war der, daß ich nur zwei Männer losgeschickt habe, um sie zu holen. Sie sind fast so übel zugerichtet wie die Kleine.«

Caryn lächelte mit einem Anflug von Zufriedenheit. Sie streckte einen Arm aus, nahm Ambras Hand und drückte sie tröstlich. »Erklärst du dich bereit, keine Schwierigkeiten mehr zu machen?«

Ambra nickte.

»Sie wird Ihren Wünschen nachkommen.«

Beltar gab ein Zeichen, und die Fesseln wurden von Ambras Händen und Füßen geschnitten. Caryn entfernte den Knebel.

»Ist alles in Ordnung mit dir?«

»Ja – aber denen habe ich das nicht zu verdanken.« Ambra rieb ihre aufgescheuerten Handgelenke, während Caryn Stephen unfreundlich ansah.

»Was wollen Sie von uns?«

»Hier geht es nicht darum, was ich von Ihnen will, Lady Caryn ... obwohl Sie sicher sein können, daß ich zu einem späteren Zeitpunkt, nachdem meine Schwester eingetroffen ist, sehr viel von Ihnen verlangen werde. Vorerst will ich Lösegeld von Ihrem Mann.«

»Und Ambra? Wird sie ebenfalls gegen ein Lösegeld freigelassen?«

»Nein«, sagte Beltar mit einem selbstgefälligen Grinsen, das vor Lüsternheit triefte. »Das Mädchen gehört mir.«

Ambra machte den Mund auf, um zu protestieren, doch Caryn schloß eine Hand fest um ihren Arm.

»Ich habe Hunger«, sagte Caryn. »Und durstig und müde bin ich auch. Mit Sicherheit geht es Lady Ambra ähnlich. Falls Sie uns nicht noch weitere Grausamkeiten zufügen wollen, bitte ich darum, daß wir uns frisch machen dürfen.«

Beltar wollte Einwände erheben, doch Stephen hob eine Hand und brachte ihn damit zum Schweigen. »Bringt sie in das kleinere Zelt. Sorgt dafür, daß sie etwas zu essen vorgesetzt bekommen und ihren grundlegenden Bedürfnissen nachgehen können, und dann fesselt sie und laßt sie dort liegen, bis wir sie zu uns rufen.«

Beltar lehnte sich auf seinem Stuhl zurück. »Du kannst ganz sicher sein, daß ich dich rufen lasse«, sagte er zu Ambra. »Ich habe die Absicht, mich an deinen Reizen zu erfreuen, ehe die Nacht vorüber ist.«

Ambra war außer sich vor Wut, doch Caryn versetzte ihr einen Stoß. »Sei kein Dummkopf«, warnte sie. »wir sind schließlich nur Frauen. Wir können nicht viel gegen sie ausrichten.«

»Nur Frauen!« brauste Ambra auf, doch der Mann hinter ihr stieß sie grob durch die Zeltklappe. Caryn hörte Beltars Gelächter, als sie durch das Lager zu einem kleineren Zelt am hinteren Ende geführt wurden.

»Wie kannst du bloß zulassen, daß sie ...«

»Vergeude deine Kraft nicht, wenn du allein gegen eine Übermacht antrittst. Laß sie in dem Glauben, daß wir uns ihnen nicht widersetzen werden. Schau dich in der Zwischenzeit genau um und überleg dir, was uns später noch von Nutzen sein könnte.«

Ambra lächelte einsichtig, doch als sie das zweite Zelt erreicht hatten, schwand ihr Lächeln.

»Hier sind genug Streitkräfte für einen kleinen Krieg versammelt«, flüsterte sie. »Weitaus mehr Männer, als erforderlich wären, wenn es ihnen nur um das Lösegeld ginge.«

»Ja«, sagte Caryn entmutigt. »Sie planen eine Belagerung. Es liegt auf der Hand, daß sie die Burg einnehmen wollen, und ich fürchte, wir sind nicht allzu weit von dort entfernt.«

Keine der beiden Frauen sagte ein weiteres Wort. Selbst wenn Ral noch am Leben und unverletzt war, konnte er sich unmöglich gegen eine solche Truppenstärke verteidigen, wie Stephen und Beltar sie aufgestellt hatten.

»Wir müssen eine Möglichkeit finden, sie zu warnen«, flüsterte Caryn, als die Männer sie durch die kleine Zeltöffnung stießen und die Plane herunterließen. Einer der Ritter bezog seinen Posten vor der Zeltöffnung, während das Geräusch von Schritten deutlich besagte, daß der andere Mann sich hinter dem Zelt aufstellte.

»Wie können wir sie warnen? Man wird uns mit Sicherheit gut bewachen. Beltar hat ... Pläne ... mit mir, und wir wissen nicht, was Malvern mit dir vorhat.«

Caryn erschauerte. Sie hatte Lord Stephens Grausamkeit in der Nacht erlebt, in der er die Novizinnen aus dem Konvent geholt hatte. Er würde sie doppelt dafür bezahlen lassen, daß sie ihm entkommen war ... und erst recht, weil sie jetzt Ral gehörte.

»Wenn wir vorsichtig vorgehen, könnten wir trotz allem eine Möglichkeit finden. Du darfst den Mut nicht verlieren.« Aber schon während sie die Worte sagte, spürte sie ihren dumpfen Pulsschlag. Gütige Jungfrau Maria, wie konnten sie bloß entkommen?

Ral sah, daß die Wälle von Braxston Keep verschärft von bewaffneten Männern bewacht wurden, und ihm war sofort klar, daß Odo in seiner Abwesenheit Malvern bemerkt hatte. Er begrüßte den Wachposten, der anordnete, daß die Zugbrücke heruntergelassen wurde, und dann bedeutete er seinen Männern, ihm zu folgen.

Sie hatten nicht lange gebraucht, um die Burg zu erreichen. Sie waren nicht mehr weit entfernt gewesen, als Stephens Männer sie angegriffen hatten, und das hieß, daß Malvern und seine Leute ihnen viel zu nah waren. Odo kam ihm mit Richard an seiner Seite im Burghof entgegen, und die Gesichter beider Männer waren vor Sorge zerfurcht.

»Wir haben schon um deine Sicherheit gebangt, Mylord«, sagte Odo zu ihm. »Ich bin froh, daß du wieder da bist.« Sein Blick fiel auf die vier Verwundeten, denen gerade von den Pferden geholfen wurde. »Malvern?«

»Ja. Er hat sich nicht weit von der Weggabelung auf uns gestürzt. Zwei Männer sind tot, und Malverns Leute haben Caryn mitgenommen.«

»Herr im Himmel!«

»Ambra haben sie sich auch geholt«, sagte Richard. »Auf unserer Suche nach ihr haben wir Stephens Männer entdeckt. Es waren zu viele, um gegen sie zu kämpfen, und daher waren wir zum Rückzug gezwungen.«

»Und ich hatte schon gehofft, wir hätten ihn zum letzten Mal gesehen«, sagte Ral bitter. »Wäre da nicht Williams Freundschaft mit seinem Vater, dann hätte er schon längst mein Schwert gekostet.«

»Das ist aber noch nicht alles, *mon ami*«, sagte Odo. »Ich fürchte, Mylord, daß Stephen nicht allein ist. Er hat sich mit Beltar zusammengetan. Außerhalb dieser Wälle steht uns eine regelrechte Armee gegenüber.«

»Und sie haben unsere Frauen«, fügte Richard hinzu.

Ral biß die Zähne zusammen. »Ja, das kann man wohl sagen.« Er wandte sich ab und ging mit langen Schritten auf den Stall zu. »Für den Anfang werden sie ein Lösegeld verlangen, aber ich fürchte, worauf sie in Wirklichkeit aus sind, das ist Braxston Keep.«

»Ich glaube, daß du recht hast«, sagte Odo.

»Wir müssen William benachrichtigen. Im Moment ist es für uns von allergrößter Bedeutung, seine Unterstützung zu bekommen, aber gegen eine Truppenstärke wie die, die Malvern aufgestellt hat, könnte seine Hilfe unter Umständen zu spät kommen.« Ral wandte sich an seinen Schildknappen, der hinter ihm hergelaufen war. »Mach Satan für mich bereit. Es wird schon bald dunkel werden. Ich will mit eigenen Augen sehen, womit wir es hier zu tun haben.«

»Ja, Mylord.« Als der junge Knabe davoneilte, kam Richard an seine Seite.

»Diesmal werde ich Sie begleiten.«

Ral wollte ihm die Bitte gerade abschlagen und ihm sagen, daß er ihm einen weitaus besseren Dienst erwies, wenn er in der Burg blieb, doch er brauchte nur an die Furcht zu denken, die ihm das Herz zuschnürte, solange Caryn in der Hand seines Feindes war, um zu wissen, daß ihn niemand davon hätte abhalten können, sie befreien zu wollen.

Er nickte. »Mach dich bereit. Wir reiten im Schutze der Nacht und nehmen nur eine Handvoll Männer mit. Odo wird hierbleiben und sich um die Verteidigung des Bergfrieds kümmern.«

»Ich habe die Absicht, gemeinsam mit meiner Frau zurückzukehren«, sagte Richard trotzig und herausfordernd, und dabei sah er Ral fest ins Gesicht.

In Rals Lächeln lag eine leise Drohung. »Ich kann dir versichern, daß meine Absicht dieselbe ist.«

»Ich bringe kaum einen Bissen herunter«, klagte Ambra, als sie in dem kleinen Zelt am hinteren Ende des Lagers vor dem Tisch standen. Nicht weit von ihnen lagen scharlachrote Seidenkissen auf einem dicken Perserteppich. In einer Ecke stand ein Wandschirm mit Perlmuttintarsien und auf dem Boden lagen Schlafsäcke, die man ihnen zur Verfügung gestellt hatte.

»Wir müssen etwas essen«, sagte Caryn. »Wir müssen dafür sorgen, daß wir bei Kräften bleiben.« Man hatte ihnen gerade eine Platte mit gebratenen Wildenten und einen Krug Wein gebracht.

»Ja, aber ich mache mir zu große Sorgen, um etwas zu essen. Und außerdem ist das Fleisch faserig und zäh und …«

»Ja«, stimmte Caryn ihr zu und hob abrupt den Kopf. In ihren Augen blitzte etwas auf, die ersten vagen Umrisse eines Plans. Sie beugte sich zu Ambra vor. »Was hältst du davon, daß wir so tun, als würdest du ersticken? Wenn der Wachposten ins Zelt kommt, schlage ich ihm die Weinflasche über den Schädel, und wir fliehen.«

Ambra lächelte und drückte Caryn einen Entenschenkel in die Hand. »Ich bin größer als du. Du gibst vor zu ersticken, und ich ziehe dem Wachposten die Flasche über den Schädel.«

»Nach all den Monaten, die du mit der Truppe zugebracht hast, liegt es dir weit mehr als mir, eine Rolle zu spielen. Du …«

»Ich sage dir doch, daß ich größer bin als du!«

Caryn seufzte, als Ambra die Weinflasche nahm und sie auf dem Tisch in ihre Reichweite stellte. »Also gut«, sagte Ambra, »und jetzt tu so, als würdest du ersticken.«

Als sie in das fettige Entenbein gebissen hatte, fiel es ihr gar nicht mehr so schwer, sich zu verstellen. Caryn begann zu husten und zu würgen, und Ambra klopfte ihr auf den Rücken und fing an, sich lauthals Sorgen um sie zu machen. Währenddessen hustete und schnaufte Caryn unermüdlich.

»Hilfe! Wir brauchen dringend Hilfe!« Ambra rannte zur Zeltklappe und riß sie hoch. »Sie ist am Ersticken. Lady Caryn erstickt gerade an einem Entenknochen. Bitte, Sie müssen uns helfen!«

Unglücklicherweise kamen beide Männer zugleich ins Zelt geeilt. Während Caryn die Augen verdrehte und sich die Kehle hielt, würgte und schnaufte und wankte, beobachteten die Männer sie besorgt. Mit einem letzten Keuchen und Würgen holte sie noch einmal tief Luft und brach dann auf dem Zeltboden zusammen.

»Ich muß Hilfe holen«, sagte der erste Mann, doch als er sich umdrehte, holte Ambra mit dem Weinkrug aus und zerschmetterte das schwere Gefäß auf seinem Schädel. Als der zweite Wachposten sich nach dem Geräusch umwandte, sprang Caryn vom Fußboden auf, packte das schwere Zinntablett, auf dem der Entenbraten lag, und schlug ihm das Metall seitlich gegen das Gesicht.

»Du Miststück!« Er wankte, sank aber nicht zu Boden, sondern kam drohend näher.

»Und was tun wir jetzt?« fragte Ambra.

»I-ich weiß nicht.«Er verstellte ihnen den Ausgang, und selbst wenn sie versucht hätten fortzulaufen, hätte er den anderen ein Zeichen gegeben, ehe sie verschwinden konnten.

»Ein paar verdiente blaue Flecken sollten Lord Stephen nichts ausmachen«, sagte der Mann mit unverhohlener Gehässigkeit und ballte die Hände zu Fäusten, als er auf die Mädchen zuging.

Über das laute Hämmern ihres Herzens hinweg hörte Caryn irgendwo hinter dem Mann ein leises Surren, und als sie sich umdrehte, sah sie die Klinge eines Messers, die sich von oben durch das Zelt schnitt. Der Wächter sah sie auch, doch ehe er die Stelle erreichen konnte, tauchte eine riesige Gestalt mit entblößter Brust in der Öffnung auf. Ein kräftiger Arm streckte sich vor und schlang sich dem Wächter um die Kehle. Er drückte zu, und der Wachposten sackte bewußtlos auf den Boden des Zelts zusammen.

»Das ist Gareth!« sagte Caryn aufgeregt zu Ambra. »Der sächsische Krieger, den die Dorfbewohner in die Burg gebracht haben.« Sie drehte sich mit einem Lächeln zu dem riesigen Ritter mit dem goldblonden Haar um. »Ich bin mehr als erfreut, Sie zu sehen, Lord Gareth, aber woher haben Sie gewußt, daß wir hier sind?«

Ein grimmiges Lächeln verfinsterte seine Züge. »Ich beobachte Malvern schon seit seiner Ankunft hier. Glauben Sie etwa, ich wüßte nicht, wer er ist? Es gibt keinen sächsischen Krieger im Umkreis von dreihundert Meilen, der nicht über Malverns Grausamkeit unterrichtet ist – und ihn dafür verabscheut.« Er wies auf das Loch im Zelt. »Wir haben nicht viel Zeit. Wir können später noch darüber reden.«

Ihr Herz schlug immer noch rasend, als Caryn ihm aus dem Zelt folgte und Ambra hinter ihnen hereilte. Innerhalb von wenigen Minuten waren sie von den dichten Bäumen und Büschen geschluckt worden, die das Lager umgaben, doch sie liefen immer noch eilig weiter. In der Dunkelheit wußten sie kaum, wohin sie treten sollten. Mehr als einmal zuckte Caryn zusammen, wenn sich ein spitzer Zweig in einen Arm oder ein Bein bohrte oder sie sich in einem Loch im Boden den Knöchel verstauchte.

»Wir können es nicht wagen anzuhalten«, sagte Gareth mit ruhiger Stimme. »Ihr Verschwinden wird schon bald entdeckt werden.«

Caryn nickte. Sie ignorierte die Kratzer und die Schrammen, die ihr das dichte Unterholz zufügte, und sie und Ambra folgten Gareth, der den Weg nach Braxston Keep eingeschlagen hatte. Als sie auf eine Lichtung gelangten, blieben sie stehen, und Gareths große Gestalt wirkte plötzlich wachsam.

»Bleibt hier«, flüsterte er und deutete auf eine Lücke zwischen den Sträuchern, während er sich leise in den Wald schlich. Caryn kauerte sich mit Ambra in die Büsche und hielt die schmale Hand ihrer Freundin umfaßt. Als neben ihr ein kleiner Zweig knackte, fuhr Caryn erschreckt herum.

»Es scheint fast so, als hätten wir uns umsonst gesorgt – meinst du nicht auch, Richard?«

»Ral!« Caryn sprang auf die Füße und warf sich ihm in die Arme. »Wie hast du uns gefunden?« fragte sie. »Woher hast du gewußt, daß wir hier sind?«

Er schlang die Arme schützend um sie. »Durch Gareth. Er hat uns entdeckt, als wir durch den Wald geritten sind.«

»Gareth hat uns bei der Flucht geholfen«, sagte Caryn.

Richard lächelte und hielt Ambra liebevoll in den Armen. »Gareth sagt, ihr hättet euch in erster Linie selbst geholfen. Er hat gesagt, euer eigener Mut hätte euch gerettet.« Er strich über Ambras Wange und sah die violette Verfärbung, und Wut verzerrte seine Züge. »Andere Frauen hätten nicht mehr unternommen als verängstigte Lämmer, die zur Schlachtbank geführt werden. Früher einmal habe ich geglaubt, ich wollte eine solche Frau. Ich habe mich geirrt.« Er küßte seine Frau auf die Wange. »Und ich bin stolz auf euch beide.«

Caryn blickte zu Ral auf. »Malvern hat vor, Braxston Keep einzunehmen. Er hat ein beträchtliches Heer aufgestellt.«

»Ja. Gareth hat es uns gezeigt.«

»Wo ist er?«

»Er verbirgt sich irgendwo im Wald. Er wird uns helfen, so gut er kann.«

»Und was ist mit Malvern?«

»Unsere einzige Chance besteht darin, die Festung lange genug zu halten, damit Männer eintreffen können, auf deren Loyalität ich rechnen kann.«

Caryn nickte und erschauerte innerlich bei dem Gedanken an Tod und Zerstörung, die die Belagerung nach sich ziehen konnte – und sie fragte sich, was aus ihnen allen werden sollte, falls jede Hilfe zu spät kam.

## 25. Kapitel

Die beiden folgenden Tage verbrachte Ral damit, die Burg zu schützen. Da die Lebensmittelvorräte knapp waren und Malverns Truppen sie von dem Dorf abschnitten, war er unsicher, wie lange sie ihre Angreifer würden abwehren können. Dennoch hatte er die Absicht, so lange wie möglich die Stellung zu halten.

Er sagte zwar kein Wort zu Caryn, doch er wußte, daß Stephen, falls sie nicht rechtzeitig Hilfe bekamen, keine Nachsicht üben würde. Für ihn bedeutete das den sicheren Tod – und ein noch schlimmeres Los für Caryn.

Am dritten Tag nach ihrer Rückkehr benachrichtigte sie der Wachposten darüber, daß sich außerhalb der Burgmauern etwas rührte. Ral stieg die steilen Steinstufen zur Brustwehr über dem Bergfried hinauf und beobachtete grimmig, wie Malverns Männer auf der anderen Seite der Zugbrücke über das Feld zogen. Seine grünen und weißen Flaggen wehten, und zahllose Rüstungen blinkten in der Sonne. Hinter ihm bezogen Beltars Truppen ihre Posten um die Burg herum.

Rals Hände ballten sich unbewußt zu Fäusten. Schon allzu bald würde die Belagerung beginnen. Er erschauerte bei dem Gedanken an die gräßlichen Umstände, die sie gezwungenermaßen würden ertragen müssen, an den Hunger und die Krankheiten und den gewaltsamen Tod, den seine Leute sterben würden, nicht nur hier, sondern auch im Dorf.

Er erinnerte sich an solche Schlachten, die er in der Vergangenheit erlebt hatte, erinnerte sich daran, wie Männer über die Leichen ihrer gefallenen Kameraden gestiegen waren, die man in den Burggraben geworfen hatte, um eine Brücke zu bilden. Er erinnerte sich an siedendes Öl, das über die Brustwehr geschüttet worden war, an die gequälten Schreie von Männern, während sie einen glühend heißen Tod starben, der schlimmer als die Hölle selbst war. Er erinnerte sich nur zu gut daran, und doch gab es nichts, was er tun konnte.

Nur die Zeit konnte sie jetzt noch retten. Die Zeit, die die Ritter, die er herbeigerufen hatte, brauchten, ehe sie hier eintrafen. Die Zeit, bis er Unterstützung durch den König bekam.

Von seinem Platz auf der Brustwehr aus beobachtete Ral, wie sich die feindlichen Truppen versammelten. Die Bogenschützen und die Krieger von Braxston waren in Bereitschaft, hatten ihre Pfeile eingespannt und die Schilde vor sich hingehalten, und die Wälle waren von guten Soldaten bemannt, als sie den ersten Angriff erwarteten. Als er hörte, daß sich hinter ihm etwas bewegte, drehte er sich um und sah, wie Caryn die Tür öffnete, die ins Freie führte, auf die Brustwehr hinaustrat und auf ihn zukam. Ihre Züge waren vor Sorge angespannt, und Unsicherheit ließ ihre Augen dunkler werden. Als sie an seiner Seite angelangt war, beugte sie sich zu ihm vor, und er zog sie an seine Brust.

»Ich bin froh, daß du gekommen bist«, sagte er leise.

Sie schaute auf das Heer draußen auf dem Feld hinunter. »Ich habe mich einsam gefühlt. Du hast mir gefehlt, und diese Unsicherheit ist die reinste Marter. Manchmal glaube ich, das Warten ist das Schlimmste von allem.«

»Nein, *chérie,* so scheint es einem nur, bis die Kämpfe tatsächlich beginnen.«

»Können wir die Stellung halten?«

»Eine Zeitlang. Danach liegt alles in Gottes Hand.« Er schaute auf die Hundertschaften von Männern hinunter, auf den Belagerungswidder und auf die Schleudermaschine, die gerade in die richtige Position geschoben wurde. Ein Sturmbock stand im Hintergrund neben einem gewaltigen Schirm aus Metallplatten, der den Angreifern Deckung bieten würde, während die Männer daran arbeiteten, eine behelfsmäßige Brücke zu bauen.

*Stephen ist bestens vorbereitet,* dachte Ral erbittert, und bei dem Gedanken an das, was ihnen bevorstand, schnürte sich sein Magen zusammen.

Er schaute auf Caryn herunter, spürte ihren zarten Körper, der sich an ihn schmiegte, und vergaß für einen Moment die höllischen Tage, die sie alle würden durchmachen müssen. Statt dessen fiel ihm auf, wie sich die Sonne auf ihrem flammend roten Haar spiegelte und es funkeln und schimmern ließ. Er erinnerte sich daran, wie seidig es sich angefühlt hatte, als er sie letzte Nacht im Bett genommen hatte. Er hatte ein rasendes Verlangen nach ihr verspürt, und wieder und immer wieder hatte sie dieses Bedürfnis gestillt. Ihre weiblichen Rundungen hatten ihn bezaubert, und ihr Körper hatte auf ihn reagiert und war so sehr zu einem Teil von ihm geworden, daß sie nahezu eins gewesen waren.

Er berührte ihre Wange und bog ihr Kinn zurück. »Es gibt da etwas, was ich dir sagen möchte. Etwas, was ich dir schon vor langer Zeit hätte sagen sollen.« Ihre zarten kastanienbraunen Augenbrauen zogen sich hoch, und er glättete mit einem Finger ihre Stirn.

»Und was ist das, Ral?«

»Es fällt mir nicht leicht, dir das zu sagen. In Wahrheit habe ich lange Zeit nicht geglaubt, daß es ein solches Gefühl überhaupt gibt. Seit ich dir begegnet bin ... seit du meine Frau geworden bist ... habe ich entdeckt, daß es dieses Gefühl mit absoluter Sicherheit gibt, und ich sehe mich als den glücklichsten Mann auf Erden an, weil ich es erleben durfte.« Er lächelte sie mit all der Zärtlichkeit an, die er in seinem Herzen fühlte. »Ich liebe dich, *Cara.* Das weiß ich schon seit einer ganzen Weile, aber ich konnte es nicht über mich bringen, es auszusprechen. Ich liebe dich, und für mich kann es keine andere Frau geben. Weder jetzt noch jemals.«

Tränen traten in ihre Augen, und sie sprach zärtlich seinen Namen aus und legte eine Hand auf seine Wange. »Ich hätte nie geglaubt, daß ich diese Worte jemals von dir hören würde. Ich habe darum gebetet, daß ein solcher Tag kommen möge, aber in meinem tiefsten Innern habe ich nicht geglaubt, daß es jemals dazu kommen würde.«

»Ich hätte es dir eher sagen sollen. Wenn ich das getan hätte, hätten wir vielleicht beide weniger Qualen durchlitten.«

»Ich bin diejenige, die den Mund hätte aufmachen sollen, aber ich hatte Angst, dich zu verlieren. Du bist der Mann meines Herzens, und ich werde dich ewig lieben.«

»*Cara* ...« Ral senkte den Kopf und küßte sie, ein liebevoller, zarter Kuß, mit dem er ihr das Maß seiner Liebe zeigen wollte. Anschließend hielt er sie fest, schmiegte sie an sich und schaute über ihren Kopf hinweg auf das Feld hinaus, auf dem die Schlacht demnächst anbrechen würde. Sie waren von Tod umgeben, und doch fühlte er sich so ruhig und ausgeglichen wie noch nie. Caryn schmiegte sich an ihn, und er schlang die Arme enger um sie und hielt sie lange Zeit zärtlich fest.

Wenn er bloß die Gewißheit gehabt hätte, daß ihr nichts zustoßen konnte, dann hätte es für ihn keinerlei Rolle gespielt, was der Morgen bringen würde. Ral starrte auf die starken Truppen hinab, die ihnen gegenüberstanden, auf den Tod und die Zerstörung, die direkt vor den Wällen harrte, und er wußte, daß er in keinem Punkt Gewißheit haben konnte.

Der Wind blies bitter kalt über die Brustwehr und zerrte an Caryns geflochtenem Haar. Eine Zeitlang war es ihr gelungen, der herben Realität zu entfliehen, daß hier Männer kurz davorstanden, anzugreifen, daß Leben verlorengehen und daß ihnen Grauenhaftes widerfahren würde.

»Sie sind schon seit einer ganzen Weile bereit«, sagte sie schließlich und durchbrach mit ihren Worten die Stille. »Warum greifen sie nicht an?«

Ral schüttelte den Kopf. »Ich weiß es nicht.«

»Unsere Männer scheinen mehr als bereit zu sein. Es ist tröstlich zu wissen, daß du sie so gut ausgebildet hast.«

»Ja. Das ist ein Vorteil, den wir mit Sicherheit brauchen werden.«

Sie schauten auf das Feld hinaus und warteten noch eine ganze Weile länger, bis ein Mann auf dem Turm etwas zu Ral herunterrief und wie ein Verrückter gestikulierte, um Ral auf etwas aufmerksam zu machen. Im nächsten Augenblick sah sie den Grund dafür, denn hinter Stephens Heer tauchte eine weitere Schar von Pferden und Männern in Rüstungen auf.

»Lieber Gott«, flüsterte sie, und ihr wurde flau in der Magengrube, »er hat noch mehr Männer hinzugezogen.«

Ral trat angespannt vor und ging auf den Rand der Brustwehr zu, und dann lächelte er zu Caryns großem Erstaunen. »Nein, mein Liebling. Es handelt sich um König Williams Truppen.«

»William? Wenn das so ist, warum reitet Beltar dann an seiner Seite?« Das konnte sie nämlich mit Sicherheit sagen. William, der stolz und aufrecht, von großer Gestalt und kräftig im Sattel saß, ritt mitten durch das Feldlager. Der König kam mit Beltar auf der einen und Stephen auf der anderen Seite auf sie zu. Es schien ganz so, als sei es zu einer Übereinkunft gekommen, denn als sie näher kamen, war deutlich zu sehen, daß Beltar sich Williams Befehl beugte und Stephen in Ketten war.

»Komm«, sagte Ral. »Wenn William hier ist, sind wir sicher.« Seine Hand lag auf ihrer Taille, als er sie in den Bergfried führte.

In jedem seiner federnden Schritte konnte sie seine Erleichterung spüren, und ihre eigene Erleichterung nahm mit jeder Treppenstufe zu, die sie hinunterstiegen. Als sie sich an seine Liebesbeteuerungen erinnerte, setzte ihre Liebe zu ihm zu Höhenflügen an. Er hatte ihr sein Herz zum Pfand gegeben und sich zu einer gemeinsamen Zukunft bekannt. Mit dem Eintreffen des Königs und dem Ende von Malverns Niedertracht hatte diese gemeinsame Zukunft gerade erst begonnen.

Sie stiegen die Treppe hinunter und liefen durch den großen Saal zu den hölzernen Stufen, die auf den Burghof hinunterführten.

»Warte hier auf mich«, sagte Ral mit einem beruhigenden Lächeln und einem schnellen Kuß auf ihre Lippen.

Da er vorausgesehen hatte, was sein Herr als nächstes brauchen würde, hatte sein Schildknappe Satan gesattelt, und das riesige schwarze Streitroß scharrte mit den Hufen die Erde auf. Ral schwang sich mühelos auf den Rücken des Pferdes, obwohl er sein schweres Kettenhemd trug, und Aubrey reichte ihm seinen Helm. Als Ral ihn aufsetzte, kamen Odo und Girart und zwanzig weitere Ritter zu Pferde über den Burghof auf ihn zugeritten.

Ral forderte die Wache auf, die Zugbrücke herunterzulassen, und dann trieb er seinen Rappen an. Der Hengst trabte lautstark über die schweren Holzbalken, und die Männer bildeten eine ordentliche Kolonne hinter ihm, als sie auf der anderen Seite angelangt waren. Als der letzte der Ritter die Zugbrücke überquerte, eilte Caryn zum Wachhaus und traf gleichzeitig mit Ambra dort ein.

»Es sind Lambert und Hugh«, sagte das schlanke Mädchen und deutete aufgeregt auf die Männer auf dem Feld. »Ich konnte sie von meinem Fenster aus sehen. William muß augenblicklich aufgebrochen sein, um sich Malvern vorzunehmen, sowie er die Nachricht über Lord Stephens Verrat erhalten hat.«

»Der Jungfrau Maria sei Dank. Ich hatte nicht gewagt, darauf zu hoffen.«

»Was hältst du von Beltar? Er scheint sich auf die Seite des Königs geschlagen zu haben.«

»Der Mann mag zwar skrupellos sein, aber er ist kein Dummkopf. Ich glaube nicht, daß er je die Absicht hatte, bei König William in Ungnade zu fallen. Er hat viel zuviel zu verlieren. Sowie William davon erfahren hat, daß Stephen sich mit dem Frettchen verbündet hat und welche Rolle er bei dem Überfall auf den königlichen Steuereintreiber gespielt hat, war Beltar gezwungen, ihm seine Unterstützung zu versagen.«

»Und ohne Beltars Hilfe und gegen eine solche Übermacht«, sagte Ambra, »würden sich Stephens eigene Männer bestimmt gegen ihn auflehnen.«

Caryn lächelte. »Ja.«

Sie erreichten den oberen Treppenabsatz, und Caryns Herz schlug vor Aufregung, als sie auf das Feld hinunterschaute und die Heere von Männern in Rüstungen sah. Im Vordergrund redeten der König und seine Lehnsherren miteinander und schienen in eine hitzige Diskussion vertieft zu sein. Als die Auseinandersetzung beendet war, stieg Ral seltsamerweise von seinem Pferd, und Lord Stephen tat dasselbe. Jemand durchschnitt Malverns Fesseln und reichte ihm zu Caryns Entsetzen ein Schwert.

»Gütiger Gott im Himmel«, flüsterte sie, als Ral sein eigenes Schwert aus der Scheide zog.

»Sie wollen gegeneinander kämpfen«, sagte Ambra.

»Ja.« Das Wort kam spröde heraus, und ihre Stimme zitterte. Ral mochte zwar der beste Krieger im ganzen Land sein, und sein Körper mochte bis zur Vollkommenheit durchtrainiert sein, aber Stephen de Montreale war kein Feigling. Er war zäh und kräftig, und er war verzweifelt. Nur Gott wußte, was er zu gewinnen hatte, falls er Ral unterwerfen konnte.

Ihre Finger zitterten auf dem hölzernen Balken unter dem Dach des Wachhauses. *Gütige Jungfrau Maria, ich bitte dich, laß ihn gewinnen.*

Die Männer hoben die Klingen, und bei jedem ihrer Hiebe hallte das Klirren, mit dem Metall auf Metall traf, über das Feld. Dieser Laut ließ Caryn beben, denn sie hatte entsetzliche Angst um ihren Mann, und sie setzte ihre gesamte Willenskraft daran, daß er nicht verlieren möge. Stephens Schwertstöße waren sauber und kräftig, und doch erfolgten sie irgendwie ziellos, als hätten die Ereignisse des Tages seine Sinne benebelt. Dennoch kämpfte er verbissen. Hätte Ral nicht jeden seiner Hiebe mit kühler Selbstbeherrschung abgefangen, hätte der Mann ihn längst getötet.

So, wie die Dinge standen, begann Malvern schnell zu ermüden, und Rals schwere Hiebe begannen daraufhin, ihren Tribut zu fordern. Blut zeichnete sich auf Stephens Tunika ab, ein leuchtend roter Streifen, der sogar aus dieser Entfernung zu sehen war.

Ein Schwerthieb schlitzte seinen Oberschenkel auf, und er sank auf ein Knie, holte aber sofort wieder in weitem Bogen zu einem gewaltigen Stoß aus, der Ral nahezu mit voller Wucht getroffen hätte. Er fing den Schlag ab, doch während er das tat, gab er sich eine Blöße. Caryn hielt den Atem an, und ihre Knöchel waren weiß, als Stephen sich auf ihn stürzte, denn sie war ganz sicher, seine Klinge würde sich in Rals Brust stoßen. Statt dessen wich Ral einen Schritt zurück und stieß gleichzeitig mit seiner Klinge zu, und die Spitze versank und stieß sich tief in Stephens böses Herz.

Einen Moment lang stand der gutaussehende blonde Lord nur einfach da, war zu keiner Reaktion in der Lage und nicht bereit zu glauben, daß er im nächsten Augenblick tot sein würde. Dann fiel er nach vorn und brach zusammen.

Caryn entrang sich ein leises Schluchzen der Erleichterung. Sie fuhr mit der Hand zur Kehle, und Tränen brannten hinter ihren Augen.

»Es ist alles gut ausgegangen, Mylady«, sagte Ambra lächelnd und nahm ihre Hand.

»Ja. Jetzt kann ihm Gott sei Dank nichts mehr passieren.«

Schon ehe Stephens Leiche fortgezerrt wurde, gab Beltar seinen Männern ein Signal, und sie begannen, sich von ihren Stellungen zurückzuziehen. Der König sagte etwas zu Ral und wandte sich dann an seine Ritter und erteilte weiterhin Befehle. Ral stieg auf Satan und gab seinen Männern ein Zeichen, sie ritten zur Burg zurück, und Caryn stieg von der Plattform herunter und lief über den Burghof, um seine Rückkehr zu erwarten.

Ihr Herz klopfte fast so schnell, wie ihre Füße dahineilten, als sie das untere Ende der hölzernen Treppe erreichte, die in den Bergfried führte, und sich umdrehte, um nach Ral Ausschau zu halten.

Sie lächelte, als sie sah, wie aufrecht und stolz er auf seinem riesigen schwarzen Pferd saß und auf sie zugeritten kam. Wenige Minuten später war er bei ihr, und ein strahlendes Lächeln stand auf seinem Gesicht.

»Die Schlacht ist beendet«, sagte er, »und das sogar schon, ehe sie begonnen hat.«

»Ja. Es scheint fast so, als hätte Gott unsere Gebete erhört.«

»Stephen ist tot. Seine Ländereien und die seiner Schwester sind vor seinen Untaten sicher.«

»Was ist mit den Dorfbewohnern?« fragte sie. »Er ist auf dem Weg an ihren Häusern vorbeigekommen. Haben sie schlimm unter Malverns Mißhandlungen leiden müssen?«

»Es ist gewaltig geplündert worden, aber niemand ist zu Schaden gekommen. Der König hat sich bereit erklärt, die Lager der Dorfbewohner mit den Mitteln Malverns wieder aufzufüllen.«

»Und was ist mit der Belohnung?«

»Sie fällt an uns. Die Menschen von Braxston werden endlich das Land bekommen, das sie sich verdient haben.«

Caryn schmiegte sich an ihn, und er drückte sie an das Kettenhemd. »Ich liebe dich, Ral.«

Er lächelte, und seine Augen strahlten vor Freude. Seine Umarmung war heftig. »Dann mache mir die Freude und komm mit mir nach oben und zeige mir, wie sehr du mich wirklich liebst.«

»Aber der König ...«

»William wird nicht vor dem Abendessen kommen. Richard kann dafür sorgen, daß der Saal für ihn bereitgemacht wird.«

Caryn lächelte, beugte sich vor und küßte ihn auf die Lippen. »Wenn das so ist, dann werde ich dich mit Vergnügen nach oben begleiten, Mylord.«

Ral bog mit seinen Fingern ihr Kinn zurück, senkte den Kopf und küßte sie lange und inbrünstig. »Ich liebe dich, Frau meines Herzens«, sagte er zärtlich. Dann packte er sie und lächelte, als er sie zur Treppe trug.